拂晓（上）

FUXIAO

争游——著

团结出版社

图书在版编目（CIP）数据

拂晓/争游著. --北京：团结出版社，2017.9

ISBN 978-7-5126-5583-6

Ⅰ. ①拂… Ⅱ. ①争… Ⅲ. ①长篇小说－中国－当代

Ⅳ. ①I247.5

中国版本图书馆CIP数据核字（2017）第227852号

出　　版	团结出版社	
	（北京市东城区东皇城根南街84号　邮编：100006）	
电　　话	（010）65228880　65244790	
网　　址	http://www.tjpress.com	
E－mail	65244790@163.com	
经　　销	全国新华书店	
印　　刷	三河市京兰印务有限公司	
装帧设计	成都天恒仁文化传播有限责任公司	
开　　本	170mm×240mm　　1/16	
印　　张	41	
字　　数	520千字	
版　　次	2017年9月第1版	
印　　次	2020年1月第2次印刷	
书　　号	ISBN 978-7-5126-5583-6	
定　　价	118.00元（全2册）	

目 录
CONTENTS

第一章　入夜有梦

1

王幸福刚才做了个梦。

梦见他和王婵娟一同在村东头的小学里读书，写大楷、小楷；梦见王婵娟做了他的媳妇儿，是迎亲的鞭炮声惊醒了他。猛地一睁开眼，天空还是水洗般清净地蓝。

遥望西方天际，那里应该是黄河流水的源头。太阳，就像是飘荡在地平线上面的一枚红色氢气球，在地平线的下面还应该有一个人。不，应该是一个顽童手牵着一条无形的绳索，把这枚氢气球慢慢地往下拽着，拽着……王幸福这般想着就乐了，情不自禁地笑出了声。看着自己眼前的羊群，他又突发奇想：黄河岸边这茫茫无际的荒草滩不就像那辽阔的天空，而眼前的这羊群不就是飘动在蓝天上的一朵白云吗？可自己，一个跟随着白云移动的大活人又算个什么东西呢？他想象不出来，在一朵美丽的白云旁边无论加个什么都感觉多余，有损她纯洁无瑕的形象。

白云在随意飘移的过程中不断地改变着它的形状，它们也许感觉到了那个应该往家飘动的时间，所以就格外专注地往肚子里填充食物。每天都是这样，早些时候，它们不是追逐嬉戏，就是调情斗架，要不就是交头接耳说话，好像时间就是个取之不尽用之不竭的聚宝盆，完全用不着去珍惜，直到这会儿才明白时光一去不复返，不待扬鞭啃草忙。整个黄河滩就是一个清静的课堂，而羊的啃草声犹如学童那"刷刷刷"的写字声，动听极了。

"啪"的一声脆响，王幸福甩动了手中的羊鞭。得赶快把羊群往回赶了，回去晚了就跟不上吃饭，那些下田的伙计们总说任二奶奶偏向他，同样都是雇来的长工，一个十八九岁的大小伙子怎么就摊上了这个好差事。其实放羊也并非什么好干的活儿，两条腿得不停地跟着羊群跑，村子离黄河滩少说也有十余里。一大群羊，在别个地方是无法放牧的，会损坏人家的庄稼。到了黄河滩就不同了，真乃天苍苍，地茫茫，草青人悠任牛羊。当然，这黄河滩也有不安全的地方，会冷不防从野草丛中蹿出一只狼来，叼走了羊羔，冲散羊群那事情可就闹大了，挨东家的骂不说，恐怕到了年底还要扣你的工钱。因此放羊也并非什么轻松的活儿，只能落得个自由自在罢了。

什么是白云的家？天上的白云朵儿有时间飞得快，有时间飘得慢，有时间它们会荡到天际的边缘，有时间它们会平白无故变得无踪无影，它们去了哪儿？也许对每一朵白云来说，天上都有它们自己的家，就像王幸福自己赶着一群羊回到家一样，把羊往圈里一赶就什么也看不见了。这时间他就该和伙计们一起去吃晚饭。有时间回去晚，伙计们都吃毕了，也就剩下他一个人。这时间，总有一个人等着他，陪着他。这个人就是王狗剩。王狗剩比他大两岁，比他早两年做了任家的长工。等王幸福吃完饭，王狗剩就和他厮跟着一同走出任家大院回到自己的家里。也有的时间，王狗剩会去街上的赌场打麻将、玩牌。因为要去赌场，王狗剩常向东家借一些钱，因此到年底结账时，工钱也就所剩无几。在王狗剩要去赌场的时候，王幸福只能和他分道扬镳。王幸福从来不去那种地方，有时间他会去朱瞎子的说书场听书。要不就是回家。

不知不觉就到了村口，西城门上扑面而来的"西望函谷"四个大字已映入他的眼帘。这时的村子上空已弥漫着云雾般袅袅的炊烟，从这些炊烟中散发出来的，就是玉米面汤、小米汤的清香。除此之外，还有父母、儿女、夫妻、邻里之间的亲情气息，尽管有时候他们相处得并不是十分和谐融洽，或斗嘴，或闹架，或逗乐，或瞎聊，再加上鸡飞狗叫、牲口嘶鸣等等，都是那样地富有情趣。这就是人情，人与人、人与世间万物之间的感情。王幸福很是享用地长吸一口眼前的空气，便立即感觉到一种特别的舒畅，这种舒畅来自于家的感觉。

2

王幸福是根独苗儿，家中只有父亲、母亲和他。对于独苗儿，河口村有一种叫法叫"贱贱宝"，意为虽说命贱好活，但也应该当宝贝一样地呵护。照此说，贱贱宝更应该得到父母的溺爱，不该把他送去做长工的。寄人篱下，端着别人的饭碗过日子不容易。但王幸福就做了这个不该做的长工。这就是命。生就的贱命。

王幸福的父亲名叫王长安。王长安的苦命，导致了儿子王幸福的苦命，就像苦瓜秧儿结苦瓜一样地顺理成章。

灾难的降临总是让人防不胜防，措手不及。王幸福长到八岁那年，王长安三十岁。对于一个男人来说三十岁是个关键的年龄段。三十而立，正是大显身手成家立业干事业的时候，可就在这个时候，灾难女神悄悄地和他接吻了，就像生长在山坡上的那种毒辣蔓缠上了树干一样再也分不离，直到这棵树干枯死亡。这位女神是随着春天的脚步，伴着鲜花的芬芳款款而来的，她叫病魔。

那天，王长安和妻子领着儿子一起去南崖上看桃花。南崖上有王幸福家一块麦田，那株桃树就长在绿地毯一样的麦田中央。王长安看着绿油油的麦苗说："今年的麦子丰收了。"妻子则拉着儿子的胳膊直奔桃树而去，然后就回头喊："幸福，你快来看这桃花，开得多欢实，多鲜艳。"河口村的媳妇大都不直呼自己男人的名字，刚嫁过来那会儿就"唉，唉"地喊，等生下了头一个孩子，或男或女，这孩子的名字也就成了妻子唤丈夫、丈夫唤妻子的代名词。

听到媳妇喊，王长安也快步来到桃树下。媳妇扭头看着他说："你看这桃花。"王长安瞅着媳妇说："桃花就是你，你就是桃花。"媳妇垂着头不说话，脸蛋儿上立即就透出了桃红一样的羞晕。站在旁边的王幸福听不懂大和妈打哑谜似的对话，他抬头看着妈好久才找出答案：妈穿了一件粉红色的绸子袄。

那棵桃树是大和妈成亲那年栽下的。妈的名字叫桃花。这是王幸福好多年以后才破解出来的谜底。

王长安摘一朵桃花插在媳妇的头上，王幸福就拍着小手说："妈妈真好看。"媳妇说："折两枝，回去插在花瓶里。"王长安就折下几枝，放鼻根闻了闻。

后来发生的事情让王幸福一家人至今都弄不明白是为什么，没有等到花瓶里的桃花萎枯和凋谢，王长安就病了。胸口堵得慌，出不来气，脸憋得发绀。王长安去瞧大夫，大夫说那是营卫不足，肺气虚弱，外感风寒，风邪内侵。大夫的话王长安听不懂，只能照着大夫的嘱咐一副接着一副地往肚子里灌汤药，病就是不显得轻。旁人劝他说急不得，病来如放墙，病走如抽丝。媳妇急得去求神。神婆说你男人触犯了木神。你想想，他得病以前是不是去过你家朝南的地方？这时候媳妇就想起了那回去南崖上折桃花的事。媳妇点着头的同时就跺着脚说悔死了，悔死了。

千方百计想方设法地求大夫调剂，王长安的病才慢慢好转。因为治病，家里所有的积蓄都被花光了。可悲的是好景不长，到了麦收天，王长安的病又犯了，且比先前严重得多。从这以后，王长安的病就没有彻底治愈过，时轻时重，完全成了一个废人。还因此借下了任二奶奶家的一大笔债。租来的二亩薄地养活不了一家人，泥土垒起来的小灶台上，时不时地总会散发出煎药的气味。欠下来的债务总也还不清，利息越滚越多。王幸福家的日子度日如年，嚼黄连般地苦。

王幸福十六岁那年，王长安就把他送到任二奶奶家扛活抵债。

3

任二奶奶已经是第二次站在西城门外了。任二奶奶站在西城门外的情景不多见。顺着西城门外的大道，斜往西北不足二十里地就是灵宝县城，直往北走十余里便是黄河。任二奶奶的丈夫任吉祥在世的时候，每次外出未归也没有见到她如此眺望守候过。

"任二奶奶，这会儿有空出来了？"有人这样问。任二奶奶只是"哎、哎"地答应着，什么多余的话也不说。"任二奶奶是在等人吧？"有人看着任二奶奶的神情这样问。任二奶奶忙回话说："不等人，不等人。"

不等人又能做什么呢？

其实，任二奶奶出来不出来，等人不等人和旁人也没什么关系。人们的问话只是出于对一个大户人家女当家人的敬畏。毕竟她的男人任吉祥在世时曾任过河口村的保长；她的亚伯哥任瑞祥在省城开封做着大官；村子里很多穷人还都在她家里扛活，除了混口饭吃，还指望着能挣几个钱来养家糊口。

任二奶奶之所以接二连三地往西城门外跑，其实也就是在等一个人。这个人就是王幸福。至于任二奶奶为何要等一个自家的长工，这个秘密也只有她一个人知道。

任二奶奶姓薛，名云霞。娘家在村东南十里地的薛家寨子，也是大门大户、有头有脸的人家。早年，薛云霞曾跟着自家请来的师塾先生读了几年书。虽说她书读得好，怎奈女子无才便是德，家中因此也没有往高深处供养她去出外求学。薛云霞人长得漂亮，十里八乡的人都知道薛家寨子有个才女，说媒求亲的人一拨接一拨地来，险些把门槛给踏断了。按理说，这个薛云霞应该嫁一个白马王子如意郎君的，可命运却和她开了一个天大的玩笑，让她做了任吉祥的填房。

那年，十六岁的薛云霞豆蔻年华，情窦初开，虽说上门求亲者络绎不绝，但都被她婉言谢绝，谢绝的原因就是因为在村上教书的张先生。张先生弱冠之年，面目清秀，谈吐非凡，一身的儒雅。薛家在村里是独门大户，薛云霞的父亲又是村上的头面人物，张先生便因为学校的事常往薛云霞家中去，一来二往，见面的机会一多，薛云霞就相中了这位才华横溢、相貌出众的张先生。张先生也被薛云霞的美貌所折服。哪个男子不钟情？哪位女子不怀春？日久生情，情不自禁，两个人由眉目传情到暗自约会，互诉衷肠，成了顺理成章的事。他们彼此间天长地久、海枯石烂般的誓言，都让对方如饮醇酒般地陶醉。陶醉的火焰使处男的童贞和处女的贞操在一起焚烧着，越烧越旺。薛云霞的父亲知道后，恼羞成怒，但碍于情面又不愿家丑外扬，于是就暗地里派人将张先生暴打一顿后驱逐出村。说也凑巧，恰逢河口村保长任吉祥妻子病故，便抱着试探的心理托人提亲。任家的日子在方圆数十里声名显赫，薛云霞的父亲便顺水推舟将女儿嫁了过去。至少，女儿在这样的人家，往后的生活受不了多大委屈。习惯上，村里人都称薛云霞叫任二奶奶。

时光荏苒，斗转星移。十六年一晃而过，薛云霞为任吉祥生下了两个儿子，正当家大业大的日子如日中天之时，任吉祥因车祸突然丧命。三十六岁的薛云霞因此就成了寡妇，背地里人称她任寡妇，却从不曾当面这般叫过。人凭土地虎凭山，女人凭得男子汉。为了任家不至于过快地衰败，薛云霞就趁着自己还年轻，又有美丽的容貌，给自己找了一位靠山，这靠山就是时任城东乡的乡长雒好礼。乡长图她的年轻美貌，她图乡长的有权有势，再加上薛云霞个人的聪明能干，任家在河口村的势力非但没有减弱反而有所增强。前两年，当王幸福的父母把儿子送到任家来做活的时候，薛云霞便一眼喜欢上了这个年轻的小伙子，因为他的长相太像那位被父亲驱赶出村的张先生。于是她欣然地接纳了王幸福，并在生活各方面给予他特殊的照顾。而所有这些，王幸福并不知情。

今天中午，薛云霞闭眼歇息的工夫做了一个梦，梦中她又见到了张先生，又在和张先生行鱼水之欢。梦醒之后，薛云霞心猿意马，欲望难收。她突然从心底产生了一种极其强烈的愿望，那就是立刻见到王幸福。她要王幸福从今往后成为自己的人，直至永远。

眼看着太阳就要落山了，而西城门外的大路上还没有王幸福的影子。过往行人的问话让她有些尴尬，难为情。搁往日，家里的长工不论谁收工回来得过早，她都会当着众人的面训斥他，而今天她却盼望着王幸福快点回来。

"妈。"

"妈妈。"

薛云霞回过头，就瞧见自己的两个儿子，任宝玉和任宝贝。

"你们不回家，咋跑到这儿来了？"薛云霞问。

"我引着宝贝回家见不到您。听人说您在西城门口，我就领着宝贝来了。"大儿子任宝玉说。

"你奶奶不是在家吗？"

小儿子任宝贝说："我们不想和奶奶在一起，我们就是想见到妈妈。妈妈，咱们回家吧。你站在这儿干啥哩？"

"不干啥，不干啥。"薛云霞忙向儿子解释道："妈在屋里待得心烦，想出来透透气。"

"妈，回家吧。"大儿子任宝玉说。

"走，回家。"薛云霞左手拉着任宝玉，右手牵着任宝贝，临往家走的时候又回头朝着大路远方望了一眼，依旧不见王幸福和他所赶的羊群。

4

　　王幸福赶着羊群，就像一朵白云飘到了村庄的浮烟雾霭之中。羊入了圈，王幸福就往西院走。这时，从田间归来的长工们已经开始端碗摸筷了。王幸福也赶紧走到了东厢房。东厢房是厨房，西厢房是长工们的住处。本村的雇工吃罢晚饭都要回到自己的家里去。

　　王幸福正要摸碗，却被做饭的香椿给拦住了："幸福，先别急着吃饭哩，任二奶奶让你去她屋里，有话对你说。"

　　王幸福说："吃了饭去不行吗？有啥事比吃饭还要紧。"

　　"晚一会儿吃饭，还能饿断你的肠子啊？人家任二奶奶刚才专门嘱咐过我，要你过去一趟，想必有什么要紧的事吧。"

　　香椿这么一说，王幸福只好先放下手中的碗筷，慢吞吞地转过身，很不情愿的样子。香椿就催他说："快去，饭我给你放在锅里温着。"

　　薛云霞住在正院的东厢房。五间上房，一头住的是老太太，另一头住的是大哥任瑞祥。任瑞祥虽说常年在外，但家中的住屋总给他留着，早晚回来歇息的时间也是现成的。按辈分上下左右的分居，薛云霞只能住在东厢房，东厢房虽说浅了点，但她一个人住着也宽敞。每天晚上，两个儿子总和老太太一起睡，和老太太说说话、逗逗乐，这样也省得老太太孤寂。

　　薛云霞的房门没有关，王幸福叫了声"任二奶奶"，也没等任二奶奶回话便走了进去。

　　"任二奶奶。"进了屋，王幸福又叫了一声。

　　薛云霞这会儿正坐在屋里的梳妆台前，对着镜子瞧看自己的脸蛋儿。好多年了，薛云霞从没有这样过。她早已不在乎自己的脸上是否生出了一道皱纹，头上是否长出了一根白发，虽说从小养成的习惯，让她每天早起都会准时的去洗梳妆扮，擦胭脂，涂唇红，但这些并不代表她还很在意自己的外貌形象。俗话说女为悦己者容。命运让她走到了这步田地，又有谁会在意自己的美与丑呢？至于那个乡长雒好礼，和他相好过的女人有一大群，薛云霞只是其中的一个。她在乎的是他的权势，为了他的权势，她只能逢场作戏，刻意地去讨好巴结他。只有今天做了那个梦，多少年来已烟消云散的爱情又死灰复燃了，她不知道王幸福这个穷小子会不会喜欢上自己这个半老徐娘，而自己这一刻的梳妆打扮就是专门为他去做的。自古英雄难度美人关，这是一个真理。从镜子里头的模样儿来看，自己还不算老，那眉眼儿真要是转动起秋波来，还不让男人神魂颠倒？王幸福，你就是我的张先生，我要你！我爱你！我……正当她凝视着镜子里头的自己，抒发着自己的情愫时，王幸福进来了。

薛云霞回过头，王幸福已站在了她眼前。她痴痴的眼神紧盯着眼前的王幸福，昔日的情人又款款而来。

"任二奶奶，你叫我？"王幸福再次开了口。

"噢。"薛云霞感觉到了自己的失态，忙问："还没吃饭吧？"不等王幸福回话，她又开口道："去吧，把饭端到这儿来吃，我有话要和你说。"

把饭端到你这儿来吃？王幸福想说"这不合适吧？"但他没有说。他知道自己是人家雇来的长工，雇来的长工不听主人的话能行吗？"好吧。"王幸福答应道。

王幸福从西院东厢房端着饭碗往出走的时间，王狗剩问他："不在这里安安生生地吃饭，还要把碗端到哪去？"

王幸福说："我有事。"

"有事，就不能等到吃完饭再去办。"

听到王狗剩问话，香椿插话道："人家任二奶奶叫他有事哩。"这才堵住王狗剩的嘴。

王幸福左手端着饭碗，右手拿着一个玉谷面馍再次走进薛云霞的屋。

"坐下吃吧。"薛云霞示意他说。王幸福这才注意到，桌子上放着一盘炒好的肉片，虽说已经凉了，但它的香气还是很诱人的。桌子跟前放着一把椅子。看来这些都是为自己准备的，王幸福有些不自然，他不知道二奶奶为啥要这样对他。

"刚才吃饭时菜炒得多，心里就想着叫你来，把它吃了。"薛云霞很随意地说。

王幸福张了张嘴想说什么的但却没有说，只有默默无语地扒着碗里饭。好大一会儿过去了，还没有听到薛云霞跟他说什么，他有些耐不住了，张口问道："任二奶奶，你要跟我说啥，你说吧，我听着哩。"

"不急，不急，等吃完了饭咱再说。"

眼看着王幸福吃完了碗里的饭，吃光了盘子中的肉片，薛云霞这才开口道："幸福，把碗送回厨房先不要急着回哩，到村外的南崖跟给羊圈里挑几担干土来。"

王幸福想不到，任二奶奶和他说的事，就是让他去给羊圈挑干土。"任二奶奶，干土我昨天刚挑了十几担，还没垫完哩。"

"再去挑几担吧。一会儿我还想让你帮我干点儿活，到时间我会喊你的。"

王幸福没啥可说的，这就是吃了主人一盘子肉片应有的回报。

临出门时，薛云霞再次叮嘱他说："不着急，缓缓干，能挑几担是几担。"

5

南崖跟在村子外面，一来回少说也有一里地。王幸福是个急性子，心想着赶紧挑两担后再看任二奶奶喊他干啥哩。三四担干土挑回来后，村子里就宁静了。时值月末，月亮还躲在东山的背后不肯出来，只有满天的繁星在眨动着明亮的眼睛，他们是在窥视着大地上人间的秘密吗？长工们有的睡觉了，有的大概去了朱瞎子的书场，有的也可能去了牌场，只有他还在这里挑土。由于来来回回走得急，王幸福这时已经是浑身汗津津的，他后悔自己没有听任二奶奶的话，缓缓慢慢地挑，何必把自己赶得这么紧张。就在这羊圈门口歇上一会儿吧，任二奶奶说会喊我的，她不会忘了吧。王幸福正想着，就听见有人喊他："幸福，咋就歇下了呢？快去，再挑一担回来，回来后到我屋里来。"

王幸福听清楚了，是任二奶奶的声音。难道她就在背后一直盯着自己？他没有注意看到薛云霞的身影，只听到一串轻飘飘的脚步声由近渐远。

薛云霞的房门虚掩着，王幸福走到门口就说："任二奶奶，我来了。"

"小声点，别惊醒了上房的老太太和两个孩子。"从屋子里传出来的声音不大，柔情中带着严厉。

王幸福轻推房门，屋子里黑咕隆咚的。

"我在内间，你进来吧。"薛云霞声音不大，和刚才的语气比起来越发的温情柔和。

这时，王幸福听到了"哗哗哗"的弄水声。他不知道任二奶奶在内屋里干什么，还把水弄得这样响。她叫自己进去，会帮她干什么呢？王幸福猜不出，但他必须进去，进去帮任二奶奶的忙。

"别忘了把外面的门关上。"薛云霞又传话出来。

"把门关上？"王幸福踌躇着。

"关上。"薛云霞的话不容置疑。

王幸福不知道任二奶奶为啥要关门？关就关吧，任二奶奶让关门自有她的道理。

王幸福推门走进内屋。走进内屋，眼前的一切让他惊呆了：煤油罩子灯的光亮把屋里照的透明，放在屋子中间的是一个木制大浴盆，长发散披着的薛云霞一丝不挂就坐在浴盆里。她不时地把盆里的热水往自己的身上撩动着。女人的气息混合在柔弱的光亮中，弥漫在如烟的水雾里，亦如走进了蓬莱仙阁，云中仙境……望着这一切，王幸福不知所措，而接下来又将会发生什么事情呢？他不知道。

薛云霞背对着门口。听到王幸福推门进来的声音，她也感觉到王幸福会因为眼前出现的情景而惊讶的。"怎么，不敢往我跟前来？我不是老虎，也不是狼，不会吃了你的。来吧，用这条毛巾给我搓搓背。"薛云霞说着顺手把一条湿漉漉的毛巾从胸前搭在了自己的肩背上。毛巾上的水珠儿顺着凝脂的背肤往下流着，一直流到那个神秘的隐私处。

王幸福木偶一般地傻站着，不说一句话。

"来吧，来吧。"听不到王幸福的动静，薛云霞索性转过身来。这一转身，一朵红玫瑰开放在王幸福眼前，薛云霞月光一样的明眸里透出了一种极其强烈的性渴望和性挑逗，硕大的两个乳房犹如两座小山一样高挺着，乳房顶端两个暗色的乳头越发衬托出周围肌肤的雪白、滑腻、耀眼……

王幸福屏住了呼吸，浑身的血液开始沸腾了。

很快，薛云霞又转回身子，她相信王幸福会朝她走来的，会不顾一切拥抱着她赤裸裸的胴体。为了掩饰这激动人心一刻到来的尴尬，为了自己擂鼓般的心跳不被他听到，她故意把水再次弄得"哗哗"作响。

王幸福没有走过来。

薛云霞急了："怎么还不来呢？你要我等到什么时间啊？你知道不知道，从那年见到你的那一刻起我就喜欢上了你。我喜欢你，你知道吗？我爱你，你知道吗？两年多，我时时刻刻都在做着能和你走到一起的梦。你跟了我，咱们就成了一家人，不光我是你的，就连这个家都是你的。你听见了吗？我的大傻瓜！"薛云霞一出口，就情不自禁地说出自己憋了很久的心里话。等她把这些话说完了，却还是听不见王幸福的动静。"你个王幸福，你是不喜欢我呢，还是不敢喜欢我？"

还是没有王幸福的动静。

薛云霞一回头，自己的身后什么都没有。她一脚蹬翻了地上的木浴盆，任流水在屋子里漫延开来……

6

王幸福住在村子北边的小北巷。小北巷的地势低，是借助一个天然的土沟形成的巷道。小北巷住户大都住的窑院，窑院里都有两三眼土窑洞，条件好的人家会在土窑洞前面再盖上瓦房。王幸福家没有瓦房，只有两眼窑洞。

王幸福是趁着薛云霞转回头往身上撩水的时间，从屋里逃跑出来的。他一口气跑到家门口，用几根木棍做成的院门还没有关闭，从柴扉的空隙他看到了从窑洞里透出来的灯光。父母亲一定还没有睡，他们是在等待着自己的儿子。

推开窑门，妈正在棉油灯下为父亲缝补着一件裤子，看到推门进来的儿子，就放下手中的针线问："幸福，做啥去了到这个时候才回来？"

"没做啥。"王幸福故意用一种轻松的口气回答着。

"没做啥，你哄鬼哩。天黑到现在少说也有一个多时辰了，能说没做啥？"和衣躺在炕头的王长安对儿子的回答很不满意。

"真没弄啥。晚饭后，二奶奶叫我又去南崖跟给羊圈挑了几担干土，就回来的晚了。"

"挑土就是挑土，那能叫没弄啥？"王长安依旧是不依不饶。

听着丈夫跟儿子说话的口气，桃花忙向儿子解释说："你大说你，也是为着你好，还不是怕你跟着那个狗剩去了牌场？人学好难，学坏就容易。"

对于父母亲的问话，王幸福并没往心上去，他们都是为自己好。他和狗剩两个人交朋友，父母亲都知道。狗剩好赌钱，父母亲也知道。他们不止一次地劝他不要和狗剩这种人来往，说是近朱者赤，近墨者黑。王幸福每次都说我知道我知道，可就是没有和王狗剩隔断关系。这其中的原因是，王幸福每回遇到难事，王狗剩都会尽心竭力地去帮他。就说去年夏天在黄河滩的浆槽子里洗澡，王幸福一个猛子扎下去，就陷进水底的淤泥里，无论怎样挣扎都出不来，差点要了他的命。是王狗剩不见他露出水面，便跳下去伸手把他从淤泥里拖了出来。王幸福感恩不尽，从此认定王狗剩这个朋友，而且发誓说："从今往后你就是我的亲哥哥，以后咱们有福同享，有难同当，不求同年同月同日生，但求同年同月同日死。"对于王狗剩好赌的毛病王幸福曾劝过好几回，王狗剩就是不听，他对王幸福说："我知道赌钱不是什么好事情，我不强求你跟我去赌场，但你也不要劝我离开赌场，人各有志，不能勉强。"

听着妈的话，王幸福默不作声，他还想着刚才在薛云霞屋里的那一幕，他想跟父母亲把刚才发生的事情说出来，但又不想说。父母亲一旦知道今晚发生了这档子事，他们一定不会让他再去任二奶奶家做活，他不去任二奶奶家做活，他家欠任家的账什么时候才能还得清？还有，任二奶奶知道自己把这种事告诉了家里人，她会怎么想，她的脸面又往哪里放？同为邻里，低头不见抬头见的，他们两家的关系以后该怎么处？不能说，这事情一定不能跟父母说。

桃花用手中的针挑拨一下灯芯上的灯花，灯光一下子亮了许多。桃花继续做着手中的针线，王幸福却因此突然想到了薛云霞屋里的那盏玻璃罩子灯。那灯还是薛云霞结婚时，任吉祥的哥哥任瑞祥从省城开封买回来的。那时候，任瑞祥已在省城里干事了。听说那灯里用的是洋油，从外国才能买得到。点着了比棉油灯亮得多，还没有棉油灯里冒出来的那种黑烟。以前王幸福只是听说过，今晚才头一回见到。

"想什么呢，还不赶快睡去，明天还要起早干活呢。"桃花望着儿子愣怔的样子提醒道。

"噢，我这就去睡。"王幸福答应着，临转身要走时又开口道："你和大也睡吧。"

"睡。"桃花答应说，"你回来了，我们也就不牵挂了，要不然就是躺下了也睡不踏实。"

王幸福睡在另一眼窑洞里，刚要出门，桃花又说话了："你瞧，都忘了，刚才婵娟来找过你。等了一会儿，不见你回来就走了。"

"婵娟来过？那我现在就去找她。"王幸福知道王婵娟一定是来教他认字的。

王婵娟和任二奶奶的大儿子任宝玉都在东城门外的小学里读书，现在已经是六年级了。

"现在都多会儿了，人家恐怕早就睡了。就是不睡，她大跟她妈也不会让她出门的。"

想想也是。王幸福对妈说："那我睡去了。"

这一夜，王幸福躺在被窝里怎么也睡不着。他眼前不时地会出现薛云霞那雪白的肌肤，红润的面颊，高挺的乳房……那些都是男人希望得到的东西，而王幸福也是生平第一次读到女人这部书里的头一页。他能说他不喜欢她？她会让他周身热血沸腾，激情迸发。他能说他不害怕她？她会像毒蛇一样吞噬他的生命乃至灵魂。他很庆幸自己的当机立断，用理智战胜了欲望。

朦胧之中，王幸福又把羊群赶到了黄河滩地，那茫茫无际的黄河滩仍旧像头顶上的天空一样瓦蓝瓦蓝，眼前的羊群依旧像白云一样在头顶上空飘荡着，无忧无虑，无牵无挂……

第二章　去县城读中学

7

七月流火。

晚饭后的河口村就像一锅烧开的沸水，很难一下子平静下来。年轻的小伙子去村东乾阳河里洗澡了。年轻的媳妇却只能在屋里的木盆里放些水擦擦身子。洗完了。擦完了。他们还是不能很快入睡，屋里还像蒸笼一样让人喘不过气来。狗在巷道里乱窜，看见远处有人走过去，认识不认识都要叫几声；鸡上架了，却不时地还要扑腾几下翅膀；爬在树上的蝉也忒吵人，"知了知了"不厌其烦地叫着。上年纪的老人大多睡在窑脑上。土窑洞冬暖夏凉，里面便是女人们歇息的最佳去处。家中没窑的，也要找个能说着话的，到有窑洞的人家去。朱瞎子的说书场也从屋里挪到屋外，如果是有月亮的晚上，连棉油灯也不用点。听书的人有男的，女的，老的，少的，有本村的，也有外村的。今晚上没月亮，棉油灯便在书场的屋子外面亮起来。

人陆陆续续地来了，大都自个儿带个小板凳。也有就近摸块石头、砖头、木头什么的，塞到屁股下面。书还没有开场，人们就你一言我一语随便地聊着家常。男人们大都说地里的庄稼，诸如天旱了，雨涝了，玉米抽穗了，棉花打叉了，豆子结荚了……女人的话题则多在米面油盐、穿衣吃饭上，诸如谁穿一件新褂子，谁做一条新裤子，你家前天吃的是饺子，他家昨天擀的是酱面，谁家的女儿长得俏快出嫁了，谁家的娃子后半年就要娶媳妇了……没完没了，就像一锅烧熟的稀饭，灶膛下面的火还未退尽，"咕嘟咕嘟"地冒着气泡儿。

朱瞎子"吭吭"地咳嗽两声之后，便试着拉响琴弦。这一响，人们便闭上嘴巴，竖起耳朵，再也不作声。书就要开场了。

   "天下黄河哟多少道弯，

    多少条河水流呀流进来，

    第几条名叫哟乾阳河，

    乾阳河的故事有呀有几多？"

朱瞎子的音调虽沙哑却很有韵味，几句唱词完后，便有很长一段过门琴声（唱段与唱段之间的音乐），这时候就有人窃窃私语："今天怎么说起咱们这儿的事情来了？咱们这乾阳河还会有故事？"旁边的人听了就用手捅了捅他，小声说："你只管听就是了。"

"天下哟黄河哟……"朱瞎子的第二段唱词刚开个头，就听见下面的人哗哗啦啦地都站了起来，这个说："任二奶奶来了？"那个问："任二奶奶来了？"朱瞎子便知道来的是薛云霞，便打住唱词，放下胡琴，站起身子朝着声音传过来的那个地方作一个揖，同时道："任二奶奶好。"

平素常，薛云霞是不到书场来的，今个来就一定有事。朱瞎子猜不准会是什么事，在场的每一个人也摸不清她来的真正意图。

薛云霞学着男人的样拱手回礼道："不好意思，不好意思，打搅大家听书了。"话毕，薛云霞又朝朱瞎子行礼道："朱师傅，打搅了。我不该来的。"

朱瞎子回话道："任二奶奶说不该来就见外了不是，你有事尽管吩咐，我照着办就是。"

"其实也没有什么事，就是看看宝玉来这里没有。明早就要去县城里中学读书，得准备准备。"

听薛云霞这么一说，大家才发现任宝玉就蹲在一个角落里。

"宝玉，你妈叫你来了，还不赶紧起来跟你妈回去。"有人说任宝玉。

任宝玉就哑口无声地垂着头站了起来。

"宝玉都读中学啦，真不简单！"有人恭维道。

朱瞎子一听说薛云霞是来找儿子的，心里也就无所顾忌，随口道："任二奶奶教子有方，儿子都读中学啦，佩服，佩服。"

"宝玉，快回，还磨蹭个啥？"薛云霞对儿子道。

任宝玉仍旧一言不发，径自走出书场。

薛云霞又转身拱手道："真不好意思。大家继续听书，继续听书。"

薛云霞转身追上儿子训斥道："你不知道明天要去上学，不把该用的东西准备准备，还乱跑。"

任宝玉这才开了口："上学，去就是了，有啥可准备的！"

薛云霞不和儿子争议这些。她继续问："是谁领着你来的？"任宝玉平常是不到书场来的，今天来，必定是有人纵容撺掇他。

任宝玉不说话。

"我听人说是王幸福领着你来的？"

"不是幸福哥叫我来的，是我要幸福哥领着我来的。"任宝玉辩道。

"不要叫他哥，管他叫什么哥哩。"

"他比我大两岁，不叫他哥叫他什么。"

"什么也不叫。"薛云霞不容儿子再多说什么，因为她心里明白，王幸福成为自己男人那是早晚的事，儿子叫他哥，时间一长习惯成自然，到以后怎么改得了口。

"那王幸福去哪里啦？"薛云霞问。

"我跟他厮跟到书场，还没开始哩，他就回去了，说他妈找他有事哩。"

薛云霞再也不问，和儿子一前一后地走着。隐隐约约，身后又传来了朱瞎子那沙哑而有韵味的唱腔。

"天下黄河哟九十九道弯，

九十九条河水流呀流进来，

第六十六条河哟名叫乾阳河，

乾阳河的故事哟六百六十六道多。"

8

河口村大。居乾阳河最下游，离乾阳河水注入黄河的地方最近，故名河口。河口村分西河口，东河口，下河口。以乾阳河为界，西河口居河的西边，东河口居河的东边偏南，下河口居河的东边偏北，在三个自然村中就属西河口村大，因而通常人们所说的河口村泛指西河口。据祖辈传言，东河口、下河口都是从西河口分居出去的。时间长了就形成了两个新的村庄，新的村庄也不能没有村名，而这个名字也离不开河口这两个字，故曰东河口，下河口。

朱瞎子就住在东河口，住在东河口的朱瞎子在西河口有一间专门说书的房屋，人们称它叫书场，这书场的房子原是任家的。

河口村中间的东西通道是一条通向灵宝县城的大道，乾阳河以东的村庄和卢氏县一带的商贩去灵宝县城都要打河口村路过，河口村因此还被好多人称为河口街。街是什么？就是大一点的巷道，再加上一些经商的店面，是人们买卖交易的场所。

那年，朱瞎子领着儿子朱小熊来到河口村的街上说书挣钱，适逢任家大少爷任瑞祥从省城回来探亲。那时，任瑞祥已在省城里任参议，省参议是多大的官，老百姓不知道。只见任瑞祥坐着一辆黑色的洋轿车。洋轿车，多稀罕的东西，村子里的人谁都没见过，他们所见过的最多也只是马拉车。洋轿车开到东城门外便停了下来，任瑞祥穿着中山装，头戴黑礼帽和几个随同的人员从村子的东城门外往家中走去。洋轿车则跟在后面慢慢地开着。村子里的人说任瑞祥做了那么大的官还没有官架子，见了村上的老年人都要行拱手礼。

在未进城门前，任瑞祥站住了，他指着东城门上"东来紫气"四个大字，向随从们讲着老子骑牛过函谷关的故事。

走到村中，任瑞祥就看见一群人围在一起听一位瞎子拉琴说书，伴随着悠扬琴声的是瞎子那沙哑的唱腔。

"高高山上哟一根麻，

两个知了往呀往上爬，

不管它往上爬哟不爬，

咱丢开琴弦哟喝呀口茶。"

听到这儿琴声就止了，唱声就断了，围观者的掌声就响了起来。看来这是说书者自己编出来末尾的一个段子，有意思。任瑞祥站住了，他走到人群里面，让随从从身上掏出来五块现大洋交给朱小熊。那时间朱小熊才十岁，十岁的朱小熊没见过用白花花的银子铸成的现大洋，他用吃惊的眼神看着来人的装扮，就知道遇见贵人了，忙趴下磕头谢恩。

任瑞祥忙扶起朱小熊说："快起来，快起来，千万别这样。"

听到说话声，朱瞎子也起身拱手还礼道谢："不知你是哪方的贵客，如此的仗义，小人不才，这厢有礼了。"

任瑞祥又说："别客气，我就是这个村子的。姓任，常年在外面混饭吃，偶尔回来一趟看看乡亲们，看看我的高堂父母，一家老小。"

　　"哎哟哟，哎哟哟，你是任家大少爷，早就耳有所闻。难得，难得，河口村能有你这样一个大人物，福气啊。"

　　"师傅，敢问你贵姓？"

　　"免贵，姓朱。"

　　"噢，朱师傅。"

　　"不敢，不敢，人们都称我朱瞎子。"

　　"朱师傅好手艺啊，你瞧瞧，大家多喜欢听你的书。"

　　"多谢大家的厚爱。抬举了，抬举了。"朱师傅再次向众人们拱手行礼。

　　"朱师傅，我有件事情想和你商量一下，不知你肯不肯和我一同去家里小坐片刻，咱们面谈。"

　　"承蒙您的厚爱，我一个说书的能办成什么事情呢？这样吧，你看我爷儿俩烂衣破衫的，和你同行到府上多有不便。你有什么话就交代吧，我朱瞎子照办就是了。"

　　"怎么，师傅是瞧不起我怎的？"任瑞祥笑着说。

　　"不敢，不敢。如此说来，我朱瞎子恭敬不如从命。"

　　就这样，朱瞎子领着儿子朱小熊走进任家的大门。任瑞祥把朱瞎子让到客房里，好酒好菜的招待一翻，然后才向朱瞎子说明自己的意思。任瑞祥自己常年在外，为村子里做的事情很少，乡亲们也得不到他的什么好处。刚才路过巷道，看见人们那样的喜欢听朱瞎子说书，就突发奇想，要在沿街面腾出一大间房屋来，做为朱师傅的说书场。任瑞祥特别强调说："这书场用房是不收房租的，你和小熊只管住好啦。但必须把书说好，不能说天天都说书吧，但隔三岔五地来上几场，农忙的时间少说，农闲的时间多说，让村里的人也乐呵乐呵，你照收你的赏钱。有谁敢欺负你，你就到我家里来，告诉家弟吉祥。"

任吉祥那时间和薛云霞刚结婚不久，二十多岁就已经是保长了。

事情说妥后。正当朱瞎子领着朱小熊要出门时，被薛云霞给拦住了。不知道薛云霞从哪里听说朱瞎子会算命，而且还算的相当准，于是就想趁此机会让他为自己算上一卦。

朱瞎子被薛云霞领到她的新房，虽说他看不到新房里的摆设，单胭脂花粉的芳香就让他站也不是坐也不安。看到朱瞎子发窘的样子，薛云霞从外面为他搬来了一个小木板凳，朱瞎子这才心安理得地坐了下来。

"不知道任二奶奶请我何事？"朱瞎子问。

"算命啊，听说你算命算得很准的。"薛云霞开门见山。

"你要算什么？"

"命运。"

"任二奶奶，算卦不留情，留情卦不应。你要我说实话呢，还是要我说瞎话？"

"当然是说实话。有什么话尽管说好啦，我不会在意的。"

"那好吧，你告诉我你的生辰八字。"

"民国元年，农历七月初六，未时。"

"噢。"朱瞎子点了点头，他先是盯着薛云霞看了好久，虽然他什么也看不见，然后就用拇指在手掌上点来数去，嘴里小声嘟哝着什么。好大一会儿后，朱瞎子开口了：

> "夫人本是花中王，
> 生不逢时命不强，
> 自古红颜多薄命，

看似富贵空一场，

有朝一日寒霜降，

花谢叶落枝儿黄。"

话一说完，朱瞎子起身拱手一礼："告辞。"抬脚出了门。

"呸——"朱瞎子刚出门，薛云霞的一口唾沫就紧跟着飞了出来。"说你瞎你真瞎，还说你算得准哩，净是睁着瞎眼说瞎话。"

在家任瑞祥是大哥，大哥的话任吉祥不能不听，于是在河口村的街面上就有了朱瞎子的书场。但这个书场用房并不是像任瑞祥当时承诺的那样无偿给朱瞎子使用，而是要交房租的。等任瑞祥回省城之后，任吉祥就找到了朱瞎子说："我大哥是站着说话不腰疼，他在外面吃的是公家饭，有薪水。而我们在屋的一大家子人不靠收点租子靠什么？朱瞎子，你也是常在外面跑江湖的，这个道理你不能不懂吧。"朱瞎子说："我懂，我懂。"任吉祥说："懂了就好，书房仍归你用。书呢，就按大哥说的那样按时说，只是这房租得掏。"朱瞎子说："我掏，我掏。"

朱瞎子原打算和儿子搬到书场来住的，看来不能了，要那样任吉祥还不要收更多的房租。但这书，又不能不说，任家是灵宝县里有名望的大户人家，得罪不起。朱瞎子和儿子朱小熊因此就在东河口村外一眼土窑洞里落下了脚。

朱小熊慢慢长大以后，就不和朱瞎子一起去书场了。他也不愿跟着爹学说书，一个明眼人，干吗要做瞎眼人那个营生呢？朱瞎子不强求儿子跟自己学书，他给儿子租了二亩薄地，让他做庄稼。朱瞎子每次出门说书，都是朱小熊把他送到书场，等到散场后再接他回来。

前年，朱小熊在原来那眼窑洞的一边又挖了一眼新窑洞。就在这眼新窑洞里，朱瞎子为儿子取了一门媳妇，媳妇是逃慌要饭来到河口村的一个豫东姑娘。结婚也没花多少钱，就置了几件随身穿戴的衣服。

9

薛云霞已有好长时间不再理睬王幸福，说得更准确一点，就是恨死他了。

那天晚上，当薛云霞歇斯底里般地倾诉完自己心中的所爱之后，发现王幸福早已悄然无声地离她而去，她懊丧到了极点。她在心里骂道："王幸福，你算个什么东西？老娘爱你是瞧得起你，别给脸不要脸！我是谁？我是任家二奶奶。得罪了我，以后有你的好果子吃……"薛云霞在心里骂够了，发泄完了，就像打了一场大败仗瘫倒在土炕上，不说一句话。

也许自己的做法太冒失，这个想法是她彻底冷静下来以后才想到的：人家王幸福毕竟还是一个刚刚处世的娃，没见过什么世面，像那样的场景还不把他给吓跑了？自己怎么就不懂得心急吃不了热豆腐这个至理名言呢？人是个感情动物，要让感情升华为爱情是要有个过程的。什么是爱情？爱情是男女两个人相互间心与心的交往和沟通，有时间不需要过多的语言，过激的行为。一个眼神，一个微笑，一个微妙的举动他们就能够读懂彼此的意思。就像当年和张先生，需要自己赤裸裸地去卖弄风骚吗？如果真是那样，还不把人家给吓跑了？说不准人家会以为你是个疯子，是个傻子呢！以往的日子，自己对王幸福只是好，却从来没有向他暗示过什么，也没有在这方面试探过他。如此没有感情基础，他会接受你吗？细想想，王幸福那天晚上还真做对了，对一个轻而易举就被自己俘虏的男人，别的女人也会轻而易举把他俘虏的。和这样的男人在一起，把任家往后的日子交给这样一个男人靠得住吗？如此地想着，薛云霞从心里越发地喜欢王幸福。

这些天，薛云霞发现王幸福看她的眼神有点不自在，而她只能装作若无其事的样子，该喊他的时候就大大咧咧地喊，该说他的时候就当着大伙儿的面义正词严地说。她要让周围所有的人看不出一点儿蛛丝马迹。幸亏那天晚上的事情没被人发现，没有人知道，要不然，她这个任家二奶奶的脸面可就丢尽了。

女人啊，就是个怪物，既想当婊子，又想立牌坊，不把人累死才怪哩。

明天是儿子任宝玉去县城中学读书报到的头一天，需要有个人去送。如果薛云霞自己能去最好。但她不能去，一来是自己不会赶车使唤牲口，二来任宝玉这么大了，遇事应该让他去闯一闯。但没有人送总归是不行的，让别人去薛云霞又不放心。眼皮子底下倒是有一个人可以去，那就是喂牲口的老刘。但薛云霞就是不想让老刘去，想来想去她就又想到了王幸福。吃过晚饭，没等到她跟王幸福说，就听人说王幸福和任宝玉去书场听书了。她想也好，一会儿趁着把任宝玉喊回来的机会，当着大伙儿的面顺便跟王幸福交代一下，没想到王幸福不在书场。

薛云霞把任宝玉领回家，还没等到她开口说话，儿子任宝玉却先发了一通牢骚："看，把我这么早叫回来弄啥。"薛云霞说："就不能把你要用的毛笔，墨盒，还有本子书本都整理整理？非要等到明天走的时间再手忙脚乱，缺这少那的。""本子、书，到了中学人家都要发新的，谁还看这些旧书。""那你就去书场听书吧，明天的学也就不用再上了。"薛云霞被儿子顶撞地有些冒火。瞅见妈妈发火，任宝玉就什么话也不再说。

一阵沉默过后，薛云霞又给儿子说好话："你平常是不去书场的，今晚上咋就想去了呢？听妈的话，好好读书，长大了就像你大伯，人家在外面做了那么大的官。你大不在了，妈就指望着你哩，咱任家往后的日子就指望着你哩。"话说到动情处，薛云霞的鼻子便一酸一酸地，眼泪也险些掉下来。"万般皆下品，唯有读书高。只有读好书才能使你出人头地，成为人上人。"薛云霞的这些话任宝玉早就听过几十遍了，往日里一听就烦，今天却对他触动很大，明天就要去县城读中学了，自己还这般地淘气，惹妈妈生气，太不应该。

看着儿子一声不吭，薛云霞也就什么都不说了。她出门去了西院香椿的屋。

香椿刚把厨房的活拾掇完，屁股还没坐稳就听到院子里传来了薛云霞的声音："香椿，香椿。"

香椿忙抬脚往门外走，边走边答应着："任二奶奶。"

"香椿。"

"任二奶奶，有事啊？"

"我想让你去王幸福家一趟。"

"行，有什么事情你就交代。"

"跟他说明早就不用去放羊了，羊让王狗剩先替他放。叫他换身干净的衣服，明早吃罢饭，赶着马车把宝玉送到城里的中学去。"

"就这事啊。"

"就这事。跟他说一下让他有个准备，毕竟是去县城，要见人哩，穿戴体面一点，也不丢咱们任家的人不是？"

"是是是，任二奶奶想得真周到。"

"那你现在就去吧，去晚了人家就把门关啦。"

"我这就去，我这就去。"香椿连连答应着出了西院的门。

10

吃过晚饭那会儿，王幸福原本是要回家的。刚出西院的门，正巧碰到任宝玉从正院的门里出来。任宝玉问："幸福哥，干啥去啊？"

任宝玉这么随口一问，王幸福也就随嘴答道："去书场听书啊。"

任宝玉说："那我也去。咱俩厮跟着走吧。"

王幸福想说"我不去书场，我是回家。"但他没有说。任宝玉想和他结伴去书场，他刚才也说了自己要去书场的，这会儿怎么能够出尔反尔？还有，人家任宝玉可是个读书人，都上了小学六年级啦。王幸福就是喜欢和读书人在一起。这么想着，王幸福就答应任宝玉说："好吧。"

任宝玉和王幸福一路走着，可高兴了。任宝玉说他妈总是不让他去赌场、书场那些地方，说那些地方龌龊。任宝玉说妈越是这样说，他越是想去看看这些地方咋就不能去了。妈只知道要他专心读书，好好写字。妈还说书中自有黄金屋，书中自有颜如玉。堂前多少读书子，谁知哪个先登科？他真不知道妈妈是从哪儿听来的这些陈词滥调。

王幸福告诉任宝玉："你妈说得对着哩，读书是有好处的。只有读书了，才能知道天底下更多的事情，你没听说过'秀才不出门，便知天下闻'吗？"

"哎哟哟，幸福哥，我觉着你怎么和我妈就一个样子呢。"

这才是身在福中不知福，你知道有多少人想读书却因为穷读不起书吗？这些话王幸福没有说出口，他望着任宝玉苦笑了一下。

很快就到了书场。任宝玉望着在场的男女老少，还有那些正往书场赶来的人自语道："有这么多人都来听书啊，听书不好咋就有这么多人来呢？"

这时王幸福故作惊讶地说："哎哟，我妈让我晚上帮她干活哩，我咋就忘了呢。宝玉，你听书啊，我先回去了，回去迟了我妈又该骂我哩。"

王幸福说完也不管任宝玉愿不愿意，转身就往家里赶。

透过柴扉的间隙，王幸福又看到了从窑洞里透出来微弱的光亮。每次晚上从外面回家，看见那微弱的灯光，他总觉得是那样得温馨。这光亮是他游荡心灵回归的港湾，是他永远的牵挂和依靠。推开窑门，妈妈还在油灯下忙着针线，看见儿子进来，她还像往常一样停下手中的活计，抬头望着王幸福，看了很久很久。这种眼神是那样慈祥，那样温暖。

"妈，婵娟来过吗？"王幸福一进门就问。

"婵娟，她说过要来吗？"

"今晌午放羊回来碰见她了，她说晚上来家教我认字哩。"

"你呀，一天除了干活吃饭就是想着认字。"母亲笑着说，"她还没来。"

"还没来，那我就等她。"王幸福对妈妈说："那我去南窑了。"

"去吧，去吧。"母亲笑着点了点头。

"幸福哥，幸福哥。"百灵鸟一样的声音听起来就是甜。幸福妈知道是王婵娟来了，她正要搭腔，就听见王幸福喊："婵娟，我在南窑哩。"

王幸福睡在南窑。南窑里的摆设很简陋，窑门口就是土炕，土炕头放着一只木箱，木箱上面放着一个用白麻纸锥成的本子，还有一支毛笔，一个破墨盒。放着的两本书是婵娟原先送来的，是她学过的国语课本。

"婵娟，看见你来，我真高兴。"王幸福望着王婵娟笑着说。

王婵娟瞥一眼王幸福："成天见面的机会多了，有啥可高兴的？"

"见了你，我就可以认识更多的字，就不会做睁眼瞎子。你说我能不高兴吗？"

"除了读书认字，就没有别的原因啦？"

王婵娟这一问，王幸福就答不上来了。不是王幸福答不上来，而是王幸福不敢说，甚至连想都不敢想的事。自己家里穷，是一个给人扛活的长工。而王婵娟呢，虽说家境不是十分的好，但比起他来说要强得多。对于一个没有读过书的男孩子来说，能有王婵娟这样一个漂亮的女孩子教他读书认字，隔三岔五地就能见到她，他已经很知足了。他不敢有更进一步的奢求。

"怎么不说话了。"王婵娟笑容可掬地问着。

王幸福红着脸不知该说什么好。

"好了，不说了，今晚上不能多停。我又给你带来了两本六年级的国语课本，上面有些字是你以前学过的，碰到不认识的字你就做个记号，我回来了再教你。"

"你要上哪儿去？"

"明天就去县城读中学了，今天晚上，我得拾掇拾掇自己的东西。"

"你要读中学，要去县城啊？"听着王幸福感叹的口气，那县城就好像在天边一样的远。"那你什么时候能回来啊？"

"多着一个月，少着两个礼拜吧。不过你放心，从城里一回来我就会来看你，来教你认字的。好了，不说了，书我给你放在箱子盖上。"王婵娟说完转身就要走。

"婵娟。"王幸福叫道。

瞧着王幸福痴痴地眼神，王婵娟说："幸福哥，你……"

王幸福不说话，目不转睛地傻望着王婵娟那苗条的身段，齐耳的秀发，整齐的刘海，纯情的笑靥……他突然有一种恋恋不舍的感觉。

"幸福哥，我回来了就来看你，教你认字。"王婵娟重复着刚才的话。

"婵娟，谢谢你！感谢你教我读书认字。"王幸福说着朝王婵娟深深地鞠了一个躬。

"谢什么呀谢？要说谢，我还得谢谢你哩！因为教你认字念书，我就像是重新学习了一遍课文，我这次考试得了个全县第一名，还不是因为你啊。没有这个全县第一名，我大和我妈是不会让我去县城念中学的。考了个第一，学校的老师都来家劝我大我妈，说不让这娃读书就太屈才啦。其实我也不知道，一个女孩子读书读到最后还能怎么样？但我就是喜欢读书。"

"能在县城里读中学真好。"王幸福羡慕地说着。

"我走了。"王婵娟转身出了窑洞。

王幸福跟在王婵娟的身后，一直跟到了院门外。尽管他们彼此间都不再说什么，却什么都能感觉得到。望着王婵娟远去的背影，王幸福突然又想到了薛云霞那凝脂的背肤，想着从那条搭在肩背的毛巾里流出来的水珠儿，顺着雪白的脊背往下流淌着，流向了那个神秘的隐私处……想到哪儿去啦？卑鄙！王幸福抬手给了自己一个耳光。

就在王幸福要关闭院门的时间，香椿赶到了。"别急着弄门呀。"香椿赶忙道。

"香椿姐，你怎么来了？"王幸福赶紧把快要关闭的门开了个半开。

"任二奶奶让我来的。"香椿回答说。

"有什么要紧的事儿吧，要不还能摸着黑过来？"王幸福问。

"走，到屋里再说。"

王幸福领着香椿一同来到妈的窑洞，一阵寒暄问候之后，桃花开口说："有啥事就说，都黑了好大一会儿啦，我也不想多留你。"

香椿说："任二奶奶要幸福明天一早送宝玉进城上学，特意要我过来跟他说一声，明早就不用放羊了。任二奶奶还说去一趟县城不容易，要你给幸福换上新衣服，免得到了城里被人瞧不起。"

"行，行。"桃花答应着。

"妈，我去南窑了。"看着香椿和妈说话，王幸福也插不上嘴，就想着回自己的窑里去，看看婵娟给他送来的书。

"甭急，等把你香椿姐送走了再睡。"

"让幸福去吧，我还想和你说会儿话呢。"香椿说，

"那你去吧。"

王幸福去了南窑。香椿一脸疑惑地问桃花说："我刚才从巷道里看见婵娟了，她是从你家出去的吧？"

桃花点点头说："婵娟可是个好姑娘，总是掏空儿来教我家幸福认字。可惜，我和他大没能耐让幸福念书。"

香椿笑了笑说："不是世上每一个人都能读书做官的，做庄稼的人多了，你也不必为幸福没进学堂念书难心。幸福心眼儿活，人又勤快，往后的日子也

过不到人后头。"

"这就看他的命了。"桃花叹了口气，无奈地说。

话说到这，香椿就起身告辞，临走时她又一次交代"别忘了给幸福换上新衣服。"桃花"哎哎"地答应着，就有泪水淌到了脸上。要是幸福也能去县城里读中学？要是幸福以后能娶上婵娟这么个媳妇？要是……这穷日子，什么时间才是个头啊！

11

天麻麻亮，王幸福就起了炕。庄户人家没有什么绫罗绸缎明光闪亮的衣裳，白粗布衬衫就是最合体的。进了任家西院的门，香椿把麦面糊辣汤早就拌好了，酸辣辣的清香味直往他的鼻孔里钻。这糊辣汤是专门为任宝玉和王幸福做的，下地做活的人从不吃得这么早，得等到饭时（吃上午饭的时间）从田里回来的时候。

香椿舀好饭，就吩咐王幸福把饭端到正院去和任宝玉一块儿吃，然后好套车上路。

薛云霞也起来了，虽说他给儿子准备的被褥衣服等用品都是前一天晚上收拾好的，但她还是很早就起了炕。她特意吩咐香椿，让她往糊辣汤里为任宝玉和王幸福每人打上两个荷包蛋。吃饭间，王幸福问任宝玉说："咱河口村都谁考上了县里的中学？"

任宝玉说："还有婵娟。"

王幸福说："那婵娟今天也要去县城中学报到啊？"

任宝玉说："那当然。"

说到这儿，任宝玉又跟王幸福说："我怎么就忘了呢，咱们去，有马车哩，把婵娟他们捎着不就得了吗。"

"这能行吗？"王幸福故意这样问。

"咋不行？我们是同学，理应互相帮忙的。再说，厮跟的人多了，路上还能说个话。我这就跟妈说去。"

任宝玉把要捎王婵娟的事跟薛云霞一提，薛云霞爽快地说："这事你咋不早说呢？那赶紧让香椿去婵娟家跟他们说一声。"

很快，香椿就回来了。香椿说："婵娟和她妈鸡叫两遍就起身走了。"

王幸福心里空落落的。

套好马车，薛云霞一再交代王幸福，要他一定把任宝玉安顿好，然后就到街面的馆子里吃饭，千万别舍不得，饿着肚子回家。王幸福一一答应着不再多说什么。

一路上，王幸福把马车赶得飞快，硬是没有见到王婵娟和她妈的影子。一直等到把任宝玉一切都安排停当要出校门时，他才看见王婵娟厮跟着她妈向校门口走来。看着王幸福站在校门口，王婵娟很是吃了一惊，跑步上来问道："幸福哥，你怎么在这儿？"

王幸福说："我是赶着马车送宝玉来的。"

"那宝玉呢？"

"都安顿好了。"

"这么说，你马上就要回去啦？"婵娟问。

王幸福并没有回答王婵娟的问话，而是说："从屋里走时，任二奶奶让香椿去你家叫你，让你们坐车一块儿来的，谁知道你们走得那么早！"

王婵娟说："鸡叫两遍我和我妈就上了路。原本说好爹用毛驴送我来的，可今个爹又要用毛驴犁地，所以我只能走着来了。"

王幸福说："我赶着马车追一路，也没见到你们的面。"

"我们走的是小路。"王婵娟说。

"怪不得。"

"幸福哥，回去时把我妈捎上。行不？"

"行，咋不行。在外面，又没人管着咱。"王幸福接着说："要不我和你一块儿去办入学手续。"

"不用，我和我妈去。你就在这儿等一会儿。"

王婵娟和她妈从学校里出来了。王婵娟对妈说："有幸福哥赶着马车，也省得你回去跑路。"说完了，王婵娟又对王幸福说："幸福哥，我妈一年半载地也不往县城来一趟，你就领着我妈去转转，然后再领着她吃一碗羊肉泡馍吧。我妈忒细发，总是舍不得。给，这是五十块钱。"

"婵娟，我带着钱哩。你把钱装起来。刚开学，用钱的地方多着哩。"王幸福推让着不肯接王婵娟手中的钱。

王婵娟硬要把钱塞过来："你那钱是你家主人的，不能随便乱花的。我们还是花自己的钱心里踏实。"

王幸福一听就恼火了："你教我认了那么多的字，让咱婶吃饭的钱，全当是我教学费的还不行吗？"

看着王幸福发了脾气，王婵娟便不再坚持给他掏钱。

王幸福领着雪琴来到羊肉馆，雪琴死活不肯进馆子，她说她吃不惯羊肉，嫌那个膻味儿太重，再说羊肉那东西热，吃了容易上火。她说她喜欢吃凉粉，她身上带着馍哩，往凉粉锅子上一烙，吃着就美咋啦。王幸福要给雪琴掏钱，雪琴硬是没有接。

王幸福只好一个人进了羊肉馆，那羊肉汤子油旺旺的，羊肉片儿粉红红白花花的，香菜叶儿绿生生的，眼看着都让人发馋，吃起来咋就像嚼蜡一样地无味呢？

第三章　一个人的桃花梦

12

　　这事香椿原本是不对任何人说的，但她说了。这个人就是老刘。有句话叫什么来着，"媳妇女人心，谁睡和谁亲"。香椿就犯了这个错。老刘不是外人，是香椿的男人。香椿和自己的男人睡觉正大光明，不需要偷偷摸摸担惊受怕。但就是因为睡觉，老刘把香椿给弄舒服了，让香椿痛快到了极点，于是香椿的脑门子一热，心情一激动嘴上就没了把门的，就什么东西都全盘倒了出来。

　　老刘名叫刘锁恩，原是陕西省丹凤县人。十六岁那年和同村的人出去做生意，被土匪绑上了山。刘锁恩的家里人一时筹不起土匪所要的银两，不能按时把银子送到土匪指定的地点，土匪要撕票，就把刘锁恩绑在山里的一棵松树上，要用大刀劈死。就在这个节骨眼上，一支剿匪的队伍从天而降，从鬼头刀下救出刘锁恩的一条命。刘锁恩感恩不尽，跪倒在地上要认这支队伍的长官做义父。带队的长官听了刘锁恩的要求"哈哈"一笑，连连摆手说："这可使不得，不行，不行。你也不抬头仔细看一看，我能年长你几岁？你认我做义父，还不折煞我也？"刘锁恩说："是你领着人把我从土匪手里救下来，要是你迟来一会儿，我就会成为他们的刀下鬼。救命之恩，终生难忘，是你给了我新的生命，你就是我的再生父母。今天你要是不答应，我就不起来。"带队的长官听了笑着说："看来你还是一个知恩图报的人，不如这样吧，你如果愿意的话，从今后就跟着我，咱们做兄弟好了。"刘锁恩听后信誓旦旦地说："我愿意。从今以后我与大哥你肝胆相照，大哥你的事就是兄弟我的事，我会为大哥两肋插刀、肝脑涂地。"就这样，刘锁恩跟上了这位长官。

这位长官因为有文化，遇事脑袋瓜子活泛，不断地被上司提拔，很快就做了团长。刘锁恩也因此做了团长的一位随从。团长几次要给刘锁恩一个官做，都被刘锁恩婉言谢绝了。刘锁恩说："跟着大哥你，我不是为了做官，图的是报恩，一辈子报恩。只要大哥你痛快，你高兴，你让我干什么都行，但就是别让我离开你。"你瞧这话说得，做了团长的长官越发地喜欢他，信任他。

对于团长大哥的事，刘锁恩从来不去做刻意的打探，也不相信那些道听途说。虽如此，但时间一久，他还是知道了一些关于团长大哥的事情。如大哥的名字叫任瑞祥；如大哥是河南省陕州专署灵宝县城东乡河口村人，家里很有钱的；还有大哥是念军校出来的，大哥的妻子他给叫大嫂，是上司军长的女儿等等。知道归知道，刘锁恩记在心里，嘴上从来不说。

任瑞祥的事业如日中天，官位青云直上。一直到他做了河南省参议，刘锁恩一直寸步不离地跟着他。任瑞祥每次回家探亲，他也跟着一块儿回。

那年，任瑞祥的老父亲病故，任吉祥的年龄尚小，家中原来的管家告老还乡，急需一个可靠的人来管理照料家务。任瑞祥就想到了刘锁恩。

任瑞祥对刘锁恩说："兄弟你跟了我这么多年，一没混出个一官半职，二没成个家，这样长久下去也不是个办法。眼下，我家的情景你也知道了，老父不在，吾弟尚小，这么大一个家迫切需要一个管家理事的。家和万事幸，家兴万事兴。我想让你去做我家中的管事人。"

刘锁恩说："大哥要我干的事，我不会说半个不字，只要大哥信任我。只是这管家我可从来没干过，恐怕干不好，辜负大哥的一片心意。"

任瑞祥说："有你的忠诚，再加上你的勤劳，就一定能干好。有些不明白的事情，母亲大人尚还健康，你可以向她请教。家弟吉祥脾气不好，性情鲁莽，他做的有些事情你要在后面帮他斟酌点。"话到此，任瑞祥叹了一口气继续道："眼下世事不太平，老百姓想过个安稳日子都难。只要家里顺顺当当，我在外面做事也就省心了。"

刘锁恩点头答应了。

刘锁恩名义上做了任家的管家，事实上却什么活都干，还自动承担起了喂养牲口的事儿。他把自己当成一个任家雇用来的伙计，遇事从不擅自做主，对于有些事情即使自己已经有了很好的主意，他也要向老太太禀报一声。他不想让别人说自己是个狂妄自大目中无人的人。对于任吉祥在为人处世上某些过激的行为，他也不去劝阻，随其放任自流，因为他知道自己是立在什么地方。世上的人大都喜欢好听的话、假话、恭维话，你如果说难听的话、真话、无所顾忌的话，其结果往往会是适得其反众叛亲离。这是人性的弱点，人人都明白的道理，但大多数人遇事就是迈不过这个坎。这就是凡人，非君子也。刘锁恩掌握了这个处事规律，所以在任家也就落了个好名声，一干就是好多年。

但聪明人也有犯糊涂的时间。

任吉祥的第一个媳妇因为生小孩过世以后，很快就娶了薛云霞过来。就在薛云霞生下她的小儿子宝贝三岁那年，任吉祥因车祸丢了性命，不足三十岁的薛云霞就成了寡妇。这段时间，刘锁恩几乎成了这个家的主人，顶梁柱。家里的内内外外、大大小小的事情大都是他说了算。后来，一个偶然的机会他发现了薛云霞和乡长雒好礼之间的苟且之事。聪明的刘锁恩并没有向外张扬，他不想因此与薛云霞过不去，而是任其自由自在地发展，因为他知道薛云霞虽是个女流之辈，但她毕竟还是他的主子。还有，雒好礼腰里挎着的盒子枪随时都可以结果一个人的性命。他猜想着，薛云霞跟着比她大十多岁的雒好礼干那种事一定不是薛云霞自愿的，而有极大可能是雒好礼威逼的。如此这般的想着，刘锁恩就做起了桃花梦。

刘锁恩是人，往更准确一点地说是个男人。是个男人就有男人的弱点，这个弱点就是好色。特别是像薛云霞这样又年轻又漂亮又有文化又会卖弄风情的女人，整天在他的眼前晃呀晃的，就晃得他头昏脑涨不知道东西南北了。在刘锁恩眼里，生过两个孩子的薛云霞并不比一个黄花闺女差，即便是雒好礼睡过千遍万遍他也不在乎，他在乎的是要跟薛云霞成为名正言顺光明正大的夫妻，他要薛云霞从心里接纳他这个男人，他在乎的是任家所有的财产。这就是他不去打草惊蛇，不急着拆散这对野鸳鸯的真实动机。于是，他在千方百计地讨着薛云霞欢心的同时，还在寻找着那个成熟的机会，最佳时机向薛云霞摊牌。

　　机会终于来了。

　　薛云霞那几天一直闹肚子疼，请邻村的几位大夫看过，煎药吃了好几副也不见好，于是就想着去县城。去县城得套马车，赶马车的人理所当然就是刘锁恩。后半年的天短，等看完病坐上马车回村时太阳已经要落山了。回去的路上，刘锁恩故意将马车赶得很慢，以至到家后已经很晚了。薛云霞很是感激刘锁恩这天无微不至地照顾，她和他说话的声音也透着一种柔情蜜意。老太太睡下了，长工们熄灭了灯，院子里静悄悄的，刘锁恩坚持要将薛云霞扶进屋里去，薛云霞说不让他扶，自己可以走到屋的。但刘锁恩表现出来的热情执着殷勤献媚让她感动，她默认了。

　　就在刘锁恩扶着薛云霞来到屋里炕头还没有点上灯的这一瞬间，刘锁恩一把将薛云霞搬过身搂进了自己的怀里。薛云霞被刘锁恩这突然的举动吓呆了，她再也顾不得自己浑身的不舒服，奋力挣脱了刘锁恩之后，就狠狠地抽了刘锁恩一巴掌。刘锁恩说："你打吧，你就是再打我都喜欢你，我要你做我的女人。""刘锁恩你犯糊涂了不是，我是任二奶奶，是你的主子。""薛云霞，你不要在我面前装什么正经了，你和雒好礼的事你以为别人都不知道？他是耍你的。我可是真心地喜欢你。""刘锁恩，你给我滚！滚！你再不滚我就要喊人啦。"刘锁恩想不到会是这个结果，他狼狈地出了薛云霞的屋，懊丧到了极点。

第二天，薛云霞把这件事告诉给了老太太，还说要大哥任瑞祥回来处理这件事。

后来，不知道老太太是怎样跟薛云霞解释的，老太太把刘锁恩叫去，狠狠地数落了一顿之后就说："这件事权当没有发生过，以后谁也不准再提。"老太太还说："我们家这几年对你个人的事情关心得太少了，今天我做主，把在伙房做饭的丫头香椿许配给你做媳妇。"

刘锁恩想不到事情的最终结果会是这样，当下就给老太太跪下磕了三个头。

刘锁恩和香椿圆了房，对薛云霞他再也不敢有半点非分之想。随着岁月的流逝，刘锁恩就逐渐地丧失了一个做管家应有的一切权力，而日臻成熟的薛云霞则统掌了任家的家政大权。刘锁恩成了一个完全彻底喂牲口的人，人们习惯称他老刘。

13

平日里香椿和老刘是不睡在一块的。香椿睡在西院厨房跟的一间屋，老刘睡在东院马房旁的一间屋。

那天吃过后晌饭，薛云霞让王幸福到她屋里去，又不说是弄啥，香椿就觉得这里面有什么玄机，就想得个究竟。当她看到羊圈的垫土还有一大堆，而王幸福又摸着黑去南崖跟挑干土时，她就觉得奇怪了，是薛云霞在惩罚王幸福吗？不像啊。那到底是为什么呢？她想探个究竟，弄个明白，于是就暗中跟踪窥视着王幸福。与此同时，她发现薛云霞也在黑暗中盯着王幸福，以至夜深人静之时又将王幸福叫到了自己的屋里，香椿更加好奇了。于是她就躲在薛云霞屋外，听到了薛云霞和王幸福的说话声以及屋里所发生的一切。事后她就觉得自己多事了，看见了不该看见的，听到了不该听到的。薛云霞是任家二奶奶，她的私生活用得着自己去瞎操心吗？薛云霞想和王幸福行鱼水之欢，做苟且之事，自己是万不敢多这个嘴的，自己端的可是任家的饭碗子。

香椿虽如此地想着，但这种有伤风化的桃色事件太刺激人，虽然这个事件只有她一个人知道。就像听书听到末尾处来了一句欲知后事如何，且听下回分解。她想知道后面将要发生的一切，太想知道。薛云霞没有得到王幸福，她是不会善罢甘休的。接下来的一段日子，香椿洞察入微，却什么也没有发现，这令她大失所望。

后来的那个晚上，薛云霞让香椿去王幸福家传话时，香椿无意间看到了婵娟，使她眼前为之一亮。为证实自己的猜测，她装作随便地问了幸福妈。这一问，她就得出了王幸福拒绝薛云霞的根源所在。对一个正值青春年少的男人，无论如何也逃避不了女性的诱惑，一边是生了两个孩子的中年寡妇，一边是二八年华的年轻女子，你说你会选择哪一个？香椿猜想着王婵娟教王幸福认字即便是真，但他们俩毕竟是青梅竹马，两小无猜。再加上日久生情，情深生爱，干柴和烈火终有燃烧起来的时候。

从王幸福家回来的路上，香椿这般琢磨着走着，走着琢磨着。无限的想象中便勾画出了薛云霞赤裸裸坐在浴盆中的画面，王幸福和婵娟相拥互抱的画面……这些画面刺激得她浑身发热，躁动不安，从心底里发出的那种想得到异性击撞的欲望越来越强烈，以至她再也忍耐不下去。香椿去了东院老刘的屋。

幸好，东院的门还没有关。这就省去了香椿喊门的麻烦，夜深人静，她不想因为自己惊动更多的人。

老刘屋里的灯还亮着，看来他还没有睡。

香椿和老刘刚成亲那会儿可不像现在一个东院一个西院的。那时，任二奶奶专门在西院为他们准备了一间新房，也就是香椿现在住的屋。他们一个年富力强激情高涨，一个风姿秀逸柔情万种，除了白天干活，晚上夜夜都搂在一个被窝里。一年后，香椿就为老刘生下了一个女孩。自打香椿生了孩子，他们搂在一个被窝里的感觉远没有刚结婚时那样舒适、惬意，孩子的哭闹声和尿湿被子窝的龌龊简直让人无法安睡，何况白天还要做活。老刘有些受不了了，就和香椿商量着自个儿搬进了东院。但男人和女人总归是要在一起干那个事情的，这是生理的需要，也是人一辈子生活的一部分。于是隔三岔五不是香椿去了东院，就是老刘去了西院，痛快的事情一干完，就立即各奔东西。

女儿两岁那年，老刘将她送回了陕西丹凤老家交代给母亲带着，自己和香椿也好腾出身子专心为任家做事。

香椿一推门就进去了，坐在炕头吸着烟袋的老刘一扭头见是香椿就说："哎哟，你进来怎么也不打声招呼？吓人一大跳。"

"进自家男人的屋，还用和谁打招呼？"香椿说。

"可……"老刘张着嘴可了半天也没可出个下文，只好话题一转道："都这般时候了，你怎么来啦？"

"我……"香椿抬眼瞅了一下老刘，嗔怪道："想你了，怎么，你不想我啊？"

老刘不说话了。

"说呀，想我不想我？"香椿开始撒娇了，两只手伸进了老刘的裤裆里。

老刘瞅了一眼香椿，他不明白香椿这会儿咋就来了这么大的兴趣。"别，让我去给牲口添上草，再把门关上。"

香椿说："进来的时候我把门都关了。"

等老刘给牲口添草回来，香椿已脱得一丝不挂，泥鳅般地溜进了被窝。

老刘刚才被香椿拨弄得已经是六神无主热血沸腾了，这会儿面对着香椿的酮体更是如饥似渴，欲罢不能。搂抱，抚摸，接吻……以往这些必需的前奏取消了，他们直接进入性爱的主题。香椿一翘一翘的屁股迎合着老刘那硬邦邦强劲有力的冲击"哼哼唧唧"地呻吟着。很快，老刘不动了，一股强大的热流触电般进入了香棒的体内，她浑身颤动着如神仙般地无限陶醉……

"我告诉你一件事情。"香椿说。

"什么事情？"老刘问。

"任二奶奶的事情。"

"任二奶奶怎么啦？"

"她和王幸福。"

"她和王幸福？"老刘不知道薛云霞和王幸福，一个主子和一个雇工会发生什么事情。"她和王幸福的什么事？"

"你甭急，听我给你慢慢说。"

于是，在被窝这个两人世界里，香椿把她所见到的听到的，关于薛云霞的，关于王幸福的，关于王婵娟的一切前前后后详详细细地向老刘倒了个干净。

老刘听完后脸就沉下来了："这事你还跟谁说过？"

香椿说："我没跟谁说过。"

"没跟谁说过就好，千万不能跟任何人说，知道吗？"

"知道，知道。"香椿答应着。

"薛云霞是谁？是任家二奶奶，是咱们的主子。"老刘继续解释道，"任家二奶奶可是个有心计的女人，她勾引王幸福自有她的道理，用不着咱们操心。但她要是知道你跟踪了她，还不扒了你的皮啊？这事就权当没有发生过，咱们什么也不知道。咱们要维护主子，要往主子的脸上贴金插花，只有这样咱们才有好日子过。不过，对于王幸福和婵娟的事，你倒可以瞅个机会随便向她提一下。要随意，不要让她觉得你是刻意跟她说的。"

"为什么？"香椿不明白。

"要让任二奶奶心中有数，促使她做成自己想做的事情。这就是咱们应该做的。"

"明白了。"香椿嘴上说明白了，其实心里还犯糊涂。

14

这一夜，香椿在东院一直睡到了天亮。

香椿起来从东院往西院走的时间正好碰着了薛云霞。"任二奶奶好。"香椿礼貌地点头问候了薛云霞一声，自己的脸就先红了。这一红，薛云霞就知道香椿昨晚去了老刘那儿。薛云霞点头回了一句："好。"

薛云霞是很要强的，自从丈夫任吉祥过世，她慢慢地撑起了这个家以后，可以说就没有睡过一个囫囵觉，早睡早起，打理家里的日常事务这已成了习惯。她不愿让任家祖辈留下来的家业败落在自己的手里，虽然她也喜欢打扮，喜欢享受生活，包括男女之事。

她站在正院的门外面，看着儿子任宝贝顺着巷道去了东城门外的学校，过去总是兄弟俩厮跟着去的，现在任宝玉去了城里，就剩下任宝贝一个人；看着长工们逗骂着扛着锄头下了田；看着王幸福把羊群赶往西城门外，他一定又是去了黄河滩，近处没有好草场，到了黄河滩也待不了多大一会儿就要往回赶，这一来回羊就吃饱了；看着老刘套着马车去为家里街面上的生意铺子拉货，回来时顺便再往家里捎些油盐酱醋茶一类的生活用品。扭回身，就见西院厨房上的烟囱里开始冒白烟了，那是香椿点着了灶膛里的火。看完了这一切，薛云霞就转身回到了屋。这会儿老太太已经起来，她便走到上房屋里去和婆母说话，不外乎家里的事，田里的事，生意铺子上的事。正聊着，院子里就传来了"任二奶奶"的叫声。

薛云霞一听声音就知道是雒好礼来了，忙转身走出房门迎了上去。

雒好礼中等身材，略胖，长袍短褂地一穿，肩头上斜挎了一只盒子枪。和他同行的还有一个人，穿着也很讲究，个头比雒好礼要高一点，显瘦一点，带了个礼帽，鼻梁上架着一副镶着铜边的石头眼镜，比起雒好礼要绅士得多。薛云霞不认识。

"雒乡长来了？"薛云霞问候道。

"来了，来了。"雒好礼拱手行礼。

"这位是……"薛云霞问。

"噢，我来介绍一下，他是县党部的张铭文，张干事。"

"任二奶奶好，打搅了。"张铭文客气地回话道，一双眼球透过眼镜片紧盯着薛云霞看了好久。

这一看，薛云霞的脸就有些红了。她知道，这一准是雒好礼在张铭文面前说了他们之间的事情。雒好礼这个人，总喜欢在同僚面前谈自己的能耐。其实，跟他好的女人还不都是因为他是乡长？不愿意也得愿意，不喜欢也得喜欢。

"走吧，屋里喝茶。"薛云霞示意地做了一个请的手势。

"不了，不了。"雒好礼说，"我们要去王保长那儿，顺便先到这儿来跟你说一声，把晌午的饭准备好。"

"到了河口村，饿不着你的肚皮儿，早晚来，酒菜管够。"薛云霞笑着说。

"那我们就先告辞了。"雒好礼同张铭文一前一后出了门。

雒好礼要找的王保长叫王孝儒，是河口村第二大财主。就和薛云霞的家对着门，任家在街北，王家在街南。任家三座四合院连在一起，分正院、东院、西院。东院拴着骡马，圈着牛羊，又称马房院。西院堆着柴草，住着长工，内有厨房，又称柴房院。三座院宅全是蓝砖漂墙，屋脊上砌着五脊六兽，房门内走廊下雕梁画栋。王家是两座四合院连在一起，分正院和偏院。正院原是主人住的，偏院则是放柴草和拴骡马的，但到了王孝儒这一辈兄弟三人，单正院就住不过来了，偏院成了两个弟弟的住宅。这两座院落同样地蓝砖漂墙，屋脊上砌着五脊六兽，房门内走廊下雕梁画栋。任家和王家在河口村的街面上同样有生意铺子。河口村正因为有任、王两家如此豪华的建筑住宅，让周围十里八乡的人都眼气、羡慕，他们称河口村是"小北京"。其实北京到底是个什么样子，乡下人大都没见过，心想着北京人的住房也不过如此吧。任、王两家所不同的是任瑞祥在外面做了大官，相比之下任家的财更大，气更粗。好在那年任吉祥车祸丧命，任家屋里没有了能撑起门面的男人，河口村的保长因此就让王孝儒给干上了。

虽说王孝儒干上了保长，但他还是觉得没有任家的腰杆子硬。任家硬就硬在有个干省参议的任瑞祥。官大一级，压倒泰山。谁不服气都不行！其实，王孝儒的大儿子王坤峰虽说比任瑞祥年少了十多岁，但也是早年读书，在外面干了事。只不过王坤峰没有做国民党的党政要员，而是去延安跟了共产党。儿子远天百里地，他鞭长莫及够也够不着，只能干瞪眼。这就是王孝儒干了保长还是理亏气短的一个重要原因。

雒好礼和那个县党部的张干事去王孝儒家能有什么事呢？薛云霞想知道却想不出来。但她不急，等一会儿雒好礼来了，她啥都就知道了。对于王孝儒，薛云霞从不把他往眼里拾掇，也不把他当保长看。任家赖好有个人，保长还能挨得着他。薛云霞如此这般想着，就从正院出来去了西院。

"香椿，香椿。"

薛云霞这一喊，香椿就赶紧从厨房里出来了："任二奶奶，有事啊？"

"晌午得多做两个人的饭，再炒上两个菜。"

"谁来了？"香椿问。

"雏乡长。"薛云霞答道:"还有那个叫……叫张干事的。"

"噢,好好好,知道啦。"

薛云霞往门口走着走着又回过头来嘱咐说:"唉,对了,一会儿别忘了去街上的铺子里打二斤酒,顺便再称上二斤猪脸肉。"

"知道啦,知道啦。"香椿连声答应着又回厨房去了。

15

天上的太阳偏西了许多,长工们下晌回来了,香椿却不下面。看着香椿慢腾腾磨磨蹭蹭的样子人们就急了,就问:"咋着哩,还不下面?"王狗剩更是心急火燎怪话连篇:"干了一晌活,肠子都快饿断了,你咋就是不赶紧点儿呢?这真是饱汉不知道饿汉饥。"香椿一听就和他抬上了:"谁是饱汉啦?就你急,人家这么多人还不都和你一样啊,狂叫什么啊狂?""不说了,不说了,赶紧下面吧。"有人劝道。香椿说:"不是我不给你们下面,任二奶奶今天来客人了,去外面办事还没回来,这面下得早了,人家回来饭凉了不说,还不熬成了一锅模糊。"听香椿这么说,大伙儿就再也不做声。

香椿看着长工们围着锅台自己也着急,就去正院问薛云霞说:"任二奶奶,雏乡长他们还没来,下地的人回来好大一会儿了,都嚷着要吃饭哩。"薛云霞说:"要吃就让他们吃吧,你不是酱面嘛,又不怕煮。一会儿他们来了,往锅底下填把火温一温。"

长工们吃毕了,雏好礼领着张铭文就来了,后面还跟着保长王孝儒,学校校长王山云。他们没去西院,而是进了正院的客厅。

王山云中等个,留着个偏分头,清瘦清瘦的面颊,鼻梁上架着眼镜儿,一副文质彬彬的样子。王山云也是河口村人,家境也算得上富裕,少年时书念得不错，陕州师范毕业后就做了学校的教书先生，前几年被灵宝县教育科任命为校长。

四个人厮跟着，相比起来王孝儒就显得土气寒酸多了，浑身上下好像都沾满了土星子。这就是王孝儒的本质。

王孝儒从祖辈那儿传下来的习气就是勤勤恳恳地下地做活，细细发发地吃穿生活。虽说三百六十行，做庄稼利最长。但靠做庄稼活是根本发不了财的，干得好，一年到头只能落个肚儿圆。那王孝儒家咋就成财主了呢？这对整个河口村人来说都是个谜，是谜就有破谜的，破的对与不对那是另外一回事。有人把王孝儒家发财的起因说成了一道传奇。说是马无夜草不肥，人无横财不发。王孝儒的爷爷在一天傍晚下地回来，看到村头昏睡着一个要饭的，就赶紧把他救回去。这要饭的是给饿昏了，王孝儒的爷爷给了他一顿饱饭，他就来了精神，说自己是要去陕西做生意，在路上把盘缠弄丢了。王孝儒的爷爷听他这么一说，一直吝啬的他那会儿不知为啥就发了慈悲，慷慨解囊为这个素不相识的人凑足了做生意的银两，打发他上了路。时间一晃，转眼就过去了三年，王孝儒的爷爷一提这事就后悔，家里人对他也是一直埋怨。有一天晚上，王孝儒的爷爷睡得正香，却听到外面传来了敲门声，穿衣起来开门一看，连个人影儿也没有，却发现门口不远处的巷道上放着一个布袋。王孝儒的爷爷就拾了，打开一看里面是半布袋银子。王孝儒的爷爷从来没见过这么多白花花耀眼的银子，他想着一定是有人无可奈何才把银子丢下的，敲门声只是给他一个信号，让他把银子给人家先收藏起来。这一夜，王孝儒爷爷的门一直都没关，他在屋里点着棉油灯守候了一夜，也没有等到那个取银子的人。王孝儒的爷爷就把这半布袋银子搭在自家屋里的屋梁上，一直等了三个年头，也没有等到银两的主人。后来，王孝儒的爷爷就用这半布袋银子盖起两座院子，置了家具骡马，买了田地雇了人，成了河口村的财主。虽说成了财主，但他们从来不敢把光景当成有钱的日子过，他们要好好劳动，要把盖房子买田地置家业用的钱挣回来，攒起来，一旦有一天银子的主人来了，咱就得还人家不是？就这样，辛勤劳动，节俭生活成了王孝儒家的光荣传统。

走在最前边的雒好礼手里还提着一块子猪头肉，进了客厅的门就"任二奶奶，任二奶奶"地叫着，那样子好像进了自家的门一样随便。

薛云霞听到叫声就出门来了，见了雒好礼手中的猪头肉就埋怨道："你看你，我刚才叫香椿到街面上的铺子里称了二斤猪脸子，你咋就又买上了呢？"接过雒好礼手中的肉，薛云霞又说："香椿还给你们打了酒，菜都是现成的。是先喝酒呢，还是先吃饭？"

这时张铭文搭腔了："先吃饭吧，空肚子喝酒不好。"

雒好礼跟着说："那就先吃饭。"

一听说吃饭，王孝儒和王山云就异口同声地说："雒乡长，张干事，那你们吃，我先回去了。"

薛云霞说："王保长，王校长，你们别走嘛，多你们一两个人还能把我们家吃穷啊？难得遇到一块儿，就吃完了饭再走嘛。"

王孝儒连连摆手说："不啦，不啦，我近，我回去吃。王校长，你留下吃吧。"说着就退出了院门。

王山云只好留了下来。

薛云霞吩咐香椿端来了饭，说："都这会儿了，一定都饥了吧？刚才就怕你们回来得迟，特意吩咐香椿做成酱面。"

雒好礼说："酱面好，酱面不怕煮，越煮越香。"

薛云霞说："香就多吃点。"

在张铭文和雒好礼跟前，王山云就显得有些拘谨，只是埋头吃饭。同样是吃饭的张铭文，虽然也不多说话，但他始终抬头挺胸的，显示出自己的风度。

趁着吃饭的时间，薛云霞问："你们刚才找王保长做啥去啦？"

"是去他们学校。"雏好礼示意了一下王山云，边吃边说。

"去学校咋就去了这么长时间？"

"是查共产党哩，没有那么快。"

"村里的学校有共产党啊？"

"现在像是没有。原来有过。"

"原来有过，原来谁是共产党？"

"就是那个教过国语课的张俊杰，后来还干校长来着。"

"那个张俊杰啊，听宝玉说他课教得挺好的，咋就是共产党呢？听说他被调到县城的中学，还当了教导主任呢。"

"净胡说哩，从这儿走了以后就没了影儿，逃走啦。"

这会儿香椿就来了。香椿问："任二奶奶，这共产党是干啥的啊？"

薛云霞说："共产党就是……"

香椿说："你说他们这些人，吃饱了撑的，就该抓。"

"那你们抓住了几个共产党？"薛云霞问雏好礼。

雏好礼说："他们都精得像泥鳅一样，你能抓的着。"

薛云霞不再问了。

趁着吃完饭退盘的机会，薛云霞又悄声问雏好礼说："听说王孝儒的儿子在外面干的就是共产党，你们不会把王保长也抓起来吧？"

"不会不会。"雏好礼摇着头说："王保长的儿子咋会是共产党呢？王保长可是新近发展起来的国民党员。即便他儿子在外面干共产党，也少不了被那里的地方政府抓去坐牢枪毙。"

张铭文说："饭吃过了，雏乡长，咱们走吧。"

张铭文站起了身，王山云也跟着站起身欲走的样子。

"别急着走嘛。"薛云霞说,"张干事,酒菜都是备好的,你们在城里,难得到这穷乡僻壤来一趟。还有王校长,哪能说走就走呢?"

雒好礼说:"就是嘛,别辜负了人家的一片心。"

薛云霞朝着门外喊道:"香椿,到西院把酒菜给张干事他们端上来。"

王山云摆手说:"要喝你们喝,我可不会喝酒。"

酒菜摆好了。雒好礼说:"张干事,咱们划拳吧。"

张铭文说:"我不会划拳,也没有酒量,不是你的对手。"

雒好礼说:"不会划拳不要紧,咱们就来'虫攻棒'。酒量不大也不碍事,让任二奶奶和香椿替你喝。"

"虫攻棒"是喝酒助兴的一种形式,以"虫攻棒,棒打虎,虎吃鸡,鸡吃虫"循环往返的生克决定胜负,参与的两个人同时喊出四种物的任何一种,以被克者为输,罚酒一杯。

就这样,雒好礼和张铭文一人拿着一根筷子敲了起来。王山云坐在一边帮忙斟酒。

张铭文说没酒量那是谦虚,他的"虫攻棒"赢得多,输得少,再加上有薛云霞和香椿替他喝酒,一会儿就把雒好礼灌醉了。

看着雒好礼喝多了,薛云霞就说:"香椿,把雒乡长扶到屋里去吧。"

张铭文起身告辞:"任二奶奶,我走了。你把雒乡长招呼好。"

王山云跟着说:"任二奶奶,我也走了。"说完两个人一块儿出了门。

张铭文随口的一句"你把雒乡长招呼好",让薛云霞脸上的表情极不自在。他的另一种含义薛云霞再明白不过了。或许,人家张铭文根本就没有这个意思,是薛云霞自己多心了。

香椿扶着雒好礼边走边小声嘟囔着:"净装哩,醉翁之意不在酒,天一黑一准钻进人家的被窝里。"

第四章　狼叼羊的故事

16

秋后的原野和七、八月比起来，更像一个生过孩子的女人。她失去了生长发育时期的那种绿莹莹茂密旺盛，翠生生一派生机的姿韵。那时候人们喜欢欣赏她，抚摸她。望着她，人们会眉开眼笑，因为这绿色里孕育着希望。她也没有成熟时期的那种金黄、饱满和自豪，那时候无论你走到那里，都会闻到一种醉人的馨香，人们同样喜欢欣赏她，抚摸她。抚摸着她，人们会点头含笑，因为这种金黄色的饱满就是庄稼人想要得到的答卷。而现在的她，没有了做姑娘时的妩媚，做媳妇时的风采，失去了孕育生命时期的骄傲。到处是，秋风起兮云飞扬，叶儿枯，枝儿黄。

任家的几个长工就在这秋后萧瑟的田间里做活。

河口村南的乾阳河上游西岸，这块地面积大，足足有三十多亩，是任家的门庄地（离家门口近的好地）。靠着河的流水，碰到天旱也照样保收。每年都是麦子收罢种玉米，玉米收完种麦子。时节不等人，掰了穗的玉米秆得赶紧拽完，还要驮粪，犁地，下种。"一耩三分壮"，这是庄户人都懂的道理。

同样是每个人顺着四垄往前拽，几个人很快就把王狗剩甩到最后头。看着落在后头的王狗剩，领头的长工就说："王狗剩，拽快点，我们在这儿抽袋烟等你。"

领头的长工这么一说，大家就都扔下了手中的小镢头，坐在脚底下的玉米秆上。

这时就有人开玩笑了："狗剩子，是不是昨晚上没干好事啊，咋看着恁蔫呢？"

王狗剩不搭腔，仍旧有一搭没一搭地拽着。

"狗剩，昨夜里又钻到哪个窑子铺里去了，叫人家把你的精都砸干了？"又有人逗骂着。

"钻你妈那个窑子铺里去了！"王狗剩恼火了，骂道。

这一骂，刚才逗骂的人就来了气，站起身来骂道："你熊小子骂谁哩？人家是跟你逗着耍哩，没想到你这么不识耍，立马就脱裤子变脸。就像你这个熊劲儿，以后咱谁也甭理识谁。"

"不理识去球！"王狗剩回骂一句："没人稀罕跟你耍。"

领头的长工见二人都起了火，忙劝道："算了，算了，都甭说了，少歇一会儿赶紧拽。"

看着王狗剩不高兴，再也没有人搭理他。几个人都拽到了地头，唯独王狗剩离地头还有两丈多远。虽然王狗剩惹得大家不高兴，但大家还是你一镢头，我一镢头帮着王狗剩把这两丈多远的玉米秆拽完。

王狗剩也没有一句道谢的话，依旧把脸吊得像驴脸一样长。

下晌回到西院，有人问道："香椿姐，晌午是啥饭？"

香椿回话道："糊糊面里下南瓜。"

"咋又是面呢？"

香椿笑着说："不吃面还能吃啥，生就的草肚子驴，还想吃人参啊？"

王狗剩的驴脸还是没有变短，他一声不吭地出了西院的门。这时王幸福也放羊回来了，看着王狗剩不痛快的样子，就问道："狗剩咋那样子呢，你们谁惹着他啦？"

"谁知道他发哪门子神经哩？"

"早起一晌都是那球式。"

"我去看看。"王幸福说着就要往出走。

这时候又有人说话了："你不用去看，我知道他是咋了。"

"他是咋啦？"

说话的人就把王幸福叫到一边小声咕嘟道："咋晚上他又去赌场了，一下子输掉了五块银元。"

王幸福说："他哪来的五块银元？"

"他是没有五块银元，可他给人家写了欠条，还押了指印呢。"

"这是真的？"王幸福有点不相信自己的耳朵。

"当时我正好去那里找人，无意间就看见了。"

王幸福和这个人的说话声虽小了点，但还是让香椿给听到了。

王狗剩一会儿就从外边转了回来，也开始舀饭吃。

吃罢饭，香椿还没来得及刷锅洗碗，薛云霞就进来了。薛云霞说："等锅碗洗了以后，你到王狗剩家去一趟。"

"到王狗剩家去干什么？"

"就在吃饭前，王狗剩又去向我借钱了，说是他妈病了，一下就要借五块银元。你想想，五块银元抵得上两个月的工钱哩！我不敢轻易给他，就跟他说到吃罢饭再说，你给我去看看，真要是他妈病了，咱就给他，甭耽误了老人的病。我是怕他说空，拿着钱又去赌场。"

"哎呀，不用去了。"

"咋不用去了？"

"王狗剩昨晚到赌场去了，一下子输了五块银元，因为没有钱给人家，就给人家打了个欠条。"

"你咋知道的？"

"刚才有人和王幸福说时我听到的。"

"原来是这样啊。"薛云霞思忖了片刻又说："你还是到他家去一趟吧，如果他妈真没病，咱就别急着给他哩。"

"那行。"

"赶紧点洗碗，洗完了快去，王狗剩还在正院等着哩。"

王狗剩是个独苗儿，他妈养他时已四十多了。后来他大死了，他和母亲相依为命。虽如此，却因为母亲从小对他娇生惯养，染上了一身坏习气，就因为好赌钱，坏了自己的名声，至今连个媳妇也没有，日子过得紧巴巴的。

香椿很快就回来了。香椿告诉薛云霞说她装作是去铺子里买火柴，顺道来看看狗剩妈，问狗剩妈这一阵身体可好？狗剩妈说好着哩，好着哩，没灾没病地，就是缺钱花。

知道了真情，薛云霞回到正院跟王狗剩说："这样吧，我现在手头也没有现成的银元，你要是着急等钱用，我就先给你一点纸洋票。"

王狗剩说："我不要纸洋票，我就要银元。"

"那你就再等两天，我准备好了给你。"

这么大一个家，咋就没有五块银元呢？王狗剩不信。但薛云霞说等两天给他，并不是不给他。可这两天到底是几天呢？三天，五天，还是十天？王狗剩吃不准，人家那边可是催得很紧。王狗剩这个时候就后悔了，后悔自己当时怎么就执迷不悟地陷进去了，怎么就不知道赶紧离开呢？

长工们晚上收工回来对薛云霞说，王狗剩后晌不知道跑哪去了，没有去地里拽玉米秆。薛云霞说："这么忙的天，不干活瞎跑啥哩，晌午借钱，说好等两天就给他的嘛。"

这个王狗剩。

薛云霞知道，雇工们借钱，借的多了年底就拿得少些，借的少了年底就拿得多，用不着为他们抠。但像王狗剩这样不把钱往正经地方花，她就想治治他，让他能长个记性。

17

黄河滩的草地还是那样地一望无际，却没有夏天那样绿得鲜活。高高的草秆儿已经泛黄，杂乱的叶儿已经枯萎，但王幸福依旧要把羊群往这儿赶。草秆儿顶头结的籽或穗成了羊群最喜欢吃的美食，这就像人们吃着庄稼苗结出来的果实一样，咽到肚子里顶饥还有营养。往黄河滩来，羊群更是轻车熟路，无需王幸福去挥动着长鞭"噢哟，噢哟"地喊叫，到了黄河滩地，羊群便无忧无虑、自由自在地各自觅食。但他们还是很有群体观念的，从来不跑得太远，分得太散。这个时候，也是王幸福最惬意的时候，他无需怕哪只羊啃了谁家的庄稼，惹来一顿臭骂。想撒尿的时间随时都可以褪下裤子，掏出家伙尽情地倾泻。有的时候，王幸福会带着王婵娟留给他的国语课本，大声地念，一遍又一遍，念的嗓门发干了，就去有浆槽子的地方用两只手掌舀着水喝个够，然后就坐在地上。黄河滩的地是细沙土，软绵绵地，就像坐在垫着新棉花的褥子上。这时候，他会随意折一根草棍儿，照着书里的样子画每一个字。画完了就用脚板儿一抹，再去画，画着画着，他画的就不是字了，而是一个姑娘的肖像，他再也舍不得用脚板儿去抹，因为这幅肖像太像一个人了……他想她了，他太想她了。这个时候，他就会对着地面上的这幅画像大大咧咧地吼上一声，吼上一声自己从来都不曾说出口的那几个字："王——婵——娟，我——爱——你！"吼完了，他就想，如果在县城读书的王婵娟能听到他的吼声该有多好。

羊群向前移动得很远了，王幸福不得不站起身往羊群跟跑去。跑到了羊群跟，他突然觉得羊群和往常不一样，一只只羊都抬着头瞪着惊恐的眼神在张望着远方。这是咋啦？这到底是咋啦吗？王幸福心里不安起来。羊儿不吃草了，一只只却回过头来朝王幸福张望着，对着这一双双向他求助的眼神，他开始清点羊的数目了："一只、二只、三只、四只……四十七只。"怎么是四十七呢？少了一只。他又重新数了一遍："一只、二只、三只、四只……四十七只。"还是四十七，是少了一只。王幸福开始恐慌不安起来。他顺着羊群的四周绕了一圈，什么也没发现，同样也没有发现少了的那只羊。

这会儿的羊群不望王幸福了，它们昂着头朝着一个方向望去。顺着羊群张望的方向，王幸福发现了一个人，这个人肩膀上扛着一个装有什么东西的布袋，匆匆地走在通往县城去的小路上。

王幸福突然醒悟了，这个人肩上的布袋里装的是羊，就是他丢的那只羊。他飞一般地朝那个人追了上去，边追边喊："喂，你站住。喂，你站住。"

那个人听到喊声，头也不回一下开始奔跑起来。

"你站住，你这个偷羊贼！"王幸福狂呼着，追得更快了。

被追赶的那个人因为肩扛着布袋，远不及王幸福跑得快。王幸福越追越近，眼看着就要追上了，那个人竟然一屁股蹲在地上不跑了，肩上的布袋也扔在了地上。

王幸福追到跟前一看傻眼了，这个人怎么是王狗剩呢？

王幸福上气不接下气地望着王狗剩。王狗剩上气不接下气地望着王幸福。好半晌，王幸福才开口问："狗剩哥，怎么是你？"

王狗剩说："为什么不能是我？"

"你怎么要偷主人家的羊？"

"我怎么就不能偷她家的羊？"

"你知道，我是放羊的，羊丢了让我怎么向人家交代？"

"我说你怎么是个死脑筋，羊被狼吃了不行吗？"

"可明明不是狼吃啦，是你趁我不注意给偷走了。"

"你如果没看见我呢，羊丢了你怎么办？怎么向主人交代？"

"可我明明是看见了。"

"你就权当没看见。"

"我明明看见了。"

"好好好，我不说了。就是你看见了，你说怎么办吧？"王狗剩摆出了一副死猪不怕开水烫的样子。

"把羊给我送回去。"王幸福说。

"送回去可以，但你得给我弄五块现大洋。"王狗剩说。

"我到哪儿能给你弄五块现大洋？"王幸福问。

"你弄不来？"

"我弄不来。"

"你弄不来五块现大洋，我欠人家的钱怎么还？还不了人家的钱我往后的日子怎么过？"

王幸福不说话了。

"幸福兄弟，就算哥求你啦，你权当没看见这只羊去哪儿啦。你就对主人说一只羊让狼给叼跑了。黄河滩地狼叼跑羊的事是有可能发生的。兄弟，就看在咱们是兄弟的份上，我求你啦。"

看着王狗剩苦苦哀求的样子，王幸福心软了。

"你爱王婵娟，对吗？"

王狗剩怎么突然问起这个？"我……我没有。"王幸福红着脸矢口否认。

"别不承认，你刚才大喊大叫的我都听到了。"王狗剩说。

"我……我那是瞎喊的。"王幸福有些语无伦次了。

"别紧张，我不会跟任何人说的。"王狗剩说完，把话题又转到羊的身上："兄弟，主人那样有钱，会在乎一只羊吗？可它对我来说，简直就像生命一样珍贵。"

王幸福低着头再无话。

王狗剩扛着装羊的布袋在小路上渐渐地消失了。

18

老刘又赶着马车去了县城，这回拉的是玉米，是他前天从南山那边收来的，拉到县城的粮食市场一卖，这里面就要挣不少钱。回来的时候，再从城里拉一些食盐、洋布、洋火什么的，除了给街面上的铺子里留一些以外，剩下的大多数他又拉到南山的集贸市场，把这些东西一倒出手，这其中又赚了不少。回来时再拉一些玉米……如此循环往返，人们称它叫"枭粮食"，就是倒卖粮食的意思。穷苦的人家没有马车、牲口，就只能靠扁担挑，人们称他叫"挑夫"；比较富裕的人家有骡马，或者是驴，他们没有车只能靠牲口驮，人们管这些叫"驮户"。挑夫也罢、驮户也好，还有任家的马车，枭粮食都是为了赚钱，或者通过倒腾余下一点儿粮食，就成了一家人的过活。

任家靠着马车枭粮食，一年下来能挣不少钱。这事一直都是老刘管着，他把出出进进的账记得清清楚楚，隔一段时间向任二奶奶交一回账。

老刘把玉米从粮食市场一卖，又把马车寄到店里，然后就去了县城的南大街。南大街是灵宝县城最热闹的地方，他想到那里为香椿扯上几尺花花洋布，再到东来顺羊肉馆吃上一顿羊肉泡馍，那七娃子的石籽馍可是灵宝城出了名的美食，买两个往羊肉汤里一泡，油辣子放得多多的，再撒上一些葱花、香菜……老刘一想到这些就有口水从嘴里往出流，他下意识地喉头一滚，就把这些口水都咽到了肚里。对了，任二奶奶交代了，让他顺道去县城中学一趟，给宝玉留一些零花钱。

东来顺羊肉馆是老刘常去的地方，和老板很熟识的。就在老刘要进羊肉馆的时间，他突然看到一个人从羊肉馆里走了出来，这个人就是王狗剩。王狗剩昨天后晌没干活，不知去了什么地方，几个长工在嚷嚷的时间，老刘也听到了。但王狗剩干不干活不是他老刘该管的事，他也就什么都没说。想不到今个在县城里碰上了。这小子到底是干什么来了，他也有钱吃羊肉？本来他是要追上去问个究竟的，但没容得他去追问，羊肉馆的老板就见了他，忙扯着他的袄襟说："老刘，你来了？里边请，里边请。"进了羊肉馆，老板又笑着问道："有一段时间没来了吧，你吃点啥？"说完了又吩咐下人道："给客人上茶。"这中间就没有老刘插嘴的空儿。老刘还想着王狗剩的事，没等老板转身，老刘就拉着他的手问："刚才从你这儿走出去的那个人也是吃羊肉泡馍的？"老板说："你问的是谁呀？"老刘说："就是刚才出去的那个年轻人，穿着个黑夹袄。"老板说："你问的是他啊。他不是来吃羊肉的，他是来卖羊的。"老刘不明白了，接着问："他卖羊给你们？""是啊。"老板说："他这是头一回来，牵着一只白绵羊。"王狗剩怎么会有羊卖呢？老刘接着问："他卖了多少钱？"老板说："本来要给他纸洋票的，可他非要银元，本来只值四块银元，他却非要五块银元。还说他媳妇生小孩呢，急等着用钱。死磨活缠的，结果就给了他五块银元。"说到这，老刘就想到香椿跟他说的王狗剩赌钱输了五块现大洋，兜里没有钱，就给人家立了字据，画了押。老刘问："他卖的那只羊还没宰吧？"却听不到老板的回话。一抬头，老板已招呼别的顾客去了。

老刘跑过去又把老板拽了回来。老板说："老刘，你这是咋啦，还想要点什么？"老刘说："我什么都不要，我只要你千万别宰了那只羊。"老板问："为什么？"老刘说："那羊是偷来的。"老刘这会儿也是瞎编的，但王狗剩自己没有羊那是真的，他没有媳妇还哄人家老板说他媳妇要生娃了，肯定这只羊来路不正。老板听老刘这么一说，就问道："你咋知道？"老刘说："那个人我认识。"老板问："你认识？"老刘说："他是我家主人的伙计，扛长工的。他卖的这只羊也是从我家主人羊群里偷来的。你说你能杀吗？我家主人是谁你知道吧？是河口村有名的任二奶奶。"任二奶奶的漂亮，有文化，擅于治家，是任家女掌柜的，这在周围几十里都是出了名的。这个，羊肉馆的老板也有所耳闻。老刘接着说："我家的大爷可是河南省的参议，放一个屁，别说灵宝县，就连整个陕州城都要晃三晃呢。"老板点着头说："这我知道。"老刘又说："所以说这只羊你不能杀。"老板问："那你要把它领回去？那我不是吃大亏了吗？"老刘说："我家主人能亏了你吗？区区的五块银元。不过你放心，羊我不领走，先放你这儿，等我回家告诉任二奶奶之后咱再定夺。"老板叹了口气说："那好吧。我今个咋就这样地倒霉呢。"老刘又一再叮嘱："这羊你千万不能杀。"老板点头说："不杀。我不杀。"

其实有些话老刘也是蒙人的，他咋知道王狗剩的羊是偷了任家羊群的？他不知道。但他要把王狗剩的事告诉给任二奶奶，万一他真的要是偷了任家的羊呢？没了证据可就什么都说不清了。

这个老刘啊，就是聪明，心眼儿多。

19

王幸福自知理亏。任二奶奶待他不薄，他怎么能去欺骗人家呢？但事至如今，又能有什么更好的办法呢。

羊群进了圈。王幸福进了西院，长工们下地还未回来，香椿还在厨房里忙活着，看见王幸福就觉得有点怪，放羊从来没回来的这么早过。香椿说："幸福，今晌午咋回来得这么早呢？你瞧，日头影子还在院子心哩。"王幸福好像没听到香椿的话，问道："下地的人还没回来哪？"香椿说："没有，日头影还早着呢。""噢。"王幸福好像现在才明白今天回来得有点早，点着头退出了西院的门。

王幸福退出西院去了正院。这会儿的王幸福忒怕进正院的门，刚才在路上他都想好了，一回到屋，就先去正院见任二奶奶，给她认个错。可刚才圈好了羊，他却去了西院。毕竟是要编谎话哄人家，这对王幸福来说还是头一回。这会儿他就又想到父母亲不让他和王狗剩来往，说是近朱者赤，近墨者黑，自己怎么就不听呢？可他就是和王狗剩断不了，都是穷哥们，抬头常相见，同样在任家这口大锅里搅稀稠。还有，王狗剩对自己那么好，谁想到他会来这一手呢。

薛云霞正在西厢房屋内算账呢，都是这几个月的，有街面上生意铺子里的收入，有老刘枭粮食的收入，有卖猪羊的收入，有秋天地里庄稼的收入，还有一大笔收入那是大哥任瑞祥从省城里汇来的银票。算来算去，薛云霞感觉还不错，这会儿就听到院子里传来了"任二奶奶"的叫声。

"进来吧。"薛云霞把眼前的账目收了起来。

王幸福低着头，慢腾腾地进了西厢房的屋，站在薛云霞的眼前，他还是不肯把头抬起来。

"幸福。"薛云霞一抬头，脸上就露出了笑容。多少日子了，她从来没有和王幸福单独在一块儿待过。"我还以为是谁呢，刚才那声音咋就和平时不一样呢？"

"我……"王幸福欲言又止，依然低垂着头。

"怎么啦？蔫不拉唧的。我可不喜欢你这个样子，抬起头来，给我一个笑脸。"薛云霞嬉笑着。

"我对不住你，我做错了事。"王幸福还是没有把头抬起来。

"什么对不住我，什么做错了事，我怎么就听不明白呢？到底是怎么回事？"王幸福在薛云霞跟前从来没这样过。

"我把羊丢了。"王幸福抬起了头，继续道："任二奶奶，羊丢了，我赔，你说赔多少钱都中，只是我这会儿没钱，到了年底，你就从我的工钱里扣。"

"从你的工钱里扣。你大看病时借的银子不知道啥时候能还得清，咋扣？"这话薛云霞没有说出口，她怕伤了王幸福的自尊。看着王幸福一脸的真诚，薛云霞问道："把羊丢了，丢了几只？是怎么丢的？你跟我说清楚。"

"丢了一只，让狼给叼走啦。"说这话的时候，王幸福就想着，这谎话开了头，就得继续往下编，编给薛云霞听。虽然要说的这套谎话在回来的路上他已背诵了一百遍，但这会儿还是心虚。

"狼给叼走啦。"薛云霞老早就听人说起过黄河滩地有狼吃羊的事，但这几年从来没有过这样的事，怎么突然间就从任家的羊群里叼走了一只羊呢？薛云霞不是心疼一只羊，一只羊能值几个钱。她是觉得这事儿新鲜。

"你给我说说，狼是怎样把羊叼走的？"薛云霞问。

王幸福就照着原先想好的开始讲故事了："羊在哪儿正吃着草哩。哎，对了，我放羊这两年从来没见过狼叼羊，所以就忒放心。哎，我就去……就去了一个草丛中拉屎。哎……也怨我粗心大意，掉以轻心。正屙着屎……是正屙着屎，就听到了羊的叫声，是好多羊的叫声。我屁股都没顾得上擦，就提起裤子走出草丛。一看，就看见了一只狼。唉唉，不对，是先看见羊群被冲散了，然后就看见了一只狼咬着一只羊的脖颈拖走了。"

故事讲到这儿，王幸福已经累得是上气不接下气了。说老实话，比在黄河滩追赶王狗剩还累人。他不得不打个等儿，等缓过气来再往下讲。

"你就那样被狼吓熊啦，傻站着，眼看着叫狼把羊叼走了？"薛云霞看着王幸福的样子想笑，可她又不能笑。见王幸福停了口，她就插嘴问道。

薛云霞这一问，王幸福刚缓过气来放松的神经又紧张了，但他又不能不回答薛云霞的问话。"不，不是那样的。哎，对了，我不是个熊包蛋。我去追狼了。我是去追狼了，即便是从狼嘴里夺回来一只死羊，也可以背回来让大家吃上一顿的，你说对吧？可……可正当我快追到狼的时候，从旁边的草丛中又窜出来一只狼。"

"又来了一只狼啊？"

"是来了两只狼。"王幸福继续着他的故事，"这会儿我就害怕了。是很害怕，我的腿肚子都打颤哩。看来那两只狼是一伙的，我……我觉得我不是它们的对手。哎，对了，我还怕它们再叼走一只羊，所以就……就赶紧回来啦，就比以往回来得早……早了点。"

讲完了狼叼羊的故事，王幸福已经是大汗淋漓，差点儿虚脱，身上的衣服都湿透了。

薛云霞忍不住"扑哧"一声笑了，但立即又换上了一张严肃的面孔。

"别紧张，不就是一只羊吗。狼叼走的，又不是你叼走的你怕什么？"薛云霞故意把话说得很轻松："这样吧，狼叼走的这只羊我不要你赔偿，但我要罚你。"

"多谢任二奶奶，你就罚吧，你喜欢怎样罚就怎样罚。"

"这话才叫痛快呢。"薛云霞说，"我罚你晚上再去南崖根挑上十担干土，挑完了还到我屋里来。情愿不？"薛云霞一双眼睛紧盯着王幸福一动也不动。

看着薛云霞的眼神，王幸福立刻低下了头，他想不到薛云霞会像这样罚他，但自己说过任罚的，他只能答应说："情愿。"

20

对于任家来说，丢一只羊并非什么大不了的事。薛云霞把它不当一回事，这并不是说薛云霞不懂得"不当家不知道柴米贵"这个道理。世上的事情都是相对的，好与坏都是可以通过因果关系互相转换的，羊是王幸福丢的，薛云霞就是要通过这件坏事把它转变成对自己有利的好事。山重水复疑无路，柳暗花明又一村，这只羊丢得太好了。薛云霞不相信猫不吃腥，只要王幸福一上自己的床，往后的一切都会水到渠成。

薛云霞正想着好事，院子里"咚咚咚"的脚步声就传到了她的耳朵里。听声音，薛云霞就知道是二弟薛云卿来了，他走起路来总是那样地急，脚底下用力总是那么重，离老远就能听得出来。

薛云霞就往门外走："云卿，你可有好些日子没到姐这儿来了。"

薛云卿说："姐，我想你，也想两个外甥啊。"

在薛家寨子，薛云霞的后面还有两个弟弟，大弟叫薛云长，在屋里掌管着家里的事。薛家寨子属于王和乡管辖，二弟薛云卿在王和乡里干保安队长。

薛云卿穿戴整齐，抬头挺胸，腰里搂着皮带，肩头上挂着盒子枪，看起来精神威武。

"咋还带着枪哩？"薛云霞问。

薛云卿说："从县里开会回来，就想着顺道来看看你。那两个娃呢？"

"宝玉在县城读中学，宝贝在村东的小学，你这会儿来，一个也见不着。"薛云霞接着问："在县里开的啥会？"

薛云卿说："治安会议，要求各乡各保都要在自己的辖区内对所有的人清查一遍，清除异党分子。"

"啥叫异党分子？"

"异党分子就是共产党。"

"噢，我明白了。"薛云霞说："前几天，县党部的张干事和雒乡长到河口村来过，去了村东头的学校，就说是清查共产党哩。"

薛云卿说："听说山西那边的八路军闹着要打过黄河来呢。"

"八路军？"

"就是共产党的军队。"

"怎么，日本打跑没两年，这国民党和共产党又要打起来了？"

"具体我也不知道，上面开会就这么说的。"薛云卿摇着头说："算了，不说这些烦人的事了"。

"那咱大咱妈还好吧？"薛云霞又问。

薛云卿说："好，好着哩。就是总念叨你不去看他们。"

"这么一大家子，一天都忙死了，哪能离得开呢？就在刚才……"薛云霞说着说着就打住不说了。

她这一打住，薛云卿急了："刚才咋啦？"

看着薛云卿急，薛云霞就只好把原本不想说的话说了出来，他知道二弟的脾气，心里搁不住事。"刚才放羊的王幸福来说，一只羊让狼给叼跑了。"

"在哪里？"

"在黄河滩。"

"多会儿的事？"

"就在早上，王幸福去黄河滩放羊。"

"大白天的，就有狼叼羊啊。"

"这事也不奇怪，黄河滩杂草丛生，除了放羊的，从早到晚都不见个人影儿。"

"任二奶奶。"薛云霞和薛云卿正说着话，老刘就来了。

"从城里回来啦？"薛云霞问。

"回来了。"老刘说完转头问道："云卿多会儿来？"

薛云卿昂着头不说话。薛云卿不愿理睬老刘还是因为那年老刘要对薛云霞非礼的事，当时薛云卿一听此事，非要找老刘算账不可，是薛云霞把他给劝住了，说他又没把姐怎么样，得饶人处且饶人，何况他又是大哥请来的管家，也为任家出了不少的力。

看着二弟的样了，薛云霞忙答话道："刚来。"

老刘说："任二奶奶，有件事我得跟你说一下。"

薛云霞说："说吧。"

"我看见王狗剩啦。"

"在哪里看见的？"

"在县城的羊肉馆里。"

"他不干活，原来在跑到县城吃羊肉去啦。他哪里来的钱？"

"他不是吃羊肉去了，是卖羊去了。"

"卖羊去了？"薛云霞觉得奇怪："他哪儿来的羊啊？"

紧接着，老刘就将他在羊肉馆里看到的，和听老板说的全都跟薛云霞讲了。

难道是王幸福和王狗剩合起伙来骗我？薛云霞这么想着，就跟老刘说："骑着马，去县城里把那只羊给我赎回来。"

看着薛云霞的样子，薛云卿就问："姐，这到底是怎么回事？"

薛云霞说："我也不知道。"

"你不知道？"薛云卿急了。

"我真的不知道。"薛云霞只好将王幸福丢羊的事又详详细细地给二弟说了一遍。

"这还用说，一定是王幸福和王狗剩串通起来捣的鬼。像这样的捣怂，让保中队的人把他抓起来算了，不让他受几天罪，他就不知道马王爷长的是几只眼。"

"云卿，先别急着下那个结论哩，等把事情搞清楚了再说。我们不能冤枉一个好人。"

"但也不能放过一个坏人。"薛云卿说："事情明明白白在这儿摆着哩，还有啥不清楚的。姐，这事你甭管，我去办。"

"云卿。"薛云霞说："他们都是我家的长工，即便真是他们合伙骗了我，也不至于让保中队抓人吧？都是吃一口井的水长大的，低头不见抬头见，不必把事情弄得跟仇人似地。"

"姐，你这是养虎为患。"

"这事不用你管，我会处理的。"

"姐……"薛云卿跺着脚出了院门，任凭薛云霞在后面"云卿，云卿"地叫着就是不回头。

21

这一个后晌，王幸福的心情坏透了，虽说他编的故事薛云霞信以为真，还说不扣他的工钱，但她提出的那种惩罚又该怎样去应付呢？这回王幸福算是明白了薛云霞为什么对自己那么好，她是想得到一个男人的那份童贞。至于还有没有更进一步的目的，他还在糊涂之中。他不知道一个女人想得到一个男人是一种什么样的感觉，但他却亲身体验到了一个男人渴望一个女人的滋味，他会因此而发疯，发狂的。就像自己在黄河滩大声地吼叫王婵娟的名字一样。一个人一旦有了他（她）心中的最爱，对其他再多异性来说他（她）都不会理睬的。这便是情人眼里出西施，爱情之纯洁真谛所在。

王幸福心里装得满满的都是王婵娟，真的要是和薛云霞干了那种事，尽管是迫于无奈，但对心中的那份爱来说，就是一种玷污。对王婵娟来说就是一种伤害。不能，千万不能那样去做，大不了自己不做这个长工，照价赔偿人家的这只羊就是了。王幸福在心里对自己说，就这么办。不过话又说回来，不做人家的长工也行，可对大和妈那边又该怎样去交代，说狼把羊吃了，人家就不要自己做活了。就大那脾气一定不信，人家任二奶奶多好的一个人哪，就为了这件事就把你撵出来了？我去找她。大找上了薛云霞，薛云霞一定不会说我要他干那个事他不干。只能说狼把羊吃了，吃就吃了吧，我也没说要罚他要撵他走啊，是他自己执意要走的。大回来还不扇自己一顿耳光啊。何况王幸福是孝子，大有病怕生气，他无论如何都不能惹大生气。要是跟大说了实话？王幸福不会说空，就会说实话，可这实话怎么说起来又像是说空话一样地让人半信半疑呢？到底该怎么办？王幸福还是拿不出个准主意来。

王狗剩，你可把我给害苦了。

很快太阳就落山了，王幸福把羊往圈里一赶，就去西院吃饭。他想，吃罢饭就去南崖根挑干土，在挑干土的过程中最好能出个什么岔子，让他有一定的理由不去薛云霞的屋。

没等王幸福摸着筷碗，香椿就朝他喊："幸福，任二奶奶叫你去她那儿一下，回来再吃饭吧。"

"任二奶奶叫我啊。"王幸福瞅着香椿说："我这就去。"

这会儿，薛云霞脸上的表情并不像吃晌午饭时那般的祥和柔顺，用恼羞成怒来形容再确切不过了。王幸福不知道薛云霞这会儿找他要说什么，但一看那脸色他就心虚了，"怦怦怦"地直跳。

"王幸福。"薛云霞叫他。

"嗯。"王幸福答道。

"那只羊真的让狼给叼走了？"

王幸福眼皮抬了一下，硬着头皮说："真让狼给叼走了，我晌午不是都跟你说了嘛？"

"好，好。"薛云霞转回身喊道："老刘，老刘。"

"哎，哎。"老刘听了就跑了过来。

"把那只羊给我拉过来。"

"哎。"老刘答应着跑出正院的门，一会儿就把一只绵羊拉到了王幸福的面前。

王幸福只瞟了一眼就闭上了眼睛。他想不到事情能弄到这种地步。是怎样弄到这种地步的，他不得而知。

"好了，没你的事啦，你去吧。"薛云霞对老刘说。

等老刘走远了，薛云霞对王幸福说："幸福，你想不到吧，被两只狼叼走的那只羊又跑回来啦。"

王幸福不说话。

"你怎么不说话？"薛云霞问。

王幸福还是什么也不说。

薛云霞高高地扬起了胳膊，巴掌狠狠地朝着王幸福的脸扇了下去。王幸福在心里已经做好了挨打的准备，但薛云霞的巴掌却定格在半空中没有落下来。继而，她用一对小拳头对着王幸福捶了起来，边捶边说："幸福，你凭良心说我对你怎么样？你咋能和王狗剩一起哄我、骗我呢？一只羊，两只羊，就是十只八只羊我都舍得，只要是你王幸福要，你要什么我都给你，我是想让你……"薛云霞说到这儿打住了顿，接着又说："你咋就这样不理解人家的一片苦心呢？你……你伤透人家的心啦。"

薛云霞鼻涕一把泪一把地数落着王幸福。

"任二奶奶，我知道我做得不对，你扣我工钱，罚我干活，就是把我赶出任家的门都行。只是，我求你了，不要对我心存幻想，我不会那样做的。你雍容华贵，是任家二奶奶。我卑贱低微，就是一个穷雇工，我们格格不入，是走不到一块儿去的。"

"我不在乎。"薛云霞大喊着。

"可我在乎。"王幸福说。

"好啦，什么都别说啦。你给我滚！滚！滚啊！"薛云霞哭着，狂吼着。

王幸福垂着头走出正院的门，心里头轻松了许多。

第五章　审案

22

人逢喜事精神爽，马遇喜事马撒欢。王狗剩今天的心情格外好，他起了一个大早就往任家的西院赶，边赶边吼着怪异的娘娘腔，唱着蒲剧《苏三起解》的唱段：

> "苏三离了洪洞县
>
> 将身来在大街前……"

前天后晌，他一声不哼地离开了在任家做活的长工大伙。他没有心思下田做活，在赌场欠下了人家的五块银元像一座大山压得他喘不过气来。薛云霞又一时半会儿不给他钱，他不得不想方设法去弄这笔钱来。吃过晌午饭，出了西城门，躺在去县城路旁的玉米秆拢子跟。他看着天上的白云，一团又一团荡漾在无边无际的天空，是那样地悠闲自得；他看着地上的杨树，一棵又一棵挺立在辽阔苍茫的大地上，是那样的洁高自傲；再看看眼前的人，有男，有女，有老人，有小孩，有下田的，有赶路的，有衣不遮体的穷人，也有锦衣玉食的富人，可他们都是那样的堂堂正正抬头挺胸，做着自己应该做的事情。他觉得自己这会儿就是一条丧家之犬，可怜至极。有什么办法能尽快地弄到五块银元呢？借是一个办法，可向谁去借呢？穷亲戚穷朋友一时半会儿也凑不起那么大数目，还有，怎么向他们开口解释，说是自己一夜之间赌输了五块银元？不行，不能那样说，那样说一准没有人借给自己。还有一个办法就是去抢，就站在这去县城的要道之上，藏身于路边的灌木丛中，碰到一个身背行囊看似有钱的行人过来，趁他不备突然窜出，手握一把杀猪刀，口喊"要命的就把钱财留下来走人，否则别怪我手下无情！"可这也太危险了，万一碰着一个比自己更不要命的，死活不掏钱，你还真一刀宰了他？那还不成了杀人犯啦？不行，不行……这个时候的王狗剩真是穷途末路，也就在这个时候，他眼前出现了王幸福赶着羊群走在去黄河滩的那条路上，看着一只只"咩咩"叫的白绵羊他突发奇想，如果自己有一只羊那该多好，一只羊换五块银元应该不成问题吧？可怎么去得到一只羊呢？那还是去偷。于是他就琢磨好了第二天一大早去黄河滩偷羊的事。万一真被王幸福发现了那也好办，王幸福是自己最要好的朋友，兄弟，他不会见死不救吧？如此想着，王狗剩脸上就露出了一丝得意的狞笑，这才是踏破铁鞋无觅处，得来全不费功夫。

清晨的天空如水洗般清净，没挂一丝儿云彩。王狗剩张大嘴巴深吸了一口眼前的空气，这空气里也带着一种甜甜的味道。

虽说到黄河滩偷羊那会儿遇到了一点麻烦，但很快就被他三下五除二地化解了。到了县城羊肉馆也没费多大力气，就顺手得到了五块银元。只要还了赌债，自己就再也不用担惊受怕。赌债还不了，债主就会找上门，到时间妈就什么都知道了，挨妈的打事小，妈打他从来都不下力气，就像给自己挠痒痒一样。惹妈生气可是件天大的事情，妈的身子骨弱，万一病倒了还不是自己的难过啊。这回好了，还了赌债，过两天还可以从薛云霞那儿再借五块银元来，自己想再玩的时候也就有了本钱。昨后晌刚进门妈就问他了，妈问他是因为那会儿长工们还没下晌哩，妈说："狗剩，你今天做啥去了，咋没干活？"王狗剩说："谁说我没干活？"妈说："晌午我看到黄毛了，我问他，他说你没去干活。"黄毛也是任家的长工，就是那天和王狗剩逗骂的那个人。这个黄毛，咋恁多嘴呢？王狗剩说："我是没干活。我去南营我舅家了。"妈说："你去你舅家了？走时也不跟妈说一声。你去你舅家弄啥啦？"王狗剩说："我去我舅家没弄啥，好长一段时间没去过，我想我舅啦，想的不行我就去了。"妈说："你舅最近身体好不？"王狗剩说："我舅的身体好着哩。哪像您三天两头地抱着个药罐子？"妈又问："你舅没有叫你给我捎什么话来吧？"王狗剩说："我舅让您多休息少干活，还说不要我惹你生气。""哦，知道啦。"妈接着又问了："你舅没有给我捎什么东西？"王狗剩说："我舅拿了好多好吃货让我给你捎回来，我没有要。你想想，回回都是我舅给咱拿吃货，咱啥时候给我舅拿过？所以我就硬没要。"妈说："你舅的日子比咱好过，吃他点东西也没啥。你不要也对着哩，人就要凭自己的力气好好干活，把日子往好处过，指望别人不是个长久的办法。"妈的话还没说完王狗剩就出门走了。他是去赌场还钱了。

很快，王狗剩就到了任家西院，迎面碰到香椿。香椿总是起得很早，香椿说："狗剩，今咋来得恁早呢？看你高兴的样子，是不是有啥喜事啦。"王狗剩说："没啥喜事。""那你昨天弄啥去了，咋没来呢？"香椿又问。王狗剩说："到南营我舅家去了，我妈病了，任二奶奶又不肯借钱给我，只好去舅家借几块钱，给我妈抓药。"

这时，长工们陆陆续续都起床出了门，看到王狗剩兴奋的样子都觉得挺稀奇，领头的长工问："狗剩，前后晌到昨天一天都不见个人影儿，你去哪啦？"王狗剩说："刚才还在这儿跟香椿姐说哩，去南营我舅家了，我妈病了，没有钱抓药可不行。我妈就我一个儿子，我不关心她谁关心她哩？"领头的长工说："走时总打个招呼吧？任二奶奶问我，我说不知道你去了哪儿，人家还不信呢，说是我和你串通一气瞒哄她哩。"王狗剩赔着笑脸说："走得急，没打招呼是我不对，实在对不起。"王狗剩这么一客气，领头的长工就再也不好意思说什么难听的话，他说："既然来了就好好干活，你和黄毛去给西河岸边的地里驮粪吧。""行，行。"王狗剩仍旧赔着笑脸。

驮粪得套牲口，套牲口得去东院。王狗剩拉出一匹枣红骡子，披鞍子，搭驮篓。正干着，黄毛就来了，王狗剩说："领头的说了，叫咱们两个往西河岸边的玉谷地里驮粪哩。"黄毛知道，王狗剩这是没话找话，故意和他套近乎。黄毛没搭理他，从马房里拉出一匹青骡子。

"怎么，还生那天的气啊？那天是我不对。"王狗剩笑着说。

黄毛说："谁生气啦？跟你这号人犯不着生气。"

"不生气就好。人嘛，都有心烦的时候。有一句叫什么来着，理解万岁嘛。"

说话间，两人都套好了牲口，往驮篓里装满了粪。王狗剩赶着枣红骡子走在前面，黄毛赶着青骡子走在后边。

驮粪虽不是什么很费力气的活，但跟在牲口后面不停地跑也是很累人的，更何况任家的牲口都是膘肥体壮的骡马，你要跟得上趟就得小跑。去地里时，牲口驮着粪，转回来时驮篓里的粪就倒空了，人便可以骑在牲口背上的鞍子驮篓上面。两匹骡子跑得快，王狗剩和黄毛再也顾不得说什么。王狗剩骑着枣红骡子仍走在前面，黄毛骑着青骡子还走在后面。走在前面的王狗剩一上骡子就又唱开了，依旧是吼出来的娘娘腔，来来回回地总是那么几句：

> "苏三离了洪洞县，
>
> 将身来在大街前，
>
> 未曾开言泪满面，
>
> 过往的君子听我言。"

王狗剩不识字，看的戏不少，记住的唱词不多。那年，河口村的古庙会上来了个山西戏班子，头天晚上演的就是折子戏《苏三起解》，饰演苏三的是个昆角，长相原本好看，化起妆来更是神采飞扬漂亮迷人，王狗剩看的魂不守舍移不开眼，特别是那委婉柔和悦耳动听的唱腔更是让王狗剩记忆犹新，在观众迫切要求下，《苏三起解》一连演了三场，王狗剩也因此记住了里面的这几句戏词，每次遇到顺心高兴的事，王狗剩张口就是"苏三离了洪洞县……"。

看着王狗剩乐不可支的样子，黄毛在后面小声嘟囔着："难听死了，还唱？人狂没好事，狗狂挨砖头。"

23

和王狗剩起得同样早的是薛云霞。

因为王幸福，薛云霞气得一夜未曾合眼。本来，她叫王幸福来是想把王狗剩偷羊卖羊的事问个清楚。他相信王幸福不是那种见财眼开胡作非为的人，她也知道王幸福和王狗剩是八拜之交的好朋友，是朋友就有抹不开情面的时候。卖了羊王狗剩能得到五块银元，而王幸福又能得到什么呢？薛云霞不知道。如果王幸福什么也得不到，又为何去和王狗剩狼狈为奸呢？单单就因为他们是朋友，是兄弟？这些诸多的为什么搅得薛云霞头疼，但再头疼也得把事情弄个水落石出。为了赎回这只羊，薛云霞让老刘照样付给了羊肉馆老板五块银元，不弄明白她就得搭进去这五块银元。搭进去五块银元事小，自己一个堂堂的任家二奶奶，让两个长工娃子当猴耍，耍得她晕头转向。这回脸面丢尽，名声扫地，以后的事情还怎么去做？她是不想再去问王幸福了，每回见了王幸福，不论高兴也好，生气也罢，她都特别激动。人一激动就会丧失理智，就会做出一些不该做的事情，说出一些不该说的话，就像前两次，每次都弄得自己很被动，很狼狈。她想，应该去问问王狗剩了。但怎么个问法？谁去问？这又都成了问题。万一王狗剩死不承认那只羊是偷任家羊群的怎么办？再去叫羊肉馆的老板来，再去叫王幸福来，来个三对面？即便真的是王狗剩偷了羊，又能怎么样？大不了把那五块银元记在他的账上不了了之。薛云霞知道，王狗剩就是个无赖，对于这种穷得一贫如洗的无赖脏发，最好的办法就是不去招惹他。可这回，你不招惹他，他却要招惹你，你说怎么办？任吉祥在世的时候，每次摊上了这种事完全用不着薛云霞去瞎操心。任吉祥的性子直，脾气坏，不是弄几个人把他吊起来打一顿，就是把他送到县里的监牢里。为此，任吉祥惹了不少人，村上的许多人一提起他就恨得咬牙跟儿。现在没了任吉祥，该薛云霞自己去摸这烫手的山芋了。薛云霞想到了雒好礼，他可是城东乡的乡长，也管得了这事情，可事情处理得或长或短，或瞎或好最终都得薛云霞背这个名。薛云霞还想到了二弟薛云卿，就他那火爆子脾气，处理的结果只能和他去世的姐夫一样，到头来他一走了之，还是把她一个人撂在了这儿。薛云霞不想得罪村上每一个人，不管他是穷人，是富人，是男人，是女人，是老人，是小孩，她只想和他们和睦相处。

到后来，薛云霞又是怎么想到王孝儒的，这会儿的薛云霞自己也说不清了。她只知道王孝儒现在是河口村的保长，是保长就得管村里的事情。而王孝儒对薛云霞又只能是唯命是从，薛云霞叫他往东他不敢往西，薛云霞叫他往西他不敢往东，因为他怕任家的财大气粗，怕任家随便用一个借口给他这个保长的头上捻一撮土。有了这个傀儡这出戏就好唱得多了。

薛云霞梳洗完毕之后，照旧先去了大门外面，看长工们下地，看学生娃子上学，她还要看看王幸福是不是还去放羊了，看王狗剩今天早上来做活了没有。还好，王幸福照样把羊群赶往西城门外，王狗剩赶着枣红骡子正在驮粪，这让薛云霞的心情稍许好转了一点。

薛云霞从门外回到屋里。该去找王孝儒了，薛云霞又对着镜子描了描眉毛，再往脸上轻擦一点胭脂，然后眨眨眼睛，抿抿嘴唇，抬一下头，低一下头，左转一下脸，右转一下脸，端详了又端详，像是要出远门一样，直到满意了这才又一次走出了门。薛云霞是很在意自己的外在形象，对于女人来说这叫气质。一个人要从气势上压倒别人战胜对方首先就要看她有没有这种叫气质的东西。薛云霞对自己外貌形象的要求是妩媚而不轻浮，端庄而不呆板。这样一着妆，就为一个女人增添了一种外在的气质。当然，这里面也包含了一个人与生俱来的内在气质，这内在的气质是先天性的，是任何外在的东西也替代不了的。薛云霞与生俱来就有这种内在的气质。

对于薛云霞的登门拜访，王孝儒和他的女人都感到有些惊讶。任、王二家都是河口村的大户人家，也近在咫尺，却很少互相走动，这其中不乏一些嫉妒和争强好胜的心理在做怪。王孝儒的女人自知不是薛云霞的对手，很知趣地问了一声："任二奶奶来了。"也不等薛云霞回话，就独自去了另一间屋子。

王孝儒问："任二奶奶可是很少登我家门的，想必有什么重要的事情吩咐吧？"

薛云霞说："王保长，说吩咐实在不敢当。我是无事不登三宝殿，是来求王保长帮忙的。"

"你还有什么需要我帮忙？"王孝儒问。

薛云霞说："你可是咱河口村的父母官哩，这事非你帮忙不可。"

"你说吧，什么事？只要我王孝儒能帮得上忙就一定帮。"

薛云霞说："我家丢了一只羊。"

王孝儒说："你家丢了一只羊？丢就丢了吧，你家又不是丢不起。别说一只羊，就是三只、五只，对你任家来说还不是九牛之一毛。"

"王保长，你这样说可就不对了，哪怕是丢了一根线头，它也是庶民百姓的财产不是？该管还是要管的。"没等王孝儒回话，薛云霞又接着说："以往是民不告，官不究。这回是民告了，做官的就得问个究竟，你说对不？"

薛云霞的话让王孝儒没什么应对的话可言，只能顺着薛云霞的意思往下说："任二奶奶，你就不必大道理小道理地兜圈子啦，直接说这只羊是咋丢的？你告的又是何人？"

"羊是被王狗剩偷走的，偷走后卖给了县城南大街东来顺羊肉馆。"薛云霞说。

"事情你已说得很清了，让他赔就是了。"

"事情是弄得很清了，可没有当场抓住人家的手腕子，就怕人家不认账。"

王孝儒说："捉奸捉双，拿贼拿赃，你可有赃物？"

"有。"薛云霞说："那只被偷走的羊已经被老刘从羊肉馆里赎回来了。"

"这不就完了嘛，还有啥可说的？"

"哎哟，我还是从头给你详详细细地说上一遍吧。"薛云霞紧接着就将事情的经过重复了一遍。

这回王孝儒才算是明白了薛云霞的意图，她是想让他去审问王狗剩。王孝儒说："你把他叫去问问清楚不就完了吗？"

薛云霞说："不是我不能问。我一问，他跟我顶住牛咋办？还是你来问吧，你是保长哩，问他也是名正言顺的事。"

话说到这份上，王孝儒是想推也推不掉了。他知道薛云霞是让他惹人，打红脸，可这个红脸自己不打又不中，谁叫自己是保长呢。"那中，你说咱们搁哪里问？是去你们家，还是把他叫到我这儿来？"王孝儒问。

薛云霞说："不搁我家，也不搁你家，咱们就在保公所里问。"

"搁保公所里问？"

"搁保公所里问。"

"那你说几时去？"

"就后晌吧，吃过晌午饭，你派个人把王狗剩叫到保公所里，我随后也就去了。"

王孝儒说："那中。"

薛云霞临出门又转了回来说："去时把你那盒子枪带上。"

王孝儒问："带枪干什么，这样不好吧？"

薛云霞说："王狗剩是个无赖，硬脏发，你不吓唬吓唬他，恐怕他就不会说实话。"

"任二奶奶。"王孝儒说："如果他承认了，你想把他怎么样？"

薛云霞说："还能怎么样？都是一个村的，又是我家的长工，把赎羊的五块银元记在他的账上，给他个教训吧。"

"这样也好。千万别把事情做过了，那样对谁都不好。"

"这我知道，你放心吧。"薛云霞点点头出了王孝儒的院门。

24

河口村虽大，却没有一个像样的衙门。就是薛云霞说的那个保公所，是保长办公的场所，就在村子中间的街面上，无论是出了任家的门，还是出了王家的门都得往东走，走到近东城门的地方便到了。两间坐北朝南的瓦房，原是村里早年修缮的观音堂。所谓的观音堂就是人们敬奉观音娘娘的地方。早些年，村里不论谁家娶媳妇，新人下轿的头一件事就是去庙里烧香叩拜，祈求娘娘让自己早生贵子，给婆家延续香火。后来到了民国初年，孙中山信奉三民主义，大破宗教迷信活动，庙里的观音娘娘被砸了个稀巴烂，观音堂也因此门可罗雀，成了一座闲下来的空房。既然是空房，又是大家伙儿的，便理所当然地做了保公所。

不论谁做保长，保公所的门大都是锁着的，除非到了每年纳粮摊税的那几天，才会开门办理几天公务。再则，就是偶尔处理一些村上或家族之间的矛盾纠纷时也得到这保公所里来。薛云霞提出要进保公所，王孝儒就只得开了保公所的门，顺便还叫来了小学的校长王山云。王孝儒不识字，叫王山云来是做笔录的，空口无凭，有字为证，它就是处理事情的依据，也防止过后任何一方反悔。

保公所里，两间房屋，一个里间，一个外间。外间原是人们叩拜神灵的地方，如今已是空空如也。里间放着一张床，一张桌，另有座椅板凳，别无他物。王孝儒差人叫来了王狗剩。王狗剩进了保公所的里间门，只见王孝儒坐在床边，王山云坐在桌子后面的椅子上，桌面上除了笔墨纸砚之外，还放着一把戴着皮套的盒子枪。看这阵势，王狗剩立马就有了一种不祥之感。

"王保长，您叫我？"王狗剩小心谨慎地问道。

王孝儒阴着脸说："先坐那儿。"

王狗剩坐下了。王孝儒却什么也不说。这让王狗剩有点摸不着头脑。正纳闷，就见薛云霞进来了。"任二奶奶。"王狗剩叫道。

薛云霞并不搭理王狗剩，而是对王孝儒说："王保长，我来了。"

"你也坐吧。"王孝儒说着就把脸转向王狗剩说道："狗剩子。"

王狗剩忙回话道："嗯。"

王孝儒接着说："你昨天去灵宝县城往东来顺羊肉馆卖了一只白绵羊，对不？"

王孝儒这么开口一问，王狗剩马上就慌了："我……我没有……我没有去县城，我昨天去南营我舅家了。"

"你昨天去南营你舅家了？"

"对。"王狗剩点着头说："我昨天去我舅家了。"

"可有人在东来顺羊肉馆里看见了你，还看见你卖了一只白绵羊，得了五块现大洋。"

"王保长，这一定是有人栽赃陷害我，纯粹地胡编乱造哩。"

"我说王狗剩。"王孝儒说着就从床边上站了起来，走到桌子跟前，用手摸了摸盒子枪的枪把。接着道："有一句话叫做虚了实不得，实了虚不得。还有一句话叫做要想人不知，除非己莫为。不知道你听说过没有？"

这时候薛云霞就站起来了，回头瞅了一眼王狗剩，然后对王孝儒说："王保长，王狗剩是我家的长工，你该问啥只管问就是了，只是千万不能对娃动粗。一只羊，对任家来说不算什么，但事情还是弄明白着好，我任二奶奶是不想让别人当猴耍。好了，我不打搅了。"薛云霞说着转身走出里间屋。

王狗剩这回全明白了，是薛云霞把自己给告下了。

"狗剩子，说吧，说说那只羊是怎么来的？"王孝儒问。

"王保长，王幸福不小心叫狼把羊叼走了，这是他的事，怎么就赖到我的头上来了？我昨天真的是去南营村我舅家了，不知道什么卖羊不卖羊的事，不信你问我妈。"王狗剩虽然心虚，但还是极力狡辩着。

"哎——"王孝儒长叹一口气，接着道："王狗剩呀王狗剩，你怎么就这么不识相呢？事情都到了这个地步，你咋还是死不认账呢？我看你是不撞南墙不回头，不见棺材不掉泪吧。"王孝儒说完，从皮套时掏出了盒子枪在手里玩弄着。

"我……我……"王狗剩支支吾吾好半天还是什么也不肯说。

"我告诉你，羊肉馆的那个老板和任二奶奶是老熟人。就连你，人家也见过，只是不肯说破罢了。你一离开羊肉馆，他就差人把羊给任二奶奶送回来了。还有，别人都承认了的事情，你干吗还要硬扛着呢？"

"谁承认了的事情，王幸福对你们说什么啦？"

王孝儒并不去回答王狗剩的问话，而是说："叫你来其实也就是走个过场，你可要考虑清楚了，往前走一步回头是岸，往后退一步万丈深渊，世上可没有卖后悔药的。"

难道他们审过王幸福啦？难道王幸福把什么也都给说出去啦？羊肉馆的老

板和任二奶奶真是老熟人？自己当时怎么就没看出来呢？既是人家什么都知道了，自己又何必隐瞒呢？罢罢罢，不就是一只羊嘛，好汉做事好汉当，看他们能把我怎么样？"王幸福都跟你们说什么啦？"王狗剩又问。

王孝儒说："王幸福什么都说了。"

"那我也说。"

王狗剩的心理防线一崩溃，刚才还咬得死紧的嘴巴也就随之松开了。王狗剩像竹筒倒豆子一样把他如何偷羊卖羊的事前前后后详述了一遍。

薛云霞并没有走，她就站在外间屋里。当他听完王狗剩的陈述以后，就知道王幸福虽然和王狗剩是串通好的，但他实在是出于无奈。薛云霞在心中原谅了王幸福的同时，还为王幸福这种重情重义所感动。

"说完啦？"王孝儒问。

"说完啦。"王狗剩答。

"说完了就在这上边按个指印吧。"

"不，我还有话要说。"王狗剩又大叫着。

"你还有什么话就快说。"

"王幸福说他爱王婵娟，他想要王婵娟做他的媳妇。"

"净胡说八道，这和你偷羊有什么关系？"

"我没有胡说八道，是王幸福在黄河滩大声吼叫着'王——婵——娟，我——爱——你！'被我无意中听到了，我威胁他说你要不放过我，我就把你和王婵娟的事说给全村人听。"

王幸福爱王婵娟？门外的薛云霞听得心头一惊，难怪王幸福对自己是那个样子，原来他心中已经有了一个女人，一个和他青梅竹马两小无猜的黄花大闺女！太出乎所料了，一个看上去挺老实的男人，心里竟藏着这样一个小九九。

事情已经过去好多天了，王狗剩在薛云霞的账本上签下了自己的名字，承认赎羊的那五块银元算是自己借的。薛云霞让他依旧跟着长工们一起干活，说别把这件事总记在心上，但也不能忘了这个教训。王幸福继续放他的羊，薛云霞再也没有问过他什么，一切都相安无事。

突然，世上好多事情的发生都与突然有关。

王狗剩偷羊的事远远没有结束，这并不是薛云霞没有付诸诺言，而是半道上又杀出来个程咬金，让所有的人都防不胜防。

那是个吃过早上饭以后的事，王孝儒突然就领着两个背枪的走进了任家的正院。王孝儒"任二奶奶，任二奶奶"地叫着，薛云霞就赶紧出了东房的门。一看，王孝儒怎么还领着两个当兵的，这让薛云霞吃惊不小，忙赔着笑脸问道："王保长，你这是……"

王孝儒说："任二奶奶，这两位兄弟是县保安大队的。"

薛云霞说："县保安大队的，那就屋里请。"

跟着薛云霞，王孝儒和两个当兵的进了任家的客厅。薛云霞忙吩咐人上茶，等坐稳了便开口问道："二位兄弟远道而来，想必有什么重要的差事要办吧？说吧，什么事？"

其中一个当兵的就向薛云霞行了个拱手礼，随口道："任二奶奶，我们奉县保安大队的命令，是来贵府抓人的，还望任二奶奶行个方便。"

"抓人，抓什么人啊？"薛云霞吃了一惊。

当兵的说："一个叫王幸福，一个叫王狗剩。听说他们都是您家的长工。"

薛云霞说："王幸福，王狗剩。是有这么两个人，可我不知道他们犯了什么事？"

当兵的说："听说是有人把他俩告下了，说是合伙偷了任二奶奶家的羊。"

薛云霞问："这是谁告的状？"

当兵的摇摇头说："这个就不清楚了，我们两个也是奉命行事。"

薛云霞说："任家的伙计偷了任家的羊，算是家事，我们自己会处理的。没有人说要麻烦你们这些吃公家饭的。王保长，你说对吧？"

王保长看了看两个当兵的，什么也没说。

当兵的说："道理是这个道理，可有人告到了县里，自然也就有人管，我们吃的是官家的饭，当官的让我们跑腿办事，我们就得跑腿办事。"

薛云霞说："那好吧，我不想难为二位兄弟，何况还是为了任家的事。从县城到河口村，跑了这么远的路，一定是连渴带乏的，我去吩咐人给你们弄点吃的，吃罢了饭，该办的公事再去办也不迟。何况，长工们这会儿正在地里干活，还没回来呢？"

薛云霞临出门，回头对王孝儒说："王保长，你来一下，帮我到街面上的铺子里灌二斤酒来。"

二位当兵的一听此话，连连摆手说："不用买酒，千万不能喝酒，我们还是办正事要紧。"

王孝儒只能跟着薛云霞出了门。出了门薛云霞就问王孝儒："王保长，这事是谁捅到县里去的？"王孝儒说："我也不知道啊。"薛云霞又问："你说，这事该怎么办？两个年轻娃子，都是咱村上的，又在我家做活，让他们把人带走了，村上人还不骂死我啊。"王孝儒说："可不让他们把人带走，我们咋办？眼下这些当官的，都想找机会捞几个外快往自己兜里装，大小是个事，他们都想从中榨点油。不让他们带人，自然要问我们的罪。"薛云霞说："这我知道，官大一级压倒泰山哩。""任二奶奶，你也不必为他们两个人想得那么多，毕竟他们二人合伙偷了任家的羊，证据确凿，他们也供认不讳。县里要抓人，我们能有什么办法？抓就叫抓吧，这也是他们咎由自取，怨不得别人。"王孝儒的意思薛云霞一听就明白了，可她就是不想让当兵的把王幸福和王狗剩抓走，就为这么点小事，往后谁还敢来任家做活？特别是王幸福，虽说他心中爱的是王婵娟，不把她薛云霞放在心上，可自己毕竟喜欢他，太喜欢了。自古道穷不与富斗，民不和官争。虽说大哥瑞祥在外面干着比县长还要大的官，但那是县官不如现管，远水不解近渴。亦如王孝儒所说，官家抓人是为了钱，自己家里也有钱，但要花钱，也得等到人被抓去以后。"唉——"薛云霞长叹一口气，事已至此，她也是无能为力。

酒菜端上来了，两个当兵的只夹了几口菜，死活不肯端酒杯。薛云霞知道，他们是怕误了上司派给他们的差事。酒桌上，薛云霞把话说得很坦诚："放心吃，我不会难为二位兄弟的，一会儿下地的伙计们回来了，你们只管去抓人。但有一点，得让他们安安生生地吃过晌午饭。"

"那中，那中。任二奶奶真是菩萨心肠。"当兵的如此说着，依旧是滴酒不沾。

这会儿的王幸福正赶着羊群走到离村子不远的半道上，突然就被香椿给拦住了。王幸福说："香椿姐，你怎么在这儿？"香椿认真地说："幸福，你不能回去了。"王幸福说："出啥事了，都不让我回去吃饭？"香椿说："县保安大队两个当兵的正在村里等着你哩，要抓你和王狗剩。"王幸福问："抓我们，为什么？"香椿说："你做下的事情你还不知道，还问别人为什么。""因为羊的事啊。"王幸福明白了，这个薛云霞，真是太恶毒了，即便是我们做错了事，但羊已经赎回来了，钱也从王狗剩的工钱中扣了，还要把我们告到县里去。这一定和自己不肯顺从她的意思有关，她是在蓄意报复。"薛云霞，你这个披着人皮的恶狼，变成美女的毒蛇！"王幸福骂道。"王幸福，你咋冤枉好人哩？你知道不知道，是任二奶奶让我偷偷地跑出来从半道上拦住你的。她还让我给你带来两个蒸馍和一些纸洋票，让你先到外边躲几天，等过了这个风头，你就还回到任家放你的羊。"是吗？王幸福想问的话没有问，他用眼睛瞅了香椿大半天，好像要从香椿的表情里得到一个确切的答案。"快走吧，羊就放在这儿，这会儿也没有什么怕啃的庄稼，一会儿就会来人把羊群赶回去的。"香椿催道。"香椿姐，谢谢你！"王幸福转回身又向黄河滩的方向跑去。

两个当兵的抓住了王狗剩，他们最终也没有等到王幸福，后来就听说王幸福扔下羊群跑走了。王孝儒和薛云霞都说："是不是你们来的时候被人看见了，或者是进村那会儿被谁瞧见告诉给了王幸福，王幸福做贼心虚，因此就不敢回村了呢？"他们的话都不无道理，说得两个当兵的无言以对，只能借坡下驴，说道："还好，逮住一个，到了县里也有个交代。"

王狗剩刚被带走，狗剩妈就找上门来了，她跪倒在薛云霞面前哭泣道："任二奶奶，你可千万要把我家狗剩给救回来啊，即便是他犯了错，你罚他骂他打他都行，怎么能让他去坐牢呢？他一坐牢，我一个老婆子该怎么活呀？"

薛云霞只能好言相劝，她唤狗剩妈说："老嫂子，狗剩子是被县里来的人抓走的，我是拦也拦不住啊。就连王保长都出面了，无能为力啊。"

"老嫂子。"薛云霞说着从屋里拿出了一沓子纸洋票塞到了狗剩妈的手里说："这些钱你先拿上花着，狗剩子的事我们随后再想办法，啊。"

狗剩妈这一闹，围观的人很多，你一言我一语说什么话的都有。有的说："这个王狗剩，成天不学好，光知道耍钱，干一些偷鸡摸狗的事，活该。"也有的说："为了一只羊这样的小事，就让人家去蹲大牢，心也太狠了吧。"更甚者说："像这个样子对待自家的长工，以后还会有人为她们家做活吗？"

面对众人的议论纷纷，薛云霞百般无奈，觉得很难为情。躲在一边的王孝儒却流露出一丝幸灾乐祸的神情。

第六章 板报上的表扬信

26

总想回家的王婵娟总没有回过家。原想着一两个星期就会回家的，可没等到她往家走，妈就把她的生活费和零花钱送来了。妈是心疼她，从县城到河口村一来回四十多里呢。还有，一个女孩子让她自个儿回家妈不放心。这不，刚礼拜六，妈又来了。礼拜六后晌学校就放学了，许多同学都要回家取生活费哩。

每次见到妈，王婵娟的眼睛圈就红了，总想哭。妈问她说："咋哩？眼看着都十六七的大姑娘了，还想哭鼻子，也不怕人笑话？"妈这一问，王婵娟真的就忍不住，眼泪就流下来了，就抽泣着要哭出声来。王婵娟说："人家想回家嘛。"妈说："回家想谁了？"王婵娟说："谁都想，我大，小弟，还有咱家那头小毛驴。"妈知道，王婵娟从小没离开过家，一下子来到这个人生地不熟的地方，难免有些不习惯，再加上学校的女孩子又少，搁谁都受不了。平日在家里，她和父亲是很少说上几句话的，这其中的主要原因是因为她不是父亲的亲生女。"这会儿咋就想大了呢？再不想别人了？"妈笑着问道。"妈。"王婵娟忸怩着的同时脸蛋儿就红了。王婵娟的心事妈知道，只是她不想说破罢了。说句实在话，在雪琴的眼里，王幸福是她从小看着长大的，是个好娃子，要个头有个头，要长相有长相，聪明还勤快。只是家境过于贫寒，又没上过一天学，自己的女儿可是个中学生呢？将来跟了他，能过上好日子？凭着女儿的漂亮和才华，还愁找不着一个好人家？妈说："好好念书，不许瞎胡想。你大供你念书不容易。"王婵娟说："我知道，我会好好念书的。"妈又说："礼拜天就在学校里念念书，写写字，可不兴去街上胡乱跑。"王婵娟说："妈，您就放心吧。我去街上，我有钱去街上吗？"王婵娟这样一说，妈就脸红，犯不上什么话了。妈说："咱不能和那些有钱人家的孩子比，咱家穷。"王婵娟说："我知道，咱不和人家比。"不敢和女儿多聊，妈说："我得走了。"王婵娟也不拦妈，因为她知道，走得迟了妈就得摸黑哩。

每次，王婵娟都把妈送出学校门，再陪着妈走上好远一段路。妈说："快回去吧。"王婵娟好像没听见，依旧跟在妈的身后向前走着。一直等到妈说了好多回"快回去吧"，回头拦在了她的面前，她才不得不站住脚。

妈走了，王婵娟会站在那儿望着妈，一直等到妈的背影消失。而每一次望着妈的影子，她都会想起乾阳河边那个叫河口的村庄；想起那个喜欢认字写字的王幸福；想起王幸福和他挥鞭赶放的白云朵儿一样的羊群；想起那天傍晚她去王幸福家，王幸福送别她时呈现出来的那种依依不舍。仔细想想，她也不知道王幸福究竟好在那里，自己为什么就那么喜欢他？以至为他梦系魂绕，牵肠挂肚的。

王婵娟转身往学校走着，心却飞到了河口村。王幸福总是那样地用功，除了晚上，白天一有空就把书拿出来念。自己给他的那几本国语课本都让他给翻烂了。这几个月，王幸福一定想死她了。虽然他们每次在一起总没几句话，也没什么卿卿我我的情话，但他们的心却紧紧地贴在了一起。和王幸福在一起，她总有一种安全感和依靠感。她相信，王幸福通过他自己的努力，一定会学到很多东西，将来比自己也差不到哪里去。王幸福家虽穷，但通过勤劳和努力也一定会富裕起来的。还有，自己成了他的媳妇能不帮他吗？到那个时候，他们在一起，一定会把家里的日子过得红红火火，就像任二奶奶的家。不，应该比她家更富有，就像天堂……

啊，爱情，神秘的爱情。只有这彼此相爱而又尚未吐露的爱情才是东方古老传奇的真正爱情！也只有这种爱情才能给人以最美的享受。

就在这悠悠思念和美好畅想中，王婵娟不知不觉就回到了校园中。正走着，就听到有人喊"婵娟"。她一抬头，发现任宝玉就站在她的眼前边。

"宝玉，你怎么站在这儿？"王婵娟问。

任宝玉没有回答王婵娟的问话，反问道："你妈又给你送钱来了吧？"

没有等王婵娟回话，任宝玉又接着问道："你妈给你送了多少钱？"

王婵娟说："没多少，就两个礼拜的生活费。"

任宝玉说："又是一大堆纸洋票吧？几万块钱也抵不住半个银元，多麻烦。我妈给我送钱总送的是银元。"

"你妈也给你送钱来了？"王婵娟问道。

"没有。"任宝玉说："我的生活费和零花钱总是老刘给我送来的。就是我家那个赶大车喂牲口的。"

说着话，王婵娟并没有停下前行的步子。

眼看着就要和自己分手的王婵娟，任宝玉急了，忙提高声音喊道："哎，婵娟，今天礼拜六下午，跟我去南大街转转吧。"

"我不去。"

"又不花你的钱，你怕啥？走吧。"

"我不去。"王婵娟摇了摇头，还是那句话。

任宝玉并没有因此罢休，望着离自己越来越远的婵娟，他跑步追了上去，"哎，婵娟。"

"我都跟你说我不去了嘛，你还追我干啥？"

"不是。"任宝玉说，"我是想让你掏个空儿教教我怎样写作文。"

听任宝玉说起了写作文，王婵娟就不得不停下来听任宝玉把话说完。

任宝玉接着说："就在上个礼拜二国语课的课堂上，老师把你的那篇《我的一家》作文当作范文给我们读了，你在作文里写了你妈妈在棉油灯下为你们一家人缝补衣服，还写了你父亲赶着毛驴去田间犁地，又写了你的小弟弟聪明乖巧，才六岁就会念初小一年级的课文了。你跟我说说，你是怎样把这些东西写成作文的？而且还写得那么好。婵娟，咱们虽然不在一个班级，但咱们是一个村的，你就教教我吧。"

王婵娟说："不是我不教你。咱们男女有别，最好还是离远点，免得外人说闲话。真想学好作文，还是多让国语老师教教你吧。再说，我也是一个学生，能教你什么呢？"王婵娟说完，又转身向女生宿舍走去。

"婵……"望着王婵娟的背影，任宝玉垂头丧气地摇着头。他就弄不明白，男女有别，难道王幸福不是男的？你都能教他读书写字，咋就不能教我写作文呢？难道我一个中学生也不如他一个给人扛活的穷长工？我是打心眼里喜欢你啊！

27

县中学就设在灵宝城东北角的文庙。庙院原是敬奉孔圣人的地方。到了民国初年，就把它改成了县中学。除了原有的一座正殿、后殿和六间庙房以外，还新修了两排十八间新房。原来的正殿、后殿被隔成了老师的住室和学校的会议室，原有的六间庙房做成了学生的宿舍。三个年级六个班的教室则安排在新盖的十八间新房里。

王婵娟和任宝玉是今年入学的新生，分别被分配在一·二班和一·一班。在八十多个新生中，只有十多个女生。学校为了管理方便，就把女生安排在一个班，还配备了一名教图画和美术的女教师做班主任。这名女教师姓梅，名迎萍。是县中两名女教师中间的一位，听说她丈夫是《陕州报》的主编。

县中学像是一座大花园，老师是园丁，那些男女同学则是绿叶和花朵儿。礼拜天下午，距离学校远处的寄宿生便先后到了学校，这座花园的叶儿便绿了，花儿便开了，园丁们也就高兴了。冷静了一天多的校园又回复了以往的热闹。

学校老师住的大都是单间，学生则睡的是大铺。女生宿舍就安排在那六间庙房东头的一间。进了女生宿舍的门，顺门的一边留着条一米多宽的通道，紧挨着通道的就是她们睡觉的地铺儿。地铺儿的最下层铺的是一层谷穰，谷穰的上面是一个被褥卷儿挨着一个被褥卷儿。女孩子好干净，喜欢整洁，这地铺儿上铺的褥子一床连着一床，花色各不相同，但都平平展展，被子也都叠得有棱有角，顺着墙根整整齐齐地一溜儿，甚是好看。就在这一溜儿被子后面的墙壁上一米多高的地方，钉着一行木头棍儿，每个木头棍儿上都挂着一个相对位置上学生的提兜。这些提兜都是开口的，口的上面有两根长带子，平日里可以提，也可以跨在肩头上。这些提兜每至礼拜六就一个个秕了，到了礼拜天下午就又鼓了起来。里面除了随身要换的几件衣服之外，有的还装着从家里带来的馍馍、豆糁粒儿、油辣子什么的。这时候的女同学会凑到一起，谈着各自回家后的乡下新闻和趣事，还会互相问道"你妈给你拿了啥好吃的？""你咋又穿了一件新袄？""这个礼拜你大给你拿了多少钱？"等等一些细细碎碎对她们来说则是津津乐道的话题。这个晚上，她们还会挤在一起叽叽喳喳嘀嘀咕咕地没完没了，就像是好几年没有见过面的老朋友。

到了礼拜一，学生们又会随着挂在老槐树上的铃声，重新开始他们一天有节奏的，周而复始的校园生活，进行着起床、早操、吃饭、上课、上自习等等一系列活动。

就在这天中午饭后，各个班级的生活委员正在根据班主任的安排，利用半节课的时间来收取这个礼拜学生们的伙食费。也就在这个时间，王婵娟发觉妈留给她的那些纸洋票全没了。就连钱是在什么时间、什么情况下丢的她也是一无所知。她只记得自己把那些纸洋票随手装在了衣兜里，回到宿舍后是否装进了墙上的提兜里她也忘得一干二净。王婵娟急得焦头烂额，泪珠子一搭接一搭地往脸上流。她失声痛哭，鼻涕一把泪一把的。这可是两个礼拜的生活费，咋说没就没了呢？难道是让贼娃子给偷了？自己进县中好几个月了，女生宿舍里可是从来没有发生过盗窃之事啊。

在一起要好的几个同学把王婵娟丢钱的事报告给了她们的班主任。梅迎萍老师就把她叫到了自己的住室。

梅老师递给王婵娟一片白布手帕，轻声细语地说："先别哭了，把眼泪擦一擦。"

王婵娟很听老师的话，立即就不哭了，只是那泪珠儿忒不听话，刚擦干就又流下来了。再擦，再流，没完没了地咋也擦不干。

梅老师问她："钱是咋弄丢的？"

王婵娟摇摇头说："不知道。"

梅老师又问她："什么时间丢的？"

王婵娟抽噎着还是说"不知道。"

梅老师再问："那你是什么时间发现丢的？"

王婵娟呜咽着说："就在刚才，要交伙食费的时间，我一摸衣袋里没有，就去宿舍里的提兜里掏，可提兜里也没有，这才想着钱给丢了。"

梅老师接着问："一共丢了多少钱？"

王婵娟说："两个礼拜的伙食费零花钱全丢了，有八千多块。"

梅老师不问了。她在想这个问题该怎么去解决，王婵娟的钱到底是自己不小心弄丢的，还是让个别思想道德不好的同学给偷了？自己一时也下不了这个定论。她想，这个从来没有发生过的丢钱之事在学校里发生了，还是头一次，应该向校长汇报的。眼下急需要解决的就是王婵娟的吃饭问题，是让学校的伙房先给她记着账呢，还是自己先给她垫上？想到这儿，梅老师又问王婵娟："你现在身上还有多少饭票？"

王婵娟说："还有……还有能够吃两顿的饭票。"

梅老师不问了。她从桌子的抽屉里取出了几张纸洋票塞到了王婵娟的手里，说："这几块钱你先拿着，先凑合着吃上几顿，等我把问题向校长汇报一下，看能不能有个更好地解决问题的办法。"

面对梅老师塞到手里的纸洋票，王婵娟不好意思地推辞了好几回，都被梅老师挡了回来。

梅老师说："拿着吧。人是铁，饭是钢，一顿不吃饿得慌。甭不好意思，等你有了钱再还我还不行吗？"

"谢谢梅老师。"王婵娟原本止住了的眼泪又一次涌出了眼窝。她一个立正，向着梅迎萍老师深深地鞠了一个躬。

28

第二天早操后，县中学的全体师生集中在操场上，说是校长有重要的事情要对大家讲。

礼拜一早操后集中开会，是县中学的一个规定，主要内容是教导主任安排这一个礼拜的教学活动。教导主任讲完了，校长也会讲上几句，就特别重要的问题强调一下。可今天是礼拜二，校长又会讲些什么呢？该不会是老调重弹吧？

昨天早上校长的讲话，同学们可是记得很清。除了讲一些要求同学们努力学习遵守纪律以外，校长还特别语重心长地强调学生不要去读那些宣传材料，如《共产党宣言》《解放》《前线》等等，一旦被上面发现或被人举报，就会被当做共产党的嫌疑犯抓起来送进洛阳劳改营的。在场的同学大都知道《共产党宣言》，而对《解放》和《前线》就知道的比较少了。世间的事情就是怪，校长越是加重语气特别强调不能读、不准读的东西，同学们越是想去读，想去知道它，了解它。很快，不少知道的同学就私下去相互打听，就明白了《解放》是延安共产党创办的一份周刊报纸，《前线》是灵宝地下党秘密创办的一份油印小报。

　　校长的讲话开门见山，说是梅迎萍老师跟他汇报了一·二班女同学王婵娟丢钱的事。校长说学生丢钱在我们学校还没有发生过，至少在我任职的这两年没有发生过。王婵娟的钱是在学校里丢的，有哪一位同学或者老师捡到了，就应该发扬拾金不昧的风格把它交出来，还给王婵娟同学。校长在讲话中没有说偷，因为王婵娟自己根本就说不清钱放在哪儿了，到底是她自己弄丢的还是别人偷的很难说得清。校长虽然没有讲出来，但大家也都听到了里面的这种意思。无论是梅迎萍老师还是校长，在师生大会上讲这件事也只是履行个义务而言，他们都觉得不会有什么结果的。做贼的偷了钱他自己会站出来承认吗？贼人的脸上没有刻什么字，也没有人抓住谁的手腕子，因此上这就是个说不清道不明的事情。拾金不昧的人是少数，但并不是说人都坏，而是人本性上的一个弱点，贪欲、享受欲、占有欲人皆有之，"人不为己，天诛地灭"可以说是人世间一个颠扑不破的真理。正因为有了这个真理，古往今来的人们都把拾金不昧作为一种高尚品德去赞美、去弘扬。人们希望世人都是这样，而轮到自己就成了一道很难逾越的鸿沟。

　　有很多事物的发展往往会出乎人们的预料。就在这天中午饭后，一个男同学走进了梅迎萍老师的住室。这个男同学梅迎萍老师不认识，她抬头瞅了他很久才问道："你是哪个班级的？叫什么名字？"这个男同学说："我是一·一班的，我叫任宝玉。""叫任宝玉？"怪不得自己不认识。任宝玉，梅迎萍老师觉得这个名字很有趣，和《红楼梦》里的主人翁同名。不同的是，《红楼梦》里的主人翁姓贾，他姓任。听起来，它的表面意思不就是人间的宝玉吗？这也是人们溺爱自己孩子的一种特殊方式。"任宝玉。"梅迎萍老师重复道："你找我有事吗？"任宝玉说："有事。""有什么事就说吧。"梅迎萍老师说。这时候任宝玉就从自己的衣袋里掏出了一沓子纸洋票来，递到了梅迎萍老师面前。看着这整整齐齐的一沓子纸洋票，梅迎萍老师就想：难道是他偷了王婵娟的钱？或者说是捡了王婵娟的钱？没等到梅迎萍老师开口细问，任宝玉就解释道："我想把这些钱送给王婵娟同学。""送给王婵娟同学？"梅迎萍老师问道："这是谁的钱？"任宝玉说："这是我的钱。""不用还了吗？"梅迎萍老师问。"……"任宝玉不知该怎样回答。"你的钱。你的钱为什么要给她？送给她你吃什么，花什么？"梅迎萍老师又问。任宝玉说："我家有钱。还有，我和王婵娟都是河口村的。""啊，我明白了，你家有钱。你们又是一个村的。"梅迎萍老师点着头说。

事情弄明白了，梅迎萍老师并没有立即去接任宝玉手中的钱，又问道："你把自己的钱送给她，这是一种助人为乐的好行为。但我想问问你，你在给她送钱的这一刻是怎么想的？""……"任宝玉又回答不上来了，脸憋得通红通红，但他递钱的手依然伸在梅迎萍老师的面前没有缩回来。看着任宝玉窘迫的样子，梅迎萍老师就觉得自己问的太多了，干吗要刨根问底地没完没了呢？梅迎萍老师接住了任宝玉的钱，任宝玉立即就转身出了门。梅迎萍老师站在门口望着任宝玉离去的背影，她看到了他兴高采烈的样子。

随即，梅老师就把王婵娟叫到自己住室，把任宝玉送来的钱交给了她。"梅老师……"王婵娟望着梅迎萍老师，眼神里除了感激，还有一种疑惑。

梅老师解释说："这是一·一班任宝玉同学送来的，他说他和你是一个村的，对吧。"

王婵娟说："对，我们是一个村的。"

梅老师说："同学之间互相帮帮忙也是应该的，何况你们还是老乡呢？"

王婵娟说："可是，我不想要他的钱。"

"为什么呢？"梅迎萍老师问。

王婵娟的脸同样憋得通红，回答不出来了。

梅老师说："先花着，下个礼拜还他不就行了吗。钱的数我点了，八千六百块。"

"那好吧。"王婵娟在转身离去的那一刻，仍旧没有忘记给梅迎萍老师鞠了一躬，同时道了一声："谢谢！"

第三天，学校板报的墙上就贴出来一张大红纸，纸上的内容是这样的：

表扬信

吾校一·一班任宝玉同学，在悉知王婵娟同学丢钱之事，生活遇到困难之后，慷慨解囊，掏出自己的八仟六佰块钱送给了王婵娟同学。这种助人为乐的高尚品德是值得每一位同学和老师学习的。特此提出表扬。

灵宝县中学校委会
中华民国三十五年十一月二十六日

有了这一张大红纸的表扬信，任宝玉的精神头好多了。每每走到人前，就抬头挺胸地神气十足，还特别爱到王婵娟在场的地方去。虽然他并不和王婵娟搭腔，但看起来漫不经心不屑一顾又有点自以为是的眼神，就让王婵娟有些接受不了。本来应该向任宝玉道一声"谢谢"的，但她一看见他那副德行就来气，就会以最快的速度逃离有任宝玉在场的地方。然后她就会去静静地想着，到了礼拜六得赶紧回去，拿了钱就尽快还他。已经是礼拜三了，距礼拜六还有三天时间。而这三天时间，在王婵娟心里却像是三年一样漫长。

29

在河口村，王婵娟的家是个中等户，属于不算富裕，但也不是很穷的那种。她的父亲王来法从小失去双亲，祖上没能给他留下什么很值钱的遗产，也就是一座小窑院三间小瓦房，是他和一家人后来的栖身之处。生活所迫，孤苦伶仃的他只能去给任家扛活，一干就是十多年。由于从小受苦，饱尝人间冷暖，深感世态炎凉，也因此养成了节俭过日子的习惯。在他二十岁那年，他走出任家的大门，用自己的积蓄购置了几亩薄地。那时间他还是光棍儿一根，每每从田间回来，饥又饥，渴又渴，还要烟熏火燎泪涟涟地爬锅料灶。村里人可怜他，同情他，于是就有人给他提亲了。也不知是王来法太挑剔，还是他的缘分未到，高不成低不就地一耽搁几年就过去了。眼看着提亲的越来越少，快奔三十的人了，没有个女人可不行，没有女人的家算不上个家，最起码算不上一个完整的家。村上的人急，王来法自己更急，他开始走东家串西家，托亲戚靠朋友，求人家给他牵根红线说门媳妇。他不想一个人过一辈子，更不想这门人在自己这辈儿绝后。但婚姻这个事，不是急能解决问题的，这一拖就把王来法拖到了而立之年。他悔头丧气地原以为自己就是个瓜巴命，想找个女人无望了，不料想天无绝人之路，有人给他介绍了牵着个孩子的女人，名叫雪琴，孩子就是婵娟。还真应了那句"山重水复疑无路，柳暗花明又一村。"王来法一见雪琴满心地情愿，只是对于她身后领着个小女儿不甚满意。从王来法的神情中雪琴看到了这一点，她对介绍人说："我可以不跟他，但我不能不爱我的女儿，更不能不要我的女儿。"王来法妥协了，随口道："从今后，你的女儿就是我的女儿，我会好好待她的。"雪琴问道："你说的可是真心话？"王来法说："真心话。我发誓，我……"雪琴说："我不要你发誓，如果你真的想让我安心和你过日子，如果你真的会对我和女儿好，咱们就立个字据吧。"王来法想不到雪琴会这样地认死理，到了嘴边的鸭子可不能让它再飞了，于是就又一次妥协，和雪琴签订了一纸协议。协议上说他们结婚后，无论到什么时候都得对雪琴和她的女儿好，将来女儿长大了，还要供她读书上学。

婚后的日子是平淡的，平淡的如同一杯白开水，清净而又真切；婚后的日子是艰辛的，艰辛的如同一枚红杏，酸涩而又甜蜜。路遥知马力，日久见人心。随着时间的慢慢向后推移，他们之间相互了解的越来越多，愈来愈深。雪琴知道王来法是个实在能干善于治家的好男人，也许是倍受艰辛的原因，致使他有一种不同于常人的吝啬；王来法也清楚雪琴是个贤淑聪慧善于料理家务难得的好女人。两个人家常过日子，需要的就是相互包容和理解。慢慢地，他们的日子越来越好过，先是把三间小瓦房翻修一新，前檐墙换成了砖裱窗台齐，几眼土窑洞也用木料进行了加固；再就是把原有的几亩旱薄地倒换成了水肥地，数目也由原来的几亩增加到了十几亩，还添了一头小毛驴。十几年的光景很快就过去了，王来法家脱贫致富了。女儿王婵娟长成了亭亭玉立的大姑娘还进了学堂，更为可喜的是雪琴生下了儿子，王来法再也不用怕自己老来无后了。

欲望无穷，这是常人的一种通病。用河口村人的话说叫"人心没尽，狗球难拽。"欲望是个好东西，它可以给人一种力量，激励人去干一番事业，成就一个人的一生；欲望也是个坏东西，它会使人失去理智丧失良知，干出一些违背道德伦理的事情来，毁掉一个人的一生。王来法是个凡人，他也有自己的欲望，那就是让自己赶快富起来，有更多的土地，有更多的房屋，有永远花不完的钱，就像河口村的王孝儒家，任二奶奶家一样。王来法做梦都想着发财，但发财也不是一天两天的事情，它需要干劲，需要谋略，更需要机遇，所谓的天时地利人和样样俱全。为了实现自己心中的梦想，他就想，不能再让女儿婵娟读书了，自古到如今，靠读书升官发财成就事业的大都是男人，女人认的字再多还能怎么样呢？大不了就像任二奶奶薛云霞那个样子。而任二奶奶之所以能做任家的当家人，是因为她的男人死了，大哥任瑞祥又不在家。倘若任吉祥不死，或者任瑞祥在家这当家人能挨得着她吗？何况，半个灵宝县方圆百十里只出了一个薛云霞。王来法因此就想着不能让王婵娟读书了，但一想到自己当初签的一纸协议，就觉得没办法去跟雪琴开口。原想着王婵娟读完了本村的初小也就罢了，不曾想这女娃书读得那么好，考了个全灵宝县第一名。有了这样的好成绩，任课老师脸上也光彩，就踮着脚板儿来做王来法和雪琴的思想工作。"我们不能误人子弟啊！"老师语重心长地说："人一辈子就年轻这么几年，耽搁了就再也找不回来了，别以为她是个女孩子，女孩子也能成就大事业呢。"就这样，王婵娟进了县中学。

在县城读中学远比在河口村读小学花销大得多，这对平日里习惯了节俭又善于积攒钱的王来法来说就有点心疼不已。每次雪琴给女儿送生活费时，王来法不免会流露出一些忧忧不乐和唉声叹气，尽管他嘴上不说，雪琴也看得出来。她了解自己的男人，为了居家过日子，为了这个家能走向兴旺发达，他真是处心积虑煞费苦心。

那天晚上，王来法转着弯儿跟雪琴说："等婵娟到县中学读出来了，咱们的儿子也就到了进学堂的年龄了。"雪琴说："叫这两个小贼把人就给坑咋啦，都要让你花钱哩。"王来法说："只要咱这两个娃有出息，我高兴让他们花。"

雪琴知道，这话对儿子来说还是真的，对女儿来说就有点言不由衷了。雪琴故意说："嘴上不说心里话吧，恐怕你早就心痛地咬指头哩。"一听这话，王来法的脸就红了，就不好意思地露出了一丝苦笑，再也不说什么。雪琴接着解释道："人常说，逮麻雀还得把秕谷哩，更甭说想让孩子出人头地了，我们现在多吃点苦没什么。等往后两个娃识字了，出息了，能给咱挣大钱了，看你高兴不？你没听古书上说书中自有黄金屋，书中自有颜如玉？读书的用处大着哩，甭成天盯着你手里的那几个小钱，生怕它飞出去了，再也回不来。"王来法知道，雪琴原来嫁的那个男人就是个识字人，要不是人家当兵和日本人打仗死在了战场上，雪琴也跟不了他。王来法说："这些道理我懂，只是我这秉性到这了，由不得我。"

……

黑夜就在这两个人掏心窝子的唠叨中透出了亮色，没等到日头露脸，王来法就套着他的小毛驴往西塬上驮粪去了。

30

"天长了两顿饭，天短了一顿饭。"这是河口村人常说的一句话。意思就是说到了后半年白天变短的时节，晌午饭也就免了。这主要是指一般的小户人家，不仅省下了柴禾，还减少了女人刚刷完上顿锅碗，又要做下顿饭菜的麻烦。这并不是说河口村的女人都懒，而是她们需要用更多的时间去为一家人的穿戴忙碌。从拧棉花、弹棉花到纺线子、浆线了，从经线子、上织机到裁布缝衣，这中间的每一道工序都需要她们的一双手。而这农闲时节，亦是女人们最忙活的时节。

雪琴正坐在炕头拐线子。这是纺成的线子在浆、经之前的一道工序。女儿这么大了，一旦出嫁，少不了置两床新被褥。除此之外，她还要给女儿的箱子底准备两卷新织的布，这是怕女儿出嫁后短时间内掌握不了纺织裁缝的一系列工序，有了这些布，女儿为婚后的丈夫，生下的孩子裁布缝衣就方便了许多。

"妈，妈。"王婵娟一进院门就喊开了。

听到喊声，雪琴就赶忙放下手中的拐子（拐线用的工具），从窗户口向外瞧看，女儿不该回来的。她怕自己听错了。

"妈，妈。"王婵娟再次喊妈的时间，就已经推开了屋门。

"怎么是你？你回来干吗？不是把钱都给你送去了吗？"雪琴意想不到的笑脸上挂满了疑惑。

妈这一问，王婵娟眼睑中委屈的泪水便脱眶而出，紧接着就抽泣起来，以至失声地痛哭流涕。

王婵娟一哭，妈就慌了，就赶紧问："好娃哩，你这是咋啦？"

王婵娟不回答妈的话，哭得更凶了。

"你到底是咋了嘛？跟妈说清楚。是不是生病了？还是谁欺负你了？快说啊，甭让妈着急啦。"

看着妈急切切的样子，王婵娟这才迫不得已地开了口："我把钱给弄丢了。"说完，就又哭开了。

"钱弄丢了。"妈先是一愣，看到女儿哭成个泪人似的便不好意思再去责怪她，妈接着便说："弄丢了就弄丢了呗，只要人没事就好。"

王婵娟还是哭。

"甭哭了，跟妈说说，钱是咋丢的？什么时候丢的？你这几天的饭又是咋吃的？"

慢慢地，王婵娟止住了哭声。她把丢钱的经过和这几天的生活跟妈详细地讲说一遍，说完了，她又跟妈说："丢钱的事，千万别告诉我大。大要是知道我丢了这么多钱，还不骂死我啊。"

妈说："不说，不说。就是说了，你大还能把你怎么着？就是打你一顿，那钱能回来吗？"

王婵娟不说话了。

妈接着问："你刚才说是任宝玉借给你的饭钱？"

"嗯。"王婵娟点了点头。

"这娃还不错哩。"妈也点着头。

"不错啥哩不错？"王婵娟一下子提高了声音，"他那是别有用心。"

"别有用心咋啦？他别有用心不好吗，他家那么有钱……"

"好了，好了，他家有钱是他家的，我不稀罕！"

"不稀罕，不稀罕。"

妈不再说什么，王婵娟不再说什么。片刻之后，娘儿俩又唠起了家里的事，王婵娟问妈："铁蛋呢？"铁蛋是王婵娟的小弟弟，名字是王来法自己给取得，他希望儿子长得粗壮结实，就像个砸不烂摔不破的铁蛋子。妈说："跟你大去地里了。"王婵娟又问："咱今后晌吃啥饭哩？"妈说："你说吃啥饭哩？你想吃啥妈就给咱做啥。"王婵娟说："我想吃酸菜豆面。"在河口村，酸菜豆面可是家常饭，但在县中学的食堂就很难吃得到它。"那妈就给咱做酸菜豆面。"……在王婵娟和妈的拉呱中，酸菜豆面的清香就在窑院中弥漫开来。这时天就黑了，王来法和儿子铁蛋也赶着小毛驴从田里回来了。

铁蛋看见王婵娟就飞快地扑上去叫道："姐，姐。"王婵娟抱着铁蛋问："想姐不？"铁蛋说："想。"王婵娟问："哪儿想？"铁蛋用手拍着前胸说："肚里想。"王婵娟就在铁蛋的小脸蛋上亲了一口。

王来法问雪琴说："婵娟怎么回来了？"雪琴说："从开学到现在好几个月了，娃可从来没回来过，你不想娃，娃还想你呢。"王来法说："谁说我不想娃？我是问娃回来是不是有啥事？"雪琴说："没啥事，今天是礼拜六，娃回来就是想看看你和铁蛋。"王来法说："没啥事就好。"

吃过饭，天就黑尽了。棉油灯刚点亮，王婵娟就对妈说："我出去一下。"妈问她说："出去弄啥？别胡乱跑。"王婵娟说："我不胡乱跑，就是想到幸福哥那儿去。"妈说："天黑了，就不要去了，一个大姑娘，一个小伙子，来来回回多了，让人说闲话。"王婵娟说："谁爱嚼舌头让他嚼去吧，又没做什么见不得人的事。""可……"妈想说的话在喉头打了一个滚终没说出口，随即话头一转道："王幸福这几天也不在屋。"王婵娟问："不在屋去哪啦？""我也不知道。"紧接着，妈就把王狗剩和王幸福合伙偷了任二奶奶家羊的事跟王婵娟说了一遍。

雪琴之所以不想让女儿去见王幸福，还有一个重要原因就是王狗剩把王幸福喜欢王婵娟的事情当着保长王孝儒的面捅了出去。这种有关男女的风流趣事，一旦在村上沸沸扬扬地传播开来，就会很快以多种不同的版本向四周扩散。这些被人们传播的有鼻子有眼的版本让雪琴在人前面很难抬得起头。这就是"唾沫星子能淹死人"的道理。

这一夜，王婵娟失眠了。她不相信王幸福会去偷羊，这里面一定有什么她想象不到的原因。至于说王幸福在黄河滩大声吼叫着自己的名字，喊出了"我爱你"这三个字，王婵娟相信，也希望这是真的。因为王幸福从没有当着她的面向她表白过。

"幸福哥，你在哪儿？你真的喊出了'我爱你'这三个字眼吗？你知道不，我也深深地爱着你……"也只有在这黑夜的梦呓里，王婵娟才敢呼喊出自己爱的心声。

第七章　高高山上一苗艾

31

一夜之间，窑门外的世界就银装素裹了。

朱瞎子起得早，昨晚上风吹雪花的声音惊动得他一夜都没有睡好。他几次起炕，儿媳妇在那座窑洞里的呻吟让他兴奋，虽然他眼前边是黑的，可心里头却亮堂得很。十月怀胎，一朝分娩。儿媳妇肚子里头的那个小家伙，已经到瓜熟蒂落的时候。他高兴啊，自己就要做爷爷了。

打开窑门，吼叫了一夜的风已经疲惫歇息，只有漫天的雪花儿还在飘舞着，踏着院里薄薄的一层积雪，朱瞎子去了熟悉的北墙根，那里堆放着儿子从田间收获回来的柴禾。踏动雪花，脚下传来了"吱吱吱"的声响，很轻微。但他却听到了，这是雪花儿在哭吗？这些可爱的小精灵啊，她们将要用自己洁白的身躯去滋润大地，她们默默地奉献换来的将会是一个丰收年景。

左手捏着火石，右手拿着火镰，只"碰、碰、碰"几下就将夹在火石下面的棉絮燃着了，用泥土垒起来的小锅台开始冒烟。朱瞎子不断地往灶膛里添着柴禾，面前就变得热乎起来，火苗儿也在"哧哧哧"地欢笑着。自从儿子朱小熊娶了媳妇薄荷，这些爬锅料灶的事儿朱瞎子就再也没有沾过手。如今，薄荷就要为这个农家小院增添一种喜庆的气氛了，朱瞎子在感觉灶火炽热的同时，也感觉到一种从来没有过的幸福。

昨天后晌，朱瞎子仍旧去了河口村街面上的书场。农闲，听说的人多，朱瞎子也说得起劲。就在快要收场的时候，王孝儒去了。王孝儒听完末尾一段，待朱瞎子放下手中的胡琴，就凑到朱瞎子跟前亲切地叫道："朱师傅。"

朱瞎子一听，忙起身躬着腰点头问道："你是……"

不是朱瞎子耳背，而是王孝儒实是很少去过书场。王孝儒不去书场主要是因为书场是任家开的，他无须去为此助兴，长别人家的志气，灭自己的威风。听朱瞎子问自己，王孝儒忙回话说出了自己的姓名。

"哎呀呀"。朱瞎子忙堆出了一张笑脸："原来是王保长，恕在下耳拙。"

"朱师傅，今个的书到此结束了？"王孝儒问。

朱瞎子点着头说："结束了，结束了。"

王孝儒说："你的书说得好啊，你瞧，有这么多人都来听你说书。"话说出口，王孝儒就后悔了，人家一个瞎子，你让人家瞧什么哩？

朱瞎子并不理会这个，谦虚道："是乡亲们抬举我，给我面子。"

王孝儒加重语气重复道："是你书说得好。"

王孝儒平常是不到书场来的，今天来是因为他母亲。王孝儒的母亲七十多岁，在河口村也算得上是高龄老人，明天是母亲的寿辰，王孝儒问母亲想怎么享乐时，母亲说她想听书，说街面上的那个朱瞎子书说得好，她爱听。只因为天气冷，人又上了岁数，所以就去的少了。母亲说，明天能不能将那个朱瞎子请到家里来，也好让前来贺寿的亲戚朋友们乐呵乐呵。王孝儒不想扫了母亲的兴，既然母亲说出了口，王孝儒就只能照办了。

"王保长，有何指教？"朱瞎子问。

"指教不敢当。"王孝儒说："明天是家母的寿诞之日，想请你前去助个高兴。"

"既然是高堂的寿诞之日，我无须推脱，明日只管前去就是。"

"朱师傅，需要多少钱你只管讲出来就是。"

"王保长，能去你家为高堂老母贺寿是我的福分，谈钱就见外了不是。"

王孝儒说："凭手艺吃饭，靠本事挣钱，合理又合法，你若不肯要钱，家母又该骂我了。"

"既然你这样说，那我朱瞎子也只能唯命是从。但话又说回来，我落脚东河口村几年，也算得上是河口村的一位村民，保长大人母亲的寿辰，鄙人不该送上一份贺礼吗？这说书钱权当是我朱瞎子的贺礼，还望保长大人笑纳。"

"罢罢罢。"王孝儒笑道："朱师傅真不愧是个老江湖，我算服你了。就照你的意思，这说书钱我当作贺礼收下了。"

"那明天见？"朱瞎子道。

"明天见。"王孝儒回道。

朱小熊起来了，打开窑门就见父亲已燃着了灶膛里的火，忙走上前去问道："爹，你咋起得恁早呢？下雪了，都不肯多歇会儿。"

朱瞎子不回答儿子的话，反问道："薄荷昨夜里是不是不美了？"

朱小熊说："半夜里肚子难过了两回，这会儿又说不难过了。"

朱瞎子说："一会儿水开了给薄荷打上两个荷包蛋，红糖放得重重的。吃了饭，我去王保长家赶场子。你和我厮跟着去，也顺便早些把接生婆请过来，省得到时间手忙脚乱的。"

"去王保长家赶啥场子？"朱小熊问。

朱瞎子说："王保长的母亲今天生日哩，要我去捧个场，热闹热闹。"

"那他能给多少钱？"

"去王保长家，咋能要钱呢？人家是说要给钱的，但我说不要。"

"爹，你总是这么地好说话，他们凭啥子听书不给钱，就凭他是保长，是财主啊？"

"好啦，小熊，不要再说了。人生的路长着哩，甭把钱看得太重了，结识一个人开一条路，得罪一个人打一堵墙哩。"

说话间，锅里的水就响了，朱小熊扶起朱瞎子说："爹，你去屋里先歇一会儿，让我给咱烧火。"

依照爹的吩咐，朱小熊先为薄荷打个两个荷包蛋，然后才往锅里下米。只一会儿，小米就在锅里"咕嘟，咕嘟"地冒泡了。很快，小米饭的清香就透过锅盖的缝隙窜到了锅外面，向窑院的每一个角落分散开来。雪花儿，你闻到米饭的香味了吗？

"风雨送春归，飞雪迎春到……"朱瞎子在窑屋里吟诵的，又是哪一段书词？

32

喝罢小米粥，朱瞎子和朱小熊就要结伴去河口村。朱瞎子问儿子说："薄荷这阵儿咋样了？"朱小熊说："薄荷说肚子隔一会儿疼一阵儿，还能挺得住。"朱瞎子说："我们一走，丢下薄荷一个人可不行，你去村上找个人来陪她吧，万一她难受得起不了炕，身边也有个人照应不是？"朱小熊说："那我去找月娥婶子。"朱瞎子说："中，快去吧。她来了我们再走。"

朱小熊说的月娥婶子，是东河口村王智性的女人。王智性，五十出头，兄弟三人，他排行老二。大哥王智勤，一年前过世，留下两个儿子一个女儿，均已各自成家。三弟王智俭，小他十岁，民国十八年外出一直未归，刚结婚不久的媳妇后来改嫁他乡。王智性有四个儿子，依次为学礼、学义、学仁、学信。大儿子学礼已成了家，膝下有一个两岁的男孩，剩余的三个儿子都尚未成家。他租了保长王孝儒家十亩地，连同自己家的八亩一共十八亩地，每年除了交租子，剩下的粮食也只能填饱个肚皮。王智性一家待人心诚善良，看见朱瞎子父子二人初来乍到缺这少那的，便时常帮衬着。时间一长，你来我往的就成了知己。王智性住的也是窑院，院子里除了三眼窑洞以外，还有三间坐北向南的瓦房，那是大儿子学礼结婚时新盖的。

朱小熊进了窑院就"智性叔、智性叔"地叫着。外面下着雪，一家人都在屋里，迎面走出窑门的正是王智性的女人月娥，她正在锅台上为一家人做饭呢。月娥说："小熊，往屋里走，你叔在窑里呢。"

朱小熊跟着月娥进了窑洞，就看见王智性正在炕头抽着旱烟。王小熊叫道："叔。"王智性问："小熊，吃饭了没？"朱小熊说："吃了。"王智性说："咋来得这么早，有事啊？"朱小熊说："叔，是这样的，薄荷要生了，我得去河口村给她请个接生婆来，屋里因此就没人了，我想让婶子过去帮我招呼一下薄荷。"王智性说："那你爹呢？下这么大的雪，他还要出去啊？"朱小熊说："我爹他一个男人家的，不方便。再说他还要去王保长家，王保长她妈今天贺寿哩，让爹去热闹。昨天就说好的事情，我爹也答应人家了。我要去请接生婆，顺便和爹厮跟着。"王智性说："是这样啊，那你和你爹先走着，你婶子随后就过去。"朱小熊说："那就麻烦您啦，叔，婶子。"月娥这会儿插话道："咱们俩家谁跟谁啊，不用客气，我一会儿就过去。这回薄荷给你生下儿子，你可一定要请我们喝喜酒。""那如果是个闺女呢？""闺女也要请。"月娥说："闺女同样是咱的亲骨肉。你瞧我和你叔，还就缺个闺女呢。""请，一定请。"朱小熊说笑着走出门。

朱小熊一直把朱瞎子送到了王孝儒家的门口。朱小熊说："爹，等我安顿好了薄荷的事，后晌我会来接你的。天气不好，路又滑，你千万别一个人敲着竹棍往回赶。"

朱瞎子说："快去吧，赶紧把接生婆请到家里去，我的事你不用操心。"

这时候，站在门口的宾客早有人看到说书的朱瞎子，忙回屋禀报去了。随后，就有王孝儒的家人将朱瞎子领到正院的门房客厅。一阵寒暄之后，朱瞎子就拉动琴弦开场了，客厅里也因此坐满王孝儒家的亲戚朋友和邻居帮忙凑热闹的。

按照喜事场的规矩，说书的一旦开了头就不能再停下来了，得一直说到宾客退出宴席之后方可停止。朱瞎子去的喜事场多了，懂得这些，酒席宴上的热闹气氛忒浓，人们挨着个儿向王老太太敬酒，道着早已编好的寿词，诸如"福如东海长流水，寿比南山不老松"等。接下去便是相互之间推杯换盏，共进美味佳肴。这会儿，专心致志听书的人没有了，但朱瞎子还得照说不误，一直到宴席结束。最后，朱瞎子很是巧妙地来了个结尾的段子：

"高高山上呀一苗艾，

风一吹哟拔来来，

管他拔来呀不拔来，

咱丢开弦子哟抽一袋。"

琴声断，唱声止。接着便到了朱瞎子吃茶用饭的时间，吃过茶饭也就到了他离开的时间。

王保长母亲寿辰的饭菜自然是丰盛的。雪白的馒头端上来了，一盘盘肉菜端上来了，朱瞎子却没有心思去吃。他这会儿担心的是儿子朱小熊是否请到了接生婆，儿媳妇薄荷的生产是否顺利，是生了个儿子呢，还是生了个丫头？雪白的蒸馍，穷苦人家就连逢年过节也很少吃到它，更别说肉菜了。朱瞎子想把眼前的这些都带回去，带回去给儿媳妇吃，给儿子吃。朱瞎子不想让别人瞧不起自己，要把眼前的这些带回去也是有一定道理和根据的，依照当地的习俗，所有端到桌面上的这些，前来助兴的手艺人是可以全部将它带走的，这也是朱瞎子不愿动筷子的另一个原因。

一边相忙的人明白朱瞎子的意思，就将餐桌上的几个蒸馍都给他装起来，能带走的菜肴也一并包好。包好了这些，不用主人打发，朱瞎子自己也不好意思再待下去了，于是他收拾好胡琴和行囊，敲着竹棍儿就起身告辞了。王家吩咐一个年轻的下人送他，送出了村，朱瞎子就对送他的年轻人说："你回去吧，这一段路我熟着哩，不用劳驾了。"朱瞎子说不让送，那个年轻人也就顺着他的意思说："那你走好，我就不远送了。"朱瞎子敲着竹棍儿说："回去吧，回去吧。"

这个时候的天空已不再飘雪花了，太阳也时隐时现地穿行在薄云淡雾的后面，阴森森的冷空气早已使地面上结成了一层冰。朱瞎子拿着他的竹棍儿就在这冰地上"梆梆梆"地敲击着，向前挪动着。朱瞎子说的没错，从河口村到东河口的这一段路他确实熟，几年来他不知走动了多少个来回，用得上几步他都能说得清。有的时间，说完书的朱瞎子等不及朱小熊来接他，一个人也就敲着竹棍儿到家了，可今天落了雪，地面上接了冰，这对于一个瞎眼的人来说无疑雪上加霜，增加了行走的难度。

前边就是乾阳河，依照脚下的步数和感觉朱瞎子就猜到了。乾阳河是横在河口村和东河口、下河口之间的河道，常年流水潺潺，没有暴雨是不会发洪水的。夏秋季节，人们可以蹚着水来来回回，但到了冬天就不行了，人们只能行走在用两根木头搭起来的便桥上，两根木头的便桥上落了雪，很快也就结了冰。朱瞎子敲着竹棍儿踏上了便桥，竹棍儿敲着结了冰的木头难免会突然地一滑戳向空处，戳空的次数多了，朱瞎子的心就虚，心虚脚底下也就跟着发慌，没个准儿。朱瞎子在心里不停地念叨着小心着，慢点走。慢点走，小心着，千万别摔了下去，但不幸的事情到底还是发生了。在便桥的中间，朱瞎子一脚落空便摔下了河，倒在了冰冷的河水中，倒在刀刃一样的冰碴子上，再加上半

第七章　高高山上一苗艾

109

天来的饥饿，就昏死了过去。

天空又稀稀拉拉地飘起了雪花，朱瞎子那个结尾的书段子似乎还在这飘舞的雪花中荡漾着：

> "高高山上呀一苗艾
>
> 风一吹哟拨来来……"

33

朱小熊要请的接生婆就是河口村的，不凑巧的是接生婆不在家，昨天晚上就去了西王村。西王村在河口村西南十里地。朱小熊在接生婆家等了一个晌午也没等着，只能怏怏不乐地往回走。他不知道薄荷这会儿都难受成什么样子啦，没有请到接生婆回去后又该怎么办？自从薄荷嫁给了朱小熊，就没有把自己当成一个新媳妇，爬锅料灶，缝补浆洗，一有空闲还帮朱小熊去田间做活。有了薄荷，这个原本死气沉沉的家才有了生气，有了阳光，有了希望。现在，她又要为朱家传宗接代了。想着这些，朱小熊就觉得薄荷真是太苦了，太好了，自己只有好好地待她才行。路过村子中间的街巷时，朱小熊还听到了从王孝儒家传来的胡琴声和爹那沙哑的唱腔。想象着那热闹的场面，想象着爹那拉琴吐唱的样子，朱小熊心里涌上了一股难言的酸楚。

朱小熊匆匆赶到家，推开窑门一看，屋里的土炕完全变了样。被褥已被卷到了炕的另一头，靠近火眼的这头放着一个牲口驮鞍，薄荷就坐在这个驮鞍里微闭着眼睛，身子下面铺满了谷子秸秆，身子上边盖着被子，炕被烧得热热的，火眼里还燃烧着红红的火苗。

看着独自一人进门的朱小熊，月娥问："回来啦，咋一去就用了这么长时间？接生婆呢？"

朱小熊说："接生婆昨晚上就去了西王村，我一直等到现在也没有等着，只能一个人先回来。"朱小熊说完看了一眼半卧在驮鞍里的薄荷问道："现在怎么样了，肚子还疼吗？"

薄荷的脸蜡黄蜡黄地，她睁开了微闭着的眼睑，有气无力地说道："多亏了咱月娥婶子，要不是人家，我，还有你那儿子早没命了。"

"快别说了，你这会儿应该好好地静养着。"月娥说完又向朱小熊解释道："就在你走后不到一个时辰，薄荷的肚子是一阵紧接着一阵的疼痛，实在是等不及了。不见你回来，看了看她的下身，羊水都破了。没办法，我就只能凑合着帮薄荷把娃生了下来。"

"这么说，薄荷已经生了。"朱小熊简直不敢相信自己的耳朵，这时他才注意到薄荷凸起来的肚子已经凹陷了。

"生了，而且还是个娃子呢。"月娥高兴地说。

"让我看看娃。"朱小熊这才发现炕头被子下面有一个躺在褓褓中的小生命。"儿子，这就是我的儿子。"朱小熊欢呼着的同时又对薄荷说："媳妇，你辛苦了，我和爹都会感激你的。"

听着朱小熊发自内心的倾吐，薄荷什么也没有说，唯有两行热泪不停地往下流着。

"月娥婶，你也会接生啊？"朱小熊高兴地问。

月娥说："我不会接生，只不过是生的娃多了，就有点经验。你婶这辈子一共坐了六个月子，只有头一个和第二个请了接生婆，后来就再也没有叫过人，自己给自己就把生接了。"

"月娥婶，你真不简单。"朱小熊夸道。

"月娥婶，你说我这会儿该干点啥呢？"朱小熊看着窑屋里的一切不知所措。

"你呀，净当大了。"月娥说："炕我也烧好了，薄荷的黄酒煮鸡蛋也吃了，你以后的事情就是伺候月婆子，别让薄荷在月子里受委屈。"

朱小熊说："我会的。眼下天寒地冻的也没啥活，我就专门在家烧火做饭，伺候好薄荷和爹，让我们的儿子快快长大。"看着薄荷身子背后的牲口驮鞍和屁股下面的谷草，朱小熊问："婶，干吗还要坐在谷草上，把人圈在驮鞍里，这些东西多会儿才敢取掉？"

"哎哟，看来你们真是两个光棍过日子，啥也不懂。这就叫'庵堂坐草'，是老一辈人传下来的规矩，得等到出月子的那天才能取掉。"月娥婶说到这儿好像一下子想起来了什么，忙说："小熊，我都忘了，现在赶紧将娃的那个衣包挖个坑埋了。"月娥说完，指了指窑屋的一角，那里有个用布包起来的东西。

"好吧，我这就把它埋掉。"朱小熊说着就提着布包往门外走。

月娥说："不敢胡乱埋，这也有讲究哩。"

朱小熊站住了："有讲究，有啥讲究？"

月娥说："是男娃，胎衣得埋在屋里的门槛下，将来娃长大了，才能够成为一个堂堂正正的男子汉，顶得起门户，不受外人欺负。"

"还有这讲究啊。"朱小熊接着问："那要是生个女孩呢，她的胎衣该埋在什么地方？"

月娥说："是女娃，胎衣得埋在门外的屋檐下，因为女孩终究是要嫁人的，嫁出去就成了人家的人了，所以得埋在门外边。"

很快就晌午多了，月娥要回去了，薄荷撑起还虚弱的身子说："小熊，送送咱婶。"

月娥说："我一个光大人，送啥哩。照顾好薄荷吧。"

月娥回去了，朱小熊回过头来坐在炕边，抚摸着薄荷的脸说："你受苦了。"薄荷说："这不叫苦。"朱小熊问："不叫苦，那叫什么？"薄荷说："叫幸福，叫幸福你知道不？"朱小熊紧接着说："好，叫幸福。是你把幸福带给了我和我爹，把幸福带进了这个农家窑院。"

"哇——哇——"刚刚出生的娃放声哭开了，那哭声好大，好响亮。

34

王幸福在外面一直躲了半个月才回家。

这半个月，可把王长安和桃花熬煎坏啦。王长安的气喘病天一凉就犯，心情郁闷时更重，整天气喘吁吁的。

几天不见儿子回家，王长安就要到任家去问。桃花说："就你这一步三呼歇地，咋去哩？"王长安说："大……大不了，走……走慢一点，还能……走不到啊？"无奈，桃花搀扶着王长安出了门，一入巷道，就被好多人给拦住了，说是你儿子和王狗剩合伙偷卖了任二奶奶家的羊你不知道啊，王狗剩都被县里保安大队的人抓去了，听说没抓到你儿子，大概是出去避难去了。听了这样的话，王长安和桃花就觉得无脸再到任家去，就从半道上折了回来。他们在心里直埋怨那个王狗剩，王长安说："早……早就说过王狗剩这娃不……不地道，不让他和王狗剩来往，他……就是不听，这回，闯祸了吧？"桃花说："到这个时候了，说那些还有啥用？还是赶紧打听打听娃跑到哪儿去啦。"王长安说："管……管球他哩，有本事就死……死在外边甭回来。"说的都是气话，毕竟他们就这一个儿子，往后上了岁数，就指望着他哩。桃花托人出去找了好几天，硬是没个踪影。找不到儿子，王长安夫妇心里七上八下的，再也不说什么抱怨之类的话，日不能食，夜不能寐。后来，还是薛云霞找上了门，向他们说明白了事情的来龙去脉，他们这才消了气。薛云霞说："别熬煎犯愁了，幸福也不是小娃，不会出什么事的。"薛云霞还叮咛说："哪天王幸福回来了，就让他到我家里来，几十只羊还得他放。"桃花担心地问："你们不会把他怎么样吧？"薛云霞说："事情我不是跟你们说清了吗？都是王狗剩一个人出的鬼点子，王幸福是出于无奈。我保证，王幸福绝对不会有事的。"听了薛云霞的话，王长安的心情立马就好了许多，说话也顺畅了。他对桃花说："任二奶奶是啥人你……不知道啊，自从幸福进了她家的门，那……那一回都没有亏待过他。"桃花说："这我知道，任二奶奶是好人谁不知道。"

王幸福回来后，桃花问他这十多天去了哪里，王幸福说他坐船过河去了山西。桃花说去了山西啊，怪不得好多人都找不着你。王长安一见儿子就火冒三丈，喘着粗气儿大骂了王幸福一通。无论王长安怎么骂，王幸福就是不吭声。到了晚上坐在窑屋里的土炕上，王长安和桃花又跟儿子讲道理，说好话。王幸福这才向父母亲回话说："我知道错了，我做的不对，惹你们生气了。儿子不好，以后改就是了。"对薛云霞强行要和他相好的事还是只字未提。消了气，王长安又说："明天赶紧去任二奶奶家，给人家认个错。人家可是大人不记小人过，还让你去放羊哩。"王幸福低着头不作声，王长安加重了语气说："咋就像个聋子一样，我……说的话，你到底是听……听见了没有？"王幸福赶紧说："听见了，听见了。"

王幸福到了任家，并没有向薛云霞认什么错。薛云霞也没有问过他什么，就像什么事情也不曾发生过一样。

王狗剩被抓去了，什么时候能回来谁也不知道。狗剩妈自知儿子不是什么好货色，就再也没有脸找薛云霞闹腾。她家穷，人缘差，找不到关系去县里给那些当官的送礼，就是有关系，她也送不起，只能听天由命。

也许是因为王狗剩偷羊的事，王幸福的话少了，整天干着自己该干的事情。每回吃饭，心如明镜似的香椿瞅着他就想笑，却又不敢笑出声来。她不知道任二奶奶对王幸福会不会死心，他们之间以后还会不会发生什么令人意想不到的事情，这对香椿来说还都是个问号。鉴于主仆有别，她也只能揣着明白装糊涂。不过，她倒是向薛云霞不经意地说过这样一段话："任二奶奶，你看王幸福没上过一天学，却识得字不少，你知道是啥原因不？"薛云霞问："啥原因？"香椿说："那是因为王婵娟总是偷着空儿教他认字，她还把学过的国语课本送给了他。"香椿说这话时把语气咬得重重的，还偷偷地瞅着薛云霞有何反映。薛云霞听后漫不经心地"哦"了一声，就再也没有说什么。这让香椿多少有些意想不到。

35

放羊如当兵，一天也不能拖空。即便是雨天不能出去放牧，也要给它们添上干草。任家有良田百顷，分布在河口村周围数十里地的十多个村庄，租给了当地的一些穷人。收获庄稼时，任二奶奶便差人吩咐佃户保管好那些庄稼秸秆，作为羊和牲口的干草料，如玉米秆，谷秆，大豆秧，花生秧等。

冒着雪，王幸福和黄毛去河东岸的场里为羊群背豆秧。他们一前一后地走着，彼此都缩着脑袋，拢拢着手。走到便桥上，就发现了河面上躺着一个人，这个人的身上已经落了一层雪。王幸福和黄毛当时并没有认出来那是谁，他们跳进河里，仔细一看才认出了是说书的朱瞎子。王幸福对黄毛说："来，把他扶起来，让我把他背着。"然后又说："你把他的这些东西拿着。"

看见王幸福背着朱瞎子回头往村中跑去，跟在后面的黄毛就嚷开了："你是不是犯糊涂了，他家住在东河口。"

王幸福边跑边说："我知道。"

"知道还一个劲儿地跑。"黄毛说着紧跑几步赶在了王幸福的前面："你这是把他往哪儿背？"

王幸福不停脚："还能往哪背，先送到街面上的药铺里，看还有没有救。"

"哦。"黄毛明白了，"我怎么就没想到呢？"

河口村街面上的药铺也是任家开的，雇用了一个看病的先生，一个抓药的伙计。看病的先生姓梁，人称梁大夫。

很快就到了药铺门口。王幸福让黄毛去开门，自己"梁大夫、梁大夫"地喊着。

梁大夫迎出门，看见王幸福背着一个人忙问："这是谁？"

王幸福说："说书的朱师傅。"

梁大夫问："朱瞎子怎么啦，弄成这个样子？"

王幸福说："先别问那么多，让我把他背到屋里，看还有没有救。"

"别别别。"梁大夫一听这话拉住了他，"就放在门外边的屋檐下吧，先让我瞧瞧再说。"

"外面这么冷。"王幸福说。

梁大夫说："如果有救再往屋里背不迟，如果没救那就不必了。"

当大夫的最忌讳的就是病人死在药铺里。

王幸福只好把朱瞎子先放了下来。梁大夫摸了摸脉就摇着头说："不行了，没得救了，你们还是把他送回家去吧。"

王幸福说："梁大夫，你就死马权当活马医，试试看吧。朱师傅人好，书又说得那么好。"

梁大夫说："你这娃，咋不懂得这个理呢？明知道没救啦，干吗还要瞎忙活呢？还有，他跟前连一个亲人都没有，你让我给他治，万一治不好怎么办？他的亲人家属来了，说是我给他治死的又咋办？你们俩还是赶紧快走吧，把他送回去。"

正在这节骨眼上，朱小熊赶来了。就在刚才，朱小熊去王孝儒家接爹回家，王家的人说他们早差人把朱师傅送走了。朱小熊说："我爹没有回去啊。"王家的人找来了那个送朱瞎子的年轻人问。那个年轻人说："走出村不远，朱瞎子就不让我送了，说这段路他熟，于是我就转了回来。"朱小熊说："大雪天，你们咋能这样啊，让一个瞎眼老人独自回家去？"这时候王孝儒也来了，问明了情况后就说那个年轻人："让你去送，你就应该把朱师傅送到家，咋能半道上转回来呢？"年轻人分辩说："不是我不送他，是他不让我送。"王孝儒说："现在啥也别说了，赶紧找人要紧。去吧，帮着朱小熊找找朱师傅，看他去了哪儿。""不用啦！"朱小熊气愤地一跺脚出了王家的门。

朱小熊看着爹的样子大吃一惊，禁不住热泪盈眶："我爹他怎么啦？我爹他怎么啦？爹啊……"朱小熊哭了。

王幸福拉着朱小熊说："先别哭哩，眼下还是赶紧求求梁大夫，看看能不能把朱师傅救过来。"

听王幸福这么一说，朱小熊强忍悲痛，眼含热泪对梁大夫说："救救我爹，我求求你啦，救救我爹吧。"

梁大夫说："你爹他不行啦，那脉一点都摸不着了。"

朱小熊说："你就尽你的能力吧，就是救不活，我也不会怪罪于你。"

梁大夫说："你既然这样说，我就尽力而为吧。"

梁大夫从屋里取出了银针包，在朱师傅的百会、人中、合谷、少商几个穴位刺了下去。好大一会儿过去了，朱瞎子依旧未睁开眼睛，梁大夫重新摸了摸脉搏，然后对朱小熊说："赶紧回家吧，回去后先放在热炕上焐一焐。"梁大夫说完又吩咐抓药的伙计取出了一味中药说："这是一点人参，回家后煎好从嘴里灌下去，兴许能苏醒过来，但能不能保住活命我可说不好。"

听了梁大夫的话，王幸福和黄毛帮着朱小熊把朱瞎子背回东河口村他家的窑屋里，并依照梁大夫交代的办法，把朱瞎子放在温热的炕头，灌下了煎好的人参汤。果然没多久朱瞎子就从昏迷中苏醒了过来，口中还喃喃自语着说要看看他的小孙子。朱小熊就抱着儿子让朱瞎子看，朱瞎子看了孙子，脸上露出了一丝舒心的微笑。带着这丝微笑，朱瞎子又一次慢慢地闭上了眼睛，这一闭眼就再也没有醒过来。

36

东河口村外，一座小小的窑院门前飘起了一挂白幡。

这两天一直不见晴，天上飞舞的雪花时大时小，时缓时急，稀稀落落地没完没了。头顶是白的，脚下是白的，窑屋外是白的，窑屋内也是白的，就在这银白色的世界里，人们三三两两向这座挂起了白幡的窑院移动着。人们不会忘记朱瞎子那悠悠的胡琴声和略带沙哑的唱腔，它带给人们欢乐和愉快，它赶走了人们劳作后的疲惫和某些事情带来的烦恼。而今，这悠扬的琴声沙哑的唱腔，就要伴随着这些雪花的飘落到另一个世界去了。

没有等到薄荷分娩过后身体的复原，人们就在她头上绑上了白帕，薄荷含泪呼唤着瞎眼的公爹："你怎么就不能在这世界上多留些时日呢？你怎么就不能等到你的小孙孙喊你一声爷爷呢？公爹啊，你走得太急太急了……"薄荷的嗓门有些哑了，月娥婶子除了忙里忙外，还要守候着照看她，劝她："好娃哩，你爹他走了也就走了，你刚生过，在月子里面不要过于悲伤了，那样会伤着身子骨的。"

朱小熊睹物思亲，望着眼前爹用过的胡琴，他想起当年。那时他才五岁，那个村庄叫什么来着？他已经记不清了。只知道那年村上死了好多人，就在死人堆里，有他的爹，他的娘，还有他的一个姐姐，唯独留下了他。他不知道爹和娘为什么不管他啦，那个时间，他唯一的想法就是随着他们去死。死亡，也许就是一种幸福。因为只有死亡才能和爹娘永远永远在一起。在后来逐渐长大的日子里，他才听人说那年村上流行瘟疫。他哭着嚷着要去寻觅和爹娘在一起的幸福，直到嗓子哑了，泪流干了，他像根呆木头一样傻傻地等待着死亡的召唤。后来就看见了一个瞎子，一个背着胡琴的瞎子。直到现在他也不明白，爹当时瞎着眼睛是怎么发现他的？就是这个瞎子盘腿坐在地上，对着他爹娘的躯体，对着哭干了泪水的他拉起了胡琴，那胡琴声好优美好动听又好凄婉，就是那琴声送走了他三个亲人的灵魂。拉完了那首曲子，瞎子就牵着他的手说："孩子，跟我走吧。你要愿意的话，以后就喊我爹吧。"从来不曾下过跪的他竟然跪倒在这个瞎子面前，恭恭敬敬地喊了一声"爹"。后来他就知道瞎子姓朱，是以说书为生的一个艺人，人们习惯称他朱瞎子。在爹的胡琴声中他一天天长大，在爹略带沙哑的唱腔中他一天天懂事。后来，他和爹就在河口村开了个书场子。再后来，他和爹又在东河口村外凿了一孔窑洞，建起了这座窑院。日子是清贫的，又是快乐的，直至后来爹又收留了沿门乞讨的薄荷，还让他们成了亲，他就觉得这座窑院就是天堂了。他幻想着有那么一天，爹老了，再也不能去拉胡琴说书了，他就成天地把爹养着，冬天让他去北墙根晒太阳，夏天让他去柳树下纳凉。到那个时间，他的儿子，也就是爹的孙子也应该长大了，他会成天缠着爷爷给他讲故事，给他拉胡琴听……可是，没有来得及等到这一天，爹就一声招呼也不打地走了。

再看着眼前的那些白蒸馍和肉菜，朱小熊泪如落雨。爹是手艺人，吃的是百家饭。爹吃饭从来不说瞎好，能填饱肚子就行。每逢有了这些白馍肉菜，爹总是舍不得吃，就像这回在王孝儒家，他会把它带回家来，让他的儿子吃上好几天。每次吃这些美味佳肴时，爹总会坐在他的眼前边看着他的吃相。爹是个瞎眼人，看不见的，也许儿子张口咀嚼吞咽食物的那些个声音他能听得到。要不，爹怎么看着看着就会眯起眼笑呢？爹啊，儿子知道，这回你又是饿着肚子回家的。我说爹啊，你怎么就恁傻呢，你怎么就不肯吃上一口这些白馍肉菜呢，以至死了还饿着肚子。

朱小熊的泪流干了，从未遇过这么大的事，他有些发懵，以至于不知道后面该怎么去办？

智性叔一家人成了他的主心骨，学礼、学义、学仁、学信都像亲兄弟一样跑前跑后的忙碌着。

依照乡俗礼数，任二奶奶差人送来了一摞纸钱；王保长家同样差人送来了一摞纸钱；王幸福、黄毛也从河口村跑到东河口来帮忙。

智性叔问道："你爹的丧事该怎么办？"

朱小熊说："我也不知道该怎么办，叔，你就招呼着办吧。我爹一辈子不容易，活着没享了福，死了我想让他走得风风光光地。"

智性叔说："你既然这样说，咱们就来合计一下。"智性叔接着道："先说棺材吧，最不像样的，最没办法的也就只能裹张芦席了。我想这样肯定不行，要不就弄几块薄板，请木匠来钉上一口棺材。"

朱小熊问："用薄板钉棺材，能不能用再好一点的棺材？"

智性叔说："好一点儿的棺材种类多了，按木料来说，当数楸木的最好，依次为柏木、松木、桐木、杂木；按结合的块数来说，依次为四（块）独，八（块）仙，十（块）股头，十二（块）股头，再次一点的就是十四块，十六块。"

朱小熊说："咱就用好一点的。"

"好一点儿的。"智性叔说："好一点儿的县城棺材铺就有卖的，只要给足银两，他们会送货上门的。"

朱小熊问："按咱们这儿丧葬的习俗，还有啥要办的？"

智性叔说："那就是送葬的吹鼓乐了，就是咱们平素常说的响器。用句骂人的话叫'王八'。有了吹鼓乐送葬就显得隆重热闹体面一些。就吹鼓乐这也是有区别的，可以多请几个人，这样击鼓敲锣吹拉弹唱的都就有了，也可以少请几个人，有一根唢呐就行。要不就算了，不用吹鼓乐也可以。"

朱小熊说："不要吹鼓乐怎么能行呢？我不能让河口村的人戳着我的脊梁骨骂我是个没良心贼。"

智性叔说："那又要花钱哩，你的家底……"

朱小熊说："爹一辈子为别人拉琴说唱，如今挨着了自己，哪能让他凄凉地踏上黄泉之路呢。就是借钱，也要风风光光办好爹的后事。"

朱小熊是没钱，但爹的丧事不能不办，而且还要办得像样一点。这就需要银两，这银两得找有钱的人家去借。于是朱小熊就想到了王孝儒，他是保长，爹是在他家里说书时往回走的路上出事的，找他借点银两应该没什么问题吧。按乡俗，白头孝子是不能进别人家门的，朱小熊只能托智性叔前去和王孝儒商谈。原本想着不成问题的事却成了问题，智性叔很快就回来了，说是王孝儒很抱歉地说他手中这一时也不宽裕，这个忙帮不上，实在是对不起。智性叔说："他的意思我看得出来，你爹是从他家走后从桥上摔下去身亡的，他是怕你日后以此为借口赖账，不还他钱。""这个王孝儒，还保长哩！我爹当时给他妈寿诞说书时都没收钱，想不到他就这么小肚鸡肠。"智性叔说："天下乌鸦一般黑，有钱人都这样。民国十八年闹土匪，我三弟智俭和任吉祥拿着乡亲们凑起来的银子出去为河口村保里买枪，结果呢，枪没买着，银子也丢了，我那三弟的命也丢了，只回来任吉祥一个人。""就是现在这个任家二奶奶的男人？"朱小熊问。"就是他。"智性叔说。"那任吉祥回来后咋说的？"朱小熊又问。"任吉祥说银子让土匪给抢了，在抢劫的过程中我三弟丧了命。""这是真的？""谁知道任吉祥说的是假话还是真话。我总觉得是他害了我三弟，把买枪的银两独吞了。""那你就没有寻过他？""寻他，这没凭没据地咋寻人家？"说到这儿，智性叔叹了一口气接着道："恶有恶报，善有善报。后来，那个任吉祥在一次出外时被翻在沟里的马车给压死了。""这事你咋从来都没提起过？"朱小熊问。"过去的事啦，不想提它。一提起就伤心。"智性叔说着摸了一把泪，"好啦，不说了。还是赶紧想办法筹钱办你爹的丧事吧。"朱小熊说："我看着任二奶奶这个人还不错。""没打过交道，错不错只有她自己知道。""要不就去找任二奶奶借钱吧，眼下只能去她家。"朱小熊说。智性叔说："去任家借钱，你得另找个人去。这辈子，我是不想进任家的门了。"

智性叔不想到任家去，朱小熊当然不能勉强他。朱小熊想到了帮他把爹送回家的王幸福和黄毛，就让他俩去。他想任二奶奶不会像王孝儒那样绝情的。爹的说书场可是打着任家的招牌开的。

王幸福和黄毛很快就回来了，事情还真办成了。不过这钱不是借，而是借贷，是要算利息的，是要有契约的。因为朱小熊不在场，借贷人的签名空着，王幸福和黄毛就把契约带了回来。只要朱小熊在契约下面借贷人后面签上名，按上自己的手印，立即就能把银子拿回来。朱小熊说："人常说喝酒图醉，放账图利。这我能理解，利息该怎么算就怎么算，往后咱想办法还就是了。"

朱瞎子出殡的那天，雪突然间就停了，太阳的光亮透过云层照在雪地上闪着耀眼的光芒。悠扬凄婉的唢呐声吹得雪路儿软软，人心儿稀惶。透过唢呐声，人们仿佛再次听到了朱瞎子那悠扬的琴声，沙哑的歌喉：

　　"高高山上呀一苗艾

　　风一吹哟拨来来……"

第八章　东方红

37

一入腊月，这日子就过得非常快。当家的男人要为一家老小过年的吃喝做准备，该磨多少麦子的面粉，该称几斤炸麻烫用的棉油，灶膛里的柴禾也该早点备好，为大人小孩买点花布头饰什么的都得花钱。女人们则白天黑夜地赶做着一家人过年要穿的新鞋、新衣服。娃娃们更多的则是张接，天天扳着指头数离过年还差几天，到时候就可以啃白馍，吃饺子，穿新衣，放鞭炮，兜里还可以揣上几张父母亲给的压岁钱。

小家在忙，大家也在忙，薛云霞更忙。她让老刘抓紧时间去各村各户收租金，还有往日里借贷出去的银两也到了一年一度算账的时候，到了腊月二十三，所有的雇工都得放假，放假的时间就要拿工钱，她得给他们准备着。人要准备吃的，牲口要准备草料，羊一天也不能不放，院宅要整理，屋里的房间要打扫……样样都要她安排打理。就在这节骨眼上，王幸福却跟她来请假，说是要去河那边。王幸福说的河那边是黄河北岸的山西。

王幸福是在西院吃过后晌饭才去正院找薛云霞的。对于王幸福的到来，薛云霞颇感意外，她不知道王幸福找自己有什么事，但他能够找自己就好，就给了她一个和他在一起的机会。吸取前两次的教训，她抑制着内心的惊喜，颜面上表现出来的却是认真，是郑重其事。然后便淡淡地问："来了？"王幸福说："来了。"她又问："有事？"王幸福回答："有事。"她说："有啥事就说吧。"

王幸福说："我想请几天假。""请假？"薛云霞稍加思索就接着道："你也不看看，快过年了，这几天可是够忙的。"王幸福低着头不说话却也没有走。

薛云霞心里清楚得很，王幸福是很少请假的，既然要请假，就一定有什么重要的事情要办。何况，自己又是那么的喜欢他，对自己喜欢的人提出的任何要求她都会答应的。这样想着，薛云霞又开口问道："有什么要紧的事，能告诉我吗？"王幸福说："我要去河那边。""去河那边做甚？那边有你的亲戚啊，还是朋友？""亲戚。""啥亲戚？""表姐。""表姐。"薛云霞从没有听说过王幸福有个表姐在山西，她接着说："去看你表姐，到正月里去多好，干吗要现在去呢？"王幸福说："表姐前不久捎信来，说是让我过山西那边帮她几天忙，把房屋拾掇一下。快过年了嘛，表姐夫又不在家。还有，表姐说回来的时候可以捎一些盐过来，那边的盐比咱们这儿便宜。表姐说顺便捎上几十斤一家人一年也吃不完，还可以给亲戚朋友们分点。""捎盐？"一听说捎盐薛云霞一下子来了兴趣，"这个假我准了，但我有个要求。""啥要求你说。"王幸福问。薛云霞说："你不是说捎盐哩嘛，我给你多带点儿钱，回来的时候就多捎一些盐，就放在咱街巷的铺子里卖。过年了，盐可是谁也离不了的东西。还有，这几天的工钱照样给你记着。"王幸福说："记不记工钱都不要紧，我捎几袋盐回来就是了。"

回到家，王幸福对大和妈也说他要过河那边去。王长安问他说快过年了，你去山西做什么？王幸福说他上回在山西避难时，有一个人帮了他的忙，他得去看看人家。听儿子这么一说，王长安和桃花都说这是应该的，滴水之恩当涌泉相报哩。王幸福说，他跟任二奶奶说了，是去表姐家，顺便再给任二奶奶的铺子里捎几袋盐回来。王幸福这么一说，王长安和桃花也就明白了其中的意思，就说那你去吧，办完事早些回来，省得家里人为你操心。王幸福说这我知道。

王幸福说的表姐和帮他的其实就是一个人，一个被王幸福称做梅姐的女人。这个女人名叫王红梅。

38

那天，王幸福抛下羊群就一口气跑回黄河滩。

到了黄河滩，王幸福就像是回到了另外一个家。这里曾是他天马行空放飞梦想、肆意宣泄喜怒哀乐的地方。他抬头望着天，天是那么高，高得让他感觉到了自己的微渺，微渺的如同一粒飘浮不定的尘埃；他低头望着地，地是那么辽阔，辽阔得让他感觉到了自己的卑微，卑微的如同一片任人践踏的落叶。过去天天就站在这黄河的岸边上，却不曾仔细地看着这滔滔不尽的东流水。这黄河东流水，不就是一匹穿越时空的快马吗？或者可以说是一辆满载日月的快车。这马，这车，又会将自己驮运到何处呢？他不知道。

王幸福饿了。他蹲在地上啃了几口香椿送给他的馍，还是用双手从浆槽子里舀着喝了几口水，这就是他这个晌午的饭。眺望着黄河北岸略显朦胧的山野村庄，他不知道那里是一个什么样的地方？他还听人讲起过，说是河那边有一种队伍叫八路军。而八路军是个什么样子他也没见过，他们不会像国民党的军队那样地欺负人吧？也许，带着许多未知数的东西对一个年轻人来说总会产生一种极强的向往欲和求知欲。自己既然没地方去，为什么就不能到那里去看看呢？或许，那里有着自己不曾想到过的神奇；或许，在那里可以得到自己不曾得到过的东西；或许……王幸福下定了去黄河那边看看的决心。

坚定了这个决心，也就有了前进的方向。王幸福不由地就加快脚下的步子，因为他知道，自己离下游的那个码头还有好几里，而后晌过往的船只也只有一趟了。

很顺利地过了河，又徒步行走了十几里，赶天黑他就到了一个叫尚乐镇的地方。在一个叫"福来客栈"的旅馆里，王幸福吃了一碗面，然后就住了下来。王幸福住的是三人房间，在他未进来之前，这里已经住下了一个人。这个人和他的年龄差不多，看起来也挺随和的。因为人地生疏王幸福也不便和他搭讪，他们各自在属于自己的床铺上躺着却谁也睡不着。最后还是和他同房的这个人先开了腔："喂，兄弟，你是从河南来的吧？"王幸福瞅了瞅这个人，然后说："是啊，你怎么知道？"这个人并不回答他，又接着问道："请问兄弟贵姓？"王幸福说："免贵，姓王。"那人又问："尊讳？"王幸福说："拙号幸福。"这些文绉绉的礼节用语，是王幸福从书本上读来的，平时总也没用过，不料想这会儿倒用上了。看得出，这个同房的客人也一定是个读书人。王幸福喜欢读书，同样也喜欢读书人。王幸福这样想着的同时也开口问道："兄弟你贵姓？"对方答道："敝人姓赵。"王幸福又问："请问大名？"对方答道："小字春明。"就这样，他们有了简单地了解。

接下来的话题就随便多了。赵春明说："看着你愁眉不展闷闷不乐的样子，是不是遇到了什么不顺心的事？"看着赵春明也是个实诚人，并无恶意，王幸福就将自己的遭遇讲给他听。赵春明听完了，就说："原来你也是受苦人哪。在这些国民党贪官污吏的统治下，咱们穷苦人就没有安生的日子过。"王幸福问："你也是穷苦人出身？"赵春明说："可不，从我记事起，我爹就在地主家扛活。后来我长大了，同样做了地主家的长工。"王幸福问："那现在呢？""现在？"一提现在赵春明就兴奋起来，他说："就在去年，共产党领导的八路军解放了我们这一带，把地主老财的土地大都分给了穷人。从那个时候起，我爹就能够安安稳稳地耕种自家的土地了，还把我送进八路军的队伍里。"听到这儿，王幸福就愣怔了："这么说，你现在就是八路军？"赵春明自豪地挺着胸膛说："我现在是一名八路军战士。""唉哟哟，羡慕死我了。"王幸福啧啧地直吐舌头。

过了一会儿，王幸福觉得不对劲，又问道："你说你是八路军战士，怎么没见你穿军装呢？你该不是哄我的吧？"赵春明说："哄你？我闲得没事啦，我哄你干啥？""那你为什么没穿军装？"王幸福继续问。赵春明说："我们是出外执行特殊任务哩，不能穿军装。"赵春明这么一说，王幸福就不懂了。可王幸福还是要问："啥叫特殊任务？""这个……"赵春明支支吾吾地说："这个我不能告诉你。""咋不能告诉我？"王幸福问。"这是纪律。"赵春明说。"是纪律啊。"王幸福不问了。

这一夜，王幸福做了一个梦。他梦见河口村解放了，自己也参加了八路军，胸前还带着大红花。父母亲正兴高采烈地把他往部队里送，正走着就来了王婵娟，她闹着非要和他一块儿参加八路军不可。但人家当官的就是说不收女人。当官的说不收女人，王婵娟就急得哭了，就嚷着说："我就是要和幸福哥一块儿去参军！"王婵娟这么一哭一闹，就把王幸福从睡梦中闹醒了。

王幸福睁眼一瞧，外面的光亮已透过窗棂把屋里耀得通明。再一扭头，那个叫赵春明的早已没了人影儿，急得王幸福赶紧穿衣起床，匆匆地洗罢脸就往外跑。

39

清晨的尚乐镇像放在火炉上一锅没有烧开的水，清澈且清静。王幸福独自一人行走在这清静清澈又显得茫然的街道上，他不知道自己这是在往哪儿走，是在寻找那个叫赵春明的吗？自己昨晚上刚刚认识，现在就把他弄丢了。这回出门，三五日是回不去的，少说在外面也要待上十天半月的。十天半月，一个大小伙子总不能成天吃白饭，就是想吃白饭，自己兜里的那几个小钱够花吗？

眼下最要紧的是先找个活干，且不说挣钱多少，能落个肚子圆就不错了。

街道上的店铺一家挨着一家慢慢地开始卸门板，门板卸开了，这锅清澈且清静的水也就跟着冒气沸腾了。要不就在这些铺子里寻找一份打零工的活？还是去附近的村子里给一家有钱的人打工？王幸福拿不准主意。听赵春明说，这里大户人家的土地大都分给穷人了，他们还能再要人做活？这样想着，王幸福就一家店铺挨着一家店铺地去问，问他们需要不需要人帮忙，有没有工钱都不要紧，只要有口饭吃就中。一连问了好几家，人家都说不需要人，你到别处去打听打听吧。正在这不知所措之时，王幸福的眼前出现了一辆木轱辘牛拉车。一个人正把一头牛往车辕里套。牛拉车跟前站着一个戴眼镜的女人，戴眼镜的女人漂亮时尚且慈眉善眼，穿着俭朴且又不失体面。这一定是个乡村大户人家的女人。我不妨上前问问，看他们能不能帮忙找份混口饭吃的活。

王幸福走到牛拉车的跟前站住了。他恭敬地朝着牛拉车和车跟前的一男一女鞠了一个躬，同时道："这位大哥，大姐，你们好。"

戴眼镜的女人和忙着套车的小伙子都回头看了看王幸福，异口同声地问道："有事啊？"

王幸福说："你们是不是去乡下的农村？"

套车的小伙子说："你有事只管说事，甭管我们去哪里。"

戴眼镜的女人也说："有什么事就说吧，只要我们能帮得上忙就一定帮你。"

王幸福说："不瞒二位说，我是从河南逃难过来的，想在这儿找份活干，给工钱不给工钱、工钱或多或少都不打紧，只要有口饭吃就中。"

套车的小伙子说："我们离这儿远着哩。要找活，你到近处去问问。"

戴眼镜的女人也说："我们还有别的事情要办，恐怕一时半会儿也帮不了你的忙，你就到别的地方去打听打听。"

"好吧。"王幸福继续向前走去。

就在这节骨眼上，朝着牛拉车又走来了一个人。这个人一瞅离去的王幸福就喊叫开了："喂，兄弟，不认识了？"

王幸福一回头，这不是昨晚上的那个赵春明吗，难道他和这一男一女是一伙的？"赵春明，你怎么也到这儿来了？"

赵春明说："我怎么就不能到这儿来？我说王幸福，你这是要到哪儿去呀？"

王幸福说："还能去哪儿。在家千日好，出门一时难。我现在就是想找个有饭吃的活干。"没有等到赵春明回话，王幸福接着又说："我说赵春明，你是见我穷，怕我粘住你了不是？早上起来也不打声招呼就走了。"

赵春明说："看你睡得那么香，我就没忍心叫醒你。"

看着王幸福和赵春明说得那么热火，戴眼镜的女人就问："原来你们认识啊。"

赵春明说："昨晚上，在'福来客栈'同睡的一个房间。"

"我听你叫他王幸福？"戴眼镜的女人问。

"他是叫王幸福，从黄河那边过来，都是让地主老财给逼的。"赵春明解释道。

"王幸福。"戴眼镜的女人重复着这个名字，接着说笑道："多么好的名字啊。看来这幸福生活也有不如意的时候。"

听戴眼镜的女人这样有趣地说他，王幸福就觉得非常不好意思。他问赵春明说："兄弟，说真的，能不能帮上我的忙。"

"帮什么忙？"赵春明问。

"寻一份活干。我要吃饭啊。"王幸福加重了语气。

"噢，知道了，知道了。"赵春明答应着的同时，指着戴眼镜的女人说：

"我来介绍一下，这是王红梅大姐，我们都叫她梅姐。"王幸福朝着王红梅点了一下头，叫道："梅姐好。"赵春明又指着套牛车的小伙子说："他叫刘三。"王幸福又朝刘三点了一下头，叫道："刘三好。"

王红梅把赵春明拉到一旁低声问道："这个王幸福可靠吗？"赵春明说："昨晚上我们聊了半宿，人挺实在的，看起来不像是说假话。"王红梅又问："你还对他说了什么？"赵春明低着头说："我还跟他说我是一名八路军战士。""你怎么啥都说啊？咱们这是在执行任务，不能随便乱讲的。""这儿都是共产党的天下了，怕什么？再说，王幸福是穷人，是咱们八路军解放扶救的对象。他一听说我是八路军战士，都眼馋死了。""你可是犯纪律了啊。"王红梅道。赵春明点头说："知道了，下次一定改。"

王红梅回到牛拉车旁边，对王幸福说："既然你们都认识，咱们就上车吧。"

"上车。去哪儿？"王幸福问。

王红梅说："去一个有活干，有饭吃的地方。"

王幸福一下子高兴地蹦了起来："太好啦。谢谢梅姐。谢谢赵春明兄弟。谢谢刘三兄弟。"道完谢，王幸福又说："梅姐，稍等我一会儿，我去把那边的房退了。"

王红梅说："快去吧。"

王幸福说："让赵春明和我一块儿去吧。"

"怎么，还怕我们跑了不成？"王红梅说笑着，"行，行，快去吧。"

王幸福和赵春明厮跟着去了"福来客栈"。王幸福说："梅姐这人真好。"赵春明说："梅姐是共产党的干部，任我们那里的区长，能不好吗？"王幸福问："区长是多大的官啊？"赵春明说："区长啊，跟国民党时期的乡长差不多一般大吧。""梅姐真了不起，年纪轻轻的就当了那么大的官。"王幸福感叹的同时又问："梅姐一定是个识字人吧？"赵春明说："岂止是识字，梅姐是个大学生呢。""大学生啊，怪不得。"王幸福又一次感叹得直吐舌头。

聊着王红梅，王幸福就想到了王婵娟，她书读得那么好，将来一定会像梅姐一样当个大学生的；一定会像梅姐一样做共产党领导下的大官；一定会像梅姐一样戴上一副眼镜儿……王幸福觉得，梅姐戴着眼镜儿真好看。

40

牛拉车走了一整天，临近太阳落山时就到了一个叫延水的村子，共产党的区政府就驻在这里。王幸福跟在王红梅、赵春明、刘三的后头走进了一座大院子。院子很大，也很气派。看得出，这里曾是一个大户人家的院宅。

听说王红梅回来了，屋子里一下子来了好多人，有的问，梅姐，辛苦了。有的说梅姐，几天不见都想您啦……没有一个人叫区长的。王幸福不知道王红梅带着赵春明和刘三这几天执行的是啥任务，只知道他们回来时车上拉了两袋盐巴。

王幸福打量着屋子里的摆设，一抬眼就瞧见了堂屋正中墙壁上的两幅画像。这是谁呢？王幸福不知道。想必是两个了不起的大人物吧，要不然能挂在堂屋正中挂祖宗牌位老神祇的地方？仔细瞧看，每一幅画像的下面都有几个字，这一定是两位伟人的名字吧。王幸福走近画像想看个清楚。没等王幸福看明白，王红梅那边就叫喊他的名字了："王幸福，你过来一下。"王幸福就走了过去。王红梅指着王幸福说："我给大家介绍一位新朋友。他叫王幸福，是给地主老财扛长工放羊的。只因为丢了一只羊，地主老财就伙同县里的保安大队要把他抓去蹲大牢。幸亏他知道得早，就从河那边逃了过来。王幸福走投无路，我就把他带了回来，让他参加我们的革命队伍，为打倒国民党反动派、解放全中国贡献出一分力量。来，我们大家欢迎他！"王红梅的话音刚落，周围就响起热烈的掌声。这掌声，让王幸福从内心感到激动，感到幸福。他恭恭敬敬地朝着王红梅、朝着大伙儿深深地鞠了一个躬："谢谢梅姐！谢谢大家收留了我！"

王红梅又对赵春明说："赵队长，王幸福就交给你了。暂时算是你们区小队的一名战士。"赵春明行了一个军礼说："是。"

赵春明说王幸福："走吧，梅姐还要休息呢！"

王幸福说："先别急，我还有一个问题要问梅姐哩。"

王红梅问："啥问题？"

王幸福说："堂屋里正中墙上那两幅画像是谁呀？那么魁伟，那么有气魄。"

没等王红梅开口，赵春明就抢着说："连这个都不知道啊，这就是领导穷人翻身闹革命的毛泽东主席和朱德总司令。"

"毛泽东！朱德！"王幸福默默地念叨着。在老早，他就听说过这两个人的名字，是国民党和地主恶霸一听就打哆嗦的两个名字。站在堂屋正中，王幸福面对两位伟人的画像弯下了腰："毛主席，朱总司令，王幸福向你们鞠躬了。"

41

太阳出来了。这是一个风和日丽的艳阳天。

一大早，王幸福就跟着赵春明和区小队的二十多名战士来到了村外的场地，像刚入校门的学生一样口里喊着"一、二、三、四"上早操，然后就是学习拼刺刀，练习射击。对王幸福来说，这些都是陌生的，全新的课题，他全然不懂，只能在那干站着，看着别人练。偶尔动一下，也跟不上趟，惹得周围人都看着他笑。

作为区长的王红梅并没有落后，在区小队的战士未到场之前她就提前到了。王红梅今天的穿着和昨天大不一样，一身灰色的八路军服装，腰间搂着皮带，肩头上斜挎着一把带盒子的短枪，配上她那齐耳的短发和架在鼻梁上的眼镜儿，看起来神气十足。看着王红梅，王幸福想起了《杨家将》里的穆桂英。

王幸福正看着王红梅出神，王红梅就朝他走了过来。"王幸福，你来的迟，这些训练课目都是他们早就练过的熟悉套路了。不会不要紧，慢慢来，时间一长自然就啥都会了。"听着王红梅亲切的话语，王幸福只有"嗯，嗯"地点着头。

眼下可是秋后种麦子的时节。吃罢早饭，战士们就被分配到村子里几户贫农家里帮忙种麦子。王幸福和刘三分在一户只有老两口的家里，他和刘三在前边拉着木犁，老人家在后面扶着犁把。中间休息的时间，王幸福问道："大叔，家里还有什么人啊？"大叔说："女儿出嫁了，还有一个儿子。今年春上就参加了八路军，现在太行山的部队里。"王幸福说："你这么大岁数了，干吗不让他留在家里帮着你种田呢？"大叔说："让儿子在家帮着我种田，我老实情愿啦。只是这蒋介石打不垮，全国解放不了，咱们这刚刚过上的安稳日子就不能长久，你说对不？"大叔的话说得王幸福直点头，和自己比起来，人家解放区的人就是觉悟高，想得远。

到晚上进了夜校，更让王幸福感到富有情趣。夜校就设在区政府的院子里，是过去这户人家的一所厅房。来学习文化的人不仅仅只是区小队的战士，还有村里的男、女青年，呼呼啦啦地坐了一大片。教书的先生就是王红梅。在架起来的黑板上，王红梅用粉笔写下了"共产党""解放全中国""革命战士""八路军"等一些新鲜的词儿，她先教大家念，念完了就给大伙儿讲这些词的意思，讲懂了又一笔一画地教大家写。王红梅还给在场的每个人发一支粉笔，让大家在地上画一遍刚才学过的字。王幸福因为在家时跟着王婵娟学过写字，因此就很熟练地写出了黑板上的每一个字。看着王幸福写在地上的字，王红梅吃了一惊，问道："你进过学堂？"王幸福摇头说："没有。"王红梅说："你没进过学堂，咋就把字写得这样好？"王幸福说："就是自个儿照着书本子学的。""自个儿学的，真不简单。"王红梅夸奖道。听到王红梅夸奖王幸福，在场的人就都过来看王幸福写在地上的字，大家你一言我一语地说："人家刚来夜校，字咋就写得那么好呢？""他肯定在家里进过学堂。""你没听他说，是他自个儿照着书本子上学来的。"……听着这些，王幸福既高兴又觉得不自在。

　　往后的几天，王红梅常把王幸福叫到自己的住处，给他讲延安，讲毛主席和朱总司令领导的八路军，讲党中央要打倒国民党蒋介石、解放全中国的战略思想。这些既新鲜又刺激的东西王幸福还是第一次听说。就在这个延水村，王幸福看到了屋脊上飘扬着的镰刀斧子旗，这旗好红啊，映红了整个天空和大地。这里和河口村不同的是每一个庄户人都有属于自己的土地；没有人压迫人、人剥削人的制度；这里的每一个人都在向往着共产党、向往着革命、向往着新生活。这就是解放区，这就是八路军打败国民党建立起来的解放区。

　　王红梅待他像亲姐姐一样。有一回，她问他说："王幸福，今年多大了？"王幸福说："跳过年就十九啦。"王红梅接着问："家里几口人？"王幸福说："三口人。大、妈和我。"王红梅又继续问："有对象了吗？"这一问，王幸福就不好意思起来，面红耳赤地说："家穷，我又是给人家扛活的，没有人跟我。"王红梅说："等咱们的八路军渡过黄河，解放了你们那里的城镇和村庄，穷人们就会有好日子过。到那个时间，我就给你介绍一个又漂亮、又有文化的。"这话说得王幸福更不好意思了，低着头好半晌都没有吱声。

　　那天从夜校出来，王幸福又去了王红梅的屋。刚到门口，屋里就传来了一个女人的歌声，很好听的。王幸福不知道王红梅这会儿在做什么，在想什么，还哼唱着那样好听的歌？他觉得自己来得不是时候，会打搅人家的，于是他转回了步子。没想到，这会儿王红梅就把门拉开了。"梅姐，真不好意思，我打扰你了。"王幸福一脸歉意。"王幸福啊，我当是谁呢，进来吧。"王红梅说，"怎么这会儿想到我这儿来了？"。王幸福说："今天没有见你给我们上课，出来看见你屋的灯光亮着，就想进来看看你。"王红梅说："今天去太岳军区开会了，回来的晚。""梅姐，刚才你唱的什么歌，真好听。"王幸福问。"那是红色革命根据地延安人民传唱的一首歌，叫东方红，是专门歌唱毛主席和共产党的。"王红梅说："我也是刚学着唱，还不太熟悉，等唱得好了，再教大家一起唱。""你刚才就唱得挺好的。""是吗？那我再小声唱一遍给你听听。""嗯，嗯。"王幸福笑着点点头。

"东方红，太阳升，

中国出了个毛泽东，

他为人民谋幸福，

呼儿嗨哟，

他是人民大救星。

毛主席，爱人民，

他是我们的带路人，

为了建设新中国，

呼儿嗨哟，

领导我们向前进。

共产党，像太阳，

照到那里那里亮，

哪里有了共产党，

呼儿嗨哟，

那里人民得解放。"

"梅姐，你唱得太好了！歌词也好。"王红梅说："主要是歌词好，曲调美，她表达了全中国劳苦大众求翻身得解放的心声。"

趁着空闲，王幸福问赵春明说："赵队长，像梅姐这样能文能武的优秀女人，怎么到现在还是独身一人？"赵春明说："谁说梅姐是独身一人？"王幸福说："那这么多天了，怎么总是见她一个人呢？"赵春明说："梅姐的丈夫姓丁，名野。也是八路军里的干部，现在在太行山的部队里当团政委呢。他和梅姐是大学时的同学。因为当时国难当头，民不聊生，当年他们就一同参加了革命。""原来是这样啊。"王幸福明白了。听着王红梅和她丈夫丁野的事，王幸福就又想起了王婵娟，不久的将来，他们也能像梅姐和丁政委一样一起参加革命，为解放全中国，为解救受苦人同甘共苦吗？

令人开心的日子总是那么短，十几天的光景很快就过去了，王幸福不得不回去。王红梅和赵春明把他送出延水村。王红梅说："回去后如果还是无法生活的话你就回来，共产党八路军的大门永远朝你敞开着，这儿永远都是你的家。"

王幸福说："我会想你们的，也一定会回来的。"

42

原本晴朗的天空骤然间就乌云密布了。王幸福站在码头上回头望着黄河那边的山西，山西那边仍旧乾坤朗朗。

王幸福没有走那条斜向西南通往河口村的近路，而是不自觉地又顺着黄河岸边他来时的小路往西走。这样走着要远好几里呢，但王幸福就是情愿像这样走。很快，他又来到了自己经常放羊的那片黄河滩地。还是坐在自己曾经画过字的那片沙土地上，王幸福恋恋不舍地遥望着河对面的山野村庄。这些山野村庄再也不像自己当初要过河时那样云遮雾罩般地迷茫，而是格外地清晰可辨，格外地赏心悦目。啊，仅一水之隔，那边是中国共产党八路军领导的解放区，阳光明媚，人心所向；这边则是国民党中央军统治着的蒋管区，乌烟瘴气，人心向背。仅仅十多天时间的所见所闻让自己受益匪浅，真乃"听君一席话，胜读十年书。"而这些受益匪浅的所见所闻又是不能对任何人讲的，弄不好，别人会把你当做共产党的嫌疑犯给抓起来的。抓起来他不怕，要是真能为共产党八路军做点什么事，就是蹲大狱也值。可对于革命事业来说，这仅仅只是个开始，任重而道远啊！

王幸福朝着河那边招了招手，顺着放羊的道儿往河口村奔去。这会儿，他突然有点儿想见大，想见妈，想见羊群，想见那帮跟自己一样给任家扛活的伙伴们。父母亲因为他的不辞而别，不知都熬煎成什么样子？而羊群，那白的像云朵儿一样的羊群多可爱啊，他想自己再赶着它们往黄河滩来的时候，就不仅仅是照着书画字，画王婵娟好看的肖像，更多的时间，他将会朝着黄河对岸痛痛快快地喊上几声："共产党好！毛主席好！八路军好！"还有那帮穷哥们，真到了闹翻身、求解放、打土豪，分田地的那会儿，你们可都是革命的有生力量啊！

第八章 东方红

日子还像过去一样地无滋无味，闲暇的时间王幸福总想见见王婵娟，总也没有见着。薛云霞的大儿子任宝玉自从进了县中学的门，就再也没有见他回过家，更多的时间都是老刘把他需要的伙食费和零花钱捎往学校。借着礼拜天，薛云霞曾经领着小儿子宝贝去看了任宝玉两回，也是老刘赶着马车送去的。想必王婵娟也很少回家吧？每次都是她妈把钱送往学校的，有人说见王婵娟回来过，可他却没有见着。要是见着了，他一定会把他不肯对任何人讲的那个秘密告诉给她。而她，也一定有好多好多的话儿要对他说。

很快就要过年了，王幸福经历了好多事，特别是朱瞎子的死亡和朱小熊葬父的艰难不易，更让他思想认识和觉悟进一步提高了。几回在梦里，他又见到了王红梅，她还是齐耳短发鼻梁上架着眼镜儿，还是穿着灰色的军装、腰扎皮带、斜挎短抢一幅英姿飒爽可爱可敬的样子；他又见到了赵春明和刘三，他们分别做上了连长和排长，原是二十多人的区小队变成了好几百号人的大部队；梅姐的丈夫他可是扎根儿就没见过面，这会儿也见着了，他和王红梅并排走在队伍的最前面，高举着那面镰刀斧子红旗，唱着"解放区的天是明朗的天……"那首歌儿，多神气啊！

王幸福再也待不住了，他要再去一趟山西，再去一趟那个叫延水的村子。

43

这一回，王幸福走的是村东。出了东城门，路过村北的小学门口，再越过乾阳河的木头桥，就踏上了那条斜着通往渡口的路。

像一个好久没有回过家的孩子，王幸福归心似箭。走水路，赶旱路，一切都比他上一回来山西时顺溜的多。远远地，王幸福就瞧见了延水村上空飘扬着的那面镰刀斧子红旗，不由地，他脚下的步子迈得更快。

还是那座很有气派的大宅院，大宅院的门口还挂着"中国共产党延水区政府"的牌子。一进门，王幸福就"梅姐，梅姐"地喊开了，没有王红梅的身影也听不见她的回声。这时候，就从王红梅原来住过的屋子里走出来一位陌生的男人，这个男人身材魁梧高大，也是一身灰色八路军服装，同样腰系皮带，肩挎一支带盒子的短枪。"你……你……对，你一定是梅姐的丈夫，丁野大哥，丁政委，对吧？我们没有见过面，不认识的。和梅姐我们认识，还有赵春明队长，刘三，我们都认识。"王幸福异常地兴奋，像放机关枪似地一扣扳机就是一梭子。

陌生男人被王幸福的话说愣怔了。继而就明白了，就问道："你叫什么名字？"

"我叫王幸福。梅姐没有跟你提起过我？"

"哈哈哈。"陌生的男人笑着说："同志，你认错人了。我不是丁野丁政委，你说的梅姐是王红梅同志吧。"

"对对对，是王红梅同志，那你是……"

"我是新调任的延水区区长，王红梅和她带领的区小队调走了，另有别的任务。"

"调走了，另有别的任务？"王幸福突然感到非常非常的失望和失落。

"咱们回屋吧。"新任区长把王幸福让到了屋里，又给他倒了一碗水。"喝吧，喝完了咱们坐下来慢慢说。"

王幸福喝了两口就放下碗不喝了，他对新任区长说："我叫王幸福，是从黄河南边过来的……"

听完王幸福的话，新任区长就明白了是怎么回事。但对于一个从蒋管区来的陌生人，他又不能不做一些防范的心理准备。新任区长说："你刚才的话我已经听明白了，你这次过来也没有什么大不了的事情，只是想来看看王红梅他们。"王幸福说:"我还想跟她汇报一下那边的情况。""那边的什么情况?""地主压迫穷人的情况。""这些情况我们已经掌握得差不多了,你如果没别的事情,一会儿吃完饭就可以回去了。回头再见到王红梅时,我把你的情况跟她说一下。"

听新任区长这么一说,王幸福心中原来燃烧的那团火就渐渐地熄灭了。他不清楚自己是怎么匆匆地吃完了那一碗饭,又是怎么顺着原来的路转了回来。

到了那个叫尚乐镇的地方,他得歇上一天。薛云霞交代捎盐的事他不能不办。

第九章　顺口的曲儿顺口唱

44

对于任家来说，每年腊月二十二都是最忙活的一天。长工们要下工回家，就必须给他们结账付工钱，除去平日里零碎领过的，剩下的就是要带回家，或交父母，或交老婆，全由他们自个儿做主。

昨晚上薛云霞就熬了大半夜，对于老刘做好的账目她要再过目一遍。老刘虽说是喂牲口赶大车的，但毕竟是任瑞祥领回来做管家的。任家待他不薄，多少年来都把他和香椿当做自家的人，因此上老刘出于对任家的感恩做事还是很上心的，许多出出进进的账目还是他管着。吃早上饭的时间，薛云霞把长工们的出工账又交给了老刘，让他负责工钱的发放。老刘问她说："王狗剩的工钱怎么办？"薛云霞说："王狗剩也没有几个钱了，回头让香椿给他妈送去。"老刘又说："王幸福也没有在。"薛云霞说："他没有在就先给他把账算好放在那儿，回来了再跟他说清楚。"

回过头，薛云霞就坐在自己的屋里想着过年的事。她不知道大哥任瑞祥今年回来不？回来不回来他住的那屋子都得安排人打扫干净，还有住人的客房都得拾掇好。那些年，大哥任瑞祥腊月二十六、七都会准时回家的，回来时总有一辆黑色的洋轿车送着，身后跟着好几个人，挎着枪的是护兵，不挎枪的叫随从。村上的人都很眼气，不知道任瑞祥在外面干了多大的官，竟如此地阔气。任瑞祥却很随和，没有那些做官人的架子，未进城门就下了车不说，见了年岁大的就爷爷奶奶、叔叔婶婶地叫着，碰见岁数小的就哥嫂姐妹地喊着，临巷的孩子都可以得到几块被人们称做"洋糖"的水果糖。那年，村东的小学办起来也有十多年了吧，任瑞祥刚做了省政府的参议，趁着过年回家的机会，他送给了村里学校所有学生每人一个铜制墨盒；送给村里六十岁以上的老年人每人一个铜制水烟袋，墨盒和水烟袋的底部都镌刻着"任瑞祥赠"四个字。举行赠送仪式的那天，灵宝县县长和城东乡的乡长都来了，放鞭炮，奏音乐，最后还演了三天三夜的戏。从那个时候起，任家的名声就更大了。可这几年，任瑞祥回家过年的次数越来越少。其实，这任瑞祥回来也好，不回来也罢，薛云霞并不在乎，薛云霞在乎的是他带回来的钱。灵宝人说的西省就是西安城。他的一对儿女也是好几年没进过这个家门。薛云霞现在最大的心愿就是让两个儿子赶快长大成人，把任家这么大的一个家业从自己手里接过去。但儿子也不是一下子说长大就能长大的，得有个过程。其次，薛云霞就是想正儿八经地找一个属于自己的男人，逢场作戏做露水夫妻不是她的心愿。花无百日红，人无十年少。自己总会有人老珠黄的那一天，没有个实在的，对自己好的男人可不中，"少年夫妻老来伴，亲儿亲女不如蛮老汉"这可是至理名言。好几年了，薛云霞梦里寻他千百度，那人却在灯火阑珊处，这个人就是王幸福。可……可王幸福怎么会喜欢上王婵娟呢？我的那个大傻瓜呀！王婵娟除了年轻，她还有什么？我薛云霞除了年长你几岁以外，哪一点都比她王婵娟强，你怎么就这么不解风情呢？你……

"云霞哎，云霞。"

正当薛云霞沉浸在和王幸福的纠葛之中难以自抑时，门外传来了老太太的呼唤声。

薛云霞"哎，哎"地答应着就赶紧往门外跑。

年过七旬的老太太是很少过问家事的。老太太扶着拐棍儿急匆匆地喊她，一准是有什么很重要的话说。

"妈，妈，有啥事情啊？看把您急得。"薛云霞说话间就扶住了老太太的胳膊。

"宝玉今天不是要放假的嘛，我是怕你忙得给忘了。后晌叫老刘套着马车去把娃接回来。"老太太战战兢兢地说。

薛云霞吐了吐舌头，要不是老太太提醒，她还真的给忘了。薛云霞故意大声说："我记着哩，忘不了。"

"忘不了就好，忘不了就好。"老太太连声说着，扶着拐棍儿又往上房走去。

"心里面总惦记着您那孙子。"薛云霞自语着，脸上露出了一丝苦笑。

该去西院向老刘交代一声的，让他把手头的事情尽快办利索，牲口也要喂上，吃过晌午饭就赶紧去县城接宝玉。薛云霞还未出大门，就碰见王幸福从门外走了进来。这真是灵宝人犯邪哩，说曹操，曹操到。自己刚才还在那儿念叨他哩。"王幸福，几时回来的？"薛云霞问。

"就现在。"王幸福说，"我寻思着先过来跟你说一声，盐捎回来了，都寄放在渡口哩。要不要后晌套着车去把拉回来。"

薛云霞并未回答他的话，而是说："回来了好，把人都忙死了。县中学今天放假哩，后晌你套着车去把宝玉接回来。"

"那盐什么时候往回拉？"

"盐，明早去拉吧。"

王幸福说："行，那我回去啦。"

薛云霞说："回去吧，回去吧。省得你妈和你大在家总惦记着你。"

王幸福走远了，薛云霞又朝着他喊道："别忘了，晌午来吃饭。"

王幸福说："在哪儿吃都一样，我到家就吃了。"

一听说让他去县中学接任宝玉，王幸福一下子就想到了王婵娟。任宝玉放假了，王婵娟当然也就放假了，想着能见到王婵娟，王幸福心里就有说不出的高兴。他想起了刚开学时送任宝玉时的情景，王婵娟让回来时把她妈捎着，还让他领着她妈去吃羊肉泡馍，可她妈硬是不吃，叫他觉着老没面子。这回，一定又是她妈去接她，我何不趁此机会先去跟她妈说上一声，后晌去时把她捎着？

王来法家的门开着。王幸福一进门就"婶，婶"地叫开了。听到叫声，王来法就从屋里出来了，后面跟着他的儿子铁蛋。没有等到王来法答话，铁蛋就先开口了："我妈去灵宝城接我姐去了。""去城里啦。"王幸福点头自语着。王来法重复说："今个婵娟放假，你婶吃过早饭就走了。"

王幸福讪然离去。他想，得尽快赶早去，回来时一定要把她们捎着。

45

香椿从西院赶到东院，对正在套着马车的王幸福说："幸福，你等会儿，甭急着走哩。"王幸福问："等啥哩，你也想去县城啊？"香椿说："不是。是任二奶奶要去哩。"任二奶奶要去哩？这可是王幸福没有想到的事。"她去干啥？"王幸福问。香椿翻着眼皮儿瞅了一眼王幸福狡狯地一笑："这我咋知道？任二奶奶跟着你去接她儿子，不行啊？""谁说不行啦。""行就好。你等着，任二奶奶这会儿正在屋里梳洗换衣呢，马上就到。"香椿说完又翻眼瞧着王幸福不出声地一笑，转身离去。

薛云霞今个打扮得格外妖娆，桃红色的带花棉袄，草绿色的棉裤，弯得像月牙儿似的柳叶眉是描出来的，鲜红欲滴红唇是涂出来的，轻扑了一层花粉的脸蛋上透出了一种淡淡的胭脂红。"幸福，等急了吧？赶紧走。"薛云霞很客气地说着，好像她要坐得不是自家的马车一样。王幸福说："不急，不急。"薛云霞今天的兴致非常好，随着车轱辘的转动，她又开口道："原本是不想去的，但又寻思着快过年了，顺便坐上车去城里一趟，给宝玉过年时扯上一截洋布料子，再放在裁缝店里让人家给做好，改天就能取回来。唉，过年，忙这忙那的，多烦人的一件事啊。"薛云霞有一搭没一搭地说着，王幸福却只顾赶着马车，一声也不哼。

"王幸福，你妈给你过年的衣服做好了没有？"薛云霞这一问，王幸福就不能不回答了："不知道。穷人，不能和你们富裕的人家比，什么过年不过年的，还不和平常一样嘛？随便穿件衣服能苦住屁股蛋子就行。"薛云霞说："你说这话我就不爱听了，什么穷人富人的，穷人可以变富，富人也可以变穷。就看你肯不肯去努力了。"王幸福听不懂薛云霞这话的意思，他也懒得去问。隔了一会儿，薛云霞又问："这回去河那边你表姐家，咋这么快就回来了呢？"王幸福说："眼看着过年了，表姐总不见我去，就寻了个人帮着她收拾屋子，我到了那里的时候，都快拾掇毕啦。""怪不得你回来得这么快。"又隔了一会儿，薛云霞又继续着刚才的话题问道："王幸福，你就不想着如何把穷日子变富，让自己也成为一个有钱人？"王幸福说："我就是个穷苦人的命，不是说想有钱就能有钱的。世上不会有天上掉馅饼的事。""如果真有天上掉馅饼的事，你拾，还是不拾？"薛云霞接着问。"任二奶奶净说笑话哩，哪会有那样的好事？""我说是假若的话。""假若……世界上恐怕就没有假若这种东西吧，想靠假若把日子过好的人，到最后只能把日子越过越不成景。"薛云霞想不到王幸福会这么能言善辩。

很快就到了县城，薛云霞吩咐王幸福把马车寄放在旅馆里，她自己去了县中学。她要王幸福在旅馆里等着，一会儿她会领着任宝玉去旅馆找他的。

王幸福寄放好马车，并没有在那儿候着，而是也跟着去了县中学的门口。

他想在那里等着，看能否见到王婵娟和她的妈妈。如果有机会碰着了，他会说："任二奶奶派马车接任宝玉来，你和咱婵就不用往回跑了，这么远的路，坐车上一块儿就回去啦。"

俗话说：人等人，急死人。半个时辰都快过去了，也没有王婵娟和她妈的影子。眼看着有许多同学和家长已经背着行礼卷儿往学校的门外走来，想必薛云霞和任宝玉也快出来了，王幸福不能再等了。如果真让薛云霞瞧见了，多尴尬啊？她一定会问："你怎么也在这儿？等谁哩？"他该怎样回答？王幸福得尽快离开这里，回到旅馆那边去。就在正要离去的时刻，他又一次朝校门里边望了一眼。这一望，他看见了王婵娟和她的妈妈，看见了薛云霞和她的儿子任宝玉，他们四个人竟然一块儿厮跟着朝校门口走了过来。王幸福飞快地往旅馆那边跑去。

四个人出了校门就站住了，薛云霞说："雪琴，我得领着宝玉去扯点布料子哩，你和婵娟也在街上转转，大车就停在旅馆那边，咱们一会儿到那里见。"雪琴来城里的次数多了，但很少上过街，每次给婵娟送生活费，她总会在随身的布兜里揣上一两个馍，最奢侈的也就是吃上一盘凉粉，喝上一碗醪糟。有的时间也会买上两个石子火烧馍，但那是给儿子铁蛋的。听薛云霞这样说，雪琴就连声谢道："能行，能行。任二奶奶，回去能坐上你家的车，可省得我和婵娟跑腿了。"薛云霞说："不用客气，不是来接学生，你几时能坐得上我家的车？刚才，要不是宝玉提醒我说把婵娟和她妈捎上，我还真的就给忘了呢！"听这话，雪琴就想起了上次任宝玉借给女儿钱的事，就看着任宝玉对薛云霞说："你家宝玉可是长大了，认得字多，懂得道理，上回……"婵娟一听妈又要提起过去的事，就从后面拽着妈的袄巾小声说："妈，别陈谷子烂芝麻地没完没了啦。"雪琴不说了，但眼神还停留在任宝玉的身上没移开，任宝玉不自在地脸都红了。

两个女人各自领着自己的孩子，一家穷，一家富，除了客套，能聊到一块儿的话题不多。很快，雪琴领着女儿去了南大街中间的南城门外，那里是从城里通往火车站的交通要道，来往人多，一些小商小贩常在那里摆地摊，有卖花生、大枣、核桃、柿饼一类土特产的，有卖镢头、铁锨、锄头、镰刀一类铁器农具的，有卖新旧衣服、鞋袜、土布、针头线脑的，也有练武功、耍魔术招揽顾客卖当的……是个五花八门，鱼龙混杂，热闹非凡的地方。

薛云霞领着任宝玉先去了旅馆。薛云霞对王幸福说："我得领着宝玉去置货了，你也去街上买点什么，或吃点什么吧，咱们一会儿还到旅馆来汇合。"王幸福眼看着四个人一伙往学校门外走的，怎么这会儿就不见婵娟和她妈了呢？他想问个明白，又没法开口问。看着王幸福疑惑的神情，薛云霞就问："王幸福，你是怎么啦，魂不守舍的？"王幸福摇着头说："没有啊？没有。"薛云霞把王幸福从头顶到脚底重新扫了一遍，然后问："你平日里喜欢穿什么颜色的袄？""我，除了红的绿的，其他什么样的颜色都能穿。"说完了，王幸福觉得不对劲，就接着说道："你该问宝玉才对哩，他喜欢什么颜色你就给他买什么颜色的。"薛云霞点着头说："对，就是。"

王幸福没什么货可置，也不想吃什么东西，等薛云霞和任宝玉走后，他同样去了南城门外，因为他知道那里人多热闹，是个消磨时间排除寂寞的好去处。

46

朱小熊一下子长大成熟了许多。原本祥和殷实的家庭生活因为朱瞎子的去世一瞬间就变得空寂起来，空寂得让朱小熊感觉自己肩膀上的担子好重好重。瓦瓮里的粮食还能吃几个月？衣兜里的钱还能花几天？眼下最需要做的事情是什么？薄瘠的二亩地一年下来也打不了多少粮食。往日里生活来源更多的则是靠朱瞎子说书挣来的几个碎钱，而这碎钱就像一股永远也不能枯竭的细泉滋润着这个家，让朱小熊无牵无挂地做着他的儿子，做着薄荷的男人。而现在，这些他从来没有想到过的问题就像扎了根似地长在脑海里再也抛之不开，挥之不去。

薄荷是个细心的女人，公爹的去世让她像塌了天似地无着无落。她不止一次地问道："小熊，我们往后的日子该怎么过啊？我和儿子可就全靠着你哩。"朱小熊看着一下子憔悴了许多的薄荷，笑说着宽慰的话儿："怕什么，有我一个大男人在，还怕养活不了你和孩子？你没听人说车到山前必有路，船至岸头自然直。我会努力去打拼的，决不能让你和孩子受半点儿委曲。"这话说得薄荷心里好甜，好感动。不自觉地，有一群泪珠儿又一次爬在了睫毛上边像打秋千一样地闪动着，终于垂不住了，跌落在了面颊上。朱小熊用手掌儿抹去薄荷脸蛋儿上的泪珠儿说："怎么像个小孩子似地，说掉泪就掉泪呢？"薄荷不好意思地破涕为笑道："人家还不是替你熬煎的嘛。"

其实，朱小熊这几天一直在想着一件事儿，那就是如何去挣钱？一家三口人要吃喝，借贷任家的钱要还，不想个办法挣钱可不中。眼望着窑屋墙壁上悬挂着爹的胡琴，他就会听见爹那悠扬的琴声和沙哑的歌喉。爹用他的手艺和声音生活了一辈子，而自己跟爹几十年，又学到些什么呢？他一段又一段地回忆着爹即兴创作出来的，那种冲口而出脍炙人口的书词，而自己从爹的身上学到的，也就是能随意地来上几句顺口溜，可这又有什么用呢？他不知道。他问薄荷说："这么多年跟着爹，啥也没学会，就能说上几句顺口溜，可它不抵吃不顶喝的也没啥用处。""你会说顺口溜，咋就没听你说过呢？"薄荷问。"闲着没事，说那个干啥？""总能逗人乐呵乐呵。""成天这穷日子过的，乐呵得起来吗？""像你说的那样，一天到晚还不愁死了。哎，你现在就给咱来上几句，让我和你儿子听听你的天才表演。"薄荷不知道从哪儿来了兴趣,非要朱小熊给她来一段不可。朱小熊不愿意说,但又不想扫了薄荷的兴,望了望窗外的寒冬,他就随口道。

> "天寒了,地冻了,
>
> 我把镢头给刨弓了,
>
> 啥营生都不中用了。
>
> 往后的日子咋弄呀?"

只几句,就把薄荷给逗乐了,她"嘻嘻"地笑着说:"听着怪有趣的。你知道你这个样子像什么吗?""像什么?"朱小熊问。"就像集会上那些卖当的。"薄荷说。"卖当的?"朱小熊愣怔片刻,突然兴奋地大叫起来:"卖当。对,就卖当!"

薄荷不知道朱小熊为什么一听说卖当就来劲,她问:"卖当和你有啥关系,还就卖当?"

朱小熊说:"我突然间想到一个挣钱的门道。"

"啥挣钱的门道?"薄荷问。

朱小熊说:"卖当啊。"

一提卖当,薄荷就想起了集市上那些耍把戏卖狗皮膏药的。薄荷说:"卖当那可都是骗人的,咱可不兴去干那些伤天害理骗人的勾当!"

"咱不骗人。"朱小熊说:"咱一不会耍把戏、练气功,二没有狗皮膏药可卖,咋骗人哩?"

"那你卖当做啥哩?"薄荷问。

"卖针头线脑啊。"朱小熊接着告诉薄荷说:"前些年,我和爹在洛阳的关林集市卖艺时，看见好多的小商小贩都是从哪儿的批发市场上用很便宜的价钱购进一些乡村女人的日常用品，就像缝衣针、顶针、穗核、锭子轱辘、丝线等等，都是能赚钱的。咱们上集赶会就卖这些东西。"

"那能行吗？"薄荷担心地问。

"行不行，一干不就知道了吗？总比在屋干坐着强，即便赚不了多少钱，它也赔不了本。"朱小熊说。

薄荷说："那你就试试看吧。"

就这样，朱小熊开始赶集上会做他的卖当生意。

47

怀着郁闷的心情，王幸福漫不经心地向南城门外走去，不足半里地的路程，他竟然用了小半个时辰。一路上，他还在揣摸着王婵娟和她的妈妈去了哪儿？是徒步匆匆地踏上了回家的路，还是像薛云霞一样去了街上的铺子里置货了？王幸福揣摸不出来。揣摸不出来但他还是要去揣摸。

王幸福竟然不知道自己是怎么走到的南城门外的，那熙熙攘攘的人群和杂乱无章的叫卖声把他从郁闷的思绪中唤醒了过来。不远处的一块空地上，一伙人正在围拢着一个叫卖的摊子看稀奇。不用问，这又是一家以耍把戏、练气功招揽顾客卖膏药的。大家都知道这是骗人的，但就是经不住人家的诱惑，自觉不自觉地就上当了，就像人们常说的那样"回回都上当，当当不一样"。王幸福抬头望了一眼往别处走去，他没有心情去光顾这样的摊子。但从人群中间传出来的那种半唱半说的叫卖声却吸引住了他。

"头号针，粗又长，

能纳鞋底上鞋帮。

二号针，长又细，

能缝棉衣纳棉被。

三号针，缝衣裳，

纳件新袄穿身上。

四号针，用处大，

绫罗绸缎要用它。

五号针，虽然小，

姑娘扎花离不了……"

王幸福知道，这是卖针线的生意人唱的卖针歌。但这声音未免也太熟悉了，他想这人他一定认识的。但究竟是谁，他又一时半会儿想不起来。带着这个疑问，王幸福走过去挤进人群中，抬眼一瞧他就愣住了：原来是朱小熊，怪不得声音那样地熟。他几时干起了这个营生？

王幸福不敢多看，站在人前边久了，朱小熊一准会认出他来的，那样的话会让朱小熊难堪的。退出人群，王幸福突然听到"幸福哥"的叫声。他一扭头，王婵娟不知什么时间已站在他的身后。

看见王婵娟，王幸福怏怏不乐的愁容便一下子鲜花般地绽放开来。他高兴地叫道："婵娟。"

"幸福哥，你也转到这儿来了？"王婵娟问。

王幸福问："咱婶呢，她不是来接你回家了吗？"

王婵娟说："在那儿呢。"

顺着王婵娟示意的方向，王幸福看见雪琴正挤在人群中间，痴愣愣地看着朱小熊的现场说唱表演呢。

王幸福说:"任二奶奶家的马车来了,一会儿你和咱婶就往南大街东头的旅馆走。"

王婵娟说:"我知道。刚才见到任二奶奶了,她说好了回去捎我们的。幸福哥,是你赶的车吧。"

王幸福说:"是啊,晌午从家走的时间,我就想好了要捎你们的,一直到这会儿,才见着你们。"

"要是见不着我们呢?"王婵娟故意歪着脑袋调皮地看着王幸福。

"……"王幸福窘着脸回答不上来了。

"好了,好了,不开玩笑啦。"王婵娟说:"听我妈说,唱卖针歌的那个人是咱们东河口村的人,我咋不认识?你们熟悉吗?"

王幸福说:"你成天在学校,当然不认识了。我跟他熟着哩,他就是说书的朱师傅的儿子朱小熊。"

"他就是朱师傅的儿子啊,有其父必有其子,怪不得说唱得那么美。以前可从来没见他摆过地摊。"

"他爹死了,他媳妇又坐了月子。也许是生活所迫,不寻个挣钱的门道不行啊。"

"朱师傅死了?他书说得那么好,身体也挺硬朗的,怎么说死就死了呢?"

"就在前不久……"王幸福把朱瞎子的死向王婵娟诉说了一遍。

听完王幸福的诉说,王婵娟又一次眼望着站在人群中间的朱小熊,突然开口道:"幸福哥,咱们也买几包针吧。"

"买针?"王幸福一时竟有些反应不过来。

"对呀,我们也买几包针。"王婵娟加重语气说。

王幸福瞧了一眼朱小熊,随即也就悟出了王婵娟的意思。"好啊。"他爽快地答应道。

王幸福从衣兜里掏出来一千元的纸洋票。王婵娟也从衣兜里掏出了一千元的纸洋票。"幸福哥，你去买吧。"王幸福说："我不能去。我一去，朱小熊见是我就不好意思啦。要不你去吧。""我妈说上回买的针还有好几包哩，不能再买啦。""那就找一个人帮咱们去买。""对，找一个人帮咱们去买。"

王幸福从人群中找了一个小男孩。王幸福说："小兄弟，你帮着我们去买两千块钱的针，行吗？"小男孩说："你们自己怎么不去买呀？"小男孩这一问，王幸福回答不上来了。王婵娟忙说："我们是大人，害羞哟。帮我们一个忙吧。"小男孩抬头看了看王婵娟，又扭头瞅了瞅王幸福，突然叫道："哈哈，我猜出来了，你们俩，一个是新媳妇，一个是新女婿。新媳妇，新女婿，当然害羞啦！"

听了小男孩的话，王幸福和王婵娟的脸都刷的一下红了。小男孩接着说："我帮你们去买，你们可得给我发喜糖吃。"幸好，王婵娟的口袋里还装着刚才买的冰糖块，就随手掏出来给了小男孩两块。

一个小孩子一下子买了两千块钱的针，让朱小熊觉得蹊跷，就走出人群找到小男孩问道："你刚才一下子买了那么多针，是给谁买的？"小男孩说："给一对大姐姐和大哥哥买的。""他们人呢？"朱小熊问。小男孩瞅了瞅四周："刚才还在这儿呢，怎么就不见了呢？"小男孩又抬头打量着远方，随即用小手一指就嚷开了："那不是，那不是？他们还跟着一个老大娘。"

顺着小男孩手指的方向，朱小熊认出来了：那是王幸福。和王幸福厮跟的那一老一少两个女人，单从背影看，朱小熊认不出来，但他敢肯定，那一定也是河口村的人。有泪水漫过了朱小熊的眼睑，他向着三个远去的背影深深地鞠了一个躬，从心底里道了一声："谢谢你们！"

雪琴直嚷着说："时间早着哩，你们把我往哪引哩？"王婵娟说："那卖当的都是哄人钱哩，有个啥看头？"雪琴说："朱瞎子的儿子那是卖针哩，不是卖当哩。让你幸福哥说，是不是啊？"王幸福点着头说："就是，就是。朱小熊是卖针哩，和卖当的不一样。"王婵娟说："我们要坐人家的车，就得去早些在那里等着，总不能让人家等咱们吧？"雪琴说："你幸福哥是赶车的，赶车的不去，她娘们俩走得了吗？"……在你一言我一语缠绵不休的交谈中，三个人渐渐远离了南城门外。而朱小熊那说唱有序的卖针歌却依旧萦萦于耳：

> "大姐买，大哥捎，
> 两百块钱一大包。
> 大娘买了我的针，
> 日子越过越称心。
> 小伙买了我的针，
> 回家媳妇和你亲。
> 姑娘买了我的针，
> 绣个荷包送郎君……"

48

任宝玉依旧和老太太睡在上房靠左边的屋里，土炕火眼里的棉柴把一个大大的土炕烧得炮热炮热。任宝玉不在家的时候，土炕上就老太太和任宝贝奶孙俩，现在一下子多了个大孙子，屋里的气氛就热闹了许多。

老太太说："宝贝啊，你哥回来了，这一夜，咱们奶孙俩打脚头。你哥另睡一个被窝。"

任宝贝说："我不。奶奶，我想和你睡一头。"

"睡一头，咋睡哩？你和你哥只能一个人和我睡一头。要不，你和你哥打脚头。"

听老太太这么一说,任宝玉又不情愿了:"我不和他打脚头。人家一个人睡惯了,被窝里突然多一个人,睡不着。"

老太太说:"宝贝,听奶奶的话。咱们两个打脚头。过了年,你哥去学校了,咱们奶孙俩还睡一头。"

任宝贝说:"那好吧,但你得给我说曲儿。"

老太太说:"行,等咱们都睡在了被窝里,奶奶就跟你们说曲儿听。"

"奶奶。"任宝贝又说了:"哥得和我睡一头。"

任宝玉说:"我也要和奶奶睡一头。"

任宝贝说:"人家一个人睡一头害怕怕。"

老太太就说:"能中,能中。宝玉,你就和你弟睡一头。"

任宝玉一钻进被窝里就说:"奶奶,真暖和。"老太太说:"你在学校里睡的是凉床子吧?"任宝玉说:"不是床,是大铺。靠地面铺着谷穰,谷穰上面铺着芦草席,芦草席上面就是一个铺盖卷儿挨着一个铺盖卷儿。""冷吧?"奶奶问。任宝玉说:"刚钻进被窝的时候有点冷,过一会儿就不冷啦。人多,挤在一起也挺热和的。""奶奶,说曲儿吧。"任宝贝提出了抗议。"说曲儿,说曲儿。"老太太连忙客气着,然后就一字一板地念开了:

> "月亮月亮光光,
>
> 把牛拉到房上。
>
> 房上没草,
>
> 拉到沟脑。
>
> 沟脑有个瞪眼贼,
>
> 贼瞪我,我瞪贼,

赶紧把牛拉上回。"

任宝玉躺在被窝里翻来覆去地咋也安静不下来，等奶奶的这支曲儿说毕了，他就叫了声："奶奶。""嗯。"奶奶答应着。任宝玉却不说话。"说曲儿，说曲儿。"任宝贝又催了。老太太就又一字一板地念开了：

"石榴树，扭一扭，

我没媳妇难张口，

大不说，妈不瞅，

我的媳妇怎能有……"

任宝玉躺在被窝里依旧是翻来覆去地睡不踏实，老太太的又一支曲儿念完，他就又一次叫道："奶奶。"老太太也又一次答应道："嗯。"任宝玉就又一次不说话了。"这娃，有啥话你就说嘛，咋又不言传了呢？"这回，任宝贝不抗议了。仔细听，从他那被窝口已经传来了轻轻的鼾声。

"奶奶，我想问您，男孩子十六七岁是不是就到了该娶媳妇的时候了？"任宝玉问。

老太太说："要不是你还上着学，早就该给你娶个媳妇进门了。你大伯和你大……"话说到这儿，老太太突然间就顿住了，也许是她想起了本不该提及的小儿子任吉祥……片刻后，老太太接着说："都是十四五岁，我和你爷爷就给他们把媳妇娶进门了。后来，你大伯在外面读书有了功名，就把家里的那个媳妇给休了，在外面又娶了一个会读书认字的。"老太太没有说起任吉祥，一个早去了的冤家，不提也罢。

老太太说完了，任宝玉再一次不作声了。但仍旧是转过来翻过去地折腾着不肯入睡。

老太太问："宝玉，是不是哪儿不舒服？"

任宝玉摇着头说："没有。"

"那是怎么啦？"

"奶奶，上学读书的人娶不成媳妇，说个媳妇等以后再娶能中不？"

"宝玉，你到底要说什么？"

"我……我……"任宝玉实在是有点难以启齿，但他最后还是鼓足勇气说出了自己的心里话："您跟我妈说说，把咱村和我在一起读中学的婵娟，说给我做媳妇吧。"

"婵娟。"老太太说，"就是王来法家的那个闺女？"

任宝玉说："就是，她不仅人长的稀样，书念得也忒好。"

"可她……她不是王来法的亲生女儿，是她妈后嫁时带过来的。"

"带过来的怕啥？只要她人好。"

"胡说。名不正，言不顺。常会被别人骂做'带狗仔'的。"

"不管她是不是'带狗仔'，我就是想要娶她。奶奶，我求求您，您就跟我妈说说吧。咱家那么多钱，给她家送一些过去，事情不就成了嘛？奶奶，我求求您啦。"

"行行行，我就跟你妈说说，行了吧？"经不住任宝玉死乞白赖的纠缠，老太太答应了任宝玉的请求。

49

"月上柳梢头，人约黄昏后。"当王婵娟迈着匆匆的步子走向东城门外学校的时间，她想起了唐代诗人欧阳修《生查子·元夕》里的名句，她不知道欧阳修是和他的什么人相约在"花市灯如昼"的元宵之夜，和自己眼前的情景可否相同？而现在最大的不足处便缺少了那"花市灯如昼"的亮色和柳梢头的那点绿了。

后晌回来的路上，王幸福坐在前面赶着马车，后面坐着的四个人都哑巴似地不说一句话。也许，面对眼前的人儿，他们每一个人都不知道该说些什么，似乎什么话都是多余的，都是不该说的。唯独能做的，就是默默地想着自个儿的心事。

看着前边赶车的王幸福，王婵娟就畅想着他和她以后的生活，也应该是他赶着车，她坐着车，她的怀里还应该抱着他们的孩子，是去赶集呢，还是去进城？要不就是往田间去收获庄稼……

望着打对面坐着眉清目秀的王婵娟，薛云霞就想起了王狗剩在保公处说过的"王幸福说他喜欢王婵娟"这句话，她怎么就勾引上了这个穷得叮当响但又不失人爱的王幸福呢？这个狐狸精！我不会让你得逞的……

能让大车把王婵娟母女捎回家，对任宝玉来说，这其中的意义太大了，他就是想让王婵娟知道，我任宝玉把你可是挂在心上的……

朝前看着王幸福，回头看着任宝玉，雪琴觉得女儿爱上王幸福着实是个错，跟着他这个给人扛活的穷光蛋，往后能有好日子过？怎胜嫁到任家去，以后的日子不愁吃不愁喝的多好啊……

到村里下车的时间，王婵娟淡淡地对王幸福说："回去后把我那两本国语课本送到村东的学校里去，我还要用哩。"王幸福说："村里的小学也放假了，会有人吗？"王婵娟说："王校长就住在学校里，你送到他那里就行了。"王幸福想问：干吗非要送到村东的学校里去呢，送你家里不行吗？或者到我家里去取也行啊。但他没有问，看着王婵娟满脸无情又有点恼怒的样子，他不知道她这会儿想的是什么。几个月都不曾和她在一起待过啦，该不会不理自己了吧？

拂晓
FUXIAO

◀ 158

想着在县城南城门外那会儿，他又觉得不像。让送就送去吧，但他还是想见她一面，当面问问清楚。

没顾得上吃晚饭，王婵娟就往大门外跑去。雪琴问："这么急着要去哪儿？"王婵娟说："去学校。"雪琴一听说是去学校，就想着准是去取书，就埋怨女儿说："让王幸福把书送到家里来多好，非要让人家把书送到学校去。"王婵娟说："我想去看看学校。"雪琴说："不急，妈一会儿和你厮跟着去。"王婵娟说："不用了，我一会儿就回来。"不等妈回话，她就跑出了院门。

王幸福拿着书还未进学校的门，就有一个人从旁边墙旮旯窜出来挡住了他的去路。他一抬头，原来是王婵娟。"幸福哥。"王婵娟叫了一声，随即就拉起王幸福的袄袖："跟我来。"王幸福跟在王婵娟的后面边跑边问："我们这是去哪儿？"王婵娟说："到了你就知道啦。"

乾阳河水还没有解冻，结了冰的河面上只有中间一股水在静静地流淌着。流向黄河，汇入大海，去了它们心中向往的地方。河岸上有棵一抱粗的老柳树，老柳树下放着两块平面大石头，是盛夏时人们来河边搓澡、洗衣时的纳凉歇脚处。盛夏时的老柳树下多美啊！依依柳丝，潺潺流水，绿草绵绵，凉风习习，劳作了一天的人们尽可以跳进河里痛痛快快地洗去一身的劳累疲惫，然后就坐在这两块大石头上淋漓尽致地诉说着相互间的快乐事、有趣事、悲伤事、烦恼事……王婵娟扯着王幸福也来到了这里。

"你拉我到这里来干啥？你要我还的书我带来了。"

"谁要你还书啦？"

"不是你说的嘛？当时的脸还恼怒怒怒地。"

"我是怕你不来，又怕你把书真的送到王校长那儿去。"

"要不是想见你一面问个究竟，我还真的就把书送到王校长那儿去啦。"

"傻瓜。"

镰刀似的下弦月偏西了许多，但它还是被挂在了柳梢头走不开。越来越多的小星星也悄悄地爬上了天空，眨巴着眼睛偷听着两个年轻人的情话。

"幸福哥，想我吗？"

"我……"王幸福想说"想死了，做梦都想哩，没有一天不想你。"但他就是说不出口。

"你真的和王狗剩偷了任二奶奶家的羊？"王婵娟换了一个话题。

"你一定都听说了吧。我不想替自己辩解什么，但我还是想把事情的原委说给你听。"

"你说吧。"

静静地听完了王幸福的讲述，王婵娟并没有表现出什么不高兴。她接着问道："你怎么把本应该讲出来那些的都漏掉了呢？"王幸福强调说："没有啊，我真的什么都说啦。"王婵娟说："你把你在黄河滩喊出来的'王婵娟，我爱你'讲出来了吗？这是真的吗？""我……"王幸福又一次口吃了。"那个事情是我不对。我当时真的不知道王狗剩就在那里，要知道他在那里，我绝不会那样大喊大叫的。但我……"王幸福下面想说的话是"但我喊出来的那些都是心里话。"但到了嘴边却变成了："我对不起你，让你受委屈了。"王婵娟说："幸福哥，我不怪你。当着我的面，你可以像那样再喊一遍吗？"

王幸福又被难住了。

头顶的星星越来越多，月牙儿如弓，它不得不向西天的远方慢慢退去。

"幸福哥，这么多天了，你就没有对我想说的话吗？"

想说的话太多了，说什么好呢？就说点新鲜的吧。王幸福对王婵娟讲起了他去山西避难时看见八路军的事，他讲到了那个叫延水的村庄，讲到了王红梅，讲到了赵春明，讲到了解放区，讲到了飘扬在延水村上空的那面镰刀斧子红旗，讲到了毛泽东、朱德的那两幅雄伟的画像……把王婵娟都听得入迷了。

王幸福说完了，王婵娟接着说："在县中学，我们也常常会读到一些像《共产党宣言》《前线》一类的进步书刊，只不过那都是在背地里没人的时间看的。当局政府对这种事情查得很厉害。"

"我真的很羡慕梅姐，羡慕梅姐的丈夫丁野他们。"王幸福还沉浸在刚才的气氛中。

"幸福哥，我们一块儿去参加八路军吧。"

"不是我不想去，而是不能去。我们可以一走了之，家里人还不要因为我们受国民党的罪？再说，一个小伙子拐走了人家的一个大姑娘，村里的人还不骂死我啊？"话说到这儿，王幸福瞧了王婵娟一眼，王婵娟垂下了头。他想她那好看的脸蛋儿一定都红透了。王幸福接着说："婵娟，你能读中学，村上的人都羡慕死了，好好地读书上学吧。听梅姐他们说，共产党八路军已经做好了打过黄河的准备。有一天咱们这儿也解放了，像我们这些穷苦人就都会有地种的，也会过上好日子的。村上的老财也不能光靠剥削别人来过日子啦，他们也和大多数人一样，要靠自己的双手来劳动。"

"共产党来了，像任二奶奶家、王保长家会怎么样？"王婵娟抬头问。

王幸福想了想说："会把他们的土地、房屋、骡马及所有财产都分给村里的穷人。"

"像我家那样的会怎么样？"王婵娟又问。

王幸福搔了搔头，想了好大一会儿说："你家不富，但也不穷，就不用分给别人了。当然，老财家的东西你家恐怕也分不到。"

"幸福哥，到了那个时间，你会做什么？"王婵娟又问。

王幸福说："我要参加八路军，跟着梅姐他们扛着枪去解放全中国。"

"那我也要和你一起去。"

"能像梅姐和她的丈夫丁野一样做共产党的人，真是太幸福啦。"

天上的星星更多了，月牙儿已不见了踪影儿，流水的河面又开始结冰了。"汪，汪汪"有村里的狗叫声传了过来。

"该回去啦。"王幸福看着王婵娟说。

"该回去啦。"王婵娟看着王幸福说。

"冻冷了吧？"不等回话，王幸福就抓起王婵娟的一双手，把它紧紧地贴在了自己胸前的棉袄里。

王婵娟靠在王幸福的怀里，喃语道："幸福哥，答应我，到时间一定要娶我做你的媳妇。"

"一定娶你，娶你做我一辈子的媳妇。"

第十章　酒是气溜水

50

过年，对于河口村的每一个人来说，永远都是一个新鲜和富有情趣的话题。有的人盼过年，有的人怕过年，有的人高高兴兴地忙着过年，有的人忧忧愁愁地忙着过年。年就是一个坎。这个坎不管你愿意过还是不愿意过，它都会如约而至，准时地敲响你的门扉。

除夕天的晚上，幸福妈就给儿子取出了新衣服，放在他的炕头。王幸福也没顾得上看它的颜色和式样，初一打早起往身上一穿，就出去点柏叶火，放鞭炮。

这时天还黑乎乎的。点柏叶不能让它完全燃烧，要沤出烟来，烟越大越浓越好，讲究百年烟火不断；放鞭炮图的是喜庆，早就买好的鞭炮晚上就压在热炕头，这样放起来就易燃，声音忒响亮。

待天亮了，王幸福才发现自己穿的是一件崭新的学生蓝色洋布棉袄。多新鲜啊，王幸福长这么大从来都没有穿过洋布衣服，无论是下田做活，还是逢年过节，他总是穿着妈亲手织的土布做成的衣裳。每次看到别人穿洋布衣服，他就忒眼气，心想着什么时候咱也能穿上一件往人前边一站，让旁人也刮目相看一回？不曾想，这回穿上了，反倒觉得别扭，没有往日的那些粗布衣穿着随和、舒坦。

桃花把饺子煮熟了，就喊来儿子王幸福，先给祖宗、土地爷、灶神爷端献汤。大年初一吃饺子不同往日，得从大到小，从老到少排着顺序舀。王长安的气喘病一到冷天就时常犯，这会儿还是半躺在土炕上。王幸福给大把饺子送到炕头，然后才和妈各自端起碗围了上来。吃着饺子，王幸福问妈说："您啥时间给我扯的这学生蓝洋布，我咋不知道？"桃花问："咋，不情愿啊？"王幸福说："不是。""那是什么？""我觉着挺贵的吧？咱家又不富裕，啥子衣服穿到身上还不都一样，何必花这个钱呢？"听儿子这么一说，桃花就笑着说："咱没有花钱，这洋布料子不是妈扯的，是人家任二奶奶特意给你送来的。""任二奶奶特意为我送来的。"王幸福瞅着妈问："为什么啊？"桃花说："任二奶奶说了，别人都放假过年了，你这几天也不能歇，还得去放羊。虽说挣着工钱哩，但她心里还是过意不去，就寻思着给你扯件洋布料子送了过来。"说完了，桃花又说："任二奶奶，真好人哪。"王长安喘着粗气儿，接着老伴的话说："知恩图报，咱得好好地给人家做活儿。"王幸福不作声了，他心里清楚地知道任二奶奶为啥子扯这洋布料子，但他就是不能跟大和妈说。

吃完饺子，王幸福把新袄脱下来放在土炕上，重新穿上了自己的旧衣服。桃花说："穿着美美地，咋就给脱了呢？"王幸福说："兴许是穿惯了旧衣裳，一下了穿上新衣服浑身的都不自在。""贱！"桃花笑骂儿子一句，收起了王幸福脱下来的新棉袄。

按照习俗，吃罢饺子就开始拜年了。首先在自家的祖先堂面前叩拜，然后得去王家祠堂叩拜。条件好的家庭祖先堂都设在正中的堂屋，放着恭桌，恭桌上面靠墙壁的地方摆放着祖宗三代的牌位，牌位前面是烧香的香炉、各种恭品。王幸福家穷，只有三座土窑洞，祖先堂只能安放在窑洞的后面。也没有过多的摆设，窑壁上固定着一块砖块大小的木板，一只装满了草木灰的小木碗放在上面算是香炉。王幸福先给祖先磕了一个头，紧接着给大磕头，给妈磕头。随后就去了王家祠堂。

王家祠堂就在村中街巷的中间，坐北向南，是三间瓦房。在王幸福的记忆里，这三间瓦房几乎没什么变化，除了过年，平日里是没人去那里的。听人说，过去解决本家族中的一些重大问题和内外矛盾纠纷时都必须去祠堂，过年时全家族的男人都要来这里，面对列祖列宗的画像，三叩九拜进行隆重的祭奠仪式，然后排列辈分、续写家谱。可能是因为孙中山的辛亥革命，也可能与后来的战事频繁民不聊生有关，近些年人们对这些并不像过去那样地上心叫真，但过年叩拜老神祇却是必不可少的。

这会儿的祠堂前还真热闹，有放鞭炮的，有敬献供品的，有烧香磕头的，走一拨，来一拨。王幸福磕完头，走出祠堂门没多远，就见王狗剩拖拖拉拉地过来了。与此同时，王狗剩也看到了他。两个人就都加快了步子。

王幸福问："回来啦？"

王狗剩说："回来啦。"

"知道我回来了，也不到我那儿去耍。"

"这几天忙死了，要拾掇屋里，还要去任二奶奶家放羊。"

"今个初一哩，还放？"

"今个不放，后晌给添点儿干草就行啦。"

王狗剩说："等我一会儿，磕完了头，咱俩去我那儿抿几盅。"

"我……"王幸福本不想去，但毕竟是拜过把子的哥们儿，坐了几个月大牢回来了，自己没有及时去看他已经有些不好意思了，大过年的不能拒绝人家。

王幸福在祠堂门外等着王狗剩出来。

51

王狗剩是腊月二十六后晌才被放回来的。

腊月二十三那天一早，王幸福被老刘叫到了账房，把算好的一些工钱递到他手里。王幸福说："我不应该拿钱的。"王幸福的话，老刘明白，不就是欠着任二奶奶家的债吗？这老刘知道，过去哪一年王幸福都是空着手回家。可今年不同了，任二奶奶交代要给王幸福一些钱。说是过年哩，该让家里置点年货的。任二奶奶的心思老刘明白，他讨好地说道："任二奶奶菩萨心肠，宅心仁厚，古往今来，得人心者得天下，任家的日子会如日中天，越过越红火的。"对于老刘的油嘴滑舌，薛云霞觉得有些讨厌，但她又不好意思说什么，只说："该扣的还是要扣下的，他大有病，咱总不能眼看着人家连年也过不去吧。"面对着不肯接钱的王幸福，老刘说："这是任二奶奶的意思。人家给你，你就拿着吧。"

领取了任家为自己准备的过年钱，正准备回家的时候，薛云霞就把他叫住了。王幸福问："任二奶奶，有事啊？"薛云霞说："你跟我来一下。"进了屋，只见薛云霞从抽屉里取出了几块银元，转身就要递给他。王幸福后退着说："无缘无故地你一下子给我这么多钱，我不能要。"薛云霞解释说："这钱也不是白给你的。一来，过年这几天你还得给咱放羊，工钱照样给你记着；二来，就是你这次给咱从河那边捎回来的那些盐，还是有赚头的，应该给你一点补偿。两样合在一起就这么多。拿回去，过年也能松用一些。"听了薛云霞的话，王幸福就说："羊我放，工钱就在那儿记着。我大欠你家的债还多着哩。捎盐用的是你家的钱，我只不过是顺道跑了个腿，不该得这么多的。"薛云霞说："我没把你当旁人，你咋就见外了呢？拿着吧。"王幸福还是不肯接。

正推让着，香椿就进来了。香椿一看那个场面转身就要往外走，却被薛云霞给叫住了："有啥事就说嘛,咋刚进来就急着要走哩?"香椿转回身说:"我见你有事哩,寻思着等一会儿来。""没啥事。你该说啥就说。"香椿说:"我刚才去了王狗剩家送钱,狗剩妈死活不肯接,说她又不知道是多少,那工钱等狗剩回来了再算。她还说要来寻你哩。""寻我做甚?""寻你要她儿子哩。她说她儿子冤枉,虽说偷了羊,但羊最后还不是回到了任家。她还说任二奶奶要是再不想办法把她儿子赎回来,这个年她也不想过啦,她要到全村去转巷叽喝哩。你说说,这死老婆子,咋和她儿子一样地死皮赖脸呢?""知道了,知道了。你走吧。"薛云霞满脸的不高兴,忙打发香椿出了门。

王幸福说:"任二奶奶,偷羊的事是我们的错。但也没酿成什么后果,你就得饶人处且饶人吧。刚才那钱,你如果真要给我的话,就把它给你添上,托人去县里把王狗剩赎回来吧。"

薛云霞阴沉着脸没有搭理他。

王幸福转身出了门。

薛云霞不想让这事闹得沸沸扬扬满城风雨,她只想息事宁人平平安安地过日子,和一个穷得叮当响的无赖较得哪门子劲呢?王幸福说的对,得饶人处且饶人。是得想想办法,把王狗剩从县里弄回来。要不然,这个年恐怕也过不安生。

薛云霞去了王孝儒的家。

薛云霞说:"王保长,又求你帮忙来了。"

王孝儒说:"这年尽月到的,还有啥东西没有准备好?需要啥,尽管说。"

薛云霞说:"我还能需要啥?啥都不需要,只想要一个安生。"

"我可没有安生这个东西。"王孝儒开玩笑说。

"为官一任,造福一方。不能让老百姓安居乐业,还要你头上这顶乌纱做啥哩?"薛云霞同样开着玩笑。

第十章　酒是气溜水

167

说过了，笑过了，王孝儒便静下脸来认真地问："谁又惹着你啦？"

"还是王狗剩那事。"不等王孝儒回话，薛云霞又说："他妈又来寻我啦，跟我要她儿子呢。你说说，这……当初你也是在场的，啥情况都知道，咱可是没吃上猪肉还惹得一身惺。"

"王狗剩那是他自作自受，怨不得别人。"

"你说的也对。可眼下要过年啦，得想个法儿把他从牢里弄出来。"

"想啥法儿？"

"王保长，不用为难。钱我出，但路得你跑。"薛云霞说着就把几块银元放在桌面上，"到了县里得跟他们说清，王狗剩可是一贫如洗，家里还有一老妈，想从他身上榨出一丁点儿油来，难。"

王孝儒说："这个路我跑，但事情能不能办成，我可不敢保险。"

薛云霞说："你只管把情况说明就是了。你给他们说，这是河口村任瑞祥家里人的意思。"

王孝儒去了县城，当天后晌就回来了。他告诉薛云霞说："那些银元人家收下了，但人还是不能放回来。他们说，只有让原告撤诉才能放人。"薛云霞问："谁是原告？"王孝儒反问道："你是装糊涂呢，还是真糊涂？"薛云霞说："我是真不知道。""真不知道我就告诉你，当初的原告就是你的二弟薛云卿。""云卿？我早就应该猜到是他的。"薛云霞说："这个好办，我让人去跟他说一下。"

王孝儒走了，薛云霞自语道："这个云卿，尽给我添乱。"

解铃还须系铃人。就这样，王狗剩被放了回来。

52

任瑞祥回来了，是农历腊月二十六到家的。人们正吃早上饭的时间，一辆黑色的洋轿车和一辆草绿色吉普一前一后行驶到河口村的西城门外，然后就缓缓地停了下来。从黑色洋轿车里先下来了一个穿黑呢子大衣的人，他溜光的偏分头，下面戴着一副镶着铜边的二分色石头眼镜，这就是任瑞祥。从绿色吉普里下来了两个人，都是一身的中山服，一位是狄昌伦县长，一位是王鸿业书记。随后下车的，一个是挎着盒子枪的护兵，一个是夹着公文包的随从。任瑞祥迈着傲慢的步子走在前面，抬头挺胸气宇轩昂，表现出了不同于凡人的气质。王鸿业和狄昌伦一左一右陪着，走进了河口村的西城门。巷道里的人不多，好多人一见这阵势就早早地退居屋内，因为他们清楚地知道，以自己的身份和地位跟任瑞祥这样的大人物站在一块儿搭讪，只能更显明地表现出一种尴尬和无奈。偶遇一两个避之不及的人，任瑞祥就会谦和地微笑着走上前去，握着他的手寒暄着心里早就预备好的几句客套话。往年每次回来，任瑞祥走的都是东城门，从没走过西城门。从东城门直接就回家了，他没必要再绕到村子西边二十多里路的县城去，从省会开封回家只需沿路到陕州停一站。陕州他不能不去，而灵宝只是个县城，县里的那些官员消息灵通的很，每次都是没等他回到家，就已经安排好了登门拜访的议程。

任瑞祥回家并没有提前来信告诉家人，他的突然归来，让薛云霞有点儿措手不及。仅大哥一个人还好说，还有同道而来的县长和县党部书记，她都没有见过。把客人们领进厅房，沏好茶水，薛云霞就急着要吩咐香椿去街巷的铺子里割肉打酒。没等出门，就被任瑞祥拦住了。"不用忙活，我和狄县长、王书记待一会儿就走。""待一会儿就走，你不在家过年啦？"薛云霞问。任瑞祥说："你嫂子和两个娃都在西安城。我呢，还要到西安去拜见胡宗南长官。""有多要紧的事，连个年都不过啦？"薛云霞又问。任瑞祥说："没办法，战事吃紧啊。延安的共产党都占了大半个中国啦，再不加大力量去消灭他，国民党的江山就完了。国民党完了，我们这些人的命还能保得住吗。"大哥的话把薛云霞听得一愣一愣地，国家的事她不太懂，但关系到大哥这些人的性命，就足以说明问题的严重性。但她还是要问："有那么可怕吗？""算了，算了，不跟你说这些了，说了你也不懂。"任瑞祥匆匆地结束了自己要说的话。

狄县长和王书记看着任瑞祥向薛云霞解释了那么久，也不便插言。等薛云霞离开客厅，狄县长才开口问道："这就是人称'任二奶奶'的弟媳吧？"任瑞祥说："是的。领着两个孩子，还要招呼这么大的一个家，真是难为她了。"王书记说："任二奶奶模样儿俊俏，听说还识字？"任瑞祥说："在她娘家的时候读过两年私塾。"狄县长接着恭维道："东半县的人都知道河口村有个任二奶奶，真可谓巾帼不让须眉，称得上是女中英贤啦。"任瑞祥谦辞道："过奖啦，过奖啦。"

三个人又品了几口茶水。王书记说："狄县长，我们去拜见拜见高堂吧。""好吧，好吧。"狄县长点着头说。三个人立起正要动身。薛云霞扶着老太太进了门。可能是老太太听说儿子回来了，等不及儿子去看她，就自个儿来看儿子啦。

任瑞祥欲上前扶母亲，狄县长和王书记两个人早抢先一左一右把老太太扶在凳子上。任瑞祥站在老太太的面前恭敬地叫道："妈。"老太太答应说："哎。"然后就对着狄县长和王书记说："你们来了？"狄县长和王书记同时点头道："来啦。"接着又同时问道："您老身体好着哪？"老太太笑着说："好，好。"

狄县长和王书记又不失时机地拿出了他们为老太太带来的礼物，一棵精装起来的人参，一盒精制的卢氏麻片。老太太客气地说："来就来啦，还拿这些东西做啥哩。"老太太接着说:"让云霞给你们准备饭去。"狄县长和王书记说:"我们马上得走哩。"老太太说:"再急,那也得吃饭吧?"任瑞祥说:"不用吃饭了,我们一会儿得去县里。""那你还回来不?"老太太问。任瑞祥说:"不回来啦。""不在屋里过年啦?""不在屋里过年。""总是恁急。这几年都没有回来过,回来了,又要走。""不走不行哩。"任瑞祥给母亲解释。"你屋里和娃都美美哩?"老太太又问。"你放心,美美哩。"任瑞祥说。"有空就叫他妈和两个娃回来,回来住上几天。"……老太太总有说不完的话。

就这样,几年不曾回过家的任瑞祥匆匆地来,又匆匆地去。薛云霞原想把让王狗剩回家的事说给县长的,一是不好意思,二是没来得及讲。想不到王狗剩当天后晌就被放了回来。

王狗剩被放回来了,村上好多人都说是任瑞祥在县里说的情。

53

正月初三,摆酒摊。

按照过年的习俗,从正月初二开始便进入了走亲戚拜年活动,人们习惯称之为"追往"。先是女婿走老丈人家,外甥走舅家;其次是姑家、姨家等等都要相互回拜,有来有往。在"追往"时,都要带油条、麻花、包子、馄饨、蒸馍、点心之类的礼品。作为主人,均要以盛馔宴席相待,按席面好劣之分有四碟子、五碗、八碗等等。无酒不成席。酒,则是席面上必不可少的东西。话虽这样说,穷苦人家和富豪人家的待客酒席从质量上则有着天壤之别。

一大早,薛云霞便吩咐香椿准备酒菜,客人大都是要在自家吃过早饭后才来的。任家可是方圆百十里的大财主。是大户,这席面自然要丰盛有加,所接待的客人除了平常来往的亲戚以外,则是五花八门各色人等都有,好些人会借着过年的机会带上礼品和有权有势的任家拉关系、套近乎。来的最早的是薛云霞的二弟薛云卿，和他的相伴而随的是一位穿戴体面中等身材的人物，他叫邵维义，是下河口村的财主，担任着北基村的保长。

下河口虽说和东河口同样位居乾阳河的东岸，却因为离河口村不如离北基村近，因此上在行政区划时把它同北基村划归一个保，称北基保。同薛家寨一样，归王和乡管辖。

进了院门，薛云卿就"姐，姐"地叫着。听到叫声，薛云霞就出来了，本该要问候薛云卿的，但一见和薛云卿相随而来的邵维义，薛云霞就改口道："邵保长，新年好。"邵维义拱手道："任二奶奶，新年好。"

薛云卿和邵维义刚被薛云霞让进厅房里坐定，从门外又进来了雒好礼。和雒好礼一起厮跟着的是张铭文，后面紧跟着王孝儒，他们可都是任家的常客。

薛云霞让香椿把酒菜茶水往上端，客厅里热闹的气氛随之就浓烈起来。先是相互间行礼问候，然后就随意地聊着家长里短趣闻轶事。这时间，一傍坐着的薛云霞就客气地礼让道："喝酒啊，别光顾着说话。云卿，给大家把酒斟上。""来，来，喝酒，喝酒。"薛云卿逐个儿把酒倒满，然后让道："大家先干一个。"随之就是你我他相互地推杯换盏。象征性的议程很快就结束了。几杯酒下肚之后，燃烧的血液随之便沸腾起来，脸开始鲜花般地红润，言语也像流水般地欢快，大家你一言我一语肆意地争辩着下面该怎么个喝法，是划谜猜拳呢，还是猜宝？正说着，从门外进来了王山云。

一见王山云，大家就都站起来了。这个抬头问："王校长来了？"那个拱手道："王校长，新年好。"

王山云原本不大饮酒，但也想趁着过年走动走动，自己当着河口村的校长，同样需要得到任家的支持，任家的一句话，他这个校长说没就没了。

"你来得迟，罚酒三杯。"雒好礼提议道。

王山云说："我不会喝酒，大家都知道的。"

"平常不喝酒可以，今天不喝可不行。"王孝儒说。

薛云卿也站起来说："既然乡长说话了，这三杯酒你是非喝不中。"

张铭文也劝道："喝吧，喝吧，就这三杯酒，喝了就再也不让你喝啦。你给咱们当酒司令，监谜观酒，我们几个划谜。"

邵维义来任家的次数不多，不好意思多说什么，只能任大家说怎么喝就怎么喝。

薛云霞看着，也插不上嘴，就想趁机会走出去，但又不能不辞而别。薛云霞说："你们几个慢慢喝，我给咱准备晌午饭去。"听薛云霞这么一说，大家都不依。王孝儒说："你不能走。"张铭文也说："你不能走，你一走，这酒喝着就没劲啦。"薛云霞说："我一不会划谜，二不会喝酒，你们几个只管耍就是了。"王孝儒重申道："不行不行。你不能走，王山云不喝酒，剩下我们五个人咋喝哩。不如像这样，我和张干事、邵保长三个人一组，雒乡长、薛云卿和你三个人一组，咱们划拳打仗，那一组输到最后剩几个人，喝几杯酒。"薛云霞说："不中不中，你们男人的事，我瞎掺和什么呢？"张铭文、邵维义兴趣高涨，都说："能中能中，就像这样喝。"薛云霞不想扫了大家的兴，就说："这样来也可以，我可喝不了酒。"张铭文、邵维义又都接着说："让雒乡长替你划谜，他输了谜，那酒就是你的，不过你可以让在场的任何人替你喝酒。""那……好好好。"如此优厚的条件，薛云霞欣然答应下来。她知道，人们之所以让她当面陪着是处于什么样的心理，不就是图个情趣和热闹吗？她不能扫大家的兴，拨了在场所有人的面子。

很快，二三斤酒就灌进了在场几个人的肚子里。接下来，所有平时想说又不方便，说想说又不敢说的话，还有平日里压抑和困扰在心里的话等等都肆无忌惮地一吐为快了。和雒好礼待在一块儿时间最长的张铭文口齿不清地说道：

"雒乡长，你外面到底有几个编外女人？任二奶奶算是第几任？能不能把这里面的故事讲给我们听听。"这话说得薛云霞满目羞色一脸红晕，说得薛云卿差点儿恼羞成怒。雒好礼没好气地说："张干事，你是不是喝多了？"张铭文摆着手说："不说了，不说了。喝酒。"

不善谈吐的邵维义也开始了他性情激昂地自我发泄："你说人这一辈子图个啥呀？"没有人接他的话茬。他接着说："你们一个个都仁五仁六地冠冕堂皇，而我，我他妈的活得不像个人样儿。"不知道他下面要说些什么，谁也不知道该怎样去跟他搭讪，答上讪又该说些什么？薛云霞明白，在这几个人中，就数邵维义酒喝得多，喝的实在。她劝他道："邵保长，到屋里去歇会儿？"邵维义说："我没事。我就是想说说我的心里话。"雒好礼插话道："说球心里话哩说，心里话丢下，回到你屋时跟你老婆慢慢说去。咱们这会儿喝酒，喝酒。"薛云霞知道，雒好礼也喝得有些多了。"喝，喝。"邵维义又和雒好礼端起了酒杯。

片刻工夫，邵维义就彻底醉倒了，嘴里一个劲儿地喊着："我想讨个小老婆。我想讨个小老婆给我生个儿子。那个母老虎，一、二十年不曾给我下过一个仔儿。那个母老虎，还说要给她娶儿媳妇，给她娶儿媳妇……呸……讨小老婆，生儿子……"

"酒是气溜水，
喝了先软腿，
口吐心里话，
眼里活见鬼。"

不知是谁家的孩子又在巷道里唱响了那首醉酒歌。

54

邵维义的老婆有个绰号"母老虎"，不仅在下河口声名显赫家喻户晓，就连临近村庄的人也有所耳闻，知者甚多。

在下河口村，邵姓户面大，住户要占全村的一半以上，但大部分都是穷苦人，家境贫寒，靠租种土地或给财主家扛活过日子。最富裕的户也就是邵维义家了。邵家之所以能富，跟邵维义老婆的娘家有着很大的关系。

邵维义兄弟二人，他排行老二。老大名叫邵维正。那时间，邵家的日子已经是红红火火有声有色了，有骡马、有田地。家境殷实的父亲懂得"万般皆下品，唯有读书高"的道理，为了能让自己的儿子将来有出息，能够成就一番大事业，以便振兴家业，光宗耀祖，就千方百计地把二儿子邵维义弄到城里去念书。邵维义去城里读书不是靠成绩考取的，而是靠家里人花钱进得学堂。邵维义的学习虽不是很好，但却有一个县中学生的名牌。有了这个名牌，再加上邵维义长相可人，上门为邵维义提亲的人便络绎不绝。提亲的人多了，邵维义的父亲便开始在众多的择偶对象中挑三拣四挑肥拣瘦，最后就把目光锁定在邵维义现在这个岳父身上，他姓毋。毋家的女儿虽说没有闭月羞花沉鱼落雁之容颜，但却是一个千顷良田万贯家产之富豪。再说，毋家就这么一个女儿，甭说将来的陪嫁，百年过后，毋家的那份家产还不是他女儿的？如此这般地一琢磨，就定下了和毋家的这门亲事。

毋家的女儿叫凤仙，一个很好听的名字。

事情的结果果真如邵维义父亲所想象的那样，毋凤仙的陪嫁不单单是绫罗绸缎桌椅箱柜，还有他们摸不清底细的私房钱，更要命的是毋凤仙的娘家还陪给女儿了一挂大车，两匹骡马，百亩良田。邵家的日子如鱼得水如虎添翼，更加兴盛发达起来。也许是父母对她娇生惯养的结果，也许是她自己与生俱来的禀性，随之而来的则是毋凤仙的狂妄自大任意妄为我行我素目中无人，什么"三从四德""贤妻良母"统统地见鬼去吧。毋凤仙喜欢吃面条，就要家里人一天三顿给她做面条；毋凤仙喜欢上了什么颜色的洋布料子，邵维义就得给她买什么颜色的布料子，稍有不如意便寻死灭活地闹。一家人把她没办法，因为他们拿了人家的便宜，觉得理短，再说毋家人他们也惹不起。像走路一样，惹不起就只能绕着道儿走。绕道走的时间一长，毋凤仙就渐渐地取而代之一手遮天，成了家庭这座舞台上的主要角色。邵维义也就习惯成自然地做了理所当然的妻管严。岁月如梭，一晃毋凤仙嫁到邵家就是十多年。十多年的时间不曾为邵家生过一男半女，按传统习俗的"三从四德（三从：在家从父，出嫁从夫，夫死从子。四德：妇言即语言和顺，妇德即品行端正，妇容即容貌秀美，妇功即繁衍后代。）"来说，毋凤仙可以说是那一德都不占，特别是没有妇功。"不孝有三，无后为大"。毋凤仙可是犯了"七出（无子出：因不能传宗接代，会断绝香烟；淫逸出：淫乱败坏家风；不侍公婆出：败坏封建道德；多言出：多嘴多舌，招惹是非；盗窃出：偷盗家中财产；嫉妒出：维护一夫多妻制安宁；恶疾出：不听丈夫公婆差使。）"中的头一出"无子出"。按道理说，毋凤仙没有被"休"地出门已经是烧高香了，邵维义完全可以纳妾娶小，弄一门二房来为邵家延续香火，可毋凤仙就是不许他娶一个小婆娘过来。接下来，邵维义的父母先后过世，毋凤仙更是得寸进尺肆无忌惮，先是把亚伯哥和嫂子赶出门，只分给他们很少一部分耕地和家产，完全违背了"长子不离祖"的古训。毋凤仙臭名昭著，不知是哪一位最先给她冠之以"毋老虎"的绰号，从此后一发而不可收，因为毋和母的谐音，"毋老虎"很快就演变成了"母老虎"。

偌大的一个家，除去雇工佣人，也就毋凤仙和邵维义两个人。邵维义自以为时机已经成熟，就再一次唯唯诺诺地向毋凤仙提出纳妾之事，毋凤仙听后像站在弹簧架子上一样居高临下一蹦丈把高："想娶小婆娘，把老娘我取而代之，没门！我告诉你，邵维义，趁早灭了你那个心思。"从此后，邵维义就再也没提起过纳妾之事，但这却成了他的一个心病，每每在酒桌上喝醉了，总免不了会歇斯底里地发泄一通，一进家门，就哑巴似的倒头酣睡。毋凤仙自知没有为邵家生下半个仔儿，是自己这辈子最大的一个过错，但生娃的事由不得她，尽管大夫瞧了千千万，喝的汤药可以流成一道河，但干瘪凹陷的肚皮像一座永久的盆地，连个小土包也没有凸起的可能。为了弥补这一致命性的缺憾，毋凤仙找到丰收了十六个儿子的远房兄弟，把他的一个孩子过继到了邵家，还为此专门办了一场酒席，一诏天下。邵维义虽说心里是一百个不乐意，但也是敢怒而不敢言，唯一能做的也就是借酒浇愁。如今，讨要来的儿子已经八岁了，眼看着就到了入学堂的时候，毋凤仙又张罗着要为儿子承办等郎婚（又称小女婿婚），早早地娶一门媳妇过来。自己做了婆婆，一来儿媳妇会由着她吆来呵去地使唤；二来可以尽快地早生贵子，以解邵门无后之忧。可邵维义不这么想，他觉得自己就像一枚如日中天的红太阳，光芒万丈，阳气十足。他就是想娶一个小老婆，为自己生一个名正言顺名副其实的儿子。

刚过大年初一，毋凤仙又跟他提起了这事，他忍耐着油煎般的心绪说："讨媳妇的事哪能急呢？儿子不是还小嘛？等有了合适的茌口咱就定。"初三一早，薛云卿叫他一同去姐家喝酒时，邵维义心里正因为这事烦着呢。邵维义酒量大呢，和平日比起来今天喝的并不多，但他就醉了，醉成了一摊泥。

真可谓：酒不醉人人自醉，借酒消愁愁更愁。

第十一章 峰回路转

55

校园的钟声把夹道两旁的柳丝敲得鹅黄鹅黄，学校对面崖头上的迎春藤条已被同学们的读书声喊出了金灿灿的花朵儿，学校背面的黄河水不分昼夜吼叫着那首被人们传唱已久的《国际歌》的旋律。春的气息渐浓，而料峭的寒风还不时地侵袭着大地的容颜。昨天早上那场突如其来的霜冻把柳丝上的嫩芽儿杀得有些干枯，迎春花朵儿也蔫了，还真应了那句谚语：春寒冻死牛哩。

王婵娟的心情和眼前的情景一样糟糕。怎么说呢，都怨那个任宝玉。

在县中学，王婵娟的漂亮是出了名的，学习成绩也是出类拔萃的。喜欢她的男同学很多，他们大都把这种喜欢埋藏在心底，没有谁敢大大咧咧地喊出声来，只有任宝玉像发疯般地在同学们面前肆无忌惮地炫耀着："我奶奶都跟我妈说好了，要把王婵娟买过来做我媳妇哩。"任宝玉的心事王婵娟明白，就以他原先唯唯诺诺的性格不会像现在这个样子，难道他真的疯了？王婵娟心里没有他，更别说去做他的媳妇。可任宝玉心里咋想的她是管不了的，她没法堵住他的口。更可气的是，任宝玉三番五次地给她写那个叫"情书"的字条儿。任宝玉追王婵娟的事成了县中学师生们茶余饭后的议论中心，弄得王婵娟在同学们面前都抬不起头来。

自从那次王幸福跟她谈了山西那边解放区的事以后，王婵娟心里就总想着和王幸福一起去投奔八路军。几回在梦里她和王幸福一块儿参了军，胸前还戴着大红花呢。梦醒后却是一枕黄粱再现。为了更深一步地认识共产党、八路军，她就千方百计地去弄一些进步的宣传资料去读。就在前两天的傍晚，她带着一本《桃花扇》去了学校东边的枣园，《桃花扇》的书页中间夹着一份灵宝油印小报《前线》。像一棵久旱的禾苗欣逢雨露，像一个饥饿的婴儿吮吸着母亲的乳汁，王婵娟坐在一棵枣树下面就聚精会神地看了起来。

也许是太投入了，以致从身后来了一个人她也没觉着。这个人突然的一声问话把她着实吓了一大跳："又在偷偷地欣赏任宝玉给你写的情书吧？"

王婵娟身子一哆嗦的同时，白皙的面颊就变得蜡黄蜡黄。"我……我是在读《桃花扇》哩。"令她没有想到的是，惊慌中合拢起来的书本并没有把那张《前线》完全遮盖起来。

"你……你在偷偷地阅读共产党的报刊？！"这个人惊讶地大声质问着她。

眼前的这个人王婵娟认识。他和任宝玉是一个班级的，叫孙荣耀。是同学中为数不多的三青团团员之一。平日里，他和任宝玉相处得不错，对任宝玉的所作所为洞察如微了如指掌。看着王婵娟慌张失措的样子，孙荣耀就说："别害怕，我不会告诉给任何人的。谁叫我和他是朋友呢？不过，这样的东西以后可不能随便乱看啊？让别人知道了，再报告给校方领导，不砍头也得蹲监狱。"

听了孙荣耀的话，王婵娟怀揣兔子一般的心跳渐渐地平稳下来。出于礼貌，王婵娟向孙荣耀鞠了一个躬，感激地道一声："谢谢！"

"别别别，别这样啊。"孙荣耀伸出双手握住了王婵娟莲藕般的胳膊，接着就嬉皮赖脸地侧过脸说："要谢，就在我这儿亲上一口。"

"你……流氓！"王婵娟骂了一句，挣脱孙荣耀的一双脏手转身跑回了校园。

王婵娟不知道接下来会发生什么样的事情，那个孙荣耀会把这件事报告到学校领导那儿去吗？学校领导知道后又会怎样处理自己？辗转难眠的王婵娟直埋怨自己当时怎么就那样地粗心大意？怎么就没有注意到自己的身后还跟着一个三青团员呢？忐忑不安的心绪像条毛毛虫爬在王婵娟那稚嫩滑腻的皮肤上让她毛骨悚然。她不清楚自己是什么时候入睡的，只知道睡梦中的她果然被县保安大队两个当兵的给带走了，在她的身后和周围站满了看热闹的老师和同学，在这诸多的眼神中，有同情的，有惋惜的，有漠然不顾麻木不仁的，也有幸灾乐祸暗自发颠的……却没有一个人肯站出来为她伸出救援之手。王婵娟发现那个孙荣耀正站在人群中间狞笑着："让你亲我一口，就那么难吗？这下后悔了吧？"王婵娟扭头望着两个持枪的兵，他们的脸上毫无表情，像城隍庙里靠边站的两尊泥塑。她被押到了一所漆黑的大铁门里边，趁着大铁门还没有上锁，王婵娟转回头望了一眼身后明媚的阳光，心想着这回完了，蹲在这个大牢里，只能等着八路军来救自己啦。容不得她再多想什么，大铁门就"咣当"一声关上了。"放我出去！放我出去！"王婵娟心一急就不自主地喊出了声。

"婵娟，快醒醒。婵娟，快醒醒。"有挨着铺儿的同学摇着王婵娟的身子喊。

王婵娟醒了，浑身如同水浸一般。

"是不是做噩梦啦？怎么尽说胡话。"同学问她。

"大概是吧。"王婵娟含糊其辞，软绵绵的身子一点儿精神头也没有。

"当——当——"

老槐树上的铁钟又在不厌其烦地喊同学们起床了。

56

王婵娟被梅迎萍老师叫到了她的住室。

自从上回丢了钱，梅迎萍老师给了她那几块钱之后，王婵娟就一直对梅迎萍老师心存感激。王婵娟去向梅迎萍老师还钱时，梅迎萍老师硬是没要，还解释说："你没听说过'一日为师，终身为父'这句话嘛，老师就像是学生的父母亲一样，父母亲帮助自己的孩子是理所当然，天经地义的事情。"就是这一段话，拉近了她和梅迎萍老师的距离，让她感觉到除了父母亲以外，自己还有另外一份亲情。

下早操那会儿，梅迎萍老师当着全班同学的面说："王婵娟，你到我的住室来一下。"

梅迎萍老师的话和平时一样地亲切随和，但跟在老师屁股后面的王婵娟还是感觉到了一种从未有过的恐慌不安。她知道，准是因为昨天后晌的事情，那个孙荣耀一定在学校领导面前告了她的状。

看着站在面前的王婵娟，梅迎萍老师转身把原本开着的门扇闭上，然后问道："知道我为什么叫你来吗？"梅迎萍老师的问话还是那样柔和。

王婵娟不说话。

"去吧，把你读过的那张报刊给我拿过来。"梅迎萍老师开门见山。

老师的话不容置辩。王婵娟转身就要去开门。

"记着，不要让别人看见。"梅迎萍老师嘱咐的同时，起身抢先一步拉开了门扇。

"嗯。"王婵娟答应道。

王婵娟把那张油印的《前线》呈到梅迎萍老师面前。梅迎萍老师粗略地看了一遍，什么话也没说就从抽屉里拿出一盒洋火，划着一根烧了起来。很快，那张《前线》就被化成了灰烬。

"你读这些宣传资料时，是被谁看见的？"梅迎萍老师问道。

"孙荣耀。"王婵娟答道。

"能给我详细地讲一遍事情的经过吗？"

"能。"王婵娟看来，在梅迎萍老师面前自己没有什么可隐瞒的。于是，她就将事情的全部过程重述了一遍。

听完王婵娟的讲述，梅迎萍老师再次问她说："到底是谁看见你读了宣传资料？"

王婵娟不知道梅迎萍老师为什么要反复地问同一个问题，她只能又一次如实地回答说："是孙荣耀。"

"不对。你从来就没有看到过什么宣传资料！"

梅迎萍老师的话让王婵娟惊愕得有点摸不着头脑，她更不知道梅迎萍老师为什么会这样睁着眼睛说瞎话。

梅迎萍老师接着说："你知道自己捅了多大的娄子吗？他们会把你当做共产党的嫌疑犯抓去丢进大牢里，甚至会掉脑袋的。生命对人只有一次，只有一次你知道吗？一旦丢掉了，就再也找不回来。"

她知道，梅迎萍老师这都是为她好。但她却不知道梅迎萍老师会像这样懦夫般地胆小怕事，刚才被她烧掉了的那张《前线》真应该让她好好地读一读，让她知道天底下还有那些为了真理，为了全人类的解放而不怕死的人。而这些人，就是共产党！就是八路军！

梅迎萍老师对王婵娟所表现出来的那种轻蔑和不屑一顾很不满意。她接着开导她说："父母把你们送到学校是让你们学知识的，不是让你们瞎胡闹，闯祸事来了。记着，以后不管谁问起你，你就说自己从来没有见过什么宣传资料，更别说读了。你也看见了，刚才我已经把它烧掉，这就叫死无对证。"

"死无对证。"王婵娟终于明白了梅迎萍老师的用心良苦，但她还是不满意她那种消极的态度。

"记住了吗？只要你一口咬定没见过什么宣传资料，有人就会相信孙荣耀是蓄意报复。"梅迎萍老师再次叮嘱她。

"记住了。"

得到王婵娟肯定的答复，梅迎萍老师这才松了一口气。

中午最后一节是国语课，教国语的是位亲近调来的男老师，姓贾，名雨村。和《红楼梦》里林黛玉的启蒙老师同名，同学们称他贾老师。他的国语课教得并不怎样好，用一句贴切的比喻就是像嚼蜡烛一样地乏味。每回上课总是照本宣科地把课文读给学生们听，再就是教给学生写、读新课文里的生字，一听他讲课许多同学就打瞌睡，同学们背后都说他就是一位假老师。贾也好，假也罢，喊出口来的声音并没有什么大的差异，旁人是听不出来这个贾字里面所隐含着假的味道。贾老师有一个在同学们看来是很大的优点，那就是下课的钟声一敲响，他就会很准时地结束他的演讲，不像有些老师总要拖延个三分钟，五分钟，喋喋不休没完了地给学生交代这交代那。

"当——当——"下课的钟声照例敲响。

贾老师照例结束了他的课，和以往不同的是他走到王婵娟的跟前，用一种很神秘的神情低声细语地说："吃完饭后，你到我的住室来一下。"

王婵娟不知道贾老师叫她有什么事，贾老师从来没这样过。她想着肯定还和她读《前线》那件事有关系，王婵娟的中午饭因此上也没有吃好。

去了贾老师的住室。贾老师和梅迎萍老师一样，很快就把原先开着的门扇闭上了。

"坐吧，不必拘束。"贾老师的脸上呈现出了一种很和蔼的表情。

王婵娟坐在桌子一旁的凳子上没有说话。在贾老师还没有发问以前，她什么都不能说。

"听说你在偷偷地读共产党的宣传资料？"贾老师和蔼的脸又添上了那种小心翼翼的神秘。

"我连见都没见过，更别说读了。"王婵娟装出了一副很吃惊很害怕的样子。

"别哄我啦，都有人看见了，你以为我是蒙你的。"贾老师的脸上露出了笑容。

"我真的没看见过什么共产党的宣传资料。"王婵娟极力地为自己申辩着。

"别害怕，也别紧张。其实就是一张油印小报。其实我……"贾老师的话说到这儿停顿了下来，他把原本闭着的门扇重新拉开了一条缝，探出头去朝前后左右看了看，回过头来又把门扇重新闭上，然后说："我说这些话可是要保密的，是不能对任何人讲的，出了这个门你就是什么也没有听说过，什么也不知道。明白吗？"贾老师还是没有说出他要说的话。

王婵娟眼睛一眨也不眨地看着贾老师，她不知道他要说什么。

"其实，我就是共产党。"贾老师的声音更小了，"共产党所领导的八路军马上就要打过黄河来，国民党、地方恶霸反动派的日子就像是兔子的尾巴——长不了啦。就是你读的那些《前线》，还有《共产党宣言》什么的，我都读过。我就是要把我们县中学的地下共产党组织起来，把思想进步的学生都团结起来，我们什么都不用怕，胜利的曙光就在前面。"

贾老师的一番慷慨陈词着实把王婵娟给感动了。她完全没有想到贾老师会是共产党，她真想把王幸福跟她讲过的那些话重新讲给他听。这个时候她又想到了梅迎萍老师嘱咐她的"以后不管谁问起你，你就说自己从来没有见过什么共产党的宣传资料，更别说读了。你也看见了，刚才我已经把它烧了，这就叫死无对证。"

王婵娟依旧眼睛一眨也不眨地看着贾老师什么也不说。

"说说吧，咱们的同学里面都谁是进步的？还有，哪位老师平时最肯跟你们宣传共产党的革命道理？"

"贾老师，你是不是弄错了，我真的没有见过什么共产党的宣传资料。"王婵娟急得快要哭出声来。

看王婵娟这个样子，贾老师一时竟有些不知所措，忙安慰道："不要哭，不要哭，看没看见，读没读过都没关系，这儿就咱们俩，即便是真读过了也没关系，我不会对外人讲的。何况我刚才说过的话也是需要保密的。"

"我是真的没有见过什么共产党的宣传资料。贾老师，您咋就不相信我呢？"王婵娟重新申辩道。

"照你这么说来，他所说的都是假话？"

"谁所说的？是谁那样说我的？"

王婵娟急切地发问，竟让贾老师有些措手不及，干张着嘴巴半晌吐不出一个词来。

"是不是一·一班的那个孙荣耀？他是在诬陷我。"王婵娟说着说着就大哭起来。

看着泪流满面的王婵娟，贾老师忙说："先别哭了，你告诉我，这到底是怎么回事？"

王婵娟抽噎着说："就是昨天傍晚，我拿着《桃花扇》正在学校东边枣园的一棵树底下阅读，冷不防从身后窜出来那个叫孙荣耀的，他看着四周无人就扯着我的胳膊调戏我，是我奋力挣扎后才逃脱的。原想着这并不是什么光彩的事，忍一忍也就过去了，不料想他却是恶人先告状，来了个落井下石。"

"是这样啊！"王婵娟声泪俱下的诉说，再加上孙荣耀平日里浪荡公子的样儿让贾老师不能不信这就是事情的真相。

"既然是这样，啥都别说了。只不过我还是希望你能够向有些进步青年学习，多读一些进步书籍，能够为共产主义、为全人类的解放事业做一些工作。"

听着贾老师的话，王婵娟真想说一句"我会的。"但她不能说。如果贾老师真是共产党的人，和胆小怕事的梅老师比起来可强多哩。

"记住，今天咱们的谈话对谁也不能讲。"贾老师最后叮咛道。

"嗯。"王婵娟点了点头。

57

清净的日子没几天，任宝玉的纸条儿又来了。就在昨晚上，下了晚自习的王婵娟刚走出教室的门，就听见有人轻轻地喊了她一声"婵娟"，还没等她完全反应过来，候在门外的任宝玉就朝她的怀里塞了一个本子："这是我这个礼拜的作文，你帮我看看。""我……"没等王婵娟开口说出拒绝的话，任宝玉就从她的眼前边消失了。走到宿舍，翻开本子她就发现里面夹着一张折叠起来的纸。王婵娟懒得去翻看它的内容，随手就把它塞进了口袋。这种东西不能随便扔的，一旦让那个同学看到了，又会对其中的语句言词大肆渲染，说不定又将掀起一股什么让人难以预料防不胜防的惊涛骇浪。

今天是礼拜六，下午照例放假，部分寄宿生得回家取生活费，雪琴照例步行二十里的路程来给女儿送钱，照例不去上街。王婵娟和妈厮跟着，和往常一样顺着回家的路走了很远很远才站住了脚。眼看着妈亲切的背影越来越模糊，眼看着模糊的背景转过身来又一次朝她招了招手，王婵娟再次在热泪盈眶中向妈频频地摆手道别。

独自回到学校已是黄昏日暮，学校门口的过往行人寥寥无几。王婵娟抬眼前行，无意间竟然发现一个身穿风衣，架着眼镜的背影儿和她一样走在校园的夹道上。王婵娟突然觉得眼前的这个背影儿有点眼熟，只是那匆匆的脚步很快就从她的视线中消失了，是王婵娟无法确认自己的感觉真实与否。难道是他？王婵娟摇摇头，觉得不会是他，也不应该是他，一个昔日的共产党头目怎么会突然出现在县中学，况且现在正处于剿灭共匪的非常时期。但这个熟悉的背景太像他了，因为她和他曾经有过那么一段令人难以忘怀的渊源。

王婵娟想到的他就是张俊杰。

张俊杰是民国二十一年在开封师范读书时加入的中国共产党，次年经中共河南省委派往黄埔军校学习，后又经中共南方局介绍回到河南在中牟县立师范任教的。民国三十一年冬，因地下工作的需要，同时受大学同学、河口村小学校长李芳亭的邀请，张俊杰来到河口村小学担任教务主任兼教员。民国三十三年，李芳亭调离河口村小学，张俊杰继任校长一职。在任教期间，张俊杰根据中共河南省委的要求，在老师和所接触的人中间积极宣传马列主义，宣传中国共产党的抗日救亡主张，吸收思想进步关系可靠的同志入党。同时还抱着对青少年负责的态度，对教学工作始终是认认真真，一丝不苟。后随着中共地下党员的增多，他担任了中共灵宝县县委书记。那时候，王婵娟读得是小学四年级。

这年初冬的一天，张俊杰听人反映说有一个国民党军队里的开小差逃兵要卖掉自己的步枪作为回家的盘缠，只要十二块现大洋，就千方百计寻找了好几个人凑足钱，买下了那支步枪，并把它藏在村里一个可靠的熟人家里，为以后发展壮大革命武装力量做准备。这件事后来被人偷偷地告到了县里，灵宝县国民党当局就派人来到河口村小学对他进行搜查。而张俊杰对此却还蒙在鼓里，一点儿也不知情。事有凑巧的是，当天后晌，王婵娟正好去了张俊杰的住室里，是在向张俊杰反映自己的父亲王来法想让她退学的事。王婵娟说："张老师，我大又不想让我读书了，您就去我家一趟跟我大我妈说说吧，我不想离开学校，我想继续读书。"张俊杰从一开始就担任着王婵娟的国语课，王婵娟从进校门那会儿就喊他叫张老师一直到现在，尽管他后来做了校长，她还是喜欢喊他叫张老师，她觉得喊老师比喊校长更亲近。王婵娟乖巧聪明，学习成绩总是全班头两名。老师都喜欢好学生，张俊杰也不例外。王婵娟的家境张俊杰知道，他已不止一次做过王来法的思想工作，而这次他还是要去。张俊杰说："你先回教室去吧，等后晌放了学，我和你一块儿去你家。"就在王婵娟刚要出门的时间，张俊杰从窗户里看到了校院里的几个陌生人朝他的住室走来。凭着多年干地下工作的敏感直觉，他知道自己遇到了麻烦。那时间，张俊杰的住室里常放着一些从延安那边捎过来的中国共产党政治理论刊物，如《向导》《文化》等，毛泽东主席的《关于蒋介石声明的声明》这篇主章就刊登在其中的一份《向导》里。突如其来的敌情让张俊杰有些措手不及，必须尽快地想办法才好。性急之中，张俊杰一下子看到了正要出门的王婵娟。他立即取出了两本国语课本，把仅存的两份刊物夹在其中，并故意大声说："回去以后把这几篇课文好好重温一遍，里面的生字也要多抄写几遍，几时弄懂了，学会了再来见我。"张俊杰的话让王婵娟有些莫名其妙，但老师的话她不能不听。随着张俊杰的轻轻一推，王婵娟出了张俊杰的门。几个陌生的人手持国民党灵宝县党部签发的搜查令，把张俊杰的住室翻了个底朝天，最终也没有搜出什么可疑的证据来，只能败兴而归。张俊杰带给王婵娟的国语课本都是她早先读过的，王婵娟带回家一翻就发现了那两份名叫《向导》的报刊，粗略地翻阅了一遍，王婵娟就明白了张老师是一个什么样的人了。但她还不知道张俊杰就是共产党，她只知道这些东西对他来说是非常重要的。没有等到过夜，王婵娟就将两本国语课本和两份进步刊物送回张俊杰手里。张俊杰亲切地握着王婵娟的小手说："孩子，谢谢你！我正要去找你呢，你却先来了。这回，你可帮了我大忙了。"王婵娟说："张老师，您忘了吗，您已经帮我好多回，而我只帮了您一回。""你这一回，会让我记住一辈子的。"张俊杰的眼眶有些湿润了。后来没几天，张俊杰就离开了河口村小学，离开了灵宝县。

58

黑夜像一头怪兽瞬间便吞噬了整个大地。

一盏棉油灯的光亮从一·二班教室窗棂里透向校园。礼拜六的晚上是没有晚自习的，但王婵娟还是趴在课桌上温习着白天的功课。棉油灯用的棉油是同学们自己凑份子掏钱买的，平均五至六个人一盏灯。对于王婵娟的经常额外熬夜，在一起凑份子的同学很有意见，以为她多用棉油增加了他们的负担。王婵娟说每个月我多掏一点钱总可以了吧。这么一来他们也就无话可说了。但时间不长，在一起的同学又都不让她多掏那点儿钱了，因为她刻苦用功的精神感动和激励着他们的同时，他们在学习中经常遇到的一些疑惑和难题总会在王婵娟那儿得到帮助和解决。

"婵娟，还在用功哪？"有同班的一位女同学大概是看见了教室里亮着的灯光，走进来问她。

看到这位同学有些诧异的目光，王婵娟说："你怎么啦，看着神情慌张的？"

这位同学说："我说你怎么还有心学习啊？"

王婵娟问："出什么事了？"

这位同学说："我刚刚从外面回来，看到好多当兵的持着枪朝我们学校门口开了过来，像是发生什么要紧的事情。"

"是吗？"听了这位同学的话，王婵娟一下子想起了自己刚才回学校时看见的那个熟悉背影。难道真的是他？尽管王婵娟现在还不敢完全肯定那个熟悉的背影就是他。不行，我得想办法尽快地找到他，帮他脱离狼牙虎口。这时间，王婵娟最大的心愿就是希望那个熟悉的背影不是她心中的那个张老师。

王婵娟熄了灯，匆匆地离开教室。她不知道刚才那个熟悉的背影去了哪里？她只知道在县中学最有可能是共产党的就是贾雨村。她去了教师宿舍，来到贾老师的住室。贾老师住室的门紧锁着，屋子里一团漆黑。王婵娟真不知道自己接下来该去哪儿找他？

有好多老师的房间还都亮着灯。那个熟悉的背影又会在哪一间屋里呢？自己该去叩响哪一扇门呢？王婵娟为难了。

面对诸多盏灯光，王婵娟思前想后左右徘徊了好久，她最终下定决心敲响她最熟悉最肯推开的那扇门。她相信，梅迎萍老师思想再落后，她也不至于落后到见死不救的地步吧。可见了梅迎萍老师该怎么个问法呢？问她说一个我熟悉的背影在您这里吗？或者说您知道一个我熟悉的背影去了哪里吗？这样唐突的问话会让梅迎萍老师怎么想？不行，不行。那么就说……就说……王婵娟突然想到了那些荷枪实弹赶往学校来的军队。对，就问她说那些当兵的到学校干什么来了？有了前面的话，后面的话就不愁说不出来了。

"梆梆梆、梆梆梆……""报告。"一阵急促的敲门声过后就是王婵娟很洪亮的喊报告声。

屋子里没有动静。

"梆梆梆、梆梆梆……""报告。"连在一起的敲门声，喊报告声节奏更快更紧张。

门开了。门只是打开了一条缝隙，梅迎萍老师从开大的缝隙中挤出了门，随手又把半开的门扇合起来。

看得出来，梅迎萍老师的神情确实与以往有所不同。

"有事吗？"梅迎萍老师调整了一下自己的情绪，然后故作镇定柔声细语地问。

"有一支带枪的部队已开到了学校的大门外，不知道他们是弄啥来了？我有点儿紧张，所以就过来问问。"也许是真的有点儿紧张，也许是故意装出来的紧张，王婵娟出语难免有点儿语无伦次。

"别紧张，慢慢说。你是怎么知道的？"梅迎萍老师问。

"我刚从学校外面回来时看见的。"王婵娟只能用谎言来说明真实的紧急情况。

"是王婵娟吧？"张俊杰打开门，探出头来低声说："快进来吧。"

张俊杰突然的抛头露面，让正在说话的梅迎萍老师惊愕的嘴巴都有些合不拢了。她扭头望了望张俊杰，回头再看看王婵娟，不知所措。

"张老师。"王婵娟叫道。

"快进来吧。"张俊杰催道。

"原来你们认识啊。"进了门，梅迎萍惊愕的神情才恢复过来。

王婵娟说："张老师是我读小学时的国语老师，后来做了校长。"

"还说哩，那次能够脱险多亏了你。"张俊杰说完，又回过头来对梅迎萍老师说："上次能够躲过国民党的搜查，就是因为有王婵娟在场。"

"梅老师，想不到您也是……"

"事情到了这个地步也不用瞒你了，我和梅老师都是共产党员，我这次来就是接梅迎萍老师离开这里的，而外面的那些部队很可能就是冲着我们来的。"张俊杰接着说："王婵娟同学，你如果真的害怕，我们不会牵连你，你现在就可以离开。"

看了看昔日的张俊杰老师，王婵娟觉得他就像是一个共产党人。瞧了瞧眼前的梅迎萍老师，王婵娟就有些想不通了，平日里那样胆小怕事的她竟然也是共产党的人？那一贯鼓动同学们多读共产党的宣传品，要和国民党政府做斗争的贾雨村又会是一个什么样的人呢？王婵娟有些想不明白。

看着王婵娟不作声，张俊杰说："王婵娟，你走吧。接下来的事情我们自己想办法。"

“不。”王婵娟斩钉截铁地说：“我不会走的，如果选择逃避的话，我刚才就不会来了。我热爱共产党，热爱八路军，我要帮你们想办法离开这里。”

梅迎萍老师问："学校已被他们给包围了，你能有什么好办法？"

王婵娟瞪着眼睛说："我也不知道。"

三个人的沉默无语使屋子里的空气也开始凝固起来。

"贾老师到底是一个什么样的人？"王婵娟还被刚才的那两个问号所困惑，她不由自主地道出了这么一句。

"贾雨春，他是国民党当局派到县中学的特务人员。"张俊杰说。

"原来是这样啊，我怎么就没看出来呢？"王婵娟为自己没有过分地上当受骗感到庆幸。

"现在能用什么办法把他们引开就好了。"张俊杰说。

"万一不行的话，我们就只有冲出去了。从入党宣誓的那天起，我就做好了随时献身于革命事业的准备。"梅迎萍老师说着从抽屉深处掏出了一把小手枪握在手中。

"不到万不得已的情况下，我们是不能和敌人硬拼的。保护好自己是首要的，只有保护好自己才能更好地消灭敌人。"张俊杰劝道。

"这些道理我懂，可眼下能有什么更好的办法呢？"梅迎萍老师说。

想不到平时胆小甚微的梅迎萍老师到了关键的时刻还这么临危不惧大义凛然。张俊杰老师更是遇事不慌沉着老练。而自己什么主意办法也没有，什么事情也做不了。情急之下，王婵娟一双手伸进口袋里乱抓。这一抓，她抓着了一张折叠起来的纸。她想起来了，那是任宝玉昨晚上塞给自己的一张纸，上面到底写了些什么她至现在也不知道。想着任宝玉，王婵娟突然计上心来。

"张老师，梅老师，一会儿那些当兵的进了院子，我会想办法将他们引开的。等我引开了他们，你们就赶紧离开这里。"王婵娟胸有成竹地说。

张俊杰问："你有什么办法能把他们引开？"

王婵娟说："这你就别管了。"

"孩子，可千万不能冒险啊。"梅迎萍老师叮咛道。

"我会小心的。你们放心好了。"王婵娟微笑着点了点头，转身出了门。

59

越来越多的浮云不断地向校园头顶涌来，弯弯的月牙儿不见了，众多的星星也被挡在了天外边。夜，活脱脱地一孔漆黑的魅洞。

王婵娟不知道这样一来会出现一个什么样的后果，也许她根本就没有考虑到后果，因为她豁出去了，就是拼上性命也要帮张老师和梅迎萍老师脱离敌人的搜捕。

老师的住室还亮着灯，学生的宿舍还亮着灯，微弱的灯光悄然无声。杂乱的脚步声是那样得刺耳，刺耳的让人心碎。

持枪的国民党兵已陆陆续续地走进了校院。

王婵娟就站在男同学宿舍的门口。她轻轻地叩响了门扇的同时，轻声叫道："任宝玉，任宝玉，你出来一下，我有话要对你说。"

只轻喊了两次任宝玉就从男宿舍里出来了。

"我在这儿。"王婵娟站在不远处轻喊。

这可是王婵娟第一次约他。任宝玉一听王婵娟的声音就已经是心花怒放了。他疾步来到王婵娟的跟前，他感觉她那不甚清晰的面容透着一种朦胧的羞涩，是那样得娇美可爱动人心扉，她是王母娘娘的七仙女；她是月宫中的嫦娥；她是古越国的西施；她是唐玄宗的玉环……"婵娟。"任宝玉伸出双手想去紧握那一双自己从未摸过的纤纤素手。

王婵娟把原本放在胸前握在一起的双手放了下去。

"找我有事吗？"任宝玉问。

"你那封信写得真好，我有些激动，想和你去校园外面走走。"王婵娟轻柔细语。

"只是这天已经黑了，学校的门恐怕已经出不去了。"任宝玉说。

"我们可以翻墙出去。学校的土墙又不高，翻过墙我们就去那边的枣园里……"王婵娟不说了。

"这……"任宝玉看似为难的样子。

"要不情愿就算啦。"王婵娟装做生气的样子转身就要走。

任宝玉急了："别，别别，我跟你去还不行吗？"

"一会儿我在前面跑，你在后面追，我们以最快的速度翻过墙头，就到那片枣树园了。"

"好吧，我全听你的。"

杂乱的脚步声越发地动听起来。持枪的兵开始一间屋子挨着一间屋子搜查了，已有几个朝着老师的宿舍那边走去。

"我们恐怕不能出去了。"任宝玉说。

"走，快跑。"王婵娟拉了一把任宝玉，快步向校园东边跑去。

"婵娟，你……"

"来呀，快点啊。"

两个人迅跑疾追的脚步声响彻云霄，很快就一前一后越过的校院的东墙。于是有人喊道："有人逃跑啦，有人朝东边翻墙逃跑啦。"紧接着，就有很多人在喊："有人逃跑啦，快追啊"。

"有人朝东边翻墙逃跑啦，赶紧去追呀。""快追啊，不要让他跑了。""抓活的！抓活的！"……呼呼啦啦的人群向校园外面的枣园追去。

有两颗星星已穿过翻滚的云层露出她们的笑靥的同时，两个人影儿一前一后出了梅迎萍老师住室的门，在黑色的夜幕中寻觅着心中的黎明。

一伙持枪的人去抓两个手无寸铁的人是件轻而易举的事情。当他们得知所抓获的只是一对谈情说爱的学生时，便又立即返回校园重新进行搜捕，但为时已晚，其结果是理所当然的一无所获。剩下来的便是气急败坏的国民党兵把王婵娟和任宝玉带到县党部纠察队的审讯室。法官例行公事开始对王婵娟和任宝玉进行形式上的审讯。

"你叫什么名字？""任宝玉。""什么职业？""学生。""为什么要跑？""我去追她。""她是你什么人？""女朋友。"

"你叫什么名字？""王婵娟。""什么职业？""学生。""为什么要跑？""他要追我。""你和他是什么关系？""一般的同学关系。"

就最后这一点，两个人的说法不一样。于是法官继续问道："是一般的同学关系，他为什么要追你？"王婵娟低下头很难为情地说："他……要调戏我，所以我就拼命地跑，翻越院墙实属无奈，是没有办法的事情，所以我在这里要特别地感谢你们。"法官不明白了："为什么要感谢我们？"王婵娟答："因为你们拯救了一个女孩，使她因此没有丢失自己感觉最珍贵的东西。"法官对她的回答很满意，接着问："你说任宝玉要调戏你，有何为证？"王婵娟答："有他写给我的字条为证。"法官说："把字条拿出来。"王婵娟从衣兜里掏出那张纸条递了上去。

法官打开纸张一看，上面果然写着几行毛笔字：

关关雎鸠

在河之洲

窈窕淑女

君子好逑

　　只读过两年私塾的主审法官琢磨了半天也不知所云，最后只好拿着纸条去请教一位老先生。先生看了一眼，说那是《诗经》里面的《关雎》中最常见的四句，是写男女爱情的。法官释然，随即道出一句"扯淡！"这场形式上的审讯也算是结束了。

第十二章　拳拳慈母心

60

消息传到河口村已是三天以后的事。

学校教务处例行公务，第二天就把一纸公函送到城东乡。按照惯例，城东乡接到公函只管派人把消息传送到河口村保公处就行了，保公处再派人通知其家里人。公函里说任宝玉、王婵娟作风败坏，违反校规，做出了勾结共产党，有伤风化一事，现已被依法逮捕，特通知其家属。乡政府里的人不多，对待类似这样的事情司空见惯，习以为常，没有人会把它放在心上的，等什么时候想起来了再去办理也不迟，这一拖就到了第三天早上。幸亏被乡长雏好礼瞧见了，问办事人员说："这份从县中学发来的公函办了没有？"办事员说："还没有办理。"因为和薛云霞的关系，雏好礼对于河口村的任何事情都格外上心。"什么内容？"雏好礼问。"嗯……嗯……"办事员张着嘴，哼哼叽叽半晌都说不清楚，只好将信函递到雏好礼的手上。雏好礼一看，立马问道："前天来的，到现在还没办理？"办事员说："马上吃过饭就派人去通知他们。"雏好礼说："不用了，我一会儿要去河口村，顺便捎着得了。"雏好礼没少占薛云霞的便宜，能帮上忙的他就要尽量帮，儿子被送进了监牢，这可是大事，甭管它到底是什么样的前因后果，先把消息告诉给薛云霞再说。

雏好礼独自一人骑着快马去了河口村。

暖洋洋的太阳一出来，上房屋檐下的感觉就格外地舒服，老太太一吃早上饭，就搬了个太师椅坐在屋檐下晒太阳。

春骨朵绽，花种拌。几亩棉花下了种，田里就余下了一些锄锄刨刨的零碎活计，几个长工不紧不慢地干着。王幸福照样去黄河滩放羊。老刘则一大早就赶着马车枭粮食贩货物去了，有时候一两天才能回来。

不曾有一丝儿风，老太太闭着眼睛睡着了一般。

百无聊赖的薛云霞这会儿也只能躺在屋里的土炕上半睡不醒地想着那既烦心又挂心的事儿，想着她永远也无法忘却的那个刻骨铭心的初恋，想着她一闭眼睛就能瞧见的那个风流倜傥的张先生，那卿卿我我缠缠绵绵的鱼水之欢让她至今梦牵魂绕……一想到这儿她就有一种躁动感，就有些恨父亲，恨世俗那些陈旧腐朽的框框禁律。如今"昔人已乘黄鹤去，此地空余黄鹤楼。黄鹤一去不复返，白云千载空悠悠。"她很庆幸自己遇到了王幸福，一个和张先生情影神似的人。从王幸福身上她看到了未来的希望，她要梦想成真，把王幸福拥抱入怀。只可惜王幸福不解风情，竟然喜欢上了那个王婵娟。世间怎么会有个王婵娟呢？这个时候她就想起了戏剧《黄鹤楼》里面周瑜的一句道白"既生瑜，何生亮"。人不是神，没有未卜先知的能力，她只能去努力点燃那缕希望之光，让星星之火尽快地燎原起来……

"任二奶奶，任二奶奶。"雒好礼拴好马匹，就风风火火地朝正院大门里闯，人未进门，迫不及待的叫声就传了进来。

叫声惊得老太太睁开微闭的眼睑。是谁这么一惊一乍地喊叫啥哩？烦人。老太太顺眼一瞧，原来是雒好礼这个贼娃子！老太太很不情愿地轻瞥了他一眼，又闭上了双眼。她从骨子里恨死了这个人面兽心冠冕堂皇的家伙，还乡长哩？不该仗着自己的权势和我那儿媳妇鬼混在一起。薛云霞容貌秀美，言语和顺，又为任家繁衍了后代，这是她的功劳。可她不该心存淫逸，败坏了任家的门风。要是儿子吉祥在世，早把她碎尸万段了。可儿子没了，才貌双全的薛云霞翅膀梢子越来越硬，成了任家的掌门人。而正当虎狼之年的薛云霞怎会忍耐住这性饥饿的折磨呢？一年不如一年的老太太也只能睁一只眼闭一只眼地揣着明白装糊涂。

"任二奶奶，任二奶奶。"雒好礼急切的叫声把薛云霞从梦幻中唤醒了过来。她匆匆地出了房门，一瞧上房屋檐下正在闭目养神的老太太，她竖起右手食指放在嘴边朝着雒好礼轻"嘘"了一声，然后悄声说："别惊动了老太太。"

雒好礼抬头朝上房瞅了一眼，吐了吐舌头。然后跟在薛云霞的身后进了屋。

雒好礼已有好长时间没来过了，再加上薛云霞刚才那会儿梦想的放飞，她不免产生了一种不安的躁动，一双眼球狠狠地朝雒好礼剜了一眼。这狠狠的一剜里面有怨恨，有渴求，更有一种性的挑斗。

雒好礼欲火中烧，他非常理解薛云霞那片干渴的沙漠需要雨露滋润时的感觉。急需报信的事儿被抛到了九霄云外，见他妈的鬼去吧。他一把抱起薛云霞就把她甩到了土炕上……

尽性过后的雒好礼还爬在薛云霞的身上喘着气儿不肯下来。等缓过神儿，雒好礼严肃着面孔说："今天来，是有个重要的事情要告诉你。"

"什么事儿？"薛云霞不屑一顾地问。

"宝玉被抓了。"

雒好礼的话像拉响了一枚手榴弹把薛云霞彻底地炸醒了，她简直不相信自己的耳朵。"你说什么？"

"宝玉被县保安大队抓起来，关进监狱。"

"你……"薛云霞一把把雒好礼从身上推翻下来，气急败坏地问："这事你咋不早说？"

"我……"雒好礼想说："你容得我说吗？"但他没有说。

"到底是怎么回事，你给我说清楚。"薛云霞问道。

雏好礼说："我也不知道是怎么回事。我带着县中学发到乡里的公函哩，你自己看吧。"

薛云霞看完信函，就急得哭了起来："怎么能出这样的事情呢？这个王婵娟，咋就是个狐狸精呢？你说说，这可怎么办呀？"

雏好礼劝道："好了，好了，先别哭了。事情已经发生了，还是商量商量如何搭救宝玉的对策吧。"

"能有什么对策？你说说，能有什么好的对策？"以往遇事足智多谋的薛云霞性急之中也乱了方寸。

"花钱是少不了的，最好先去县里摸摸底细，回头咱们再想相应的办法。"

"那好吧，今个我就不留你吃饭了。你赶紧回去，往县里跑一趟打听打听消息，想想办法。回头我再把云卿叫来，让他也跑跑腿，看能否找着门路？"

"那好吧。"

雏好礼出门走了，薛云霞瘫倒在土炕上再也起不来。"任宝玉被抓了，丢进了监牢。"这当头重重的一击让她防不胜防心力交瘁，轻易不曾掉泪的她这会儿竟然泪如泉涌。过年那几天，老太太曾经在她的面前提起过，说是任宝玉要娶王婵娟做媳妇。她没太在意，也没往心上去。一个正读书的中学生，干吗要急着娶媳妇呢？万般皆下品，唯有读书高。书中自有黄金屋，书中自有在颜如玉。到了功成名就的那一天，你还愁找不到一个貌若天仙的姑娘吗？何况，王婵娟咋能够做你的媳妇呢？你大概还不知道吧？妈妈是那么喜欢王幸福，而王幸福却喜欢王婵娟。妈妈不知道王婵娟是不是也同样地喜欢着王幸福，妈妈却不可能让他们两个人你喜欢我我喜欢你地缠绵到一块儿，妈妈正在想着法儿让王幸福喜欢上自己，妈妈也因此要想办法让王婵娟从王幸福跟前消失，最好是从心里边也消失，消失的无踪无影。孩子啊，你想想，妈能让你去喜欢她，去爱她吗？而这一切，薛云霞又不能跟自己的儿子，一个十七岁的孩子去说？薛云霞到这会儿虽然还不十分清楚儿子和王婵娟好到了什么程度，还被安上了勾结共产党如此严重的这样一个罪名。但她心里十分明确自己该如何解决和处理这个难题，首先是搭救儿子任宝玉出狱，然后就是利用这次事件拆散儿子和王婵娟之间的关系。而如何搭救儿子实在是个头痛的事，雒好礼嘴上答应好好的却未必能靠得住？二弟薛云卿那莽撞的脾气打打杀杀的倒还可以，在处世理事与人交往上还缺少一定的经验和智慧，这样的事情交给他去办，弄不好只能将事情办砸。想想周围再也没有合适得力的人选，薛云霞就想到了大哥任瑞祥，如果他在事情就好办的多了，也完全用不着她去操这么大的心。儿是娘的心头肉，没有人会像自己一样去牵肠挂肚着任宝玉，也不会有人去真心实意地把搭救任宝玉的事挂在心上。等等看吧，万一不行就只有自己抛头露面披挂上阵啦，那个国民党县党部书记王鸿业，那个国民党县长狄倡伦，她可都认得，找着了他们，他们不会不给她这点面子吧……

"任二奶奶。"香椿走进门来，说："我把饭菜给您端过来啦，起来吃点儿吧。"

"我不吃。你把饭端过去吧。"薛云霞说着，头也没转过来一下。

香椿端着饭菜出了门，薛云霞继续想着如何搭救任宝玉出狱的事。

61

出了任家的门，雒好礼很顺便地就去了保长王孝儒的家，就王婵娟和任宝玉被抓的事情，他要王孝儒去通知王婵娟的家人一声。"怎么就出事了呢？"王孝儒大吃一惊的同时又掩不住的兴奋。雒好礼说："具体的情况我也不清楚，咱只是根据县中学送到乡里的公函通知到保里就行了。"雒好礼接着说："我得走啦，乡里还有好多事情哩。"王孝儒说："到这连口水也不喝就要走了？那行，我马上就去跟他们说上一声。"雒好礼解开缰绳正要上马，王孝儒追上来又问道："那任二奶奶家呢，也得跟人家说上一声吧？"雒好礼说："明知故问。她家我已经去过了。""去过了好。"王孝儒点头微笑着。

王孝儒是后晌黑的时间才去王来法家的，这时刻雪琴正在锅台跟烧火做饭哩，听见大黄狗的叫声就赶紧往门口走。一看是王孝儒，就觉得很稀诧，忙问："是王保长啊，快往屋里走。"王孝儒问："来法在家吗？"雪琴说："在哩，在哩。"接着就边走边朝屋里喊："他大，王保长来了。"王来法听见说话声就迎出门来，点头问道："王保长来了，屋里坐。"王孝儒说："不了。我来是有件事要通知你们，王婵娟出事啦。""出啥事啦？""她和任宝玉违反校纪，勾结共产党，被县保安大队抓到大牢里去了。""抓到大牢里去了！怎么能出这样的事？"王来法和雪琴同时被这突如其来的消息吓呆了，没等他们仔细地询问，王孝儒已转身扬长而去。

原本袅袅而上的炊烟顿时就缩在烟囱出不来。太阳说落就落了，眼前的世界很快就拉上了一道黑幕。雪琴掉着泪珠子一个劲地念叨："咋能出这样的事呢？这娃，放着好好的书不念，瞎胡闹啥哩？这可咋办呀……"

王来法手里握着那尺把长的旱烟袋，圪蹴在地上一声不吭。跟随着嘴巴的一张一合，烟锅里的烟火一明一暗没完没了地重复着王来法的心里话："当初我说不让她念书，你们都不听，偏要她读书，读完了小学还要读中学。一个女孩子，读啥子书哩，到最后还不是烧火做饭侍候人的命？这回倒好，出乱子了吧。"

看着大人不悦的脸色，铁蛋知趣地和衣在土炕头早早地入睡了。

"他大，你倒是说话呀。"雪琴想听听丈夫的主意。

王来法不得不开口说："事情已经出了，没法挽回的事，只能想办法把孩子救回来吧。"

"咋个救法呢？"雪琴像是问自己，又像是问丈夫。

王来法不语。他也不知道该怎么个救法。

这般重复了无数次满目茫然的对峙，这般语无伦次只开花不结果的絮叨一直延续到了乏力的炕头，一直延续到了浑噩的梦里。

……天不刮风天不下雨天上有太阳，好日子就是这个样子。自家什么时间攀上了任家这门亲，连雪琴自己也犯糊涂了，怎么想也想不起来，好像是很早以前的事，又好像是眼前边刚过没几天的事。管它哩，任家迎亲的花轿马上就要进门了，她得去看看女儿梳妆打扮的怎么样啦。心越急越是走不动，脚下就像生了根，不过数十尺的距离却好像远在天边，怎么就不能走到女儿的身边呢？女人心，海里针。真不知道女儿是咋想的，她不是看上王幸福了吗？说任宝玉对她是别有用心，是黄鼠狼给鸡拜年——没安好心，咋就又和任宝玉好上了呢？河口村就数任家财大气粗有钱有势，人家的儿子还愁找不到一门媳妇？雪琴可是巴不得成就这门亲呢，她就是不想委屈了女儿。这回倒好，不用自己操心就喜事迎门了，嫁到了任家不愁吃不愁穿的多好啊！"嘀嘀嗒嗒，嘀嘀嗒嗒……"迎亲的唢呐声从不远处飘过来了，一声比一声地响亮，可她脚底下这段路却总也走不到头，"婵娟，婵娟，你倒是快点啊，人家的花轿都到咱家门口啦。"听不到女儿的回话，雪琴就出劲地喊："婵娟，婵娟……"

王来法也是一宿未眠，刚闭上眼睛就又醒了。王婵娟出事了，不管她是不是自己亲生的，他这个做大的得负起责任来，这个责任就是把女儿从监狱里解救出来。他知道，自己只是个土里刨食的庄稼汉大老粗，没什么能耐，单凭自己的力量和本事一辈子也救不出女儿来，要靠别人，靠别人就得花钱，花大钱。至于靠谁去跑腿？得花多少钱？他自己也是摸不着秤星子。他想好了，等王婵娟一回来，说什么也不能让她再去读书了。女大不中留，留来留去是个祸事头。不如趁早寻个好人家嫁出去。正如此这般地想着，就听到了雪琴梦幻中的呼喊声，他用手推了推叫道："她妈，她妈。"

雪琴没有完全醒过来，却不叫了。

懵懂之中的雪琴好像听见丈夫叫了两声，却看不见他的人影儿。丈夫不叫了，她就又喊："婵娟，婵娟。"这娃，咋就不答应呢？雪琴越急声音越大，破着嗓门地喊叫："婵娟，婵娟，婵……"

"她妈，她妈。"

雪琴被王来法连推带摇彻底从梦幻中醒了过来，出了一身的汗。

"你是怎么啦，一股劲儿地喊婵娟的名字？"王来法问。

雪琴喘着粗气儿有气无力地说："做了个梦，梦见婵娟出嫁了，嫁给了任宝玉，人家的花轿都到门口了，就是不见她出来，我急得破命地喊叫，她还不答应。"

"婵娟嫁给了任宝玉？"王来法自语着的同时就开始了异想天开的假如：假如王婵娟真能嫁到任家去，这救人的人还用找吗？任二奶奶自会找人去说情的；假如王婵娟真能嫁到任家去，这救人花的钱还愁没人出吗？任二奶奶自当竭尽全力；假如王婵娟真能嫁到任家去，还愁她后半辈子过不上锦衣玉食的生活吗？就是她还要继续读书，也用不咱花钱；假如王婵娟真能嫁到任家去，自己也会跟着沾光的，到那个时间他王来法走到人前边腰杆也直了，说话也硬朗了……如此一而再、再而三的假如着，王来法就不由自主地"咕咕"出了笑声来。

"你笑啥哩？"雪琴觉得王来法有些古怪。

"我笑，咕咕咕咕……"王来法刚一开口就又笑了。

"人家熬煎得像啥一样，你还能笑得出来？"

"我是笑你做的那个梦哩？"

"做个梦就有那么好笑？"王来法收起了笑容，郑重其事地说："你想想看，就像你梦里那样，我们真的和任家结成了亲家，你说好，还是不好？"

"好当然是好，就是恐怕婵娟她不情愿。"

"婵娟不情愿？他们都凑到一块儿了，还能不情愿。"

雪琴想想也是。"就算是他们两个都情愿，还要看人家任二奶奶情愿不？"

王来法解释说："事情都弄到了这个地步，将错就错，借坡下驴，趁热打铁成就一对年轻人的好事，这才是上上之策。"

雪琴说："事实的真相我们还没有弄清楚，不能过早地茫然武断，如果事情真像你说的那样……"

"如果事情真是那样，咱就可以打发个人前去跟任二奶奶商榷此事，对不？"

雪琴没有应声。在她看来，王来法不无道理的推理说辞只是一厢情愿，就像画饼充饥一样地自欺欺人。

王来法还在顺着那个假如天马行空般地畅想着，因祸得福，坏事变好事，应该是这个事情的最终结局，也是最好结局。

62

一个人内心深处的寂寞是最难受的寂寞，一个人精神上的孤独是最痛苦的孤独。王幸福的寂寞和孤独来自于荡漾在河口村上空的这条独家新闻。王婵娟和任宝玉有伤风化的桃色事件激起了人们嗅觉神经的敏感性和兴奋性，一个版本的故事在经过了无数次的编排和印刷后就有可能发生本质上的变化，这种变化源自于众人丰富的想象力和唾液飞沫的传播速度。

王幸福真想让自己变成瞎子，瞎了眼睛就看不见巷道中三人一群五人一伙那种神经分分的眉飞色舞；王幸福真想把自己变成聋子，聋了耳朵他就听不见街头巷尾那没完没了的喋喋不休。但他还是看见了，听见了。"听说任宝玉在学校里整天就是给王婵娟写字条子。什么字条子，那叫情书。咱不懂什么轻书重书的，还比翼鸟、连理枝、牛郎织女的名堂多了，足足有一尺多厚。比翼鸟是什么鸟？连理枝又是啥树枝？咱见都没见过，就是那牛郎织女还听人说过，多酸啊！就是，写的多了难免让人发现，后来有人就报到了校领导那里……""那天晚上就更离谱了，俩人实在有些忍耐不住了，就翻越学校的院墙去了枣园子，正在干那个事儿的兴头上，就被两个巡夜的警察当场抓了个正着。这回，丢人可丢大了。巡夜的警察也真是狗逮老鼠多管闲事。""不是人家狗逮老鼠多管闲事，那天晚上要搜捕一个共产党的嫌疑犯，满城的警察都出动了，碰着可疑的人就抓，也该他们倒霉，还被当成共产党的嫌疑犯给弄进了监狱。啧啧……""王婵娟和任宝玉进入县中学没几天就偷偷地参加了共产党，还负责发放传单呢，这回下了狱，能不能出来都很难说了。你说这娃都是吃饱了撑的，放着好好的书不念，真是……"众人的口水能淹死人哩。昨天后晌黑放羊一回村，这些唾沫星子就铺天盖地朝王幸福围了过来。他不相信那是真的，这里面一定隐藏着一种不为人知的秘密。"幸福哥，答应我，到时间一定要娶我做你的媳妇。"他相信王婵娟那天晚上说过的那些话，可眼前人们说的这些可是有鼻子有眼的，不由得你不信。烦死人了！王幸福一回到家就钻进自己的窑屋里蒙头大睡。

王长安和桃花心里十分清楚王婵娟在儿子心中的位置。窑门上巷道里炸锅一样的议论沸沸扬扬，他们听得见。那样的绯闻或真或假都对儿子是一种伤害。他们的担心没有错，耳听着王幸福进了门，眼看着他闷闷不乐地走进了自己的窑屋，桃花就悄悄地下炕走到儿子窑门口，朝里面窥视一眼就转回了身。王长安问她："他在屋里弄啥哩？"桃花说："还能弄啥？用被子蒙着头睡觉哩。"王长安说："去劝劝吧，甭叫娃想不开，前世的姻缘天注定，凡事不是强求的。"听了丈夫的话，桃花又一次朝南窑走去。

桃花说："幸福，想开些，兴许那些都是瞎说哩，甭往心上去，啊。"

王幸福不吭气。

桃花又说："我早就说过，人家婵娟是中学生，家境又比咱强，咱看上了人家，人家未必就能看中咱。现在，她出事啦，而且还是和任家有关联，咱就别为她伤情动心了，啊。"

王幸福还是不作声。

桃花接着说："咱好好干，等还清了任家的债，咱也就没什么负担了。到那个时候，咱就置上二亩地，你大他有病干不了重活，也能做个轻的，有空了我也能帮你一把，再加劲干两年，咱不愁找不着一门媳妇。啊。"

王幸福听得出，妈最后的这一番话是哽咽着说完的，妈是用来安慰他的，自己却先掉泪了。他不知道任家的债几年能够还清，自家什么时候才能置上二亩地？他对王婵娟的爱是真心的，王婵娟对他的爱也应该是真心的，可眼前的事实却让他无法解释。难道说命运真的要去捉弄一个善良无助的人吗？他不知道。妈是无辜的，不应该让妈为自己操那么多的心啦。王幸福从被子里面探出头来："妈，我没事。你歇着去吧。"

为情所困的王幸福第二天一早就赶着羊群去了黄河滩。黄河滩的草地依旧是那样的一望无际，头顶的天空还是那样瓦蓝瓦蓝无限辽阔，也许，在这里他便可以淋漓尽致无所顾忌地大喊大叫大哭大闹。

王幸福坐在软绵绵的沙土地上，抬头看天，低头瞅地，原本郁闷的心情顿然间变得豁然开朗起来。就在这黄沙土地上，他曾信手勾画出了她美丽的图案；曾对着苍穹大声地呼喊着"王婵娟，我爱你！"；踏着这片杂草丛生且又软绵绵的沙土地去了黄河那边飘扬着红旗的地方；他梦想着共产党八路军把革命的红旗插在这片黑暗的土地上；梦想着自己的翻身，家乡的解放；梦想着和她一起穿上那嵌有五角红星的军装去解放全中国……

羊群肆意地寻觅着可口的青草，青草肆意地生长着茂密繁盛，青草不可能因为羊群的觅食而停止生长，羊群不可能因为那一棵草儿的消亡而停止觅食。世间万物，人间万象，都有着它相互依存割舍不断的联系，又有着它独立自主不为左右的性格。如果说王婵娟和任宝玉在一起是痛快的结合，是惬意的释放，又何尝不可呢？如果说他们真的为革命事业贡献出了自己的力量，遭到了国民党当局的抓捕，自己只能为他们感到自豪和同情，又何必去耿耿于怀呢？而眼下自己该做的又是什么？不是消沉，不是忌恨，不是痛苦，不是漠然无动于衷。而应该积极地面对现实，去调查研究，去了解内情，再去决定自己应该怎么做，做什么？

王幸福站起来了。他踮着脚尖儿，仰望着北方翻滚的红云，倾听着黄河浪涛的怒吼，又一次敞开心扉破着嗓门唱开了："解放区的天是明朗的天，解放区的人民好喜欢，民主政府爱人民呀，共产党的恩情唱不完……"

63

薛云霞端坐在梳妆台前对着镜子里的自己又在专心致志地描眉画唇涂脂抹粉。

时间很快就过去了一个礼拜，解救任宝玉出狱的事一点儿眉目也没有。雒好礼很快就回到河口村向薛云霞讲了事情发生的整个过程，至于如何能把任宝玉解救出来他却是一点儿招数也没有。雒好礼说这回可是牵扯到共产党的大案要案，上面抓得紧，县党部和保安大队的当事人也不敢随意吐口说放人。薛云卿也很快回话说自己已经尽力了，该找的熟人朋友都找遍了，即使给再多的银子他们也不敢要，纸糊住屁股——没门了。薛云霞知道，这事也让他们为难，出的银子多了他们怕担不住家，出的银子少了人家不干。思前想后，薛云霞觉得只能自己亲自出马，去会一会那个县党部书记王鸿业了。

昨天后晌她就安排好了，让王幸福陪自己一同去，她不需要王幸福做什么，就是要他赶着马车就行了。她没有向王幸福说明自己要去干什么，但王幸福一猜就猜了个八九不离十，一准是因为任宝玉的事。对于薛云霞总是躲之不及的王幸福嘴上不说，心里却非常乐意跟着她去。他想趁此机会也许能打听到王婵娟的一点消息来，他不知道薛云霞能否救得出任宝玉，如果能顺便把王婵娟也解救出来就好了。

这回出门不同于以往，王鸿业可是灵宝县政府里的头把手。虽说在此之前他们也曾见过几面，但那都是大哥在家时他来任家做客的时间，作为礼节她也只是和他匆匆地一拜即别，对于这次冒昧的登门拜访，她不知道他能否接受自己。接受不接受，给不给面子是另外一回事，但她必须让自己有着不同凡响的气质，光彩照人的形象。她坚信，再强悍的男人也会为美丽的女人所动心，只要他动了心，略施心计就会让他拜倒在自己的石榴裙下，再加上强大的金钱做后盾，她不相信事情就办不成。

同一时间，王孝儒也出了家门往任家的正院走来。王孝儒找薛云霞是因为王婵娟的事。

同样是昨天后晌，王来法和雪琴厮跟着找着了王孝儒。雪琴说："王保长，那天到我家去咋走得恁急呢，水没喝上一口，屁股都不曾粘板凳就走了。"王孝儒说："当时不是晚了嘛，再说娃那个事情一出，你们的心也够乱的。"王来法说："今天我们来，是求你帮忙的。"王来法这话一出口，王孝儒就猜着一定是因为王婵娟的事情来的。王孝儒说："我知道找我什么事，你们就免开尊口，恕我无能，婵娟的事我真的帮不上什么忙。"王来法说："我们还没开口呢，你咋就知道帮不上忙呢？你说的没错，我们是为女儿的事来的，但不是让你去救她，而是让你去为她做媒。""做媒？"王孝儒糊涂了，婵娟还在监狱未出来，你们就忙着为她找婆家？王孝儒问："不知道你们将女儿许配给了哪户哪家？"王来法说："远在天边，近在眼前。"王孝儒更糊涂了："你们就别拐弯抹角地打哑谜了，直接说是哪一家不就完了嘛。""是这样的……"于是，王来法就把他们筹划好几天的想法全盘拖了出来。

王来法的话刚一结束，雪琴就补充道："王保长，我们之所以这样做也是处于无奈，没有办法的办法。只要任二奶奶帮着救出我家婵娟，日后什么彩礼不彩礼的都无所谓了。"

王来法又说："就是，如今宝玉和婵娟都把生米做成熟饭了，我们也是别无选择啊。"

"什么生米做成熟饭了？尽瞎说！"王来法这样说，雪琴就不愿意了。

"不是啊？"王来法反问道。

"好啦，好啦，就别争啦。你们俩的话我听明白了，这个路我跑，话我可以传到，答应不答应可是人家的事。"

"那当然，那当然。"王来法点着头说。

成人事小，误人事大。答应人家的事情就要言出即行。王孝儒一早来找薛云霞，就是想立马见个底话。他一进门就喊"任二奶奶，任二奶奶"。这会儿，正在对着镜子的薛云霞就像一位艺术家进入了创作的高度境界，任何一丁点儿的声响都会影响她的情绪。王孝儒的喊声让她心烦，她明明听出了那是他的声音，就是不愿搭理他。听不到回话的王孝儒又喊"任二奶奶，任二奶奶"。"谁呀？"薛云霞没好气地问道。"任二奶奶吃枪药了，说话咋那样冲啊？"说话的王孝儒已走近她的小门口，一看薛云霞正坐在梳妆台前对着镜子理红妆哩，忙接着说："打搅你的兴致了，不好意思啊。"薛云霞匆匆地收拾了化妆的道具，转身问道："什么事，说吧。"王孝儒看着薛云霞不愉快的表情，问道：

"你这是要出门啊?"薛云霞说:"到县城去。""那就不打搅了,等你回来再说吧。""既然来了就说吧,再急也不在乎这一时半会的,说吧。""啊,是这样的。王来法和桃花来找着我了……"王孝儒把王来法夫妇对他说的话重新说了一遍,然后说:"不急,等你想好了,再给他们回话不迟。""这个事不用想。你回去就明明白白地告诉人家,任宝玉是不会娶王婵娟做媳妇的。你说说,现在都这样啦,将来还不惹出更大的乱子啊?好了好了,咱不说人家了,我现在也是泥菩萨过河,自己的儿子能不能救出来还是个未知数,哪有心思和能力去管别人的闲事啊?""既然这样,我也就不耽搁你时间了。那我走啦啊。""走吧,走吧。"薛云霞不耐烦地挥了挥手:"异想天开。"

薛云霞回头收拾好行囊,就走出大门喊:"幸福,幸福。"

王幸福早就套好马车候在东院了,一听到薛云霞的叫声就走出大门,答应道:"来了。"

薛云霞说:"把屋里的东西拿出来,咱们赶紧走。"

王幸福坐在车辕一旁不停地挥动着手里的长鞭,马车飞快地行驶在西去的大路上。薛云霞怀抱着枣红小包袱什么话也不说,只是偶尔抬头看一眼王幸福,很快就又低下头来。也许她在想着该用一个什么样的姿态去见那个国民党县党部书记,是气势轩昂不卑不亢以此彰显自己不同于其他女人的非凡气质呢,还是面带笑容点头哈腰以此表示自己毕恭毕敬的谦和之意呢?似乎二者都不妥,又似乎二者都应该兼而顾之,毕竟薛云霞是第一次抛头露面去见那样大的一个官场人物。

王幸福只管赶着马车不曾回一下头,虽然他想的很多,想知道的东西也很多,特别是关于王婵娟的,但他就是不能说,那回在保公所,王狗剩把他在黄河滩喊"我爱你,王婵娟"的话向外一张扬,弄得他在村里好长一段时间都抬不起头。薛云霞一定也清楚了这件事,虽然她嘴上什么也不曾说过。薛云霞抱在怀里宝贝一样的东西，那是薛云霞为救任宝玉去呈献给别人的礼物。刚才从屋里往外拿东西的时间王幸福就猜到了，那个沉甸甸的枣红小包袱里面是银子。

马蹄声碎，飞车如矢。半个多时辰的工夫就进了城。寄存好马车，王幸福背着行囊跟在薛云霞的身后去了行政街。

行政街在县城的北侧，东西走向。比起南大街的热闹嘈杂，这里就显得清静多了。县政府在行政街的最中间，坐北向南的一座院子，院子里面是一座两层木顶楼房。院门口左侧竖挂着一块木制的牌子，牌子上的黑字王幸福认识，是"中华民国灵宝县政府"。就在这座衙门口，持枪的哨兵把他们拦住了。薛云霞说："我找县党部王书记。"哨兵见薛云霞这一身贵妇人穿戴也不敢怠慢，面目和善地问道："请问太太是王书记的什么人，咋个称呼？"薛云霞说："我是他的表妹子，是城东乡河口村的，人们都管我叫任二奶奶。"哨兵说："任二奶奶请稍等，我去通报一下。"很快，哨兵就出来了。"任二奶奶请进吧。"跟在薛云霞身后的王幸福却被拦住了："王书记说只能让任二奶奶一个人进去。"薛云霞回头看了看王幸福，又瞅了瞅持枪的哨兵，说："那好吧。幸福，把包袱给我，你就在这等我一下。"

这一下不知道要等多久呢？王幸福朝着院子里边的那座二层木楼房望了望，眼看着薛云霞穿过走廊进了一个门。然后就蹲在一边的墙根，眼看着东边一竿子高的日头从云彩从中里钻出来又钻进去，钻进去又钻出来。没有多久，那红彤彤的日头便摆脱了一层层浮云的纠缠光芒万丈了，刺得他有些睁不开眼。王幸福把眼睛眯了起来，自己是不是应该打个盹呢？

"幸福，咱们走。"

薛云霞的喊声使王幸福刚闭起来的眼睛重新面对着刺眼的阳光。薛云霞怀里的枣红小包袱在阳光的照耀下格外地鲜艳夺目，看不见它的缩小，感觉到的依旧是沉甸甸的沉重。从薛云霞不悦的面部表情，王幸福读懂了那种不如意的无可奈何。

来时归路，王幸福再也没有挥动过手中的长鞭，失意的马蹄再也唱响不出来飞奔的旋律。薛云霞像是一朵霜打的花。

知否，知否，应是绿肥红瘦。

64

任宝玉那"妈，妈"的叫声着实把薛云霞吓了一大跳，她还以为是自己的幻觉呢？这几天，六神无主的她总会听到任宝玉喊"妈"的声音，定下神来仔细一看，什么也没有。这回，当任宝玉真的站在她眼前边的时候，她惊呆了，激动的泪水从眼睑中倾盆而涌。"宝玉，你是怎么回来的？"任宝玉说："走回来的。他们把我给放了。""他们把你给放了？"薛云霞有些不相信任宝玉说的话。"是啊。"任宝玉接着说："我就知道你们不会不管我的。这回一定花了不少的钱吧。""没……没有。"薛云霞话到嘴边又改变了原本要说的话："是没有少花钱。"说到花钱，薛云霞就想到了她去见王鸿业的那一幕。

当轻轻叩响那陌生的一扇门的瞬间，她的心特别紧张，她不知道这个国民党党部书记会怎样对待她。随着一声"请进"她推开了门，她看见他正在紧张地把一张带字的纸张往抽屉里面放。王鸿业紧张忙乱的神情反让薛云霞放松了自己。"王书记好！"薛云霞落落大方的点头微笑道。王鸿业定眼看了看这位叫响半个灵宝县的任二奶奶，着实是非同寻常，虽说是眼看着奔四十的人啦，却还是那样的风姿绰约光彩照人，直至现在他还不知道她的芳名。薛云霞被王鸿业直勾勾的眼神看得有些不好意思，一丝红晕不自觉地爬上面颊更添了许些妩媚。"任二奶奶大驾光临，不知有何指教？"王鸿业稍做镇定地问道。薛云霞说："我是求您来了，何谈指教？"王鸿业说："咱们也不是外人，任参议在省会，我们也少不了常去麻烦他。你的事就是他的事，他的事就是我的事，说求就有些见外了不是。什么事？尽管说。"薛云霞说："说来惭愧，只因教子无方，致使犬子经不起色情诱惑，与一女学生黑夜翻越院墙做出了有辱门庭之事，被警方捉拿入狱，还望王书记网开一面，放他一马。"王鸿业问："不知令郎在哪家学校读书？"薛云霞说："灵宝县中。""噢，知道了。是不是发生在上个礼拜六晚上的事情？""正是。""这样吧，那天晚上抓到的嫌疑犯很多，听说有两个学生，只要他们与逃走的那两个共产党无关，我一定尽快吩咐他们放人。如果说真的和共产党有什么瓜葛，在下可就无能为力了。上面催得紧哪，不敢有丝毫的慢待。"王鸿业说完了，薛云霞去解那个小红包袱。王鸿业知道薛云霞要干什么，忙用手压住了还未打开的包袱。"王书记，一点小意思，不成敬意……"王鸿业说："不要这样。我们还是公事公办着好，该给的面子我自然会给的。不要为难我了。"薛云霞没了办法。"走吧，我送你出去。"王鸿业提着小红包袱就往外走。薛云霞只得从王鸿业手中接过包袱，说了声："不用了。"

……

想不到没几天儿子就回来了，是王鸿业给了她面子，还是儿子真的和共产党没关系？仔细一想，薛云霞就明白了两点，一是任宝玉和共产党没有丝毫的瓜葛；二是王鸿业在这个没有违犯原则的前提下给了她薛云霞一个面子。

老太太也闻声赶过来了。一声"宝玉"，一声"奶奶"，奶孙俩就相拥而泣了。老太太说："受委屈了吧，孩子？"任宝玉说："他们没把我怎么样，只是被关了几天。"老太太又说："过年那会儿我就跟你妈讲了，说娃喜欢婵娟就把娶过来得了。你妈她就是没往心上去，让娃受了这么多天的罪。"

薛云霞说："妈，你甭听宝玉一时冲动说出来的那些疯话。王婵娟能娶过来做任家的媳妇吗？门不当户不对且不说，还是随她母亲嫁时带过来的，没名没分的算怎么回事嘛。""没名没分的怕什么，我就是喜欢她！我就是要娶她做我的媳妇！"任宝玉大声嚷嚷着。薛云霞说："别以为你奶奶在这里就无法无天了。我问你，王婵娟都有哪些好，你就对她那么上心？"任宝玉说："人漂亮，学习好。""我看她就是个狐狸精，害人精！不是她，你能被抓进监狱里去吗？""那也不能算是她的错，是那些当兵的混蛋，不讲理！""任宝玉我告诉你，人家那些当兵的就是混蛋，就是不讲理了，你能把他们怎么样？我再告诉你，王婵娟现在还被关在监狱里，只要没人说情，没人花钱，她就永远也别想出来，也许她一辈子都会待在里面，你就等着娶她吧你。"薛云霞这样一说，任宝玉才明白过来，他原以为王婵娟和他一同被放出来了呢？

任宝玉"呜呜呜"地哭开了。

老太太心痛孙子，劝道："甭哭，世上好姑娘多着哩，没有她王婵娟，咱就重新找一个。"

任宝玉还是"呜呜呜"地哭个不停。

薛云霞知道一个人钟情于一个人是什么样的滋味，但她就是要棒打鸳鸯，让儿子断了那个念想。不为别的，就为自己，就为自己日后能和王幸福在一起。薛云霞说："看来你真是中毒不浅鬼迷心窍了。听说那回王婵娟把饭钱丢了，你一下子就给人家八仟块钱的纸洋票，学校还为此贴出了一张你的表扬信。我问你，你拿钱给了她，你不吃饭了你？你身上哪来的那么多的钱？是不是偷偷从家里拿的？"

听薛云霞这样一说，任宝玉急了，他抹了一把泪说："你胡说，那钱根本就不是咱家的。"

"不是咱家的？这就奇怪了，那是谁家的？你偷别人的？"

"我没有偷。反正花的不是咱家的钱。"

"那是谁家的钱，你得跟我说清楚。"薛云霞步步紧逼。

任宝玉垂着头，好半晌都不说话。

"说，那些钱到底是从哪里来的？"薛云霞依旧不依不饶地问。

"好啦，就别逼娃了。就算是从自家偷着拿的，咋了，犯法啊？"老太太劝道："娃刚刚回来，咋就这样呢？"

"您甭惯他那瞎瞎毛病啊。"薛云霞没好气地说。

老太太不做声了。

万般无奈，任宝玉终于道出了实情："老早，我就喜欢上了她。那天的事，也是我早就谋划好的。就在那天傍晚，我看见婵娟把钱装进了墙上的提兜里，就趁她不注意，拿走了她的钱，然后就装成好心好意帮她的样子，重新给了她八仟六佰块钱，让她吃饭。后来到了下一个礼拜她就把钱还给我了。但是，我发誓我没有恶意，我只是喜欢她，想让她对我有一个好感觉，日后也好接近她。"

任宝玉这一番话把薛云霞和老太太都给听傻了。

"啪！"薛云霞一巴掌扇在任宝玉的脸蛋上："我让你编！你可真会编啊你，你以为编了个天衣无缝的故事我们就信啊？"

"我没有编，我说的都是真话。"任宝玉极力申辩道。

"啪！"薛云霞又是一巴掌扇在任宝玉另一个脸蛋上："还不说实话！"

"我说的就是实话，没有一句空。"任宝玉再次申辩着。

薛云霞再一次举起了巴掌，却被老太太拦住了："娃都说他说的是实话，你还要咋哩？"

薛云霞虽然极力地阻挠和反对儿子跟王婵娟好，但儿子追求自己的幸福并没有错。千不该万不该，儿子不该用这种卑鄙的手段去讨一个女孩的欢心。她想告诉儿子说，你这是自欺欺人玩火自焚你知道吗？此时此刻的薛云霞多么希望儿子说的是假话啊！

薛云霞泪如泉涌，接下来就号啕痛哭。

第十三章　万般皆下品，唯有读书高

65

王孝儒要请王云山吃饭。

前一天后晌，王孝儒就差人从街面上买来猪头肉，还打了二斤酒。虽说王孝儒知道王云山平时不大喝酒，但无酒不成席，这是老祖宗传下来的规矩，破不得。

王孝儒请王云山吃饭，是因为王云山是河口村小学的校长。虽说自己是河口村的保长，但写写画画平时总少不了麻烦人家，谁叫自己不识字呢？平时的写写画画，王孝儒没有请王云山吃过饭，可这回就不同了。王孝儒要给儿子写信，而且这写信的事还不想让外人知道。其主要原因就是儿子在延安，在共产党的军队里干着差事。

王孝儒原本出身于农耕世家，除了对土地、庄稼感兴趣以外，至于读不读书，他感觉没有那个必要。人凭土地虎凭山。民以食为天。只要有土地，有骡马，再长工、短工地雇上几个，种几亩棉花，开个花店什么的，不愁日子过不到人前头。但这种原本固守而又传统的观念却因为村上出了个任瑞祥、王云山彻底改变。除此之外，还有一个原因，就是和儿子小时候的一次算命有关。

中华民国十二年的正月，王孝儒的儿子出生了。这对结婚十余年不曾生产过一儿半女的王孝儒夫妇来说，无疑比得了个金元宝还要高兴。不孝有三，无后为大。原来在人前总抬不起头的王孝儒，因为儿子的出生便扬眉吐气，走到人前边胸脯儿也挺得老高老高。他家虽赶不上任家有钱，但祖上留下来的基业，只要不胡嫖烂赌，也足以让他和儿子幸福地生活一辈子的。无官一身轻，有子万事足。王孝儒高兴，一高兴就请了位清末时的著名老秀才，说是要给儿子取个好名字。老秀才捋着下巴上稀疏的山羊胡子，摇头晃脑地吐出了这样几个字："阳者，天，乾也；阴者，地，坤也。峰，坤之巅也，地上之凸，惊天哉。"然后就吐出了"坤峰"这两个字。王孝儒不懂坤峰这名字的金贵处，老秀才的咬文嚼字让没有进过学堂的王孝儒坠入五里雾中，他只得又去问一个读过几天书的人，人家告诉他说，坤峰，字面的含意就是大地上的高山，你儿子将来要出人头地，成为人上人的。到了儿子坤峰周岁的时间，恰逢河口村的街面上来了一个算卦的。算卦有好多种形式，如摇课、摇签、掐算等。这回算卦的，人称"签麻料"，方法很简单，却也让人称奇。求卜的人只需报上自己的属相、生辰八字，先生便会根据你的属相和生辰八字念念有词唱说几句，然后抛几粒小米给那小鸟，小鸟自会从那一厚叠的签文中叼一张出来，放在先生的面前。先生拿起签文，展开一一解读。王孝儒夫妇给儿子求卜的签文上是这样写的：

雨露滋润禾苗壮
小树长成参天杨
泰山顶上长青松
不惧寒霜做栋梁

这回先生给他解释清楚了，说他的儿子长大要读书，读了书就能做大官。王孝儒虽对先生的一番话半信半疑，却也落了个高兴，心里舒坦。到了儿子七八岁时，任瑞祥因为读书已在省城做了事情，而且后来是官越做越大。还有比儿子大几岁的王云山，也在陕州师范读书，后来做了河口村小学的教书先生。不要小看了河口村的小学，那可是国民党教育局批准设立的灵宝县第三小学。有了前面的两个榜样，王孝儒明白了万般皆下品，唯有读书高的至理名言，也就更加坚定了让儿子读书的信心。

坤峰读书那会儿，河口村还没有小学，只有私塾。是任家自己办的。王孝儒先让儿子在私塾念了两年以后，就将儿子送去县城读书。儿子的书念得好，成绩总是优秀。这让王孝儒心里就像开花一般地快乐，儿子聪明，学习成绩那么好，只要下本钱供应他，自有功成名就的那一天。后来，儿子读完了县中，就自个儿做主，去了西省（西安），说是读什么军校。那时间，日本已侵占了大半个中国，还没有打到河南来。儿子怕父亲阻拦自己，就向父亲和家里人解释说，好男儿志在四方，读书学本领就是要报效国家，之所以读军校是为了更好地保卫国家，把日本鬼子赶出中国去。儿子说的那些，王孝儒有些知道，有些不知道，但儿子要读书总是没有坏处的。于是就按时供应给儿子的学费和生活费，何况，每个学期学校里还要给每个学生补助金。就这样，坤峰读完了军校，正赶上日本鬼子侵占了山西，每天都要从黄河北岸向南岸放大炮，弄得老百姓民不聊生，苦不堪言。在这种情况下，坤峰毕业后，连家也没有回，直接去了延安，说是加入了共产党领导的八路军。那时候，全国上下都在搞国共合作，说是对外一致抗日救国。王孝儒心想，儿子为国家出力，路子走对了。也就在那个时间，已干了好多年保长的王孝儒在乡长和县党部一伙人鼓动下加入了国民党，成了一名国民党员。成了国民党员也就更加牢固了自己保长的职位和权力。让王孝儒没有想到的是，仅一两年的工夫，国民党政府就变了卦。从那以后，儿子在延安跟共产党干八路军的事就成了挂在他心头的一块心病。去年，灵宝县党部干事张铭文和乡长雒好礼在河口村小学查共产党时，就让他胆战心惊了一回，好在他们都是老熟人，并没有对自己说什么有关儿子的什么事。而这回，虽说和他没有什么直接关系，却对他触动很大。任宝玉，如果不是有任瑞祥那条粗腿，不是任二奶奶肯花银子，他能回来吗？王来法家的那丫头，不是现在还在牢里关着放不出来？谁又敢保证她那天不会被枪毙呢？这些现实的例子，使他不由自主地担心起自己儿子的安危来。思前想后好几天，就下定了要去延安找儿子的决心。虽然他不曾去过延安，儿子原先几封来信的地址也不知道确切不？但他相信鼻子底下是大路，他就不信自己找不回儿子。他要告诫儿子，回家吧。就咱家那家产、田地，能养活他一辈子的。但他又怕真的找不到儿子，或者是说找到儿子却没有机会说自己想说的那些话。那就只有一个办法，把这些要说的话写成信，儿子不在就让别人转交给他，当着别人的面有些话不能说，就让儿子找个适当的机会再去读读这封信。

王孝儒想得很仔细，也很周到，接下来的事情就是找人写这封信了。找个陌生人自己不放心，找熟人也就只有王云山了，他是学校的校长。想他也不会把此事传得沸沸扬扬的吧，那样与他也没有什么好处不是？有了这打算，王孝儒就吩咐家人做好宴请王云山的准备。

赶早，王孝儒就去了学校。他要告诉王云山，中午就别回家了，也别在学校的伙上吃饭，就到我家去，有个重要的事情要和你说说，顺便也就把中午饭吃了。

66

一大早就不见太阳的影儿，一团团拥簇的乌云只管朝着一个方向飞奔。王来法站在院子中间，抬头看了看天，自言自语道："像是要落雨了啊。"

雪琴扭头也朝天上看了一眼，但没吱声，依旧在锅台上料理着早上的饭菜。尽管他们谁也吃不下去。

那天，保长王孝儒把薛云霞的意思告诉给他们以后，王来法和雪琴搭建在心中的那座美妙的空中楼阁一瞬间便倒塌了，原有的那点希望之光也在一瞬间完全破灭了。王来法愁，雪琴更愁。听说任宝玉被放了回来，雪琴就让王来法去打探，问一问他们，知不知道王婵娟眼下的情况。怎奈任宝玉总是躲在家中不出门，王来法在任家的大门口转悠了几个来回也没有见到他。后来，他索性硬着头皮走进任家的门，刚进门就被正要出门的薛云霞挡住了。"任二奶奶。"王来法很无趣，只能讨好般地点头叫道。"有事啊？"薛云霞问。王来法说："听说你家宝玉回来了，我想来看看。"薛云霞说："回就回来了，有啥可看的？"王来法说："我是想问问我家婵娟的消息？""你家婵娟的消息我家宝玉咋会知道？他们一个男的，一个女的，凑不到一块儿。"薛云霞冷言冷语的脸上不挂丁点儿表情。尽管如此，王来法还是厚着脸皮儿接着问道："不知道你家宝玉是托付谁的面子，花了多少钱？""我家托付谁的面子，花了多少钱和你有关系吗？狐狸精！"薛云霞的出言不逊让王来法十分难堪，他一扭头灰溜溜出了任家的门。

　　没到家的那会儿，王来法就想好了，回来后一定要朝着妻子狠狠地发泄一通自己憋了很久的心里话，也让自己的心里也轻松轻松。但到家一看雪琴那副愁容满面的样子就又忍气吞声在旱烟的迷雾之中。

　　王来法的垂头丧气一言不发让雪琴心里很不舒服，她知道丈夫心里一定憋了许多委曲，又不愿意当着她的面说出来。过了许久，她还是忍不住问道："她大，你是打探到了什么，还是听别人说了什么，咋就把你气成那个样子？"

　　王来法摇摇头说："没什么。"

　　"那你打探到婵娟的消息没有？"雪琴接着问。

　　王来法还是摇摇头说："没有。"

　　雪琴不问了。

天阴着，灶膛里的烟雾越加地浓厚起来不肯朝门外扩散。儿子铁蛋起了炕，烟雾呛得他睁不开眼，就只管"妈呀，妈呀"地叫着。

雪琴朝院里的王来法说："去给铁蛋穿衣服吧，饭马上就好了。"

王来法没有说话，朝里走去。

"她大，要不咱们厮跟着去县里一趟？"雪琴说。

"去县里做甚？"王来法问。

"还能做甚？"雪琴生气了，反问道。

"我是说咱们人生，又不知道娃被关在什么地方，到了县里该去找谁哩？"

"要不咱就去王保长家问问，有些事情他应该知道的，让他给咱指个明路。"雪琴说。

"那好吧。"王来法答应道。

"走，咱们现在就去王保长家，一大早，又阴着天，王保长一准在家哩。问明白了，咱们明天一早就去县里。"雪琴说着话的同时就放下了手里的勺子，解开围裙，回到屋里把儿子拉到自己跟前，为儿子穿好衣服后就又一次重复说："走，回来再吃。"

王来法想说"县里是那么容易去的吗？人生地不熟地且不说，现在见谁说话办事不用花钱啊？何况咱是打探女儿的消息哩。"但他没有说。他理解一个母亲思念女儿的那种殷切之情。他右手牵着儿子，默默地跟在雪琴的背后，很快就到了王孝儒的家门口。还未进门，就和刚出门的王孝儒碰了个满怀。

雪琴忙满脸堆笑地叫道："王保长。"

紧跟着，王来法也赶紧叫道："王保长，这是要上哪儿去啊？"

王孝儒说："去村东头学校。"

雪琴忙说："王保长，我们想跟你说个事哩。"

"说事？说什么事啊？"

王来法接着说："还是关于我家婵娟的事。"

"婵娟的事啊。这样吧，我这会儿得去学校和王校长商量村上的事。孩子的事，是大事，一时半会也没个好法子。改天吧，改天回过头咱再细细地商量对策。就这样吧。"王孝儒说完，径直朝学校走去。

雪琴和王来法面面相觑，傻站着。

有细碎的雨点儿，不断地朝头顶上砸来。

67

河口村小学在村东头，出了东城门还要再走少半里地。学校坐北向南，是村里原来的老爷庙，供奉关公的地方。庙院占地二亩有余，据说建于唐代，修复于清代嘉庆年间。庙内的建筑古色古香，雕梁画栋，分为前殿和后殿，另有庙房十八间分别位于左右两侧和后殿的后面。前殿和后殿之间仅隔一米余宽的过道，古老的庙宇大都是这样的建筑格局。前殿是供奉者燃香叩拜神灵的地方，后殿则是关公和诸多随同的塑像，左右两侧的庙房分别是土地、药王、财神、观音、瘟神、火神等神灵的庙堂，后院便成了庙院管理人员的住所和伙房。和诸多的庙宇一样，随着中华民国的建立和兴盛，封建帝制从此倒了台，成为史册中的一页，许多旧的封建制度改革变法的同时，庙宇也就由帝制时的兴盛走向衰败，无人问津。更甚者庙宇中的塑像也被捣毁砸烂，扔进河里变成了烂泥巴。河口村的老爷庙同样寂寞无主，门可罗雀。中华民国二十年，灵宝县国民政府教育局接受了任瑞祥的建议，在河口村建立灵宝县国民第三小学，校舍就是东城门外的这座老爷庙。

现任校长王云山，家居乾阳河东岸的东河口，也是河口村的村民之一。和任家、王保长比起来，王云山的家境就显得很一般，两座窑院，两座瓦房。父母亲就他一个独生儿子，有一个姐姐出嫁西王村，和任二奶奶沾着个亲戚，是薛云霞的姨家表姐的儿子。要按关系来说应该是表姐表侄的，但鉴于姨家贫穷，姨家的女儿也同样贫穷，两家平时便很少来往走动。王云山读书那会儿，村里还没有学校，他的私塾也是在任家读的，小学同样去了县城，因为学习成绩优秀的原因，也就很顺利地考进了陕州师范学校。毕业那年恰逢河口村小学创建之时，王云山也就顺理成章地成了学校的教书先生。王云山自知家资不抵，家势单薄，根本是不可能和任家、王保长家相抗衡的，唯独只有安分守己，做好自己的本职工作。他也不甘心，梦想着有一天能飞黄腾达。如果上苍真给他一个机会，他会毫不犹豫地上前一搏的。张俊杰任校长那会儿，偷买枪支的事就是他向县里报的信。张俊杰是上面派来的校长，不知道人家的根有多深，他不敢明目张胆地和人家斗，只能采取这种下三烂的手段。后来当他明白张俊杰就是实实在在的共产党人以后，他就悔死了，白白失去了一个立功受奖的机会。好在张俊杰走了以后，县里让他接任了这个校长之职。王云山明白一个道理，那就是欲速则不达。他要慢慢地等待升迁的机会，他相信命运之神会悄然光顾自己的。

任二奶奶、王保长有什么事总会想到自己，这是因为自己是校长，是河口村少有的读书人，写写画画离不开自己。王云山虽如此明白事理，但从来都表现得很乖顺，奴才一般。让人们觉得他很谦虚，很诚恳。早上刚上课不大一会儿，王孝儒就来找他，说是让他晌午放学以后到他家里去，有个事儿要请他帮忙，还说让他别在学校伙上吃饭。王孝儒没说什么事，他也没问什么事。王孝儒走后，他寻思再三也没有想出个所以然来。后来想想自己也觉得可笑，干吗费那个神哩，到了那里不就知道了吗？人常说，生性容易改性难。王云山想好了不去想那个事的。但走在去王孝儒家的路上，他还是不由自主去寻思着王保长让他去，到底是什么事呢？尽管他还是想不出来。

王云山就是这种善于动脑筋想事情的人，因此对于村里的一些事情知道的也比较多。诸如，任家是在清乾隆八年从虢州迁来的。当时任瑞祥的爷爷还在世，任瑞祥的祖父和父亲是当时极其有名的兽医。不仅如此，到了任瑞祥父亲这一辈还精通上了牲口家畜的买卖，成了远近闻名的经济人。至于任家为什么从虢州迁到河口村他就不得而知了，只知道很有钱的任家在清道光十八年修建了如此豪华的三座院宅，也因为后来任瑞祥在外面做了大官，以至让半个灵宝县的人都知道河口村的任家家大业大，把家宅建得跟北京那四合院一模一样，就连成了寡妇的任二奶奶也因掌管家事成了家喻户晓的人物。河口村的王姓原本都是一家人，这村里人都知道。但王云山知道的远不止这些，他知道王家最早分为三门人，大门人、二门人都居住在河口村，三门人后来迁居到东河口，下河口也是从大门人中分居出去的，但到了下河口以后就绝户灭迹了，也因此再也没有人往下河口去，致使下河口如今没有一户王姓人家。在王姓三门人中，就数二门人顶稀疏，繁衍迟缓，截至目前仅存五户人家，王狗剩便是其中一家。

头顶着蒙蒙细雨，王云山一路寻思着那些该寻思不该寻思的事情，不知不觉就到了王孝儒的家门口。不知道王孝儒哪会儿就站在自家的门楼下面了，见王云山低着头从街东头走过来，忙迎了上去，叫了声"王校长。"

王云山听到叫声一抬头，王孝儒已走到自己的眼前边，赶忙"唉，唉"地答应着，跟在王孝儒的身后进了院门。

王孝儒把王云山让到客厅，倒上茶水，就吩咐家人炒菜、下饺子。王孝儒家不像任二奶奶家雇有专门做饭的，下厨侍弄饭菜还是自己婆娘。

王云山忙起身说："不急，不急，有什么事？咱们还是先说事吧。"

王孝儒的母亲也拄着拐棍儿来了，问道："云啊。"王云山小时候人们就叫他云，自从做了先生，当了校长，云这个名字就再也很难听到了。王云山乍一听，倒觉得新鲜亲切，他迎上去叫了声："奶奶，您身体好啊！"王孝儒的母亲笑着说："好啊，好啊。"然后回头对儿子说："这娃的嘴真甜。"王孝儒的母亲极有兴致地说："你奶奶在世那会儿，常往我们家来呢，我姊妹两个到了一块儿一叨叨就是大半天。""妈，您去歇着吧。"王孝儒不愿让母亲再多说，他们还要办正事呢。

送走母亲，王孝儒坐在王云山的对面开始向他陈述："王校长，叫你来呢，是为了你那不争气兄弟的事情。"

王孝儒接着说："你叔我不是不识字吗？是想请你来给你那兄弟写上一封信。"

王云山说："写信啊，这容易，咱叔侄两个谁跟谁啊？还让您那样地不好意思张口？只是当下时局，这信也不知道能否送到兄弟的手上。还有，您原来那些地址还管用不这都很难说。"

"这信不用寄，我要亲自带给他。"王孝儒解释说。

"你自己去看坤峰，还有必要写这个信吗？"王云山有些不懂。

王孝儒继续解释道："外面的世界变幻莫测，共产党的政策咱又不了解，就是我见到了坤峰，有些话也不知道说起来方便不方便。我是想请你代笔写上一封信，装在信封里封好，万一不方便说话时，就尽量少说些，也免得给他惹麻烦。给他丢上一封信，也好让他好好读一读，在思想深处多揣摩揣摩。即使他当时不便跟我回来，随后自个儿回来也中。"

王云山终于弄明白了王孝儒的意图，没等到他说话，王孝儒接着解释说："之所以叫你到家里来，是不想让更多的人知道坤峰的事，你到了外边也不要对任何人讲。唉，担心死了。任二奶奶那娃和王来法家那丫头，不知道有多大的事，就被抓进了牢里。任二奶奶肯花银子，还有她大哥那条粗腿，宝玉算是回来了。可王来法家那丫头就很难说了。"

王云山接过话说："王保长您尽管放心，孰轻孰重利害攸关我心里有底哩，不该说的话，我绝对不会乱说一个字。"

"那感情好。"王孝儒点着头。

"王保长，那就取纸吧，笔和墨我都带着哩。"

"不急，不急。等吃完了饭再写。"

正说间，王孝儒的女人就将条盘端了上来。这边是一盘猪头肉和一盘炒鸡蛋，那边是温好的一壶酒和两枚酒杯。王孝儒的婆娘说："先喝点酒，饺子已经下上了，马上就好。"

王孝儒往酒杯里斟满了酒，双手递了过来。王云山接过酒杯，说道："王保长，您也端起来，咱们同饮。"王孝儒端起杯说："同饮，同饮。"

三杯过后，女人就将饺子端上来了。于是他们在边吃边喝的同时，继续着刚才的话题。

"王来法两口子前几天就找过我。"

"找你说什么事来着？"

"还能有什么事？不就是他家读中学那丫头和任二奶奶家宝玉的事嘛！说是让我跟任二奶奶说说，看能否将丫头趁此机会许给任家，就此结为亲家。"

"你去任家说了没有？"

"我能不去吗？乡里乡亲的，当天就去了。"

"那任二奶奶咋说的？"

"还能咋说？一口就给回绝了。王来法他也不想想，人家儿子还没有放回来呢，她有心情说这个事吗？"

"那倒也是。"

"就在刚才，一大早起，两口子又来了，还是要说他家丫头的事。不知道又想怎样哩，我说我忙，就把他们打发走了。"

"人被弄进去了，不花一大笔银子不行啊！如今这当官的，心黑着哩。"

"就王来法那家，他花得起那笔银子吗？一头小毛驴，几亩薄地，能值几个钱你说？"王孝儒说着，摇了摇头。

"也是。可一个大姑娘家的，总待在监狱也不是个事啊。"

"那也只能是他自己去想办法。旁人，凭什么帮他啊。"王孝儒说着话的同时就瞧见王云山碗中的饺子完了，忙喊"坤峰，坤峰"，女人听到喊声赶忙就来了，王孝儒说："快给云山添上。"王云山把碗递了过去，说道："舀半碗就行了。"王孝儒说："甭客气，吃饱。"王云山说："不客气，不客气。"

酒足饭饱。片刻工夫，王云山就按王孝儒的意思把给儿子坤峰的书信写好了。王云山说："王保长，我念给你听听，不如意咱就重新写。"

王孝儒说："没必要吧。"

王云山知道，王孝儒嘴上说没必要，其实是想听哩。他不再说什么，就念开了。

第十四章　猜不透

68

乾阳河水缓缓地流淌着，发出"哗哗哗"的声响，声音不大，却听得很远，像一位老人在为儿孙们喃述着岁月的更替和沧桑。遍布河岸边的野草正在初夏的阳光下蓬勃生长着自己的茂密。那棵大柳树已是绿枝万千摇曳着特有的风情。几个爬在河岸边洗衣女人把手里的棒槌抡得老高老高，棒槌砸在衣服上的声音传得老远老远，刺得人耳孔发颤。刚走出东城门外的任家老太太扶着拐杖儿自语着："河边有人洗衣裳哩。"跟在身后的任宝玉则一声不吭，只管跟着奶奶前行。

任家老太太很少出家门的，这会儿出来完全是因为孙子任宝玉。

从城里徒步回家至今整整十天了。十天，任宝玉就待在上房奶奶的房间里哪儿也不曾去过。母亲让他在屋里反省自己所犯下的过错，同时要对以往学习过的功课复习默写一遍。任宝玉知道妈妈心里有气，为了他能够平安回家，一定花了不少银子。可是他就弄不明白，自己明明说的是实话，她还不依不饶地扇自己耳光，说自己在编瞎话！自己是真喜欢王婵娟，是给了王婵娟吃饭的钱，可那没有花咱们家的一分钱啊！他知道妈妈的脾气，在妈面前他不敢犟嘴。后来那撕心裂肺的痛哭声足以说明妈妈为此已伤心至极。

村里村外的邻居亲戚朋友听说宝玉回来了，陆陆续续来家中探望问候，薛云霞从没有让任宝玉出门和人家相见过。出了这样的事，她自己也觉得丢人，不愿让孩子出来，怕因此会在言谈举止中无意间伤害自己或孩子的自尊，大都是她自己客气地应酬着，说是让孩子多将息将息，顺便温习温习过去的功课。任宝玉自己也觉得不想见人，毕竟不是什么光彩的事。但他就是没有心思去温习功课，脑海里无时无刻都会呈现出王婵娟那俏丽的倩影。如果那天晚上没有那个搜捕共产党的行动，他就一定会和她缠绵在枣园里的，头顶点点繁星，感受枣叶清香，倾听黄河涛声，面对心上人儿倾吐着爱的心声，那该是多么美妙的一件事情呵！如今，自己被解救出来了，可王婵娟还在牢里面出不来，妈妈为什么就不能把她一块儿救出来呢？暂时救不出来也罢，可干吗非不让她成为自己的媳妇呢，现在不行，就以后吧？就因为她的出身是母亲带过来的，名不正，言不顺？这也太不近人情了吧。想来想去，纵然有再多的理由，也难改这样的结局，母亲决定的事情是不会轻易改变的。任宝玉心烦意乱，他想对着空旷的田野里大喊大叫一通，然后再痛痛快快地打上一个滚。

两天阴雨，并没有落下多少雨水，却让人的心情郁闷到了极点。今早天气一放晴，金灿灿的阳光往院子里一洒，任宝玉就高兴了，那种向往自由的欲望更加强烈。他不敢对妈妈说什么，只能央求奶奶："奶奶，让我出去吧。我都快急疯了。"老太太说："你妈妈不让出去，我有啥办法？"任宝玉扯着奶奶的衣襟撒娇道："您就跟我妈说说嘛。唉哟，求您了，奶奶。"老太太没有办法，就答应他说："出去可以，但奶奶要陪着你一块儿去。这样好的阳光，奶奶也想宽宽眼哩。"任宝玉说："行，就陪您一块去。"其实，老太太也是心痛孙子，待在屋里这么多日子，万一心中想不开，或闷出病来，或寻个短见什么的，还不是自家的难过？老太太说："走，不用跟你妈说了。"任宝玉高兴，跟着奶奶就要出门。走到东厢房跟，老太太还是朝着屋里说了一句："今个好太阳，我和宝玉出去转转。"说完，也不管薛云霞听没听见，同不同意就和任宝玉出了大门。

出了门，老太太站住了脚，回头问孙子："宝玉，咱们去哪儿转啊？"宝玉才不管往哪儿去呢，走出家门，就成了一个欢乐的世界，比在屋里闷着强多哩。奶奶这一问，宝玉随口就说："奶奶您高兴去哪咱就去哪。"老太太说："那咱们就去东城门外吧，那里有学校，可以听见学生娃子的读书声。再往东去，就是河，那河水一定清湛湛的，水里面还会有鱼儿、螃蟹、青蛙什么的，保准你喜欢。"奶奶说的也对，自从进了县中学的门，就再也没有去过东城门外，那两座古朴豪华的老爷庙殿堂让人好生仰慕，那熟悉的读书声听着也让人心里舒坦。任宝玉说："那咱就去东城门外。"刚出城门，未曾想到的槌衣声，越发地激起老太太对河水的向往。追随着一声接着一声的棒槌声，老太太和任宝玉加快了脚下的步伐。

老太太好兴致，到了大柳树下就站住了脚，看着丝丝柳枝，看着平板板的石头，看着欢快流动的河水，老太太就想起了她年轻时也常往乾阳河边来。白天和同村的姐妹们洗衣，晚上也曾偷偷地厮跟几个胆大的披着月光来河里洗一回澡。河边洗衣的几个女人，见到不曾出门的任家老太太，一个紧跟着一个回过头来瞅瞅，随口问一句："老太太您来了？"老太太说："嗯。来了。"然后又补充一句"引着我这孙子来转转。"老太太这一说，几个女人的眼光就齐刷刷地顶住了任宝玉，嘴里虽不曾说什么，但那神秘兮兮的眼神，有些怪异的表情就让老太太有些承受不了。"宝玉，我们走。到河上游咱的那块麦田里看看。"老太太的拐杖把地面戳了好几个坑。

跟着奶奶的身后，任宝玉不说话。他没有什么话可以说，肚子里想说的话很多，却没有个合适的倾吐对象。对于别人眼神，任宝玉才不在乎呢！他在乎的是，事情不能如己所愿。

从大路口顺着河沿向上，还要有二里多路才能到任家的那块麦田。还是老太太走在前边，任宝玉跟在后边，看着水底游来荡去的小鱼儿，瞧着地面上的红花绿草的茂密烂漫，瞅着飞旋在花间的蜻蜓、蝴蝶，任宝玉突然开口叫了一声："奶奶。"

老太太回头瞅了瞅孙子，问："怎么啦，想说什么就说。"

任宝玉摇摇头说："不想说什么。"

任宝玉不是不想说什么，而是感觉说出来也是白说。大自然中这些美好的、自由自在的生物，让任宝玉心里好生羡慕和嫉妒。他又一次心生幻想，想让家中出钱将王婵娟搭救出来，让他们好事成双。

到了麦田，老太太就用手抚摸着正在拔节的麦苗说："这块地好，就在这乾阳河边，旱涝保收。"说完了，又回头对宝玉说："好好读书上学，书读好了就能做官，官做好了就什么都会有的，吃的、喝的、用的，还有你想要的好媳妇。"

任宝玉还是不吱声。

不远处，突然传来了"咩咩"的羊叫。循声望去，只见一位看过七旬的老太太牵着一只母羊，后面的两只羊羔远远地望着母亲，在那里嬉戏抵头，母羊就望着羊羔叫开了。看见羊，任宝玉想起了自家的羊群。想着自家的羊群，他就不由地想到王幸福。任宝玉自幼读书，先是村中的学校，然后进了县中学，与村中的穷孩子交往甚少，也因为家庭穷富的悬殊，使他与同龄的伙伴形如陌路。在自家的长工中，他就觉得王幸福好，说话做事总像亲哥哥一样地待他。关于他和王婵娟的事，想必王幸福也知道了。他就想把心中的话儿说给王幸福听，也让他给自己出个主意，想个办法。他对奶奶说："后响，我想跟着幸福哥去黄河滩。"尽管薛云霞多次教儿子任宝玉说，不要给王幸福叫哥，但任宝玉就是改不了口。

"去黄河滩做甚？"

任宝玉当然不能实话实说了，只能说："放羊啊。"

"怎么突然间想起来要去放羊呢？"

"不是放羊，是去跟幸福哥到黄河滩玩。"

"黄河滩有什么好玩的。"

"我就是想去。我还从来没有到过黄河滩哩。"

"不去。那好远好远的。"

"不嘛，我就是要去，就是要去！"任宝玉又一次扯着奶奶的衣襟摇曳着，不松手。

"好了，好了，回到家再说。这得你妈同意，你妈不同意我可没办法。"

"那您就跟我妈说说嘛。"

"好。我说，我说。"

在这些叨叨碎语中，老太太被孙子牵着往家走去。

河岸边的几个女人不知又扯到什么有趣开心的事，"哈哈哈哈"的笑声肆意地放荡开来，强而有力的棒槌，一声接着一声追逐着笑语的脚步，使它们越发地响亮无拘。

任家老太太拧动着一双小脚，速度不由得加快了许多。

69

刚吃过晌午饭，薛云霞就把老刘和王幸福叫到正院的客厅。

薛云霞说："坐，坐啊，别站着。"

老刘和王幸福就坐下了。

薛云霞接着说："叫你们两个来，其实也没有什么大事。就是想着把你们要做的活调整一下。老刘你也知道，想在县城里开办一家粮行，是咱们家早就计划好的事情，一拖再拖就耽搁到了现在。现在呢，三间房屋已经租好，连同地皮一共花了六百两银子，就是南大街靠西边的地方，地理位置还行，想着往后的生意也会不错的。现在就差一个得力的人去经营管理，老刘是咱们家的老管家了，有经济头脑，账眼上也清，这个差事就非你莫属了。幸福呢，身板儿好，有力气，还聪明，羊就先让别人放着，老刘这一走，赶马车的担子也就落在了你的肩上，虽然对生意上的事情还不大精通，但慢慢地什么都能学会的。也就是这个事情，叫你俩来，就是和你们商量一下，自个心里也有个底。"

老刘说："任二奶奶安排好的事情，我们照办就是了。"

薛云霞说："这样一来，离香椿远，想做个什么事情也就没有那么方便了。"

老刘说："看任二奶奶说得什么话，人到世上应该做的事情多着哩。哪能总贪图一时的快乐安逸？"

薛云霞说："还是刘哥看得远，想得开。那就这么定了。你，还有什么可说的没有？"薛云霞问王幸福。

王幸福摇着头说："没有什么。"

"那就这样了。明天还要去县中学，这一晃，宝玉一个多月都没有在学校，功课不知道耽搁了多少？"说到这儿，薛云霞叹了一口气，"明天一早，咱们一块儿厮跟着去县城。"

离起晌还有一会儿，老刘和王幸福去了西院。薛云霞正要回房，老太太就从上房下来了。薛云霞迎上去问："妈，您有事啊？"老太太说："也没什么大事。还是宝玉的事。""宝玉，他能有什么事？""娃说，后晌他想跟着幸福到黄河滩去放羊。""他跟着去放羊？""不就是在家待的时间长了，闷得慌，想去外面看看田野间的花草流水什么的，他又不敢跟你说。"薛云霞寻思了片刻说："明天就得送他去学校哩，还要胡乱跑？好了好了，就让他后晌跟着去吧。"

自从儿子任宝玉从县城放回来以后，薛云霞的心情便慢慢地好起来。没事的时候，她就会分析当前事情的发展与自己有利还是有弊。任宝玉和王婵娟这一闹腾，一个极富情趣的花边新闻就在河口村的上空飘啊飘的，活像一枚断了线的风筝，咋着也收不回来。街头巷尾，凡是有人群的地方，交头接耳，窃窃私语，议论的中心不外乎两个话题，一是说任宝玉和王婵娟跟共产党有瓜葛，被抓进了监狱；一是说任宝玉和王婵娟夜晚去枣园偷情，被人逮了个正着。不管哪个话题，都让任家丢尽了面子。就这个时候，王来法和雪琴还来添乱，要提什么亲，还要任家出银子帮他们把女儿赎回来。这不是痴心妄想嘛。好在儿子自个儿回来了，也不用自己再去求爷爷告奶奶地寻人了。薛云霞又联想到自己的事，如果说儿子追求王婵娟心切，而王婵娟又从心里接受了儿子的追求，才导致发生这样一则桃色新闻的话，就足以说明，王幸福喜欢王婵娟只能是剃头挑子——一头热，王婵娟虽然经常抽空教王幸福认字，那只能是她心地良善的一个外在举动而已。长时间接触，也因为王婵娟的漂亮、有文化，王幸福喜欢上了她，情理之中的事。而王婵娟，并没有把王幸福放在心上。一个天生丽质的姑娘，怎能会去喜欢一个长工呢？这不一个傻子吗？王婵娟接受儿子的追求，合情合理，天经地义，哪个女人不希望自己日后过着无忧无虑，锦衣玉食的生活呢？由此，薛云霞得到这样一个结论，那就是王婵娟不可能喜欢王幸福。虽然如此，她也不希望儿子娶王婵娟为妻，一则王婵娟出身卑微，与任家门不当，户不对；二则王幸福打心眼里喜欢上了王婵娟，而王幸福最终必将是自己的（薛云霞总很有自信的这样认为），她不允许在以后的生活中，王婵娟在自己的面前晃呀晃的，这时间一长，还不晃出事来啊？于是，她断然拒绝了任宝玉的请求，以任家的条件，不愁为儿子找不到一门好媳妇。眼下，王婵娟还被关在牢里出不来，以王来法家的经济条件，想搭救出女儿完全不可能。这样也好，就让她在那里面多待上一段时日子吧。薛云霞的心地还没有那么坏，她只是不想让王婵娟搅乱她的好事情。还有，她被关在那里面，儿子任宝玉也能够静下心来，安安生生读个书。至于王婵娟什么时候能被放出来，这个就很难说了，也许一年半载，也许三年五年，也许永远没有出来的可能。还有一个也许，那就是会被当作共产党嫌疑犯砍了头呢？想到此，薛云霞不仅长叹一声，潸然泪下。她真的不希望王婵娟会有如此的一个下场，同为女人，她实在是为她感到惋惜。安排老刘去县城开办粮行，是老早就筹划好的事情，生意做得好，不仅仅是家里多一份收入，还有，任家早晚去县城办事，也有个歇息落脚的地方。老刘去了县城，她就寻思着把王幸福安排为赶马车的，早晚是自己的人，也趁此机会让他历练一番。还有，王幸福赶了马车，与自己就接触自然就多了，她就不信，凭自己的姿色和经济实力拴不住一个穷小子的心。如此想着，薛云霞就在心里头笑出了声。刚才，老太太说要让儿子宝玉跟王幸福去放羊，她起先就不同意，她不想让王幸福知道王婵娟更多的消息，转过头一寻思，这样也好，就是儿子把他和王婵娟的事告诉给了王幸福，那样也就会让王幸福对王婵娟死了心，也就灭绝了他那黄粱美梦般的幻想。没了想头，没了盼头，那颗原本不安分的心也就会有所收拢。时间一长，那颗心，那个人，成为自己的也就是水到渠成顺理成章的事。如此细细一划算，薛云霞竟有些飘飘然，心花怒放。

"妈，我走了。"

院子里，任宝玉的叫声惊动了她。只听那欢快的脚步声出了院门，薛云霞懒得去搭理他，继续着自己的心事儿……

70

任宝玉赶到西院，西院没有了王幸福的人影。任宝玉就想着自己一定是来迟了，转身就往东院的羊圈跑。到了东院，王幸福正在开羊圈门。任宝玉忙喊："幸福哥。"

王幸福回头一看，是任宝玉朝羊圈走了过来。"你来干啥？"因为王婵娟的事，他一见任宝玉就来气。

任宝玉嬉皮笑脸地说："跟你去黄河滩放羊啊。"

"别开玩笑了，你放得哪门子羊啊？你妈说，明天就要送你去学校哩，还是赶紧去准备准备吧。"说完，王幸福就将出了圈的羊往门外赶。

"真的。"任宝玉急了，"我妈她知道。"

"哄鬼去吧你。"王幸福不理他，依旧挥着羊鞭出了东院的门。

"幸福哥，幸福哥……"任宝玉急得直跺脚。看着王幸福远去的背影，任宝玉急忙跑回正院找薛云霞去了。

任宝玉拉着母亲的手一直追到西城门外，就见王幸福赶着羊群已踏上了去黄河滩的路。薛云霞喊着"幸福，幸福"的同时，任宝玉也"幸福哥，幸福哥"地叫着。

王幸福不得不停下脚步，回头问："任二奶奶，什么事啊？"

"别急着走哩，让宝玉跟着你一块儿去吧。"

"他去没用处，羊我一个人管得过来。"

"他不是帮你放羊，是跟着你玩的。等一下，让他和你厮跟着。"

王幸福只好放慢脚步。

王幸福赶着羊群只管走路，什么话也不肯说。这可急坏了跟在他屁股后面的任宝玉，他无话找话地说道："幸福哥，我都回来十多天了，咋就没有见到过你一回呢？"

王幸福说："咱们是两股道上跑得车，走的不是一条路。"

"走的不是一条路？这话我咋就有点听不明白呢？"

"你是堂堂学子，读书写字，那是你的本分；我是长工一个，放羊做活才是我的营生。你说说，咱们怎么有可能天天见面呢？别说是十天半月，就是一年半载不见面也不奇怪。"

"可我就是想见你。"任宝玉说。

"见着了，又能怎么样呢？我还得放羊做活，你还得读书写字不是？"

王幸福这话一说，任宝玉就又没什么可说的了。只能像个跟屁虫一样，默默地跟随羊群紧一阵慢一阵地往前挪动着。偶尔，王幸福会狠狠甩动一下手里的长鞭，紧随着"啪"的一声山响，树上的鸟儿被惊得"哗——"飞走一大群，羊群也猛地向前方窜去。王婵娟，怎会和任宝玉发生那样的事？王幸福始终没有想明白过。

"幸福哥，咱这群羊一共有多少只？"

王幸福明白，任宝玉还是在无话找话。"你数啊。"

"数？对，一数自然就会知道的。"任宝玉自语着，然后真的"一只，两只，三只，四只……"地开始数了，"……十六只，十七只，十八只，哎呀，这只羊是不是刚才数过了？这胡乱跑的，没法数得清。"

接近河滩了，羊群儿便疯跑起来。王幸福跟在后面"咩，咩，咩"地呼唤着，跑动着。任宝玉跟在后面憨追，"幸福哥，等着我。咋就跑得恁快呢？"其实，王幸福根本就听不见他在喊什么？

羊群走进它们的自由王国，王幸福也因此得到暂时的歇息。在河滩唯一一棵柳树下，享受着树荫的凉爽。黄河滩看似宽阔无限，土壤也肥沃无比，然而它却很难长成一棵像样的树，这和每年都要历经汛期洪水浩浩荡荡的冲刷洗礼有着极其重要的关联，再强悍的植物也难逃一死的命运，只有种子，微小细微的种子还隐藏着极其旺盛的生命力，等待着春风化雨的那一刻，再挺起它那多姿的身段。这棵为人们搭起一片阴凉的柳树啊，能够顽强地存活下来实属不易。

任宝玉赶来时已经是气喘吁吁，身上冒汗了。

黄河滩一望无际的绿草地活像一条绿色的大地毯。这可是任宝玉从来没有见到过的美丽和辽阔。还没有等到完全喘过气来，他就急不可待地发问了："幸福哥，这草地要有多大啊？"

王幸福摇着头说："不知道。"

"怎么看不见黄河水在哪呢？"

王幸福抬头示意说："就在前面。"

"咱们去那里看看吧。我想看看黄河到底是个什么样子。"

"不能去。"

"为什么？"

"我们是放羊的，不是看黄河来了。"

"那看一下又有何妨？"

"看似很近，其实还远哩。没有半个时辰，你别想看到它。"

"那来一回多可惜啊！"任宝玉感叹道。

脚下还是那软绵绵的沙土地，王幸福脱掉鞋子，把一双脚板儿埋在沙土下面，立刻就有一种舒适惬意的感觉从脚底传至心腹。任宝玉也学着他的样子把脚藏在了沙土下面，随即就叫道："好舒服，好舒服哟！"

王幸福没有心思搭理他。看着脚下面的黄沙地，他想起了自己曾在这上面画过字，画过一个女孩儿的画像。那画像让他痴迷，以致他不想把它很随意地抹去。那画像走进了他的心里，让他情不自禁地从心底里呼唤出了他的至真至爱。那一刻，他曾想象着他们的未来。男耕女织的田园生活该是每个痴情男儿理想中的天堂。她也曾在那个晚上发誓说，要一辈子做他的媳妇。可这才几天的工夫，怎么就物是人非事事休了呢？

"幸福哥，想什么呢？"任宝玉打断了王幸福的回忆。

"没有想什么。"

"没有想什么的话，我问你一个问题。你得认真地回答我。"

"说吧。什么问题？"

"嗯……嗯……"任宝玉嗯了半晌也没有嗯出个下文来。继而一转念间竟流利了说出了这样一番话来："这话我可对谁也没有说起过，你是我感觉最知心最信任的人了，所以就只能跟你说。"

任宝玉这样说，王幸福就觉着自己不能不认真听听："你说吧，到底是什么问题？"

"你说王婵娟这个人好不？"

任宝玉的问话让王幸福大吃一惊，他怎么会问我这个问题。是说好呢，还是说不好？就心里的感觉而言，王婵娟确实好。而最新发生的事情又让他很难说出一个好字来。而任宝玉为什么问自己这个问题呢？你们不是已经都偷偷地约会了吗，怎么还来问我这个问题？由此王幸福断言，他和王婵娟那些传言任宝玉并不知情。沉思良久，王幸福做出了一个含糊其辞的回答："从小学到中学，长达六年的时间你们都在一起，你不比我更了解她吗？这个问题还用我来回答？"

王幸福说的是事实，但任宝玉还是要问他。任宝玉说："你们是近邻，她还教你识字。我想听听你对她的看法。"

这个任宝玉，说的也是事实。看来想回避是回避不成了，得正面回答他。王幸福想了想说："教我识字的时间，她好，因为我感激她。她不教我识字时，我就说不上来了。"

"我觉得她好！"这话说得王幸福一愣一愣的，看来任宝玉一点儿也没有隐瞒自己的想法。

"她好在哪里？"王幸福直截了当。

任宝玉说："人长得漂亮，学习成绩又好。"

"就这些？"

"这些还不能够足以说明她的好吗？"

王幸福被问住了，他不想过多地纠缠在这个问题上，也只能借坡下驴："你认为够好，就够好吧。"不过，他倒是想借这个机会，向任宝玉打探清楚这回所发生的事实真相。

王幸福没来得及问，任宝玉就又开口了："就那样好的一个姑娘，人家都同意跟我做媳妇，可我妈死活都不同意。"

"王婵娟说要做你的媳妇啦？"

"这个倒是没有。"任宝玉摇着头说："她不会直接答应我的，那样多丢面子啊！不过那天晚上的事情就足以表明了她的心迹。"

终于扯到实质的问题上。王幸福侧耳细听着任宝玉接下来的叙述。

"那天下了晚自习，我准备了一张小纸条，趁着她出教室门的时间，夹在一个作文本里给了她。"

"等等，等等。"王幸福打断了任宝玉的话："你经常给她送纸条吗？"

任宝玉说："不经常送，只送了三五次吧？可她从没给我回过一个字。"

"每次送的纸条上都写得什么内容？"王幸福像是审问犯人一样地逼着任宝玉回答他的问题。但任宝玉并没有表示出什么不满意，反倒很乐意向王幸福说明一切。

任宝玉说："前几次的我记不清了，最后这次写的是《诗经》里面的几句。"

"诗经是什么东西？"

"诗经就是诗经。一本书的名字，就像国语、算术一样。"

国语、算术。王幸福知道。但诗经他就不懂了。"诗经里的哪几句？"

"就是'关关雎鸠，在河之洲。窈窕淑女，君子好逑'。"

"什么关关鸠鸠逑逑的？"王幸福听不懂，"接着往下说，往下说。"

"第二天晚上，我在宿舍，她敲门喊我出来，说要我跟他到校外的枣园里去。我说太晚，她说翻越东边的土墙过去就是枣园，后来就听到有稽查人员进了校院，她不管那些，只说我前边跑，你就后边赶紧追，结果翻越到墙那边没跑多远，就让人家给抓了。"说到这儿，任宝玉歇息停顿了一会儿，接着又说，"也是活该倒霉，怎么就恰恰和抓捕共产党的事儿搅在了一起？要不然……"

"要不然会怎样？"

"我也不知道要不然会怎样。"

"再后来呢？"

"再后来，我们就被带进了保安大队，随便那么一问，就被投进了监狱。"

"你回来了，那王婵娟呢？"

"这我就不知道了。男女不能关在一块的。过了些日子，他们就放我回来了。"

这回王幸福明白了，原来他们之间什么事情也没有发生。如果不是那天晚上搜捕共产党，事情又会是个什么结果呢？王幸福不知道，就如同刚才任宝玉说的，他也不知道要不然会怎么样。"你妈不准备救王婵娟出来吗？"王幸福接着问。

"这我就不知道了。我想跟妈说，花钱把王婵娟救出来，可我不敢说。为了救我，家里已经花了不少银子。再说，我妈根本就不同意王婵娟做我的媳妇。"

"这事还真难办哪。"王幸福自语着。

任宝玉说："这事情着实是难办。王婵娟出不来是一，家里人不同意王婵娟做我的媳妇是二。"

王婵娟呀王婵娟，你到底为什么要约任宝玉去枣园呢？而且是在那个搜捕共产党的晚上？王幸福不得其解。而村里人已把事情说得有鼻子有眼，神乎其神。

"幸福哥，我来黄河滩和你放羊，就是想跟你说这些事。看能不能帮我想个十全十美的好办法。"任宝玉一双迷茫的眼神有些呆痴地望着王幸福。

"也许你妈说的对，王婵娟做你的媳妇不合适。"

"你也觉得王婵娟做我的媳妇不合适？"

"不是我觉得。你妈有心害你吗？"

"要说也是啊。我妈绝对不会害我的。可我就是舍不下王婵娟。"

"舍不下又能怎样呢？王婵娟还被关在县监狱里，什么时候能放出来，谁也不知道啊！"

"也是。"

"好好学习吧，像你们这样的有钱有势的大户人家还愁找不到一门好媳妇，你说是不？"

……

不知不觉中，太阳就落下去了一大截。羊群已经离他们很远了。

"走，赶羊去。紧走慢走到屋就天黑了。"王幸福说。

两个人站起身，还没有挪脚。任宝玉就嚷着说口渴了，哪里有水喝啊？王幸福说："跟我走，到前面那个浆漕子，管保你喝个够。""什么是浆漕子啊？"任宝玉问。"就是自然形成的一个有水的沟沟。""那叫水沟不就得了，干吗叫浆漕子啊？""你问我，我咋知道？"正说着，一个有水的沟沟就出现在眼前边。王幸福和任宝玉圪蹴的水边边，用双手鞠起来舀一下喝一口，喝完后用袄袖抹了抹嘴巴。"黄河滩的水真甜啊！"任宝玉说。

王幸福打一个口哨，羊群就朝着他围拢过来。

一片火烧云慢慢地从天际爬上来，立刻就染红了半边天。

71

　　王孝儒起得早。起得早是因为他要去陕北那个叫延安的地方看儿子。儿子是抗战（打日本）那会儿离开家的。那时他刚从军校出来，回家来看父母，同时向父母说明自己报效国家的远大理想，而后就离开了家乡。起先还有过书信来往，后来就慢慢地断了消息。王孝儒心里明白着哩，那是因为国共合作失败了，分裂了。国民政府管共产党叫"共匪"，开始以剿匪的名义，开诚布公地来消灭共产党了。儿出门，母担忧。王孝儒心里想着儿子，嘴上却不随便乱说，他知道儿子跟的是共产党，说多了对自己和家人没什么好处。即使有人问起，他也是含糊其辞地应付说，儿子早就离开他原先的那个部队了，至于现在具体在哪里，他也说不清楚。说是那小子足足有两年多不跟家里通信了。而他的母亲和女人，每每提起孙子、儿子便会止不住地热泪滚滚，泣不成声。那天王孝儒提出要去找儿子，看望儿子，把两个女人乐得直掉眼泪，说是早该去看看孩子，这兵荒马乱的，让人都担心死了。不行就把儿子叫回来，咱们祖祖辈辈做庄稼，不也活得好好的嘛，何必叫娃受那个罪？说得也是个理。王孝儒也曾这样想过。想归想，事实总归是事实，儿大不由爹，将在外还君命有所不受哩。当初让儿子读书，不就是想图个名，谋个利，像人家任瑞祥，谁不仰慕啊！可儿子跟的是共产党，一步错，步步错，家里人得不到他的准信儿不说，还总担心他的性命不保。昨晚上，他和女人大半夜也没有入睡，他们商定好了，这回去了延安，见不到儿子那是没有办法的事，见到儿子，就一定要想办法将他带回来。父母没什么奢望，就图个平平安安，团团圆圆。

　　女人和他起得一样早，随后就生火烧水，水开了就做酸滚水泡馍。酸滚水泡馍是河口村祖辈传下来的一种饮食习惯，也是一种简单省时饭。一般多用于不到吃饭时间的加餐，或者有客人来未能赶上吃饭时，以此垫肚。方法很简单，水烧开以后，将烤干的馍（或未热的馍切成薄片）掰成小块，放入碗中，适当放上调料、葱花、香菜，然后再用开水倒入，加入油辣子、醋即成。在条件好的人家，还可以在开水锅里打上几个荷包蛋。瞬间便会香气四溢，让你涎水成河。喝一口汤，咬一口馍，味道那个美啊！真乃神仙才有此滋味。

在女人点燃灶膛火的同时，王孝儒就去院里朝着西院喊二弟孝歉，让他起炕，说是你嫂子已把酸滚水泡馍做好，净等着吃哩，吃完了咱们也好上路。

根据"长子不离祖"的古训，两座四合院，王孝儒占着正院，两个弟弟住在偏院，王孝儒虽说独居正院，可一大家子人的库房、客厅、伙房都安排在正院。王孝儒家和任二奶奶家不同，王孝儒家兄弟三人都是凭地里的庄稼过活，土地多，一部分租出去，一部分留着自己种。任二奶奶家的长工、短工雇的多，相比较而言，王孝儒家雇工就少得多。就连做饭的，王孝儒家也没有雇佣人，而是兄弟三家各做各的。为了耕作方便，能有更好的收成，王孝儒把家里留下来的田地一分三份，各自承担着自己那一分的摊派、捐税，各自耕耘收获着自己那一分庄稼，遇到什么大的事情，就三个人一起承担。这样做，王孝儒倒是省了不少心。

王孝歉来到正院的时间，王孝儒已经吃毕了。"给。"嫂子递过来一碗酸滚水泡馍，里面还有两个白花花的荷包蛋。吃着饭，王孝歉问："大哥，是赶马车，还是骑牲口？"王孝儒说："赶马车吧。顺着大路走，方便些。"王孝歉点着头说："行。"王孝儒家的马车一般都在田里做庄稼用，诸如运粪、运成熟的庄稼、柴草等，很少出去做生意什么的。还有一个区别是，任二奶奶家的马车是胶轮的。而王孝儒家的马车是木头轱辘。

王孝儒兄弟俩把套好的马车赶到巷道，正赶上任二奶奶家的马车也出了门。如此凑巧，就互相打起了招呼。

王孝儒说："任二奶奶是去进城吧？"

薛云霞说："是啊，送宝玉去学校，顺便到城里的粮行看看。"说完，薛云霞没等王孝儒回过来话，就问道："王保长这是要去哪儿呀，很少见你们家的马车出过门啊？"

王孝儒随口回话："去灵宝城啊。"

薛云霞说："也是进城啊，那咱坐一个车得了。多两个人，也重不到哪去？"

"还是各赶各的车方便些。不是我不领你的情，我还想去趟阌乡县城哩！"

"去阌乡县城？那可远着哩。"

"是啊。要不是日本炸断了坤沙河上面的铁路桥，到灵宝城坐火车去阌乡县城多方便啊。那狗日的！"

王孝儒说的坤沙河在乾沙河的西边，中间隔着一道大土塬。坤沙河也是源于秦岭，在灵宝城的西边入注黄河。

"就是，没有那座桥就太不方便了。"薛云霞说完问道："去阌乡县城是做生意呢，还是走亲戚，会朋友？"

"你是在损我吧？你瞧我们弟兄几个，哪个是做生意的料？是去会个朋友。"

两个人再无话。打了好半晌，老刘慢条慢理地插话说："坤沙河的大桥断了，去阌乡就得绕道到虢州街哩。然后翻过衡岭塬，趟过坤沙河，再顺着铸鼎塬下面那条路一直往西北走，圆圆地绕一个大圈子，远球着哩。前些年我从灵宝坐火车到阌乡，只用了不到半个时辰。多球近。"

王孝儒说："是哩。"

老刘接过话又说："弄不好，你们今天晚上都回不来了。"

"不回来哪行啊？就是摸个黑也得往回赶。"

"那可得赶紧点。"

"是得赶紧点儿。"

王孝儒不想和任二奶奶他们说再多的话，他不想让人们知道他是去陕北延安找儿子的，也害怕他们细问起来自己没法回话。于是就跟任二奶奶打招呼说："我们路远，还想赶回来呢，就快点先走了。"

任二奶奶招招手说："你们走吧，走吧。"

"那你们后边慢走。"王孝儒说完，举起鞭子就是"啪"的一声响，拉车的骡子撒开欢，立马就把薛云霞他们甩出老远。

望着王孝儒赶的那辆木轱辘马车渐渐远去，薛云霞就想，王孝儒去阌乡县一定是有什么不愿让自己知道的秘密？他不愿说。不愿说也罢，自己还懒得去听哩，只要伤害不到自家的利益。

王孝儒把马车赶的飞快，这让老刘心中有了那么一点点不快，我这胶轮车还赶不上你那木轮车？随即也扬起鞭子朝空中甩了一个山响，车辕里的马匹随即疾奔而去，车上的每一个人也随之前翻后仰地摇晃起来……

第十五章　相逢何必曾相识

72

没有等到房屋里的窗缝露出亮色，雪琴就起了炕。"干吗起得这么早啊？"王来法侧过身子，转回头，睁着惺忪的睡眼问道。"我想赶早去灵宝城里。""去灵宝城？怎么好好地就想着要去灵宝城呢？""还不是因为那个少贱。"在河口村习俗里，少贱是长辈对儿女一种溺爱的称呼。"咱城里又没有亲戚熟人，你去找谁哩？"王来法问。"昨晚上，我翻来覆去地想了又想，就想到了小时候在娘家时的一个小姐妹。她家就住在灵宝城南大街的东头，去向她了解一些情况，她不会不知道。还有，看能不能从她那里借一些钱来。婵娟的事，少不了要花钱哩，咱那个家底……"雪琴不说了。"娘家时的小姐妹，怎么从没有听你提起过？"王来法问。"没什么事，提她干吗？要不是娃的事，我还不记得她呢。"雪琴说着话的同时就出了里屋的门，去往锅台的灶膛里生火做饭。

那天，雪琴和王来法厮跟着去找王孝儒，不曾想王孝儒有事去了学校，连一个说话解释的机会都没有给他们。回来后，好生闷气。后来细思量，也就想开了。又不关人家的事，干吗要人家着急呢？后来，雪琴就和王来法商量，婵娟的事，无论找到谁，都得要花钱哩。现如今，筹钱才是首要的事。一连几个晚上，两口子翻出家底算了又算，几年来的积蓄大都用在购置田地，院房改造上。在别人看似富足滋润的日子，其实每年也就是落了个冬棉夏单肚儿圆。再把置的田地卖出去？不要说王来法舍不得，就是雪琴自己也舍不得！他们不知道将婵娟从牢狱里弄出来得花多少钱，也只能把家里仅有积蓄全部拿出来，以备急用。

浓浓的烟雾从灶膛里冒出来，顷刻间便笼罩了整个屋顶。王来法问："这么早，还生火做什么？""我寻思着把水烧滚了，给咱们做碗酸滚水泡馍。我一走，早饭也没有人做了。"雪琴解释。"这么早，谁吃哩？你要做，就给你一个人做。我和娃一会儿起来再想办法弄着吃点。"雪琴没有回王来法的话，继续往灶膛里填着柴禾。

火苗儿燃烧着，发出"嗤嗤嗤"的响声，火光照在雪琴的面颊，有些微微地发烫。

王雪琴的娘家在陕县大营村，是个殷实的庄户人家。爹娘无子，就她一个闺女，就想着给她找个好人家。也因为雪琴的天生丽质，乖巧伶俐。到了十六岁那年，经媒人撮合，嫁给了本村一户富豪人家。在外面读书的男人，后来瞒着家人从学校参军入伍，去了山西那边打日本鬼子。很快就有消息传到家乡，说是在一次战斗中阵亡。其时，雪琴已经有孕在身。因为没有了丈夫，这个大户人家也就没有人再看得起她，处处为难她。为此，雪琴住娘家的时间多于在婆家的时间，等到生下了女儿，因为重男轻女的思想意识更让婆家瞧不起她。她因此选择了改嫁。而改嫁，对于一个女人来说，是何等不光彩的一件事啊！多少年遗留下来的"三从四德""从一而终"让她备受欺凌，就连女儿也让人另眼相看。好在王来法待她好，待女儿好，是个知道过日子的男人，这一点就足以让她感动。女儿争气，读了小学读中学，这可是世间少有的稀罕事，河口村人对女儿的啧啧赞赏让雪琴心里像灌蜜一样甜。不料想，灾难就如同晴天劈雳，让人防不胜防。多日来，她在忍受着众人口水唾弃的同时，更多的是在想办法把女儿救出牢房。家中没有更多的钱，雪琴知道，要救女儿就必须得花钱。就王来法那脾气秉性，让他变卖家产田地，那是绝对不可以的事。多少年历尽艰辛操持起来的一个家,哪能让它毁在一个女孩身上?何况,王婵娟又是雪琴自己带来的,和王来法没有任何的血缘关系。雪琴理解丈夫的心情,也理解丈夫的不易。怪只能怪自己的命苦,怪婵娟她自己的命苦。但不救出女儿,雪琴又是何等的不忍心啊!她恨世间为什么有钱这个东西,恨自己的命运里为什么就没有足够的钱让自己、让儿女享受更多的生活乐趣,恨那个死在战场上的男人,你难道就不知道来拯救自己的女儿吗?怨归怨,恨归恨,怨恨完了还是要继续想办法。说到了那个死去的男人,她就想起了自己的新婚之夜。他轻轻地揭开自己头顶上的红盖头,她就看见了仅见过一面的他,眉清目秀,一脸的可爱和羞涩。她也桃红飞面,双目流露出万种柔情。他把一对亮灿灿的银镯子套在了她那如莲藕般的手腕上,还拿出了一对金黄色的耳环戴在了她的耳垂上。那一刻,她感觉到了做女人的幸福。她把整个身子贴在他如大山一样的胸脯上再也不想离开……后来他离她而去,去了他就读的学校,去了他以为可以报效国家烟火弥漫的战场。再后来,她就得知他阵亡的噩耗。就此,她心中的那份依靠,那份企盼彻底地倒塌了。从此,她把对他的爱恋和思念,连同那对银镯子、金耳环深深地埋在了心底。偶尔,她会不经意间翻动出来那镯子、那耳环,便会情不自禁地流泪。昨晚上,她不是偶尔地翻动,灵魂的感触却让她有意识地想到了那足以让她保存和思念一生一世的信物。该不是他那在天之灵有知,有意让她去想起来那镯子、那耳环,应该换成金钱去用于解救自己亲生女儿的生命吧?她热泪盈眶大半夜,不是她不舍得,是因她过于感恩他的提醒。有什么东西能比女儿的生命更宝贵,更让人珍惜呢?

雪琴有这样的一对镯子、耳环,王来法是不知情的。她把它压在那个只属于自己的木箱最底层,自从进了这个家门,就再也没有想起过,翻动过。这会儿的再现,雪琴不想让王来法因此知道得太多。其实,在灵宝城南大街东头,并没有她的什么娘家姐妹,这就是一个谎言。谎言!这是她走进这个家门,第一次在王来法面前所撒的谎言。一个善意的谎言。

"你只给你做，我和铁蛋真的不吃。"王来法没有听到雪琴回话，还以为她没有听见呢。特意提高声音朝着外屋喊道。

"听见了。"雪琴回话道。

"要不咱赶上毛驴，我和你一块儿去。"王来法又说。

"不了。"雪琴知道王来法不会去的，只是在嘴上说说而已，但她还是心存感激地叮嘱道："还有铁蛋在家哩。你去田里时把娃引着，千万不要光顾着做活，把娃一个人放家里。"

"你只管放心。"王来法接着说："成不成事，早点回来，恁远的路，甭让人担心。"

"嗯，我知道。"雪琴答应着。

院子里越来越多地露出了亮色。雪琴探头看了看天，蓝蓝的底色向四周慢慢扩散开来，纯洁的不曾有半丁点儿瑕疵。这种蓝蓝，这种慢慢扩散，让她从心底里涌动出来一种莫明其妙的兴奋和感动。

73

窑屋里还是一团漆黑，朱小熊就用洋火把棉油灯点亮了。洋火是这几年才传到河口村的，早些年，村里人大都用的是火镰、火绳。火镰，形如镰刀一样的钢制打火的器具，引火时用火镰，对着垫有棉絮的火石上下磕击几下，便引发棉絮燃烧，以此生火。火绳，用易燃的青蒿拧成类似绳一样的粗条，点燃后可持续燃烧半日之久（视火绳的长短而定），以此为生活用火的引燃。洋火早先是在有钱的大户人家应用，后来就渐渐地普及开来。但大多数穷苦的人家还照旧用的是火绳或者火镰。朱小熊的洋火是在县城大街上买的，现在街面的上人多，穷人，富人，做庄稼的，做生意的，有学生孩童，有年过华甲古稀的老人，甚至还有达官贵人等等。碰到了做庄稼的穷人，想借个火抽袋烟，那好说，不就是用火石、火镰嘛？但碰到了有身份的达官贵人就不行了，他们从兜里掏出来的那是洋烟，有漂亮的盒子，每一根都是用白亮亮的纸卷成的，这时候，你用火石、火镰自然就不行了，就显得你没有档次，土冒儿一个。你必须拿出洋火盒来，从里面掏出一根洋火棒，用有头的一端对着盒上的黑沙，只轻轻一划，那洋火棒就燃着了，那火苗就像一盏灯火。对方在如此的情景下点燃了手中的那一根洋烟，便对你刮目相看了。朱小熊家里虽穷，但这些人面子上的事情还是要做的。到家后，媳妇薄荷就嫌他买了，说是那么贵，你咋就不知道节俭一点啊？朱小熊没有怪罪薄荷，他知道媳妇是个明白事理的人，知道过一天日子的艰难。他对薄荷讲了那些在外面为人处世道理以后，薄荷就说："我错怪你了，小熊。你不生我的气吧？"朱小熊说："我没有生气啊，别人不了解你，我还不了解你啊？要是不为着咱家过日子着想，你才不会那么说呢！"接下去，朱小熊就教薄荷如何使用洋火来引火，薄荷一看就会了，说："这洋火使唤着就是美，一擦就着了。"朱小熊说："只要你喜欢，使唤着美你就拿着放家里用。"薄荷说："放在家里用，你不还是要买的吗？还是你带着用吧，碰见人也方便一些。我在家，用咱家那火绳就中了。"薄荷如是说，让朱小熊从心里更是感激，一辈子有这样通情达理善解人意的媳妇，何愁日子过不到人前头？

朱小熊点着棉油灯，薄荷就从炕那头起身问他："这么早就要起来啊？昨天去东岭上锄了一天的地，要不就多睡一会儿吧？"朱小熊说："今天得进城哩，逢集日。"朱小熊这样一说，薄荷就想起来了，今天是农历二十。县城里不知道从什么时间就有集日了，集市的场所就设在热闹的南大街，逢集日，邻近村子的人就都想去集市上买些生活用品。小熊买针头线脑的生意也因此会更好一些。薄荷说："你不说，我都忘了。"朱小熊下炕去院子里取柴禾，给锅里添水，接着就往灶膛里生火。薄荷在炕上又说："小熊，只给你做就行了。我一会儿起来，自己做着吃。"朱小熊没有顾得上回薄荷的话，依旧忙着手里的活计。自从薄荷生下了他们的孩子，朱小熊每次早起出远门，都要自己生火做饭，还会特意给薄荷做焯鸡蛋。而自己就是吃一点馍蘸辣子水或就咸韭菜。每当这时，薄荷就说："你也吃啊，别光叫我一个人吃。"朱小熊看着她趣笑说："哪是让你吃吗？那是让我儿子吃。没有更充足的奶水，那会有我儿子的茁壮成长。"薄荷瞥他一眼，娇嗔地说："那是你儿子啊？没有我这个做妈的，能有他这条小命吗？"朱小熊连忙说："好好好，我说错了，那是为咱们的儿子。这回说对了吧？"每每都在这种富有乐趣的情调中结束他们互相间的话题。这天也同样，他给薄荷打了两个荷包蛋，而自己就是酸滚水泡了烤干的馍。薄荷要把自己碗里的荷包蛋给朱小熊倒出一个，朱小熊硬是没有要。

临走时，和往常一样，朱小熊不会忘记在熟睡的儿子额头上印下了一个深深的吻。

朱小熊走出窑院，但见东方的土塬梁上已隐隐地露出了鱼肚白。清晨的凉爽让他的头脑清亮许多，下了窑坡，拐到村头，也就踏上了通往县城的大路。首先得过乾阳河，从河的东岸到河的西岸，再往前走半里多路，就是村中的学校。村中的学童起得甚早，"呀呀呀"的读书声透着稚嫩的可爱穿入人的耳孔，特别地享用。再走，就是望之而令人敬仰的东城门，"东来紫气"，不读书的人知之甚少，但从它那透出刚劲的笔锋中，也能让你在不知不觉中体会到其中的深奥。穿过河口街，再出西城门，你便会遵照西城门上四个大字，眺望已穿越无数个王朝岁月的函谷关和灵宝古城了。想象着用不了一个多时辰就到了灵宝县城，想象着县城南大街中午时分的热闹，朱小熊就想起了上个集市那天让他尴尬无奈的一个场面。

朱小熊依旧在南大街那个固守的老地方摆起了自己的买货摊子。朱小熊依旧在格外起劲地说唱着自己现编的卖针歌：

"大哥买，大姐捎，
两百块钱一大包……"

只见人群中一振躁动，更多的人们向另一个地方奔了过去。朱小熊不知发生了什么，一个人在现场也腾不出空来，让他到那里去看个究竟。预料不到的事情，朱小熊只能重新来一段最近才编好的歌词：

"我的针，是好针，
问问周围四乡邻，
东巷有女要出嫁，
西巷有娃要结婚，
张家的媳妇鼓了肚，
李家的老汉过寿辰，
样样离不开我的针，
缝出七彩罗衣裙。
我的针，是好针，
问问天上月亮神。
春缝红灯高高挂，
红花绿叶遍地撒。
夏日缝得麦金黄，
三伏天里有荫凉。

中秋缝得月儿圆，

五谷丰登瓜果甜。

缝得三冬日头暖，

杀猪宰羊好过年。"

不知是新的歌词吸引了大家，还是其他什么原因，人群又一次向朱小熊跟前围拢过来。和以往不一样的是，人们只是听他的歌词，却不买他的针、线等物饰。这可是从来没有过的现象啊！朱小熊不知所措，万般无奈坚持到散场。向周围的人一打听，才知道是在不远处新来了一个和自己一样行当的新开了个地摊。他虽不及朱小熊那卖针歌来的通畅顺口和那么让人喜欢听，但他那针的价格却格外便宜，是朱小熊从洛阳关林市场上也批发不来的价格。朱小熊悲观懊丧到了极点。难道说自己多日来打开的市场局面就此烟消云散，自己往后的针头线脑生意也因此再无生机？新来的这个同行，他是怎样的一个人？能否互相通融照顾一下？谁都有老婆孩子，谁都要生存，不能就这样默默无闻地离开灵宝城南大街这个无论谁都有权力摆摊叫买的地方。朱小熊想找个人打探一下真实的情由到底是什么。

朱小熊来到一个酒馆，二两老白干刚刚放到桌上，一个手掌就从身后拍在他的肩膀上。他一回头，一个陌生的面孔。他善意地微笑着，坐在朱小熊的对面。"心里格外地不痛快吧？"陌生人倒直爽，"我就是今天摆摊卖针的那个人，搅黄了你的生意，在这里向你赔礼道歉啦。"陌生人说完，行了一个拱手礼。这让朱小熊有点意想不到，他不知道该怎样去和人家搭讪，是置之不理呢，还是拱让求和？没等到朱小熊想好对策，陌生人又开口道："怎么，也不请我坐下来一块儿喝上一杯？不请也罢，我讨个无趣，自个儿就座了。不过你放心，今个这酒钱我买单。"被陌生人这么一激，朱小熊还真有点沉不住气了，只见他冷眉一挑："别小瞧了爷爷，进得来馆子就付得起钱。酒家，再来二两。""好，有个性。酒家，再来两个菜。"朱小熊不知道来者心存何意，单看那面情倒不像是一个凶神恶煞。朱小熊倒满两个杯子，陌生人便端起来和他碰杯对饮起来。两杯酒下肚，陌生人话也多了起来："不瞒你说，我初来乍到地，不懂行上规矩，冒犯之处还望兄弟你多多海涵。兄弟我自罚一杯。"陌生人说完，端起一杯干了。看这陌生人的样子，朱小熊也随即端起一杯说道："看你兄弟也是个爽快人，我也就不拐弯抹角。干了这杯酒，我就直话直说了。"陌生人说："兄弟有话请讲。"朱小熊说："敢问兄弟从哪里来？"陌生人说："北方。""你那针、线的价格果真就那么便宜？""果真就那么便宜。"陌生人接着说："我知道，你们灵宝人进货大都是东去洛阳，西去长安。一条黄河挡住了你们北去的脚步。当然，这里面还有一个更重要的原因，那就是国军部队在沿河岸边设下了防止共产党进犯的防线，北去也就没有那么方便了。""敢问北边的货价比起河这边的能便宜几成？""十成要便宜二成。也就是说，北边的进货价相当于洛阳那边的零散售价。""怪不得，人们说你卖那个价，我就在心里暗暗叫道：那不赔本了嘛？原来是这样。""兄弟，今天生意场上的事实属无奈，真的对不起。"陌生人说着起身朝着朱小熊鞠了一个躬。"别这样，别这样。"朱小熊赶忙起身阻拦。紧接着，陌生人从随身的布袋里掏出两块银圆，放在桌面上。"这是兄弟今日所挣，还请兄弟你收下，以解你我兄弟前嫌。"朱小熊长这么大，还没有见到过像这样仗义、视金钱如粪土的生意人。他忙起身拱让道："这不行不行。自古商场如战场，买卖争分毫，没有什么谁对不起谁的。你这样做，比用耳光扇在我的脸上还让我难受。"陌生人说："今日之事，的确是我的错。你若瞧得起我，就收下此钱，你我还是兄弟；你若不收，就是瞧不起我，你我从此时起，恩断义绝！"看到陌生人如是说，朱小熊言道："既然如此，我朱小熊愿与你义结金兰，不知你予以如何？"陌生人说："我答应你。

只是还不知道兄弟你年庚几何？"朱小熊答道："兄弟姓朱，名小熊。中华民国十四年七月十七日生，先生说是炉中火命，身居灵宝县东城乡河口保东河口村。家父去年仙逝，现今仅有兄弟和妻儿三口。""这么详细啊，兄弟我姓晁，名抵。中华民国十二年二月八日生。从小也没有请先生算过命，不知道是什么命。""如此说来，你为兄，请受小弟一拜。"晁抵忙上前扶住朱小熊，说："同坐，同坐。"紧接着，晁抵又说："既然是兄弟，每至灵宝城集市之日，我晁抵绝不再在南大街摆摊买货。兄弟我一言既出，驷马难追。或者，我还可以另谋其他生路。"朱小熊说："晁兄大不必如此。"晁抵说："就这么定了。为兄我还有要事在身，不宜再多留。你还有那么远的路要赶，也不要多饮，以免弟妹在家牵挂。告辞了。"晁抵转身离去，很快就消失在了茫茫的人海之中。

时间很快就过去了整整十天，而那个晁抵兄长今日又在何方？朱小熊不由地加快了脚下的步子。

74

瞬间工夫，红红的太阳就越过东岭塬头，光芒四射，眼前的田野顿然间也显得靓丽鲜活起来，犹如一幅刚画完的油彩画。道路看起来也越发得宽阔，零碎的行人被突现的阳光催促着，加快了移动的速度。

不远处一个女人映入朱小熊眼帘，他不知道她是谁，也不想知道她是谁。而朱小熊的脚步显然比那女人的脚步要快得多，随着两个人距离的缩短，女人的背影越发地明显起来。红的袄，绿的裤，黑的发，伴随着匀称的身子，轻快的碎步，一晃一动地特别抢眼。这么早，一个女人赶上去县城的路，说不准有什么揪心的事儿要办呢？朱小熊只是如此想着的同时，就觉得这和自己有关系吗？有关系也好，没关系也罢，反正朱小熊的步行速度比那个女人要快得多，不大一会儿，就和女人成了并肩而行的路人，不自主地头一瞅，正好和女人扭头过来的眼神撞在一起。"你不是东河口那个朱师傅的娃嘛。"女人出语很有些惊喜的意思。"是啊，是啊。你是……""我是河口的，就是……"雪琴想说自己就是在县城读中学那个女孩王婵娟的妈妈，但她没有说，女儿已经那样了，还有什么可以在人前边炫耀的呢？她只能说"就是小北巷王来法家的。"雪琴这样说，朱小熊还是有点想不起来她到底是谁家的女人。但从相貌看，他是见过她的。于是就随口问道："婶子也进县城啊？"雪琴说："是啊。"朱小熊说："起得恁早呢。"雪琴说："一个来回好远的路，怕去的迟了耽搁办不成事。"朱小熊说："就是，咱河口离县城远哩，想必大婶你也轻易不到城里去一趟，去了就该好好地转转，看看。""那有闲工夫转啊看的。过去是给婵娟送生活，十天半月的总要去一趟。现在是……"雪琴说着说着就不由地道出婵娟的名字，说着说着就差点儿说出婵娟进了牢房的事。雪琴突然顿住话头不说了，但朱小熊已完全明白了眼前这个女人的身份，"你是王婵娟的妈妈吧。"雪琴的脸有些发烫，但也不能因此否认自己就是王婵娟母亲吧。她只能如实回答："是啊，是啊。""听说，任二奶奶家的宝玉已经回来了，你家婵娟也应该回来了吧？"话一说开，雪琴感觉也就无所顾忌，就接过朱小熊的话头说："咱不能和人家比，任二奶奶家有钱。再说宝玉他大伯在省城里做着那么大的官，官官相为不说，有钱还能使鬼推磨哩！""那倒也是。"朱小熊接着问："这么说，婵娟的事还没有个着落？"雪琴说："把我和她大都熬煎死了，你说这没钱不说，连去打探门路的熟人都没有。""那么你今天去找人呢，还是打探个消息？""我也是瞎子走路，没个准儿。没有个有头有脸的人，只能自己去盲撞了。"说这话时，雪琴就不自主地摸了摸自己随身的布袋儿，那里面装的，就是她从箱子底挖出来的一对银镯子，一对金耳环。她这可是带着婵娟他亲爹那颗虔诚心来的。她不知道这东西到了当铺那儿能值几个钱。再说，自己一个女人也不知道现时的市场行情。换来钱，是否真的能把女儿赎回来？带着诸多的未知数，凭着一时的冲动，她就盲目地上了路。看着眼前边的朱小熊，雪琴就像是一个临近死亡的生命突然间遇见救星一样地兴奋，何不让他帮着自己去当铺？出门在外，一个男人必定好说话办事。她明白，朱小熊是去县城的南大街摆摊挣钱，自己提出这样一个要求，岂不要耽搁人家做生意挣钱？但她觉得自己现在太需要一个熟悉知底的男人去帮忙了。甭管那么多，先问问他再说。雪琴鼓足勇气扭回头正欲开口，却见朱小熊早已跑到她的前头好远。无奈，雪琴只有硬着头皮"小熊，小熊"地去喊。朱小熊听见喊声就站住脚，回头问："婶子，有事啊？"雪琴说："嗯，是有事。""有事你就说，别不好意思。都是河口村的，谁还能用不着谁啊？"朱小熊话说得很客气，也很真诚，这就让雪琴有一种暖心般的感动。"哎哟，我都不好意思说，知道你要去南大街摆摊做生意哩，但我又实在是想让你帮我的忙。""没事。你说吧。能帮我就一定帮。"雪琴说："婵娟这一出事，少不了要花钱的。我带着两件首饰，想去当铺换些银子回来，一来我不知道行情，二来我一个女人也不好和人家交涉。见到你，就想请你帮婶子这个忙。"雪琴提出来的事，可真让朱小熊为难，答应人家吧，自己今天的生意肯定就黄了。不答应人家吧，自己心里实在过意不去。虽说是乡里乡亲的，但一个女人朝一个男人张一回嘴也挺不容易的。看朱小熊踌躇不决样子，雪琴就说："算了算了，不为难你了。你还是快去忙你的生意吧。"雪琴说到生意，倒是让朱小熊想起了上回的事，王婵娟和王幸福让一个小孩一下子买了他两千块钱的针。人生无处不相逢，相逢何必曾相识。"不。我还是和婶子厮跟着一块走吧，生意，过了今天明天还能做，而婵娟的事耽误不得啊。"

阳光越发地炽热起来，离县城越来越近，路上行人也越来越多。在朱小熊和雪琴的唠叨细语中，灵宝县城就出现在眼前边。

从谈话中，朱小熊就知道雪琴要当的是一对镯子和一对金耳环。虽然雪琴没有说她那镯子和金耳环的来历，但朱小熊也能猜个八九不离十，肯定是她自己的心爱之物。如果不是救女儿心切，她才舍不得拿出来去当哩。

南大街上的行人还不是太多，所有的生意铺子和街面上摆摊的生意也是刚开门不久。朱小熊问雪琴说："灵宝城的两家当铺都在南大街西头，一家是灵宝城里有名望的大户人家苏家开的，还有一户听说是南山一个姓杜的财主开的，咱们该去哪一家呢？"雪琴说："我也不知道该去哪一家。"朱小熊说："要不就去苏家开的那家吧？他们家就在县城，咱们这一当出去，时间长短也一下子说不清，以后也不至于出什么差错。"雪琴说："行，就按你说的，去苏家开的那家。"

苏家开的当铺坐北朝南，共有三间门面，门口除了吊着一个大大的"当"字以外，门脑上面还有一幅大大的门面牌，上书"广源当铺"四个大字。进了当铺门，就见柜台内坐着一位长衫短褂的先生，一幅镶着铜架的石头眼镜，一把黑色的山羊胡子。看到朱小熊他们进门来，就站起身问道："小伙子要当何物？"朱小熊朝雪琴说："婶子，拿出来让人家看看吧。"雪琴就从布袋里掏出了一个红洋布包来，解开红洋布包，就见里面有两个白麻纸包，一个包很大，一个包极小。雪琴没有将白麻纸包打开，直接把两个纸包交给了当铺里的先生。先生打开两个纸包，放在柜台上，朱小熊就见到了那一对银镯子和一对金耳环。先生先拿起镯子，放在手里掂了掂，又拿起来瞧了瞧，镯子的外围明显可见凤凰飞翔的花纹。放下镯子，先生又用右手的拇指和食指拈起一只金耳环，放在眼镜片前面仔细端详了好半天，然后放回纸包，自语着："东西不错。"随即抬头问雪琴："想当多少？"雪琴瞅了瞅先生，又回头看了看朱小熊，不知该如何回答。朱小能说："我婶子这东西金贵着呢，遇到了难处才无奈拿了出来。当多当少我们心里也没个谱，老先生您是行家，出个合适的价，权当是帮我们的忙，度过眼下的难关，日后还是要赎回来的。"先生点点头笑着说："小伙子会说话。年纪不大，倒像是个江湖上的老手。"朱小熊拱手行了一礼，说："老先生过奖了。"先生说："不知你们要银两呢，还是要现大洋？还有现行的纸洋票。"朱小熊转头对雪琴说："婶子，咱们就要现大洋吧。"雪琴说："行。要不再少拿点纸洋票。"朱小熊说："就照我婶子说的，拿成现大洋，再少拿点纸洋票。""好哩。"先生答应着，回头喊来一个伙计，拿出了一个戥子，先把银镯子放在里面，然后高声叫道："一对上等银镯子，一两八钱六分八毫。"跟着伙计的叫声，先生如实地记在账簿。然后又把那对金耳环放在戥子上，又是一声高喊："金耳环一对，二钱二分三毫。"先生再次把伙计的叫声记在账簿上。先生接着用算盘拨了好半晌，然后高声喊："当，老人头现大洋八块，外加纸洋票一万六仟三佰。"稍后，先生递给了朱小熊一张写着黑字的白麻纸，说："这是当票。收好，日后赎东西，没有它可不行。"雪琴接过银圆和那些纸洋票，转回身出门的一瞬间，就有泪水流在面颊上。朱小熊不解地问："婶子，怎么啦？"雪琴抹了一把泪，回过头朝朱小熊笑着说："没什么，你看我这没出息的样儿。"

　　两个人出门走了没多远，朱小熊站住脚，对雪琴说："婶子，我想到我摆摊的地方看看，就不和你厮跟了，你转一会儿。"雪琴说："你看这天都多会儿了？咱们厮跟着吃饭去。""不了，不了。"朱小熊说着就要朝另一个方向走。雪琴连忙拽着朱小熊的胳膊说："不光是吃饭，婶子还有事哩。"朱小熊问："还有什么事？"雪琴说："走，咱们到了那儿，你边吃饭边听婶子跟你说。"朱小熊以为雪琴是故意这么说，想留自己吃饭哩，忙摆手说："我真的不吃饭。"雪琴急了，又一次拽着朱小熊求道："真是有事哩，没有哄你。"雪琴如此，朱小熊也就只能跟随雪琴来到一个小饭馆。每人要了一碗面条，雪琴还要点两个菜，打点酒的，都被朱小熊给拦住了，说是"你这样就太见外了不是？同饮乾阳河的水，低头不见抬头见的，家常过日子谁能没个难处？谁都有用着谁的地方。"听着朱小熊的话，雪琴就觉得自己今天碰着这娃真是交好运了。两个人吃饭的时间，雪琴告诉朱小熊说："原来也没有想的事，看着手里的钱，我就想着能不能去见一见婵娟。""婶子想见婵娟啊？""是哩。""那个恐怕不好办吧。""咋？咱们手里不是有钱嘛，给那些当兵的口袋里塞几个，不行啊？"朱小熊摇着头说："不知道。"雪琴接着说："婶子是人生地不熟，没有你就成了个睁眼瞎，寸步难行。吃完饭，你就领着婶子去试试，见得着见不着，就看咱的运气了。"朱小熊忧忡片刻说："行。"

灵宝县国民政府就设在行政街。行政街是县城靠北边的一条街，政府机关和各个行政单位都在那条街上，沿街面的商部生意也特别少，朱小熊很少去。听说监狱在行政街的最东头，朱小熊只能领着雪琴往北穿过东大街，到了行政街再往东走。

走了好大一会儿，才见到有一座蓝砖垒起来的高院墙，门口没有挂牌子。整个灵宝，用纯砖垒起来的院墙几乎看不到，而眼前的一准就是监狱所在地。朱小熊猜测着。走近后，果然见门口站着一个当兵的，手里持着枪。朱小熊领着雪琴走往门口，就被当兵的拦住了。

"不许进。"当兵的把枪端在手里。

朱小熊和雪琴站住了。

"兄弟，我们想问个事情。"朱小熊说。

"到别处去问吧。"

朱小熊回头瞅了瞅雪琴。雪琴也抬头瞅了瞅朱小熊，寻思着，这该怎么办呢？只见朱小熊从褂子的口袋里掏出一个精美的盒子。雪琴不知道朱小熊掏出这个盒子来干什么？接下来又见朱小熊从精美的盒子里面掏出来一根雪白的小棍棒，走到那个当兵的跟前，递了上去。当兵的很乐意，接在手中。朱小熊掏出洋火，擦着一根，递了过去。当兵的立刻就把那根白棒叼在口中，对着火苗，嘴巴一吸一吸地然后就冒出了烟来。随后，朱小熊也同样往自己的嘴巴上叼一支，也燃着了。看完这个全过程，雪琴才明白朱小熊掏出来的是眼下时兴的洋烟。在家里，王来法嘴里啃的总是那个小旱烟袋。

接下来的事情就顺当多了。朱小熊问："兄弟，这就是县监狱吧。"

当兵的说："是啊。"

朱小熊说："想进去看个人行不？"

当兵的说："不行，不行。要看人，得有县保安大队稽查队的批条，要不，谁也不能随便进！"

朱小熊又问："啥叫批条？"

"这个都不知道啊，就是允许看望犯人的纸条，那上面有保安大队稽查队队长的签字。"

"哦，明白了。"朱小熊接着又问："那保安大队在什么地方啊？"

当兵的说："看你也像个常在社会上混的，怎么连保安大队稽查队在什么地方都不知道啊？"

"那啥地方啊，谁愿意和他交道。"

"那倒也是。"当兵的说："也在行政街，县政府西边那座院子。"

"知道了。谢谢啊。"

"快走吧，快走吧。"当兵的摆摆手，"让长官看见，没好果子给我们吃。"

顺着刚才来的街道又转身往西走。

离老远，朱小熊就掏出了兜里那盒洋烟。他让雪琴在不远处等他一下，雪琴不同意，说："跟你一块去，他还能把我吃了不成？"无奈，朱小熊只能领着雪琴来到把守门口的士兵跟前。

朱小熊掏出一根洋烟递上去，"兄弟，吸支烟。"

当兵的看一眼朱小熊，又侧视一眼雪琴，摆一下手说："不会。"接着又说，"离远点，没有什么套近乎的。"

就在当兵说话的那一瞬间，朱小熊突然间就认出来，眼前这个当兵的就是那天和自己义结金兰的晁抵兄。怎么，仅仅十天的时间他就摇身一变，成了保安队站岗的士兵？朱小熊不愿过多地去思考它的来龙去脉，就大大咧咧叫道："这不是晁大哥吗？才几天时间不认识兄弟啦？"

"去去去，谁是你晁大哥。"当兵的冷眉横对。

"兄弟我眼不拙。你不就是那天在南大街和兄弟喝酒、结拜的晁抵大哥吗？你还给了兄弟两块银圆呢。"

"你认错人了。我不姓晁，我姓乔，名一。"

"你姓乔，名一？"朱小熊糊涂了，他怎么和晁抵长得那么一样呢？又抬头仔细看，觉得像，又觉得不像。兴许是自己认错人了，可刚搭眼一瞅，咋就恁像呢？不管他是晁抵也好，是乔一也好，他都要把该问的事情问明白。

"就算我认错人了。"

不等朱小熊往下说，当兵的就急了："什么算认错人了，明明就是认错人了。"

"对对对，是我认错人了。我承认。但我需要问你一个问题，可以吧？"

"什么问题？快点说。"

"想去监狱看一个人，听说要从保安大队稽查队开个批条？"

"是的。要从保安大队稽查队开个批条。"当兵回答得很机械。

"现在能进去开吗？"

"不能。开批条需要所在保的保长开的批条。有了所在保保长开的批条，保安大队稽查队才能开批条。"

"是这样啊。"朱小熊点着头说："明白了。"

"快走吧，走吧。"当兵的又在接二连三地促着他们离开。

所有这一切，雪琴听得明明白白。尽管她当初明知道自己这回来是水中捞月，不会有什么结果的，但她清楚了女儿被关在什么地方，也明白了想见女儿需要哪些手续。

　　朱小熊就此和雪琴分了手，尽管晚了，尽管今天没有卖出去一根针，但他还想到南大街自己曾经摆过摊的地方看一看。错认晃抵的事始终让他感觉有些蹊跷，难道世界上真有长得那么相像的人？

　　太阳很快就西斜了许多，雪琴不得不返回原来的路程。

　　打早起到现在，脚下从没有消停过。这时的雪琴真感觉有点累，两条腿也像灌了铅一样的重。但她的心情却出奇的好，因为今天，她收获了很多。

第十六章　求人难

75

院子里微弱的亮色羞涩地叩响窗棂，不等主人答应一声，也不管主人愿意不愿意就挤着身子从细小的窗缝里钻了进来。

被窝里，雪琴轻揣王来法一脚。王来法说："醒来了。"

雪琴说："醒来了就起。"

"不点灯了？"

"不点灯了。你看窗缝，外面已经亮了。"雪琴说完又叮咛道："小声点，甭把铁蛋弄醒。"

"去找保长，这也起得太早了吧。"

雪琴说："你不知道啊，王孝儒和你一样，也是个急死鬼脾气。要是一早去了田里，或是出了村，恐怕连面都见不着。"

雪琴说王来法和王孝儒一样地急，是说他们勤快，心里总牵着地里的庄稼。要不是昨晚上说好今天一早去见王保长，王来法恐怕也早就扛着锄头去田里了。

昨天后晌，雪琴从县城回来已经很晚了。一进院门，就见王来法坐在灶膛前面正准备生火做饭。没有顾得回里屋，雪琴就对王来法说："你起来，我给咱烧。"王来法说："我先烧着，你歇会儿。"雪琴说："起来起来，看你烟熏火燎的样子，我能坐得住吗？"要说王来法也是个打过十几年光棍的人，爬锅料灶将就着做点饭也并非什么难事。怎奈丢了好多年的活计，偶然摸起来难免有些手生。这也难怪，自打雪琴进了家门，什么纺织浆洗，缝缝补补，蒸馍擀面，烧汤做菜，她都为他准备得停停当当，王来法从来也没有插过手。即便有时间他也想插手帮雪琴一把，雪琴会说："歇着去吧，有婆娘的人，让外人见了，还不笑话？"时间一长，王来法真的就什么也都懒得动了。

坐在炕头上吃着饭，王来法问起雪琴去县城里的事。"见到人了？"雪琴说："见到了。""借到钱了？"雪琴说："没借到。""那不白跑一趟吗？"雪琴说："没有白跑。她不愿意在男人面前张嘴，就把自己的首饰借给我了。""她把首饰借给你了？可那也不能当钱花啊。"雪琴说："我到城里的当铺，把她的首饰当了出去。""把人家的首饰当了出去，这日后还得还人家不是？"雪琴说："那当然，即便是借了钱给咱，咱也得还人家？我可不愿做过河拆桥恩将仇报的人。""谁说不还人家了？我是说日后咱还得把人家的首饰从当部里赎回来。""那当然。"

这时间，铁蛋突然插嘴问道："妈妈，那姐姐什么时间回来啊？"这一问，竟让雪琴和王来法有些不知所措。他们面面相觑了好大一会儿，雪琴才哄铁蛋说："姐姐很快就会回来的。"说到婵娟，雪琴的两眼不免有些潮潮的，心里不好受。

收拾完筷碗，铁蛋早早地钻进被窝。王来法则坐在炕头。他想起了今天晌午从田里回来时，正好与校长王云山和婵娟原来的班主任打了个对面。王云山说："来法，去地里了？"王来法说："是啊，是啊。你们这会儿闲了。""哦，学生正在上自习呢，我和张老师出来走动走动。"原本就是一些客套话，说说也就过去了。婵娟的班主任却跑到王来法跟前，关心地问道："婵娟还没有回来？"王来法摇摇头说："没有。""听说任二奶奶家的那个宝玉已经回来了？"王来法点点头说："嗯。""既然任宝玉都回来了，婵娟也不会等太久的。"王来法叹了口气说："谁知道呢？"婵娟的班主任说完转回身，自言自语地摇着头："可惜啦，可惜啦！多好的学生啊，就这样给毁了。"看着婵娟班主任的背影，王来法就来气，当初还不是因为你，三番五次地跟我做工作，要让婵娟去读中学。这回读出祸事来了，花钱受罪的还不是我们自己？罢罢罢，女大不中留，留来留去是个祸事头！婵娟出来了，一定要尽快地给她找个好人家嫁出去。

"想啥呢？"雪琴几时坐在了眼前边，王来法竟然不知道。只见雪琴拿出自己随身带的布提兜，对王来法说："当的钱都在里面，你点点，心里面也有个数。"王来法说："你心里清楚着，我就不数了。"王来法说着把雪琴递过来的提兜又推了回去："这些钱就放在你跟前，到用的时间再把它拿出来。"雪琴说："你可是咱家掌柜的，还是你拿着吧。"王来法说："什么掌柜不掌柜的，咱家那勺大碗小还不都在你肚里放着，这钱先放在你跟前，用得着就花。用不着，你日后也好还人家。""这么说我就先收起来了。""收起来，收起来。"接下来，雪琴就向王来法讲述了朱小熊领着自己去县监狱和县政府的事。"就是东河口说书的那个朱瞎子的儿子？"王来法问。雪琴说："是啊，是啊。我们是在去灵宝城的路上遇着的。他是去县城南大街摆摊卖针头线脑。后来我想去当部当那些首饰，怕自己一个女人人生地不熟的，受别人的白眼，就去找着他。当了首饰，我又求他领着我去了趟县监狱。婵娟就是被关在那里边。我想进去看看女儿，人家看门的不让进，说是要进去得有县保安大队稽查队批的条子。后来他又领着我去了县保安大队稽查队，人家看门的说要想让县保安大队稽查队批条，首先得有保公所开的介绍信，介绍信上还要有乡长的签字才行。回家途中，我寻思了一路。要救女儿出狱不容易，没有个当官的说情，不花一大笔钱女儿就甭想出来。以咱家现在的情景，掏得起那个钱吗？就是挖也好，借也好，筹到了那笔钱，咱们也是顶着猪头寻不着庙门，连把钱送给谁不知道。唉——"话到此，雪琴叹了一口气。"照你这么说，咱这是纸糊住沟子——没门了？""有门没有门，我也不知道。我现在就想着去监狱里见上婵娟一面。如果婵娟真的出不来了，我总不能连个面也不见吧？"雪琴说着说着就情不自禁地哭了起来。

雪琴一哭，王来法心里也跟着不好受，他说："事到如今，你也不要过于伤心难过，免得伤坏身子。眼下，咱们该找人就找人，该花钱就花钱，只要能把娃救出来，咱就是砸锅卖铁也心甘情愿。"这话说得雪琴心里一热，她说："有你这番话，就算我娘儿俩当初找对了人。"雪琴接着说："我想让你明天一早就陪着我去找王保长，让他给咱写个介绍信，到县监狱里去看看娃。如果他能够给咱指条明路更好。你说呢？""咱们那天不是去过保长家了嘛，不凑巧，人家有事。也好，就依你说的，明天一早就再去找王保长，让他给咱开张去县里看娃的介绍信。""嗯，明白一早就去找王保长。"雪琴重复着王来法的话，心中燃起了一种希望的火苗。虔诚的祈祷，更多的企盼和那美丽的憧憬在心与心的倾吐和诉说中变得越来越清晰与现实，一切的一切又紧随着夜的深沉变成了一个遥不可及的美梦！

有梦总归是好的！有梦总比没梦要强得多！

也许就是那个美丽的梦幻，把新一天的黎明从那个细小的窗缝里拽回到这个让人窒息的小屋里来。

出了院门，雪琴前面迈着细碎的小步，急不可待。王来法跟随其后，大步流星。

清晨的巷道，湿润而凉爽，有微风吹拂而来，很能给人一种赏心悦目的快感。除了偶尔有一两个去学堂的孩童穿巷而过以外，整个巷道里也就王来法夫妻二人急匆匆的身影。像是在家时把要说的话早已说得不曾落下个一言半语，沙沙沙的脚步声为他们的前行打着轻快的节拍。很快就到了东西方向的河口街道，其情景和小巷道便大不一样了。有生意铺子的伙计们已在打扫店铺门面的路道；有远方早起的行人已穿村而过去往县城的方向；去学堂的孩童渐渐多起来，三人一群，两人一伙地诉说着什么；有谁家的大黄狗从大门里窜出来，急忙忙去背人处觅食去了；有大早起就出圈的牲口"昂昂昂"地叫欢着……

雪琴和王来法一前一后站在王孝儒的大门口，张口喘着粗气。等到呼吸平稳了，雪琴便问王来法说："怎么这般时辰了还没有开门呢？""应该开门了啊，怎么就没有开门呢？"王来法重复着雪琴的话语。"敲门吧。"雪琴示意王来法说。王来法用巴掌拍了几下门环儿，接着便"王保长，王保长"地喊了两声。听不见人答应，也不见有人来开门。"再敲。"雪琴又说。王来法用巴掌又拍了几下门环儿，还是"王保长，王保长"地喊了两声。

还是没有人答应，却听见"扑踏，扑踏"脚步声从院里传了过来。"来了，来了。"王来法对雪琴说。等那门扇儿刚一拉开，雪琴和王来法便不约而同地叫道："王保长。"

开门的不是王保长，而是王保长的女人。她顾不得回应门外来人的话，张着圆圆的嘴巴打了一个长长的哈欠。

"王保长病了吗？"王来法问道。

女人一听王来法的问话，大发雷霆："什么，什么，你说什么？谁病了？大清早起的，会不会说话啊？"

雪琴忙白了一眼王来法。赔着笑说："你别生气啊，他这个人不会说话。他不是那个意思。"

"别生气，不会说话，是你生不生气啊？不是那个意思，不是那个意思是什么意思？你听听他刚才说那话了吧，到底是啥意思？"王保长的女人得理不饶人，没等雪琴把话说完，就像放机关枪似地一梭子一梭子扫过来。

"他真不是那个意思。他是夸王保长哩，说王保长人勤快，总是起得很早，不偷懒……"

"你怎么也大清早地就不讲理了呢，有那样夸人的吗？他起得早，不偷懒。照你的意思，是我偷懒了？我告诉你，老娘就是偷懒了，你能怎么着吧你？"保长婆娘说着就要关门回屋。

看见保长女人要关门，雪琴忙上前拦住她说："不要关门啊，大嫂，我们找王保长真的有急事哩。"

"甭叫我大嫂，谁是你大嫂？"

"我们真是有事情要请保长帮忙哩。"

"王保长他不在。"

"那他去哪儿啦？什么时间回来啊？"

"这我哪能知道，反正出远门了。要知道啊，要知道你等他回来问他得了。"保长女人在不耐烦中重新关上了门。

因为自己说话没注意，惹恼了保长的女人，雪琴忍着心烦的无奈解释让王来法实在是憋得难受，但又无法发泄。等到保长女人关了门，王来法才出了一口大气，"真是个泼妇！"

雪琴听了忙说："得了吧你。有你那样说话的吗。大清早地，让人生了一肚子气，还得赔着笑脸跟人家说好话。"

"像这样的婆娘就是欠揍。要不是有事求她，耳光早扇到她脸上啦。"

"好了好了，别逗能了。回，甭让来往的人看笑话。"雪琴说着就转回了身。

"难道王保长真的出了远门，不在家？"王来法跟在后面，自语着。

"回。"显然，雪琴也有些生王来法的气。

原本就要露出笑脸的太阳一瞬间就又被一大片乌云笼罩得透不出半点儿光芒。

这狗日的天气！

76

王保长家的大门依旧关着。

半早起的太阳，捉迷藏似地躲在穿梭无序的云朵儿背后时隐时现。

"咣咣咣，咣咣咣……"又有人拍响了王保长家的门环，然后就"王保长，王保长"地喊个不停。

"谁呀，谁呀，刚把门关上就又敲。烦人！"保长女人不耐烦的声音伴随着"踢踏，踢踏"的脚步声传出了大门外。

"太阳影儿都晒着屁股蛋子了，门还关得死紧，一晚上还没有亲热够啊？大白天的就又续上了。"

保长女人把门扇一打开，这酸不溜秋的话语就撞到了她的怀里。没有等待到她再一次发作，眼前的情景让她惊讶得倒吸了一口凉气。不远处拴马石上的那匹马还打着很亮的响鼻。保长女人忙换上一副慈善的面孔，原本扭曲的几道纹路立即就绽开成一朵花。"哎哟哟，我当是谁来了，原来是雒乡长啊。快进，快进。"

"王保长还没有起炕？"雒好礼问。

"就他那个性子还能睡得住啊。他没在家。"

"我就寻思着大白天的，他也不会陪着你在家睡觉。"

"他要是在家，哪容得你多睡一会儿懒觉。"

"王保长没在家，去哪儿啦？"

"出门好几天了，说是去阌乡县。咋就还不回来呢？"

"去阌乡县了，那不远嘛。"

"听他走是时说，还想去趟潼关城，也不知有啥事情。你也知道，你们男人们的事情，我是从来不过问的。"

"那啥时间能回来，也没有个准信儿？"

保长女人摇摇头说："不知道。"

"王保长不在家，我也就不进屋了。"雏乡长说着就站住了正在挪动的脚步。

"你看看，到家了就坐会儿嘛，我好给你泡茶做饭啊。"

"不了。我去任二奶奶那儿一下。"雏好礼说着转回了身。

"那你走啊。等他回来了，我让他去乡里找你。"

等到雏好礼走远了，保长女人就轻轻地"哼"了一声。就雏好礼和薛云霞的关系，在河口村已不是什么秘密的秘密，人们嘴上不说，心里头却明镜似地清楚。

王保长家和任二奶奶家斜对门，抬脚就到了大门口。任二奶奶家的大门没有关，用不着雏好礼去拍门。他进任二奶奶家门就像进自家的门一样地随意。但处于礼貌，每次一走进门，他都要"任二奶奶，任二奶奶"喊，这次也不例外。听到雏好礼那熟谙的声音，薛云霞走出东厢房的门。任老太太仍坐在北房屋檐下，听到雏好礼的喊叫，她就心烦。但烦归烦，也不能发作不是。她照例抬了抬眼皮儿轻蔑地斜视了一眼，然后仍做闭目养神状。其实，自打心中对王幸福有了那种特殊的情愫以后，薛云霞也从心里边对雏好礼产生一种厌恶感。但厌恶归厌恶，丝毫改变不了人家是乡长这样一个事实。许多表面文章还是得做的。

"今个有空了？走，客房坐。"薛云霞说话的同时，率先走向南边的客厅。雏好礼紧随其后。坐定后，薛云霞又为他泡上了茶水。然后说："你稍坐片刻，让我到西院跟香椿说一声，为你准备早上饭。""不急不急。"雏好礼说："刚才去了王保长家，他人不在，就只能来你这儿啦。"薛云霞说："王孝儒那天跟他二弟厮跟着，赶着马车，说是去阌乡县城。去时和我们是同路。""找王孝儒，有什么要紧的事吧？"薛云霞接着问。"其实也没有多大的事。目前战事吃紧，北边的共产党扬言要打过黄河哩，县政府接到上峰的命令要征兵哩。我寻思着来跟他说一声。""征什么兵呢，还不是想搜刮民财哩，不就是每个人摊派多少壮丁款那回事吗？""不不不，这回跟过去不一样，比如给你们河口村下派两个壮丁名额，至少得有一个是实实在在的活人，上面说是百分之五十的硬指标，非完成不可。剩下的百分之五十可以以资相抵。""这就比较难办喽，兵荒马乱的，谁愿意让自己的儿子去送死啊！""瞧你这话说的，当了兵就一定得死？""但当兵就要打仗是真的吧？打仗就要死人这也是真的吧？赖好有个办法的人家也不让自己的娃去当兵。""你说这也是实话。但当着外人的面，在大庭广众面前可不能这样说。""说不说谁肚里还不都清清楚楚哩？""好了好了，咱俩就不要打嘴官司了，你让人给我把校长王云山叫来。""叫王云山做啥？""他不是对村里的情况了解得比较透彻嘛？我想大概掌握一下具体的情况。""行行行，我到街上寻人跑个腿去。你先喝口茶，我顺便去西院给你安排早饭。""到了河口村，总是得麻烦你。"雒好礼说着客套话。"不用客气，谁叫你们都是当官的呢？平素常想巴结还巴结不上哩。"薛云霞说着就抬腿出了门。

薛云霞还没有从西院回到正院，王云山就进了任家的大门。王云山"雒乡长，雒乡长"地喊着。雒好礼就回话说："在门房客厅哩。"王云山进了客厅，问道："你一个人哪？"雒好礼说："我一个人。""那任二奶奶呢？""去西院了，说是准备早饭。你肯定还没有吃哩，就在这儿吃点得了。""都一个村的，总是吃人家任二奶奶的饭。""你这不是有事嘛。再说，回你们东河口不是远嘛。""雒乡长，有什么事就不能等王保长回来了再说？""那我来了，总不能谁也不见吧。叫你来也就是了解了解情况，为了下一步征兵的事，做到胸中有数。""征兵，那还不是老一套？""不是不是。"雒好礼向王云山重新做了解释。王云山说："要说家庭条件适宜当壮丁也就数我们东河口的王智性家，他有四个儿子，大儿子娶媳妇成了家，剩下的三个儿子，一个比一个大两岁，以往每次筹壮丁款，也就数他家难。"雒好礼说："王保长不在，你和任二奶奶就私下先做王智性的工作，别到时间弄得伤了彼此的和气。""得了，得了。"雒好礼说这话刚好让端着条盘要进客厅的任二奶奶听了个正着："我可不想搅那个浑水。王智性原本对任家就有成见，千万别让这仇家越结越深。"雒好礼对过去的事还不甚了解，忙问王云山说："这到底是怎么一回事啊？"没有等王云山开口说，任二奶奶倒先开了口："还不是因为民国十八年，河口村集体出外买枪的事，半道上遭了土匪，他三弟智俭因此丧了命。从那以后，他家总认为是吉祥图财害命，害了智俭的性命，一直至今，吉祥也归天好多年了，我们两家硬是老死不相往来。"雒好礼说："我真不知道，还有这么一段是非恩怨。那算了算了，你就不要趟这道浑水了。"

条盘放下好大一会儿了，雒好礼和王云山还都沉浸薛云霞所述的旧事中。薛云霞说："别光顾着说话，快动筷子吃啊。有啥事，你们慢慢聊，我就不打搅了。"薛云霞说着退出了客厅。

77

淡淡的月光下，王来法提着一包点心，打着一壶酒出了东城门，向村里的学堂走去。对于脚下这条河口村的东西通道，王来法可是再也熟悉不过了，从小到大，他也不知道走了多少遍，去田间耕耘撒种，去河边洗澡捉鱼，去东河口串门访友，去黄河渡口挖炭捞柴……春夏秋冬，年年月月。可唯独没有去过路北的这所学校。记忆中还是孩童过年时父亲领着自己去老爷庙瞧了两回头。那时候的关公老爷坐在大殿上身披铠甲，红面长须，威武凶猛，高大无比。一边站着的周仓手扶月牙大刀，凶神恶煞一般，让人望而生畏。后来，不知为什么，老爷庙里的神像就受到了世人的冷落。再后来，县政府就把老爷庙院改建成了这所学校。也许是从小失去双亲备受艰辛的缘故，使他一味地向往着冬暖夏凉，向往着能有一日三餐的饱饭，这便是人间最大的幸福。至于进校园读书，那是他连想也不曾想到过的事情。当然，不曾想过的事情对他来说也就没有兴趣可言。后来，已步入中年的他把雪琴娘儿俩娶进了门，才算有了一个完整的家。为了这个家，他答应了雪琴提出来的任何条件，连同让女儿婵娟入学读书。婵娟读书了，学习出奇地优秀。雪琴高兴，感染的他也把笑容挂在脸上。可说句良心话，他在心里从来就没有重视过女儿书读得好与不好。婵娟在村里这所小学读了五年的书，从春到夏，从秋到冬，他没有接送过孩子一次，甚至每次开学的学费也是他让雪琴自个儿去交的。就这样，婵娟还考了全灵宝县的第一！他当时真没有过那种高兴和喜悦，只感觉这是一种灾难的继续，只是他不能说出口罢了。后来，竟闹出了这档子让人没有脸面的事。王来法没有办法，他不知道该怎样去积极主动地解决和处理这件事情，只能顺着雪琴的意思，让事情随意地发展着。他相信，凡事总会有个头，总会有个结果的。

可这世间的事情，总不能如人所愿。就说今天早上吧，怎么就恰好王保长不在家呢？怎么就恰好碰见那个泼妇般的保长女人呢？没遇见人不说，还因为自己无意间的一句话闹了个不痛快。倒霉！回到家，雪琴可把他数落得不轻。说是你长脑袋做啥哩，什么话也不经大脑就信口开河地往外讲。这回可好，人家王保长到底是不是真的出远门了没在家，你能清楚吗？王来法只好说，我出去打听还不行吗？打听清楚了咱不就知道了吗？从没有红过脸的两口子差点儿吵起来。雪琴把早饭做好了，一家人也没有好好地吃。谁有心情去吃那个饭啊！铁蛋出去玩了，雪琴便倒在土炕上开始掉泪珠子。王来法赶忙去村上打听，才知道王保长真的是出了远门，已经好几天了。他把情况告诉给雪琴，雪琴说："原想着这回有门路了，谁知道咋就摊上这事呢？婵娟啊，你怎么就这样的苦命呢？"雪琴鼻涕一把泪一把地，急得王来法满屋子打转转。打了半天转转的王来法突然对雪琴说："保长不在，咱们就不能去找乡长啊。有乡里的介绍信也一定会管用的。"王来法说这话原本也只是想哄哄雪琴，稳定一下她的情绪，不料雪琴竟认真了，立马坐起身来问："对，找乡长。你说说，咱河口村里谁认识乡长？"王来法说："保长认识乡长啊。可保长不在家。""那不是等于白说嘛。快说说，还有谁认识乡长？""还有，还有，任二奶奶肯定也认识乡长。可咱和任二奶奶家都那样了，怎好意思去求人家呢？即便是找上门，人家也未必帮这个忙。""除了王保长和任二奶奶，就再没有人认识乡长啦？""那，那，学校里的王校长也一定认识乡长，王保长每次办公务总少不了王校长的。""唉哟，你咋不早说。就去找王校长，咱家婵娟是他的学生，而且还是个好学生。婵娟的事，他一定会帮忙的。""你是说咱们去找王校长？"王来法犹豫了。"不找他找谁啊？晚上再去，大白天的让外人看见多不好！去时顺便从街面的铺子里买包点心，打二斤酒，总不曾来往过，此翻去求人家带点礼物好看些。"就这样，吃过晚饭，王来法往学校走来。

有几枚像星星一样的灯光提醒着他，到学校门口了，该左转弯了。王来法差点儿竟直朝前走去，这形成习惯的东西，竟然能给人产生一种不自觉的误导。

眼前的学校早已失去了当年老爷庙的那种神秘和恐惧，王来法感觉到了一种亲近和温暖。眼前的几盏灯光也让他迷失，王云山住得是哪一间屋呢？门口应该有个牌子的，对吧。可现在是晚上，看不见了。即便是白天，王来法他也是个睁眼瞎子。"王校长，王校长。"王来法喊。这一喊，王云山就从一间屋子里出来了。"谁啊？""我。王来法。""王来法？"王云山朝人影处望去，果然就瞧见了他。"来吧，来吧。到屋子里来。"王云山把王来法领进自己的住室。

"你怎么还有空到学校里来？"王云山问。

王来法没有说话，把手中掂的点心和酒壶放到桌子上，然后说："想让你帮个忙哩。"

"你，帮忙就帮忙呗，还拿这些东西来。本乡本村的，谁还能用不着谁？"王云山见王来法还站着，就忙搬一把椅子来，说："坐。你轻易不曾来过学校，有啥事，说吧。"

王云山的开门见山让王来法也少了许多拘束。王来法说："婵娟的事你都知道，我也就不说那么多了。今天来，就是想让你帮我引荐一下咱们城东乡的乡长。"

"向你引荐乡长，引荐乡长做什么？"王云山不知道王来法到底想说什么。

"雪琴，就是婵娟她妈，昨天进了一趟县城，她打听了，说是让保公所开个介绍信，再让乡长签个字，就能去县里的监狱探望婵娟。你知道，这么多天了，她成天就像个泪人似的，搅得人不得安生。今天早起，我们去了王保长家，听说他出远门了，一时半会儿也回不来。无奈之下，我和雪琴就想到了你。和乡长毕竟互相熟识吗，就想让你陪着我去一趟乡政府，求人家乡长给开一张去监狱探望的介绍信，让雪琴去县里看看婵娟。"

"你是说想见乡长啊，这个不难，但人家给不给开介绍信就不好说了。"

"这个我知道。"王来法说："作为孩子她爹，我也算是尽到了责任，对吧？"

"我理解你的难处，也理解婵娟她妈的慈母之情。我是不知道你们想见乡长，今天中午，人家还到咱们村来了。"

"是吗？你看看，多好的机会啊！可惜咱不知道。"

"是啊。"

"王校长，麻烦你改天和我厮跟着去一趟乡里，你看中不中？"

"中啊，咋不中？你也没求我帮过什么忙，不就是跑个路吗？你说说，什么时间去？"

"要不咱就明天去？"

"能中。"王云山爽朗地答应了。

王来法想了想又说："只是这么远的路，我家也没有个马车，槽头就是头小毛驴。我一个人骑上还可以将就。要不我去借谁家的骡子用一下？也就是一半晌的工夫。"

王云山说："不用借了，我骑着自家的那头骡子就中。"

"那就这样说定了。"王来法重复道。

"嗯，就这样定了吧。只是得吃过饭再去。早上我得把学校的事情安排一下。"

"中中中。"王来法笑着直点头。

和来时相比，弯弯的月儿升高了，大地也亮堂许多。河道里青蛙"呱呱"的叫着，田间的蛐蛐"叽叽"的吟鸣，还有那偶尔从村里头传来的一两声狗咬，都让王来法感觉到了一种从来没有过的惬意。

78

城东乡政府驻地位于灵宝县城东五里地的城东村。据说城东村原来不叫城东村，叫东城村，缘于这里曾建过一座同灵宝县城媲美的城池，说是那时的灵宝县也不叫灵宝县，叫桃林县。据《灵宝县志》记载："玄宗天宝元年春月，陈王府参军田同秀上言：'见玄元皇帝于丹凤门之空中，告以我藏灵符在尹喜故宅。'玄宗随派使者于函谷关尹喜台旁求得之。群臣上表'函谷灵活符，潜应年号，先天不违'，遂改开元主为'天宝'，改桃林县为灵宝县……"至于这座城池建于何时，用于何为，又无资料可查。后来人们因地理位置随即管这个地方叫东城。又因年代之久远，古城历经数以千载的风蚀雨剥，已荡然无存，人们便把东城叫作城东沿用至今。乡政府办公住所在城东村中间，这里曾是一座古庙院，占地一亩有余，坐北向南，内有瓦房十余间，均系后来推倒庙房重新修缮而成。

为去乡里，雪琴早就做好饭菜，还专门从街上割回猪肉炒了，说是让王来法去把王校长叫来一同吃早饭，也好早早地上路。

王来法去了学校，王校长说你先回吧，我安排好了学校的事务就来，顺便回家把牲口骑上也省得来来回回地跑路耽搁时间。临走，王来法一再叮嘱说，家里雪琴已做好早饭，就等着你哩。王校长说知道了知道了，一顿饭，不论在哪吃还不都一样？

雪琴再一次往灶膛里添了几把柴禾，她怕丢下风箱时间一长，原已做好了的饭菜就凉了。王来法不停地在院子里徘徊着，嘴里时而小声嘟囔着："这个王校长，怎么还不来？"圈里的小毛驴他早就喂饱了草料，驴背上的骑鞍也早已准备停当。雪琴说："你到底跟人家王校长咋说的，都这般时辰了，还不见来？"王来法说："人家也有人家的事。答应好的事情他就是迟会儿，总会来的。"最急莫过人等人。但再急，也要耐着性子等。

太阳已高高地升到东天上空，巷道里终于传来了马蹄的声响，想必是王校长来了。王来法对雪琴说："揭锅。"随后就忙往大门外跑。

王云山从骡子背上下来正准备拴牲口，见王来法出了门就停住了，说："你去把牲口牵出来，咱们走吧。"王来法说："我们正等着你吃饭哩。"王云山说："我在家吃过了。""吃过了？""吃过了。""那不到家坐会儿？""不坐了，不坐了。赶紧走吧。"无奈，王来法空着肚子牵出了小毛驴，雪琴将刚揭锅的热馍塞到王来法的怀里。

王云山骑着自家的骡子跑得快，王来法家的小毛驴显然有些跟不上趟，他只能不时地用缰绳头抽打着驴的屁股。雪琴给他的那个热馍也顾不上吃。

　　拴好两头牲口，王来法跟在王云山屁股后面进了乡政府的院子。王云山来过乡政府，知道雒好礼住的那个房间，径直向屋里走去。门前的一把铁锁将他们拒之门外。无奈之下，他们只能回头去问别人。被问的这个人虽说也是乡政府的工作人员，王云山却有些面生。这个人问他们说："你找谁啊？"王云山说："找雒乡长啊。"这个人又问："你们是哪个村的？"王云山说："河口村的。"这个人不问了，告诉他说："雒乡长吃过早饭就去大王村了。"王云山问："他没说什么时间能回来啊？"这个人摇头说："没有说。要不你们等会儿。"王云山回头看王来法，王来法也是一脸的无奈，随口说："那就等会儿吧。"

　　已是农历四月，不热不冷，时不时地有微风儿送来小麦扬花的香味。王云山和王来法就坐在北房屋檐下，谈不上有多舒适，倒也不难受。王来法趁机吃完了怀里那个已没有热气儿的馍。人地生疏，没什么合适的话题可聊。王来法偶尔会抽上一袋旱烟，他知道王校长不抽烟，也就省去了那些客套话。和早上王来法在家等王云山一样，心里再急，还得耐着性子死等。

　　太阳升到了当空，没有雒乡长的影子。

　　太阳偏西了许多，雒乡长还是没有回来。

　　伙房做饭的是个娘们，她出来喊刚才的那个人说："吃饭了。"那个人就朝伙房走去，走到院中间就回过头来客套地问道："你们也吃点儿？""不了，不了，你快去吃吧。"两个人异口同声。王来法回头看王云山，只见王云山的喉头滚动了一下，一口唾液不自主地咽下了肚。王来法很无奈，刚才那一个馍相对于他极强的食欲可以说是无济于事。他不知道王云山早上吃的是什么，这会儿肯定也是饥肠咕咕了。听着那个人"扑噜扑噜"吃面条的声响，他的喉头也忍不住地滚动了一下。

　　"王校长。"王来法叫道。

"嗯。"王校长好像是有点犯迷糊打瞌睡。

"要不，我们去城里喝碗羊肉汤？"他知道，王云山的瞌睡一准是强装出来的。

"行，行行。"王云山答应着站起了身。

骑着牲口，一袋烟的工夫也就进了县城。两个人一跨进羊肉馆的门，王云山就瞧见薛云霞的二弟薛云卿也厮跟着一个人在那里喝羊汤。四眼对视，薛云卿也看见了王云山。两个人就同时站起身，相互问候起来。"云卿，你怎么也在这儿？"王云山先问。薛云卿说："县里召开各乡保安队长会议，晌午刚结束，下午就要回去。就和杜老弟到羊肉馆里来了。"薛云卿说的杜老弟叫杜世明，王云山认识，是城东乡的保安队长。说话间，杜世明也礼貌地站起身，微点着头算是和王云山打过招呼。薛云卿接着问道："你怎么也来城里了？"王云山指着王来法说："我们都是河口村的，到乡里找雒乡长还没有见人，就顺便到城里，也喝碗羊肉汤。""那……来，坐坐坐，一块儿吃。"薛云卿说着向羊肉馆服务人员打招呼说："再来两碗羊汤，外加四个火烧馍。"王云山忙推让着说："你们先吃，先吃，我们自己来。"薛云卿又说："如果没什么其他的事，我们一会儿厮跟上。"王云山说："中。我们骑着牲口哩，你们准备怎么回啊？"薛云卿说："我们也有马匹哩，就在外边那个旅店里。一会儿，我俩在外面等你们。"

回去的路上，原本是四人同行，怎奈王来法骑的毛驴速度太慢，只能独自一人落在三匹骡马的后面。王云山对王来法说："不用急。我在前面的路口上等着你。"

薛云卿问王云山说："他是谁啊？"于是王云山就向薛云卿讲起了任宝玉和王婵娟在县中学发生的事情，又讲了王来法夫妇求他来见雒好礼要开介绍信去看女儿的事。把薛云卿和杜世明都听的着迷了。末了，薛云卿说："我姐姐也真是的，这么大的事也不跟我们说上一声。好在宝玉出来了，我们也就不用担多大的心了。"王云山说："可那王婵娟能不能出来就不好说了。"薛云卿说："是啊。不是时候啊，一旦和共产党牵扯上了，就很能难拖得了干系。"这时杜世明插嘴问道："那你外甥咋恁容易就出来了呢？"没等薛云卿说话，王云山就抢先开了口："他外甥，你问他姐姐少没少花钱？再一说，开封省政府还有任瑞祥那么大的一个粗腿。"杜世明说："自古到今，官官相护，有钱能使鬼推磨，至理名言啊！"薛云卿笑着说："算你聪明。"王云山接着说："王婵娟出不来，非要把雪琴给急疯不可！"杜世明说："十六七的大闺女，不找个好人家嫁了算了，还上学读书，不是吃饱了撑的嘛？"王云山说："那姑娘，可是个少有的才女，不单是模样儿子俊俏，去年升中学的统考中，全灵宝县第一名哩。""是吗？"薛云卿感叹道："如果出不来，或是被枪毙了，真的就太可惜了。"说话间就到了岔路口，分手时薛云卿说："你们两个稍等片刻，我得先走了，顺便还想去我姐姐那儿一下。""你走吧，走吧。"王云山回头对杜世明说："你也先走吧，我等他一下，随后就到。"杜世明说："那好吧。"王云山又对杜世明说："见到雒乡长，就让他等着我们。""知道了。"杜世明说着扬鞭而去。

当王云山和王来法赶到城东乡政府时，雒好礼早就候在那里了。雒好礼说："有什么大不了的事，昨天都不说，非要赶到乡里来说。"

王云山说："这是王来法，就是出事的那个王婵娟的爹。"

"哦，知道了。想怎么样，说吧，只要我能办到的，就一定办。"雒好礼快人快语。

王云山对王来法说："这就是雒乡长，有啥话就说吧。"

王来法说："我们村的王保长也不在，我想请雒乡长开个介绍信，去县里看看娃。"

雒好礼说："按理说这也不算个什么事，不就是开个介绍信，去监狱里看望自己的女儿嘛，人之常情，可眼下这个事情是不能办的。原因很简单，民国政府正在全力以赴地剿灭共匪，安定天下，山西那边的八路军还在蠢蠢欲动要渡过黄河和国军决一雌雄。而王婵娟的案子又和共产党有瓜葛，我不能在这个时间冒着这个危险去开一张看望要犯的介绍信。干不干这个乡长倒无所谓，弄不好我肩股头上的这个拨浪浪就被人当尿壶踢了。理解啊！"

雒好礼一席话就将王来法要办的事推了个十万八千里。无奈，诸多的无奈就这样接二连三地光顾王来法和雪琴他们。

骑在毛驴背上的王来法眼看着王云山骑着骡子消失在道路的远方。他再也没有兴趣去用缰绳头抽打驴屁股，凭它慢悠悠地游荡在回村的途中。

远处天边的好大一片乌云，过早地遮挡住了夕阳西下的余晖。不知从什么地方飞来的几只乌鸦，在王来法的头顶上盘旋着"啊——啊——"地叫个不停。

第十七章　五月石榴花儿红

79

"快黄快黄，大麦上场。快黄快黄，大麦上场……"

快黄鸟的叫声让麦稍儿一天一个样儿地变黄。种有大麦的人家已经开镰了。大麦是牲口的上等饲料，有大家畜的大户人家每年大都要种植少量的大麦，以备急需。十多天来到一直没有落雨，收割回来的大麦也只能先堆集起来，等到麦场割好以后再上场碾打。

割场是一件比较复杂的农活，每年开春后首先要把原来的场地用犁翻开，然后再用耙耱将场地整平，土块碾碎，这个过程叫糙场。然后再等着天降透雨，再行割场。割场得在麦收前十天左右进行，不能过早，不然割好的麦场遇到落雨日晒就会废弃，所以这个天降透雨得恰到好处，不能过早。如果真的等不到这个恰到好处的透雨，庄稼人就只能采取泼水割场的办法（担水往糙好的场地倒）。这就耗时费工，需要出大力气呢。割场就是套上牲口拉动碌碡在场里不停地碾动，同时要在碌碡后面绑上拖把。拖把是用一大束长有树叶的枝条扎成的，在拖动的过程中要在拖把上压一些湿土，以此把场地的裂缝和坎坷不平的地方压耱的更加水平结实。然后就可以在上面打麦晒场了。

一场雨落得正是时候，湿润的空气中有麦子的清香。头顶上还挂着星星呢，王智性就从窑屋里出来了，听着昨晚上的落雨声，他就一夜没有睡好觉，心里头总想着这雨下得大呢，还是小，赶明早儿能不能割成场？走出窑院，他看着眼前的还有些发泥的地面，就想着能割场了。王智性很是享受地用鼻孔吸了吸这富有香味儿湿漉漉空气，朝着村外自家的麦场走去。

王智性家的麦场就是东河口村外靠南的地方，日照好，割回来的麦子往场里一摊放，到了后半晌就能碾打。自家没有牲口，就靠他们爷们几个的肩膀，拖动着那枚碌碡，割场也好，碾打麦子也罢，凭的就是下死力气。场地不大，除了自家的那几亩麦子，大哥两个侄子和朱小熊家的麦子都在自家的场里碾打。

王智性站在场边，顺手抓起一把还有些泥的土，握住后就又松开，然后换一个地方，重新抓起一把泥土，还没有等到他把手中的泥土松开，就听到"智性叔，看啥呢？"王智性一抬头，朱小熊就站在对面的场边。他笑笑说："不看啥。"然后又问，"进城啊？"朱小熊说："今天是县城集日。""哦。还是去摆你那买针头线脑的摊子啊？""嗯。"朱小熊答应着的同时，就看到王智性手中握着的泥土，转头又看了看脚下面的场地，然后问道："是不是要割场了？"王智性并没有直接回答他是或者不是，而是说："我看看。"

王智性再次把手中的泥土松开，就寻思着等一会儿太阳出来一晒就能割场了，至于朱小熊什么时间离去的，他完全没有在意。他继续想着割场需要准备好碌碡上的拨机。还是去年用过之后，放在那儿就再也没有动过，自己这就回去把它拾掇好，再让月娥把早饭做好，等吃完了饭，就来割场。

朱小熊没有去进城，而是又转了回去。

上一个集日，因为帮雪琴的事，让他耽搁了摆摊做生意，虽说没做成生意，但他心里也挺乐意，因为他帮了河口村人的忙。纳闷的地方是他在县政府保安大队的门口，遇见了一个和自己义结金兰晁抵大哥一模一样的人，让他好生蹊跷。他到底是谁啊？带着这个疑团他期盼着这个集日的尽快到来。到了县城，他一定要打听清楚他的晁抵大哥到底在哪里？那个和晁抵大哥模样相同的人又是谁？没有想到的是，昨天下午到夜里落雨了。更没有想到在村外的场边会遇见智性叔。见了智性叔手里抓着的泥土，他就知道又到了一年一度割场的时间，自家的那二亩麦子每年都要在智性叔的场里碾打。智性叔家里没有牲口，割场全靠他和几个儿子。前些年，总是爹提醒他，得去帮着智性家割场哩。可今年，咋就给忘了呢？幸亏在村外遇见了他。

媳妇薄荷搂着孩子还没有起炕，看到朱小熊回来就问："怎么又回来了，是不是忘带什么东西？"朱小熊说："不去城里了。""咋就不去城里了呢？"薄荷问。"得去帮着智性叔家割场哩。""割场啊。"薄荷说："那我起来给咱烧糁子饭，拉碌碡那可是个出力活。"朱小熊说："我先把火引着。"

朱小熊去烧火了。薄荷就哄着孩子给自己穿衣服。

没有等到王智性往回转，月娥就到了他跟前。

"你咋来了？"

"不见你回去，就想着你一定是来场里了。我就过来看看。"

"走走走，回。"

"这场能不能割？"

"能。回去赶紧做饭，吃了饭，场也就晾得差不多了。"

"几个娃都起来了，问我说我爹去哪啦？我说你爹一早就出了窑门，兴许是去场里了。娃又问刚下罢雨，不知道今天该做什么活。"

"还能做什么？一会儿太阳一晒，这场就非割不可，不能耽搁，再迟就割不住了。"

月娥燃着了灶膛的火。王智性用斧子修整着碌碡上的拨机。

炊烟在窑院的上空袅袅升起，叮叮梆梆的敲击声从炊烟中蹦出来，跌落到乾阳河的流水中，溅起了一朵朵浪花儿。

"快黄快黄，大麦上场。快黄快黄，大麦上场……"快黄鸟又站在树岔上不厌其烦地叫开了。

　　王孝儒从延安探望儿子回来已经好几天了。

　　他刚一进门，女人就跟他诉苦道："哎哟哟，老天爷啊，你总算回来了。你知不知道啊，你走后的第三天一早，王来法两口子就来了，就叫魂似地吼叫着，也不知道有什么事？我打开门，他们就说你是不是病了。你说气人不气人？后来还是他媳妇一个劲地赔礼说好话，说是找你有事哩。我就没好气地说你出远门了。然后就把门关起来再也不理他。"说完这些，女人还喘着粗气。王孝儒看了她一眼没有吭气。女人又说："王来法两口子前脚走，乡里那个姓雒的又来了，又是嚷唠嚷唠地喊门，我打开门，他就问我说，你还没有起炕？说大白天的你还在搂着我睡觉？你说气不气人，他是乡长，他要不是乡长，看我怎么骂他。"王孝儒看了女人一眼问："他没说找我有什么事？"女人说："没有说。他一听说你不在，就去他相好的那儿去了。"女人这样一说，王孝儒又什么也不闻不问了。女人这才抬头看着丈夫，丈夫的一张脸蹦得死紧。她不知道丈夫一回来为什么就这个样子，忙问："怎么啦？是哪儿不舒服吗？"王孝儒阴着脸说："哪儿都不舒服。"女人说："那就请大夫瞧瞧啊。"王孝儒说："大夫能瞧得了心病啊？""怎么，是不是没有见到儿子啊？还是因为别的什么？"女人又问。王孝儒没有回女人的话，而是说："就你那脾气我还不知道啊，王来法两口子也好，雒乡长也罢，他们谁有恶意啊？不就是话说的不好听吗，有什么大不了的啊？"

　　话音刚落，王孝儒的母亲也进门来了。王孝儒忙起身叫道："妈。"母亲问："回来了。"王孝儒说："回来了。""还没有吃饭吧？让你屋里给你弄饭去。""也不饿。""见到我那孙子啦？"王孝儒摇摇头说："没有。""大老远地去了，怎么就没有见着呢？"母亲自语着。"唉——"王孝儒叹了一口气。

那天，王孝儒坐着马车到阌乡县城后就搭着火车到了潼关。然后一会儿步行，一会儿搭别人的马车，两天后才到西安。在西安歇息了一天，才往北去延安。刚开始是国民党军队的盘查，后来是共产党军队的盘查。好不容易一走三问到了一个他十分陌生的地方，就有当兵的把他领到了一个八路军的兵营。他道出了儿子的名字和原来的部队番号，接待他的人就告诉他说，他儿子去了山西省的解放区，一时半会儿也回不来。看见他大老远地来一趟不容易，就有八路军当官的跟他说，我们已给那边发了电报，您的儿子已经知道您来看他了，就托付人用他的名义给您写了一封信。那个八路军当官的还告诉他说，您的儿子是个好样的，现在已经是我们八路军部队里的一名团长了。还说用不了多久，全中国都就解放了，受苦人再也不会过那种吃不饱穿不暖，受人剥削的日子。听说你也是个富裕家庭，一定要用自己的实际行动支持共产党八路军的革命事业。那位八路军干部说的这些他一句也听不进去。王孝儒从来也没有忘记自己这次来延安的目的，就是劝儿子返归故里，还有，你们要把富人的财产分给穷人，凭什么啊？我们富，也是祖辈给我们传下来的，也是辛辛苦苦劳动换来的，为什么要无缘无故地送给别人呢？岂有此理！只是有一点他始终也没有琢磨透，为什么共产党八路军所在的地盘被人们称为"解放区"？为什么解放区那些老百姓日子过得挺开心？后来那个当干部的就给了他一封信，说是他儿子给他的。王孝儒没有心思看，再说他也不识字，没法看。他很是庆幸自己在家时想得周到，给儿子写了那么一封信，要不然，自己想跟儿子说的话就没有法说了。王孝儒把为儿子准备的那封信交给了那位当干部的。还一再叮咛，要他一定把信亲自交给儿子。那个干部点着头答应了。那个当干部要他在解放区多待几天，说可以带他去走走看看。话说得很诚恳，可王孝儒没有那份心情。就这样，王孝儒怀着郁郁不乐心情踏上了回家的路。

母亲和女人听完王孝儒的讲述，才彻底明白了他满脸阴云的真正原因。母

第十七章　五月石榴花儿红

亲问他说:"他们给你的那封信呢?"王孝儒说:"在这哩。"母亲说:"快去请云儿来给念念啊。"王孝儒说:"不急,等到晚上吧。大白天的,王校长也忙着哩。还有,这事让别人知道了多不好啊!"母亲点着头说:"那就晚上吧。"

这一天,王孝儒再也没有出门。

晚上,王云山去了王孝儒的家。是王孝儒的女人黄昏时去学校告诉他的。虽说已是吃过晚饭的时间,王孝儒还是特意准备了酒菜。听那门扇儿"吱咛"地一响,王孝儒就赶紧走出内屋的门迎了上去。"王校长来了。""来了来了。今天到家的吧?""是啊,是啊。""不好意思,又要麻烦你。""王保长说这话就见外了不是,你还把我当外人看?""再是自家的人,总要麻烦你,也让人心里过意不去啊。"说话间,王云山跟着王孝儒进了内间的屋,一个小炕桌上又是肉又是酒的。王孝儒谦让道:"坐炕上,坐炕上。"王云山说:"刚吃过饭,咋就又……"王孝儒说:"一出门就是十多天,闷得慌,没有外人,就咱俩,随便絮叨絮叨。来,先喝一杯。"王孝儒说着就端起了酒杯,王云山接过酒杯说:"不客气,不客气。"喝完酒,王云山问道:"这回去那边还顺当吧?""没有出啥差错,就是没有见到人。""没有见到坤峰啊?""没有。""咋回事呢?""外出了,远呢,一时半会地也赶不回来。""你看看,去一回多不容易啊,怎么就没见着呢。""没办法。好在你给咱写了那封信,我让人家转交给他。好在人家用电报告诉坤峰,说我去看他了?""啥叫电报啊?""我也不知道。你说现在这人多能哩!几百里远的路,用电报就联系通了。""那坤峰没有说话啊。""那上面不能说话。不知用的啥办法,他们让坤峰给我写了一封信。""坤峰给你写信啦?""是啊。""那说得啥啊?""你看看,你知道我不识字的,叫你来,就是给咱念信的。""那感情好。"

王孝儒说着就从那个钱褡子里面掏出那个没有封口的信。递给王云山,然后对女人说:"叫妈来,让妈也听听坤峰在信里面说了些什么。"

王孝儒用针挑了一下灯花，随即又拨了拨灯芯，棉油灯的光就亮了许多。母亲和女人都坐在炕上，静静地等候着儿子书信上的声音。

父亲大人：

　　得知您不辞辛苦千里迢迢来到中国共产党的革命圣地延安，心中倍感温暖。父亲，儿子不孝，出门数载仅有书信几封寄往家中，不曾亲自看望祖母，母亲和父亲您，特请求您的宽恕赎罪。父亲，人生在世，作为中华民族的一名热血儿男，当以振兴中华，为千百万劳苦大众过上无压迫无剥削的平等生活而奋斗为之重任！眼下，在国民党统治下的中国，暗无天日，民不聊生，老百姓处在水深火热之中。为了彻底消灭地主阶级，实现耕者有其田的目的，就只有跟着共产党，跟着毛主席，才能实现这一目标，从而诞生一个新的中华人民共和国。父亲，咱家是个富裕的家庭，要按解放区的成分该属地主了。但是在中国共产党领导的解放区，有钱人只要投身于革命事业，把自己的田地和财产分给村里受苦的老百姓，他就成了革命的动力，而不再是革命的敌人。父亲，儿子已是一个光荣的革命战士，要以党和人民大众的利益为己任，听共产党话，跟共产党走，要为解放全中国贡献自己的一切，甚至生命。您就听儿子一句劝，把自己的脚跟站到中国共产党这边来吧，把自家的田地财产全部分给村里的穷苦老百姓，和儿子一样做一个革命者吧。我最后再说一句：只有共产党才能救中国！只有毛主席才能救中国！

　　　　　　　　　　　　　　　　　　儿坤峰敬上

　　　　　　　　　　　　　　中华民国三十六年槐月吉日

王云山刚开始读信的时候，一家人的脸上还都把喜气挂着眉梢，跟随着读声的深入，这种喜气慢慢地凝结成了霜冻或者说是冰疙瘩。整个屋子，除了王云山越来越小，越来越失去那种抑扬顿挫的节奏感的声音以外，就是几个人蕴含紧迫的呼吸声。

终于，王云山长出了一口气，念完了。

王云山坐在那儿什么也不再说。

王孝儒和他的母亲、女人同样是悄然无声。

好半晌，像是突然爆发的火山，像是突然响彻天空的雷电，王孝儒就发作了："这龟孙！这龟孙！无法无天了啊。"随即，他拿起饭桌上的信就要撕成了两半，在他还要再撕的时间，被王云山拦住了。

"这娃，咋成这个样子啦？"王孝儒的母亲颤颤颤巍巍小声埋怨着。

女人则喘着粗气什么也说不出来。

王云山把书信递到了王孝儒母亲的手中。王孝儒的母亲接过信纸悄然下炕出了门，女人也随着婆母的脚步往屋外走去。

王孝儒的胸脯随着他那不平衡的呼吸一起一伏运动着，紧接着便"哄人哩，哄人哩，净他妈的都是哄人哩！"骂开了。

"王保长，你骂谁哄人哩？"王云山问。

王孝儒说："坤峰周岁时，请那个'签麻料'算卦的说他是'泰山顶上长青松，不惧寒霜做栋梁'，将来能成大事，做大官。你看看如今，还成大事哩？掉不了脑袋就烧高香啦。"

"好了，王保长，就别生气了。将在外君命有所不受。也许，坤峰在外面也是身不由己啊！"王云山劝道。

好半晌，王孝儒才算缓过气来。他说："王校长，我没有拿你当外人，还和上回走时说的话一样，这个事到此为止，天知，地知，你知，我知。"

"你还信不过我？"

"信不过你当初就不叫你。"

"这不就了结了吗？你放心，这事，我会守口如瓶的。"

"来，喝酒。"王孝儒说着端起一杯灌进了喉咙。

"王保长，别喝了。我还有事要跟你说呢。"

"什么事？"

"前几天雏乡长来过。"

"说什么啦？"

"摊派壮丁款的事。"

"春上刚征过，怎么又要征啊？"

"雏乡长说了，战事吃紧，北边的共产党扬言要渡过黄河哩，陕州专区给县里下了征兵令，县里又把任务下派到乡里，雏乡长他也扛不住啊。"

"那就还是按老办法，把该征的款项按人头分摊下去，谁是多少就是多少。"

"这回不同于以往，要不然雏乡长也不会亲自到村里来。没有见到你，就把我叫到了任二奶奶那里交代了又交代。"

"咋个不同？"

"这回是两名壮丁名额，分摊的钱数要比以往大一倍，这还不算，其中的一名是要人，不是要钱。"

"那这不就是抓壮丁嘛。"

"谁说不是呢。"

"那被抓去的这个壮丁钱就不用往上交了吧。"

"是不用上交了，可这个壮丁款得付给被抓去当壮丁的那个人。说得不好听点，就是卖兵。"

话到这，王孝儒长出一口气："现在这麻烦事真他妈的多，兵荒马乱的，让谁去当兵不就等于去送死吗？"

王云山说："上回在任二奶奶家，我和雒乡长把村上的年轻人掐胳膊数腿算了算，就是东河口智性家有几个小伙子。他家的人口多，每次的摊派款也就他们家难收。依照雒乡长的意思，这壮丁的名额初步就定在了他家。"

"这种事，到时间乡里的保中队要来人的。他们不来人，咱们邻家别舍的，让谁去打这个红脸哩。"

"雒乡长说，就是这几天，到时间他们会来人的，咱们只需和他们厮跟着就行了。"

"好吧。"王孝儒无可奈何地答应着。

81

云朵儿像是赶庙会的人群，集聚在天空左右游荡着恋恋不舍地不肯离去，太阳躲在云层的后面极其艰难地释放着自己的光辉。

大儿子学礼背着父亲修好的拨机走在前面，王智性拿着几根粗麻绳紧随其后，后面则是学义、学仁、学信，还有大哥家的两个儿子，各自扛着铁锨、砍刀等农具往场里走去。割场原本是用不了这么多人的，条件好的人家只要把牲口套在碌碡的拨机上赶着转圈儿，一旁再有两个人拿着铁锨、耙子一类的工具帮着，把高低不平的地方铲修好就行了。王智性家没有牲口，就只有用人代替牲口拉动碌碡，三四个人拉着碌碡得一圈接着一圈不停地转，除了累人以外，有时候还容易让人发晕，因此就需要多几个人换替着。

往碌碡上安好了拨机，拴好了麻绳，三个人就各把一条麻绳搭在肩背上开始拉动碌碡绕圈儿转。王智性也要帮着拉碌碡，被几个儿子给拦住了，说只要你在跟前招呼着就行了，有我们几个在，用不了你出这个力。儿子们这样说，王智性也就不再坚持，就拿着铁锨在一边铲动着不太平整的地方。

这个时候，朱小熊背着一把铁锨也来了，看到这么多人都到了场里，就有些不好意思地说："我来晚了。"

王智性问："你没有去城里？"

朱小熊说："原是要去城里的，但今天要割场，机不可失时不再来地，我怎好意思偷这个懒啊？"

王智性说："有他们几个在哩，这场也就割了。十天一个集，耽搁过去就毕了。"

朱小熊说："世上的钱多着哩，哪有挣完的时候。该做的事情还是要做的，就比如……"朱小熊原本要说上一回进城帮雪琴的事，但话到嘴边就又咽了回去。就那么点小事，不必总挂在嘴上。

王智性看着场里这么多人，就跟小儿子学信说："你拿着砍刀去河边，给咱砍些杨柳树枝儿来，碾第二轮的时间得在碌碡后面绑上拖把哩。"

"嗯。"学信点着头去了河边。

天空的云朵儿渐渐地疏散着越来越稀，越来越淡。太阳光的炙热逐渐地热烈起来，等到第一轮碾完，几个小伙子累得出了汗。王智性说："歇会儿吧。"说歇，其实也就是站在那儿透透气，刚下完雨，湿湿的地面，没有什么地方可以让屁股坐着很舒适地休息一下。

学信抱着一大捆杨柳树枝儿来了，刚扔到地下，就有几个人坐在上面歇息了。这时间，就见月娥提着一个白瓷茶壶来了。王智性说："来，把壶给我，让我给咱倒，这拉碌碡的活，可把几个娃累得不轻。"白瓷茶壶里面就是白开水。王智性把开水倒在几个白瓷碗里，在那儿凉着。

薄荷抱着孩子也往场里赶来。薄荷说："这么多人啊。"

月娥说："你在家里哄着娃就行了，咋还跑到场里来？"

薄荷说："我来什么也做不了，就是凑个热闹，哪像婶子您，还为他们送来了开水。你看我这没用的。"

"再有十多天，这麦子就能搭镰了吧？"薄荷瞅了瞅远处的麦田问。

"差不多吧。塬头上向阳的地方要早些熟。在咱们这儿，只要没有闰月，五月端午一准会吃上新麦。"王智性说。

"早起咋吃得饭？"月娥问。

薄荷说："还能咋吃？听小熊说要来割场，就起来烧了点小米稀饭。就那还得小熊替我哄娃。"

"这话说得就不对了，那是他儿子，他是给自己哄娃。"月娥说。

薄荷说："哄孩子做饭本来就是咱女人的活嘛。"

两个女人的话音刚落，王智性就说："把碗里的这点水喝完，差不多了咱就收拾，一会儿天就越发地热了。"大儿子学义问："把拖把绑上吧？"王智性说："绑上绑上，小熊，你和学信去抬一筐湿土来，倒在碌碡后面的拖把上。"

带上拖把，碌碡的重量就增加了许多，除了王智性，还有七个年轻人，就分成两班替换着拉碌碡转圈。

月娥和薄荷看自己也帮不上什么忙，就各自回了家。

这时，学信说："小熊哥，你经常在外面摆摊买当，唱什么卖针歌哩，就不能给咱来上一段拉碌碡歌？"

"拉碌碡歌？从古到今，就没有听说过有什么拉碌碡歌啊？"

"你就给现场编一个嘛。"

"就是，你就现场给编一个拉碌碡歌嘛。"

"你们这是强逼鸭子上架啊？那好，让我给咱想想。"

在场的人都静下来了，只有拉动碌碡发出来"吱吱咛咛"的声响。

"四月蔷薇花儿开，

麦稍儿跟着黄。

穷人家的孩子呵，

拉动碌碡上了场。

没有马匹骡子，

只有汗水趟。

世间诸多不平事，

谁把公道讲……"

从乾阳河西边走过来几个人，踏上了木头桥。走在前面的是小学校长王云山，因为他就住在东河口，理应尽地主之谊。跟随在身后的依次是乡长雒好礼，乡保安队长杜世明，保长王孝儒。因为是公干，雒好礼和杜世明的肩头上都斜挎着一支带盒子的短枪。刚一过河，朱小熊类似说唱的声音就传了过来。

"这唱的什么啊，乱七八糟的？"雒好礼说。

王云山说："准是跟着他那个瞎眼的爹学的，多大个人了，也没有正经样儿。"

再往前走，割场的场景已经尽收眼底，几个小伙子还在那拉着碌碡转圈儿，一边就是在唱调儿的朱小熊。

"雒乡长，那就是王智性家的打麦场，一块儿拉碌碡的就是他那几个儿子，还有他的两个侄子和那个朱小熊。"王云山说。

"王智性在不？"王孝儒问。

"看不见。"

"走，到跟前看看去。"

朱小熊看见王云山和王孝儒引着乡长和另外一个人朝打麦场走了过来，也就闭上了正张口歌唱的嘴巴。王智性这会儿正蹲在地上抽旱烟。"怪不得刚才看不见他的人影儿。"王云山小声说道。就在朱小熊停止歌唱的那一刻，王智性也从地面站了起来。

"拾掇场哩。"雒乡长先打招呼问道。

王智性见过雒乡长，王孝儒和王云山都是本村的，也就是杜世明有些眼生。雒乡长先开了口，王智性也就走上前去问候道："来了。"

几个拉碌碡的没有人搭腔，依旧紧一圈慢一圈地周而复始地走动着。

"智性哥。"同门中人，王孝儒因为小了几岁，便开口喊哥。"这是雒乡长，你见过的。这位是乡保安队的杜队长，今天来是要和你商量个事情。场就让孩子们先拉着，咱们到屋里去吧。"

"那走吧。"王智性前面走，王云山几位跟在后面。

这一伙人来是究竟为了何事？王智性边走边寻思着，终究也没有寻思出个结果来。进了窑院的门，他就喊："娃他妈，来人啦，给咱准备壶水。"说完，回头对身后的几个人说："坐窑屋里吧？"雒好礼说："不是太热，就坐院里吧。""那就坐院里。"王智性随即从屋里拿出了一条木板凳，放在那棵枣树下面。

月娥不知道来了谁，往门外一瞧，心里"咯噔"了一下，王保长和王校长领着两个挎着盒子枪的来，一定没有什么好事。看见王智性回屋里取板凳，自己也就跟着拿一条板凳出了门。"来了。"她小心翼翼地问道。王孝儒点着头说："来了。"月娥对王智性说："刚才烧的开水让割场的几个娃都给喝完了。""喝完了那就赶紧烧啊。"王智性大声说。王云山和王孝儒几个人就说："不烧了，不烧了。也没有几句话，事情说明白了我们就走。"话虽如此，月娥还是赶忙点燃了灶膛里的火。

王智性歉意地说："不知道你们来，连喝口水也没有准备。水，她在那烧着哩，你们有什么事就直说。”

雒好礼对王孝儒说："那你就说吧。"

王孝儒示意道："还是你说吧。"

雒好礼说："那我就说了。今天这里也没有外人，智性呢，也是个直性子，快人快语。说到时局，大家都知道，共产党八路军就在黄河北岸，说是要打过河来，黄河岸边现在已是雄兵百万，他共产党就是想过来也过不来。但不能不防啊，这就要加强防御力量。我不说，大家也知道，今年春上刚刚征过壮丁款，现在呢，又要征，这回不光是征款，还要实实在在的壮丁。县里分给咱河口村是两个壮丁名额。这两个壮丁名额，一个向上面交成壮丁款就行了，另一个呢，不要款，得要落实到人。当然，村里得按两个名额收壮丁款，一个壮丁款上交了，另外一个壮丁款就给去当兵的这个人。根据咱河口村的情况，这一个落实到人的壮丁就在王智性家。这也就是我们今天来这里的目的，跟你们说上一声，思想上也有个准备。"

在坐的没有一个人再说什么。

雒好礼接着说："我咕咕咚咚地说了这么多，也不知道说清楚了没有？没有吃透的地方，你就说出来，我还可以给你解释。"

"这是要我娃的命啊。"王智性说话的同时，眼泪就要下来了。

"为什么偏偏是我娃，就不能是别人家的娃？"月娥正烧火的风箱也停下了。

"我们硬肯错钱交两份壮丁款，也不让我娃去当兵。"王智性倔强地说着。

王孝儒说："就河口村来说，我是谁也不想让去，但上面的命令是死的，咱没权力改。雒乡长也相当地作难，就条件来说，你家是四个儿子，有你家的条件放在这儿，总不能让人家只有三个儿子的人去吧？"

王孝儒的话音刚落，杜世明就接了腔："根据国民政府兵役部的《兵役法规》，凡属适龄公民，均有应征义务，年满十八至三十五岁者为甲级壮丁，三十六至四十五岁者为乙级壮丁。你的四个儿子均在甲级壮丁之列，没有不去应征的理由啊。"

"事情就是这个事情，没有商量的余地，也没有调和的余地，准备准备，三天后就去乡里报到。"雒乡长的话不容置辩。

"我们走吧。"杜世明对雒乡长说。

"走吧，走。"雒好礼说完，一伙人抬起屁股出了门。

王智性傻坐着，泥塑一般。

随即，窑院里便传来了月娥的痛哭声。

82

碧空如洗，云朵儿也不知道躲哪儿开会去了。刚从东方天边跳出来的太阳随即便毫不吝啬地放射出它炙热的光芒。不曾有一丝儿风吹起，环视田野，麦浪儿正在一步步走向金黄。这种炙热，这种静谧，让行走在去县城大路上的王智性父子二人产生了一种少有的窒息。

那天，听到了月娥的哭声，几个拉碌碡的儿子、侄子，还有朱小熊就跑回窑院。他们不知道在这伙人到来的一瞬间会发生什么变故，竟然让母亲悲伤地痛哭之极。当他们听王智性说明了事情的缘由之后，便一个个垂着头，这种事，谁又能有什么更好的办法呢？眼看着站在眼前的兄弟四人，王智性泪流满面。月娥更是痛哭不止。儿是娘的心头肉，伤了哪一个他们也心疼。

这一整天，月娥倒在炕头不停地抽咽着，王智性抱着个旱烟袋，沉浸在满窑屋的烟雾弥漫之中，一家人谁也没有心思吃饭。到了晚上，王智性和月娥躺在炕头你一句我一句地唠着。

"他爹，这事情难道说一点儿办法也没有了吗？"

"能有什么办法呢？雇兵，咱又雇不起。就是能雇得起，这兵荒马乱的年景，谁愿意为了几个钱去送死啊。"

"啥叫雇兵啊？"月娥还是头一回听这个名词。

王智性解释说："雇兵就是掏钱雇用别人替自己去当兵，又叫买兵。"

"那咱是雇不起。"

窑屋里棉油灯亮着，偶尔会燃爆一个小小的灯花，发出轻微的声响。

月娥起身用针头挑了挑灯芯，继续问道："要不就让娃跑吧。"

"跑？那叫躲兵，就是躲过征兵这阵儿再回来。这在别人家也许还是个办法，可在咱们家就不行了。"

"怎么就不行了呢？"月娥不懂。

"你没有听白天他们说吗，咱家的四个儿子都在甲级壮丁对象里面。咱能让四个儿子全都跑出去？眼看着就要割麦了，成熟的麦子不能不要了吧？再说，即使全跑出去了，他们还会给咱们要壮丁钱。除非全家离开河口村，跑得远远的，再也不回来。"

"这不是把活人往死路上逼吗？"

棉油灯依旧亮着，依旧会偶尔燃爆一个小小的灯花，发出轻微的声响。

月娥又起身去重新拨了拨灯芯，接着自语道："这光景，咋过哩？平白无故地灾难就降到了你头上，让你想躲也没法子躲。"

"我想着，这回这事一定和任家有关系。"

"不会吧，任吉祥死去几年了。看任二奶奶那样子不像是那种人。"

"别看她慈眉善眼地，心肠可坏着哩。就她和雒好礼那关系，河口村谁不知道，这回这事情，少不了她在后面捣鼓。"

月娥明白，王智性把眼前的事又和他三弟的死联想到了一起。

"他任家是不想让咱有好日子过啊。眼下是没有办法对付他，但我相信恶有恶报，善有善报，若要不报，时辰不到。总会有我报仇雪恨的那一天。"王智性把牙齿咬得"咯咯"直响。

"别想那么远了，就说眼前的事吧，咋能迈过这道坎啊？"

"大不了就让娃去吧。生死由命，富贵在天。没有更好的办法可想啊。"

事情也许就只能是这么一个结局。熄灭了棉油灯，窑屋里便是一抹漆黑。

第二天一早，王智性把四个儿子召集到一块，商议着该让谁去当兵。其实，天还没亮那会儿，他就和月娥商量好了。老大学礼已经成了家，而且有了一个孩子，一个小家庭没有他不行，不能让他去。老二学义二十六了，如果有合适的茬，还想给他说门媳妇，如果他一走，万一有媒人上了门，这事儿也就跟着黄了。再一说，做田里的庄稼他拿得起，放得下，有他在家，做父亲的王智性会省心许多，他也不能去。剩下的也就是学仁、学信了。学仁二十二岁，学信十八岁。在他们的眼里，两个娃还都小，但相比之下，学仁要大一些，到了外边也许会更好地照顾自己。就这样，王智性两口子就商定了让老三学仁去当这个差。虽然在他们心里已经有了谱，但还是要和娃们商量商量。

四个儿子谁也不说话，最后还是老大学礼先开了口："这事没什么可商量的，我们都是你的儿，你和我妈说让谁去谁就去。"

学礼开口表了态，老二学义也跟着说："爹，你和我妈就说吧，不管谁去都中。"

话说到这儿，王智性就向四个儿子说明了他和月娥商量的结果。他的话刚说明完，老四学信就站了起来："爹，妈，我不同意你们的意见，三哥比我年龄大，不仅地里活比我做得好，在家里比我更能为你们分担忧愁。"

王智性知道，小儿子学信从小就聪明伶俐，让他和月娥更加疼爱他。人都说，天下老，都向小。也许是孩子多的缘故，从小到大，他们对学信并没有过多的袒护。要按说，学信到了外边可能更会处人处事，但他毕竟才刚刚十八岁啊！

学仁说："既然爹妈都说了，你就不要和哥争了。"

学信说："不，你能帮爹和妈做更多的事。还是我去吧。我会照顾好自己的。"

兄弟二人的争执，让王智性和月娥又是感动，又是心疼，情不自禁地潸然泪下。多么懂事的娃啊！爹和妈从心里不想让你任何一个人去，可我们也是没有办法啊！

"要不就让学信去吧？"王智性说。

"学信。"月娥抱着小儿子又一次痛哭起来。

知道儿子今天早上要离开家，月娥自己跑到了河边就没有回家。她怕抑制不住自己的情绪，她怕那难舍难分的场景会让一家人更加痛心。但她还是忍不住，忍不住躲在那棵大柳树的背后，偷看了行走在大路上的丈夫和儿子，一直到眼泪模糊了双眼，两个模糊的人影不见了踪影。

前面不远处的马蹄声把王智性的思绪拽回到了眼前边。他拉着儿子往路边挪动。意想不到的是那两个骑马的人刚过去，就勒住了缰绳，掉头转了回来，在他们面前下了马。"我说看着像他们嘛，果不其然。"

王智性抬头仔细一看，这才认出说话的人，正是那天去过家的那个杜世明。

杜世明和另一个人肩头上都挎着盒子枪，他们先后从马背上跳了下来。"这就是你们家里的壮丁吧。走，不用你们跑了，坐在我们的马屁股后面，很快就到了。"说话的还是杜世明。

王智性看着他们没有说话。

"哎呀，幸亏我认出了你，要不还得到你们村去。这就叫识时务者为俊杰。对那些顽抗不顺者，就是绑，我们也要把他绑到部队上去。"

王智性仍旧没有说话。

"你就不用去了，让娃一个去就行了。"杜世明对王智性说。

"爹，那你就回吧。"王学信对父亲说。"那你去吧。"王智性跟儿子说。"嗯。"王学信答应着。再无语。父子之情就定格在这默默无语的四目相对中，良久良久。

王学信上了另一个人的马屁股后面。

王智性眼看着两匹马驮着儿子从自己的视线里消失，又一次倘然若失，泪流满面。耳边又一次传来了朱小熊在割场时唱过的曲调。

　　五月石榴花儿红，

　　成熟的麦子迎南风。

　　租子摊派年年有呵，

　　能留几粒在囤中？

　　拉夫抓差又抓兵，

　　何时是尽头……

第十八章　趁着东风好行船

83

薛云卿赶到下河口时已是日薄西山的那一刻，邵维义正准备吃晚饭。

薛云卿把马拴在门上，然后就"邵保长，邵保长"地喊。听到喊声，邵维义就从里门迎了出来。拱手道："薛队长来了，快请屋里坐。"邵维义把薛云卿领到客房坐定，接着问道："还没有吃饭吧？"薛云卿说："没有。刚从我姐那儿来，姐要留我吃饭。我没有吃，说是天太晚了，就骑马到你这儿来了。""那就先吃饭吧。我去吩咐下人把饭端到这儿来。""邵保长，吃饭先不急。这么晚来你这儿，是有个好事要告诉你哩。""什么好事？""就是你心中常想的那件事啊。""我心中常想的哪件事？"邵维义有些犯糊涂。"哎呀，你怎么就忘了呢？娶小的事。""这会儿怎么想起了这事啦？""有个大闺女，只要你肯花钱，就一定能娶过来。而且她还是个识字的文化人呢，十六岁，正在县里读着中学哩。""你慢慢说，你一下子都给我说糊涂了。"正说着，门外传来了毋凤仙的声音："他大，薛队长来了也不让人家吃饭，在哪里磨蹭啥呢？"听到毋凤仙的声音，邵维义忙向薛云卿做了一个闭口不说的手势。毋凤仙说着就进了门。邵维义说："薛队长说先歇会儿再吃。"毋凤仙说："那我让她们把饭菜端过来吧。你们有什么事就边吃边聊。"邵维义说："那行。"

薛云卿在去城东乡的岔道上与王云山、杜世明分手后，先去了姐姐薛云霞那里。任老太太告诉他说薛云霞不在家。薛云卿问我姐姐去了哪里？任老太太说我也不知道，她走的时间也没有告诉我。无奈，薛云卿去西院伙房问香椿。香椿说任二奶奶跟着王幸福进城了，昨天从卢氏山里拉回来些玉米，可能是送到城里的粮行去了。没办法，只有等了。要是等太阳快落山时还不回来，他就不等了。其实，到姐这儿来也没有多大的事，一是好长时间没有见到姐姐。二是刚才听王云山说外甥任宝玉从监狱里出来了，就想着前来问问。

等了没有半个时辰，就听到大门外的骡马声响。薛云卿到了大门外，刚好见姐姐从车上下来。薛云卿叫道："姐。"薛云霞问："云卿，你什么时候来的？看见门上拴着马匹，我还以为是谁来了呢。"薛云卿说："我也是刚到这儿没多大一会儿，还以为见不到你了呢。"薛云霞回头对王幸福说："你去把马车卸到马房院吧。"接着对薛云卿说："走，咱们回。"

自从王幸福接手赶马车的事情以后，老刘把县城的粮行安排好（雇用了两个伙计）之余，隔三岔五地还会跟着他一块儿去卢氏、朱阳等远点的地方，教着他如何做粮食买卖，如何在生意场上和人交往等等。再后来，薛云霞也会偶尔地跟着王幸福一块儿去灵宝县城、陕州城等近一些的地方。原因是王幸福初涉商事，经验不足，怕他因此会弄出什么麻烦事来。另一原因是想借此机会，更多地和王幸福接触，从中体现出她对他的关怀和体贴，以此培养他们之间的感情。对于这点，老刘看得透彻着哩，但他嘴上从来不说，他明白自己所处的位置。薛云霞吸取了上两回的经验教训，在王幸福面前从来也没有表现出来那种少有的轻浮。她在等待着机遇，她要的是自然而然，水到渠成。今个早上进城亦是如此，她对王幸福说要去城里的粮行看看那里的生意境况，顺便再到县中学去看望一下儿子。

进了屋里，薛云霞就问："眼看着天都黑了，你从哪里来啊？"

薛云卿说："我从县城开会回来。"

"又是去县城开会，咋就这么多的会啊？说的都是啥事情？"

"还能有啥事情？安全防务会议呐。共产党八路军就在黄河对岸，成天叫喊着要打过来，解放全中国哩。国民政府能不在意吗？"

"真是的，千万别打仗了，让老百姓过几天安生的日子好不好啊。"薛云霞感叹道。

"好了，别说这些了。我听说宝玉回来了？"

"回来半个多月了，又去学校。"

"你看看，这么重要的事情，我都不知道。你也不跟我们说上一声。就前几天，爹妈还念叨说不知道宝玉的事情怎么样了呢？说咱们也帮不上你姐什么忙。"

"你不知道姐忙啊？屋里的，外边的，事事都得我操心。"

"那个王婵娟还在里边没有出来吧？"薛云卿明知故问。

"是啊，那也不关咱们的事，她那是自作自受。"薛云霞说。

"今天，王云山厮跟着王来法去乡里了。"

"他们去乡里做什么？你咋和他们遇上的？"

"在县城里吃饭时碰上，王云山说是王来法想让雒好礼给他开一张去县里看望女儿的介绍信。雒好礼不在，他们就等，等到中午也没有等着人，两个人就厮跟着去县城饭馆吃羊肉去了，我们就是在那里遇上的。"

"雒好礼给王来法开介绍信了吗？"

"不知道。我们厮跟到岔路处，我就先回来了。"

薛云霞不问了。

薛云卿又说："我有个想法，想跟你说一下，你看能中不能中？"

"什么想法？"

"让那个王婵娟嫁给下河口村的邵维义做小老婆，你看中不中？"

"你怎么会这样想呢？"

"回来的路上，王云山一直说王婵娟学习如何如何好，如果从监狱里出不来，或者被杀了头，那多可惜啊。我就想啊，如果能以此条件征求王来法夫妇的同意，让邵维义托人花钱把王婵娟赎出来，岂不是两全其美？"

　　"邵维义肯花这个钱吗？"

　　"咋不肯花？你忘记今年喝酒时的情景了，没有小老婆，没有人给他生个儿子传宗接代，那是邵维义的一块大心病。"

　　这时候薛云霞想的就更多了。如果真的能让邵维义赎出王婵娟，对自己，对自己和王幸福的以后岂不更好。王婵娟被救出来，就减少了王来法一家人对自己的仇恨和敌视；王婵娟嫁给邵维义，儿子宝玉对她的那份痴情幻想也就跟随着灰飞烟灭；王幸福也因此就能够断了跟她好的那份念想！这个云卿，怎么就能想到这一出呢。"是啊，多好的一件事啊。"

　　"姐，听你口气，这个事能成？"

　　"当然能成了。王婵娟毕竟是和宝玉一块儿出事进去的，这事情办成了，对姐家也有好处啊！"

　　"那我一会儿就顺路到下河口去一下，跟邵维义说上一声。"

　　"行。"薛云霞答应说。

　　得到姐的认可，薛云卿立马就来精神，就对薛云霞说："姐，那我走了。"

　　薛云霞说："等一会儿，吃了饭再走吧。"

　　"不了，到了下河口，邵维义还能不让我吃饭。"薛云卿说着就抬腿往门外走，等到薛云霞赶出门，薛云卿已爬上马背，一抖缰绳，顺着河口街往东而去。

　　毋凤仙差人将饭菜端到客房，邵维义和薛云卿对面坐着边吃边谈。薛云卿就把王婵娟的事先先后后细说了一遍。邵维义这才听出点眉目。

　　邵维义说："她在监狱里，还跟共产党搅在一块儿。那事不好办吧？"

薛云卿说："那有啥不好办的。王来法家里没钱，要是有钱，找着个人，人家闺女早出来了。我外甥不是都出来了吗？说是和共产党的案子有关，其实屁事没有，真要是和共产党有关，我姐家那娃能出来？不就是想借着共产党的名义搜刮民财嘛。"

薛云卿接着又说："你小舅子不是在县保安大队吗？跟他说一声，再上下打点一下，不就成事了吗。机不可失，时不再来，过了这个村，可就没这个店了。"

邵维义问："你说的这些我都知道，可我还是想问问你。"

薛云卿说："问我什么？"

"你是说，她是和你外甥那天晚上去了枣园？"

"是啊。"

"正好碰着了那天晚上搜捕共产党，所以就被抓了进去？"

"对啊。"

"那……如果……"邵维义支支吾吾地不肯往下讲了。

"那什么，你倒是说啊？"薛云卿追问着。

"那我可就说了啊。"

"说吧，说吧。一句话就这么难以出口啊。"

"如果她已经不是个黄花闺女了，咱岂不是做了个冤大头？"

"她怎么就不是个黄花闺女了？那不可能，她才十六岁啊。"

"这和她的年龄没有关系，说明白一点儿，如果她被你的外甥已经给睡了，还能是个黄花闺女吗？"

"我懂了，我懂了。"经邵维义这样一说，薛云卿算是明白了他的意思。

"花银子钱咱不怕，但总不能弄一个被人破了身子的烂货回来吧。"

薛云卿想了想，邵维义说的也对，自己怎么就没有想到这一点呢？"照你的意思，是我故意来糊弄你的？"

"没有那个意思。但我应该知道事情的真相吧。"

"那你说这个事情还说不？如果不说了，我就走人，权当我多嘴。"薛云卿故意显得有些生气的样子。

而对邵维义来说，这样的好事确实让他动心。但他所说的也是实情，刚才不愿说就是怕薛云卿吃味生气，果不其然。人家是乡里保安队长，自己是保长，平时关系处得不错。他不想因此搞得彼此间不愉快。想到这儿，邵维义就说："我不是不相信你，但这种事情是只有当事人才能清楚明白。我看这样，咱们可不可以先问问你那外甥，如果他们之间真的没有什么，咱们再花钱办事不迟。你说呢？"

"那好吧。"薛云卿答应道。

"薛队长。"邵维义接着说："这事儿还得要你去跟你外甥那里问个水落石出，别人去生锤生打地，娃也不好张口啊。"

薛云卿说："这好办，改天咱俩厮跟着去，我把外甥从学校叫出来问，让你亲耳听听也省得你多心。"

"还有。"

"还有什么啊？"

邵维义"嘘"了一声，压低嗓门说："这事暂时还得保密，别让我家那个母老虎知道。"

薛云卿"嘿嘿"一笑，点着头说："那是，那是。"

84

太阳还没有出来。王幸福赶着马车行走在通往县城的大道上。昨天后晌吃饭的时间，任二奶奶就说了："明天去县城里给咱买车石炭去，眼看着就要割麦了，不拉些烧的可不行！"任二奶奶还说："明天去时先不用带钱，到城里粮行让老刘把碳钱先支了，记在账上。"任二奶奶最后说："明天你一个人去，到吃饭的时间就吃，不要总舍不得花钱。"王幸福回话说："知道了。"

　　每次出车，不论是和老刘厮跟着，还是和任二奶奶厮跟着，王幸福总是很少说话，他知道自己的身份和地位，不就是一个给人家扛活的长工嘛。凡事不该自己做主的事自己就不要做主，尽管任二奶奶待他非常好。他理智知道这种好是带有目的性的。如果不是爹看病抓药借了任家的债，他才不情愿在这里扛这个活哩。他羡慕那种男耕女织，自由自在，无忧无虑的田园生活，他曾憧憬着和自己喜欢的女人过上那种赛过神仙的日子，可现实生活距离他所想象的情景差得太远了。王婵娟身陷囹圄，让他对未来原有的那点希望之光彻底破灭了。尽管如此，他还会时常想到她，想那个晚上在乾阳河边大柳树下那令人心醉的一幕。他不知道王婵娟什么时间能从监狱里出来？任二奶奶托关系赎出了任宝玉，却抛下王婵娟而不顾，让他痛心却也欣慰。痛心的是王婵娟还被关在监狱里出不来，欣慰的是王婵娟就不可能成为任宝玉的媳妇。这对自己来说应该是一种希望，可这种希望也有些过于的渺茫了。他时常暗地里痛恨自己没有能力，救不出自己心里所爱的女人；他时常痛恨这个世道的不公平，为什么让有钱的人那样有钱，让没钱的人这样没钱；他时常还会想起飘扬在延水村的那面镰刀斧子红旗，想着那堂屋正中墙上的两幅画像，想着腰里扎着皮带挎着短枪的梅姐，想着梅姐所带领的八路军战士，想着梅姐唱给他听的东方红……如果真的能像梅姐说的那样，八路军打过黄河来，把富人的田地分给穷人，让穷人也过上有田种、有饭吃、有钱花，能娶起媳妇的日子该多好啊！王幸福想着想着，就被前面吼出的娘娘腔戏文给打断了。

"苏三离了洪洞县，

　　将身来在大街前，

　　未曾开言泪满面，

　　过往的君子听我言……"

　　王幸福一听就知道那是王狗剩。王狗剩一高兴就唱那几句。大早起的，他高兴什么呢？又怎么会在大路上？没容得他发问，王狗剩一手抓着前面那头骡子的笼头，拦在大车的前面。"我看你停车不停车？"王狗剩笑着说。王幸福"吁——"地一声，拉车的骡马就站稳不动了。

　　"狗剩哥，你怎么在这儿呀？"王幸福坐在车辕边，一手拿着赶车的鞭子问。

　　"看你这日子一天过的，多舒服啊。"王狗剩说着松开了手里的牲口笼头。

　　"狗剩哥，你咋还损我哩？不都是给人家扛活的啊。"

　　"都是扛活的不假，但扛活和扛活也有差距啊。就比如我，跟着那一伙人，成天锄头镢头镰刀的，总是些下死力气的活，哪有你这舒服。"

　　"赶车这活并不轻松哩，起早摸黑的不说，买卖算账，装车卸货，哪一样不得你操心啊？"王幸福说完又问："你这是要去哪啊？"

　　王狗剩说："去城里啊。就是在这儿等你搭顺车哩。"

　　王幸福说："那就上来赶紧走吧。"

　　王狗剩上了车。王幸福挥着鞭子"得儿——"一声，骡马拉动大车又开始前行。

　　"今个咋不去干活？"王幸福和王狗剩又开始聊上了。

　　"任家那活，有干完的时候吗？自己也得给自己放放假，轻松轻松不是？自从那次从县监狱里一回来，我就不想在任家干了，但任二奶奶三番五次地找我妈说情，让我还到他们家去做活。你说说，都邻家彼舍的，还不给人家一点面子啊？再说了，在本村也离我妈近些不是？去了外处，丢下我妈一个人多不放心啊！"

王狗剩这话只说对了一半，据王幸福所知，任二奶奶早就不想让王狗剩在她家干了，王狗剩从县监狱里一回来，薛云霞根本没有去过他家，是王狗剩的母亲三番五次地去求人家，才让王狗剩又去了任家做活的。王狗剩这样说，王幸福也只能随声附和："也是。"

王狗剩接着说："我说你舒服你还说不是。我问你，任二奶奶是不是对你动心了？"

"你胡说些什么呀？"王狗剩这话说得王幸福心里老不自在。

"那她怎总会坐着马车，跟着你这一趟那一趟的。老刘赶车那会儿，她从来没有这样过。"

"人家那是不放心我。"王幸福说。

"不单单是那样吧？"王狗剩说，"她一个年轻的寡妇，长得又那么俊俏迷人，总在你眼前边晃呀晃的，你就没有动心过？"没有等王幸福答话，王狗剩接着又说："我想她一定是有点耐不住寂寞了，想和你那个一下吧。"

"你今天是怎么啦，尽说些不着边际的话？"

"我说的可是心里话。如果换成是我的话，早就和她上床快活了。"

"你再这样胡说八道，我就把你推下车去。"王幸福真有点不高兴了。

王狗剩说："你也不用那么认真，人生也就是那么一回事。你不让说任二奶奶，咱就不说任二奶奶。咱说说你喜欢的那个王婵娟吧，心里是不是还想着她，放心不下她啊？"

"我说狗剩哥，你能不能说点别的。"王幸福说。

"那看着是一朵好花，但花落谁家这还不一定呢。"王狗剩不管王幸福爱不爱听，一味地往下说："她现在身在牢房，你如果有本事把她从牢里弄出来，那她就是你的。可你现在有那个能力吗？她大她妈可是把办法都想尽了，就是救不出来自己的女儿。"

"你跟我说这些，到底是什么意思啊？"王幸福问。

"没什么意思。该放手时就放手，不要把黄河看成一条线，不要让自己吊死在那一棵树上。退一步海阔天空，什么都就有了。"王狗剩继续解释着。

王幸福不说话了，王狗剩说的话也不无道理。可自己就是放心不下王婵娟，不愿放手自己曾经向往的爱情生活。可眼下自己就是一点儿办法也没有。王幸福注视着正前方，前方的路还很长，迷迷茫茫的，谁能说得清在前行的道路上会遇到什么麻烦呢？

骡马拉动着马车不紧不慢地前行着。

"去县城有事吗？"王幸福岔开了前边的那个话题。

"去买点米面油和一些日常用品。"王狗剩说。

"那还用去城里啊，咱河口街上不就是现成的嘛。"

"这回我想多买点，县城毕竟要便宜些。要不然，我还能专门等着搭你的顺车？"

"眼看着这天越来越热，买得多了容易遭虫蛀。"

"我要走了，不多买点给妈不行啊。"

"你要上哪儿去？出远门吗？"

"嗯。我要去卖兵。"

"卖兵？"

"就是别人出钱，让自己顶替别人去当兵。"

"那不是作践自己吗，战事这么多，现在赖好有点办法的人，谁愿意去当兵啊？说不好听点，那就是去送死。"

"正因为没有人愿意去当兵，咱才走了卖兵这条道。过去雇一个兵一佰块现大洋，今年的行情涨到了一佰伍拾块。有的家，宁愿多出钱，也绝不让自己儿子去当兵。这也就给了咱穷人挣钱活命的一个商机，我和那家谈好了，他们愿意出二佰块。你说说，咱们累死累活给任家扛一年活，才能挣到几块钱？"

"可去了战场上，子弹又没长眼睛，自己这条命说没就没了。"

"这你就外行了不是？上了战场，单等那密密麻麻的枪声一响，咱便假装中弹而亡，倒在地上死也不起来。到后来……"

"后来怎么样？"

"后来咱便瞅机会溜之大吉呀。"

"再后来呢？"

"再后来，咱便完成了这段当兵的历史。"说到这儿，王狗剩"嘿嘿"一笑："也许用不了几个月，或许更短的时间，咱就挣了那么多。划算吧？"

"你还挺有经验的。这是跟谁学的啊。"

"就在大前年，我就卖了一回兵。前后不到三个月就复员了。"

"你要当兵，任二奶奶他们知道吗？"王幸福问。

"不知道。"王狗剩摇着头说："昨天，我从账房借了一些钱，今年挣得工钱也要得差不多了，这就拍起屁股走人。"

"你一走，家里可就剩下咱婶一个人了。"

"就是，要不我怎能一下子买这么多东西呢？"说完了，王狗剩又提醒王幸福说："这事得保密，千万不要跟任何人说啊。"

王幸福说："我不会对任何人说的。"

县城分手时，王狗剩说："要不你把马车寄存在那儿，咱们厮跟着去玩会儿吧？"王幸福说："我得去粮行，老刘在那里等着我哩。""玩会儿再去也不迟。用不了多大一会儿。""你要去哪儿玩啊？""赌场，妓院，都可以去。走

第十八章　趁着东风好行船

吧，今天的钱，你哥我来出。""不了。你可快点啊，半后晌我在南大街东头的'宝源旅馆'门口等你，不能再迟了。再迟就要摸大黑哩。""知道了。可一定得等我啊。"望着王狗剩欢快的背影，王幸福心里道："真是狗改不了吃屎。"

85

自从上次张俊杰领着梅迎萍神不知鬼不觉地从保安稽查队眼皮子底下逃走以后，县政府就把学校的校长叫去训了一顿，说是共产党成天和你们待在一起，竟然没有一丁点儿知觉和音信，还成天明里暗里地安插底线，其结果呢，还不是让人家溜之大吉！训完之后，让他们在短期内整顿校风校纪，并迅速拿出整改方案文字资料呈报县文教科。从那以后，县中学门口就多了个值勤的保安。学校的学生要把校徽别的胸前，陌生人出入要登记。

薛云卿走到学校门口就被保安人员给拦住了。薛云卿说："怎么，不让进啊？"保安人员说："得登记一下。"薛云卿说："我不识字。"保安人员说："不识字，你说，我写。""说什么？""姓名？""薛云卿。""籍贯？""什么鸡冠？""就是你的住址？""那你问住址不就完了嘛，王和乡薛家寨子。""职务？""王和乡保安队长。""找谁？""我外甥。""得说名字。""任宝玉。""好啦。"薛云卿听保安人员说好了，就抬脚往里面走。保安人员说："哎，别急，别急。"薛云卿说："又怎么啦？"保安人员说："等下课了，我们会让他出来认你的。""真球麻烦！"薛云卿无奈，只能在那里等着。

等到"当——当——当——"的铃声敲结束时，保安人员就用一个铁皮做成的喇叭筒子吆喝道："一·一班的任宝玉同学，请到学校门口来，有人找。"保安人员连续广播了三次，就见任宝玉往学校门口跑来。

薛云卿见状忙喊道："宝玉。"

任宝玉喊："舅舅。"

走近了，任宝玉就问："舅舅，您怎么来啦？"

薛云卿说："来看你啊。"

任宝玉又问："我妈来了没有？"

薛云卿说："你妈没有来。"

"就您一个人啊？"任宝玉好像很扫兴。

"就我一个人。舅舅引着你去吃凉粉，还有火烧馍夹肉。"

任宝玉就说："还有一节课哩。"

"那舅舅等你。"

"那行。"任宝玉说完就转回身往教室走去，还没有走到教室门口，上课的铃声就"当当、当当……"地敲响了。

耐心地等到放学，薛云卿才领着任宝玉去了一个僻静处的餐馆，顺道上他买了两个火烧馍夹肉。任宝玉说："舅舅，我吃不了这么多的。"薛云卿说："你以为就你吃啊，舅舅等你肚子也有点咕咕叫啦。咱们一人一个。"薛云卿把任宝玉安顿在一个小的雅间，然后问任宝玉说："舅舅吃碗肉丝面，你呢？"任宝玉说："我就想吃炒凉粉。"薛云卿说："好，就依你，吃炒凉粉，舅舅给你去外面买，买来了咱们一块儿吃。"

薛云卿把凉粉买回来，正好他要的肉丝面也做好了。任宝玉问："舅舅，您这回怎么还大老远的跑到学校来看我啦？"薛云卿说："舅舅想你啊！自从你被抓进县监狱，我和你外公、外婆都担心死了。""那我从县里回来的时候，怎么没见到你来我家啊？""不是离得远嘛，你妈也没有告诉我啊？我和你外公、外婆也不知道你回来。我是前两天去你家时才知道的，今天就特意来看你了。你外公、外婆还说了，说是你放麦假的时间，他们就会去你家里看你。"任宝玉说："你这一说，我还真有点想他们了。"薛云卿说："外公、外婆也想你啊！"

　　说到这儿，薛云卿就压低嗓门，那样子好像是怕外人听见："宝玉，舅舅问你个事情。"

　　任宝玉说："什么事？"

　　薛云卿说："你可得如实地跟舅舅说。"

　　任宝玉说："您问吧。"

　　"和你一起抓进去的那个女同学出来了吗？"

　　"没有人花钱赎，她能出来吗？"

　　"那你和她那样好，你妈就不能花钱把她一块儿救出来吗？救出来了，再花钱把她娶回家做你的媳妇，多好啊！"

　　"谁说那样不好啊？可我妈不想让她做我的媳妇。"

　　"为什么啊？"

　　"不知道。"说到这儿，任宝玉丧气地摇了摇头。

　　薛云卿扭头朝四周看了看，又一次故意压低嗓门问："宝玉，舅舅问你。"

　　任宝玉说："你说。"

　　"你说那姑娘叫什么来着？"

　　"叫王婵娟。"

　　"对，你和那王婵娟发展到什么程度了？"

　　"没有发展到什么程度啊。"

　　"那你们晚上去枣园干什么？"

　　一直到现在，任宝玉也不知道，那天晚上如果不被那些当兵的抓住，他们接下去会干些什么？既然舅舅问了，他就得说，即使编个谎话也得说。任宝玉说："谈恋爱啊。"

　　"谈恋爱啊。"谈恋爱这个名词挺新鲜的，在灵宝县中学也是个敏感的话题。薛云卿还是第一次听说。

看着薛云卿一脸茫然。任宝玉就偷偷地笑着解释道："连这个都不懂，就是两个人亲亲热热地谈情说爱。"

"亲亲热热地谈情说爱啊。"听任宝玉像这样说，薛云卿的脸都觉得扑烘扑烘地发烫。"那舅舅想问问你，你们亲热过没有？做那个事情没有？"

任宝玉有些吃惊，舅舅咋问这样的话呢？但他只能揣着明白装糊涂地问："那个事情是什么事情啊？"

"就是……就是……就是男人和女人在一起睡觉的事。"这话说得，薛云卿都有些不好意思了。

"舅舅，你说那话什么意思啊？不结婚，不入洞房能在一块儿睡觉吗？说句实在的话，连她的手我都没有很好地摸过一回。"任宝玉显得有点生舅舅的气。

"舅舅不是那个意思。"薛云卿忙解释说，"舅舅的意思是说，如果真发生了那种事，咱就得对人家女孩子负责任，就得想办法说服你妈把人家娶回家，咱不能毁了人家的女孩的人生。宝玉啊，你知道对一个女人来说一生顶顶要紧的东西是什么吗？就是贞洁，没了贞洁，这个女人的一生就完了。"

"这个我明白。我一点儿也没有玷污王婵娟的清白。"任宝玉信誓旦旦。

"那就好，那就好。"看着任宝玉吃完了火烧馍夹肉和凉粉，薛云卿接着说道："吃饱。还想要什么，舅舅给你买。"

"不要什么啦。"任宝玉摇着头说。

"那舅舅送你去学校吧。"

"不用。我一个人就回去了。"

"好，那你去吧。"

还没有等到任宝玉走出餐馆的门，薛云卿又追上去，往任宝玉手里塞了一把纸洋票。任宝玉连声说:"不要,不要。"薛云卿说:"甭嫌少,拿着,你自己想要啥就买啥。"

送走任宝玉,从一边走出了邵维义。薛云卿说:"这回听清楚了吧?"邵维义说:"听清楚了。""这回放心了吧?""放心了,放心了。"

"走,今天高兴,咱们去'迎春妓院'逛逛。"摊上了那个母老虎。邵维义每次到县城,都要去一趟"迎春院"。"不去了吧。"薛云卿推让着。"走吧,又不用你掏钱。"

街面上的花红酒绿,让两个男人有点春风得意,像吃醉了烧酒一样向前游荡着。勾魂的小曲儿从那边飘了过来,分外地入耳……

　　　好花不常开

　　　好春不常在

　　　人生得意须尽欢

　　　莫让金樽空对月……

拂晓（下）

FUXIAO

争游——著

团结出版社

图书在版编目（CIP）数据

拂晓/争游著. --北京：团结出版社，2017.9
ISBN 978-7-5126-5583-6

Ⅰ．①拂… Ⅱ．①争… Ⅲ．①长篇小说－中国－当代
Ⅳ．①I247.5

中国版本图书馆CIP数据核字（2017）第227852号

出　　版	团结出版社
	（北京市东城区东皇城根南街84号　邮编：100006）
电　　话	（010）65228880　65244790
网　　址	http://www.tjpress.com
E－mail	65244790@163.com
经　　销	全国新华书店
印　　刷	三河市京兰印务有限公司
装帧设计	成都天恒仁文化传播有限责任公司
开　　本	170mm×240mm　　1/16
印　　张	41
字　　数	520千字
版　　次	2017年9月第1版
印　　次	2020年1月第2次印刷
书　　号	ISBN 978-7-5126-5583-6
定　　价	118.00元（全2册）

目　录

CONTENTS

第十九章　招亲广告

86

麦熟了。杏熟了。太阳如刺般的光芒把麦田照耀的金黄金黄，把杏树上的杏儿照得脸蛋儿发红。村里的人也就跟着麦子和杏儿开始忙碌了。虽说那大片大片的麦子和一树树红杏都不是自家的。大多数是任二奶奶家和王保长家的。但任二奶奶、王保长也得靠大家不是。整个村子从早到晚都像是一锅被烧开的水，一直沸腾着，怎么也凉不下来。村里人管这时节叫火麦连天，龙口夺食。这就是河口村的五月。

对于任家来说，收麦子可是头等大事。薛云霞让在城里的老刘把粮行的事情安排好，也回来参与收麦子。就在前几天，她感觉好多天没有见到王狗剩，就问领头的长工。领头的长工说，人家说是给你说过了啊。这个王狗剩，啥时间给我说过，只是要些钱，说要过麦天，得给家里买点东西，怎么一去就没个人影儿了呢？后来她就打发香椿去看，香椿回来说，王狗剩卖了兵，走了人，家里就剩下他妈一个人啦。这个王狗剩，火麦连天，正用人哩，却一声不哼地溜之大吉。她吩咐香椿说，过麦天哩，要蒸点麦面馍，让大家吃好。还有，往后半早起要加一顿餐，或者酸滚水泡馍，或者拌酸糊粒汤，该烤晌的时间就得烤晌哩。

麦场就在城门外西边的空地上。任二奶奶就站在西城门外，看着麦场上一个好大的麦垛，趁着早起的凉爽，只见王幸福还在赶着大车从地里往场里运。

许多小户人家也在用牲口驮，扁担挑，肩头背，收获着自家的麦子。

从县城方向来的大路上，走过来一个头戴草帽肩挑筐篓的小商贩，走到西城门楼下，便和几位上了年岁的老人攀谈起来。

"大爷，听城里的人说你们这儿的杏好？"

"要说杏，在灵宝这一带就数河口村的杏好吃，你没听说吗，'河口的杏，庙底的瓜，乾头的李子，寺上的叉（摊晒麦子用的桑叉）'。"

"你们这儿的杏是啥品种啊？"

"这你就不懂了吧，它叫贵妃杏。相传唐代贵妃杨玉环，幼时就生活在灵宝，脸色虽白而不嫩，皮肤细而不润，长得并不十分好看。她家院中有一棵杏树结的杏儿又大又黄，格外香甜，玉环年年食之，后变得冰肌粉面，如花似玉。于是人们在杨玉环入宫被册封为贵妃之后，便把这种杏称为'贵妃杏'。贵妃杏因出产于黄河沿岸的沙土地带，个大如鹅蛋，果皮和果肉橙黄色，阳面有晕，酸甜可口，汁液丰富，芳香浓郁，大凡吃过的人都对它赞不绝口。"

"哦，经您老这么一说，我还真增长见识了。"

"看你这样子，不就是个小商贩嘛。"

"是啊是啊，我就是想批点你们村的贵妃杏，可不知道该往那个方向走？价钱如何？"

"我们这儿的杏树大都在西岭上，现正发黄泛红，好吃着哩。"老人说着便指了一下城门外不远处的薛云霞，"那是我们这儿的首富，在那儿看着长工往麦场里运麦子哩。西岭的那几十亩杏园都是她家的。你一会儿问问她，她就会告诉你怎么走，什么价了。"

商贩扭头斜视了一眼薛云霞说："她是个女的啊。"

老人说："不要小看她是个女的，有本事着哩，家里良田百顷，骡马成群，长工短工雇了一大群呢。"

"您老一说，我还真想起来了，她就是赫赫有名的任二奶奶吧。"

"嗯。"

"过去是只闻其名，未见其人，还认为是个老太婆呢，没想到这么年轻，漂亮。"

其时，薛云霞正站在麦场里，看着王幸福卸大车上的麦子呢。

等王幸福卸完了车上的麦子，薛云霞就主动地走上前去，拍打着他身上的尘土麦叶。这让王幸福感觉老不自在，他刻意往一边后退躲避着，薛云霞则上前赶着，把手掌扬得更高，边拍打边问："地里割的麦还多不？"

王幸福说："没有啦，要是中午再割上一晌，还能拉两回。"

"那你就不用去了。回去把车卸了，让牲口歇歇，喂点草料。香椿已经把半早的干馍滚水烧好了，你先吃，吃完了就回去帮你大把自家那麦子割了。你大那病我知道，一到麦天就犯病。割完了，就用咱家的大车帮着拉回来。"

薛云霞这话让王幸福感动，父亲的病确实是到了麦里天就犯，那二亩麦子指望妈一个人收可不行。还没有等到他向薛云霞说，人家倒是替自己想在前边了。但经过前边那两回，王幸福知道薛云霞对自己存心何在，本不应该领她的情的。可眼下事实只能让他听之任之。王幸福说："那行。"

王幸福赶着大车，薛云霞跟在后面往家中走去。

等到大车通过西城门口的时间，那个头戴草帽的商贩把帽檐往下拉了拉，转身背着大车和薛云霞。等到大车过去好大一会了，他才幡然醒悟，忙对身边的大爷说："哎呀，我怎么给忘了呢。还要问人家任二奶奶的话哩。"

"我给把她喊回来。"老人家说着就喊道："任二奶奶。"

薛云霞听到叫声就回过头来，问："是喊我的吧？"

"这个小伙子要上你家杏园贩杏去呢。"

薛云霞转身走了回来。

"人家不知道路怎么走，还想问问价钱。"

薛云霞说："去西岭，上坡，一条路直走。上了岭，自会有杏园挡在你的眼前边。价钱嘛，咱这卖给商贩的都是一个价，一百二十块钱一斤。"

"不能便宜点啊？"商贩问。

"没法再便宜了。到了杏园，随你着吃。秤也可以给你高些，可价钱是不能变的。谁来也一样。园子里有人在那支候着。不会亏待你的，要让你们有赚头的。"

"那好吧。"

"没吃饭吧？走，到家喝点酸滚水泡馍。"薛云霞说着客气话。

"不了，不了。任二奶奶请回吧。"商贩也客气地点着头。

薛云霞走出不远又拐了回来，对商贩说："要是不急的话，你就再等上一会儿，在我们这儿贩杏的客人多哩，他们大都是后晌来，贩的杏儿也是到第二天才拿到集市上去卖的。这小伙子，想必也是头一回到河口村吧。"

"是第一次，要不咋会来得这么早？"商贩说。

"等一会儿来了人，你们再厮跟着去杏园，也是个伴儿。"薛云霞说着再次转回身往家走。

商贩不知道又在和那几个老人聊着什么，看样子还挺投机的。

87

因为王婵娟的事，雪琴积累成灾，躺倒在土炕上起不来。两只眼睛愣是盯着屋梁上的横木，嘴里不停地念叨着"婵娟，婵娟，这娃的命，咋就恁苦呢？"她在心里埋怨老天爷为什么这样地不公道，非要和一个无能耐的凡人过不去？自己处心积虑千方百计用首饰换来的那几块钱，咋就连女儿的面也见不了一回呢？没有了婵娟，她不知道自己还能不能活得下去。她也曾挣扎着起炕下地，想为王来法和儿子铁蛋他们做顿饭，怎奈头重足轻全身无力想站也站不起来。王来法劝她说不要强拿劲了，不行就躺下。无奈她只得重新回到土炕上。她知道窗外的田野已变成了金黄色的世界，田间的麦子到了成熟开镰的时间，自己就这个样子，那几亩地的麦子咋能收到屋啊？王来法也不至一次跟她说："不行，咱就是把那头小毛驴，还有那几亩地卖了，也要把娃救回来。"雪琴知道，王来法打心眼里舍不得自己辛辛苦苦挣来的那份家业，他能够说出这些口是心非的话来，就是为了哄自己开心。他能在这个时间哄自己开心就已经让她很感动了。何况，一头小毛驴和几亩地又能卖几个钱呢？她摇着头对王来法说："眼下就要收麦子种玉谷哩，田野里哪样活计离得开牲口啊？再一说，就是卖了驴和地，拿着银子也不知道往谁手里送哩。婵娟她回不来，是她的命，也怨不得任何人。"话至此，雪琴就哽咽着说不下去了。

看着眼前的情况，王来法熬煎！婵娟回不来，雪琴病倒了，自己带着铁蛋，除了做地里的庄稼，还要刷锅料灶，弄不好，自己也会倒下去的。过一天日子，咋就这样难啊？河口村这么大，这么多人，到了这火烧眉毛的关键时刻，又有谁会帮自己拿主意想办法？自己又能和谁去商量去运筹？上次和王云山校长去了一趟乡里，虽说没有办成事，但他感觉王校长那人还行，还念着他和婵娟是师生的情分。无奈，在吃过晚饭后，他没有告诉雪琴，一个人又往学校的方向走去。他不知道见了王校长该怎样去说？就是勉强开了口，又能说些什么？王来法就这样混混沌沌地敲开了王校长的门。

洋油灯下的王校长正在那儿备课呢，听到敲门声便起身开了门。

"王校长。"王来法叫了一声。

"王来法。怎么是你啊？"王校长完全没有想到王来法还会来找他，对于王婵娟的事他也是无能为力。

"我不知道为什么就又找你来了？我不知道自己还能去找谁？又有谁还能帮我的忙？"王来法像个醉汉道出了自己的心里话。

"婵娟她妈呢，还在为娃的事犯愁吧？"王云山问道。

"哎，别提啦，从那天回来，我把不幸的消息跟她一说，就倒在炕上起不来啦。"

"那一定是心急上火折腾的。没有请医生啊？"

"我要请。可是她不让，说自己原本就没有病。"

"她那害得是心病。"

"谁说不是呢？哎——熬煎死人啦。"

话至此，两个人就再也无语。

"王校长，你是婵娟的老师哩，识字认理，就不能想想，有没有别的什么办法？"

"人被关在监狱里，还能有什么更好的办法呢？"

"像这样下去，我这个日子就过不成了。"

"多好的一个姑娘啊，咋能酿成如此之错呢？"

"依着我，当初就不应该让她去读那个县中。一个女娃，读那么多书有什么用处啊。"

"当初也不知道会出这样的事啊。念书识字毕竟是个好事情。"

两个人再一次沉默无语。

"王校长，我想走了。来打搅您，都有些不好意思了。"王来法客气地说着站起了身。

"再坐一会嘛。"王校长说。

"不坐了。就是来想和你絮叨絮叨，也让自己心里放松放松。"

"真不好意思，也没能帮你想出个什么好的办法来。"

"真不如早些找个婆家嫁出去着好。"王来法自语着。

"找个婆家……"王云山重复着王来法的话。千百年来，女人的命运历来都是如此，为人妻，为人妾，哪一个女人又能真正地翻身独立过？相当一部分都沦落成男人掌胯下的玩物。突然，王云山拉住了即将走出门外的王来法："你等等，我想到一个不是办法的办法。"

"什么叫不是办法的办法啊？"

王来法跟着王校长重新打对面坐着。

"你看这样行不行？咱们死马全当活马医。"

"你就直截了当地说怎么办吧。"

"我说了你可别忌讳？行了，咱就这样做。不行，全当我没说。"

"你说，你说。"

"就婵娟那条件，如果能够写上一张招亲广告贴出去，说不定会有人找上门来，自己花银子去救婵娟出来呢。"

"什么叫'招亲广告'？我不识字，不懂。"王来法晃着头。

"简单地说。"王云山解释道："就是用一张大红纸，写上王婵娟的模样、学识，如果有人肯花钱把她从监狱里救出来，就把婵娟许配于他。你看行不？"

"如果没有人来出钱救她呢？"

"那这就看她有没有这个运气了。实在没有人我也没有办法，要不我怎么能说这不是办法的办法呢。"

"这和卖女儿也差不多。"王来法说。

"只要有人来买，王婵娟不就得救了吗？不就等于嫁人了吗？"

"也是啊。"王来法顿然感觉这个主意好极了，不仅救女儿出了牢房，还为自己省下了一笔钱，还为女儿找了个婆家嫁了出去。一箭三雕。王来法对王云山说："这个主意好是好，但我也不能一个人拿主意，得回去和雪琴商量商量，想着她也会同意的。等商量好了，我再来找您帮着写那个……那个叫什么来着？"

"招亲广告。"

"对，招亲广告。"王来法说完，对王云山说："谢谢您啊，还是你们识字有学问的人有办法。我这就回去和雪琴商量，回头再来麻烦您。"

"不用客气。这个忙我不帮谁帮啊？"

"那我走了。"

"慢走。"王云山说完，又叮嘱说："雪琴病了，该请大夫还是要请大夫的。"

"知道了。"王来法回应着。

静谧的夜晚，头顶的星星一颗颗闪烁着自己的辉煌，略带潮湿的空气清新爽口，田野间的虫鸣听起来也格外的悦耳动听。王来法的心情好极了，他完全想不到今天晚上会有这么大的收获，亦如当初要把女儿许嫁给任宝玉一样地让他兴奋不已。

88

那天从县城一回来，邵维义就再也没有睡过安稳觉。虽然他从来也没有见过那个叫王婵娟的姑娘，但从薛云卿的讲述中已让他特别地入迷。邵维义是读过几天书的人，虽说书读得不怎么景气，但多少也知道一些有关爱情和女人的描述，诸如《诗经》里的"关关雎鸠，在河之洲，窈窕淑女，君子好逑"，又如描写历史四大美女的"闭月羞花，沉鱼落雁"等等，都让他记忆犹新，难以忘怀。现如今，到乡下农村挑拣一个有漂亮脸蛋，标致身材的女孩子并不难，但要求她有学识，有风度，有气质就相当得难了。邵维义想要的就是能够下的厨房，上的厅堂的女子。而自己是个有老婆的人，要一个有头有脸的女人来，是做妾的，这就要看人家愿不愿意了。而眼前的这个王婵娟，却因为身陷囹圄，已身不由己。面对她的也就是两种选择，一是蹲在监狱里面永远地也别想出来，她们家根本没有能力和条件救她出去；二是让别人花钱赎出来去做别人的老婆，这对自己来说是个机遇，要让商家来说就叫做商机。对于机遇，就看自己能不能很好地把握了。把握得好，这个女子就是自己的。把握不好，也可能会让别人抢先占了这个机遇。如此这般地划算着，邵维义就做好了打算，一是他要去县监狱里亲自看上一看这个王婵娟，到底是不是像他们说的那样，如果真的如自己的意，他便会倾其物力财力把她弄到手。二是这件事情还得在秘密中进行，千万不能惊动了自己的那只母老虎。

邵维义想去看王婵娟并不难，县保安大队的副大队长毋正官是他小舅子，也就是毋凤仙的娘家堂兄弟。正因为是毋凤仙的娘家堂兄弟，平常也就少了许多来往。或者在下河口，或者在县城偶尔碰上一次，也就是互相寒暄问候几句而已。因此，邵维义感觉找到他，花上几个小钱，一来他不会不给这个面子，好赖自己也是北基村的保长。世事如棋，山不转水转，说不准那会儿谁会用得着谁。二来还要让他保守住这个秘密，不能对毋家的任何人讲说一个字，只要王婵娟那边一搞定，办成了的事情谅他们也不会强打鸳鸯两分离吧。虽说眼下正是火麦连天的五月，但邵家的田地大都租给了佃户，自己真正忙碌的时间在五月底、六月初，那个时间正是收租子的时间。所以眼下就是个空闲，这事儿得抓紧着办，依照灵宝当地的习俗，六月、腊月两个月份是不能提亲的，凡事都得图个吉利。

邵维义进了城，进了城就直接去县保安大队的院子。持枪的卫兵挡住他的去路，他说我找你们的毋副大队长。持枪的卫兵就进去通报了一声。紧跟着就见一个挎着短枪的跟在卫兵的身后出来。邵维义笑着叫道："毋大队长，是我。"毋正官答应道："原来是邵保长，请进，请进。"

进了办公室，毋正官就忙着为邵维义冲茶水。坐定后，毋正官就开口问道："维义哥，今个咋有空到兄弟这来？"

邵维义说："哥有事求你哩。"

"你和我姐，一天日子过得油和面，哪还有过不去的坎？"

"这事和你姐没关系。"

"没关系，哪能是啥事啊？"

邵维义叹了口气说："你也知道，你哥我活得窝囊啊！"

"看你这话说的，论地位，你是北基村的保长，论资产，你要田地有田地，要骡马有骡马，高宅大院富丽堂皇的，在下河口，就包括北基村在内，应该是首富啦。怎么，还不满足啊？"

"这你就不知道了吧，家家有本难念的经，一家有一家的难处。我的情况你也不是不知道，如今已过不惑之年，可膝下连个一儿半女也没有，有道是'不孝有三，无后为大'，你说我这半辈子，活得多没出息啊！"

邵维义说的这些不光是毋正官，就连邻村的人都知道，说是邵维义碰上了那个母老虎，算是倒了八辈子霉。事不关己，高高挂起，外人也只是说说而已，居家过日子，各人自扫门前雪，莫管他人瓦上霜。

毋正官笑笑说："我姐不是从本家给你过继一个儿子过去了嘛。"

"是过继了一个儿子过来了。可说到底，那不是我邵家的种啊。你说我要是再娶上一个女人过来，她能不给我生个儿子吗？"

"说的也是。"毋正官点了点头。

"你哥我今天，就是为这事来的。"

"为这事，那你应该去找媒婆啊，我一个吃官家饭的差人，可没有那个能耐。"

"你们监狱里关着一个叫王婵娟的中学生女娃娃，是不？"

"是啊。"

"她犯的什么罪啊？"

"什么罪？没什么罪啊。那回抓共产党地下人员，她碰到了枪口上，后来一审讯，才知道她是和一个男娃去中学隔壁的枣园偷情去了，随手也就给丢了进去。后来再也无人问津。"

"和她一起进来的那个男娃不是都给放出去了吗，她怎么还被关在里面哪？"

"你不知道啊，那个男娃是河口村任二奶奶家的公子哥，县党部书记的一句话，关了没几天就放出去了。"

"这么说，那个女娃也没有多大的罪啊？"

"有罪没罪，也就是那么一回事。只要有人肯花银子，说出去也就出去了。没有人为她花钱，那就不好说了，关个一年半载，三年五年地都有可能，也说不定那会儿不高兴了，把她拉出去毙了呢。"

"哦。"邵维义点了点头。然后说："兄弟，今天晌午我请客，咱们去南大街的迎春酒店喝上两盅。"

毋正官说："说到底，兄弟我还没有弄清楚哥你是为什么事来的？"

"走走走，到了那儿哥再给你详细地说。"就这样，毋正官被邵维义硬拉着去了南大街的迎春酒店。

酒菜上了桌，毋正官死活不肯端酒杯。"怎么，不给哥这个面子啊。""不是，不是。兄弟我把话说到明处，你必须先跟我讲清楚，要兄弟办什么事。能办了的事，这酒我喝。我如果没能力，办不了的事，今这酒我还喝，就算是兄弟我请哥你。"

没想到毋正官这么认真，邵维义也只好如实地把想娶王婵娟纳妾之事，以及事情的先先后后细讲一遍。

"你要找小老婆，也不怕我姐姐她吃醋啊？"

"这事儿那敢让她知道？那还不闹翻了天啊。"

"这又不是什么藏着掖着事，隐瞒了一时，还能隐瞒过一世啊？"

"先不告诉她。"邵维义说："等把事情办个八九不离十，即使她知道了，也不至于撕破脸皮儿把一桩好事儿弄砸吧？"

"但愿吧。"

"兄弟，这事你一定能办，对吧？"邵维义问。

毋正官说："这事说好办，也难办。"

邵维义问："此话怎么讲？"

毋正官说："兄弟我当差混饭到如今还是个副职，忙我可以帮，但我还得求别人不是。你也知道，如今求人办事也不是件容易的事。"

"你的意思我明白，哥我也不是个不明事理的人。"邵维义说着从衣兜里掏出了一张银票塞到毋正官手中。

毋正官也不客气，朝着银票看了看，随口说："这个数可不行，差得太远了。"邵维义说："我知道，我知道，该花的钱我一定要花。这点钱你先拿着。如果有机会的话，我今天还想去监狱里看一眼那个姑娘，上得眼，如我的意，咱就接着往下进行。没有相中，这事情也就到这儿拉倒。"

毋正官想了想说："哥你来一趟不容易，一会儿我就带着你去监狱里看上一眼。"

"那好，那好。"邵维义说完，双手端起酒杯举到毋正官的前面："来，哥我先敬兄弟你一杯。"

毋正官连声说："谢谢，谢谢。"接过酒杯一饮而尽。

　　雪琴还是没有睡意，她不知道王来法这会儿去了哪里，走时也不说一声。棉油灯本来是亮着的，不见王来法回家，雪琴也就熄了灯，听着铁蛋轻轻的鼾声，她就越发地想念女儿婵娟。监狱的夜晚是怎样度过的啊，是躺在地下呢，还是有床板？是和衣而睡呢，还是有被褥？后晌吃得又会是什么饭，应该有馍吧，有菜没有菜呢？是面汤还是白开水……想着一个刚刚十六岁的女孩子，咋能吃得了那份苦啊！想到这里，雪琴就再一次掉下了眼泪，就有些后悔当初的选择，不该让女儿去县城读什么书。如果在家里，帮自己做做家务，学个刺绣针线什么的，也不至于出这么大的乱子。事到如今，再后悔也来不及了。雪琴叹息着，就听见院门响了。她知道，那一准是王来法回来了。

　　雪琴重新点着了炕墙上的棉油灯，王来法就进了门。

　　"还没有睡着呀？"

　　"哪能睡得着啊？"雪琴说着就问道："你去哪儿了，走时连个招呼也不打？"

　　"去学校王校长那儿了。"

　　"学生不是都放麦假了吗，王校长还在啊？"

　　"王校长晚上就在学校睡着哩。"

　　"又跟王校长说什么啦，看你喜欢的那个样子。"

　　"还能说什么啊，不就是女儿婵娟的事嘛。"

　　"这事，还能说个什么眉目啊？"

　　"是没有眉目，但到了临走时，他倒是给咱出了一个好主意。"

　　"什么好主意？"听王来法有了好主意，雪琴立刻就有了精神头。

　　于是王来法就把王校长说的那个书写招亲广告的事说了一遍。

第十九章　招亲广告

雪琴想了想说："这多丢人现眼啊，还没有听人说过写什么招亲广告为女儿找婆家的，这不成了千古奇观了吗？还有，这个事本就闹得沸沸扬扬众议纷纷的，再写上那么一张大红纸往街面上一贴，恐怕这满世界的人都要知道，河口村王来法家有个闺女出事蹲大牢了。"

王来法照着王云山的意思解释说："贴广告的意思，就是想让人知道河口村王来法家有个闺女不仅人长得漂亮可人，而且还是个读过中学有学问的贤才淑女，只因处世不经运气不佳，出事蹲了大牢，只要有人愿意出钱将她救出，我们就让小女为妻为妾伺奉终生。"

"这样能行吗？"雪琴将信将疑。

"你想想，"王来法继续解释道，"女孩子早晚是要嫁人的，只要有人能看上咱家的闺女，用钱把她从监狱里赎出来，人家的家境也差不到那去，还愁她日后没有好日子过？"

"如果广告贴出去了，还是没有人来救她怎么办？"

"这就要看婵娟的运气了。万一不行，咱们再想别的办法。"

王来法说的话，让雪琴心里七上八下地，一时也拿不出个确切的主意来。想想尽天由命吧，既然他们商量好了这个主意，那就试试看。如此想着，雪琴就说："我一个妇道人家，也不懂得什么大道理，人家王校长是读书人，自然知道的事情更多一些，要不就像那样办吧。是瞎是好，顺从天意吧。"

"那我明天就跟王校长去说，让他给咱们写那个招亲广告？"

"你去吧，我是什么能耐也没有了。"

熄灭了棉油灯，王来法还在和雪琴絮叨着。

"明天，再请个大夫来，给你把把脉，抓上几服药。把身子将息好了，也好给咱做饭。别人家的麦子已经上了场了。"

"不用大夫瞧，我知道自己病在哪害着哩，只要婵娟的事有了希望，我的病立马就会好上一半。"

"但愿有人会看上咱家婵娟，把她从监狱里救出来。"王来法说。

雪琴没有吱声，她在心里为女儿祈祷着："但愿女儿能交个好运气，找个好人家，富贵一生一世。"

夜在不知不觉中渐深，一种鼾声的旋律从这个农家小屋里透了出来，在河口村的上空回荡着，盘旋着，渐渐远去……在这个旋律中，有着对明天希冀的梦幻，有着对亲人美好的祝愿！

90

毋正官往邵维义眼前扔了一身黄色的兵服。

"这是干什么？"邵维义不解。

"你不是想见见那个叫王婵娟吗？那就得穿上这身皮。"毋正官说。

"不穿不行吗？多别扭啊。"邵维义看着毋正官说。

"你以为你是谁啊，单凭北基村保长这芝麻大个官，就想随意地进出灵宝县监狱的那个门啊？说句老实话，让你穿着这身黄皮跟我进去一趟，这可是冒着丢乌纱、掉脑袋的风险干的。"

听毋正官把话说得那么严重认真，邵维义就只得乖乖地把那身兵服穿在身上。穿上了兵服，邵维义就再也不是什么从乡下来的保长，而是一个混了多年老兵。就这样，邵维义背着一杆长枪跟在毋正官的身后，向街东头的监狱走去。

监狱门口站岗的看见毋正官带着一个卫兵进来，赶忙一个立正，并向他们敬了一个礼。毋正官连正眼瞧他们一眼都不，就大摇大摆地进去了。接着又喊来了里面值勤的卫兵，让他们打开女囚的牢门。值勤的卫兵和邵维义一同跟在毋正官的身后，一间挨着一间进行查看着。毋正官对身后的卫兵说："这单间关着的犯人可得看好了，她们都是重点政治犯，出不得半点差错。"值勤的卫兵点着头说："对，是是。"走到一个关了好几个人的房间，毋正官站住了，指着一个年轻的女囚问身后的卫兵："她就是县中学的那个学生？"值勤的卫兵说："是，她就是前几个月抓进来的，县中学的那个学生。"毋正官说："把她叫过来，让我问她几句话。"值勤的卫兵指着那个年轻的女囚说："叫你哩，没听见吗？毋副大队长要问你话哩。"那个年轻的女囚朝门口走来。"你是县中学的学生？"毋正官问。"是，怎么啦？"年轻的女囚反问道。"怎么啦，小毛孩子不好好读书，跟着共匪瞎起什么哄啊？知道不知道，那可是掉脑袋的事。""我没有跟着共匪瞎起哄，我是被冤枉的。""冤枉什么啊冤枉，平白无故地能抓你进来吗？还嘴犟！""我就是被冤枉的，你们为什么不放我出去？""瞎嚷嚷什么呀，"值勤的卫兵没好气地朝年轻的女囚嚷道："好好反省自己的过错。把当官的惹恼了，有你的好果子吃！""走走走，不要理她。"……

出了监狱大门，重新回到保安大队毋正官的住所，邵维义脱掉身上的黄衣服，长出了一口气。一个多小时的卫兵生活，他就像装孙子一样地跟在毋正官的身后，又不能多说一句话，生怕露出马脚，给毋正官惹出什么乱子。一场戏总算是安全地谢了幕。

"怎么样，看清楚了吧？"毋正官问。

邵维义点着头说："看清楚了。"

"如意不？"

"眉清目秀的，模样儿还算俊俏。小小年纪，脾气还那么的倔。"

"孩子嘛，幼稚。又没有什么大罪，被关了好几个月，能不心急吗？"

"说得也是。"邵维义点着头。

要分手时，邵维义一再交代要毋正官放心，回头他会很快把银子送过来的。还叮咛他出去不要乱说，特别是对他那个堂姐以及她的娘家人，要保守秘密。毋正官说我知道，我知道。

邵维义骑在马背上，一路畅想着，就王婵娟那细皮嫩肉眉目清秀的俏模样，到时间梳妆打扮一番，粉红色的嫁衣穿在身上，还不活脱脱的一个西施再现啊。那良辰美景，洞房花烛，揭开她的盖头来，退去她的罗衣衫……想至此，邵维义已是浑身燥热，两胯下的那个东西便不安分挺起身来跃跃欲试。邵维义相信自己，用不了一年半载，不给她种出一个儿子来才怪呢。

邵维义路过河口村的西城门口时，发现墙上贴着一张大红纸，早上来时没有注意看见啊，这是谁贴的，又是做什么用的呢？邵维义下马来一瞧，就看见红纸的顶头写着"招亲广告"四个字，什么招亲广告啊？邵维义感觉挺稀奇的，就仔细地往下看起来。

招亲广告

女儿王婵娟，年方十六。自幼天生丽质，貌若天仙，聪慧过人，饱读诗书。曾就读于河口小学、灵宝县中，只因其处世不经，行为不慎，致身陷囹圄。又因家境贫寒，其父无才，无力拯救爱女，故拟此招亲广告，望有财力，且年龄相当者，若能将其小女救出，愿以身相许，侍奉终生。特广而告之。

联系人：河口村王来法

代书人：河口小学校长王云山

中华民国三十六年五月初六

读完文字，邵维义不禁哑然失笑。刚才还在思想着该让谁去王来法家提亲呢？就是有人去提亲，还不知道人家同意不同意将女儿下嫁于咱呢？不料想，正瞌睡哩就有人送来了枕头。想必王来法两口子救女心切，眼下已是穷极末路，万般无奈才想出如此不策之策，托人写下了这招亲广告。邵维义信手摘下墙上的广告，揣在了怀里，自己正做着的一场好梦，他不想让更多的人再掺和进来。穿过河口街，在东城门的墙壁上，邵维义又发现了一张贴在墙上的大红纸，下马一阅，内容形式，同出一辙。他又一次信手摘下。他打定主意要娶的女人，岂能让别人也去朝三暮四。

摘下两张广告，邵维义心里舒畅了许多，改日就去找王云山，让他先去跟王来法家通个信，探探人家的口气。王云山是河口村小学的校长，王婵娟昔日的老师，想必此事定然会马到成功。

回头望夕阳，一抹红云正张开笑脸迎接着它的到来。邵维义一抖缰绳，马便撒开四蹄狂奔起来，背后尘土飞扬中悠悠扬扬地传出了这样的唱段：

> "携手腕鸾入罗帷，
> 含羞带笑把灯吹，
> 金针刺破莲花蕊，
> 不敢高声紧皱眉，
> 鸳鸯被里成双夜，
> 一枝梨花压海棠……"

第二十章　虚惊一场

91

雪琴正在往锅里添水准备做早饭。就有人"来法哥，来法哥"地叫着进了院门。雪琴起身一抬头，见是同巷道里的一个小伙子。雪琴问："你找来法有事啊？他在场里呢。"小伙子说："我从东河口回来，正好遇见王校长，他让我捎口信给来法哥，让他晚上去学校一趟。""他没有说什么事啊？""人家没有说。"

小伙子出门走了，雪琴就想王校长找王来法还能有什么事呢，一准是王婵娟的事情有了眉目。想着女儿的事，雪琴就再也在屋里待不下去，丢下手里的活计往麦场里走。

来法家的麦场在西城门的空地里，昨天后晌碾出来的麦子堆放在场里，一直没有风，就扬不出来。昨晚上，王来法就睡在场里，看着碾出来的麦堆，到现在还没有回来。抬头看看周围的树，树上的叶片儿一动也不动。依旧没有一丝儿风，没有风场里的麦子就扬不出来，王来法就只能在那里等。按地理位置，顺着黄河古道，是个容易起风的地方。以往不想让它刮风的时间，只见它不停点儿地刮。有歌谣说"东西禹店杨家湾，刮起狂风不见天"。东、西禹店和杨家湾都位于河口村西边的黄河上游，足以说明这一带是个多风的地带。可到了你想让它刮风的时间，老天爷它就是不刮。谁也没办法的事。

扬麦子，就是把碾出来的麦子，通过人工用木锨扬上去，落下来，再在自然风吹的过程中，使麦籽和麦糠分离出来，人们叫它扬场。在没有风的时候还有一种办法能让碾出来的麦子分离成麦籽和麦糠，那就是通过用小簸箕一下一下地把麦子撒出去，让麦籽落在远处，麦糠落在近处，人们叫它撒场。王来法家的麦场场地小，只能扬，不用撒。没有风，就只能等。

前几天，王来法把王校长写好的两张招亲广告往东城门贴了一张，往西城门贴了一张。奇怪的是没有等到第二天，两张全没了。王来法跟雪琴说："要不咱让王校长重新写两张？"雪琴说："算了吧，眼下正是收麦子的时节，虽说学校放假了，可人家王校长白天也要回家帮着家里收麦子哩，从早到晚也够累的。等过了这几天忙劲再说吧。"王来法说："我也是怕你心急嘛，那也行。"就这样，招亲广告的事儿就搁在了一边。王校长要王来法晚上去学校，会是什么事呢？雪琴猜不出来，但一定和女儿的事情有关。既然和女儿的事情有关，就耽搁不得。她想，反正也没有风，干脆让王来法先到东河口王校长的家里去，看看到底是什么事情。

麦场里，王来法把一堆麦子扬得乱七八糟的，这边是麦籽，那边也是麦籽，左边有麦糠，右边也有麦糠。雪琴去那会儿，他还在用木锨样当着。雪琴说："没有风，在那瞎忙活啥呢？"王来法说："一会儿看着像是有风，扬几下就不行了。"王来法就是那个脾气，不肯让自己闲着，感觉眼前边凉凉的，就知道有了点小风，就要试着扬几下，结果就成了那样。"你怎么来了？"王来法问。雪琴说："王校长捎信来，说让你晚上去学校一趟。也不知什么事。"王来法说："那就到晚上再去吧。"雪琴说："我怕是和婵娟的事情有关，就想着反正是没风，扬不成场，不如你现在就去王校长那儿看看，到底是什么事？"王来法说："人家现在肯定在家里。"雪琴说："那就去家里呀。一会儿回来了再吃饭。""那好吧。"王来法说："那你帮着把扬散的麦籽麦糠扫到一堆。""知道了，快去吧。"雪琴就完就拿起扫帚把周围的麦糠麦籽往一块儿扫。

王来法照例先要到学校里去看一下，门果然都锁着，他就只有往东河口村王云山的家里去。到了那里，王云山没有在家，听说是帮着老父亲去了地里种玉谷。眼看着就饭时了，王来法就只有在那里等着。

王云山从地里回来，看见王来法坐在院子，就问："不是说让你晚上去学校吗，怎么这会儿就来了？"王来法说："场里一堆麦，想扬没有风，就寻思着先过来看看，是不是婵娟的事有了着落？""叫你来，还能有啥事？"王云山说着把王来法让到屋里。

"是这么个情况，有人看了广告，相中咱家那女儿，愿意出钱把她赎出来。"

王来法一听，心里就是一阵窃喜："我就说那广告头一天贴上，第二天一早咋都没了？准是让人给摘去了。"

"你知道摘广告的人是谁吗？"

"是谁？"

"下河口村的保长，邵维义。家里可有钱着哩。"

"那这感情好，婵娟有得救了。"

"只是……"王云山支支吾吾地不肯往下说。

"只是什么？你就说嘛，只要能把婵娟救出来。"

"他要王婵娟给他做小老婆。"王云山接着说："邵保长今年可是四十五六的人啦，他家那个母老虎嫁给他二十多年，不曾生过一儿半女。膝下有一个儿子六岁了，是母老虎从她娘家过继来的远房侄子。"

"那比婵娟整整要大三十岁哩。"

"是啊。要说也没有什么，嫁过去吃喝不愁，穿金戴银的，女人这一辈子，还能图个啥呢？"

"要说也是。但婵娟和别的女孩不一样，是雪琴带过来了。我虽然说是她大哩，但有些事还是得雪琴同意才行！"

"你说的对哩，要不咋叫你过来。意思就是让你回去后和雪琴商量商量，同意不同意，我得给人家回个话不是？"

话说到这儿，王云山的母亲就进来了，说是饭端出来了，赶快吃吧。王来法说："王校长，那你快吃饭吧，我就先回去了。"王云山说："饭揭开了，就在这儿吃吧。""我回去吃。"王来法说着就出了门。王云山赶出来叮咛说："商量好了给我回个话，人家说不准什么时间要过来哩。"王来法说："知道了。"

王来法一路寻思着邵维义要王婵娟做小老婆的事，自己不用花钱就能够把婵娟救出来当然是好事，可让婵娟嫁给一个足以做她父亲的男人，总让人心里不愉快。该不该答应人家自己心里实在是没个谱。想来想去，觉得还是回家听听雪琴的意见吧。

看到王来法回来，雪琴就赶紧揭锅，边舀饭边说："饿坏了吧？咋一去就这么长时间？"

王来法说："人家去地里种玉谷了，我在那里等他们回来。"

"问清楚什么事了？"

"问清楚了。"

"什么事啊？"

"就是招亲广告的事。有人要出钱把婵娟往回赎哩。"

"那是好事啊。"雪琴说："没想到这么快就有人愿意出钱救咱女儿了。还是人家读书人的办法多，两张红纸写几行字往墙上一贴就解决了问题。"

"可我有顾虑啊。"

"一不让你花钱，二不让你寻人，三给女儿寻了个有钱的人家。你还能有什么顾虑？"

"你知道这个人是谁吗？"

"是谁？"

"下河口村的邵维义，当着北基村的保长哩。"

"有钱，有权，那不更好吗？"

"可是，他没有和婵娟一般大的儿子，他要让婵娟做他的小婆娘。"

"做小啊！怎么能是这样呢？"雪琴问："你答应人家了？"

"这种事，我能答应他啊？别说你和婵娟不答应，从我这心里就不答应。你说，他比娃大那么多，这不是害娃一辈子吗？"

"那你咋跟人家说的？"

"我能咋说？我说回家和你商量商量再给人家回话。"

雪琴不问了，接着叹息道："你说这娃的命，咋能就恁苦呢？"

停了好大一会儿，雪琴看着王来法，又说："要不就再等等，让王校长重新写两张贴出去，看看还有没有人来问？"

"就这一两天，得给王校长回个话哩。不能让人家等得太久了。"

"就说咱们一时也拿不出个准主意来，等过了这几天忙劲，我们想办法去县里一趟和女儿见个面，这么大个事，我们得劝说劝说女儿。"

"好吧。"王来法有气无力地说："只恐怕夜长梦多。"

起风了，看着树枝儿摆动，王来法放下手中的筷碗说："我去场里了。"雪琴说："我跟你一起去吧。"王来法说："不用了。"雪琴说："我帮着扫场，总能快点吧。"

92

紧张十多天，地里的麦子便收打结束。学校开学了，王云山依旧忙着学校里的事情，忙碌之余，他还会想着有关王婵娟的事。邵维义还没有来，王来法前两天来过，把雪琴和他商量的结果告诉了他。他也知道雪琴会有顾虑的，促成这种小媳妇婚姻的因素，大都是女方实在没有办法，或者说是走投无路的情况下实施完成的。不到万不得已情况下，做父母的怎会轻而易举地答应这样一桩极不和谐的婚姻呢？至于这个事情的成，或者不成，与自己又有多大关系呢？一切顺其自然吧。只是苦了王婵娟，小小年纪，又那么有才华，就被关在监狱里出不来。就在昨天，他去王保长家的时候，顺便去了任家，薛云霞问他有关邵维义纳王婵娟做妾之事进行得怎么样了？他当时还真有些吃惊，薛云霞怎么会知道此事呢？邵维义一再交代不要声张，说是怕他家那母老虎知道，一切都要悄悄地进行。后来一寻思也就知道了其中的蹊跷。邵维义也告诉过自己，是薛云卿对他提及此事的，想必这个事情在薛家姐弟之间也就不成什么秘密了。王云山把事情的结果告诉了薛云霞，薛云霞随口就说，这个邵维义也太抠了吧？人家一个黄花闺女就白白地给他做小啊！虽说去县里赎人要花钱，但大面子上也要过得去吧。王云山觉得薛云霞的话也不无道理，舍不得娃子逮不住狼，逮麻雀还要撒把秕谷哩。

晌午时分，邵维义就骑着马来了。先到王云山的家，然后又到学校。王云山把王来法两口子的意思告诉了他，说是让他再等一等，看事情会不会有新的转机。邵维义说他不想再等了，说是六腊月不提亲，眼看着五月就要到底了，这事情不能再拖了，得很快有个让自己满意的结果。邵维义像这样说，王云山就觉得都是常来常往的那几个人，维持一个人开一条路哩，自己日后说不准会有用上人家的时候。

"邵保长，要像这样说的话，就需要你破费哩。"

邵维义说："那招亲广告上，红纸黑字写得明明白白，说是只要想办法救出自己的女儿愿以身相许，侍奉终生的吗？"

王云山说："话是那样说不假，可谁会想到招为姑爷的是个年近半百的人呢？让自己亲生的闺女嫁一个这样大女婿，这让做父母的心里一下子能接受吗？"

"那你说咋办？"

"还能咋办？多给人家一点好处啊！"王云山接着说："王来法这个人你是不知道，特别地抠，还爱财，只要你舍得出钱，我想这事并不难办。"

邵维义低着头想了想，然后咬着牙根儿说："你给他们说，只要答应了这门亲事，我送他一挂马车，一头骡子。"

"一挂马车，一头骡子。当真？"

"当真！大丈夫男子汉，人前一句话，马后一鞭子。"

"好。我回头就再跟他们说去。"

"我也往县里去一下，做做那方面的工作。"

送走了邵维义，王云山趁着吃晌午饭的时间，立刻就去王来法家。

王云山还没有到过王来法的家呢，这一来就让王来法两口子有点受宠若惊。匆匆地把正在吃饭的条盘端走，赶紧搬来板凳让王校长坐，然后就问："王校长还没有吃饭吧？"王云山说："跟你们说个事，说完了我回去吃。"王来法对雪琴说："那就给王校长重新做啊。"王云山说："不用做，不用做。说完了我就走。"雪琴问："还是婵娟的事吧？"王云山说："是啊，今天晌午，邵保长就来了，说是只要你们同意这门亲事，除了把婵娟从牢狱中救出来之外，他愿意给你们送过来一挂马车，一头骡子做为定亲的彩礼。"

"一挂马车，一头骡子？"王来法简直有些不相信自己的耳朵。那得值多少钱啊！整个河口村，就任二奶奶家和王保长家有马车。自己有了马车，有了骡马，还不和他们一样啦？

"一挂马车，一头骡子？"雪琴也喃喃地重复着王云山的话。

"是啊，往后你们家的日子会家大业大，越来越兴旺，越来越发达的。怎么样，能不能给我个准信儿？"

"……"王来法张着嘴，原本是想斩钉截铁地表态同意的，但看着雪琴那犹豫不定忧心忡忡的样子，也就什么都说不出口来。

雪琴说："王校长，让你跑来跑去的，真不好意思。容我和来法再合计合计，回头再给你的准话。行不？"

"行，怎么能不行呢？"王云山起身说："那我走了，等合计好了再给我个准信儿。"

送走王云山回来，王来法就埋怨雪琴说："人家都那样了，你咋就还不同意呢？"雪琴垂着头说："我也不知道，自己为什么就还是不同意。"王来法接着说："多好的事啊！女儿救出来的同时，还得到那么贵重的一份彩礼。就人家邵保长那日子，过了门，她还能受多大的苦？女孩子，嫁到谁家还都不是伺候人的命？我知道，你是舍不得女儿离开咱们，其实我也舍不得，可眼下不是给逼得吗？这回要是再不答应，恐怕过了这个时辰，就没有这个店了。"不论王来法怎样说，雪琴就是不吭声。

93

雪琴很少骑着牲口进城，一家人厮跟着进城的机会就更少。但这会儿她却骑在自家小毛驴的背上，身后小毛驴的屁股蛋子上坐着儿子铁蛋，王来法跟在后头，行走在去县城的大路上。骑在毛驴背上的雪琴忧心忡忡地不说一句话，跟在毛驴后面的王来法也不说一句话。也许，该说的话昨天晚上在自家的屋里已经说完了。

他们还没有商量出怎样去跟王校长回话，往准确一点说，是雪琴自己还没有想出来该不该答应邵维义娶王婵娟做妾的事情。要依着王来法，早就答应人家了。王来法是看中了人家所说的那份彩礼，一挂马车，一头骡子，那可是自己奋斗几年也不可能得到的一笔财富。怎奈王婵娟不是自己的亲生，他不能信口雌黄地就去答应人家，他怕雪琴会因此会怨恨自己，也怕邻舍们议论自己将婵娟往火坑里推。

就在这个踌躇不定时刻，也就是昨天晌午吃过饭的没多大一会儿，王来法套着小毛驴去河滩种玉谷，把儿子铁蛋也引走了，家里只剩下了雪琴一个人。种玉谷原本雪琴也要去的，但王来法拦住她，说她身子弱，就在家将息着吧，累出病来还不是自家的难过啊，河滩那块地不足二亩，他一个人种的过来。王来法刚走没多长时间，王孝儒就进了家门，说是乡里送来县里的通知，说自己不识字，也认不出来说的啥意思，听送通知的人说是让王来法家人去县监狱看望自己的闺女王婵娟。意想不到的事，雪琴问："什么时候去啊？"王孝儒说："明天去啊。"雪琴又问："怎么没一点儿音信，就让我们去看闺女啊？"王孝儒说："这我就不晓得了。你明天去了，到那儿自然会知道的。"王孝儒说着就走了。雪琴拿着那张叫做通知的纸，怎奈自己不识字，也不知道上面到底说了些什么，心里就七上八下地忐忑了一个后晌。

一直到后晌黑王来法和铁蛋从地里回来，雪琴就赶紧把那个叫通知的纸交给王来法，说是保长送来的，说是县里要咱们明天去监狱里看婵娟哩。王来法和雪琴一样地不识字，一样地不知所措。王来法说："要不我去一趟学校，让王校长给念念？"雪琴说："就不去了吧，我们还不知道怎样给人家回话呢？此番又去寻人家多不好意思啊。反正明天要去的，是瞎是好，到那儿自然也会知道的。"话虽如此，但晚上睡在炕头，雪琴和王来法还是不由自主地扯到了关于通知的事。

还是雪琴先开得口："他大，你说怎么就平白无故地让我们去县里看望婵娟呢？"王来法说："我也不知道。""难道是下河口那个邵保长去县里求人，说了什么好话？""不清楚，兴许是吧。""剩下的，就再也没有什么理由了啊？"雪琴自语着。

王来法吸着旱烟，一口接着一口往外吐白烟。雪琴就在这白烟中凝缩着双眉。

"明天该怎么个去法啊？"王来法问。"你说怎么个去法啊？"雪琴反问道。没等王来法说话她又接着说："就我现在这个样儿，是走不到县城了。""这我知道。"王来法说："要不，明白咱们一家三口人都去，有好几个月都没有见过娃了。"铁蛋还没有入睡，一听说要去县城，自然就高兴，就问："那是不是就可以见到姐姐？"王来法说："那当然。""这么长时间，我都想死姐姐了。"听铁蛋这样说，雪琴就不自主地落了泪。

"明天去时，给娃带点替换的衣服。"王来法说。"我后晌都准备好了。好几个月，身上的衣裳不知道都脏成啥样了。""到了那里，再和娃商量商量王校长提的那个事。"雪琴不说话，她不知道这样的事儿咋跟女儿说？说，还是不说？她心里还没个底儿。"事情说成了，叫娃早点出来，省得在那里面受那份罪。""可这不是出了虎口，又入狼窝啊？"这话雪琴没有说出口，她不知道还能有什么更好的办法搭救女儿出来。雪琴想说："明天去时多带点钱，看娃想要啥就给娃买。"但她还是没说。王来法带钱多少是他的事，她把上次当首饰的钱都带在身上，她不想让女儿心里不高兴。

明天去县里看女儿到底会是个什么样子？又会是一个什么结果呢？带着这个没有答案的疑问，一家人进入了夜的朦胧……

好在雪琴知道去监狱的路，不用问人，王来法赶着毛驴直接去了县城北大街的东头。在路上，雪琴便和王来法商量好了，先去监狱里，到那里见了女儿以后，再看她需要什么好给她买。下了驴背，拴好牲口，雪琴领着王来法向监狱的门口走去。县监狱的门口依旧站着个持枪的卫兵，依旧拦住了他们，问他们是做什么的？王来法就说是看人的。卫兵问有保安大队批的条子没有？王来法就摇摇头说没有。卫兵就说没有保安大队批的条子是不能随便进去的，就是进去了，你们也见不着要看的人。王来法说这就怪了，是保长让我们来的，说是县里通知让我们来看女儿的。卫兵说把你的通知拿出来让我瞧瞧。于是王来法就想起了昨天晚上，雪琴要把那张叫做通知的纸给他时，他没有要，说就装在你口袋里吧。

王来法转回身对雪琴说："人家要看县里的通知哩。"雪琴问："什么县里的通知啊？"王来法说："就是保长给咱的那张纸条，不是说去县里的时间得带着嘛。""哦，知道了，知道了，你看我糊涂的。在口袋里，我给你掏。"雪琴掏出了那张叫通知的纸给了王来法，王来法就又一次走到卫兵的跟前。王来法说："这就是那个通知。"卫兵接过通知看了又看，然后就说："你在这儿等着，我去跟监狱长说一声。"

卫兵一进去好半晌才出来。卫兵把那张通知还给王来法说："你们到下午两点半再来吧。"王来法问："现在不能见啊？"卫兵说："不能见。"王来法就转身走到雪琴跟前，说："人家让下午两点半再来。"雪琴也问："现在不能见啊？"王来法也照着卫兵的放说："不能见。""那咱们走吧。"雪琴说。"走吧。"王来法答应说。

走出没有多远，雪琴突然想起了什么，站住脚不走了。王来法问："咋不走啦？"雪琴就问王来法说："你知道下午两点半是什么时辰？"王来法说："我咋能知道下午两点半是什么时辰呢？"雪琴就说："不问问清楚，咱们要是来的时间不对了，他们还不让进怎么办啊？"王来法说："那我再去问问？"雪琴点着头说："再去问问。"

王来法再次来到卫兵的跟前，卫兵问："怎么又回来了？"王来法说："下午两点半是什么时辰啊？我们没有表。就是见了表，也不认识表。"卫兵说：

"我也不知道下午两点半是什么时辰，我也没有表，我见了表也不认识表。"王来法说："那么给我问问你们监狱长吧。"卫兵说："行。那你就再等一会儿。"

卫兵进去又是好半晌。卫兵出来对王来法说："我们监狱长说了，下午两点半就是下午上班的时间，就相当于咱们乡下吃晌午饭的时间吧。"卫兵说完，瞅了瞅头顶的太阳，然后说："你们尽量来得早一点，多等一会儿没关系，省得错过了时间。"王来法点着头说："知道了。"雪琴说："问清下午两点半是什么时辰了吗？"王来法说："就是咱们吃晌午饭的时间吧。"雪琴说："咱们宁肯来得早些，也不能耽搁人家让咱们见面的时间。"王来法说："对，人家卫兵也是这样说的。"

世上最难耐的事情就是等待。从大饭时到吃晌午饭，也不过就是两个多时辰。然而，在雪琴他们看来，这两个时辰却相当于两天，两月，甚至两年那么漫长。他们原本说好的，先领着铁蛋到南大街吃点什么，一家人从早晨到现在可是水米未进。怎奈，要来了香气扑鼻的一生凉粉和石子馍，却一口也吃不下。铁蛋见大和妈不吃，自己也好像没有胃口，只勉强吃了半个石籽馍，喝了一碗醪糟。王来法说："给婵娟买个啥吃的拿着吧？"雪琴说："她又不甚吃肉，就买个石籽馍夹凉粉吧。"王来法说："买两个吧。"雪琴说："买那么多做啥哩？""吃不完就剩下，什么时候想吃了再吃。""那就买两个吧。"

一家三口人没有地方可去，就去了城外边的枣树下面乘凉。雪琴一会儿抬头看看太阳，太阳像被人用铁钉钉在了那儿，就是不肯往西走。不知瞅了多少回，才见树荫移到了正午的位置。铁蛋焦急地问："妈，你们不是说好去看我姐的嘛，怎么还不去啊？"雪琴说："等树荫移到了东边，咱们才能去见你姐。"铁蛋瞅了瞅树荫说："为啥要等到树荫偏东才去见姐啊？"雪琴就哄铁蛋说："树荫偏东了，是个好时辰。"雪琴这样说，铁蛋就不再问了。

又过了一会儿，王来法说："我们去监狱的门口等吧，到时辰了我们也能看得见。"雪琴说:"时辰又不是钟表,咋能看得见呢?""那就跟站岗的卫兵说一声,让他到两点半叫咱们一声。""那就走吧。"雪琴说:"把铁蛋背着吧,娃兴许都乏了。"铁蛋说:"去见姐姐,我不乏。"但王来法还是坚持让铁蛋爬在自己的脊背上。

在监狱门口的荫凉处再等着,一直到看着太阳偏西了,雪琴才对王来法说:"去跟人家当兵的说一声,到时间了叫咱们着。"站岗的已经换了人,这个当兵的并不知道他们早上来过,王来法还没有走近,当兵的就端着枪问他:"你是做什么的?"王来法就说:"我们早起来过,是看人的,你们监狱长说让后晌两点半再来。"当兵的说:"把你们的批条拿来让我看一下。"王来法就拿出那个通知说:"没有批条,就有这个叫通知的纸。"当兵的接过去看了看,然后说:"等着吧,到时间我会喊你们的。"王来法说:"我们在那等着。"

这回又过了吃两袋烟的功夫,那个当兵的就喊道:"时间到了,时间到了,监狱长叫你们进去哩。"听到喊声,王来法两口子就领着铁蛋进了监狱的门。

县监狱的院子里,有好几排房子,都是纯蓝色的砖砌成的墙,所有的窗户都竖着许多根铁条子,那个叫监狱长的人,腰里斜挎着一把盒子枪,看着王来法和雪琴在不停地张望着,就厉声道:"不要随便乱看,跟着我来。"跟着监狱长,王来法、雪琴和铁蛋被带进了一间屋子。王来法和雪琴一进屋,就看见女儿婵娟已经等候在那里。就在雪琴和婵娟往一起奔跑拥抱的时间,监狱长说了一句:"有什么要说的话快点说啊,只有十五分钟的时间。"然后就出门走了,听得出,房门从外面已被到锁上了。

"妈——""婵娟——"母子俩立即就抱成一团哭了起来。王来法站在一旁看着这个场面也禁不住掉下泪来。铁蛋站立在妈妈和姐姐的身旁一声也不吭。好半晌,雪琴对婵娟说:"不哭了。妈给你带来了替换的衣服,还有你大也给你买来了石子馍夹凉粉。"雪琴说着就去从随身包袱里取衣服。婵娟走到去抱着王来法说："大，女儿让人操心了。"这一声大，也让王来法止不住地哽咽出声："啥也不要说了，大和你妈回去了，就想办法花钱把你赎回去。"小铁蛋这个时候才扯着婵娟的衭巾不停地叫道："姐，姐。"婵娟弯下腰来，捧着弟弟的脸蛋说："铁蛋真乖，姐姐过几天就回去看你的。"铁蛋说："我想姐姐。"婵娟含着泪说："姐姐也想铁蛋啊。"

雪琴拿出婵娟的衣服，看着两个孩子亲昵的样子，泪珠子不停地往下流。王来法说："铁蛋，你过来，让你妈跟你姐说话。"雪琴说："天热了，把我给你拿的衣服换上。"然后又拿出了那两个石子馍夹凉粉说："晌午在外面夹的，兴许都凉了，你先吃一个吧。剩下的那个放在那儿，随后吃。"婵娟说："妈，我不吃，给我留一个，剩下的那一个给铁蛋吧。"铁蛋在一旁忙接过话说："铁蛋不吃，铁蛋要姐姐吃。"王来法也在一旁说："拿来了，你就吃一个吧，吃了也让我和你妈心里好受些。"婵娟又哭了："好，我吃，我吃。"看着女儿和着泪水吃石子馍夹凉粉，一家人都在默默地掉泪珠子。

婵娟刚吃完手中的馍，门外就传来了话："抓紧点啊，再有五分钟就到时间了。"婵娟忙从口袋里掏出了一张纸，交给雪琴说："妈，这是我写给幸福哥的信，回去了一定要交给他。"雪琴想说："都什么时候了，你怎么还想着王幸福啊！"但她没有说。雪琴哭着说："婵娟，都怪你大和我没本事，不能把你从这里救出去，宝玉老早都出去了，人家任二奶奶家有钱啊。你跟宝玉一起进来的，我和你大也去求过人家，可人家根本就不念及你们俩的情分。"一听这话，婵娟急了："妈，我和任宝玉根本就没有情分，你们不要去求他们。他能出去，我也就一定能出去。""婵娟，我和你大……"雪琴原本想把邵维义招亲救她出狱的事告诉给女儿，可她就是难以说出口。

"好了，好了，时间到了。"房门开了，监狱长和另外两个持枪的人把雪琴、王来法拉出了门。"妈——"婵娟在屋里叫着。"婵娟，妈会来救你出去的。"

雪琴朝屋里喊着。铁蛋也在那"姐，姐"地呼叫着。

原本以为来监狱里看女儿就这样结束了，正处在悲伤中的王来法一家三口正要往门外走，却被监狱长和两个持枪的人拦住，监狱长问："你们两口子谁跟着我到这个屋里来一下，有件事情要通知你们。"王来法扭头瞅了瞅雪琴，雪琴说："你去吧，看人家说什么哩。"

王来法跟着监狱长进了另一间屋，监狱长坐在办公桌后面的椅子上，然后对还在那站着的王来法说："坐啊，那不是个板凳嘛。"王来法坐下了，监狱长就问他说："你是王婵娟的什么人？"王来法说："我是她大。""是个担事的人，对吧。"监狱长说："今天通知你们来看自己的女儿，你们也见面了。我想问问，你知道她犯的是什么罪吗？"王来法摇着头说："不知道。"监狱长说："你不知道，我来告诉你，她犯的可是大罪，是和共产党有着密切关联的案子。没办法啊，上峰下了命令，就在最近几天要处决一批和共产党有关联的犯人，你的女儿也是其中的一名。具体什么时候执行呢，我也不知道，到时间会通知你们去刑场认领自己亲人的死尸。至于你们女儿王婵娟嘛，她这会儿还不知道，也没有必要通知她，以免引起她的情绪波动，发生什么意外。好了，你可以走了。""什么，你们要枪毙她!？她不是没有什么罪吗？怎么还要枪毙她？"王来法质问道。"谁说没有什么罪？刚才不是跟你讲了吗，是大罪，是和共产党有关的大罪。""那和她一起进来的任宝玉为什么早就被放了呢？""我们是执行命令的，至于你说的那些，我们无权过问，也无权干涉。""你们真的要枪毙她啊！她还是个孩子啊？不行，让我把她妈叫进来，这些事儿你得跟她妈说清楚。""你不是她大吗，干吗还要叫她妈？""我是她大。可……可不是她亲大啊，只有她的妈才是她的亲妈。不行，我担不了这家，你得叫她妈来。"

王来法这一嚷嚷，监狱长就明白了其中的奥妙，就出门喊道："王婵娟的妈妈，你进来一下吧？"雪琴进来了。王来法说："她妈，不得了啦，他们说要枪毙婵娟哩。"王来法这一句话犹如晴天霹雳，把雪琴说得大吃一惊："你们为什么要枪毙她，你们为什么要枪毙……"雪琴的第二句话没有说完，就昏倒在地上再也起不来。

监狱长说："赶快把你的女人弄走，出了人命没有人来负责。"

没办法，王来法背着昏迷不醒的雪琴出了监狱的门。铁蛋跟在后头，哭喊着："妈妈怎么啦？妈妈怎么啦？"

94

监狱里的生活给王婵娟最深的感受就是黑暗。黑暗的让你分不清白天和夜晚，让你不知道眼下是中华民国的哪一年，哪一月，哪一日。唯有从安着铁条子的小窗口射进来那一缕久违的阳光，才能让你感觉到自己还活在人间。那一缕阳光像是一个能够穿透人类心灵的天使，她好像明白王婵娟今天要做什么了，就再无吝啬地从小窗口钻了进来。有了阳光，王婵娟就知道这又是新的一天，借着阳光的温暖，她拿出了妈妈给她留下的那些新衣服，一件一件地换穿在身上。她直后悔忘记问妈妈，昨天是几月几日了。剩下的那个石籽馍夹凉粉她还舍不得吃，用纸包着放在地铺儿一头靠墙跟的地方。同舍的狱友们都说她穿上了新衣服就像天上的仙女一样漂亮，还开玩笑地问她在中学里是不是谈恋爱了？问得她脸都红了，她说自己还小哩，不知道谈恋爱是个什么东西。狱友们就说，甭哄我们啦，都读中学了还能不知道谈恋爱是干什么的？你一定有心事藏在肚里不肯说出来。王婵娟说没有哩，没有哩。话虽这样说，但她的心里还是情不自禁地会想起王幸福，想起了她和他那晚在乾阳河大柳树下的卿卿我我。仔细回想起来，那情景就像刚刚发生过一样让她神往和陶醉。前不久，她偷偷地给王幸福写了一封信，心想着等那一天出了这个牢门，见到他时再交给他。她知道，这回发生的事情，一定会在村子里传得沸沸扬扬，王幸福也一定会因此而误解自己，会耿耿于怀不愉快的。有些话是不能明说的，就是在信里也是不能写的，只有见了面她才会向他解释清楚。她只能在信里坦诚自己的清白和对他的忠贞不渝。好在昨天见到了妈妈，妈妈是她最信任的人，她让妈妈把那封信交给王幸福，妈妈就一定会交给王幸福的。听妈妈说任宝玉进来没几天就出去了。想必自己也会出去的，只是个迟与早的问题罢了。想到了出去那一天，王婵娟就想着一定要跟着王幸福去他向往的那个地方，寻找他说的那个梅姐，做个八路军战士，去解救普天下受苦受难的老百姓。那时间，她会整天和他厮跟着，谈革命，谈理想，谈自己往后的幸福生活。他们会有自己的孩子，会有自己的马车，会有自己的大宅院……想着想着，王婵娟就自顾自地笑出了声。"笑啥呢？"狱友们问她。她害羞地摇着头说："没笑什么！"

小窗里的那缕光亮说没就没了，屋子里又是一团漆黑。看牢的士兵打开牢门，送来了所谓的午饭，一个人只允许舀大半碗清汤和小孩拳头大的一块谷面窝窝。

同行的另一个士兵叫道："王婵娟，王婵娟你出来一下。"

王婵娟问："怎么啦？"

士兵说："把你的东西收拾一下，给你重新换一个屋。"

狱友们就问："为什么啊？"

士兵说："别瞎嚷嚷，没你们的事。"

王婵娟跟着士兵进了另一间屋。这间屋子更小，更暗。王婵娟进去没多大一会儿，就有另外一个士兵给她端来了饭菜。王婵娟一看，这回的饭菜怎么变样了呢？又是鸡蛋，又是肉的，还有两个白馍馍。王婵娟纳闷了，望着清香扑鼻的饭菜，她却没有一丁点儿胃口。

"快吃吧，还愣着干吗？"

那个当兵的比王婵娟大，望着他，王婵娟问道："大哥，能告诉我吗，这是为什么？"

那个当兵的诧异地说："傻妹妹，真不知道啊？"

王婵娟摇了摇头说："不知道。"

"唉——实话告诉你吧，这大概是你在人世间能吃的最后一顿饭了。"

"你这话是什么意思？"

"什么意思？你怎么就还不明白啊？到了黄昏恐怕就要有人送你上路哩。"

"送我上路！你是说他们要杀害我？"

当兵劝她说："吃吧，吃得饱饱的。想开点，吃和不吃到最后都是一个样，何必委屈自己呢？"

当兵的说完就出门走了。黑暗的小屋里，留下了王婵娟一个人。

王婵娟呆呆地傻坐着，双眼的眸子凝视着屋梁。她完全没有想到上苍会同自己开这样大的一个玩笑，自己毕竟还年轻，刚满十六岁就走到生命的尽头。她不知道大和妈是否过早地知道了这样一个结局，而在昨天又不忍心告诉她事实的真相？她不愿意去死，她还没有享受到人间爱的真谛。她多想再去和妈妈偎在土炕头上，听妈妈讲述着那些古老的儿歌和谜语；她多想再去学校里，迎着朝阳呼吸着新鲜的空气朗诵一回《三字经》《弟子规》；她多想领着铁蛋跟在大的背后，看着小毛驴拉犁耙糖；她多想再去教一回王幸福读书认字，让他那宽阔的臂膀再一次紧紧地拥抱着自己……她含着泪回顾过去的点点滴滴，她痛惜自己眼前现在连一个亲人也没有。她不知道那传说中的转世和轮回是不是真的？如果是真的，她真想好好记住这一切，来生再续今世未尽的缘。她不想死，但她绝不后悔自己所做过的事情。张俊杰、梅迎萍，他们都是好人，都是共产党的人。从他们的身上，她明白了共产党，相信了共产党所宣讲的主义和信仰。他们是她人生道路上的领航者。是他们，教会自己如何做人，如何做事。为了他们，自己身陷囹圄无怨无悔；为了他们，自己赔上生命也心甘情愿。唯独不甘心的是没有能跟着他们一起去打江山，闹革命，没有让自己成为一个共产党人。死就死吧，人生自古谁无死？她不止一次地梳理着自己的长发，不止一次地整了整自己的衣衫。能穿着妈妈为自己亲手做的衣服去死，也算是自己临死前的一种幸福。对于死，自己算不上什么视死如归，但她绝不想让同行的人说自己是个让死吓破了胆的稀屎痨。

等待的过程是漫长的，但当等待到了尽头的时间，又觉得它是那样的短暂。黑暗的世界让你无法看到日出和黄昏，当听见那开门锁声音的一刹那，王婵娟的心跳由不得加快了许多。真的就要和这个世界说再见了吗？该想的自己早已想过了。没有等到持枪的士兵来拉她起来，她就做好走出去的准备。

和众多赴刑场的人一样，王婵娟的双手也被绑在了背后。这次被押往刑场的一共有十多个人。所有的人，王婵娟一个也没见过。他们被押上了一辆看上去十分破旧的嘎斯汽车，他们被晚风吹得清醒而又凉爽，回头望西天，被鲜血染红的晚霞一朵一朵地簇拥在一起久久地不肯散去。

很快的时间就到了行刑的地点，县城东南方向的黄河滩岸。膝盖高的狗尾巴草被压倒一大片，行刑人员把他们押下车，向着黄河岸边处推去。在行刑人员的逼迫下，他们顺河道东西一字形排开，面向滔滔的黄河水。他们都被人用一条黑色的面布蒙住了双眼。王婵娟静闭着双眼，静听着黄河的涛声，自己的生命就要融进这涛声中一去不复返了。当她听见第一声枪响的那一瞬间之后，眼前边一黑就什么也没有了。

第二十一章　芙蓉帐里度春宵

95

　　田野里的金黄泛绿了，麦收很快就过去十多天，秋庄稼一天比一天地茁壮起来。王幸福依旧赶着大车忙碌在县城与朱阳、卢氏之间。新粮上市，麦子的价格降了不少，薛云霞交代他说，要趁此机会往城里粮行多储备一些。自从接过老刘手中的鞭杆，在外面跑的时间一长，王幸福自觉长了不少见识，对粮市的一些行情、行话和一些潜规则也了如指掌。王婵娟的事让他的心情郁闷极了，他不知道王婵娟什么时候能从牢狱中释放回来？回来后还能不能再去县中学继续读书？还能不能再像原先那样教自己读书认字？自己和她还能不能像那天晚上一样倾吐心声，苦诉衷肠？他们彼此间那种萌发的爱恋还能不能够持续下去？每次去县城的路段，薛云霞常借故和他厮跟着。说句心里话，薛云霞是漂亮，对自己也好。他知道她是在心里喜欢自己，可他就是不习惯和她在一起。身份和地位的悬殊，让他总会有一种心理上的压力和负担。多少次，他回头望着薛云霞，就情不自禁地这样想像着，如果和自己同车而坐的不是薛云霞，而是王婵娟那该多好？可现实总是在背道而驰，离他心中的所向往的地方愈来愈远。薛云霞完全能够看出来他的心理，像是无意，却是有心，动不动就会跟他提起王婵娟。说她那命就咋就恁苦呢，好好地学也上不成，进了那个地方什么时候能出来也没有人能够说得清。说完她就会长叹一声，以示自己的慈悲为怀。每至此，王幸福就默默地不吱声，装出一副心不在焉的样子。那天早上看到王来法在城门上贴招亲广告的那会儿，他的心里就像打翻了五味瓶一样地难受。他真想冲上去，一把把广告从墙上撕下来。可他不能啊，王婵娟的父母亲一定是在万般无奈的情况下才出此下策的。而自己穷光蛋一个，没有救王婵娟出狱的本事啊。从那天开始，他动不动地就想借酒解愁。薛云霞好像也特别地善解人意，说想喝就喝点吧，只要你心里痛快就行，可千万不能因此耽误了活计。他也就非常理智地控制着自己的情绪，他知道手里端的是谁家的饭碗，何况家里还欠着人家那么多的债！

前天后晌，在从城里往回赶的路上，正巧遇上学校校长王云山，说是去县里文教科开什么会议。因为同路，薛云霞和王云山聊了许多。薛云霞问："王校长，听说你最近在为王来法家丫头那事跑腾着？"王云山问："任二奶奶都知道了？"薛云霞说："知道啥啊，也是听人说的，见到你了，也就随便问问。""受人之托，推辞不得。"王云山说。"要说嘛，也是好事一桩，一则把王婵娟那姑娘打救出苦海，二则也圆了邵保长多年的一个梦幻。等把婵娟一娶进门，用不了一年半载，管保他能够抱着自己的亲儿子，你说呢？""生儿育女的事儿，我可说不上来，生下了儿子，是他邵维义的福分，生不了儿子，那是他命里无儿。""说的也对。""王来法夫妇没有什么意见吧？""他们还能有什么意见？人家不单单是把他们的女儿从牢狱里救出来，还答应给王来法家一挂马车，一头骡子呢。你说说，有这样的好事，他王来法能不答应吗？""邵维义也真是舍得啊。""他舍不得出东西，人家一个黄花大闺女能白白地跟他做小啊？""那倒也是。"话说到这，王云山叮咛道："任二奶奶，这事还没有办成哩，到了外边可不能乱说。你也知道，邵保长家的那个母老虎厉害，这事儿至现在还瞒着她哩。""知道，我才不会无所事事地去嚼舌头根子呢。可这娶媳妇成家毕竟不是小事，瞒得了一时，也瞒不了一世啊。""邵保长是想把一切事情都办妥以后，再告诉她。她再母老虎，也不至于让自己的男人下不了台吧？如果那样可就赔大了。"听了王云山的话，薛云霞自语着说："这事儿办成了好啊，也就去除了我的一块心病。这些孩子啊，就是不让人省心。"

听着这些，王幸福就明白了等待着王婵娟的是一条什么样的路，他心里在滴着血、流着泪的同时，也为自己的无能为力感到自卑和恼火。听到不耐烦处，他猛地挥动了手里的长鞭，朝天空就那么狠狠地一甩，只听"啪"的一声山响，马车在路上飞奔起来。"慢点啊，怎么啦？"前后颠簸摇晃的薛云霞问道。王幸福听而不见，一瞬间，马车就将王云山甩出老远。

96

这天晚上从县城回来，薛云霞说："卸完车到我屋里来一下。"王幸福"哎"地答应了一声，他不知道薛云霞要跟他说什么。到了正院东房的屋，薛云霞正在那洗脸擦身子，把盆里的水撩得"哗哗"地响，王幸福就想起了去年秋天那天晚上的事，就停止脚步转回身。

听见王幸福的脚步声，薛云霞就说："没事，你进来吧。进来，进来。"王幸福只得走进去，眼前的薛云霞已将布衫扣得整整齐齐，一双手正在拢着有些凌乱的头发。

"坐啊。"

王幸福坐下了。

薛云霞转身对着桌子上的穿衣镜，再次用梳子把头发梳理着。坐在背后的王幸福，看着镜子里面的薛云霞，退去了白日里的妆饰，反倒更有一种天然朴实的风貌。薛云霞从镜子里头看到王幸福的眼神，心头不禁一喜，故意娇嗔道："看什么啊看，白天一天还没有看够啊。"

王幸福赶紧低垂着头，脸蛋儿便觉得烫烫的。

薛云霞转过身来，一副心不在焉的样子。"明天要去陕州城里拉煤炭，得起早点，趁着天凉好赶路，去得迟了，晚上怕就赶不回来了。"

"去陕州城里拉煤炭？灵宝县城的火车站不是就有煤炭吗？"

"那是义马煤，烟大。人家县政府要的是无烟的晋城煤。"薛云霞又叮咛道："赶紧去吃饭吧，吃完饭就早点歇着。"

"嗯。"王幸福答应着出了门。

就在前不久，县党部干事张铭文在城里的大街上遇到薛云霞，就"任二奶奶，任二奶奶"地叫着。薛云霞说："什么事啊，看把你急得猴似地。"张铭文说："找你当然是有好事啦。""什么好事啊，说来听听。"薛云霞问。张铭文说："县政府几个单位的伙房都没煤烧了，要从陕州城里买一批煤过来，你家有的是马车，愿不愿意挣这个钱啊？"薛云霞说："钱又不烫手，谁不愿意多挣啊？不过我就不明白了，这灵宝城的火车站上不是有煤吗，干吗非要到陕州城里去拉呢？""这你就不懂了，咱这里火车站的煤是义马煤，烧着烟大。做饭的师傅都不愿意烧，嚷着说要烧山西那边的晋城煤。可晋城煤过不来啊，自从共产党占领了山西省，国民政府就让军队驻守在黄河沿岸，封了所有的渡口。""那陕州那边的渡口没有被封？""怎么能没封呢，陕州那边去年囤积的煤炭多，价格虽说贵了点，还是可以买到的。"听张铭文这样一些解释，薛云霞就明白了要去陕州城拉煤的蹊跷。

这样的差事，薛云霞做的多了，也赚了许多。她知道，他们之所以乐意让她挣这个钱，那还不是看在大哥任瑞祥的面子上，想让他在省长、专员那儿为他们多说一些好话。谁不梦想着有升迁发达的那一天呢？

照着薛云霞的意思，鸡叫三遍王幸福就起床，赶到任家大院门口时，那门便开着。他就知道人家薛云霞比自己起得还早哩。他没有去正院，而是直接去了西院。一进门就闻见一股扑鼻的清香，想必那香椿早就把白面糊粘汤做好了。听到脚步声，香椿就从伙房走了出来，说："才来啊，人家任二奶奶早起来了，刚才饭做好了，我让她先吃，她非要等你来一块儿吃。你看看，任二奶奶把你当成宝贝一样看待。"

香椿说话总是这样，不遮不掩的。王幸福都觉得脸有些发烫。香椿去正院叫薛云霞，王幸福趁机偷偷地揭开锅盖看了一下，那白面糊粝汤上面还漂着金黄色的鸡蛋片儿。放在灶膛火口上的两个干馍已被烤得外酥内软。望着这一切，王幸福便想着薛云霞的不易和对自己的好，他觉得自己以前对她是否有些过于的苛刻。院子里的脚步声让他赶紧从锅台跟站起身来，站立在一旁。

看到王幸福还站在那儿，薛云霞就说："咋不赶紧舀着吃啊？"身后的香椿说："主人还没有来，他能先吃吗？"薛云霞说："没那么多规矩。"话虽这么说，香椿还是先为薛云霞舀，然后给王幸福舀。薛云霞看着香椿说："你也舀着吃啊。"香椿说："你们吃了等着赶路哩，我又没有事。""可你也打起夜活地，吃吧，吃吧。"薛云霞说完又对王幸福说："灶火还有干馍哩，吃饱，等我们赶到陕州城也就半晌午了，半路上可没有饭店。"

套上马车出了东城门，头顶的星星便逐渐地稀疏起来，东方也隐隐地露出一些亮色。清晨的空气有一种潮潮的感觉，路上的行人稀少，眼前的田野像一幅刚脱染料的水彩画。马蹄声"哒哒哒哒"地响个不停，像是为他们的出行打着快乐的节拍。稍许，天就大亮。王幸福回头悄悄地瞅了瞅薛云霞，那眉毛，脸蛋儿，还有口唇还和往常一样，是经过精心化妆。他突然冒出了一种新媳妇走娘家的滑稽感觉。

薛云霞没有感觉到王幸福的这些，她抬头凝视着远方，不知道又想到了什么，抑或是在筹划着什么。过一会儿，她也会低头俯视着眼前的这位貌似潘安的王幸福，她不知道他为什么会长得和张先生一模一样？她不知道他家为什么会欠下任家那么多的债，以至于让他来到自己的身边？是上帝的刻意安排吗？

可上帝又为什么如此捉弄人，让他成为自己的长工？几次的诱惑，他竟然爱理不理的？小冤家，着实实地让人烦恼让人痛。

太阳越发地升高了，阳光的炽热让人有些火烧火燎的躁动。薛云霞搭起小洋伞，同时伸手拿来车上的麦秸草帽："给，戴上。太阳光挺残的。""不戴。"王幸福摇了摇头。薛云霞又将草帽放回车里。

陕州城里的煤炭买卖设在火车站南面，薛云霞吩咐王幸福把马车赶到那儿，看样子拉煤的人并不多。"下去问问，看晋城煤怎么卖？"薛云霞说："问好了，咱们就去吃饭。吃毕饭再来装煤。"

王幸福下了马车，走到卖煤的跟前问："掌柜的，晋城煤怎么卖？"

"晋城煤？你们要买晋城煤？"卖煤的瞅了瞅王幸福。

"对呀，我们就买晋城煤。"王幸福说。

"晋城煤不卖。"

"不卖。为什么？"

"不卖就是不卖。没有为什么。"

没办法，王幸福回到马车跟，跟薛云霞说："晋城煤人家不卖。"

"不卖？为什么不卖？"

"人家说没有为什么，不卖就是不卖。"

"走，让我看看去。"薛云霞下了马车，依旧搭着小洋伞，碎步轻移来到卖煤的面前："你是掌柜的？"

卖煤的打量着眼前的这位贵妇人，问道："你们是……"

"我们是为灵宝县政府拉煤的，就要拉你们的晋城煤。听我先生说你们晋城煤不卖？"

"妇人。如今这晋城煤运不过来，所以我家掌柜的交代说不随便卖的。"卖煤的换上一副带笑的面孔接着问："他是你先生？"

"怎么啦，不像嘛？"

"不是，不是。"卖煤的说着又扭着瞅了瞅站在不远处的王幸福。

"不要隔门缝看人。"

"哎。对，对。"卖煤的鸡啄米似地点着头。

"你家掌柜的去哪啦？把他给我叫来。"

"妇人哪，真是不凑巧，我家掌柜他一早就回乡下老家去了，说是明天赶来。"

"不能先行个方便，卖给我们一车。我们远道来一趟不容易。"

"我也是做下人的，实在是担不了这个家啊。"

"也罢，我也不为难你。明天就明天。"

薛云霞转身走到马车跟，对王幸福说："走，咱们吃饭，住店去。"

"他们卖给咱们吗？"王幸福问。

"掌柜的不在，他担不了这个家。"

"那咋办？"

"明天，明天再来拉。"

"那我们……"

薛云霞扭头瞅了一眼王幸福，"出门由事不由人，来得早不如来得巧。马车送进骡马店，我们住旅馆，吃饱睡足了，明天一早再装煤赶回去。"

97

等待的过程是漫长而又痛苦的。何况这种等待牵扯到一个家庭的命运，一个女人的命运。用如坐针毡，如履薄冰来形容雪琴和王来法的日子再恰当不过了。

拂晓
FUXIAO

那天，雪琴的突然昏倒在地，不省人事让王来法顿时六神无主，手忙脚乱，在监狱长等人的催促下，他把雪琴背到阴凉处，从邻近借来半碗凉水，照着雪琴的脸庞"噗噗"地喷了几口，才算是有了动静。"婵娟，婵娟。"王来法呼唤着雪琴。"妈妈，妈妈。"小铁蛋哭喊着。"我这是在哪儿呀？"雪琴有气无力地问。"婵娟。"王来法掉着泪珠子说："你醒来了，我和娃就放心了。""赶快回啊。回去就跟王校长说，婵娟的事咱们同意了，让人家邵保长赶紧来县里，救救咱们的女儿吧。""好，回。回去了就跟人家王校长说。"王来法答应着。"扶我起来，咱们走。"王来法和铁蛋扶着雪琴往寄存小毛驴的地方走去。

骑着小毛驴回到家，太阳已经快落了。顾不得喝口水，生火做饭，顾不上给牲口添把草料，王来法就匆匆地往学校赶去。

看着王来法惊慌失措的神态，王云山问："出啥事情了，看把你急得？"

"王校长，邵保长提亲的事，我们答应了。"王来法喘着气说。

"想通了？"

"不是想通想不通的问题。反正我们同意了。你辛苦点，摸个黑就去一趟下河口，让他明天赶紧去县里，跟人家说说情，千万要留下婵娟的性命，要是不赶紧点，恐怕就来不及了啊！"

王云山说："你的话，我怎么就听不明白呢？什么要留下的婵娟的性命，什么就来不及了？你慢慢地跟我讲清楚。事情再急，也不在乎这么大一会儿吧？"

王来法这才缓过气来，告诉王云山说："人家要处决王婵娟哩。"

王云山笑着说："不会吧？任二奶奶家的任宝玉都给放回来了，王婵娟还能有多大的事，不至于要了她的性命吧？"

"是真的。"王来法说，"昨天，王保长通知我们去县里看望婵娟哩。我们今天一早就去了。"

"见到婵娟了？"

"见到了。"王来法说："就在我们要离开时，人家监狱长跟我们说的，就最近一两天的事，要处决一批犯人，婵娟的名字被列在其中。他说到时间会通知我们去认领尸体的。"

　　"真的啊？"王云山听了也目瞪口呆地，"那我一会儿就去下河口，跟邵保长说上一声，让他越快越好。"

　　"赶紧去啊。回头我和雪琴再谢你。"

　　"你放心，人命关天的大事，我会放在心上的。"

　　就这样，王来法回来跟雪琴一说，一家人总算放下了心。但过了两天，不见王云山来回话，雪琴和王来法又心里又七上八下地不安起来。邵保长那边到底去没去县里，婵娟的命到底能不能保得住，咋就没个准信儿呢？他们提心吊胆地，生怕有人来通知他们去认领尸体。恍恍惚惚地过去了好几天，还是没有个准信儿。雪琴就让王来法去学校问问王校长，看邵保长那边是咋说的。王来法去了学校，见了王云山。王云山说他当天晚上没有顾得上吃饭就去了下河口，见到了邵维义，人家答应第二天一早就去县里，还说让你们放心，保证没有问题，就是花再多的银子他也要保住自己未来的媳妇。他还指望着她生儿子哩。

　　王云山跟王来法说这些的时候，他就想起了邵维义当时那诡异的神情和洋洋得意的样子，让他想到了此处一定有诈？心照不宣，心领神会也就是了。邵维义不说，他也不便多问。这会儿对王来法，更是什么也不能讲。

　　话说到此雪琴应该放心了，可见不到自己的女儿回来，终究还是一块心病。

　　恍恍惚惚地又过去好几天，王云山终于踏上王来法的家门。王云山说他是来道喜的，带来了邵维义家的"求亲全"。王云山还说，按道理求亲来是要带礼物的，可邵保长都把银子花在去县里请客送礼上，这礼物也就免了。王来法点着头说理解，理解。雪琴也觉得，保住了女儿的一条命比啥都重要，没有人，要那么多的钱给谁花哩。

王来法从街面上割回肉，打来酒，又请来王孝儒保长做陪。席间，王云山拆开"求亲全"给大家看。

　　　　大德望翁王老先生台下

　　　　　　　　　　乞允

　　不揣寒微妄攀高门借重冰语敬乞金诺

　　　　　　　　　　　　　　愚弟邵公让鞠躬

王云山接着说这是礼义上必不可少的程序，如果对方应允了这门亲事，还要回人家一副"允亲全"。王孝儒说我们又不识字，这是你的事，该咋办你照着套路办就是了，来法，你说是不？王来法说那是，那是。当着众人的面，王云山又拿出笔墨纸砚，写了一副"允婚全"。

　　　　大德望翁邵老先生台下

　　　　　　　　　　允书

　　自愧寒微有辰名门敬承冰训谨允玉音

　　　　　　　　　　　　　　愚弟王来法鞠躬

席毕，王孝儒对雪琴说："婵娟的事总算是有了一个圆满的结局，我们大家也都放心了。"一挂鞭炮在这所农家小院里燃着了，发出了"噼里啪啦，噼里啪啦"的声响。听着这响声，雪琴就不停地落泪珠子，她不知道这到底是喜，还是忧？

任二奶奶那边让香椿送来了二斤鸡蛋，接着又有邻里陆陆续续送来了不同的贺礼。

送王云山出门时，雪琴一再叮嘱说："你跟邵保长说说，让他尽快地把婵娟从那个地方弄回来。婵娟回来了，我们也就放心了。"王云山说："这你放心，婵娟的事，邵保长会放在心上的。"

王婵娟的事就这样万般无奈地决定了，还说是最好的结局。细想想也确实如此，可雪琴还是觉得气不顺，觉得委屈了婵娟，委屈了自己，对不住她那个死去的丈夫。

小院里恢复了以往的宁静。透过宁静，一个女人的哭声传向远方，悲凄而又苍凉。

98

王幸福随着薛云霞先去骡马店寄存马车和骡马。店主问他们寄存到什么时间？薛云霞说寄存到明天早上。店主问要不要住人的房间？薛云霞说要一个人的房间。安排好了骡马的住处，她又和王幸福去了一家旅馆。旅馆的老板问登记几个人的房间，薛云霞说登记一个双人房间。王幸福想问她，你一个人还登记双人的房间？但他没有问。一切准备停当，王幸福才跟着薛云霞去附近的一家餐馆用饭。仰头瞅瞅天空，太阳已经偏西了许多，要是在家，该是后晌下地做活的时间了。"饿坏了吧？"薛云霞转过头看着王幸福笑着问道。王幸福的肚子早就开始"咕咕咕"地叫唤了，但他还是强装出一副若无其事的样子说："不饿。""不用装，连我都饿了，还别说你一个大小伙子啦。"王幸福低头笑笑没吱声。

进了餐馆，薛云霞要的一个雅间。王幸福想说就两个人，何必呢？但他还是没有说。薛云霞是任家二奶奶，该摆阔气的时候自然要摆。哪像自己，一个穷扛活的，不习惯不说，就是想摆阔气也没有那个资本不是？既然薛云霞要了雅间，那咱也就跟着享受一回。平素常，和薛云霞单独在一块用餐的机会很少，偶尔这一次，还真让他不习惯。服务人员送来了茶水，给他们每人倒了一杯，薛云霞很自然地端起杯子喝了起来，王幸福虽说也口渴，但端茶杯的手还是难免有些不随和。服务人员问："二位吃点什么？"薛云霞瞅着王幸福说："你说，咱们吃点什么？"王幸福说："随便吧。"薛云霞开玩笑地说："餐馆里可没有叫随便的这道菜。"这一说，王幸福的脸就红了，就垂着头什么也不说。"吃饺子，吃面条，你倒是说啊？"薛云霞又问。"你点什么咱就吃什么。""给你一个机会你都不知道利用。那好，一切都由我说了算啊。"薛云霞开始点菜了："一个木耳杏仁，一个凉拌黄瓜，一个烩锅肉，一个炒鸡蛋，再来四个石子烧饼。把这些先上来，要快，打早起饿到现在了。""好来。稍等，一会儿就好。"

服务员走了，王幸福说："太多了，咱们吃不了那么多的。"薛云霞说："难得和你在一起吃上一顿饭，我高兴。能吃多少吃多少，剩下也就剩下了，往日里想浪费一回还没机会呢。"菜还没有上来，薛云霞看着王幸福好久，然后又笑着说："你同意的啊，今个的一切都是我说了算。"王幸福说："嗯，你说了算。"说完这话，王幸福就寻思着，浪费是你的，又不是我的，你就是点的菜再多，我也不会有什么意见。

两个凉菜和四个石子烧饼很快就端上来了，薛云霞说："先就着菜吃烧饼。"早就等得不耐烦的王幸福抓起一个烧饼就着菜就狼吞虎咽起来，瞅着他的吃相薛云霞直想笑。等到两个热菜全上齐以后，薛云霞问服务员："有酒吗？"服务员说："有啊。北京二锅头和南京女儿红，不知你们要哪种？""我也不太懂，那种好就要那种。""要说好，当然是南京的女儿红了，不过价格可能要贵点。""贵就贵点。打一斤上来吧。""好来。一斤女儿红——"服务员吆喝一声出了雅间的屋。"任二奶奶，喝不了那么多的。""怎么喝不了？今天回不去了，你就尽情地喝，喝痛快，再美美地睡上一觉，明天一早咱就装煤回。"王幸福不吭声，既然你任二奶奶这么说，那我也就不客气了。

王幸福没喝过女儿红，不知道它的劲有多大，先抿上一小口，味道挺美。接着自顾自地饮了起来。王幸福刚端起酒杯还没有往嘴里送，薛云霞伸手拽住了他的胳膊，"别啊，也不问问我喝不喝？"王幸福把端起的酒杯又放下，看着眼前的薛云霞不知所措。"让我陪着你喝两杯，行不？就两杯。""嗯。"王幸福机械地点一下头，给另一个酒杯里也斟满了酒。就这样，他们共同举杯饮了一杯又一杯。薛云霞原本说好只喝两杯，可她不放下手里的酒杯，王幸福也不能从她的手里夺不是？

服务员又一次上来了，看到眼前高雅的贵妇人竟有如此的酒量，不禁暗暗咋舌。随即再次问道："二位还需要点什么吗？"薛云霞说："两碗炸酱面。""恕小的多嘴，你能吃那么多？""我先生他能吃。""他是你先生？""怎么，不像吗？""不是，不是。"服务员自知多嘴，忙改口说："二位慢用，慢用。"

服务员走了，王幸福说："任二奶奶，你是不是喝多了？"薛云霞说："有点多，我不喝了，不喝了。你自己喝啊。别忘了，还有两碗炸酱面哩。"薛云霞说完就爬在桌面上。

王幸福知道，薛云霞一定没有喝过这么多的酒，再加上空着肚子，能不醉吗？桌面上的酒自己不能再喝了，先填饱肚子再说。

王幸福放下酒杯，开始专一地用餐了。烩锅肉、炒鸡蛋、木耳杏仁，这些都是自己从来没有享用过的美味，如果说刚才因为薛云霞面对面地看着还有点不好意思的话，这会儿他完全可以无所顾忌地放开着吃啊喝的。吃着，喝着，同时也看着对面的薛云霞，不知为什么，是因为她长期以来无微不至的关心，还是因为从心灵深处失去王婵娟后产生的一种渴望和依靠，抑或是因为眼前这顿丰盛的午餐，连他自己也有些不知所以然地喜欢上了她。一个没有男人的女人，心中该有多少难以对人言谈的痛楚和苦衷？一个掌管着偌大资产家庭的女人，心中又该有着多么博大的胸怀和气度？为人处世，春种秋收，比起任何一个男人她要强出多少倍？而在河口村，又有多少人能够理解她，给她以宽容和体谅？如果说王婵娟真的和自己没有缘分的话，而薛云霞多少次的暗示和诱惑自己却为何不能够接受呢？一个吃了上顿没下顿，还欠下那么多债的穷小子，你还想得到什么？吃着，喝着，想着，王幸福身不由己地走过去推了推薛云霞："任二奶奶，任二奶奶，炸酱面端来了，你起来吃点吧。""嗯。"薛云霞坐起身揉了揉惺忪的睡眼："来了好。你就多吃点，我吃不那么多。"不知道薛云霞刚才是不是真的喝多了，抑或是故意装出来的假象，对于王幸福如此柔情的呼唤，竟然反应的如此之快。薛云霞端过一碗面，朝着王幸福的碗里拨出许多。王幸福连声说："好了，好了，给你剩那么少。""跟你说我吃不了那么多。你一个小伙子，每天又干那么重的活。"

吃完饭，薛云霞看着桌上的酒说："怎么没喝多少啊？我知道你的量，后晌又不能做活了，能喝就喝吧。"听薛云霞这样说，王幸福也就不再客气，没有了那种斯文，端起酒壶竟直往自己的肚里灌去，这么好的女儿红，带又没法子带，掏钱买的东西总不能便宜了餐馆吧？

出了餐馆的门没多远，王幸福竟然有些不胜酒力，身子开始东倒西歪地摇晃起来。"怎么，要不要我来扶着你？""不，不用。"看着险些跌倒的王幸福，薛云霞还是走过去把他的胳膊架在自己的肩背上。王幸福并没有执意地要推开她，身体一半的重心就落在了薛云霞的身上。两个人就那么摇摇摆摆晃晃悠悠地走进旅馆的门。

薛云霞把王幸福扶到床上，这一段路可把她累得不轻，就在她刚要转身的一瞬间，王幸福扯住了她的胳膊"任二奶奶，你不能走，不能走……"。不知道王幸福是真醉了还是故意的，那一段摇摇摆摆晃晃悠悠的路程可是他长这么大以来，从没有感受过的异性肌肤之亲，如果说是女儿红美酒喝醉了他，倒不如说是女人的气息陶醉了他。走，我还能往哪儿走？这里是旅馆，不是骡马店。这般想着，薛云霞就问道："怎么啦？"王幸福不说话，一双手死死地扯着薛云霞的胳膊就是不松手。"王幸福，你怎么不说话？不说话就别这么拽着我不松手。""任二奶奶，你不走行吗？""不许任二奶奶地那么叫，我让你叫我姐。""叫姐？""对，叫姐。"王幸福的醉眼盯着薛云霞看了好久，然后就挺认真地叫了那么一声："姐，我不想让你离开我。"薛云霞让这一声"姐"感动了，她转身坐在床边，面对着王幸福认真地问道："告诉姐，喜欢姐不？"没有等到王幸福回答，她接着说："不管你喜不喜欢姐，姐喜欢你，从老早老早就喜欢你了。你信不？"还是没有等到王幸福回答，她继续说："你是姐每天晚上梦里的情人，你是姐每天心中永远的牵挂，你是姐心中想要的那个人，你知道不？"听着薛云霞的诉说，王幸福就想起了去年秋天挑干土的那个晚上，自己怎么就跑了呢？"姐说想要你是真的，姐说这话是负责任的。我永远记着你说过的那句话'你雍容华贵，是任家二奶奶，我卑贱低微，就是一个穷长工。'你知道你的那句话，伤透了姐的心。如果有你，姐宁肯不做那个任家二奶奶。你说你穷，你家欠了任家的那么多债，那些都是真的，姐真想一笔抹了它。姐想做你的女人，姐想让你做姐永远的男人。你知道吗，幸福？"说到动情处，薛云霞梨花带雨般地哭了。

王幸福被感动了，他想不到一个外表看似刚韧华丽的女人心地竟是这般的侠骨柔情。他又叫了一声"姐"的同时，把薛云霞紧紧地拥抱在自己的怀里。

鸳鸯被下成双对，芙蓉帐里度春宵。王幸福没有欣赏到陕州城里的夜景，却欣赏到了一个女人的全部。他毫不吝啬地将自己的处男献给了床之另侧的"姐"。

第二十二章　神秘人物

99

又逢县城集日，朱小熊起了个大早。薄荷说："烧着火做点饭，吃了再走。"朱小熊说："不了，一会儿太阳出来就热了，还是趁天凉早些赶路吧。"

自从麦收前的两个集日给耽搁之后，朱小熊就再也没有去县城赶过集，麦子的收打晒藏，再加上种玉谷、种绿豆什么的，转眼就是月把天。也不是说一天的工夫也调理不出来，适逢收种的大忙季节，去城里做买卖置货的人也就特别的少。大户人家自不必说，有长工短工在田里忙活着，一般的小户人家，谁还没有个二、三亩的收成？无家可归的乞丐也知道去人家收过的麦田拾麦穗呢。朱小熊忙完自家地里的活计，就想着得去城里摆自己的生意摊。上次和雪琴在县保安大队门口遇见那个名叫乔一的，咋看咋像和自己拜过把子的晁抵大哥。可人家死活不承认。今天去了，也不知道能不能碰着他。

太阳很快就出来了。大路上偶尔会有一辆马车经过，除此之外，乘骡马的，骑毛驴的，挑担的，独步的行人便逐渐多起来。正走着的朱小熊不经意间就见一辆马车停在自己的前面，他不知道赶车的人为什么会停下来，只见那马车上拉着一车煤炭。不料想从车上跳下来的人向他招呼道："小熊，来，坐车上。"

"怎么是你啊，王幸福？"朱小熊问。

"不是我还能是谁，别人不相干的给你停什么车哩？"

"车上拉得那么重，我就不坐了吧。"朱小熊说。

"平平的路，多一个人也重不到哪里去。来，坐上。"

"那可得感谢你哩，让我少走了十多里路。"

"谢啥哩谢，都是一个村的，说不准哪会儿我有用上你的时候呢。"

坐在车上，两个人就聊起来。朱小熊说："好长时间没有见到你了。"王幸福说："那是，虽说离得不远，可想见个面也不是那么容易。""你没听人说，嘴是个没底坑，屁股眼是个害人精。人生在世，尽忙活吃喝了。"

看着眼前这拉车的骡马，朱小熊接着问："还在任二奶奶家做活啊，这是从哪拉的煤？""不给人家做活，还能做什么啊，家里欠着那么多的债？"王幸福说，"从陕州城里拉的，是晋城煤，烧起来没有烟，给县政府几家单位伙房送的。"朱小熊说："任二奶奶人不错，待你又那么好！"

说者无心，听者有意。朱小熊像那样一说，王幸福的脸就有些发烫。那天在陕州城里贪喝女儿红，不知不觉地就多了。他原本知道自己睡在骡马店里，早上彻底清楚后还发觉自己和薛云霞睡在旅馆里。薛云霞什么时候起来的，他竟然不知道。看到他醒来，就笑着问："睡够了？"他脸红红地不知道该说什么好。"记得昨天晚上的事吗？我的小弟弟。""任二奶奶，我……""昨晚上一句一个姐，叫得多甜啊，这会儿怎么就不叫了呢？""任二奶奶，我不是故意的。""故意也好，不故意也好，反正事情都做了，也不必那样的不好意思。说实在话，也不全怪你，昨晚上，姐也喝多了。但姐不后悔，姐对你是真心的，姐会对你以后负责任的。"也许，薛云霞说的这些话都是真的，可这样的事情一旦传出去……一个家财万贯女寡妇，一个外债累累的长工，王幸福真不知道往后该怎样和薛云霞相处。"赶快穿衣服吧，洗脸水我也给你打来了，早饭一会儿自有人会送到咱们的房间来。吃了饭，咱们就得去车站拉煤。记着，出了这个门，咱们的姐弟关系还得掖着，还要保持和原先一样。姐知道，你会的，可姐我有时间可能会把持不住的。姐昨晚上说过的话，绝不是信口雌黄，到时间姐就会付诸实施的，但不是现在，得有个过程。"不管薛云霞怎样说，王幸福就是不吭气。好多天过去了，薛云霞就像什么事情也没有发生过一样，也没有再跟他出车宿夜。这让王幸福原本忐忑不安紧张无绪的心情安定了许多。

"想什么呢？"朱小熊望着神情恍惚的王幸福问。

"没有想什么。"王幸福苦笑着摇摇头，然后问道："你还是去城里赶场子摆摊吧？"

"没有其别的什么本事，赖好挣几个补贴家用。"

"你那卖针歌唱得真好。"

"那次，还得谢谢你和婵娟哩。"

"哪次，谢什么啊？"

"你忘了，那回你和婵娟厮跟着，打发一个小男孩一下子买了我两千块钱的针，让我好感动。我还暗地里告诫过自己，有机会一定要感谢你们哩。"

原本已经忘记的事情，朱小熊旧事重提，让王幸福再次想起了那天晚上在乾阳河边大柳树下，和王婵娟的海誓山盟。世事如棋，变幻莫测。谁也不曾想到，事情发展到最后竟然是这样的一个结局。

"婵娟的事情有着落没有？"朱小熊接着问道。

想必朱小熊还不清楚邵维义要取王婵娟做小的事，心里十分清楚的王幸福却没有勇气告诉他，他不想再一次挫伤这道还没有完全愈合的伤痕。他只能含糊其辞地摇着头说："不太清楚。"

"你在任二奶奶家扛活，听说你大那气喘到了收麦的季节就犯病，家里的麦子谁割啊？"朱小熊问。

"没有多少地，有我妈帮忙一两晌也就割了，又抽空用大车拉到场里。"

"你大那是什么病啊，多少年了？"

王幸福摇摇头说："不知道什么病，一遇冷天就更厉害了，都不敢出门，只能卧在热炕头。多少年了，我也不知道，打我记事的时间起就那个样子。瞧过多少大夫，时轻时重的，总也没个治愈的时候。"

"气喘病啊。这倒让我想起了一个单方。"

"什么单方？"

"那是爹在世时听别人讲的，觉得挺神奇，就硬是给记下了。怕自己以后忘记，就把它编成说书的书词，经常念叨，念叨的时间一长，我也就记住了。后来，爹还让一个识字的先生把那个单方抄了下来，藏在身边，说不准什么候会用得上哩。"

"快说来听听啊。"

"就是将几味中药研抹后，再将紫皮蒜捣成泥状和在一起，摊于白布之上，贴在前胸的膻中穴和足心涌泉穴，连用一个七天。听说效果好着哩。"

"你告诉我都是些什么药，看今个到城里，能不能卖的到？还有膻中穴和涌泉穴都在什么地方？"

"这我哪能一下子跟你说得清呢，只记着爹在书词里是这么唱的：

'气喘常犯冬日寒，

治疗宜在三伏天，

七味为末和紫蒜，

贴在足心和胸前。'"

"你说这，人咋能记得住哩？没有笔，要是有笔和纸能让我记下来多好。"

"你也不用急，现在离三伏天还有些日子哩，回头我把那个药方送给你，再把详细的用法教给你。"

"不用你送，后晌回去，我就去你那里取。"

朱小熊说："至于说疗效会不会真的就那么神奇，我可就不敢打保票。"

王幸福又说："单方还气死名医哩，不试试咋会知道有没有效果。"

"那倒也是。"

说话间就进了城，王幸福赶着大车去了北大街，朱小熊徒步去了南大街。

100

王婵娟还是没有被放回来。尽管那天雪琴一再叮咛王云山，让邵维义赶紧把女儿从监狱里赎出来，但不知是什么原因，女儿就是回不来。是邵维义舍不得花钱，还是县里头又有了什么变故？对于邵维义说的要给一挂马车和一头骡子，雪琴并不感兴趣，雪琴在乎的是女儿的平安归来，女儿心情的愉悦，再就是能让女儿有一个好的归宿。什么是好的归宿？用丈夫王来法的话说，吃山珍海味，穿绫罗绸缎，有钱花就是好的归宿。雪琴也知道，王来法说的也不无道理，人活在世界上，离不开吃喝穿戴，可如果在她的内心深处总有一道无法医治的创伤在不停地趟血流泪，那又跟活在牢狱里有什么两样？在女儿什么也不知道的情况下，就将她许配给了足足可以做她父亲的邵维义，尽管事出有因，万般无奈，尽管有媒妁之言，父母之命，但她还是感觉愧对女儿，愧对自己那已故的前夫。她痛恨自己无能为力的同时，更痛恨上苍对女人的不公。她也听说了那个被人们称为母老虎的毋凤仙，女儿嫁到邵家去，受委屈受折磨的日子何时是个头啊！每想至此，她就会暗自伤悲，不停地流泪。王来法和她不同，自从跟邵家回了婚贴以后，情绪就好了许多，整天眉开眼笑地。雪琴知道王来法的贪财秉性，遇着不花钱，还能发点小财的好事，能不高兴嘛？雪琴对王来法说，让他再去找找王云山，催促邵维义把女儿赶紧赎回来。可王来法说啥也不去，说是刚刚回过定亲的帖子，再这样三番五次地催人家，多不好意思？还有，婵娟已经成了邵家的人啦，他邵维义能不往心里去？无奈，雪琴摇着头满目的凄然。

一大早，王来法就扛着锄头去了田里，说是出土十多天的玉谷该松土定苗了。铁蛋睡醒后就去了巷道里玩。连日来，因为自己的卧床不起，换下来的衣服堆了好多，抬头看看晴朗的天空，就想着去河边洗衣服。她去巷道里把铁蛋喊了回来，去河边洗衣服把儿子一个人丢在家里她不放心。她正把要洗的衣服往一块儿拾掇着，铁蛋就"妈，妈"地叫开了。"怎么啦？"雪琴问。铁蛋说："这儿一张有写字的纸。""什么写字的纸？"雪琴没有顾的抬头。"您看。"铁蛋把那张写字的纸拿到妈妈的眼前边。雪琴一看愣住了，是什么纸啊？她问铁蛋："你从哪儿捡的？"铁蛋说："这是从你的那件衣服里掉出来的。""我的哪件衣服？""就是那件带花的衣服。""带花的衣服？"雪琴顺着铁蛋手指的地方，就发现了那件带花的衣服，那是她那天去城里看望女儿时穿过的，那里面怎么会有一张带字的纸呢？她仔细地回忆着那天的情景，突然间就想起来了，那是女儿交给她，让她转交给王幸福的一封信。天哪，这么多日子，自己怎么就把它给忘得净净的呢？她不知道女儿在信里会跟王幸福说些什么，她想拆开看个究竟，怎奈自己也不认识字。让别人读给自己听，她又不放心，万一女儿在那里面说了什么不该让外人知道的话。思忖再三，她还是觉得应该赶紧把信送到王幸福那儿，两个年轻人之间的秘密她也不想知道的太多，何况女儿现在都已经这样了。雪琴跟铁蛋说："你在家里等着妈，妈出去一下马上就回来。"铁蛋说："妈您快点，我等着您。"

雪琴和桃花两家虽说离的不太远，彼此来往却不是很多。这其中主要原因和雪琴自己所处的身份位置有关。领着一个女儿下嫁到河口村，就传统的习俗而言，是一种不守妇道的行为，违背了"从一而终"的古训。因而她就刻意地要求自己少去别人家串门子。三个女人一台戏，原本很普通的一句话，三传两传地就可能牵扯出许许多多的是是非非恩恩怨怨来。此番要去王幸福的家，雪琴不知道还会见到谁，倘若遇到性情柔和之人那还罢了，如若碰到那些志高气傲目中无人的人，私下指指点点自不必说，更甚者会口出秽语，恶语伤人。何况眼下女儿婵娟尚在牢狱，出来后又要于人做小，她更是担心有人会将污水往自己身上泼。因而，雪琴把自己的穿戴梳妆更加的端详了又端详，生怕让别人挑剔什么毛病和不是来。

王幸福家虽说是柴扉之门，尚未关闭，完全可以踏门而入，但雪琴还是谨慎地站在门外，平平和和地喊了一声："嫂子在家吗？"随着窑洞传来的一声："谁呀？"桃花走出了窑门。雪琴又喊了声："嫂子。"桃花抬头见是王婵娟的母亲，忙笑着说："是来法媳妇啊，进呀，门又没弄。"雪琴说："我是怕屋里还有别人，打扰你们说话哩。""没有人，没有人。"桃花连声说着："他大去地里了，幸福在任二奶奶家做活，屋里就我一个人。""那我就进来了。""进来，进来。"

雪琴随桃花进了窑屋的门，两个人就随身坐在炕塄的两头。桃花说："你可很少到我家里来，今个来了就多坐会儿。"雪琴说："哪有工夫坐啊，屋里还有一大堆衣裳在那儿放着，说是去河里洗哩，就想起婵娟交代的事情，就赶着过来了。"桃花关心地问："婵娟回来了？""没有，那天我们去县里看她了，她让我捎给幸福一封信。回来忙这忙那的，就给耽搁了。"雪琴说着掏出信替给了桃花。"听说娃的事情有了着落？"桃花问。"有啥着落哩？说出来都怕你笑话。""谁笑话谁哩，碰着这世道，还不是把人给逼的。你也不要太往心里去，女儿家，过命哩。往后过瞎过好还不一定呢！"

雪琴知道女儿喜欢幸福，可幸福家太穷了，穷得没有办法把她从牢狱里救出来，眼前唯一的出路也就是跟了邵维义。这些话雪琴当着桃花的面没办法讲。桃花明白幸福爱着婵娟，可光爱顶什么用呢？过日子要的是银子钱，哪一个做父母的也不愿意睁着眼睛把自己的女儿往火坑里推。这样的话，桃花当着雪琴的面也不能提。可她们都明白彼此心里的苦衷。

"嫂子，我就不多坐了，铁蛋一个还在家哩。"雪琴起身告辞。"有空了就来坐坐。"桃花送雪琴出了窑门。"嫂子你就不出来了。""有什么需要帮忙的就说上一声。""嗯，会的。""慢走。"望着雪琴的背影，桃花暗处叹息道："苦命的妈，又摊上个苦命的女儿。"

101

和王幸福分别后，朱小熊并没有急着去摆摊，得先去吃食摊子上填饱肚子。摊子一旦摆开了，就要持续到半后晌才能收摊，中间是没有时间去吃饭的。好久没有到灵宝城里来了，他忒想吃上一碗羊肉泡馍，那老远就飘过来羊肉的膻味刺激着他的胃口，口水在嘴里头转了几个圈儿，不得不随着喉头的一个滚动咽到肚里。他伸出舌头舔了舔有些干裂且寂寞难耐的口唇，不由地加快脚下的步子。

羊肉泡馍，这种灵宝人一年四季都离不开的地方美食，汤子鲜润，辣子涩板。就是在这炎热的夏季，来吃羊肉泡馍的顾客还是络绎不绝。找个位子坐下，朱小熊要了两个饼子，一头大蒜，单等着那飘着香菜、葱花，油旺旺的羊肉汤一端上来，就把饼子泡进去，然后便饼子、羊肉、羊杂碎就着蒜瓣一口一口有滋有味地嚼着，紧接着，浑身就扑烘扑烘地发热，通身的血脉通畅了，血流加速了，脸上的汗也淋漓尽致地流开了。但你就是不肯放下筷子，舍不得碗里那挑逗着食欲的汤，更有不尽兴者，还可以让掌勺的师傅再烩半碗汤来，直吃得肚皮儿发胀，浑身上下如同水浸一般，活脱脱地洗了一个热水浴，那真叫一个舒畅。

在顾客流量高的地面上找个合适的地方，朱小熊敲响小锣三巡，便有客人围拢过来。朱小熊就开始了他的开场白：

"来早不如来得巧，
先向大家问声好。"

两句一结束，朱小熊就朝着大家伙鞠了一个躬。紧接着唱道：

"麦子成熟上了场，
农户家家都在忙。
骡马拉着碌碡转，
木锨趁着风势翻。
收完麦子安上秋，
田野顿时绿油油。
看着庄稼心喜欢，
来到城里寻眼宽。
吃碗羊肉转一转，
回家捎点针和线。
媳妇见了把你夸，
真是一个好当家。"

周围的人越发地多起来，真如朱小熊唱的那样，有些人就是想到城里来寻个眼宽，图个放松，找个开心。围拢过来的人，也不一定非要捎针买线不可。

朱小熊的卖针歌现场发挥，花样翻新，让在家里待腻了的穷苦人，享受到一种不同寻常的安逸和乐趣。

繁忙中，不知不觉太阳就偏西了许多，到该收摊的时间，朱小熊又来了段收尾的唱词：

> "太阳不觉偏了西，
> 肚子叫唤有点饥，
> 买针的人还挺多，
> 下回集上抓紧着。
> 招招手，说再见，
> 我去那边吃碗面。"

散了摊，朱小熊真的感觉到腹中空空。他匆匆地向附近的吃食点奔去，不料想，背后的一只手把他给扯住了。他一回头，原来是他多日不见时常挂念的晁抵大哥。"小熊兄弟。"晁抵笑眯眯地叫着。"大哥，你什么时间来的，我咋没有看见你？"朱小熊问。"来好长时间了，刚才挤在人群里看见你正忙着，就不好意思打扰你。只能悄悄地在一边等着你散场。""走，吃饭去。""走，吃饭去。"晁抵重复着朱小熊的话语，却把朱小熊扯往另一边。"去哪儿吃饭啊？""走，到地方你就知道了。"

朱小熊跟着晁抵进了一家餐馆，在一个僻静的雅间里，一盘绿豆芽，一盘花生米，一把酒壶，两个酒盅也早已预备停当。"晁大哥，你这是干什么？""怎么，多日不见，不该聚上一聚？""可也不能让你破费啊，过了收麦天，今天是第一场，你也看见了，生意不赖。""那是你诚心待人，货真价实，再加上有一套好的营销技巧，应该得到的回报。再说，你我兄弟一场就不要讲究那么多了。"晁抵如此说，朱小熊也就不再客气，和晁抵面对面地坐着对饮起来。三杯过后，晁抵说："你空着肚子，甭急着喝哩。咱们先吃点东西，然后慢慢地喝。"话毕不大一会儿，就有两碗羊肉胡卜端上桌来。

吃着，吃着，朱小熊一想起在县保安大队见过的那个人。就不由地眼皮儿往上翻瞅着晁抵，瞅一会儿又赶紧低下头，隔一会儿又眼皮儿往上翻着瞅。晁抵就感觉得朱小熊有些怪怪的。就问朱小熊说："你今天是怎么啦，眼神儿总那样瞅着我？"朱小熊就把那次和雪琴厮跟着所看到的事说了一遍。晁抵说："我还以为你眼神儿怪怪的在看什么呢，原来是看到一个和我长得相似的人。他又没有认你，说明他根本就不认识你，这世界上长相一样的人多哩。""我当时还以为你真的不认我这个兄弟了呢？"朱小熊说。晁抵说："你看大哥是那样的人吗？""当然不是。"朱小熊说："敢问大哥这一阵去哪儿啦？"晁抵说："还能去那儿，回黄河那边啦。大哥也是个庄稼汉，一家老小也要吃要喝哩。就像你，这一阵不也是没有到城里来摆摊做买卖一样。""大哥几时过来的？""好几天啦，天天到这灵宝城的南大街来转悠，就是不见兄弟你的面。""黄河那边，和咱这边一样吧。""日出日落，春种秋收的都一样，有一样可是大不一样。""什么大不一样？"晁抵左右瞅了瞅，然后压低嗓门说："那边的天是红色的，阳光灿烂。不像这边，天是黑色的，整天乌云密布，不见天日。""大哥说这话兄弟我就有些不明白了？""那边是共产党领导的天下，没有压迫，没有剥削，农民是耕者有其田，安居乐业。""哪不成了陶渊明笔下的桃花源啦？""谁说不是呢？""那样的日子真叫人羡慕。"朱小熊说着，眼睛里就露出了企望的眼神："共产党，难道就不能过黄河这边来吗？""共产党当然要打过黄河来，解放全中国，让千千万万的受苦人都过上好日子是共产党人最终目标和理想。""那国民党呢？"朱小熊又是一脸的迷茫。朱小熊说："蒋介石统治下的国民政府日益腐败，不得人心。只有共产党，才能救中国。""那共产党什么时间才能打过黄河来呢？""快了吧，共产党领导下的几十万军队早已是整装待发，只等毛主席、朱总司令一声令下，就会渡过黄河、长江，解放全中国指日可待。"朱小熊说："早就听说有个毛泽东主席和朱德总司令领导的八路军，说他们就是普天下受苦人民的大救星哩。"晁抵问："你也听说过啊？""打日本那几年，常和爹在外面走东串西靠说书度日，听到的多了，可就是不能多嘴乱说，让当局政府知道了就会引火烧身哩。""那是，就连咱们现在说的这些，也不能出去乱说的，他们会把你当作共产党的密探，抓去蹲大牢或枪毙呢。""我们村的有个叫王婵娟的中学生，不知为什么就给抓了进去，至现在还没有出来呢。""凡事小心就是啦，离解放的日子不远了。"晁抵的眼中出现了一种无法扑灭的希望之光。不知不觉中天色就暗了下来，朱小熊说："大哥，我得回去了。今天见到你，真高兴，让我长了不少见识。""切记，到了外面可不敢乱说啊。"晁抵叮咛道。"我会谨记在心的。"朱小熊答道。

目送朱小熊踏上回村的路，晁抵露出一丝欣慰的笑容。

102

卸完大车，吃过晚饭。王幸福没有像往常一样回家，而是直奔东河口而去。在县城和朱小熊分手后，他就一直想着给父亲治病的那个单方，真要是能治好大十几年的气喘病，每年少花多少钱自不必说，就大那年龄，还不是田间地头摇耧撒种的一把好手。有自己和父亲一起操持着一个三口人的家，何愁日子过不到人前头？朱师傅走了，河口街上没了那个书场子，起先王幸福也和村上许多人一样，还不习惯，每每吃过晚饭就想着去听书，那悠扬的琴声，那略带沙哑的唱腔总会回荡在人们的耳边，正想着出门走时，就想起来朱师傅那个人早走了，就讪讪地转回身来，一脸的失魂落魄，时间一长，也就渐渐地适应了，就如同朱瞎子从没来过一样，日子还得照旧过。王狗剩卖兵走了，王幸福失去了一个亲密的伙伴，虽然说在王狗剩的身上有诸多的毛病和不良习气，但隔三慢五地，王幸福总会和王狗剩厮跟着去喝点小酒，侃侃生活中的烦恼和不如意。如今，王幸福每天下工回来再也没有和谁在一起玩过，同伙的长工们都眼气他做着比别人好的活计，原先放羊，现在又赶大车，咋好事都摊在了他的身上。也有人看得出来，说任二奶奶对他好，偏向他。至于为什么偏向他，又说不上来。只有做饭的香椿心知肚明的，但这种事情只能藏在肚里掖着烂着也不能往外说。

有星光闪耀着，弯月亮羞涩着自己的娇贵的容颜。暮色苍茫的朦胧中，王幸福侧目了一眼亮着几盏灯光的学校，看到学校他就想起了王婵娟，想起王婵娟送给自己的国语课本，想起她教自己读书认字的场景。再往前就是乾阳河，那棵大柳树的枝条儿一丝丝垂搭在自己额前，就像一个成熟女人的流海，她无声无语地静听着乾阳河水哗哗地流语，那是对她诉说着人世间的儿女情长，岁月中的悲喜沧桑。往事历历在目，那句"幸福哥，到时间一定娶我，娶我做你的媳妇。"重在耳边回响，而这些，也许只能是他人生中永远永远的回忆了。他下意识加快脚下的速度，朝着朱小熊所在的窑院疾步奔去。

窑院的小门没有关，有一丝光亮透过窑屋的缝隙。王幸福"小熊，小熊"地喊了两声，就有薄荷的声音传了出来："谁呀？小熊进城还没有回来呢。""没有回来啊。""门没有弄，你进屋来啊。""那我就不进去了。"王幸福只得往回转，要不就改天再来吧。其实，父亲十几年的病，也不在乎这一半天时间，可自己就是心急，就是想立即拿到药方，恨不得让父亲马上好起来。走到河边，就见河面木头桥上过来了一个人，仔细地看，正是朱小熊。

"小熊。"王幸福叫道。"哎。谁呀？"朱小熊正走到木头桥中间，听到叫声也没有顾得抬着看。"是我。"这回朱小熊听出声音来了，忙说："王幸福，你怎么在这儿啊？"王幸福说："我去你家啦，你媳妇说你还没有到家，我就转回来了。""怎么，有事啊？""取那个药方啊。""取药方啊，那走，我给你拿去。"说着话，朱小熊就走到王幸福的跟前。王幸福问："咋就回来的怎迟呢？"朱小熊原想说碰到他结拜的大哥晁抵，听到了关于河那边有关共产党八路军的事，但他想了想就没有敢说。王幸福跟任二奶奶处得那样近，万一他说给任二奶奶听，任二奶奶又和乡长关系非同一般，这一传十，十传百地闹下去，还不闹出乱子来啊？使不得，使不得。朱小能摇摇头说："收摊晚，又去吃了点饭，所以就回来的迟了。"王幸福说："大车回来得早，要不就能把你捎上。""常跑的路，习惯了，也不觉得怎样累。"

回到屋，薄荷也问咋回来的怎晚呢？朱小熊还说收摊晚，又去吃了点饭。看着一起进门的王幸福，薄荷就问："刚才是你喊门了吧？"王幸福说："是我。"薄荷说："那咋不进来呢？等一会儿小熊不就回来了嘛。"王幸福说："拐回去到河边，正好碰着小熊回来，就又折了回来。"薄荷说："我给你们烧水去，正好娃也睡着了。"王幸福说："不用麻烦了，我取个药方就走。""取药方？小熊他能有什么药方啊？"朱小熊说："是早年抄的一个治气喘病的单方。""谁是气喘病啊？"薄荷问。王幸福说："我大，都十多年了，看过多少大夫了，总也断不了根，时常犯病。"正说着，朱小熊拿出了一张白麻纸，说："这就是那个药方。一共是七味药。"王幸福接过药方，道了声"谢谢啊！"就转身往门外走。朱小熊紧跟着把他送出院门，说："慢走啊，我就不远送了。""回吧，回吧。"王幸福客气着。

窑屋里的灯亮着，王长安和桃花还在等儿子。一个儿子，是他们的命根子，尽管他们不能给儿子一个优越的环境让儿子去读书，去享受，只能去任二奶奶家扛活，但他们也像宝贝一样地爱着他，护着他，关心着他。多少年，他们已经形成了一个习惯，那就是儿子不回来就不熄灯睡觉。若实在等不着的情况下，他们会出门去寻找儿子回来。王幸福去陕州拉煤的那天晚上，他们就摸着黑敲响了任二奶奶的家门，得知王幸福是和薛云霞一块儿去的，这才放下了那颗不安的心。在他们的眼里，任二奶奶为人谦和，心眼儿好。王长安和桃花养成的这个习惯，也让王幸福没有那种深夜不归的恶习。

柴门未锁。听到窑院中那熟悉的脚步声响，他们就知道是儿子回来了。有时候，王幸福会站在院里朝着窑屋跟大和妈道上一声平安，然后就去自己的窑屋里歇息。桃花唯恐儿子又像往常一样不到自己跟前来，就朝窑门外喊了声："幸福。"王幸福"唉"地答应了一声，就进了妈的窑屋。

推开窑门，只见母亲已停下了手中的针线，父亲半卧在炕头。"咋回来的恁晚呢？"母亲问。

王幸福说："吃过饭就去东河口了。"

"有事啊？"

王幸福说："今天去城里时，顺道和朱小熊厮跟着，他告诉我说，家藏着一个治疗气喘病的单方，我去把它取了回来。"

"看了多少大夫了，一个单方能管用？"倒在炕头的王长安说。

"管用不管用，试试不就知道了。"桃花说。

"人家说是气喘病三九天容易犯，要在三伏天治疗，会有特殊的功效。"王幸福继续解释说："办法也忒简单，就是把几味中药研成粉末，再用紫皮蒜捣成糊状，和上药末，贴在前胸和足心，每天换一次，连续用七天就行了。"

"那你把药方收拾好，再去城里时就把药抓回来，过不了多久就是伏里天，就照着那个法子治。"桃花说。

"没事那我睡去了。"王幸福说着就要出门。

"谁说没有事？叫你来就是有事要告诉你。"

"什么事？"

"晌午，你雪琴婶来了，说是前几日去县里看婵娟时，给你捎了一封信，是婵娟写给你的。谁知道事情多，就给忘了，到今个晌午换洗衣服时才想起来，就送了过来。"

"信在哪儿？"王幸福问。

"这不是。"桃花说着从蒲篮里取来替给儿子。

手捧着婵娟的信件，王幸福的心情无以言表。他想立即去自己的窑屋里，对着灯光仔细地品读。"妈，那我走啦。"

"幸福。"桃花叫住了儿子，叮嘱道："不管人家信上咋说的，咱也不用去痴心妄想。婵娟还没有回来不说，她要嫁到下河口邵维义家去，那可是明媒正娶的事。"

王幸福脸沉下来，还没有读信哩，妈就事先给他打了预防针。他点着头说："我知道。"

尽管如此，王幸福还是抑制不住激动的心情。他喜欢她的人，也喜欢她的字，同样喜欢她做的文章。打开书信，一行行娟秀的文字呈现在他的眼前：

幸福：

请允许我这样称呼你。你我从小同居河口，相互观望，共同长大，后你因家庭环境所迫，前往任家做工，我条件较优越，则进入村小读文识数。可谓之两小无猜，青梅竹马。每日清晨，你赶着羊群出西城，往黄河滩岸，我背着书包往东，进入学堂。你常倾听那乾阳河投入母亲河怀中的欢声笑语，我常聆听着老师的教诲进入人生思索的课堂。你放羊归来，我放学回家，相互那随意倾心的一望，便注入脑海绘成乐章。当我走进你时，我把读书的声音向传讲，而你把黄河的涛声也倾注入我的心房。你去一回黄河北岸，生活阅历知识渐长，你用我给你的字符丰富了生活的翅膀，你说你热爱毛主席共产党，想穿上那八路军的服装，于是我跟随你的步伐，在学校里读起了共产党的文章。有些事情是不宜言表的，只能面诉衷肠。入狱之事，事出有因，不必为之过多思想。想念多多，纸短情长，盼归兮，在天愿作比翼鸟，在地永为连理枝，山无陵，天地合，乃敢与君绝。

　　这是在狱中偷偷写的，趁母来探，带出给你。看后焚毁，莫留后患，此信落入歹人之手，将会成为把柄，为人鱼肉。切切切！

婵娟

尽管有些字他还不认识，尽管有些话他还不知道是什么意思。但他从字里行间读出了一种心与心的呼唤和渴望。

　　这一夜，王幸福怀抱着婵娟给他的书信酣然如梦。在梦里，他又会遇见些什么？

第二十三章　世事无常

103

六月二十六，是王婵娟的须口之日。按照传统习俗，须口的日子由新娘的家庭择定，一般多在婚前的十天半月之间。届时，由媒人将"祀先全""课书全""三牲祭礼"，连同彩礼（包括棉花、糕点、结婚用的衣物、首饰等）送入新娘家中，新娘家要设办酒宴，由新娘的舅父、姑父做陪，款待媒人。可王来法和雪琴为女儿择的日子却是受邵维义限定的时期，说是离结婚的日子越近越好，无奈就定在了六月二十六，不能再迟了。结婚的日子是邵维义早就请人择好的，七月初七，也就是天上牛郎会织女的日子。邵维义说要和王婵娟唱上一出《天河配》。

令雪琴坐卧不安的是时至今日，女儿王婵娟还被关在灵宝县监狱里回不来。王来法劝她说，放心好了，邵维义不想办法让婵娟回来，他的喜事能办吗？王云山也信誓旦旦地向他们保证说，王婵娟回来那是迟早的事，绝对耽搁不了出嫁的事情。话虽这样说，但雪琴还是不放心，她怕的是夜长梦多节外生枝。虽如此，她还是早早就起了炕，收拾整理屋里屋外。王来法也把院子和大门口打扫得干干净净。一桌酒席是昨天就准备好的。王来法父母早亡，孤单一人，也就免去了姑父这个角色。雪琴择偶改嫁，她不想让自己的娘家人到这个新家来让别人低眼下看，那样的场面会使他们十分尴尬颜面扫地，舅父的位子也因此成为空缺。

匆匆地吃过早饭，王来法一家就静等着媒人王云山的到来。大饭时，王云山骑着马匹来了，身后是一辆新打成的木轮大车，车辕里套着一匹骡子。村巷中看热闹的老人小孩也围拢了一大圈。王来法就等候在大门外的巷道口，那新马车的车轮子足足有半人高，左右两帮贴着红红的喜字。枣红色的骡子，头上系着红绸子布，在太阳的照耀下放着异样的光彩。瞧着这一切，王来法喜上眉梢，乐得合不拢嘴。站在一旁的王孝儒说："这回称心如意了吧？"王来法不好意思地笑了笑，然后说："婵娟还没有回来呢？"王孝儒说："那不用你担心，邵保长那边比你上心得多哩。"

雪琴看着大车、骡子进了家门，忙迎上去问道："王校长，辛苦了。"王云山说："看着自己的学生走出囹圄，有了一个好的归宿，可喜可贺，何来辛苦二字？"雪琴走近王云山，低声问道："那婵娟什么时候才能回家啊？"王云山说："这个早就安排好了，你就是不问，我一会儿也要告诉你的。明天一早，你们就可以去县里把婵娟接回来。""是吗？"雪琴说着就有泪流到面颊上。王云山说："当然。回来后单等着出阁做新娘了。"说到做新娘，雪琴眼眶里的泪水越发地流开了，止也止不住。一想到女婿是个比女儿大三十多岁年过不惑的男人时，她就从心里感到无限的悲痛。

王来法陪着王云山、王孝儒坐在酒桌上。未等开盏，王云山开口说道："王保长，邵保长和婵娟姑娘的事情，前后也没有离开你，你是河口村的保长，今天得做个证人。"王孝儒说："王来法在这儿哩，有什么话尽管说。""当初说好的，只要将婵娟从牢狱里打救出来，愿以身相许，侍奉终生的，现在人家邵维义除了救出婵娟以外，还送给她家一挂马车，一匹骡子，至于衣物、首饰和其他的东西也就免了。可不能过后埋怨我这个跑腿的？""不会的，不会的。"王孝儒说着然后问对王来法："你说是不？""那是，那是，我感激还来不及哩，哪有埋怨之理？"王来法说完，王云山从衣袋里掏出了一叠红纸说："这是

'课书全'，现在就交给你，让你屋里收拾好。"王来法喊来了雪琴，说："这是课书，你收拾好。"雪琴说："我们又不识字，还有劳王校长给念念，妨哪个属相不妨哪个属相我们也就知道了。"王来法也说："王校长就给念念吧。"王云山说："那好吧。"

课书

谨卜于七月初七日命小儿亲迎贵府谨将婚元课书开列于后

男女二命两相当

鸳鸯蝴蝶配成双

辰巳妇人巧梳妆

桃红柳绿圆月亮

上下车辆东南向

避地开天面朝阳

虎蛇鸡相避远方

百年好合享安康

眷弟邵公让鞠躬

　　雪琴接过课书回了屋，王来法端起一杯酒对王云山说："王校长劳苦功高，请允许我敬你一杯，我先干为敬了。"说完一饮而尽。接着王来法又端起酒杯对王孝儒说："王保长为了小女的事也是操心受累的，请您也接受我的敬酒一杯。"说完又是一饮而尽。接下来，几个人相互把杯弄盏，共进佳肴。

　　燃着的鞭炮在门外"噼里啪啦"响个不停。透过鞭炮声，是谁又在唱响了那首讽刺"老夫少妾"的歌谣？

"二八女子七九郎，

白发苍苍配红娘，

织女有情嫌夜短啊，

牛郎无力恨庚长。"

104

　　邵维义惧内是因为毋凤仙娘家的权大势大财大气粗，邵家的兴旺发达与之息息相关密不可分，惹下一个女人并不可怕，就是死一个女人有何足惜？流传在乡间的有一句话叫作：不怕死媳妇，就怕死马骡。媳妇是墙上的泥皮，掉下来还可以糊上一层新的。可毋凤仙不同于别的女人，当初陪嫁过来那份不菲的财产是其一，毋凤仙的父亲在陕州府里任着要职，真要的把他惹恼了，赖好给你安个罪名就可以将你丢进牢狱。人世间的福兮，祸兮也就是一瞬间的事。邵维义虽说书读的不怎么样，可脑袋瓜子还是够聪明的。毋凤仙不允许他娶个二房媳妇过来，他不在乎，哪一次去县城里他都会到迎春院里逍遥快活一番！邵维义在乎的是毋凤仙几十年来不曾为邵家生过一儿半女，虽说她弄了一个娘家侄子过来继嗣，可那毕竟不是邵家的血脉，他就想娶一个小婆娘过来，实实在在地为邵家生个儿子。男人为了延续香火纳妾娶小，情理之中的事情，想必他毋凤仙的娘家人也是通情达理善解人意的，只要她娘家人不反对，她毋凤仙再老虎，到最后还能咋样？大不了闹腾闹腾也就过去了。所有这些，邵维义嘴上不说，却在心里盘算好久。他在等待着天赐良机。当薛云卿把王婵娟的事跟他说了以后，起初他心里还是左右徘徊犹豫不定，一个和男人有过伤风败俗桃色绯闻的女子能好到哪儿去？但经过去县中学的实地调查，去县监狱的实地暗访，他就明白了，那还是一朵含苞待放的花蕾。尤其是王婵娟表现出来那种乡村女孩少有的纯朴和书卷气，有机地柔和在一起，更是对他产生了一种特别的吸引力。

　　为了防止节外生枝，他特地跑到县保安大队，请客送礼导演了一出苦肉计。让王来法和雪琴义无反顾地不得不答应这门亲事。他还故意让王婵娟晚一些出狱，不给她留半点回旋和后悔的余地。连同去县城的木匠部定制马车，为新婚准备所有的必需品等等，一切都在无声无息地进行中，唯独毋凤仙还蒙在鼓里。然而，娶媳妇是大事，不是偷着掖着就能完成的事情。一直到须口送聘礼的前一天，一挂崭新的马车和一匹枣红骡子送到家里，毋凤仙感觉稀奇，就眉色凤舞问邵维义："怎么，又打了一挂新的马车，家里的马车不是好好的嘛？还牵回来一匹骡子？"邵维义说："这不是给咱家的。""不是给咱家的，那又是给谁家的？"毋凤仙问。邵维义想着再瞒也瞒不住了，不如实话告诉她吧。气也好，闹也好，随她的便吧，这回的媳妇我娶定了。于是，邵维义把毋凤仙叫到屋里，一脸严肃地说："请原谅我没有及时的把这个事情告诉你，我要娶二房了。""什么，你要娶二房了？我没有听错吧？"邵维义的话让毋凤仙有些震惊。"我就是要娶二房了，明天就是须口的日子。那挂马车，还有那匹骡子，都是给人家的聘礼。""你要娶二房了，你嫌弃我了是吧？这个事情你怎么就不能和我说上一声呢，我在这个家里算是个什么？你还拿我当人不当人？""事情办得有些仓促，家里的事情又是那么的多，心里总想着告诉你，告诉你，可一忙起来就给忘了。"邵维义明知道自己所说的就不是什么理由，但他还是要向她做解释，尽管这种解释是那样地苍白无力。"是吗？"毋凤仙反问了一句，不等邵维义回答，她接着说："好了，你去忙吧。我累了，想休息一会儿。"邵维义早已做好思想准备，原想着毋凤仙会和他寻死觅活地大吵大闹一场，没有想到这回她倒安静了下来。邵维义知道，毋凤仙不是一盏省油的灯，依她的性格，早就河东狮吼般地一蹦三尺高，今天这是怎么啦？一定是蓄势待发寻找时机，以便作出更有力的回击。山雨欲来风满楼。邵维义退出屋子，在思想深处做好了迎击的准备。

接下来的事情更让邵维义纳闷，毋凤仙在屋里躺了半晌功夫以后就起来了，表现得就如同什么事情也没有发生过一样。以至王云山来到家时，她照样满面含笑地招待他，背过人还问王云山说："不知我家那口子要娶得那位是哪里人氏？又是哪家的名门闺秀？"王云山生怕毋凤仙闹出什么不堪设想的后果来，忐忑不安地照实答道："就是河口村的王来法家的闺女，正在县中学读书来着。""还是个识字的学生啊。"毋凤仙说着又问："不知她芳龄几何？"王云山说："虚岁十七。"毋凤仙点点头说："正是如水年华，好，好。"毋凤仙不再问什么，王云山心里还是七上八下地安定不下来，总怕发生出什么变故来。

毋凤仙仍像什么事情也没有发生一样，眼看着那辆崭新的马车，枣红骡子，跟着王云山踏上了去河口村的路。一直到后晌王云山从河口村返回，毋凤仙也没有表现出什么异常来。对于这种现象，邵维义实在不可理解，琢磨不透的同时亦有了一个新的认识，那就是毋凤仙很识相，水到渠成的事情她再执意阻拦岂不是自讨无趣，自寻烦恼？邵维义有些乐不可支。

两个晚上，毋凤仙背对着他，再也没有说过一句亲热的话。

第三天一早，毋凤仙收拾好行礼，让人赶着马车把她送回了陕州城里的娘家。与此同时，她还把原来过继到邵家的那个远房娘家侄子也带走了。对于毋凤仙这一举动，邵维义不想说什么，也不想执意阻拦，他怕因此发生什么不愉快。心想着随她去吧，改日把她接回来就是。但令邵维义没有料到的是，毋凤仙把马车连同拉车的骡马全部扣在她的娘家，让赶车的徒步走了回来。

邵维义想好了，还不是逼着自己去她娘家的门上赔罪认错吗？改日，多带些礼物，做好挨训挨骂的准备。娶亲纳妾，事情到了这一步已是覆水难收，他们还能怎么样？让自己退亲悔约？花出去的银两自不必说，还不把老先人的脸都丢尽了？想必自己那老岳父也是官场人物，不至于那样地不近人情，把事情做绝吧？

婚事的准备工作正在紧张有序地继续进行着。

105

一辆马车和一匹骡子进了王来法的家门，在河口村引起了极大的反响，大有"生男不如养女"之势。当王幸福赶着马车经过河口街的时间，那喷喷的议论声潮水般地淹没了整个村庄，让王幸福避之不及。卸了车，在西院吃后晌饭的时间，有关王婵娟的事几乎成了长工们的谈论中心。做饭的香椿口无遮掩率先开了口："这回，王婵娟可是掉进福窝里去了，嫁给邵保长，过一半年再生个儿子出来，还不荣华富贵地享一辈子清福啊？王来法也跟着女儿发了笔横财，新打的马车，枣红骡子，眨眼的工夫就进了自家的门。"领头的长工说："人的命，天注定。不管是谁，只要一出娘胎，你的生辰八字就决定了你的一生。"黄毛说："大难不死，必有后福，这话还真不假！"另一个长工损他说："让你一个黄花闺女嫁给个老头，你愿意吗？"黄毛说："女人嘛，嫁给谁还不是洗衣做饭奶孩子？嫁给老头怎么啦？只要那个家伙管用，也一准能弄出十个八个娃子来。"香椿听了道："黄毛，你那话咋就恁不中听呢？好像女人就是一块地，随便撒些种子就能出苗似的。"黄毛说："香椿姐，你甭笑话，我说的那可是大实话。"

王幸福扒着碗里的饭，一言不发，他真想把自己的耳朵捂起来，这些你一言他一语的污言秽语让他心里极不舒坦。后晌的豆面条，哪一天他也没有少过两碗，这天一碗吃完他就搁了碗。见王幸福要走，香椿就问："不吃了？"王幸福说："不吃了。""今后晌咋就吃得那么少呢？""不想吃。"王幸福说着出了院门。香椿望着王幸福的背影暗自摇了摇头，苦笑着。

王幸福躺在窑屋的土炕上，心中烦乱极了。雪琴把女儿许配给邵维义，是为了把王婵娟从牢房里救出来，无可奈何的事。邵维义心甘情愿给人家一辆马车，一匹骡子，是为了笼络王来法那颗熏利的心灵，让好事水到渠成。这些都是王幸福心知肚明的事，可他就是心里觉着憋屈，咽不下那口气。想象着王婵娟嫁给邵维义的花烛之夜，他就想到了自己和薛云霞在陕州城里的那一个晚上。他不知道自己为什么就那么禁不住性的诱惑，以至做下了自己后悔莫及的事情来，薛云霞口口声声说要对自己负责，可真要是负责任了，让自己一个年轻的小伙子跟着一个寡妇，还不让河口村的人戳着脊梁骨骂几辈人啊？虽说王婵娟许配给邵维义在前，自己和薛云霞媾和在后，可他还是觉着那是上苍在故意惩罚自己的对爱的不忠，他感觉是自己玷污了乾阳河边那个纯洁美好的夜晚。回味着村里人的啧啧碎言，他就热血沸腾，就有一种无名的火气从心底直往上涌，想着那挂崭新的马车，想着那匹枣红骡子，他就恨得把牙齿咬得咯咯响。他突然产生了一种极其强烈的念头，想去看看那马车，那骡子。再也睡不着，他摸着黑下炕，走出了窑院的门。

出门没多远就是王来法的家，那挂崭新的马车就停在临近一所闲置的院落里，已是夜深人静，王幸福眼望着马车不由地恨之入骨，好像这马车就是拆散他和王婵娟的罪恶祸首。他要毁了它，以解自己心头难以平息的怨恨。他取来了洋火，抱来了干柴，正当他要划着洋火棒点燃干柴的时间，一双手扯住了他的胳膊肘儿，把他拉向一边。"孩子，你这是干什么啊？"听声音，王幸福知道那是妈妈。妈妈怎么会知道自己出了院门到这新马车的跟前来了呢？原来，桃花听到了儿子的动静，原本对儿子就放不下的那颗心随之又悬了起来，她害怕儿子会因为王婵娟须口的事情做出什么傻事来，于是她就悄悄地跟在儿子的身后，只要儿子不出什么事，她也不会因此露面的。桃花知道儿子喜欢王婵娟，知道儿子看到眼前的这一切心中是如何的滋味，夜间出来走动走动，散散心也好，也许能让他那激动的情绪冷静下来。没有想到儿子要做这等傻事。一旦他手中的那根洋火燃着了马车下的干柴，惹出来的麻烦可就大了。

被拉到一边的王幸福呼呼地喘着粗气。

"你以为毁了马车就能毁掉邵维义娶王婵娟做小的事情吗？孩子啊，平时挺聪明的，咋遇到自己的事儿就不思忖欠考虑了呢？你知道你这是干什么吗？那是犯罪，犯罪你知道吗？河口村谁都知道你对王婵娟有意，你放火烧了马车，这不是此地无银三百两是什么？我的傻儿子啊。你如果真的爱她，就不要再伤害她。你这是在伤害她，你知道吗？"

桃花的话让王幸福的心里一下子清醒了，亮堂了许多。他不知道自己刚才这是怎么啦。妈妈的一双手，把他从罪恶的边缘拉了回来，随着妈妈这双手的一拉，他突然感觉到了自己的鲁莽和无知。"妈妈。"王幸福叫一声便垂下头不再吱声。

"去，把那些干柴放回原来的地方。"

王幸福照着妈妈的话把抱来的干柴又抱回原来的地方。

"跟妈妈回家。"桃花对王幸福说。

王幸福像小时候做错事了一样，乖乖地跟在妈妈的身后回到窑院。没有等到进门，王幸福就对桃花说："妈妈，今晚上的事就别让我大知道了，他身体不好，生气了就会犯病的。"

"我知道。不用你教我。"桃花没好气地说，随即又开口道："要不，妈今晚上就和你一块儿睡？"

"不用了。真的，我不会再做傻事的。"

"你呀，什么时间才能让人放心啊？"

尽管王幸福已经答应桃花不会再做傻事，但桃花还是不放心，她要跟着儿子，看着儿子睡下了再离开。王幸福原本还是没有睡意，但看着坐在炕头不肯离去的妈妈，就不得不赶紧脱去衣服躺在炕上。躺在了土炕上，王幸福对桃花说："妈，您去睡吧。"桃花说："妈不想睡，妈想和你说会儿话。"王幸福知道妈妈不走的意思，她还是不放心自己啊！"妈想坐就坐会儿吧。"王幸福说着就坐了起来。"别，别，你干吗要起来呢？"桃花说。"妈妈坐着，我睡着，那合适吗？"看着王幸福，桃花抿着嘴笑了笑，瞥了儿子一眼，"你刚才准备放火那会儿就没有感觉到不合适？"王幸福不好意思说："不知道是怎么啦，脑子一热什么也不顾了？"王幸福接着问："妈妈，你怎么知道我出去的？"桃花说："从小养大的儿子，我能不了解你。""妈妈，您刚才说想和我说话，您想说的是什么啊？"桃花想了想说："妈妈想跟你讲一个故事。""一个故事，一个什么样的故事？""故事的名字就叫'爱她就离她而去'。""爱她就离她而去？"桃花点了点头。

其实，桃花心里并没有什么故事，既然答应了儿子，她就要临时杜撰一个故事来。

"说是有一个穷秀才，喜欢上了邻居家的一个姑娘。姑娘也因为秀才是个读书识字的儒雅之人，便从心里乐意接受秀才的喜欢。于是，两个人便眉来眼去暗送秋波，以至发展到偷偷地相约。后来秀才家便托人前去说媒提亲，姑娘家却没有应允，而且姑娘也不再接受秀才传递过来的相约信息，秀才很痛苦。经过一段时间的观察，秀才发现端倪，原来另有一富裕人家来提亲了，富裕人家的小伙子也眉清目秀一表人才，虽说还不是秀才，但他也正在学堂里读书，成为秀才考取功名是早晚的事。秀才心里很痛苦，于是就去附近寺院里拜佛，求得大师的点化。燃香叩拜完毕，秀才便问大师，说他爱上了一位姑娘，姑娘现在不接受他，或者说是有人同时爱上了她，怎么办？大师问，你有多爱？秀才答曰，昼不能食，夜不能寐。大师曰，爱她就离她而去。为什么？秀才问。

大师曰，爱是一杯毒药。为什么？秀才又问，大师不再言语，善哉善哉，转回了身。秀才仍旧不解，我那么爱她，为什么要离开她？秀才决意不离开姑娘。姑娘已和富裕家的小伙子开始谈婚论嫁。很快就到了喜结良缘的那一天，却发生了意外。"

"发生了什么意外？"王幸福问。

桃花说："秀才把姑娘约出来杀害了。"

"啊，怎么会是这样？"

"故事还没有结束呢。"桃花接着说："秀才被官府缉拿归案，在行刑的那天，秀才的家人请来了大师为秀才超度亡灵，面对刽子手的鬼头刀，目睹大师默默而言的佛语，秀才突然间顿悟'爱是一杯毒药'，他悔恨自己当初怎么就没有听大师的一句劝，爱她就离她而去呢？"

106

又是一个晴朗的清晨。如果把昼夜日月的更替交换比喻成人生。那么，清晨太阳刚出来的一刹那便是一个新生命的诞生，而接下去的早晨、正午、偏西、垂落，亦如同一个人的生长发育、长大成人，直到生命的衰败、终结。几天来，王婵娟一起床，就望着窗外即将出现的第一缕阳光这般遐想着。

那天晚上，当兵的把昏迷的王婵娟拖上卡车拉回监狱以后，就给她换了一个房间，不再是那些潮湿黑暗的牢房，而是一个清静且优雅的小房间，床上铺着新的床单，梳洗用的脸盆，梳子等一系列用具也都准备妥当。第二天清晨醒来，王婵娟就发现自己怎么会躺在这里呢？在她有些恍惚的记忆里，自己已被那些激烈而清脆的枪声送进地狱之门，而自己现在所居的地方应该就是地狱里的住所了。仔细看看又觉得不太像。望着窗外，仍是自己目睹过的县监狱院落的场景。她把自己的食指放在口腔里使劲地咬了一下，真的挺疼哩。她由此证明自己判断的正确无误。原来自己并没有死，只是和死神接了一个吻。她不知道他们为什么把自己换在了这样一个很好的地方，能看见蓝天和阳光，还有这么好的被褥和洗刷的用具？望了望窗外，王婵娟没有寻找着自己所要的答案，只能又回到床边。坐在床边，她还在傻想着一个问题，那就是自己已经自由了吗？她多么想象天空的小鸟一样自由自在地飞翔在大自然的怀抱。

正想着，有一个当兵的推门进来，他双手端着两个碗，放在一个简易的小桌上。"吃饭了。"当兵的说。吃饭了？王婵娟没有吱声，抬头看着放在桌面的那两个碗，一个里面放着馒头，另一个碗里是玉米面汤。当兵的出门走了，王婵娟移步到小桌前，这才发现那个放馒头的碗里，下面是炒的菠菜。等她吃完饭菜，就有她曾经见过面的那个监狱长走了进来。她不知道他又来干什么，刚吃完这顿饭，自己下一刻的命运又会是什么？

监狱长眼看着有些神情呆滞王婵娟说："小姑娘，恭喜你啊，从今天开始你自由了。"

王婵娟瞅着监狱长，木木地不说话，她不知道监狱长说这话是什么意思？

"真的，你再也不用回到牢房里去了，暂且就住在这个房间里。房间的门没有锁，屋里呆闷了可以去外面走走看看，但绝对不允许出那个大门。"监狱长交代说。

王婵娟这才扭头看了看门扇，那上面真的没有铁锁。从大早起到现在，她一直以为自己还被关在房间里不能随意出入呢。

监狱长看王婵娟那有些呆滞麻木的面情，就知道她还没有从昨晚上那个悲恐的场面中完全清醒过来，就在要出门的那一刻，他回头问道："吃饱了吗？"

王婵娟正在回味着监狱长刚才说的那些话，突然听到监狱长的问话，忙抬头望着他，机械地点了点头说："嗯。"

监狱长出去顺手闭上了房门。就在门扇被闭合的一刹那，王婵娟突然就想到了监狱长刚才说过的那个自由。自己真的自由了吗？自由是什么，是你的行为和思想在完全不被别人所掌控的情况下，做着自己喜欢做的事情。照监狱长的意思，自己只有在这个院子里来回走动，还不能到外面别的地方去。这是自由吗？这和一只小鸟从一个小笼子换到一个大笼子又有什么区别？仔细想想，她还是不知道自己什么时间能真正地走出这个牢笼之门。即便有一天出去了，自己还会不会有自己的自由。诸多弄不明白的事情就如同层层迷雾笼罩在王婵娟周围，晌午饭、后晌饭，顿顿有人送，房门没有锁，王婵娟却很少走出去过，精神上的禁锢让她无论如何也愉快不起来。更多的时间，她在重新思考着人生。自从那天晚上历经了那场生死离别的过程之后，她对人生有了一个新的认识，那就是人一生下来就不属于自己，而是属于世界。你要完全按照自己的意愿去做自己的事，去走自己的路，有时候是完全不可能的。人的命运，如同有着一根无形的锁链在牵动着前行，你顺着走则然，你逆着行，必然要历经苦难的折磨，这种苦难的折磨亦如那条锁链勒进了你的肌肤，强拉着往前走去。回顾自己做过的一切，她没有后悔过。张俊杰、梅迎萍，他们都是自己的老师，是好人，他们又都是共产党人，在为着共产主义理想而努力奋斗着。自己帮他们逃出国民党军队的搜捕，是做了一件功德无量的大好事。自己曾经说过的，就是死而无憾。那天真要是死了，也就死了，一了百了。而现在是没有死，没有死说明自己还要继续走自己人生的道路，而接下去的人生之路该怎么走？她迷茫了。她知道，人生那条无形的绳索还套在自己的脖子上，要按照自己的意志活下去，还有困难，也许，更多的磨难在等待着自己。

在这些迷茫和困惑中，好些日子过去了。

和往常一样地吃过早饭，所不同的是王婵娟已经渐渐地习惯了这样的生活，尽管困惑还如同雾霾一样透不进阳光和雨露。她只有静下心来期待着，期待着自己不知道是那个或远或近的日子。

房门总是闭着的，尽管没有锁。"王婵娟，出来吧。家人接你回家了。"依旧是那个监狱长的声音。

王婵娟没有回答，她从窗口往院子里望着，院子里没有什么变化。家人在哪里？她暗自在问。

"快点，把你的东西收拾一下。家人接你回家了，他们在门外等着你呢。"监狱长提高声音重复着刚才的话。

"知道了。"她本能地朝着院外回了一句话后，就忙着收拾自己的行礼。说行礼，其实什么也没有，只有换下来的衣裳。

拉开房门，没有人理会她的存在不存在，没有人理会她的出去不出去。走出监狱大门的一瞬间，她一下子感觉天好大好大，眼前的树木绿了，像一个长大成熟的孩童在阳光和微风的怀抱里翩翩起舞。众多林立的建筑也如同成人一样展现着自己的姿态。深深地呼出一口混沌的气体，又重新深吸一口新鲜的空气，王婵娟顿时感觉到了一种从未有过的清新和惬意。眼前边，那奔跑过来的，是自己的妈妈和小铁蛋。不远处的枣树下，站着她的父亲。她怎么就不知道迎着他们跑过去呢？她傻站着，只有泪水不停地流。"婵娟，婵娟。"妈妈呼唤着。"姐姐，姐姐。"小弟弟呼唤着。眼看着他们离自己越来越近，她这才情不自禁地飞奔而去，她大喊了一声"妈——"的同时，便扑在妈妈的怀里大哭起来。

"姐，姐。"铁蛋扯着她的腿不住地摇晃着也哭出了声。

雪琴掉着泪珠子说："好了，我娃不哭了。你已经出来了，自由了。我和你大接你回家来了。"

离开妈妈的怀抱，王婵娟弯下腰来抱起弟弟，叫一声"铁蛋"便又哭开了。铁蛋用小手不断地擦着王婵娟眼泪，边擦边说："姐不哭，姐不哭，我们回家。"

王婵娟抱着铁蛋和妈妈一起朝枣树下的王来法走去。

枣树下的王来法朝着雪琴和婵娟她们走了过来。

一家人就在这夏日的阳光下团聚了，王婵娟叫了声"大——"再次哭开了。

王来法说："婵娟，不哭了。出了那个门，你就自由了。走，去南大街，你想吃什么咱们就吃什么，吃完饭，咱们就赶着马车回家。"

对于王来法说的马车，王婵娟并没有在意，她以为是父亲借了别人家的马车特意来接自己的。

对于今天到城里来接王婵娟回家用不用新马车，雪琴和王来法曾为此有过争议。一大早，王来法没有和雪琴商量就去牵出骡子套马车。看到王来法套用新马车，雪琴说："不用赶马车了吧，就套上咱们的小毛驴，驮着铁蛋，我们两个走着去得了。"王来法说："现在这马车和骡子就是咱们的，放在家里，拴在槽上，去县城那么远路不用，什么时间用啊？"雪琴说："我是说人家昨天才送来的，今天咱们就套着骡子赶着马车去城里，显得有点太张扬了不是？"王来法说："嘴巴长在别人的脸上，你能管得住人家咋说吗？兴许还有人说我们，放着马车不赶自己徒步，这不是活脱脱的信球嘛？"王来法说的也不是没有道理，可雪琴就是觉得赶着马车别扭。但她又没有更充足的理由说服王来法，只好说："你愿意赶就赶着吧，我也知道坐着车比跑路舒服。"就这样，王来法套着枣红骡子，赶着崭新的马车进了城。天热，王来法将马车连同骡子寄存在马车店，然后就往北大街去了县监狱。

到了南大街，王来法对雪琴说："去喝羊肉汤吧。""这么热的天，就不吃羊肉了吧？"雪琴说完，回头问女儿说："婵娟，你想吃点什么？"王婵娟说："随便吃点什么都行。"雪琴说："那就去吃盘凉粉吧，不要热的，就要用挠子挠那凉的，再买上两个火烧馍。要不就再买两个粽子。"王婵娟说："能行。"

这时候，铁蛋开口嚷道："我要喝羊肉汤，我要喝羊肉汤。"王来法对雪琴说："要不，你和婵娟去吃凉粉，我领着铁蛋去喝羊肉汤。""那也行。"

在吃凉粉摊上，雪琴原想和女儿说说家常话，没有想到女儿什么也不说，总是她问一句女儿答一句。雪琴问："你要想吃热凉粉就换成热凉粉？"王婵娟说："随便什么都行。"雪琴接着问："这一阵在那里面怎么样？"王婵娟说："不怎么样。""他们没有欺负你吧。""没有。"

"没有就好，妈成天在屋里都担心死了。回来就好了，就脱离苦海啦。"雪琴原本还想说关于她的婚事，但看到女儿沉默寡言有些呆滞的神情也不好意思开口，她怕女儿一下子接受不了那样一个突如其来的事实。这也是她当初不愿意让王来法赶马车进城的主要原因，她怕女儿问起这崭新的马车，枣红骡子的来由，她不知道该给女儿怎样说，就是说，也不是一下子能够说的清的。她想让女儿慢慢地从心里头接受这个摆在她面前而又万般无奈的现实。

坐着马车回到家，看着父亲把枣红骡子拴到自家的饲圈，把马车停在自家的门上，王婵娟的眼神便露出疑惑。这一路走来，她没有过多地言语，只是在母亲或铁蛋问什么话的时候偶尔搭讪一句。王婵娟左顾右盼地望着这个自己十分熟悉且有着深厚感情的院落，突然产生了一种莫名其妙的陌生感。她低声地问母亲说："妈妈，这马车是咱家的？那枣红骡子也是咱家的？"饲圈里的小毛驴依旧拴在那里，见到主人牵着枣红骡子进来，它像是在为自己受到冷落而昂着头发出了"嗷嗷"的哀鸣。

母亲无法立即回答女儿的问话，站在不远处的王来法听到王婵娟的问话，口无遮拦地答道："是咱家的。从今以后，咱们也和王保长、任二奶奶家一样有了属于自己的马车。"

"是吗？"王婵娟惊愕地嘴巴都有些合不拢了，自己是不是在做梦啊？她又一次重复问道："妈妈，这是真的吗？"

雪琴无可奈何地苦笑着，摇了摇头，又点了点头，然后说："是真的。有些事情，到了晚上妈妈再慢慢地说给你听。"

王婵娟"嗯"一声，然后就回房了。

回房后的王婵娟，很快就倒在土炕上睡着了。看着女儿，雪琴对王来法说："我咋看着婵娟的神情有些不大对劲啊？"王来法问："咋不大对劲？"雪琴说："看起来有些恍恍惚惚神情呆滞的样子。"王来法说："那还不是因为在那里面待的时间长了。"雪琴摇着头说："和上一回去监狱里看望她时的情景大不一样呢。"王来法说："是不是你想的太多了。"雪琴再也不说什么，她倒希望真的没什么，是自己想得太多了

这一夜，王来法和铁蛋睡一个屋，雪琴和王婵娟睡一个屋。

王来法和铁蛋睡的那个屋子早早地熄了灯，很快就有睡熟的鼾声传了出来。

雪琴和王婵娟屋里的棉油灯一直亮着，王婵娟睡不着，雪琴同样睡不着，母女俩温柔交谈的话语，随时都会伴随着灯光叩击着夏夜的窗棂。

"婵娟，是不是有什么心事啊？"雪琴问。

"没有。"王婵娟摇着头说。

"有什么事情一定要说出来，可不能瞒着妈妈啊。"

"嗯。"

"妈，我想问你？"这回是王婵娟先开了口。

"有什么你就问吧。"雪琴说。

"咱家怎么就有钱买马车和骡子呢？"王婵娟问的还是后晌的那个疑惑。

雪琴叹了口气说："这便是妈妈要告诉你的，它是关乎着你生命的一件大事。"

"是吗？"

"是的。"雪琴说，"你一定还记得我的你大头一回看你的情景吧？"

"记得啊，怎么啦？"

雪琴继续说道："就在你回了牢房以后，监狱长告诉给我们一件令人难以置信的事情。"

"那是什么事情？"

"他们说你已经被宣判死刑，在近一两天之内就会被处决的。他们说，要我们随时听候收敛死尸的消息。妈当时一听那个消息立即就晕得昏厥过去了。在此之前，你大为了救你出狱，和王校长商量着写了一张招亲的广告，广告上说谁能够把你从牢狱中解救出来，就让你以身相许，侍奉终生。没料到广告刚贴出去就让下河口村的保长邵维义揭了去，他找到了王校长，要王校长从中牵线搭桥，把你救出来，当然这个先决条件就是广告上说好的，让你去做他的二房。我们也知道，邵维义的婆娘从嫁到下河口以后就没有生养过，前些年从她的娘家弄了一个远房侄子过来，过继到邵维义的名下。可邵维义始终不愿意，总想要一个属于自己的儿子。起先，虽说他手里握着那张招亲的广告，但我们就是不点头答应这桩亲事。后来，后来他就让王校长告诉我们说，除了解救你出狱之外，愿以一辆马车、一匹骡子作为聘礼迎娶你。那样一说，你大就有些心动，但我硬是不松口。以至去探监那会儿听说要处决你的消息，我才让王校长传话过去，答应了这门婚事，为的就是把你从死神的手里夺回来。婵娟啊，妈和你大也是被逼得没有办法，才出此下策啊！妈不能没有你，妈不想失去你，如果你不在人世了，妈活在这个世上还有什么意思？如果你先妈而去了，妈到了地下，没办法对你早逝的父亲交代啊！"雪琴喘息着，哽咽着，说着说着就说不下去了。

像是听一个天方夜谭的故事，紧随着故事的深入，笼罩在王婵娟周围的那团迷雾也逐渐地驱散开来。原本是震惊人心的消息，原想着女儿会接受不了，号啕大哭，寻死觅活地闹腾一场的。没想到王婵娟却表现的如此镇静。也许，原本已经麻木的心灵会更加的失去感触的灵性。如此说来，在黄河滩没有对自己开枪是有意留下来的，是那个叫邵维义的保长花钱解救了自己，为的就是让自己去给他做小，为他生儿子。王婵娟还不想让自己的人生走得那么快，不想去和自己不喜欢的人过一辈子，还要为他生儿育女，何况他的年龄比自己又大那么多！可眼前的现实是木已成舟。女人啊，为什么自己的命运总是掌握在别人的手中？这千百年来男尊女卑的世俗锁链什么时间才能够被砸断？王婵娟呆呆地望着眼前边的屋梁一句话也说不出来。上帝啊，就让自己去死吧，已经死过一次了，也就不会在乎再死个十回八回。

"婵娟啊，能原谅妈妈吗？"雪琴想听女儿一句话，她希望女儿能够大骂自己一顿，即或照着自己的脸面扇上几个耳光，她心里或许会痛快些，可女儿就是不说话。

"婵娟，你倒是说上一句话啊？"雪琴在乞求着自己的女儿。

王婵娟不得不开口了："好妈妈，你是给了我生命唯一的亲人，你能有心害自己的女儿吗？我想再为你刚才的故事补上一笔，就是你和我大走后的第二天，我真的就和很多人一起被带到黄河滩，那时间我真的以为自己的生命就此结束了，再也见不到我的任何一个亲人了。没有料到的是他们留下了我，而且把我调换到牢房外边的房间，直至你们接我回家的今天。一个死过一回的人，还能对自己的父母有什么更奢侈的要求呢？"

听到女儿如此推心置腹通情达理的话，雪琴的眼泪流得更厉害了，她转过身去，叫了一声"婵娟"就把女儿再一次紧紧地拥抱在怀里。王婵娟也跟着喊一声"妈"，便依偎在母亲的胸前嘤嘤地哭泣着。

泪水成河，淹灭了棉油灯的光亮；无助的哭泣，使黑夜显得更加清静。黑暗中的灵魂总在企盼着明天的太阳绚丽多彩，而又有谁能阻挡得住突如其来的乌云密布呢？

苍天有眼，世事无常。

第二十四章　死亡之路

107

这已经是邵维义第三次去陕州城老丈人家接毋凤仙了。眼看着婚期迫在眉睫，毋凤仙不回家，什么事情都搁在那里理不顺，办不成。家里的佣人，村院的邻居，以往有什么事情都找毋凤仙，这会儿更是如此。都知道邵维义要娶二房，按乡情民风，或多或少，送一份贺礼是情理之中的事。他们一进家门就或"毋婶"或"毋嫂"地叫着，看不见毋凤仙，就在心里直犯疑惑："莫不是因为邵维义要娶二房，惹得母老虎生了气？"毋凤仙在家里是只老虎，可对待村院中还是很注意邻里关系的。再加上邵维义经常有事外出，家里的许多事还得毋凤仙安排料理。千有头，百有头，娶媳妇的大事更得有个头。看来家里没了这个当家的母老虎还真不行！无奈，邵维义在毋凤仙走后的第三天就骑着马去了陕州城。

毋凤仙的娘家居住在陕州城的郊外，是当地的大财主，其父兄弟三个，他为长兄，自然而然地就接替了父亲的要职，做了陕州城商会的会长，除了家室之外，他还在城里娶了二房和三房，但没有一房为他生过一儿半女。瞧过无数的医生，女人的肚皮也无动于衷，没有丁点儿动静，后来医生就为他把了脉，把了脉就暗示他说，是自己先天阳气不盈，肾不纳精，虽性欲能力挺强，时常把女人折腾得要死要活的，可就是有种无收，干耗一些力气。原以为这一生也就绝后了，不曾想自己常不回家，久居乡下的原配夫人却无缘无故地有了喜，有了喜是好事。他心知肚明，不在乎自己头顶的绿帽子，反正没有人敢正大光明地在他前面说那个话。不管她是跟哪个野汉子混来的，落在毋家的炕头也就是毋家的后代。这个后代，就是毋凤仙。不曾有过儿女的他把毋凤仙看成宝贝疙瘩，从小娇生惯养致使长大后好吃懒做，任性蛮横，不读书倒也无妨，女子无才便是德嘛。可身为女儿家总得要学一些针工，诸如纺织、缝纫、刺绣什么的，也便于自己成家后的生活。毋凤仙就是不学，无论谁劝也无济于事。后来长大，到了出阁的年龄，周围的后生没人敢娶。就嫁到下河口的邵家，做了邵维义的媳妇。毋凤仙的父亲身为家中长兄，膝下再无儿女，于是就把原属自己的那份财产作为陪嫁送给毋凤仙。

　　毋凤仙领着儿子回到娘家，做母亲的分外欢喜，因为毋凤仙自从出嫁后就很少回娘家，母亲问她说："这回来就多住些日子吧？"毋凤仙说："这回回来就不走了。"母亲不知道女儿说得是反话，连声说："不走了好。你知道娘一个人有多孤单吗？"听了母亲的话，毋凤仙不作声。母亲不知道这是为什么，以至毋凤仙扣压下了马车和骡马，让赶车的人徒步回家，母亲才感觉事情不妙。对于女儿的决定，母亲也不敢多嘴插言，她知道女儿的脾气，翻了脸谁的面子也不给。一直等赶车的人走了，她才小心翼翼地问："凤仙，跟娘说说，这回到底是咋啦？"毋凤仙说："不和他过了。""怎么好好地就不跟人家过了呢？""谁说好好的？他不要女儿啦，女儿还能死皮赖脸地缠着他啊？"看着女儿正在气头上，母亲也不再问。晚上睡在炕头，和女儿拉呱着，也就拉呱出了事情的原委。原来是那小子要娶二房啊！起先做母亲的也生气，但细细一想，不孝有三，无后为大，女儿不曾为邵维义生养过一男半女，本身就是过错。作为男人，要娶一房女人为自己繁衍后代，并无过错。想到此，母亲就劝女儿："他想娶个女人回来，就让他娶个女人回来，反正也是你为大，她为小。还怕她欺负你不成？"毋凤仙说："就是不让他娶别的女人。""哪一个男人都想有自己的儿子啊。""我不是给他领一个儿子回去了嘛。""可那毕竟不是他的亲生。""不行，不行，就是不行。他要是敢娶那个女人回来，我就不和他在一起过了。"母亲说："做女人的，哪能说不过就不过呢？""不过，不过，就是不过。娘，你跟我大说说，把咱家的那些地和骡马财产全部要回来。"第二天，毋凤仙就去商会找父亲，要父亲为她做主。父亲没有办法，就答应等邵维义来了好好地教训教训他。第三天，毋凤仙还在父亲的商会没有回家，邵维义骑着马提着礼品拜见了岳母娘，岳母娘说："你知道凤仙那脾气，干吗非要再娶个女人呢？"邵维义说："娘，我的心思您不会不知道，不就是想再要个孩子吗？娶一个女人过来，还多一个帮手不是？""那你也得和凤仙好好商量商量，就那样自作主张，能不伤她的心啊？"邵维义说："娘你也知道，我成天的事情太多，疏忽了这一点。你跟凤仙说说，让她跟我回家吧。"岳母娘说："事情不凑巧，凤仙跟她大昨天一早就出远门了，今天怕是回不来啦。"邵维义说："那我改天再来吧。"临出门，邵维义对岳母娘说："那我把马车套上先赶回去。"岳母娘说："那可不行。你伯和凤仙都不在，我可担不了这个家。你放心，牲口放在这儿也饿不着。"没办法，邵维义只得自个儿回了家。这是第一次。

中间隔了一天，邵维义又去了。而且是起了个大早，天刚亮就赶到岳父的家门口，毋凤仙在家，岳父还没有去商会。邵维义对毋凤仙说："咱们回家吧。"毋凤仙说："不回去。"邵维义说："那个事情没有及时跟你说，是我的不对。你就不要计较啦。"毋凤仙说："我就是要计较，我就是不许你娶一个女人回来。"邵维义说："你看，事情都弄到这一步，马车和骡子都给人家送去了，喜帖也给人家都发了，咱是个堂堂北基村的保长哩，总不能说话就跟放屁一样吧？""这我不管。"毋凤仙嘴巴一撇再也不理他了。无奈，邵维义请来了老岳父，刚一开口，就被老岳父数落了一顿，说是"你把凤仙当成什么啦？她还是你的媳妇吗？想娶二房，那行啊，你就跟她说上一声啊。她不同意，你还可以来找我说啊，我可以做她的思想工作。对不？可你倒好，把她当成了一块胡起疙瘩，不理不睬的。让这个马虎怪犯起偏来，我也奈何不得。"邵维义只得赔笑点头，说"这都是我的错，你就帮我劝劝她吧。娶个女人过来，除了生养，还不就是给她娶了一个丫鬟过来，任她使唤哩。"老岳父说："咱有言在先，我可以劝说，但抵不抵事那可就是两回事。""成，成成。"邵维义点头应允。老岳父去了毋凤仙的屋，邵维义在外面候着。好长时间，老岳父才出来，对邵维义说："我是好话说了千千万，可她就是钻着牛角尖儿认死理，说是要么你把那个女子退了，咱们还是亲亲热热一家人。要么你把那个女人娶回来，从此以后她就不进这个家门，你过你的神仙生活，从此再无瓜葛。"说完这些，老岳父叹口气继续道："早知今日，何必当初？如果早跟她说了，咱们在一起商量商量，能有这事吗？我女儿嫁你，把一半的家产都给了你，你就这样地信不过她？信不过她可以，你连我这个无牵无挂的老头子也不相信吗？我可是还指望你们给我养老送终哩。"邵维义承认说："伯，千错万错都是我的错。我相信您，也相信她，我们就是亲亲热热的一家人。伯，你再帮我劝劝她吧。""回去吧。你走了我再劝劝她，不过要想让她回去，你也只能舍疼割爱啦。"邵维义再一次独自一人回了家。回到家仔细想想，邵维义也感觉自己这回做得确实过分了点。现在面临着两个骑虎难下的问题，一是如果舍弃王婵娟，自己花的银两就会付水东流。二是如果真的惹下毋凤仙，这以后日子就不会安生。左也难，右也难。尽管难，邵维义还是心存侥幸，想着那毋凤仙和老岳父也不过是为难为难自己而已，他们真的会不念过去的一点情分？这是第二次。

这回间隔两天，离七月七也就三天时间。邵维义又去陕州城。这次去得晚，是晌午以后去的，到那里已经是半后晌了。毋凤仙在家，老岳父、岳母都在家，看样子他们是有点耐不住了，单等着我来接她回家哩。邵维义这样想着，心里就乐滋滋的。没有等到他去见毋凤仙，老岳父就将他叫到另一个房间，直截了当地问："想好了没有？是要新欢呢，还是要旧爱？"这一问竟让邵维义为难了，听老岳父的意思，二者必举其一，没有同时兼顾的可能了。他挠了挠头皮，问："就没有调和的余地吗？""这回恐怕是没有这个机会了。"老岳父劝他说："等下次吧。""就不能通融通融？""听我一句劝，放弃本身就是一种所得。""岳父，那挂马车和那匹枣红骡子，还有……那可都是白花花的银子啊！""你心痛银子，凤仙也心痛银子，可银子算个什么东西，留得青山在，不怕没柴烧，鱼和熊掌是不可能兼得的。你选择吧。""我把喜事的什么东西都准备好了，村里村外、亲戚朋友人都通知遍了，这，让我咋去跟别人解释！"邵维义蹲在地上，拍打着自己的脑袋。"要娶新欢，你现在立马走人。还想和凤仙一起你过日子，我去叫她，你们套上马车也可以上路。"老岳父催道。权衡再三，邵维义决意放弃王婵娟不娶了，他咬了咬牙说："叫凤仙来，我们套着马车一起回家，媳妇，我不娶了。""要娶，咋能不娶呢？那辆马车和那匹骡子不能白白地送给人家。"毋凤仙从门外进来了。"这么说你同意我娶王婵娟做二房啦？"邵维义兴奋至极，他没想到毋凤仙的态度会转变得这么快。"你想的美你，把她娶回家，给我做儿媳妇。"毋凤仙和老岳父异口同声地提醒邵维义说。"做咱们儿媳妇啊！"邵维义如梦初醒，摇晃着脑袋无可奈何："也罢，也罢。"

108

如果说王婵娟在监狱里那段时光是一个噩梦，那么，从噩梦中清醒来，摆在眼前的现实更残酷，残酷的让她无所适从。如果说在噩梦中她还做着与王幸福在一起的黄粱梦，那么，伴随着黄粱梦的破灭，往后的生活比噩梦更加地让她无法容忍。每天就这样傻乎乎地躺在土炕上，倾听着黎明前的鸡叫，黄昏时羊咩牛哞。妈妈会准时为她端上自以为还可口的饭菜，她机械地咀嚼着，吞咽着。妈妈问她吃饱了没有？她说吃饱了。弟弟铁蛋也常到她跟前，想听她念上一段书，唱上一段歌，她说过去读的那些书她都忘了，歌也不会唱了。村里的好多人都来看她，临出门时，总要问雪琴，说是婵娟娃咋看着有些痴痴的？要不就请个大夫来瞧瞧。雪琴就苦笑着，摇了摇头。她心里头知道这是为什么，婵娟虽然口头上答应着和邵维义的亲事，可心里头说不准有多苦呢？雪琴常在背后一个人偷偷抹眼泪，她不知道女儿以后的日子会是什么样子？每当晚间闲暇的时间，雪琴会劝婵娟："有什么话就说出来，不要窝在肚里，说出来让心里松快些。"王婵娟凄然地摇头："没什么，没什么。"难熬的长夜里，王婵娟会清醒地记起她和王幸福的在乾阳河边的那个晚上。朦胧中，她还会想象和王幸福一起参加八路军，解放全中国；想象和王幸福一起过着日出而作，日息而止的田园生活。王婵娟想起了自己在监狱给王幸福写的那封信，她问过妈妈，妈妈说她回来没几天就给王幸福送去了。幸福哥一定会看那信的，她就是想让他知道，她是多么喜欢他，爱他，是生生死死都想和他在一起的人。邵维义要娶自己做二房，河口村路人皆知的事情。这对幸福哥该是多么致命的一击啊！幸福哥，原谅我吧，这并不是我的错。更多的时候，她会想象着很快就要到来的那一天，一个对她来说有些陌生且蛮横的老男人，会撕破自己女性的妆梳，用他的强暴粗鲁地穿透一个处女的灵魂，而她又是那样无能为力，活像一只被任人宰割的羔羊。想到此，她就会默默地流泪。她会为自己没有被枪毙在黄河滩而后悔，一个人如果混混沌沌行尸走肉般地活着，倒不如明明白白干干净净地死了。对于死亡，王婵娟似乎并不觉得害怕。死亡，对于无奈的人生来说，何尝不是一种彻底地解脱，最好的归宿？只是她还不知道，该为自己选择一种什么样的死法，跳崖？投河？服毒？吊颈？似乎哪一种办法都可行，哪一种办法又都不妥。那天晚上，王婵娟思想了一宿，把自己死亡的方式选择为服毒，不能死在家中，那样对父母来说太不吉利，就去一个没有人知道的地方，悄悄地离去，不留下任何的蛛丝马迹。

前天一早，王婵娟对母亲说自己有点头痛，想到街面上的药铺去抓服药回来。雪琴说："我陪你去吧。"王婵娟说："不用，我这么大人啦，又不是不知道药铺的路。""那让铁蛋陪着你去。"雪琴又说。"不用，不用，我一个人去，一会儿就回来了。"王婵娟说着很快就走出院门。

街面上的中药铺只有一家，就是任二奶奶家开益善堂。想着任家的益善堂，王婵娟就想起了任宝玉，他那样痴心追求自己，他家那样有钱有势，自己却无动于衷，死心塌地要和王幸福好，在关键时刻自己还在利用他，虽然救出了地下共产党张俊杰和梅迎萍，却害得他和自己都入了狱。现在想来，任宝玉也确实是好，如果有机会，她一定会向他道上一声"谢谢"，说上一声"对不起"的，可惜那样的机会对自己的来说，已经是不可能有了。益善堂门口挂着一枚牌匾，牌匾上写着四个醒目的大字：悬壶济世。王婵娟从小到大十多年了，来来往往于街道说不清要有多少次，怎么没有注意到这枚牌匾和牌匾上的那四个字呢？悬壶济世是救人于苦难之中的意思，可自己却要在这里寻求走向死亡的灵丹妙药。这是济世吗？细细一想，违背意愿，窝窝囊囊地活着不就是一种苦难吗？相对来说，死亡也算是一种济世了。坐堂应诊的还是那个梁大夫，瘦瘦的，穿着白丝绸裰子，留着山羊胡子，鼻梁上架着一副镶着铜边的白石头眼镜。"梁伯伯好。"王婵娟有礼貌地点头问。"你是王来法家的丫头，叫什么……"梁大夫一时性急，就是想不起来。"王婵娟。""哦，对，对，王婵娟。多好的名字啊。"梁大夫接着说："河口村就任二奶奶家的宝玉和你考上了县中学，了不起啊。"王婵娟怕梁大夫再说下去，赶忙截住话头道："梁大夫。"梁大夫自然明白是不能往下再说了，就问："哪里不舒服吗？""没有。"王婵娟说："我想买点老鼠药。我妈说这几天家里老鼠多，把家里的粮糟蹋得不行。"梁大夫说："咱这是治病的药铺，没有老鼠药。"王婵娟说："你是老大夫了，还能不知道用什么药能药死老鼠？"梁大夫说："这当然知道。""那你就给我配点嘛。""那中。我这里就有现成配好的，给你拿两包。""哎。""记着，千万不能让人或牲畜吃了，那样就要出人命哩。"

回到家，雪琴问女儿："看过大夫了？"王婵娟说："看过了。""那你抓的药呢？""大夫说不碍事，就是有点热伤风，多喝点水，盖住被子捂捂汗就好了。""一定又是怕苦，不让抓药。不行，让我给你抓药去。"王婵娟拽着母亲的胳膊说："不用去了，我说没事就没事的。""那好吧，千万不要硬顶。""我知道。"王婵娟回到炕头，真的用被子把自己捂起来。

转眼间就是七月初六，明天就是邵维义迎娶王婵娟的日子，院里因此来了好多邻里帮忙的，做菜的，蒸馍的，招呼事情的等等，看着这一切从未有过的场面，王婵娟心慌慌的，跳得格外厉害。她只能假装无事和来家的每一个人打着招呼。半后晌那会儿，王婵娟趁着家人不注意，怀揣着那包老鼠药，偷偷溜出了家门，她已为自己选好了迈向天堂之路的合适地点。走出巷道，路过王幸福家门口时，她突然产生了一种极其强烈的欲望，那就是去王幸福家里看一眼，如果上苍开恩的话，会给她一个见王幸福最后一面的机缘。就要走向阴间的人啦，她已不在乎别人的眼神和唾沫，自己就是想去看看王幸福，就是喜欢王幸福，怎么啦？谁爱怎样议论就怎样议论去吧。走进熟悉的家门，她喊一声："有人吗？"听到喊声，桃花就从窑屋里出来了，看见是王婵娟，就忙礼让道："婵娟啊，进来啊。今个大忙的，一定有什么事情吧？""也没有什么事。不知道幸福哥在家不？""他呀，今天一大早就出门走了，说是去他表姐家，得好几天才能回来呢。""哦。那我走了。""有什么事，等他回来了，我再告诉他。""没什么事，没什么事。"王婵娟退出门的一瞬间绝望到了极点。

王婵娟疾步出村庄，行走在王幸福原来放羊经常走过的那条土路上。奔往滔滔的黄河，向着远离凡尘那个世界走去。

109

王幸福一早就离开了河口村。

王幸福要离开河口村这个念头的萌发，是在母亲给他讲故事的当天晚上。当桃花讲完故事，夜已经很深了。"孩子，想明白了没有？"桃花慈祥的眼光看着自己的儿子，王幸福不好意思地点点头，轻声道出一个"嗯"字。他从心里头明白，无论是对自己，还是对王婵娟，母亲善良敦厚的心地都存着一个祝福，那就是让我们彼此都平安幸福。王幸福不知道母亲的这个故事是自己杜撰的呢，还是很早就听来的。无论如何，这个故事让他懂得了一个道理，那就是爱她就希望她幸福，自己虽然名叫幸福，却不能够给她幸福，爱她就离她而去吧。离开，并不是意味着不爱；离开，是把爱深深地埋在心底；离开，在牵挂和思念中祝福她生活得幸福和快乐。目送母亲离开自己的窑洞，王幸福潸然泪下。王幸福重新拿出王婵娟给他的那封信，一字一句品读着："想念多多，纸短情长，盼归兮，在天愿作比翼鸟，在地永为连理枝，山无陵，天地合，乃敢与君绝。"尽管有些句子他还理解的不是那么透彻，但他读出了一种爱情的表达。爱在心里，幸福地爱着有时候就是一种痛苦；爱在心里，痛苦地爱着又何尝不是一种幸福？王幸福拿定主意，明天就跟薛云霞说一声，自己要离开河口村。离开河口村，去哪儿呢？最让王幸福牵挂的还是那个叫延水的地方，不知道为什么，那空中飘扬着的镰刀斧子红旗，那堂屋墙上正中的毛主席和朱总司令画像，还有红梅姐那扎着腰带、挎着短枪的神情，时时刻刻都会再现在他的面前。如果，如果红梅姐能够带着共产党的队伍打过来，他就会把王婵娟从邵

第二十四章 死亡之路

097 ▸

维义手里夺回来，自己也不用再去薛云霞家扛活了，那时候应该有属于自己的土地，自己和王婵娟就会过上无忧无虑开心快乐的日子。这样想着，王幸福就笑了。笑完后回头又想想，就感觉到自己太自私，怎么会光顾着自己的小日子，忘记了红梅姐他们革命是为了什么，为了解放全中国，为了让全天下受苦的老百姓都过上幸福美好的生活。这样想着，他就决定到时间和王婵娟一起去参加八路军，去革命。这不就是那天晚上，在乾阳河边他们在一起憧憬的未来嘛。王幸福又笑了。

第二天王幸福赶着马车去城里，正巧碰着王来法也赶着那辆崭新的木轮马车，就在自己前面不远的地方。王来法赶车是新手，再加上木轮马车远不及胶轮马车的速度，王幸福很快就赶上王来法。看着赶上来的王幸福，雪琴就问道："幸福又是去城里啊。"王幸福回话说："婶子，你们也去县城啊。"雪琴说："去把婵娟接回来。""哦，那好。我前面先走了啊。"王幸福没敢再多说什么，心想着昨天晚上自己差一点放火烧了它，如果真烧了它，这会儿又会是一种什么样的局面呢？他想起了在黄河滩偷羊的事，害得王狗剩蹲了牢，自己去山西躲了十几天。幸亏妈妈，要不然又将是后患无穷。回头看着王来法，耳边就回荡着雪琴的那句"去把婵娟接回来"，想着王婵娟回来就要嫁给下河口的邵维义，王幸福心里就有一股酸劲儿直往上冲，钻心般地难受。他扬起手，朝着车辕里的骡子就是一鞭子，马车飞一般地向前驶去。

后晌回来，王幸福去了正院薛云霞的屋。好多天，薛云霞没有和王幸福单独在一块儿呆过了。王幸福的突然而至，让薛云霞心头顿然一喜，问道："幸福你来了？"王幸福一抬头，薛云霞那火辣辣目光刺得他不敢正视她一眼。王幸福侧目一旁，慌慌地答道："来了。""有事情啊？"薛云霞问。"我想离开河口村一段时间。"王幸福说这话时依旧不敢看薛云霞。"为什么？"看着王幸福的神情，薛云霞有点想笑，她喜欢他有点腼腆的样子，挺可爱。这个为什么王幸福不能说，王幸福说："这阵儿也没有什么要紧的活，我就想出去几天。""行。出去几天也好散散心，成天来来回回赶着马车，单调死了。知道不？我也想出去看看外面的风景，可是不行啊，又有谁会替我招呼这一大摊子啊。"薛云霞说的是心里话，一个寡妇，心灵深处的寂寞，身体外在的负荷是旁人无法想象和理解的。"你打算什么时间走？"薛云霞接着问。"就这几天吧。"王幸福在心里头计算着，离王婵娟出嫁的日子也就是七八天，在此之前，他必须走，他不愿意看见那个令他肝肠寸断的场面，那样他说不准又会做出什么傻事来。"等我跟老刘说说，让他们把县城的粮行安顿一下，你走了，马车就让他先赶几天。""那好。""等等。"就在王幸福转身要离开的时间，薛云霞叫住了他："这几块银元你先带着，出门在外不比在家，用钱的地方多。"王幸福看着薛云霞诚恳的样子，有些感动，他知道薛云霞对自己是真心的，可他就是接受不了，或者说不能接受。"我不要。"王幸福再次转身，薛云霞拉住他，硬是把包着银元的手绢儿放在他的手心。王幸福不敢再这样来回推让下去，他怕薛云霞会不顾一切地抱住自己，那样就越发难堪了。他把包着银元的手绢儿放进口袋，匆匆走出薛云霞的屋。

望着王幸福离去的背影，薛云霞有些得意。她明白王幸福此时此刻的心理，王婵娟即将成为邵维义的二房，这对喜欢过她的男人来说，不能说不是一种心灵上的挫伤。眼不见，心不烦，离开便是一种明智的选择。尽管他和自己已经发生了渴望已久的那一夜，自己占有了他的童贞，但他的心还没有完全被自己所征服。她给他钱，是想以此收买他的情，得人心者得情郎。薛云霞在心中早做好打算，先从心理上搞定王幸福，等过了王婵娟的婚期，等到他忐忑不安的心绪慢慢稳定下来以后，自己再去安排人做他父母的工作，让王幸福做她的上门女婿，免去他家过去欠任家所有的债务，以此优厚的待遇，她想他的父母不会不答应吧。

再一天，王幸福又去和父母说，王长安起先不同意，说怎么平白无故又要离开村子，人家任二奶奶让你赶马车，多瞧得起你？经过桃花的解释，王长安才算明白其中的蹊跷，就点头同意了。不过，他还是不放心："早点跟任二奶奶请个假，人家也好有个安排。"王幸福说："我已经跟人家说过了。"桃花对儿子说："出门在外，自己要照顾好自己，待个十天半月就回来。甭让你大和我成天牵挂。""知道，您和我大就放心，我不是三岁两岁的小孩子，何况河那边是熟悉的地方，不会有事的。"王幸福又说："给我大抓那中药，都是碾好的，这几天正是三伏天，记着它的用法，和着紫皮蒜泥贴在胸前的膻中穴和足心的涌泉穴。""知道了，知道了，你都说过多少遍了，我还能记不住？"

　　明天就是王婵娟出嫁的日子，今天一早，王幸福就道别父母出门了。原想着到渡口搭上船，赶后晌黑就可以到尚乐镇，没有想到的是，渡口早已被国民党的军队给封锁了，没有县政府保安大队的特别通行证是不能过河的。站岗的士兵告诉他说，这黄河渡口封锁几个月了，你难道就不知道？王幸福是听说过，可早就给忘了。这么说，黄河那边是去不成了？举目遥望黄河北岸，山野清秀，阳光明媚。国民政府封锁黄河渡口，是害怕黄河那边的共产党领着八路军打到河南来，可封锁不住那颗向往自由和解放的心。王幸福回身坐在枣园的阴凉下，想象着延水村的红旗和歌声：解放区的天是晴朗的天，解放区的人民好喜欢……他想好了，这会儿天热，自己就躺在枣树下面养精蓄锐，等到后晌太阳快落的时间，就去自己经常放羊的那个河滩，趁着天黑，游过黄河去。

110

　　你看王婵娟那轻快的脚步，活像一枚离弦之箭。"这傻乎乎的姑娘哟，那可是一条不归路啊！"不知道这是来自何处的呐喊。也许是这冥冥之中的呐喊被一种无形的屏障所阻隔，也许是此时此刻的王婵娟对这种呐喊声置若罔闻。从县监狱回来将近十天，除了那次买药去过任家的药铺以外，她那儿也没有去过。母亲叮咛她说在那里面待了那么长时间，回来了就好好将息将息。其实，就是母亲不说，王婵娟也不会随意出门的。对于坐牢，不管旁人咋样议论她都不在乎，可对于嫁给邵维义做二房，王婵娟太在乎了，她有自己的所爱，她不愿意随随便便地嫁一个人和他过一辈子。她明白，自古以来女人的命运就掌控在父母之命媒妁之言的枷锁里，任何人也逃之不脱。父母也是在万般无奈的情况下应允了这门亲事，他们是自己最亲最亲的人，那是为了救自己的命啊！就这点，她也应该感恩他们的。她对父母的选择和决定无怨无悔。只是她不能按他们的意愿走进那扇自己不愿意进的门。自己想进的门进不去，那也只有选择这道地狱之门了。

脚下的路，就是王幸福原来去黄河滩放羊时来来回回所走的路，尽管现在放羊的活计已不再是王幸福。但这种极其浓烈的，有些刺鼻的，羊的气息让王婵娟感觉到了一种舒心和惬意。就在她沿着这种气息迅跑的时间，前面不远处传来了"哦哦哦"赶羊人的吆喝，还有那"咩咩咩"的羊叫声。是王幸福吗？王婵娟的胸口突然间就"咚咚咚"跳起来，险些跳出嗓子眼来。她是多么想见王幸福啊！可她又是那样害怕见到他。她只能躲在路边不远处的那棵大树后面。她没有想到在他的家里没有见着他，却在这儿会意外遇见他。像是每一个女人初恋和第一次表白一样，让她急不可待，又是那样羞容满面难以启齿。她抑制着自己急剧加速的心跳，一双眼睛窥视不远处的大路。羊群近了，挥动着鞭子的牧羊人近在咫尺，王婵娟大失所望，急剧的心跳骤然间停顿了下来，紧张的情绪也立马松弛了许多。那牧羊人不是王幸福。王幸福早就成了赶马车的人，自己怎么就犯糊涂了呢？

垂落的夕阳被涂上鲜艳刺眼的红色，从地平线下冒出来一层层披着血色袈裟的云彩。王婵娟想起了在黄河滩就要被处决的那个黄昏，那血红的云朵曾经像花儿一样美丽地舞动着，那一刻她曾想象着，这便是另一个世界在迎接新人到来时的礼节吧。这会儿层层浮动的云彩，也该是极乐世界在用不同的形式欢迎着自己的加盟，一定是的。王婵娟加快了继续向死亡之路迈进的步伐。

踏着软绵绵的沙土地，闯过齐腰深的草丛，她听到了黄河的涛声。几只乌鸦盘旋在面前不远处的上空，"哇——哇——"惨叫着。她看到地狱之门已为自己敞开。

这里是乾阳河入注黄河的地方，王婵娟就站在堤岸上。好久好久没有看到过黄河了。记忆中，那还是在她没有入学读书时，父亲领着她和妈妈到黄河来过，不是看黄河，而是在流炭的季节来向母亲河索取人类生命的燃料——捞石炭。那时节，黄河岸边的人多呵，赶庙会似的，不论男人女人，一个个都是赤条条的，浑身的泥巴，活像是一枚枚集聚在一起玩耍的泥球，身上冒出来的汗水汇在一起趟出一条条小河，又汇入脚下的黄河。那是她从来没有见过的景象，直到现在，更加历历在目。后来，进了学堂，她就再也没有看过黄河。现在来了，却是在自己生命的最后一刻。她为自己能最后一眼看到黄河而自豪，她为自己能长眠在黄河的涛声里而欣慰。她颤抖着双手解开了那包从河口街面药铺里买来的老鼠药，吞下了它，也许会让自己走得更快一些。

黄河啊，你流长万里，宽宏博大，怎么就容纳不下一个女人脆弱的生命呢？

黄河啊，你从盘古开天地，历经了无数个岁月，怎么就不能延缓这个女人迈向死亡的脚步呢？

王婵娟手捧着纸包里白色粉末。在生命的最后时刻，她还是想着王幸福，王幸福就是在这里对着空旷的天空喊出"王婵娟，我爱你！"她也想对着苍穹呐喊出自己的心声："幸福哥，我走了，原想在生命的终结再见上你一面的，但上苍没有给我这个机会。我知道你心里一直装着我，我心里的位置也一直是你一个人的。这辈子我们不能在一起了，等到来生吧！幸福哥，我爱你！奈何桥上我等你，等你一百年！"王婵娟仰着头张开口，右手举起纸包向嘴里倒去……

111

王幸福原本可以转回去的，等到后晌再去黄河滩不迟。但他不想回去，开弓没有回头箭，返回到村子就会遇见人，遇到人就有可能遇到什么自己意想不到的麻烦事。再一说，从河下游的渡口到村子，再从村子到自己放羊黄河滩，得绕大大一个弓背似的弯，沿途几乎没有可以喘气休息的时间，这样热的天。于是他就选择了养精蓄锐，整装待发。

王幸福强迫自己睡了一觉。柔软的沙土地赛过新棉花缝成的褥子，一躺下就觉得浑身舒坦。大枣树下的阴凉，和不时吹来一阵凉爽的风，就如同大财主雇了个摇扇纳凉的丫鬟。王幸福酣然入睡，醒来的时间太阳已偏西了许多。"怎么没觉得就半后晌了。"王幸福伸了一个懒腰，活动了一下筋骨，就开始自己的晌午饭。昨天后晌，妈专门给他烙了油烙馍，妈原本要他多带些，说是出门在外，干粮多带。他偏不听，硬是从妈给他包好的布褡子里掏出来好几个，说是搭上船，后晌黑就能赶到尚乐镇，到了尚乐镇，还怕没有吃的？现在想想，竟有些后悔，不听老人言，吃亏在眼前。未出故土，这句谚语就应验在自己身上。他坐在地上，一口气吃掉了三个烙馍，数数剩下的，也是三个。今晚过河前的后晌饭就是它了。他开始朝着西北方向的黄河滩走去，不足半个时辰，就会出现浆槽子，到那里再喝个够，才能算是一顿完整的晌午饭。

黄河滩依旧是萋萋芳草，一望无际。环视四周，仿佛自己就置身于传说中的蒙古大草原。趟过草丛，滔滔的黄河东流水，就出现在眼前，虽说几载牧羊的岁月使他对黄河滩岸了如指掌，可对于河道流水的近处，他还得细细观察一番，天黑前他必须看好凫水过河的水路，做到有备无患。他踏着河道岸边的泥沙，顺河而上。放羊，是不能这么近距离看黄河的，偶尔到近水处看一回，也是走马观花瞥上几眼，不宜过久停留。

那处宽阔的河面，水的流势相对缓慢。"一会儿就从那里入水。"王幸福在心里对自己说。选好水路，王幸福回到草滩上，得找个地方歇歇脚，再把刚才那三个烙馍塞进肚子里，等太阳一落山，就下水游过去。这里虽说离守河的哨兵远些，但让他们瞧见了，还不一枪打过来，结束你的生命啊？想好这一切，他抬头望着西天，快要回归的太阳也许是累了一天的缘故，已是满脸通红，淡薄的几层云彩像是儿女们在迎接她的归来。夜色的帷幕在徐徐闭合，周围的世界显得空旷而寂静。黄河流水的音符越发清晰明朗起来，王幸福像是在听一首部队进行曲。

就在王幸福坐下来准备吃烙馍的时刻，另一种声音闯了进来，是那样地刺耳和急促不安，他站起身来，朝声音传过来的方向望去。他瞧见了一个人影的晃动，那晃动的慌乱在向黄河流水的地方延伸。王幸福觉得事情有些异常，黄昏中她疾步河边会做什么呢？好奇心理驱使着他向那个人影奔去。越来越近，越来越近，他看清了，是一个女人。也许过于专注，她竟然没有感觉有人尾随而来。更近了，更近了。王幸福怎么也不会想到，那个人竟然是王婵娟！刚开始他还以为自己看花了眼，揉了揉眼睛确认这真是王婵娟。他惊呆了。她要干什么？当王婵娟站在黄河岸边时，王幸福似乎已经明白她要干什么。他不知道她为什么要觅寻短见，求得一死？王幸福再也不敢弄出过大的声响来，他怕这种声响会惊动了她，那样的后果将不堪设想。他悄然无声向她身后走去。他听到她面对黄河做出生命的呐喊，他完全没有想到她竟然会因为自己去结束年轻的生命。王幸福被感动了，他有些想哭，想骂。哭一个女人的痴情，骂一个男人的无能。就在王婵娟举起纸包要向嘴里倒的那一刻，他猛地向前一冲，从背后打落她手里的纸包，他用自己有力的膀臂拦腰抱住她的身体。王婵娟完全没有想到，在这关键的时刻，竟会有人把自己从死亡的边缘硬拉了回来。她还在竭力挣扎着，试图从他有力的环抱中挣脱出来。"婵娟，你这是干什么你？"他对她从来没有这么厉声过。他把她的身体转了过来："你看我是谁？我是王幸福。"

王幸福？王婵娟定眼看看抱着自己的人："幸福哥，真的是你吗？"

"真的是我。"

"幸福哥——"王婵娟"呜呜"哭开了，小拳头擂鼓一样在王幸福的胸前捶击着。

"告诉我，为什么要这样？"

"你说为什么，难道我的心思你还不明白？"

"我明白。可命运的安排是我们无法抗争的。"

"不能和你在一起，我宁愿去死。"

"死，太容易了。你死，丢下咱婶、咱叔，还有铁蛋怎么办？"

"我顾不了那么多。"

"你必须顾及他们，他们是你的亲人。"

"可……你忍心让我嫁给一个大我三十多岁的男人吗？"

"婵娟，你知道，我从心里是喜欢你的，看到你要嫁给别人，我心里难受。心里难受，你知道吗？我痛恨自己没有能力，不能把你从监狱里救出来，别人救了你的命，你嫁给他我无话可说。"

"可我不愿意，不愿意！"

"婵娟，生命对人只有一次，为了咱们的父母，同时也为了我，你要活下去。"

"一想到和一个不喜欢人在一起，我就想死。"

"听我的话，我送你回去。咱婶，咱叔，还有好多好多人不见你回去，他们会急疯的。"

"幸福哥。"王婵娟怔怔地望着王幸福："跟我说真话，你爱我吗？"

"我……"王幸福看着王婵娟严肃认真的眼神，不知该如何回答。要是在过去，他会像那次在黄河滩地那样痛痛快快地喊上一个"王婵娟，我爱你——"，可现在不能了，有了和薛云霞的那一夜，他感觉自己没有了那种真诚的底气。他只能忏悔般地说："婵娟，是我不好，是我对不起你。但无论如何你得回去，不能就那样轻而易举结束自己的生命。"

"难道你不爱我啦？你知道我多想听听你在黄河滩地对着苍天大地喊出来的那句话吗？"

"没有，我没有不爱你。可……"

"如果爱我，就答应我一件事。你答应了我，我也会答应你，让你送我回去。"

"我答应你。"王幸福想着，到这个时候，别说是一个条件，就是再多的条件我也会答应她的。

王婵娟抱着王幸福，把自己脸颊紧贴在他宽厚的胸脯，柔声道："要了我吧。"

"什么？"王幸福没有想到王婵娟会提出这样的一个要求来，他又一次想起了陕州城里的那一夜："婵娟，你……我……是我对不住你。"

"我把自己给了心里最爱的人，也就无悔今生啦。这将会给我留下一个永恒的、刻骨铭心的美好记忆。过了这一刻，我也就不再在乎自己的肉体。"

"我……"王幸福再也无法抗拒这种对爱的请求。他的心在颤动，血在沸腾，她曾经是自己梦幻中最理想的人生伴侣，是自己心里最想得到的女人。面对着灵与肉将和自己融为一体的她，一切尽管合理的托词显得是那样地苍白无力，王幸福迎合着王婵娟，也把她紧紧地拥抱起来……

黄河的涛声奏响了迎亲的唢呐。太阳去了，月亮没来，点亮几颗星星，谁说这不是最漂亮的洞房花烛？几声蛙鸣，是躲在窗外听房娃娃的笑语。脚下的芳草，柔和地躺成一片，谁说那不是最舒适的婚床？

第二十五章 嫁日

112

天色黑尽，点亮屋里的灯。帮忙的人陆陆续续地走了，仅剩下和雪琴关系好的几个女人。不知是谁先问道："咋不见你家婵娟去哪儿啦？""快黑那会儿还在家里，不会跑远的。"雪琴嘴上不在意，心里还真有点担心。于是就不做声地四处找寻，结果是没有王婵娟的人影儿。这就怪了，她能跑到哪儿去呢？雪琴不能不往坏处想。自县城回来，女儿成天就一个人躺在土炕上，很少说话。距离出嫁的日子越来越近，需要做的事情就很多，雪琴整天忙碌着。雪琴知道，对嫁到邵家去做二房，女儿嘴上不说，心里却是一万个不乐意。嘴上不说，是因为她知道木已成舟的事情，谁也没有能力改变。为救自己出狱，大和妈是尽力了。让女儿下嫁到邵家去，这也许就是他们唯一的选择。这，就是命运。

半后晌那会儿，王云山来过了，说是事情发生了变故。这一声变故让王来法和雪琴心里头都"咯噔"一下。"什么变故？"他们异口同声地问。王来法担心的是邵维义那边悔婚，事情已经弄到这一步，女儿嫁得出去嫁不出去他不在乎，他在乎的是那挂崭新的马车和那匹枣红骡子。雪琴害怕再有什么不祥的变故，下嫁给邵维义做二房，已经够憋屈的了，还能有什么变故啊？王云山把王来法和雪琴叫到屋里，低声说："邵维义不娶王婵娟做二房了？"这真是害怕处有鬼哩。王来法说："怎么能说不娶就不娶呢？这可是有婚约在先哩。"雪琴问："那他们要怎么样？"王云山忙说："其实也没有什么，就是换一个新郎官。""换一个新郎官？""他们要将婵娟下嫁给谁？""邵保长的儿子。""他不是没有儿子吗？""就是原来母老虎从她娘家过继来的那个儿子，今年六岁。"这样的变故让王来法松了一口气，好在保住了马车和骡子。原来是大女婿婚，现在又成了小女婿婚。大也好，小也好，都是女人生命中的不幸。儿时的那首歌谣又在雪琴的耳边回荡着……

> "红蜡烛，照粉墙，
>
> 十八大姐七岁郎。
>
> 早起给郎穿衣衫，
>
> 晚间还得抱上床。
>
> 说是郎来岁数小，
>
> 说是儿来不叫娘。
>
> 等到郎大我已老，
>
> 等到花开叶已黄……"

这突如其来的变故让他们防不胜防。雪琴想好了，等到晚上，再跟女儿细细地解释。可现在，还没有等到她解释，女儿就没有人影儿。无奈，她只能悄悄地告诉王来法说："王婵娟不见了。""咋会不见呢？天都黑了，她还能跑到哪儿去？再找找看吧。"王来法同样没有太往心里去，他觉得王婵娟跑不到那去，寂寞的时间过久，也许这会儿正和村里同龄的伙伴在哪儿玩哩。

去巷道临近的几家找，都说没有见王婵娟出来。去村里的街巷找，正巧碰到益善堂的梁大夫。梁大夫问："来法家的，天这么晚了，你这是要去哪儿啊？"雪琴说："不去那。找婵娟回家，也不知道她去了谁家。梁大夫，你看见没有？"梁大夫说："我哪能见得着她啊？还是前几天她来药铺买老鼠药时见过一面，后来就再也没有见过。"一听说女儿来买过老鼠药，雪琴心里就犯了疑惑，就问梁大夫说："你是说婵娟在你这儿买过老鼠药？"梁大夫说："是啊，你不知道？""我……也许是，我忘了吧。"雪琴没有说她知道，还是不知道。

　　道别梁大夫，雪琴又去了王幸福家。推开院门，雪琴急不可待开口就叫："嫂子。"桃花在窑屋里答应道："谁啊？""是我，婵娟她妈。""进来啊，我在屋里哩。"没有等到走进窑屋，雪琴就说："我是想问，我家婵娟来过没有？"倒在炕头的王长安说："没有。"桃花忙说："谁说没有？"王长安问："什么时候来过，我怎么不知道啊？"桃花说："婵娟来的那会儿，你正好出了门。"说完这话，桃花忙下炕出屋，边走边说："婵娟妈，你等等。"听到桃花的声音，雪琴还没有出院门的脚步就站住了。桃花走近就问："咋这会儿了，还找婵娟，有啥要紧的事吧？"雪琴说："也没啥要紧的事，就是不知道她去了谁家，出来看看。"桃花说："还是太阳快落的时候，婵娟来过，问幸福在不在家，我说出远门了，她就再没说什么，出门走了。""她没有说有啥事吗？""我问她有啥事，她没有说。""那好吧，我再去别处找找。"

　　连续找了好多家，还是没有王婵娟的踪影。雪琴原有那种不祥的预感越发地强烈起来。她发疯般地满村庄到处搜寻，无论如何，她也要找到女儿的下落。她甚至想着，如果女儿真的出了意外，自己也就随她而去。没有女儿，自己活在世上还有什么意思？到了阴间，她也会见到他，他们一家三口人就会在一起。村庄里找遍了，雪琴就去西城门外。望着茫茫的夜色，她已有些绝望，她不知道接下去该到哪里去找？

　　从去黄河滩的土路上快步而来的王婵娟，一眼便瞧见站在西城门外的母亲。"妈。"她叫着扑到母亲的怀里。"好娃哩，你快把妈急死啦！"雪琴埋怨道：

"这么晚去哪啦，走时连个招呼也不打？""妈，是我不好。让你担惊受怕了。原想着出来走走，散散心，没料想走着走着就走远了。"悬在心里的一块石头落了地，雪琴照着王婵娟的额头恨恨地戳了一指头，破涕为笑："死丫头。"

113

激情燃烧，血流沸腾。情与性的完全融合，喷泻成滚滚的爱河奔流不息；灵与肉的最佳结合，筑起了爱的长城蜿蜒千里。星星倾听着海誓山盟的情话，河水见证了刻骨铭心的真爱。爱就爱了，哪怕就在这仅仅的一瞬间，也胜过漫长岁月天长地久。

"走吧，我送你回家。"王幸福认真地说。

"我不。"王婵娟故意扭动了一下身躯撒娇道。从来没有撒娇过的王婵娟觉得在自己男人面前撒娇就是一种幸福。

"你答应过我的，你说话不算数啊？"王幸福急了。

"我想我们两个人就像这样永远永远地待下去，天长地久，永不分离。难道你不想吗？"

"我想。可现实不允许你们那样去做。我们不是神仙，没有乾坤倒转，让日月星辰静止不动的本领。"

"可我就是想和你在一起。"王婵娟又一次拥抱着王幸福不松开。

"我也想我们永远在一起。"王幸福也紧抱着王婵娟，"不见你回家，咱叔和婶不知道会着急成啥样子哩。"

"一想到明天，我真的就不想再活了。"

"你死了，自己可以一了百了。可是你想过没有，咱叔，咱婶怎么办？没有了你，他们心里会更悲痛。他们在悲痛中，还不得照样面对现实苦度日月？"

"那你不和我一起回家吗？"

"送你到村头，我会转回来，渡过黄河，去找红梅姐他们。"

"等八路军打过黄河解放了灵宝县，穷苦人也就和那些富人一样有地种，有粮吃，有钱花，我就从邵维义家出来，你还会要我做你的媳妇吗？"

"当然会要。他要是不放你，我就从他家里把你抢过来。"

弯月西下，繁星闪耀。王幸福拥着王婵娟走在回村的土路上，两颗年轻的心又一次神往未来，畅想着甜蜜而又悲凉的生活。

"幸福哥，你怎么会到黄河滩？难道你能掐会算，知道我要来这里结束自己的生命，特意来拯救我的？"

"我没有那个本事。但我相信缘分，有缘千里来相会，无缘对面不相识。我想这应该是上苍特意赏赐给我们的缘。"

"缘是个什么东西？"

"我也不知道缘是个什么东西。但我相信缘会善解人意，恩惠于人。在冥冥之中便成全了人间好事。所以我感激缘。"

"为什么会这样说呢？"

"知道你要嫁给邵维义，我害怕没有能力控制自己情绪的激动，做出什么伤害别人又祸及亲人的事情来。因此我选择了离开。眼不见，心不烂。这样对你，对我，以及周围的亲人都有好处。一早出门，原想着晌午就可以过河，赶后晌黑就可以到达尚乐镇。没有料到，渡口早就让部队给封锁了，没有县政府保安大队的证件是过不了河的。因此我选择了偷渡，趁着晚上凫水过河。我也没有想到会在这时遇见你，而且从死亡线的边缘拉回了你。你说这不是一种缘，是什么。"

"怪不得，我去你家时，咱婶说你出远门了。"

"你去过我家了？"

"来的时候，我特意去了你家。要走完自己的人生了，我想在生命的最后一刻看一眼自己钟爱的男人，可上苍不给我这个机会。一直到准备服药跳河的那一刻，也没有想到你会在这里等着我。"

"婵娟，我对不住你。"王幸福看着王婵娟，又想到陕州城里那一夜。

"怎么总说这话，又不是你不想救我，而是你没有能力救我。就连我嫁给邵维义，那都不是你的错，也不是我大和我妈的错，错就错在当下的国民政府，错在传统的封建世俗。也许，我这一辈子都不会成为你的媳妇，不会为你生儿育女，但有了刚才那一刻，我就是一个完美的女人。我知足了。但我还是希望不远的将来，我们能够走到一起。"

上了眼前边的那道坡，河口村的西城门便依稀可见。王幸福站住了。王婵娟站住了。夜色下的四目相对，彼此并不是十分清晰，但比这更为清晰的是心灵的感观效应，心跳的频率，呼吸的节奏已十分融洽地柔和到了一起。"到坡顶，你就一个人走，看着你进西城门，我就转身黄河滩。"王幸福叮咛道。"天黑，过河的时间小心点。"王婵娟说。"我会的。""我每天都会站在不同的位置眺望着远方的你，不论你在何处，我的心永远是属于王幸福的。""我会时时刻刻牵挂着你的，山无陵，天地合，乃敢与君绝。""山无陵，天地合，乃敢与君绝。"

到了坡顶，就发现了西城门外站着的人影儿。王幸福不走了。目送王婵娟越来越近，他听到了王婵娟的那一声"妈"。

王幸福转回身，向着黄河滩疾奔而去。

迎亲的唢呐声在村头一响起，王婵娟心就慌慌地跳。院子里相忙的邻里，庆贺的亲戚，凑热闹的娃娃都去了巷道。他们要看骑着高头大马的新郎官长得啥模样，要看迎亲的花轿装扮的漂亮不漂亮；他们喜欢听唢呐艺人吹奏出来的"望妆台""百鸟朝凤""抬花轿"。

听着那唢呐的音符，听着那人群的躁动，王婵娟从心底突然间便涌动出一种特别特别的委屈，眼眶中的泪水顿然间脱眶而出。很快，她将会从这个家走出去，到一个让她陌生的家去生活。她的身体，她的灵魂，将会被一个无形的魔爪不断地撕裂开来。她不愿啊，她不愿离开生她养她的河口村，她不愿离开这个充满亲情爱意的小院。

昨晚上，王婵娟跟着母亲回到家中，相忙的男女皆已散尽。燃着棉油灯的光亮，面对母亲，回忆着刚才在黄河滩的那一幕，王婵娟便不自主低下了头，一层淡淡的羞晕挂在面颊上。"饿了吧？"雪琴问："锅里还有后晌炒好的菜，我给你盛去。"

"还是我自己来吧。"王婵娟说着问道："您和我大，还有铁蛋都吃了没有？"

"他们都吃了。妈因为寻找你，还没有顾得上吃。"雪琴说。

"那咱们一块儿吃吧。"

"你先吃，妈这会儿不想吃。吃毕了妈还有话要对你说。"

舀好菜，王婵娟就坐在雪琴的对面。"妈，您不是有话要对我说吗，你说，我听着哩。"

"不急，等你吃毕了再说。"

"您不说，您不说我就吃不下去。"

"好，好，那我说。"雪琴说："后晌，王校长专门从下河口赶过来，说是事情临时发生变化。"

没等雪琴继续往下说，王婵娟就迫不及待地问："发生什么变化？"

"说是不让你嫁给邵维义。"

"那是真的吗？太好了。"王婵娟简直要高兴地蹦起来了。

雪琴继续说："不要你嫁给邵维义，却要你嫁给他儿子。他儿子今年才六岁。是前些年邵维义的老婆从娘家过继来的。"

"嫁给他六岁的儿子？"王婵娟问母亲："不嫁不行吗？"

雪琴没有回答女儿的问话，而是说："一个是给人做妾，一个是与人为奴，无论是哪一头，日子都不好过。娃啊，嫁过去以后的光景咋个熬法，妈替代不了你，只能靠你自己啦。"雪琴说着抹了一把泪，"受了委屈就忍着点，别由着自己的小性子来，到头来吃亏的还是自己。时间长了，妈会过去看你的。"

看到母亲掉泪，王婵娟也就跟着鼻子发酸，泪水涟涟地哽咽着："妈，您和我大就放心好了，我会照顾好自己的。"

"还有。"雪琴静下脸来说："刚才妈去了益寿堂，梁大夫说你前几天从药铺里买了老鼠药？"

王婵娟没有想到这事竟让母亲给知道了，只能撒谎道："那就是前几天去药铺看头痛时，到那里感觉头反倒不痛了，就想着，常听见晚上屋里有老鼠的惊动声，就想着买回来药药老鼠，买回来也就给忘了。"

"可不能做傻事啊！"雪琴叮嘱道。

"我哪会做那傻事呢？"

"好了，吃完饭就早些睡觉。事情场合人多，不要让妈总是放心不下你。"

"知道了。您也睡觉去吧。"

躺在被窝里的王婵娟一点儿睡意也没有，想着母亲刚才说过的话，心里就觉得可笑。邵维义把新郎官让位给了儿子。比起嫁给邵维义来说，仅有的一点好处就是保住了自己身子的清白。除此之外，真如母亲说的那样，一个是大女婿婚，给人做妾。一个是小女婿等郎婚，给人为奴。如果不是迫不得已，王婵娟才不嫁过去呢。如果再能有一次变动，让新郎官成为王幸福那该多好？这样想着，王婵娟也觉得滑稽可笑，那怎么可能呢？好在今天的心情好，直至这会儿，她还沉浸在和王幸福欢快的幸福氛围中，要不然，她准会因为这个变故要耍自己的小性子。人常说，大难不死，必有后福。我王婵娟会有吗？

窗外的唢呐声愈加地响亮刺耳，人群的嘈杂声也愈感强烈。王婵娟不得不中断了她的回忆。

雪琴进了屋，身后跟着一个女人，她是王来法自家远门的一个弟媳。雪琴说："婵娟，面朝东南，让你婶子给你开脸。"

开脸，又称绞面，系传统的女孩出嫁习俗之一，多在新娘上轿前进行，是成年女子嫁人的标志之一。

雪琴接着说："你婶子进门十多年来生养儿女六个，可是个大福大贵之人。"

王婵娟依照母亲的吩咐，面向东南方坐好。

门外招呼事情的执事朝着唢呐鼓乐班喊道："为闺女开脸了。奏乐！"于是刚刚歇息下来的唢呐声又一次响起。

为王婵娟开脸的远房婶子，先往王婵娟的面部涂些香粉。然后就拿出红色双棉线，变换成有三个头的"小机关"，两手各拉一个头，线在两手间绷直，另一个头用嘴咬住，拉开，成"十"字架的形状。这时，只见她双手上下动作，那红色双线便有分有合。线挨到人的面部，便可将汗毛绞掉。婶子如此反复地在王婵娟脸上绞着。

"绞绞绞，绞姑娘，

绞得姑娘变新娘。

脸蛋绞得白又光，

新郎看见心花放。

左绞一线生贵子，

右绞一线产儿郎。

眉毛绞得弯月样，

儿子做个探花郎。

前后左右都绞遍，

俏男俊女两双全。"

脸被红线绞得有些疼，但王婵娟强忍着没有吱声。听着婶子唱的开脸歌，王婵娟有些哭笑不得。一个六岁的孩子，指望自己为他生出一个儿子来，那不是笑话嘛，还什么探花郎哩。要是王幸福还差不多。不知为什么，她总会想到王幸福，是因为昨晚黄河滩的那一刻吗？

开脸到最后，婶子又将王婵娟脑后的辫子散开，挽成一个发髻。这就标志着王婵娟嫁过男人，不再是一个黄花闺女。

稍息片刻之后，执事又在外面喊道："闺女更衣。奏乐！"唢呐鼓乐声重新响起。在远房婶子和几位亲属的帮忙下，王婵娟仿佛成了一个木偶，任人摆弄，穿上母亲前几天才为她做的粉红色的嫁衣。

紧接着，跟随着执事"新娘子出闺""新娘子上轿"的高声呼喊，高亢的唢呐鼓乐声"嘀嘀嗒嗒"，震耳欲聋的鞭炮声"噼里啪啦"，和着熙熙攘攘人群躁动的嘈杂声，木然的王婵娟头顶着鲜红的蒙头纱，被人搀扶着进了迎亲的花轿。

"起轿——"

一曲悠扬的唢呐声响彻河口村的上空，渐渐地悄无声息；一顶花轿悠悠地出了街巷，出了东城门，趟过乾阳河，渐渐地悄无踪迹……

115

王幸福一口气跑到黄河滩，瘫坐在那片被压倒的草地上。除了乏力，还有饥饿和口渴，他用嘴唇舔了舔有些干裂的嘴皮子，然后掏出仅剩下的那三个烙馍。吃着烙馍，眼看着周围被压倒的草地，回味着刚才激情奔放的那一幕，真像是做了一场突如其来的梦幻。在意想不到的情景下，王婵娟把一个女人最珍贵的东西给了他。自从和薛云霞有了那一夜之后，他就从心里告诫自己，既然已经做下了有负于王婵娟事情，就再也不能去玷污她的纯洁了。即便他还是一如既往爱恋着她。原想着，一旦离开就什么事情再也不会发生了。不曾想，自以为不会发生的事情就偏偏发生了。难道真是冥冥之中，上苍有意的安排，你就是再刻意的躲避也躲避不过去？作为一个男人，他觉得应对自己的行为负责。可过了明天，她就是邵维义的二房，自己用什么办法对她负责呢？难道真的会如王婵娟说的那样，等共产党八路军解放灵宝，她再走出邵家，回头再嫁给自己？自己可是答应过她的，还会娶她做自己的媳妇，如果邵维义不允，就是抢，他也要把她抢过来。真的会有那个时候吗？到那个时候，真会是那个样子吗？王幸福摇了摇头，世事如棋，变幻莫测，眼前边的事儿，谁又能说得清呢？

三个烙馍很快就下了肚，又去临近的浆槽子喝饱水，王幸福立马就来了精神。环顾四周漫无边际灰雾蒙蒙的黄河滩岸，耳听黄河源源不断的涛声，王幸福抬头向着黄河北岸望去，黑暗中隐隐的几盏灯光多像是夜空的七勺北斗，有了北斗星，就不会迷失方向。王幸福的眼前又飘扬起延水村上空的那面镰刀斧头红旗，还有那镶在八路军帽檐上的红五星。向前进，向前进，我们的队伍向太阳……王幸福顺着白天看好的水路，搏击在黄河的激流中，踩出了一条通往红色理想的路。

夜幕下的尚乐镇静悄悄，抬眼满天星辰，王幸福这才感觉到疲惫不堪，上下眼皮也开始不停地打架，顾不上看那是什么店面的牌子，倒在人家的屋檐下，一瞬间便打起了呼噜。一连串的呼噜声将王幸福引进了一个甜蜜的梦境。在梦中，王幸福做了一名八路军战士，身穿着灰色的军装，腰里也像红梅姐一样挎着一支盒子枪。梦中的他回到了河口村，王婵娟已经成为他的媳妇，家中不知道什么时间也盖起了三间大瓦房。梦中的他正在和王婵娟亲热呢，门外边的军号就吹响了，听到"哒哒滴滴，哒哒滴滴"的军号声，王婵娟就把他从自己的身上推开说："快去吧，队伍要集合了。"王幸福就很不情愿地整理着衣服，然后说："部队要到南方去了，我想让你跟着我一块儿去。"王婵娟说："我不能去。我去了谁在家里照顾咱大咱妈哩？还有地里的庄稼活也离不开人啊。"正说着，有两个战士就催他来了，不管他和王婵娟有没有把话说完，拽着他的胳膊就往门外拖，他挣扎着说："等我跟我媳妇把话说完了走还不行吗？"两个战士才不买他的账哩，仍旧使劲地把他往走拖。这一拖，就把王幸福拖得立在了尚乐镇的街道上。王幸福完全清醒了，这才知道自己刚才是在梦里。两个战士就站在一旁，笑着对他说："太阳都红半天了，咋就还在那做桃花梦呢？"可不是嘛，王幸福揉了揉眼窝，侧眼一瞄，太阳真的一竿子多高了，身上这会儿也有些暖烘烘的。"去吧，要是没睡够就到别处再睡会儿吧，这儿可是我们的食堂，马上就要开饭了。"你们的食堂？王幸福瞅瞅两个当兵的，他们穿着黄军装，这么热的天还戴着帽子，那帽檐上面的红五星在太阳光的照射下耀眼地亮。再瞅瞅，刚才自己睡觉的那个房子里面，还真有两个当兵在做饭。

两个当兵已经走出好远了。王幸福快步追了上去问道："你们是不是八路军啊？"

一个当兵的说："你问这些干吗？"

王幸福说："我是从河南那边来的，我要去那个叫延水的村子，去延水村当八路军战士。"

两个当兵的上下打量了他好大一会儿，然后说："现在不叫八路军，老早都改番号了，叫中国人民解放军。"

"中国人民解放军？"这些名词对于王幸福来说是那么生疏，他不敢多问，只问道："那你们和八路军是一伙的吧？"

"你问这些干吗？"

"刚才不是说了嘛，我要做八路军战士。"王幸福说完，同样上下打量着眼前的两个当兵的，接着说："既然你们不是八路军，我就不用打搅你们了，我还去那个延水村，找我的梅姐。"

眼瞧着两个人离他而去，王幸福下意识地摸了摸随身携带的那几块银元，还都一文不少地躺在衣袋里。这是薛云霞给的，出门时他没有带那么多，把几块留给了大。大当时就问他到哪里来这么多钱？他说是任二奶奶给的。大就说瞧人家任二奶奶多好，回来了就给人家好好干活。他张了张嘴，却也不知道该怎样跟大说。他忘不了，薛云霞看他时那种情深意笃的眼神，这种眼神里有着一种期待和渴望。原打算到外边待上十天半月就回去，回去了就还给人家任二奶奶赶马车。王婵娟已经做了邵维义的二房，就自己家穷的那个劲儿，猴年马月也说不起一门媳妇。至于以后会跟着谁过日子，连王幸福自己也说不清楚，真要是薛云霞执意要了自己，那也是自己的命，谁让自己和她有了陕州城里的那一夜呢？但有了和王婵娟在黄河滩的那一刻，王幸福对自己这种听天由命的消极态度来了个一百八十度大转弯，他想跟着共产党八路军，跟着红梅姐他们把自己所住的河口村也解放了。只有解放了，才能有属于自己的土地，有了土地，咱不愁把日子过不到人头前。只有解放了，才能把王婵娟从邵维义那里夺回来，他想让她一辈子做自己的媳妇。有了目标和方向，也就坚定了王幸福去延水村找梅姐的信心。看看头顶的日头，王幸福就听到肚子在"咕咕咕"地喊饿。还是昨晚上在黄河岸边吃得那三个烙馍，又赶了大半夜的路，是该找家饭馆了。

116

一家小饭馆里面，王幸福要了几根油条和一碗小米稀饭。正吃着，刚才那两个解放军战士又来了。看到王幸福在吃饭，就一声不响地坐在他对面。饭馆老板说："二位，你们要点什么？"一个战士回答说："不要什么，我们在等一个人。""等人，那好吧。"王幸福只顾自个儿低头吃饭。吃过饭，付了钱，当王幸福要出门时，两个战士把他拦住了。

"怎么，你们要干什么？"

"不干什么，我们团长和政委请你去一趟。"

"你们的团长和政委我又不认识，他请我去干吗？我还要去延水村哩。"

"我们是在执行任务，你只能跟着我们走，有什么话，到了那里你再解释。"

"我……"王幸福还想说什么的，但看着两个荷枪实弹的战士，也只能忍气吞声地跟着他们走。梅姐带领的八路军可是毛主席和朱总司令领导的队伍，总是向着穷苦人说话的。他们的首长会把我怎么样？不会把自己身上的那几块银元给搜了去吧？一路上，王幸福思想七上八下的，不知道等待自己的是个什

第二十五章　嫁日

121 ▶

么结果。

就在刚才，两个解放军战士在回营房的途中，对睡在兵营食堂门口的王幸福有些怀疑，就跑到团部把情况报告给了肖团长。肖团长问："那个人是从什么地方来的？"战士回答："是从黄河南边蒋管区来的。""那个人叫什么名字？""我们没有问，不清楚。""他对你们都说了些什么？""他说他要参加八路军，还说要去延水村，见他的梅姐。""你们都跟他说了些什么？""我们跟他说，我们不叫八路军，是中国人民解放军。""好了。你们先下去吧。""是。"两个战士敬个礼出了团部的屋。

"肖团长，看来那个人知道的挺多啊。"坐在一边一直没有说话的是团部丁政委。

"你怀疑他有问题吗？"

"目前咱们正处在准备渡过黄河，解放豫西南，对从河南蒋管区来的人不能不防啊。要知道，国民党军队早就把黄河沿岸的渡口封锁了，没有当地国民政府和驻军的允许，谁也过不了河的。"

"你的意思是说，这个人有可能是敌人派来的侦探？"

"没有这个可能吗？他知道的那么多，而且还说要去延水村，去见他的梅姐，他所说的梅是不是王红梅呢……"

肖团长知道，丁政委的爱人叫王红梅，原来是延水区政府的区长。肖团长说："把那个人找来，一问就知道了。"

"行。就照你说的，让他们把那个人找来问个究竟。"

肖团长和丁政委各自坐在一把木椅子上。看到进来的王幸福，丁政委示意一下旁边的板凳说："坐那儿吧。"又对两战士说："你们两个先去吧。"

"是。"两个战士转身出了门。

肖团长对丁政委说："你问吧。"

"你问。"丁政委说完，对王幸福说："你不用紧张，也不用害怕。这是肖团长，他问你什么，你就如实说什么。"

王幸福没有说话。

肖团长问："小伙子叫什么名字啊？"

"王幸福。"

"嗨哟，王幸福。多好的一个名字啊。"肖团长接着问："从哪里来？"

"黄河南边。"

"说说具体的家庭地址吧。"

"河南省陕州专署灵宝县城东乡河口保第二甲。"

"在家是做什么营生的？"

"给地主扛活，起先放羊，现在赶马车。"

"一年能挣多少工钱啊？"

"没有工钱。"

"咋就没有工钱呢？"

"我大看病欠下一大笔债，我是抵债的。"

"哦。"肖团长转头对丁政委说："一定又是高利贷，驴打滚的高利贷。把天下的穷人都害苦了。"

"接着问吧。"丁政委说。

"这次过河来有什么事吗？"

这个问题让王幸福很难回答，怎么说呢？就是他和王婵娟那事情，还有他和薛云霞那事情，能说吗？就是说，也不是三两句话能说得清的。王幸福想了想，就想到了王红梅，于是干脆利落地回答："走亲戚的。到延水村去看我表姐。"

"你表姐叫什么名字？"

"王红梅。是八路军的干部，延水区区长。"

"是吗？"王幸福的回答让肖团长和丁政委都吃了一惊。

"你们别不信，我可以把梅姐找来跟你们说清楚的。"

肖团长皱了皱眉，看着丁政委。丁政委说："继续问吧。"

"听说国民党军队把渡口都封锁了，你是怎么过来的？"

"晚上凫水过来的。"

"听两个战士说，你想参加八路军？"

"找梅姐就是要参加八路军。"

"参加八路军做什么？"

王幸福就照着王红梅说过的话回答："解放全中国，让天下穷人都过上好日子。"

没什么可问了。肖团长又看看丁政委，丁政委点头表示可以结束了。肖团长对着门外喊道："勤务兵。"跟着喊声，一个年轻的战士就一声"到"进了门。"把这个人先带到那边休息一下，等我喊你让他来时，你再带他进来。"

"小伙子回答的挺流利，不像是说谎。"肖团长说。

"可有一点我就弄不明白了，他说王红梅是他表姐，这不可能啊，没听说过红梅在河南有亲戚啊？"

"他绝对没有想到，你这个表姐夫就站在他的面前。"

"那是。"丁政委接着对肖团长说："咱们分析一下，眼下王红梅去太岳开会，得两三天以后才能回来，区小队又去陌南执行任务，没有一个人可以证明他的身份。他说他要去延水找他的梅姐参加八路军，可王红梅已经不在延水了。我的意见，在这个非常时期，先不要让他走，就把他留在团部这个院子里，让人监视着，不许随便乱跑，每天三顿饭管饱。他要是敌人的探子，就会伺机逃跑。他要是朋友，就等王红梅或区小队的战士回来，再让他参加到区小队。你看如何？"

肖团长说："就按你说的办。"

紧接着，肖团长把王幸福叫了进来，对他说："我们是中国人民解放军，也就是原来的八路军，我们决定让你先留下来，你的梅姐，过不了三五天，就会自动来看你的。"

"行。"王幸福说："那我就可以参加你们队伍的训练了吧？"

"这个还不能。在你的梅姐没有来之前，你只能乖乖地蹲守在那间屋子里，不允许到处乱跑。要是你不听话，战士手里的子弹可是不看面子的，它不会因为你的梅姐而原谅对你的惩罚。听明白了没有？"

说到底还是不相信我？不准随便走动，这不和蹲监狱一样嘛？可王幸福没有办法，只能接受团长和政委的安排。唯一的希望，就是梅姐能够早点来。

第二十六章　打过黄河去

117

朱小熊独自行走在回村的大道上。抬头看着挂在头顶的一轮明月，大地如同白昼般清澈，环顾四周，一片连着一片的玉米地、棉花地，绿豆地。他便想起了很早以前和爹在一起时，听过一则对联故事：传说清初文学批评家金圣叹某年中秋之夜，对酒赏月，忽然心有所动，得出了"天上月圆，人间月半，月月月圆逢月半"这一上联，可是苦思良久，仍然无法对出下联来。直到数月之后的大年之夜，他猛然想起，今夜已是年尾，明日该是一年的开头了，从中得到启示，终于对出了"今年年尾，明年年头，年年年尾接年头"的下联。想着这绝妙的对联，他就想起了刚才和赵春明大哥在旅馆吃酒道别正是这月圆之夜，这世道啊，也该到了国民党的末尾，共产党的开头了吧？

朱小熊第二回见晁抵大哥是在麦收过后。晁抵跟他讲有关共产党八路军的事情，让他耳目一新，盼翻身求解放，过上没有人剥削人，人压迫人的生活，是每一个穷人做梦都想得到的事。回去后他兴奋得好几宿没合眼，他没敢跟薄荷讲这些，女人一高兴起来嘴上就没了把门的，一旦说漏嘴让外人听着，报告给政府，还不把你抓起来追其究竟啊？那天晚上他去智性叔家，特意讲了这事。智性叔静静听着，嘴里啃着的旱烟袋"滋滋滋"直响，那白烟一缕一缕往外冒。一直等到他讲完好久，智性叔才语重心长地问他："你知道晁抵为什么跟你说这些吗？"这一问让他有点发愣，他摇摇头。"除了他跟你说的那些，你真正了解他的底细吗？""我想他不会说谎的。""就算他说的那些都是真话，可共产党八路军能不能打过黄河来，什么时候打过来，谁能说得清？听了也就听了，记在心里就是了，万不可信口雌黄到处乱讲，那可是掉脑袋的事。""这我知道。""谁不盼望好日子？可这世道不是说变就能变的，黄粱美梦容易做，改朝换代不是一件容易的事。"智性叔一席话让他受益匪浅，遇事三思而后行，万不可贸然行事。晁抵大哥那些话，权当是听了一个天方夜谭的故事吧。可今天晚上就不同了，晁抵大哥说的那些话让他大吃一惊。

自从上次别后，朱小熊又是好长时间没有碰到过晁抵。听了智性叔的话，他也觉得晁抵的行踪有些诡异，神不知，鬼不觉地，你不知道他成天都做些什么，到底是干什么营生的？这天后晌一散摊，就有人拽着了他的胳膊。他抬头一瞧，还是晁抵大哥："怎么是你？"

"怎么就不能是我。"晁抵拽着朱小熊的胳膊依旧不松手。

"你把我往哪儿拽呀？"

"到地方你就知道啦。"

朱小熊跟着晁抵来到一个僻静的旅馆。一间雅致的房间里，早就摆好了一壶酒，两个菜。"你这是干什么？""不干什么，时间长了，就想跟兄弟聊聊。"朱小熊只能客随主便，坐了下来。

晁抵斟满酒，递了过来。朱小熊接过酒杯，没有往嘴边送，而是把它重新放在桌子上。

"怎么啦？"晁抵问。

朱小熊说："大哥，你我认识这么长时间了，你待兄弟的情分我一刻也没有忘记。但我就想知道，大哥你到底是做什么营生的？又为什么跟我说那些旁人都不曾说过的话？"

听朱小熊这么说，晁抵也放下了酒杯："相信大哥吗？"

"相信。"

"好。喝了这杯酒，大哥自然会告诉你一切。"

"好。"朱小熊干了杯中的酒。

"其实，大哥就是黄河那边派过来的共产党员。这也是我今天晚上要告诉你的。"

晁抵的直截了当让朱小熊吃惊不小，他完全没有想到和自己义结金兰的大哥就是共产党。

晁抵接着说："我的真实姓名也不叫晁抵，叫赵春明。你那次在县保安大队门口，见过那个酷似大哥，站岗的士兵也确实是大哥，大哥还装扮成卖杏的小贩去过你们河口村。大哥之所以要隐姓埋名，冒着掉脑袋的危险去做这些事情，都是革命的需要，都是为了让共产党八路军早一天打过黄河来，解放咱灵宝县的穷苦老百姓。上回大哥跟你说的那些话，是因为相信你才跟你说的，是想让你也参加到革命队伍里来，为天下受苦人翻身得解放贡献一分力量。所有这些，就是今晚要告诉你的，没想到你却先提出来了。"

晁抵的一番话。不，应该是赵春明的一番话，驱散了多日来笼罩在朱小熊眼前的重重迷雾。这些话，让他既兴奋又担心。朱小熊呆呆地坐在那儿，什么也不说。

赵春明接着说："该说的我都说了，以前对你的隐瞒是大哥的不对，身在蒋管区，不能不为自身的安全着想，希望你能理解。当然，你也完全可以不顾忌咱俩过去的情分，把这些报告给当局的国民政府，把我抓起来，这样也可以发一笔洋财。"赵春明带着一脸的严肃和真诚说完这些，然后静等着朱小熊给自己一个明确的答复。

朱小熊沉默着，不说一句话。也许这一切来得太突然，突然得让他不知所措。

"害怕了吗？"赵春明问。

朱小熊一个激灵，有点气怒："大哥你说这话我就不爱听了，你把兄弟我看成什么人啦？我不是一个屈膝投降、贪生怕死的小人，我同样是个穷人，是个盼翻身，求解放的受苦人。能认你这个共产党人，是我的荣幸。只是，我是一个没知识，没文化，卖针头线脑的庄稼汉，又能为革命事业和共产党八路军做些什么呢？"

"兄弟，我果然没有看错你，有种，好样的。革命工作千万种，种种都是干革命。你的快板歌谣唱的那么好，完全可以利用一技之长，向亲戚、朋友、邻居及其周围的穷苦老百姓宣传革命道理，宣传共产党八路军的革命主张，必要时可以把他们组织起来，在共产党的带领下同地主恶霸和国民党反动势力作斗争。"

"照你这么说，说快板唱歌谣也是一种革命工作？"

"那当然。和你在灵宝县城南大街卖针头线脑唱的一样，只要换上不一样的歌词就行了。我发现你简直就是一个天才，总能现场编唱出一些朗朗上口让人耳目一新的歌曲来，就比如那天'太阳不觉偏了西，肚子叫唤有点饥……'。"

赵春明说得朱小熊有些不好意思："那是因为早些年，跟爹在说书场待的时间长了，耳濡目染的结果。"

"你爹是个说书的老艺人？"

"可怜他一个瞎眼老人，数九寒天雪花飘，从王保长母亲祝寿场回来，摔倒在乾阳河里连冻带饿就……"朱小熊说着说着就哽咽着说不下去了。

"那王保长最后咋说的，这可是因为他们家的事啊。"

"说啥哩？什么也没说。因为没有钱让爹入土为安，我找他借钱，他说什么手头紧，就是不肯借给我。最后还是在任二奶奶家借的高利贷。"

第二十六章　打过黄河去

"这些禽兽不如的东西！"赵春明接着说："共产党领导穷人闹革命，就是要把土地从这些地主老财手里夺回来，平分给村里的老百姓，让天下的受苦人真正当家做主人。"

"大哥，为了共产党八路军能够打过黄河来，解救这里的穷苦老百姓，你说，需要兄弟我做什么？"朱小熊信誓旦旦。

"眼下还没有你要做的事情。我今天约你来，一是向你赔罪，道清事情的原委；二是来向你告别的。"

"告别的。你要去哪里？"

赵春明说："我已经结束了在灵宝县城附近一带化妆潜伏暗查探访的任务，即日就要赶回山西那边的解放区。下次我们的相聚之时，也许就是灵宝县解放之日。把村里的穷苦劳动人民组织起来吧，随时迎接共产党解放大军的到来。"

"好。我等着你。"

"黎明的曙光离我们已经很近很近，一个崭新的世界即将诞生，让我们携起手来共同走向明天！"

"共同走向明天！"朱小熊重复着赵春明激荡人心的话语，两双手紧紧握在一起，久久不肯松开。

118

已经是第五天了，王幸福坐在一间空屋子里什么事情也不能做。屋里只有一张床，床上铺着一张芦草席。大热的天，也没必要褥子被子的。刚开始倒没觉得什么，不就是不干活，坐着吃闲饭吗？往日在家时还没有这个待遇哩。也许过于劳累的缘故，王幸福倒头就睡，一睡就是一天多。但接下来就不行了，王幸福一点儿睡意也没有。看着院子里那些穿着军装的战士，一个个神气十足，在自己眼皮子底下来来回回地晃，他就觉得憋屈：凭什么让自己像蹲监狱一样啊，就因为自己是从黄河南边蒋管区（这是王幸福从这里学到的一个新名词）过来的？我可是找梅姐参加共产党八路军的，又不是敌人！这些牢骚也只能自己对着自己发。第三天，他实在憋不住了，就跃跃欲试朝别处走，没走出多远，就听见站岗的战士喊道："站住，你不能再往前走了，转回来！"他对站岗的战士说："就让我去那边转转看看吧，又不是搞什么破坏活动。""那也不行。我们首长吩咐了，你只能在房间周围10步以内的地方活动。你要是再往远处走，我可就开枪了。"没办法，王幸福只好转了回来。站岗的战士是一两个时辰换一个人，他和哪一个也不熟，想求他们通融一下也不行。第四天，他有些受不了，也不管站岗的战士认不认识，他大声地喊道："跟你们首长说啊，要是再不给我自由，我就绝食了啊。"站岗的战士才不理会他的吼叫呢。王幸福说到做到，这天晌午送来的饭他连看也不看一眼。到了后晌依旧挺在床上，不吃不喝不说一句话。战士把情况报告给肖团长，肖团长又跟丁政委商量，丁政委说："一顿两顿不吃，也饿不死人。等到王红梅回来吧。"今天是第五天，王幸福睡在床上昏昏沉沉的，口唇、喉咙也开始发干，可他还是咬紧牙关忍耐着。早上和晌午送来的饭，连看也不敢看，他怕自己抵挡不住那种气味的诱惑。听见战士喊："起来，吃饭了。"他就狠狠心把徘徊在嘴里的口水咽下喉咙。战士把情况再一次反映给了团长和政委，这一回，肖团长和丁政委也有些犯难了。解除对王幸福禁闭？可他的身份还没有得到确认。不解除禁闭，这小子真要是犯起偏来，弄不好会出人命的。这个王红梅，咋还不回来呢？就在两位左右为难的时间，有战士报告说，王红梅从太岳军区开会回来了。肖团长愁眉一展："这还真是，说曹操，曹操到。快快快，赶快把她叫到团部来。"

王红梅很快就赶到团部，还是一身灰色的军装，腰里扎着皮带，肩头上斜挎着盒子枪。在她的身后还有一个更年轻一点的姑娘，和王红梅的装束一样，不同的是她腰间没有盒子枪。

"报告。"王红梅和厮跟来的姑娘一齐立正，向肖团长和丁政委行了一个军礼。

"好了，好了。坐吧。"肖团长说，"怎么，这个叫……叫什么的姑娘也跟着来了？"

"叫郭楠红。"王红梅说，"我们是一起来向首长汇报这次开会的内容。"

"开会的事情先不要谈，有一个人的情况需要你来证实一下。"

"哪个人的情况？"王红梅有点摸不着头脑。

"让丁政委和你说吧。"

丁政委就是丁野，王红梅的丈夫。但到了公众场合，王红梅还是按照上下级关系叫他丁政委，丁政委还和没有结婚以前一样叫她王红梅。

"丁政委说吧。"

"前几天从河对岸来了一个小伙子，名叫王幸福。他说要去延水村找他的梅姐，说是要参加八路军。对一个从蒋管区过来的人，在即将打过黄河的非常时期，我们不能从思想上放松警惕，所以就扣押了他。刚开始还老实，这两天就不行了，闹着要绝食，从昨天到今天，已经是水米未进了。所以叫你赶紧过来。"

"叫梅姐的人多了，区小队的人都这样叫我，这不奇怪。至于王幸福，这个名字咋就这么熟呢……"王红梅嘴里念叨着："我想起来了。那是去年秋天的时候，有从河南过来的一个小伙子，是赵春明在旅馆认识的，叫王幸福。说他们因为没钱就偷了地主家的羊，当地的保安大队要把他们抓进监狱，他就逃了过来。后来在延水村的区小队待了几天就回去了。"

"可他说，你是他表姐。我怎么就没有听说过你在河南有亲戚啊？"

"我在河南是没有亲戚啊。"

"这就奇怪了，他为什么就要说你是他表姐呢？"

"好了，好了。就不要瞎琢磨了。"肖团长说："让红梅到那里一看不就知道了嘛。"

"那好。"丁政委说："肖团长，你和红梅厮跟去吧。"

屋子里，王幸福面对墙壁睡在床上。肖团长喊："王幸福。"

"不吃！"王幸福连身也没有翻过来。

"脾气还挺大哩。"肖团长自语着瞅了瞅王红梅，然后又朝着王幸福喊道："你梅姐来了，看她认不认得你。你要是敢说谎，我就毙了你！"

王幸福忽地一下翻身下床，可能是因为几顿没有吃饭的原因，站起来的王幸福又倒了下去。跟随的战士和同来的姑娘一起上前把王幸福扶起来。王幸福怔怔地看着齐耳短发、架着一副眼镜、身穿灰色军装、腰挎盒子枪的王红梅。王红梅看着眼前的高大帅气的小伙子，一下子就想起了那个会写字、还总向自己讨教革命道理、讨人喜欢的王幸福。四目相对，竟一时无语。肖团长急了，问王红梅："认识他吗？"王红梅没有回答肖团长的问话，而是叫道："王幸福。"王幸福这才张口叫道："梅姐。"随即双膝跪地，泪水脱眶而出："梅姐，我还以为你不认识我了呢。"

王红梅认了王幸福，自然也就取消了对王幸福的禁闭。在讨论如何安排王幸福的问题上，肖团长说："还在区小队吧，毕竟是他过去待过的地方，人也熟悉，还对王红梅有着那么深厚的感情。"肖团长这话说的王红梅脸都红了，碍于丈夫丁政委在场，她也没说什么。肖团长说完了，丁政委补充道："但还是不能放弃对他的监管，有些东西单凭他的一面之词是不行的，要以防万一，他如果真是蒋管区那边派来的奸细怎么办？"听是了丈夫的话，王红梅反驳道："你怎么总喜欢把简单的问题复杂化呢？王幸福跟了我那么多天，我还不了解他？"丁政委说："你不要感情用事，这是组织的决定。"王红梅说："好，我服从。但鉴于区小队去执行任务还没有回来，我建议，在区小队回来之前，把王幸福先安排在团部的那个连队。对于王幸福说我是他表姐的话，我调查清楚了，会给组织一个满意的答复。"肖团长知道，王红梅这样做，是怕丁政委对她有什么误解，便答应说："那就这样决定了。"

他们把结果告诉给王幸福。王幸福死活也不在团部里待，说如果梅姐不要他，他可以回去，要真让他在团部，还关他的禁闭好了。无奈之下，王红梅把王幸福带到了区小队住的地方。

119

王红梅和郭楠红带着王幸福来到尚乐镇区政府的院子。区政府和团部同在一条街道，相距仅百步之遥。区小队是地方武装，住在区政府院子里。刚一进门，王幸福又看见了那面镰刀斧子红旗，这会儿正在东风的吹拂下哗啦啦的飘扬着。王幸福有点想哭。

郭楠红说："梅姐，我去给咱准备后晌的饭菜。"

"先别急着走啊。"王红梅说："我给你们介绍一下，以后常在一块儿打交道，得认识。"

郭楠红说："不用介绍，他叫王幸福，我刚才已经听你们说好多遍了。"

"那人家还不知道你姓甚名谁，以后见了面咋称呼？"

"那我自个儿介绍得了，鄙人姓郭名楠红。你以后就叫我楠红得了。"

郭楠红的直爽和大大咧咧让王幸福自愧不如。忙接着说："我叫王幸福。"

"我们的梅姐可是中国共产党尚乐镇区政府的区长，以后得叫王区长。"郭楠红调侃着。

王红梅说："什么区长不区长的，和你们一样，都是革命队伍中的一员。"

王幸福有点腼腆地说："我还是喜欢叫她梅姐。"

王红梅对王幸福说："郭楠红是咱们区小队的卫生员，芮城县中学的一枝校花呢，去年腊月进的区小队。还是区队长……"

"梅姐。"郭楠红阻止住王红梅继续要说的话。

"好了，好了，不说了。早晚人家都要知道的。"

王幸福不知道王红梅她们说的是什么，也不好意思随便插嘴。

进了王红梅的屋，一种女人的气息和着书墨扑面而来。一张宽大的床，一个堆放着书籍和笔墨的桌子。坐在书桌前面的椅子上，正好可以瞧见墙上贴着的毛主席和朱总司令的画像。王红梅把盒子枪卸下来挂在书桌对面墙上，松了腰间的皮带，然后坐在椅子上。王红梅对傻站着王幸福说："坐啊。就坐在那个床边。"

"这两天受委屈了吧。"王红梅问。

"一个大男人，受这点委屈不算什么。"王幸福说。

"怎么想起来要来解放区，是不是又遇到什么麻烦事了？"

为什么要来解放区呢？王幸福真不知道该怎样回答。说是因为王婵娟的出嫁？还是说想摆脱薛云霞的情感纠缠？这些敏感的话题，他对谁也不想说，但在他的梅姐面前，他愿意告诉她一切，他相信梅姐会帮他的。可现在不是说这个的时候，况且，那也不是一句话、两句话能够说得清的。"老早都想来了，天底下受苦的人谁不盼着翻身得解放呢？去年腊月快过年和时候，我就来过一回，去了延水村，却没有见到你，只能扫兴而归。那回，我来时给你带了灵宝大枣，还有柿饼，可惜没有见到你。"

王幸福这样一说王红梅就想起来了，后来那位新任的区长告诉过她，说是从河南过来了一个年轻人找过她。"哦。那时间，我已经调离了延水村。"

"灵宝大枣可好吃了，驰名好几个省哩。"

"这我知道，灵宝大枣在 1915 年巴拿马太平洋国际博览会上还荣获金奖，当代文学大师鲁迅先生也有诗曰：'顽猴探头树枝间，蟠桃哪有灵枣鲜？'"

想不到梅姐知道那么多，巴拿马，太平洋，鲁迅先生，王幸福全然不知道。他不知道自己接下去该跟梅姐说些什么。

"王幸福，我问你，你为什么给别人说我是你表姐？"

"当初从这边过河回到村里，好多人问我去了哪里？我不能说是跟着共产党八路军了，想想梅姐你，我就说自己去了河那边的表姐家，时间一长，说顺嘴了。再往后，我还真认定你就是我表姐呢。"

"你可真会糊弄人。"王红梅说着就笑了。

"梅姐，到了你这儿，我就有一种到家的感觉。"

"对于天下每一个穷苦老百姓来说，共产党永远是他们心中最温暖的家。"

"对，是最温暖的家。"

"王幸福，这回来了，你得答应姐一个条件。"

"什么条件？"

"这回来了，就不能回去了。"

"永远不回去吗？"

"不是永远。是到共产党八路军打过黄河，解放灵宝的时间再和我们一同回去。"

"那得要等到什么时间啊？"

"快了，具体的时间我也不知道。"

"那谁知道？"

"毛主席、朱总司令知道。到时间，只要一声令下，我们立马就能打过黄河去。"

"我答应你，我一定等。等到毛主席和朱总司令下了命令，和梅姐一同打过黄河，解放灵宝去。"王幸福信誓旦旦。答应了梅姐，他心里就有点悔了，十天半月还能行，要是时间再长的话，自己不回去可就不行了。大和妈不知道自己的消息，还不急死啊？还有，家里全靠自己扛活抵债哩，任二奶奶又那样照顾他，长时间不回去不是个事啊。

看着王幸福满腹心思的样子，王红梅问："还有什么想说的，还是想问的？"

其实，王幸福心里那些事，就是想找个知己说说，倾诉和发泄是一种自我减压，同时还能让知己为自己出出主意，想想办法。但他思前想后，还是觉得有些话，有些事，在这个时间说着不合适。王幸福摇摇头："没有了。"

"在区小队外出没有回来之前，你暂时也没有什么任务，白天也就是打扫打扫院子，帮郭楠红买个菜，挑个水什么的。有点闲工夫，就从我这里拿本书看，我这里有毛主席的《论持久战》，还有曹雪芹的《红楼梦》，还有从延安来的报纸。"

"在家的时候，总是王婵娟拿书给我看，到了解放区，有梅姐你给我书看，只要有书看，那就太好啦。"

不知不觉已是黄昏，晚饭就梅姐、郭楠红和王幸福三个人。

宿舍里只有王幸福一个人，他没有去点那盏带罩子的洋油灯。想着白天的事，要不是梅姐及时赶回来，自己还不知道会急成什么样子呢，或许自己已经不省人事。梅姐屋里亮着灯，她一定是在读毛主席的书。郭楠红屋里的灯也亮着，她也在读书吗？小院里清静得有点甜蜜。突然，王幸福的耳边传来了"咚咚咚"铿锵有力的脚步声，一个男人摸着黑进了这个院子，王幸福顿时警惕起来，他悄悄躲一个墙角，顺着脚步声望去，透过窗棂的灯光照在了那个人身上，是丁政委。怎么是他？他来干什么？如果他敢对梅姐不轨……王幸福不敢惊动小院的和谐和静谧。躺在宿舍里仔细听着梅姐屋里的动静，仔细回忆着和梅姐交往过的一点一滴，王幸福突然就想起来了，梅姐的丈夫叫丁野。丁野，不就是团部里的那个丁政委吗？自己真是昏了头啦。幸亏自己刚才沉住了气，要不然准会酿成大错。

120

区小队是在三天后回来的，让王幸福不愉快的是，区小队的战士一个个都新面孔。王红梅告诉他："在延水村的那些战士都留在了当地，这里的区小队战士都是尚乐镇附近村的，在没有任务的时间，还能帮家里干农活。"王红梅还说："区小队的队长和你很熟悉。"王幸福问："队长是谁？""就是那个赵春明啊。""赵春明，那就再熟悉不过了。"王幸福接着问："区小队回来了，怎么没有见到赵春明呢？"王红梅说："赵春明去执行特殊任务啦，还没有回来。"王红梅像这样一说，就让王幸福想起了去年来尚乐镇，自己首先就认识了赵春明，后来就遇见了梅姐。当时，他们也是在执行特殊任务，连军装也没有穿，就和老百姓一样。王红梅接着又说："不要拘束，就跟上回在延水村一样，过不了三天，彼此都会成为亲密无间的战友。"和去年在延水村一样，王红梅把区小队召集起来开会："首先，我为大家执行任务的归来表示欢迎，同志们辛苦了！"王红梅的话刚落，队员们就鼓起了热烈的掌声。"接下来，我要向大家介绍一位新战士，他叫王幸福，是从河南那边蒋管区来的。王幸福也是给地主老财扛长工的，和大家一样都是受苦人出身，这次是专门投靠咱们八路军来的。"说到这儿，王红梅叫道："王幸福，站起来，让大家认识一下。"王幸福刚站起来，就听到雷鸣般的掌声响了起来。王红梅的讲话，队员们的掌声，让王幸福从心底涌动出了一种感动，有泪水漫过眼帘，滚到了脸上。王幸福向大家连鞠三个躬。

第二天晌午，赵春明就回来了。赵春明一进区政府的院门，就看见宿舍门口的阴凉处坐着一个专心致志读书的人。区小队还没有像这样喜欢读书的人，他会是谁呢？赵春明走近了，才发现这个人是王幸福。

"赵春明。""王幸福。"两个人几乎是同一时间开口呼叫着对方的名字。

"你回来了。""你怎么会在这儿？"两个人几乎又是同一时间在询问着对方。

"哈哈哈哈……"两个人都被这种异常的开局引逗得忍俊不禁，开怀大笑。

"你什么时候来的？"这回是赵春明先开的口。

"来好几天了。听梅姐说你去执行特殊任务了？"

"是啊。"赵春明答道。王幸福为什么在这个时间过河来到解放区？此行的目的又是什么？长时间做地下工作的赵春明总会面对新的情况多问几个为什么。赵春明看着王幸福手中的书本，那是毛主席的《论持久战》。准是从梅姐那儿借来的。"好了，不打扰你看书了。我得去睡会儿觉。"

王幸福继续着无声的阅读，还不时地会将某一页折起来。那一定是遇到了不认识的字，或是有什么不太明白的句子，折起来便于随后向梅姐请教。

下午，团部召开扩大干部会议，讨论关于落实党中央提出的"打过黄河去，解放全中国"的精神议题，做好战士的思想动员和渡河准备工作。参加会议的有肖团长、丁政委、王红梅、赵春明等。会议结束时，就王幸福的问题还做了专题讨论。

王红梅首先汇报她这方面的情况，她说已经做通了王幸福的思想工作，而且他也答应在渡过黄河，解放灵宝前不离开区小队。至于他叫她表姐的问题，是因为他不能对任何人说自己去了解放区，跟八路军待在一起，因此他就编造出一个表姐来。时间久了，周围的人都知道王幸福在山西那边有一个表姐。

接下来，赵春明汇报了在灵宝查探到有关蒋管区的一些情况。他提到了河口村卖当做针头线脑生意的朱小熊；提到了河口村的大财主薛云霞和保长王孝儒。关于王幸福的情况，他只知道薛云霞对待王幸福比对其他的长工好，所有村里人都这么认为。他还特别提到薛云霞让王幸福赶着她家的大车去为自己家收麦子的事。至于这中间是因为什么，他就不得而知了。

丁政委说："王幸福和地主寡妇走得那么近，其中必有缘故。在这个谜团没有解开之前，我们还不能放松对他的监视，王幸福现在在区小队，这个工作就交给赵春明吧。"

虽然王红梅对丈夫的决定有抵触情绪，但却没有提出异议。昨晚上，丁政委和王红梅就王幸福的问题还发生过争议呢。王红梅说丈夫是疑心太重，那样不利于团结。丁政委说妻子是太感情用事，那样会在前进的道路上迷失方向。直到最后，两个人的意见也没有达成一致。

散会途中，王红梅对赵春明说："我不相信王幸福会是国民党那边派来的奸细。"赵春明说："我也不相信。和王幸福在一块待了那么长时间，我还是了解他的。但我所说的那些都是亲眼看到的事实，不会有错的。""这里面一定另有隐情。"王红梅叮咛赵春明说："对王幸福实施监视，我没有意见。但你要在不知不觉中进行，不能让他看出任何破绽。如果王幸福知道我们在怀疑他，不相信他，监视他，势必在他的心里造成一种逆反心理，其后果将不堪设想，会给我们的工作造成很大的被动。"王春明说："你的意思我明白。我会做好这方面工作的。""这我就放心了。"

三天后，团部和区小队所有战士集中在尚乐镇中学的操场上，召开了动员大会。丁政委首先传达了党中央的战略方针，就陈（赓）谢（富治）大军挺进豫西，如何打好"灵（宝）陕（州）战役"，应做好那些准备工作做了详细的阐述。他说这次向黄河南岸挺进，我们的队伍有万人之多，包括部队的战士，各区小队的战士，还有众多的地方干部和民工，还有驮骡大队。很快，我们这支队伍就要随着大部队的脚印向南开进。我们这支队伍是从四面八方集中起来的人员，就像毛主席说的，"我们都是来自五湖四海，为了一个共同的革命目标，走到一起来了。"就必须有足够的思想准备，要遵守三大纪律、八项注意，一切行动听指挥。要按军队的纪律行军、住宿、吃饭，一切行动军事化。任何单位和个人，都要服从命令，按团、大队次序行动，不准脱离本单位独立行动，力争打好灵陕战役。

在场的战士气氛高涨，大家举起手中的枪杆，一遍又一遍地高呼着"打过黄河去，解放全中国！"这种排山倒海锐不可当势如破竹的呐喊，让王幸福感觉到一种振奋人心的激动，他没有想到自己盼望已久的时刻会来得这么快。一个崭新的，没有压迫、没有剥削的新社会，又会是一个什么样子呢？或许就像自己曾经读过的，陶渊明笔下的"桃花源"吧。

第二十七章 三十六计走为上

121

八月是个成熟的季节。和往年不同的是，成熟季节原本应有的那种热烈饱满不见了，遍布灵宝县城大街小巷格外清静。清静的让人感觉一种窒息和不安。亦如早已被干柴烈火燃烧的一锅水，一旦开始沸腾，便会天翻地覆，势不可挡。

任家的粮行开在南大街的西侧，有门面房三间，左右两间开着两个大窗户，正中是通间的插板门，插板门的门额上方悬挂着一副牌面，牌面紫红底色，中间横刻着"祥瑞粮行"四个烫金大字。粮行经营的粮食种类有小麦、玉米及各种豆类，另外还有加工好的小麦面粉，玉米面粉、谷子面粉等，以供城里居住用户的生活之需。粮行在后院另有三间仓库，用于粮食的储备存放。粮行雇用了两个伙计，除了经营粮行的生意外，还干一些杂活。粮行的店老板便是老刘，主管着粮行货物的进出和买卖账目。老刘平时是不露面的，偶尔还得回河口村帮薛云霞赶马车和处理其他事务。

对于薛云霞当初的蓄意安排，老刘心里明镜似的，让王幸福接替了他的赶车营生，意在收买王幸福的心。至于薛云霞心里到底隐藏着什么小九九，是企图和王幸福在一起暂时的欢快呢，还是想长期占有王幸福，让王幸福成为她的继任丈夫？老刘不得而知。因为他知道，这个漂亮、精明的任家二奶奶并非只是一个花瓶，她的城府和智商决不在他刘锁恩之下。况且任家要在县城开办粮行，确属蓄谋已久的事，任瑞祥前几年就曾提起过此事，说是民以食为天，在县城开办一家粮行生意，只要经营得当，肯定是个赚钱的事。任瑞祥说说也就过去了，他没有条件也没有心思去帮着薛云霞实施这些类似的小事情。也许，薛云霞是在对王幸福有了想法之后，才开始实施这个开办粮行计划的，这对她来说可是一箭三雕的事：成就了一桩县城的买卖，成就了她和王幸福的好事，同时也让老刘英雄有用武之地。在县城里开办粮行，对薛云霞来说，老刘可是第一人选，无论是信任度，还是生意场上的精明都无人能比。对这点，老刘也是蛮有自信的。虽然他从心底对薛云霞的安排还存着抵触情绪，这种抵触情绪缘于薛云霞当初对他的无情拒绝，继而引发了他对王幸福的妒恨心理。抵触也好，妒恨也罢，都丝毫改变不了他与人为奴的事实。对薛云霞的安排他只能勉强接受，并且要竭尽全力经营好粮行。他不能做对不起救命恩人的事情。

县城和乡下就是不一样，一些关乎社会变迁生死攸关的信息总会比乡下人知道得早。老刘最近也注意到了，人们背地里窃窃私语的话题大都和共产党八路军有关，好像八路军就是神兵天降，随时随地都会降临于此。随着这种窃窃私语的同时，带给人们的便是背地里的惶恐不安。很快，窃窃私语的话题又有了新的内容：县城出了名的苏家大院开始把金银财宝往别处转移了；国民党灵宝县党部书记王鸿业携全家老小去了西省；县长狄昌伦也不知去往何处。难道这共产党八路军真的会来？国民党的江山真的保不住了？这般寻思着，老刘就想到了在省城做国民党党政要员的任瑞祥。共产党一来，想必他的日子也不好过。但愿老天爷保佑，他能够遇难呈祥，安然无恙。想完任瑞祥，老刘回头又想薛云霞，是不是该早些给她通风报信，让她早做准备。听说那共产党八路军可是专门帮助穷人的。但回头又想想，连共产党八路军的影儿都不见，就急着去给任二奶奶报信是不是有点过于草率从事。如此想着，老刘拿定主意先不要给薛云霞报信，等听到大动静再报也不迟。

第二十七章 三十六计走为上

让老刘预料不及的是这大动静来得也太快了，大有迅雷不及掩耳之势。一夜枪声密集，让他躲在屋子里没敢出门，天一亮，就听见城外冲锋号角响起，震耳欲聋的枪声时紧时慢，没有等到大饭时，守城的队伍就缴械投降了，一面镰刀斧子红旗就飘扬在灵宝县城头上。这真是神了，国民党的军队真的就那么不堪一击？灵宝县瞬间就成了共产党的天下？老刘把头摇得像个拨浪鼓，他不是不相信，而是感觉眼前这情景太不可思议了。这天早起，县城所有的生意铺子大都没有开门，任家的粮行也同样关着门。这时间，老刘意识到得赶紧给薛云霞报个信，八路军这神出鬼没让人防不胜防，再迟恐怕就来不及了。可眼下城里粮行就他和两个雇来的伙计，共产党新来乍到，荷枪实弹的，万一上门来要个粮差什么的，两个伙计恐怕也应付不了。再说他们也不敢自作主张啊！说什么自己也不能在这个时候离开县城。让两个伙计中的一个去河口村报信，他都不放心，人地生疏且不必说，万一碰到外人，他们还不实话实说漏了底啊！正愁着没有办法，一个伙计闯进门，慌慌张张告诉老刘："共产党的人拿着个铁皮筒子，在街道上喊话了，说让大家不要害怕，正常开门做生意。说共产党八路军是劳苦大众的队伍，不拿群众一针一线，不欺负老百姓。"老刘说："知道了。你们两个出去一个人，看看人家邻近的店铺开门没有？人家门开了，咱也开门。人家没开，咱也不开。反正是法不抵众。""那行。"伙计应了一声出门走了。老刘还在想怎样通知薛云霞，让她把财产转移，人也躲藏起来，以备不测。眼下任家在县城里可是连半个男丁也没有啊，谁替自己去跑这个路呢？说起男丁，让老刘不由想到在县中学读书的任宝玉，十六七岁的人啦，跑回家去给他妈报个信应该没有什么问题吧？养兵千日，用兵一时。事关任家的生死存亡，任宝玉是最佳的人选。如此想着，老刘就向文庙方向的县中学走去。

　　街道上行人很少，有成队的八路军战士行走在大街上，对偶尔匆匆过往的行人并不做盘查。老刘原先那颗悬得老高的心才慢慢放下来。学校里没有上课，所有学生都集中在操场上，有校长和几位教师，还有两个八路军当官的，在那里跟学生和老师讲着什么。

学校门口已换成了两个八路军战士站岗。老刘说："八路军同志。"站岗的战士问："大叔，您有什么事？"老刘说："孩子在这里读书，他妈生病了，想让他回去一趟。"战士问："孩子叫什么名字？"老刘说："任宝玉。""大叔您等一会儿。"战士说完，就朝操场走去。

离得老远，老刘就喊："宝玉。"

任宝玉听到喊声，跑到老刘跟前："您怎么来了？"

老刘说："你妈病了。要你回去一趟。"

任宝玉说："前几天，我妈还给我送钱来着，怎么就病了呢？"

老刘说："生病的事谁能说个准？你还是回家去看看吧。"

离开了学校，老刘才对任宝玉说："回去告诉你妈，就说共产党八路军已经把灵宝县城解放了，要她早些做准备，该藏的东西先藏起来，人也到僻静的地方躲几天。等过了这个风头再回来。"

任宝玉问："有马车吗？"

老刘说："这会儿哪来的马车？有马车就不用你跑这个路了。共产党八路军进城了，粮行里我走不开。要不还能让你跑这个路。"

任宝玉说："把家里的土地跟村上的人都分了，家里的牲口家具也跟村上的人分了。分了就没有罪了。这是刚才那位首长讲的。"

"好了，好了，你就别说了。先回去把共产党八路军解放了灵宝城的消息告诉你妈，该怎么办你妈她心里有数。"

"好吧。"任宝玉想好了，回去就回去，回去后就把首长的话讲给妈妈听，何必东躲西藏的。

122

东塬的棉花白了，隔不了两三天就得有人去摘；西岭的谷子垂着头、黄豆开了荚，得安排人及时去收割；乾阳河岸边的玉米棒子用不了几日也得收获，收完了还要把地腾出来种麦子。要不怎么会有"会抓的，抓八月，不会抓的，抓腊月"这句俗话呢？这句极其普通的一句话包含着丰富的人生哲理，道出了收获季节对于庄户人家的重要性，它适用于尘世间任何一个需要生存的人。富裕的人家理当抓紧时间收获自家的庄稼，没有土地的穷苦人家，胆小的可以去拾，去拣，拾拣别人收完以后遗弃在田间地头的星星点点；胆大一点的可以去偷，趁着夜间、歇晌就去富裕人家的地里偷，偷是为了活命，即使被主人发现了，也犯不着脸红脖子粗闹得跟仇人似地。聪明的富裕人家知道，土地生万物是供养天下所有人的。偷，对于这些穷得叮当响的人，是一种营生，一种生存方式，但却不能明目张胆大张旗鼓地，像收获自个儿庄稼那样有理气长地去偷，那便是一种犯罪，成了众矢之的。

这些收获庄稼的事，长工，短工，男工，女工，人多着哩，完全用不着薛云霞自己去动手，看似消闲的她却要操心安排家庭里外所有的事。田间做活的人，下了晌，黑了天，除了吃饭就是睡觉。但薛云霞不能，就连晚间躺在炕上还得想着哪一天什么庄稼要收了，哪一天什么庄稼要上场打晒了，天晴了，天阴了，哪样紧，哪样松，还要不时防着地里的庄稼被人偷……薛云霞也曾强迫自己不去想那些事，什么年份该收多少那是天数，不是自己所能左右的。但她就是停不下那颗习惯操持的心，对此她也曾暗地里骂自己生得贱，怎么就生了一副操劳的命呢。王幸福去他表姐家该有月把天了，咋还不回来呢？看着那羊群，瞧见那马车，甚至躺在土炕上，她都会不由自主想起王幸福，想起在陕州城的那个夜晚。薛云霞不用担心王幸福不回来，王幸福家欠着那么多债，三年五年，只要没有什么特别意外之财，他是还不清那笔债的。这就是一根牵动着王幸福生命的无形绳索。薛云霞心里急，急着想让王幸福成为自己生命中的那个人，但这种急又不能表现得过于张扬。家族的位置，自己的身份，世俗的观念，众人的舆论让她不敢贸然成就此事。时间可以淡化一切，需要的是等待，等待那个被淡化的时机。爱的过程就是等待的过程，等待就是一种痛苦的折磨。薛云霞真有些等不及了，她时时刻刻都想让王幸福出现在自己眼前。王幸福那伟岸的臂膀，宽阔的胸膛，与其温顺乖巧（当然有时也会有一些小小的倔强）的性格形成了极大的反差。这种反差让薛云霞从心里格外喜欢。农忙了，要是有王幸福在自己身边该多好啊。虽然好多事情还是得自己拿主意想办法，但有王幸福在，她心里就会有安全感。女人，就是这么个怪东西。

　　正晌午的天，热着哩。薛云霞和往常一样躺在屋里歇息，歇息的时间还会想起王幸福。这时间就有"妈，妈"的喊叫声从院子传进屋里。听声音，薛云霞就知道那是儿子任宝玉。她急忙下炕，出门，看着满头大汗的任宝玉，忙问："好娃哩，真热的天，你咋就回来了呢？"

　　任宝玉抹了抹额头上的汗水："是老刘让我回来的。"

　　薛云霞说："先进屋洗洗，洗完了再说。"

　　任宝玉边洗边说："共产党八路军今天早上解放了灵宝城。老刘让我告诉你，把家里的该藏的东西先藏起来，让你也到外面躲躲。"

　　"怪不得，昨天晚上就听到西北那个方向枪声响得厉害。怎么就这么快啊，共产党八路军说来就来了？"

　　"学校有两个校长早都跑了。今天早上，八路军的首长还去了我们学校，把所有老师和学生集中到操场上，向我们宣传共产党的政策和'三大纪律、八项注意'。还说要我们正常开课，共产党是为了普天下劳苦大众。"

　　薛云霞没有心思听儿子继续往下说。她早就明白一个道理，共产党来了。

八路军来了。无产阶级来了。势如破竹，锐不可当。识时务者为俊杰，三十六计，走为上策。可这么一大家子人，这么一大摊子事，正逢秋收秋种大忙季节……怎么个走法呢？

"妈。"任宝玉抬头看着薛云霞愣怔的样子，问："想什么呢？"

薛云霞一个激灵，立刻回过神来。她看了儿子一眼，故意装出一丝淡淡的微笑："没想什么。"

"要叫我说啊……"

"你要说什么？"

"跑什么啊跑？躲什么啊躲？人家共产党来了，八路军来了，国民党就完蛋了。你躲得了初一，能躲得过十五？共产党的干部都说了，只要把家里的地和财产分给那些穷人，咱们就没有罪，就成了一个无产阶级革命者。"

"什么，你说什么？把土地和财产全部分给那些穷人？把自己变成一个无产阶级革命者？"儿子任宝玉的话让薛云霞大吃一惊。

"对呀。"任宝玉兴冲冲地说。

"啪"。薛云霞照着儿子的脸就是一耳光。

"对你娘个头啊对，你这个败家子！"

123

王幸福终于回到灵宝县城。回到灵宝县城他就感觉到了一种久违的亲切。

自从那天王红梅找他谈话后，他就答应梅姐，跟着大部队一直到打过黄河，解放灵宝，中间决不离开。那天在尚乐镇中学操场上开动员大会，他兴奋的几夜都没有睡好觉。紧接着就是不断进行军事训练，到附近有水的地方进行水上军事演习。那几天，让王幸福不开心的是自己没有枪，手中拿着一根红缨枪，像个小孩子似的。没有枪王幸福就感觉自己低人一等，就感觉还是丁政委、肖团长故意和自己过不去。王幸福因此也产生了离开区小队的念头。事情还真让王幸福说着了，丁政委特别交代王红梅，在没有完全解放灵宝的前夕，不允许发给王幸福枪支。王红梅虽然对丈夫的决定持有不同意见，但一时又找不出反对的理由，只能听从上级的指示和安排。王红梅洞察秋毫，很快发现了王幸福的不安定情绪，她告诉王幸福，眼下是打过黄河，展开灵陕战役的关键时刻，咱们八路军的队伍扩大了，需要武器的战士就更多，我们是共产党领导的地方武装，要和八路军保持一致，要支持正规部队，现在的情况是没有多余的枪支发给咱们，而不是不给咱们发枪，你也看到了，咱们区小队有好多战士不也和你一样手里握着红缨枪吗？但只要有一颗跟着共产党的心，他们就是好同志。王红梅的话晓之以理，动之以情，让王幸福感觉到一种特别的温暖和关爱。看看区小队的其他队员，还真如梅姐说的那样，他们手里也同样握着一杆红缨枪。

训练过了七天之后，他们才接到上级命令，说是赶赴到黄河下游一个叫茅津渡的地方，在那里集结待命。王红梅带领的区小队属于地方武装，因此分解成两个部分，一部分是不参加灵陕战役，留在当地重新组建区小队，参与保卫地方革命胜利成果；另一部分参加灵陕战役，要随着大部队去茅津渡，准备打过黄河去，把战争引向蒋管区。到了茅津渡，王幸福才发现集结在那里的部队和地方干部队伍真多，有当地的老百姓赶着牲口为部队送干粮、蔬菜、灶具，有男女民兵组成的担架队，还有好多当地的艄公为部队准备着渡河用的船只。听说国民党政府害怕共产党八路军渡过黄河，很早以前就封锁了河岸渡口，并强行没收了沿河岸所有的大小船只。艄公们只能在油布包里塞一些麦秸，再把多个油布包捆扎在一起当做船只用。王幸福在家时见过，和浮着葫芦渡河一个道理。看着眼前熙熙攘攘让人群，王幸福感慨万分，共产党如此得人心，有这么多民众支持，打过黄河去，解放全中国指日可待！

天阴了，下雨了。头顶的雨时大时小，连续不断，眼前的道路积水淤泥，坎坷难行，给部队战士和民兵、民工前行造成了极大的困难。老天爷好像故意作对，雷雨非但没有停下来且愈下愈烈，一时间河水猛涨，涛声连天。当天夜里，根据命令，强渡黄河开始了。小木船，油布包组成了一条飞架南北的巨龙。只听见黄河对岸枪声大作，喊杀声震天。共产党八路军就这样渡过黄河，革命的脚步遍布了灵陕大地，红旗插到哪里哪里亮，哪里人民得解放。

王幸福跟随王红梅、赵春明、郭楠红等人是随后才渡过黄河的。经过三天颠簸西行，走走停停，于中华民国三十六年公历 9 月 12 日来到了灵宝城。这天的太阳泛红了。天空晴朗了。历史会永远记住这个特殊的日子：八路军消灭了守驻在函谷关的国民党军队，打垮了守城的队伍，解放了灵宝县城。

王幸福望着灵宝城头上那面镰刀斧子红旗，望着天空那些被战旗染红了的云彩，心中悲喜交加。如果这一天早点来到，王婵娟就不会嫁到下河口给邵维义做二房了。她就有可能和自己一起参加八路军，跟着共产党闹革命，救穷人，解放全中国！逝者如斯夫。

"想什么呢？"不知什么时间，王红梅站在了王幸福的身后。

"没想什么。"王幸福说完，兴奋地问道："梅姐，这么快就解放了？"

王红梅说："是啊，灵宝城从此就是人民的啦。"

"真让人不敢想象。"

"怎么就不敢想象了？"

"国民党那么多部队守着黄河，守着函谷关，守着灵宝城，没有想到他们竟是那样不堪一击。"

王红梅说："共产党领导的军队是人民的军队，是为普天下劳苦大众谋利益的军队，它代表的是一种正义的力量，而正义的力量是无往不胜的。"

第二天，王红梅对王幸福说："你现在就可以回家了。"

"回家。"王幸福觉得愕然，问道："为什么要让我回家，八路军不要我啦？"

"没有人不要你啊，到你的家乡，当然可以回去啦。难道你不想自己的父母？"

王幸福低下了头。说实在话，他老早都有回去的念头，只是灵宝城还没有解放，他不能提这个要求。现在灵宝城解放了，回家的欲望反倒没有那么强烈了。没想到梅姐却先跟他提了出来。

"回去吧，看看自己的父母和亲人。"王红梅说："咱们的部队一时还走不了，还要在这里建设新的根据地，还要实施土改运动。我们的工作还很多。下面还没有具体的安排，正好是个空。"

经王红梅解释，王幸福回家的念头瞬间就便变得强烈起来："那我什么时间来报道。"

"不用来报到。"

"为什么？"

"等下一步工作安排好了，我们会派人通知你的。"

"那我现在就可以回去啦？"

"嗯。"王红梅点了点头："可以回去了。"

归心似箭。王幸福朝着河口村的方向飞奔而去。

124

打完任宝玉的耳光，薛云霞就后悔了。也许儿子说的对，把土地和财产给村里那些穷人都分了，共产党就会原谅自己往日的罪过。有钱，有土地，就是一种罪过吗？以往薛云霞从没有这样想过，现在想想，对共产党、对那些家贫如洗的叫花子而言，它不就是一种罪过吗？想想自己，这么多年来，支撑这么大一个家庭，这么多土地财产，就是一个包袱啊。这个包袱已经让她不堪重负，筋疲力尽。但她就是不能放弃这个家，这些财产。多少年兴盛起来的任家，不单单是她薛云霞一个人的。它应该是整个社会的，整个河口村的。多少人租了这个家的土地，还有多少人在这个家中做工，他们是依赖这个家才得以活命的。老太太健在，大哥任瑞祥在省城做着国民党的军政要员，这个有着显赫尊贵的家，对他们来说，是一种权贵富有的标志和象征，是一种引以为荣的自豪和骄傲。就拿她自己来说，不管人们背地里怎样议论和唾弃，表面毕恭毕敬喊"任二奶奶"同样是因为这个家。她不能让这个家就这么轻而易举毁在自己手里。

"这来的也太不是时候了。大忙的天，你就不能等到农闲吗？"薛云霞看着头顶的天空，瞅着脚下任家大院的地，心里直埋怨。埋怨完了，就开始想，有些财产该往哪里转移，自己又该躲到什么地方去？离开家，田野里的庄稼要人收获，槽头的牲口要人喂养，羊群也要有人去放。虽然这些事情往日都安排的井井有条，但她就是不放心，她想象不出群龙无首的日子将会是一种怎样的混乱。想着这些烦心事，就不自主在心里骂："这个王幸福，你死到哪去了。怎么就不知道回来呢？"

薛云霞让人套着马车把儿子送往学校的同时，自己这边也开始收拾一些金银细软，接着就去整理那些账本和租借契约。至于一些粮食衣物，她想就不必折腾了。

马车从城里回来，薛云霞又让人把老太太送往南山她一个侄子家。老太太足足有十几年没回过娘家了，薛云霞要将她往外送，她死活不肯去。薛云霞跟她解释："要过队伍了，就像当年跑日本一样，你得出去躲上一阵子。"老太太说："我这么大岁数了，不怕死。你们都跑吧，我就给咱守着家。"薛云霞有些不耐烦了，大声说："您就不要跟人磨嘴皮子啦，要送您走，您就赶紧走。人家还有事情哩。"老太太从没见过儿媳发这么大脾气，不再多言，乖乖上了马车。

晚上，薛云霞又把小儿子任宝贝托付给香椿，把田间的活计交给了领头长工。薛云霞对任宝贝说："妈要出门好几天哩，在家里要听你香椿姨的话。放学了赶紧回家，不要胡乱跑。晚上就和你香椿姨睡一个炕。听见没有？"任宝贝不知道妈妈和奶奶为什么要出远门，只能乖乖地点着头："知道了。"香椿担心地问："你们一走，剩下我们，人家来了可怎么办啊？"薛云霞说："人家来就来了，不会把你们怎么样的。你们说话办事顺着点人家。就是太阳，也有它落山的时间哩。"

薛云霞里里外外，上上下下一直忙到第二天晌午。忙完了，她又鬼使神差来到西城门外，朝着去灵宝县城的大路，朝着去黄河滩的方向眺望。这个冤家！怎么还不回来呢？

"姐。"

薛云霞一扭头，就见二弟薛云卿站在身后。

"姐，马车来了。咱们赶紧走吧。"

"走吧。"薛云霞答应一声，很快转回了身。

坐上马车，薛云霞回望着屹立在河口街面上三座豪华的院宅，她委屈得想哭。正院门上那副楹联在她的泪眼中晃呀晃的，赶也赶不走。"守成不易应戒奢华　创业维难务本节俭　忠厚传家"，共产党八路军来了，这个家的兴盛和衰败跟奢华和节俭可是丝毫的关系也没有啊！

一辆马车出了东城门，趟过乾阳河，渐渐模糊在河口村的视线里。

第二十七章　三十六计走为上

153

王幸福激动地奔跑在回村的大路上。快到西城门外了，望着历历在目的河口村，一种亲切感油然而生。离家二十多天时间，和漫长的人生岁月比起来是多么短暂和微不足道，但他的心情却发生了复杂的变化，这回是他带着共产党八路军来解放河口村的，他不知道这种亦如暴风骤雨般的解放和土改会给任二奶奶家、王保长家带来什么不可预测的后果，他却知道因为解放，河口村那些没有土地的穷人就会有地种，就会有好日子过。还有，他想把王婵娟从下河口邵维义家给解放出来，和自己一起过日子。

进了西城门，沿着街巷往回走。多年来的一种习惯，使他很自然推开任二奶奶家正院的大门，出门这么长时间，回来了就该跟人家打声招呼。"任二奶奶。"王幸福叫着，没有人应声，抬眼便见薛云霞居住的东厢房锁着。老太太可是从来都不随意出门的。王幸福往上房屋走去，没有走到跟前，就见那门扣子同样挂着一把锁。奇怪，人都去哪儿啦？王幸福带着一种疑惑去了西院。进了西院就"香椿姐，香椿姐"叫着，香椿听到叫声答应着出来了。

"是王幸福啊。我还以为是谁呢。你什么时间回来的？"

"刚刚回来，任二奶奶呢？"

香椿说："刚刚被她的娘家兄弟接走了。"

"老太太的门怎么也上锁了呢？"

"昨天老太太也被人用马车送走了。"

"他们都走了？出什么事情啦？"王幸福问。

香椿说："你不知道啊，共产党八路军都进灵宝县城了，说不准哪天就会到咱们河口村来。"

"来就来吧，跑什么啊跑。"

"我看你是吃了灯草，说得轻巧。听说那共产党，八路军都是些无产阶级，对有钱人狠着哩，他们不跑，还等着挨枪子啊？"

"有那么厉害吗？"

"这你就不知道了不是？"香椿继续给王幸福解释："什么是无产阶级，咱也弄不明白。反正都是些穷鬼，没土地，没银钱，没妻儿老小，破罐子破摔的死皮赖脏发，和富人做起对来就不要命了。"

听着这些，王幸福觉得可气又可笑，他不想去跟香椿解释什么，就说："香椿姐你忙吧。我还没有到家哩，得赶紧回去。"

看着王幸福的背影，香椿说："有空就来，也帮着任二奶奶家干点什么。"

"妈，妈"王幸福走进自家窑院就喊开了。

桃花走出窑门，看见儿子回来自然是欢喜的不得了。就说："你去屋里先歇会儿，妈就给咱擀面做饭。"

"那我大呢？"王幸福问。

"去东塬上了，看那里种的那几苗玉谷熟了没有？"说完，桃花就问："怎么一出去就这么长时间？你大天天晚上念做，说眼看着都收秋哩，还不见回来！"

王幸福不能跟母亲说他跟了共产党八路军的事。他只说国民党的军队正跟黄河那边的八路军打仗哩，成天枪炮声不断，他不敢随意往回跑，万一碰到国民党军队抓兵，自己还不得去当炮灰啊。母亲说："听人家说，共产党八路军已经打到灵宝城了，你说现在这世道，成天就是打来杀去的。"王幸福说："听说那共产党可都是好人，是为天下受苦人谋利益的。"可他母亲还是担心。

娘儿俩正说着，王长安回来了。看见儿子就训斥："你还知道回来啊！"

王幸福不吱声，坐在锅台跟前燃着了灶膛里的火。

桃花说："刚进门，也不问青红皂白，就朝娃发脾气。"

第二十七章　三十六计走为上

"一走就是二十多天，眼看着到了收种的时节，谁不着急啊？任二奶奶待咱不薄，跟人家做活，就不能让人家背后对咱说三道四的。"王长安接着说："后晌歇一晌，明天就去任二奶奶家，该做什么就做什么。"

　　灶膛里的火正旺，下到锅里的面条翻着浪地打滚，扑鼻的清香溢满整个窑洞。看着眼前慢慢变老的父母，王幸福右手机械地扒着碗里的面条，心里却想象着解放后的日子：欠任二奶奶家的债应该还清了吧？应该有更多土地去种，还要有一辆马车？王婵娟也应该成为自己的媳妇，为自己生上一个娃……

第二十八章 急性土改

126

听着那时而密集时而稀落的枪声，朱小熊就兴奋。他敢肯定，那就是共产党八路军打过来了。他不止一次跑到窑院外面，仔细地听着那原本就非常刺耳的枪声炮响。

薄荷也跟着睡不着，看到朱小熊三番五次地从屋里跑到外面，又从外面跑回屋里。就关心地问他："怎么啦，睡不踏实啊？"朱小熊眉开眼笑着没有吱声。薄荷不知道朱小熊为什么笑。她想他那笑，应该是一种无奈的苦笑。薄荷接着自语道："如今这是什么世道啊，成天战事连连，打打杀杀的，老百姓就没有个安生的日子。"

他和赵春明相约的事，朱小熊从没有跟薄荷提过半个字。女人嘴上没有把门的，一旦说漏了嘴就会招惹是非；还有就是他不想让媳妇跟着自己担惊受怕的。朱小熊接过薄荷自语的话题："怕是八路军打过黄河来了。"薄荷问："你怎么知道？"朱小熊说："猜的呗。"薄荷又问："那共产党和八路军到底是干什么的，为什么要和国民党的部队打仗？不打不行啊？""这我咋能知道。""我也是随口问问。"一直到天亮，县城那边的枪声还在继续着。朱小熊去了王智性家。

王智性也是半宿没合眼。他猜不准那是不是八路军打过了黄河，正在和国民党的守城部队干仗，自从听了朱小能从县城带回来的消息，他就盼望着这一天的到来。他巴望着这枪声不断地响下去，一直到把国民党的部队消灭个光大净，让这不平等的世道来个彻底大翻身。除此之外，更让王智性和月娥担心小儿子王学信。王学信被抓了兵，真要是打起仗来，那他可是和八路军真刀真枪地干，不是你死，就是我活，这万一有个好歹……王智性和月娥虽然都不说话，可彼此心里都明镜般地亮堂。他们巴望着这枪声响下去的同时又希望这仗不要再打了，枪声赶快停下来吧。"观音菩萨啊，保佑我的儿子大吉大利，遇难成祥吧。"月娥在心里祈祷着。

"智性叔。"朱小熊一进门就喊。

"你进来，窑屋的门早开着。"

土炕上，王智性坐这头，月娥坐那头。王智性手里握着旱烟袋，嘴皮子"吧嗒吧嗒"地张着，屋子里早已是烟雾弥漫。

"起来老早了吧？"朱小熊问。

没等王智性把旱烟袋从嘴边移开，月娥这边就开了腔："大半夜地就没合眼，听着那枪声炮响的，哪能睡得着啊。"

"我也是，从枪声响起的那一刻，就再也没有闭过眼。"

"你和你叔坐，我去把门上院子扫。"月娥下炕出了门。

"这回一准是共产党八路军打过黄河来了。"朱小熊兴奋地说。

"兴许吧。"王智性说："那枪声不是还在响嘛，这么大的动静，过不了明天，就会有准确的信儿传过来。"

"真希望就像赵春明说的那样，共产党八路军解放了灵宝城，这世道就该变了。"

"到了后天，又是灵宝县城集日。不管是什么情况，我去一打探就什么都清楚了。真要是共产党来了，咱们就带头把河口村的穷人会组织起来，和那些地主老财做斗争。"

"但愿吧。"王智性的旱烟袋噙在嘴里，还是"吧嗒吧嗒"地响。

朱小熊不知道智性叔为什么就高兴不起来，盼翻身，求解放，往日里他总是不停地念叨着，这回共产党八路军真的要来，他却怎么就犹豫不决了呢？回到家，朱小熊对薄荷说："智性叔和月娥婶子听到枪响，也是整宿没有合眼，他们看起来咋就那样熬煎呢？""你还不清楚啊？他们是在担心王学信哩。"朱小熊茅塞顿开："原来是这样，我怎么就把这个事件忘得净净的了呢？"

到了后响，果真就有消息从县城那边传来，说是国民党镇守函谷关的部队，守城的部队一夜之间都完蛋了，灵宝城已经成了共产党的天下。到了第二天，他们又听说任家二奶奶出门逃难去了。看来，这世道真的要变了。

王智性和月娥喜忧参半，国民党的部队好几千人都被八路军消灭了，他们的儿子，这会儿会在哪儿呢？死了，还是活着？

127

薛云霞坐着马车离开河口村那会儿，王孝儒的女人正躲在自家大门里边窥视着。眼看着马车驶向东城门，女人赶紧回来告诉王孝儒："人家都走了，咱呢？""咱，咱不走。"王孝儒躺在土炕上没有动静。"那共产党真要是来了，咋办？""来就来呗。"王孝儒接着说："咱和任二奶奶不同。""咋不同？""人家走了，家里还有长工头，做饭的香椿等等，好多人招呼着家哩。我们走了咋办？屋里这一摊子就任他们去折腾啊？"女人想想也对，到时候真要是落个人财两空，倒不如丢下钱财逃个活命划算。

这些，王孝儒并不是没有想过，可他就是舍不得丢下祖辈留下来的这份家业。当听到县城那边炮火连天的声响时，王孝儒也胆战心惊过，也害怕共产党八路军真的开到河口村来，除了任二奶奶家，河口村就数自家富。自己还是名副其实的国民党员，干着河口村的保长。这时间他就想到了在延安的儿子，儿子是共产党人，而且还是个当官的。他不知道儿子当初的选择是不是一个错误？他拿出了儿子写的那封信，仔细回味着每一句话，每一个字。他就弄不懂儿子为什么要把家里的财产全部分给那些穷人，自己发家致富，没有偷，没有抢，是靠自己辛勤劳动挣来的，为什么要平白无故施舍给他们啊？这共产党怎么就不讲道理了呢？因为儿子是共产党，他曾经害怕国民党政府抓住这个小辫子不松手，给自己小鞋穿。没有想到国民党那关过去了，共产党却真的来了。来就来吧。王孝儒想好了，是自家的财产就不能给穷人分，官官相护，不看僧面看佛面，共产党也是人生父母养的，不可能一点儿情面也不讲吧？想那共产党八路军也应该看在儿子的份上，对自己网开一面。这样想着，王孝儒也就坚定了不走的信念。

晚上，王云山从学校来到王孝儒家，促膝交谈的仍是共产党占领灵宝城的话题，同样担心着共产党会不会到河口村来。话至深处，王云山就问："王保长，任二奶奶都出去逃难了，你怎么就不走呢？""我走，我往哪儿走？王云山说："见风使舵，识时务者为俊杰。该躲还是要躲的，共产党初始锋芒，咱不可硬碰硬，拿鸡蛋往石头上碰，会头破血流的。"

接着王孝儒问起学校的事，说是共产党来了，学校准备怎么办？有没有应对的措施。王云山说："学校是孩子们读书认字的地方，看形势吧，真不行了，还是要配合一下，做做样子也行。"王孝儒说："你们读书人，就是脑袋瓜子活泛，喜欢搞阴谋诡计，阳奉阴违。做人，是要有骨气的，不能做墙头草，哪边吹就往哪边倒，最终也没有好果子吃。"

对于王孝儒的话，王云山嘴上不说什么，可心里早就嘀咕上了："这共产党能不能长久待下去，谁也说不准。真要是共产党占了上风，你总不能跟着国民党去陪葬，做牺牲品吧。我才不会那样傻呢。"

两个人都在打着各自的小算盘。话不投机，很快也就散了场。

128

朱小熊起了个大早，快到灵宝县城时太阳出来了。离的老远，飘扬在灵宝城头上的那面镰刀斧子红旗就映入了眼帘，他禁不住心头一热，想到自己立刻就能见到共产党八路军，见到久别的赵春明大哥，脚底下便增添了无穷无尽的力量。

县城还是那座县城，街道还是往日的街道，所不同的是县城街道的面貌焕然一新。沿街门店照样卸下门板开门营业，各类饮食铺子也生着了火，扑鼻的香味儿愈见浓烈。沿街道的墙壁上，不断有彩色的标语吸引着他的眼球："中国共产党万岁""共产党领导的八路军是人民自己的军队"、"消灭国民党反动派"……朱小熊就这样一直往前走着，一刻也不想停下来。他从东大街走到西大街，又从南大街走到北大街，在北大街国民党县政府的门口，一幅新牌匾"中国共产党灵宝县政府"格外醒目，门口站着持枪的战士，不断有人出出进进。有男的，有女的，有穿着军装的战士，有穿着老百姓衣服的民兵或地方干部，有挎短枪的，有背长枪的……他们一个个精神饱满，劲头十足，脸上无不流露出胜利的喜悦。赵春明大哥也应该是这些人群中的一员吧。朱小熊拦住了一个路过的战士："你们里面有一个叫赵春明的没有？"那个战士愣怔了半晌，然后摇摇头说："不知道。"朱小熊又拦住一个挎短枪的人："你们这里面有一个叫赵春明的人没有？"挎短枪的人问他说："他是哪个连队的？"朱小熊懵了，晃晃脑袋："不知道。""他是部队战士，还是地方干部？"朱小熊瞪着眼睛，依旧晃晃脑袋："不知道。"那人笑着，同样晃晃脑袋说："你什么也不知道，我就没办法帮你了。"朱小熊站在大街上不知所措。这么大一个灵宝县城，这么多八路军战士，去哪儿找赵春明啊？他后悔当初分别时为什么不问清楚呢？在河口村，要想把穷人组织起来同富人做斗争，没有个领头的可不行。而这个领头的又必须是共产党人。眼下，朱小熊所知道的共产党也只有赵春明。望着眼前这么多战士和干部，他仿佛置身于大海之中。

肚子开始"咕咕咕"叫唤了。早起那会儿，薄荷跟他说："我烧着火，给你做碗酸滚水泡馍。"朱小熊说："不用了，到县城还能没吃的。"薄荷说："要赶远路呢，往日里总是吃了再走的。"朱小熊说："真的不用了，离天亮还得一会儿哩，你搂着娃再睡会儿。"

朱小熊挪动双脚，向南大街走去。吃着韭菜包子，喝着小米稀饭，朱小熊还在想如何去寻找赵春明。仔细回想着赵春明和自己每一次相聚的情景，他不知道能否在以往那些零碎的细节中寻找出一点线索来。赵春明那段话很快在耳边响起："革命工作千万种，种种都是干革命。你的快板歌谣说唱的那么好，完全可以利用自己的一技之长，向自己的亲戚、朋友、邻居及其周围的穷苦老百姓宣传革命道理，宣传共产党八路军的革命主张，必要的时机可以把他们组织起来，在共产党的带领下同地主恶霸和国民党反动势力作斗争。"是啊，自己的快板歌谣说得那么好，为什么就不能趁集市之日去歌颂宣传共产党八路军呢？如果赵春明就在灵宝城，他也一定会去南大街的。常言说得好，寻人不如等人。我就在南大街上等，一直等到天黑，我就不信等不着他。

主意一定，朱小熊立马来了精神。还是往常那个地方，朱小熊放下行囊，摆出架势，掏出随身携带的家什，立即就有以往的熟客围拢过来。

"竹板那个一打连天响，

咱们今个不把别的讲，

说一说黄河流水日日新，

灵宝城一夜之间来了八路军，

城头上的红旗迎风着展。"

有更多的人围拢过来，他们不明白，这个生意人昔日的"卖针歌"怎么突然间就更新了内容，这种与时俱进的速度也太快了吧。担心归担心，他们还是喜欢听朱小熊这种喜闻乐见的快板歌谣。

一些八路军战士和地方干部也围拢过来看热闹，他们同样觉得朱小熊的快板歌谣新鲜，有情趣。更重要的是，他用非同一般的形式做了党的义务宣传员。

129

王幸福从县城回河口村之后，王红梅参加了陈（赓）谢（富治）前委在陕州大营召开的土改扩大会议。到了大营，她见到丈夫丁野。他们在尚乐镇分手后，丁野所率的团成了灵陕战役主力军的一部分，而王红梅和赵春明、郭楠红、刘三等人被分配在后委，主要任务是灵陕战役结束后，根据中共中央正式颁布的《中国土地法大纲》，在新建立的解放区开展土地改革运动，要一手拿枪，一手分田，前方打仗，后方土改，充分调动广大农民的革命生产积极性。忙里偷闲，瞅个背人的地方，他们凑到一块儿，随即又谈起了王幸福。丁野说："那个小伙子挺倔，对我也抱有成见"。王红梅说："人家觉得你冤屈了他，能不倔吗？"丁野问："后来情况怎么样？"王红梅说："还能怎么样？什么也没有发生。就在来开会之前，我让他回去了。"丁野说："在那种特殊时期，我那样做也是出于对党负责，对战争负责。"王红梅说："我知道，可人家不知道啊。后来，我跟他做思想工作，还算有效。""我发现那小子挺喜欢他的梅姐，喜欢得让人妒忌。"丁野半开玩笑半认真地说。"所以你就伺机报复人家?"王红梅嗔怪道。"就是,你心疼了?""我就心疼了,你还能把我怎么样?""你说我能把你怎么样?"丁野说着把王红梅拥抱入怀,滚烫的嘴唇堵住了她即将出口的调侃。

在这次会议上,前委委员裴孟飞代表前委作了《关于土地改革的报告》。报告要求对新的解放区实施"平分土地,打倒账目",明确指出了"放手点火,彻底消灭地主阶级,解决一切无地、少地农民的土地问题,实施耕者有其田"的口号。要求各个工作队在群众运动面前:"(1)不要害怕乱子;(2)也不要害怕环境动荡不安,怕给群众闯下乱子;(3)不要害怕群众性的左;(4)不要害怕群众打得地主落花流水,威风扫地,永远不能翻身;(5)不要害怕群众到处逮捕地主,封他们的门,抄他们的家;(6)不要害怕群众对罪大恶极的汉奸恶霸土豪劣绅的报复行为,对这些人,要允许与领导群众镇压他们;(7)不要害怕农民武装起来,消灭武装反抗农民的地主,允许农民无情镇压,抄家灭门;(8)不要害怕群众挖地主的内产,群众要求挖,就允许与领导群众挖;(9)不要害怕群众搞地主的工商业,群众要搞,要允许与领导群众去搞,大的工厂、矿山群众不好经营的可以归国家所有;(10)不要害怕地主的叫喊与诬蔑,要批驳与压倒他们的叫喊;(11)不要害怕党内叫喊,要敢于向群众向党负责。那种反映地主呼声、反对农民正当要求与行动的叫喊,在党内、在群众面前均是不合法的;(12)只要是广大群众的,农村百分之九十人口同意的,不是少数干部积极分子蛮干,就是有益而无害,就不犯冒险主义。即使犯了错误,有百分之九十的人负责,也不要紧。"

报告结束后,前委副书记谢富治作了强调性发言:"这次我们下去搞土改,就是同土地革命时期打土豪、分田地一样,就是要那么搞,看谁家的房子好,谁家的门口拴着骡子、大马,不用问,他就是地主,搞他就是了。"

对于两位领导的讲话，有少数人提出了不同的意见，认为刚刚解放且只是部分地区，国民党地方政权和地主武装还没有彻底消灭，中共党政基层组织尚未完全建立，要在短时间内完成土地改革任务是有一定困难的。裴孟飞则坚持："蒋管区的农民苦大仇深，迫切要求土地，群众就像一堆干柴，一点就着。各土改基点应尽快发动群众，平分土地，做到村村点火，处处冒烟。"

会议宣布了各个土改工作队的干部名单，并把几个武装排的战士下分到各个工作队。丁野从部队抽调到土改工作队，和王红梅分别担任河口村土改工作队队长和副队长。当天下午，丁野与王红梅一起回到灵宝县城。第二天便召开了全体队员会议，传达陕州大营会议精神，研究部署如何进驻河口村，如何在河口村尽快开展土改运动。王红梅说："赵春明，在座的人中就数你在灵宝城这边待的时间长，你也曾化装去过河口村，把你知道的情况介绍一下吧。"

赵春明首先就谈到了朱小熊，谈到了他父亲朱瞎子的死，现在的朱小熊是他发展的主要对象。赵春明还谈到了河口村最大的地主薛云霞，说她家良田百顷，骡马数十匹，长年四季长工短工、丫鬟佣人雇了几十个。她的亚伯哥任瑞祥是河南省参议院参议。顺便又一次提到了王幸福，赵春明说，王幸福的父亲因为早年生病期间借下了任家数目巨大的高利贷，王幸福是为抵债去任家做活的，按理说也是个受苦人，可不知道为什么，村上人都说，任家二奶奶待他好。

正说着，部队上来人了，给他们送来了两个国民党士兵，是解放灵宝城时投诚过来的，态度都积极，愿意参加革命，愿为打土豪分田地闹土改贡献自己的力量。经过询问，得知他们是河口村人，就送过来了。丁野和王红梅商量，决定对两个投诚过来的国民党士兵逐一再进行一次仔细询问，以便掌握河口村更多情况，有利于开展下一步工作。

第一个国民党士兵被带进来了。

丁野问："什么名字？"国民党士兵答："王狗剩。""家住哪里？""灵宝县城东乡河口保二甲。""家里几口人？""两口人。一个七十岁的老娘和我。""因为什么给国民党当兵？""我原本在任二奶奶家扛活，只因为活计重，工钱低，顾不住我和娘的生活，逼迫无奈才卖的兵。""你投诚八路军有什么打算？""打倒地主，分他们的财产，分他们的土地，分他们的粮食，分他们的一切。""如果让你参加八路军，你有什么打算？""为革命事业，肝脑涂地，在所不辞！"王狗剩信誓旦旦，丁野甚为满意。

第二个国民党士兵被带进来了。

丁野问："什么名字？"国民党士兵答道："王学信。""家住哪里？""灵宝县城东乡河口保东河口村六甲。""家庭几口人？""八口人。大、妈，三个哥哥，一个嫂嫂，一个侄子还有我。""因为什么给国民党当兵？""我是抓兵抓来的。""你投诚八路军有什么打算？""能过上有土地种，有骡马使唤，有饭吃的生活。""如果让你参加八路军，你有什么打算？""没什么打算，就是想着能为早年死去的三叔报仇！""你三叔是被谁残害致死的？""是被我们村的大财主任家害死的。""任家害死了你三叔？""说来话长。"王学信说；"民国十八年那会儿，灵宝县一带土匪猖獗，为了能过上太平日子，河口村也学其他的村子组织自卫队，保护自己的家园。三叔和任吉祥一同拿着村民筹集起来的银两去西省（即西安）购置枪支。任吉祥就是薛云霞的丈夫。那时候，任吉祥是河口村的保长，他大哥任瑞祥又在省城做大官，因此仗着自家的权势，横行乡里，无人敢惹。任吉祥同三叔去西省十多天，回来时就没了三叔的人。任吉祥对外人说他们在去西省途中遭遇了土匪，三叔因此丧了命，所带的银两也被抢劫一空，他逃脱土匪的魔掌，拣回一条命。可河口村好多人都说是任吉祥害了三叔的命，私吞了银两。""那任吉祥现在在哪？""任吉祥死了。就在事发后第八年的那个秋天，任吉祥赶着马车外出做生意时，马车翻到了沟里头，当场被压死了。村上人都说是报应。""啊，原来是这样。"丁野点着头接着问："你说你投诚八路军是为了给你三叔报仇？""对啊。""可任吉祥已经死了。""可他的家还在，任寡妇还在，她们家那么多的土地，那么多的粮食，那么多金银财宝。我要她们偿还三叔的命，要她们家倾家荡产。""说得好。"丁野用拳头擂了一下桌子说："我们现在闹土改，就是要革地主阶级的命，就是要让他们倾家荡产，永世不得翻身！"

询问完王狗剩和王学信，丁野对王红梅说："这两个投诚过来的人。出身贫苦，爱憎分明，立场坚定。他们的到来，无疑给我们这次去河口村闹土改增添了一份力量。"

赵春明说："对他们两个所说的情况，我还不太了解。"

王红梅说："咱们继续开会，再结合王狗剩、王学信提供的情况，制定一个初步的土改计划和实施方案。"

"那好，我们研究讨论如何在河口村开展土改运动吧。"丁野吩咐道。

130

朱小熊在县城南大街摆摊说快板歌谣，引起了很多人的关注。一个在场观看的八路军战士把消息报告给新组建的中共灵宝县政府和驻军首长。首长们也觉得好奇，灵宝县城刚刚获得解放，就有人在大街上做义务宣传。不知道他是什么人？又出于什么目的？带着诸多疑问，首长来到了南大街，只见地摊子被人围拢的水泄不通，从人群中央传出了朱小熊正在说唱的歌词：

"你莫要挤，

你不要嚷，

朱小熊感谢诸位来捧场。

今天咱不卖针，

今天咱不卖线，

今天咱只把共产党、八路军来称赞。

喜欢听你就把脚步站，

不喜欢你就回身转……"

"走，进去看看这个人。"首长说。

"让一下，让一下。"战士领着首长拨开人群来到了朱小熊的面前。

"小伙子，停一下。我想问你几句话。"首长说道。

朱小熊抬头看着眼前的八路军首长，只好停下正欲出口的下文："长官好！"

首长说："我们八路军不兴这个称呼，互相之间叫同志。"

朱小熊立即改口叫道："八路军同志好！"

跟随的战士纠正说："得叫首长。"

朱小熊又一次改口道："八路军首长好！"

"好啦，好啦，八路军和老百姓都是一家人，就不拘那么多礼节啦。"首长笑笑继续问道："小伙子叫什么名字啊？"

"报告八路军首长，我叫朱小熊。"

"家住哪个村啊？"

"灵宝县城东乡东河口村，属河口保六甲。"

"干什么职业啊？"

"种地的。农闲时赶集摆摊卖当，也就是卖一些针头线脑什么的。"

"家中几口人啊？"首长一句一个啊，让朱小熊感觉忒亲切。

朱小熊说："三口人，我媳妇，还有一个不到一岁的儿子。"

"哦。"首长点着头说："家里种了几亩地啊？"

"就二亩多，还是租人家的。"

"快板书说得挺好的呢。"首长转变了话题。

"跟我爹学的。"朱小熊如实禀报。

"跟你爹学的？"

"嗯。"朱小熊点着头说，"我爹原来就是个说书的。"

"哦，耳濡目染。也算是祖传的喽。"首长接着又问道："你为什么在这里宣传共产党、八路军好呢？"

朱小熊说："因为共产党、八路军是穷人的大救星，是为普天下劳动人民谋利益的。"

"这些都是谁教你的？"

"赵春明。"

"他是做什么营生的？"

"他是共产党、八路军的人。"

"你知道他现在在哪儿吗？"

"不知道。"朱小熊说："我知道灵宝城解放了，就到县城来寻找他。可是县城里人太多，我一时半会儿找不着，就依照他教我的，利用自己的一技之长，为革命贡献一份力量。"

"说得多好啊！"首长又问："朱小熊，愿意跟我参加共产党八路军吗？"

"愿意。但眼下要紧的是找到我大哥赵春明，他说等共产党八路军解放了灵宝县城，要我们把村上受苦人组织起来，成立个穷人会，去跟那些地主富人做斗争。"

"知道的还挺多。"首长继续问："那咋和地主富人斗争呢？"

朱小熊说："把他们的财产、粮食，还有土地、牛羊全部分给村里的穷人。"

首长满意地笑了笑："那你跟着我，我帮你找赵春明。行不？"

"谢谢八路军首长。"朱小熊朝首长鞠了一个躬。

朱小熊跟着首长来到中国共产党灵宝县政府的驻地。首长吩咐下面的人到各个连队和组建的土改工作队中查找叫赵春明的人。很快，就得出了一个结果：赵春明是原山西省太岳军区尚乐镇区小队的队长，现在是驻河口村土改工作队中的一名成员。有了确切的消息，首长对朱小熊说："走，咱们现在就去见你的那个大哥赵春明。"

朱小熊说："好啊！这么快就找着了啊。"

丁野和王红梅还正在对到河口村土改进行筹划安排，有战士进来报告说首长来了，而且还领着农村小伙子。二位忙出来，行了一个军礼："首长好！"

首长问："赵春明是你们队的人吧？"

王红梅说："是啊。"

首长接着介绍道："这个人叫朱小熊，是赵春明在灵宝一带做地下工作时发展的一个革命对象。他苦于找不着赵春明，一个人去了南大街，利用往日卖当摆地摊的形式为我们做宣传呢。"

"你就是朱小熊啊？"王红梅握着朱小熊的手说："赵春明跟我们介绍过你的情况。感谢你为革命做的工作。"

朱小熊原本对王红梅大大咧咧握着自己的手就有些窘迫，她的表扬更让他有些不好意思了，红着脸不知道该说什么好。

王红梅接着指着身边的丁野介绍道："来，认识一下，这是丁政委。"

朱小熊上前握着丁野的手说："丁政委好！"

丁野说："欢迎你加入八路军土改工作队。你的大哥赵春明在屋里呢。"

屋里正在开会的场面原本就热闹，首长的到来，气氛更加热烈起来。赵春明抓着朱小熊的手问道："来了？"

"来了。"朱小熊答应着："听说八路军一夜之间解放了灵宝城，我料定你会一同来的，没想到，在这么多人中找你，比大海捞针还难。多亏首长帮忙，要不然到后晌黑也寻不着你。"

赵春明说："时间紧，任务重，融入了集体组织比不得自己一个人那样随便。这不，我们正开会哩，说的就是去河口村搞土改的事。原想着开完会再去找你，没想到这么快见着了。"

首长插话说："朱小熊的革命热情高着哩，他的快板书说得好极了，什么'今天咱们不卖针，今天咱们不卖线，今天咱们只把共产党八路军来称赞……'"

首长的重复表扬更让朱小熊不好意思起来，像个小学生一样谦虚："这都是我应该做的。"

在场的王学信、王狗剩也走上前来叫道："朱小熊。"

朱小熊惊讶地问道："你们两个怎么也在这儿？"

王狗剩、王学信异口同声地说："我们也来参加八路军啊，跟着他们一起回河口村去闹土改。"

"太好了。"朱小熊激动地说着，然后给大家介绍说："他们两个都是河口村穷人家的孩子，王狗剩给任家扛活，生活过不去只好去卖兵。王学信跟着爹娘一直在田间做活，一大家子人连个牲口也没有。他们……"

"好了。"丁野拦住朱小熊要继续说的话："他们两个的情况我们大家都清楚。前委委员裴孟飞开会时讲过，蒋管区就是灾区，群众的情绪就像一堆干柴，一点就着，重要的问题在于我们如何去点这把火，要村村点火，处处冒烟，尽快发动群众平分土地。具体到我们，接下来的事情就是如何在河口村尽

第二十八章 急性土改

快把革命的火点起来，让它越烧越旺。"

"丁政委……"朱小熊瞅着王红梅，不知道该怎样称呼她。

旁边的赵春明提醒他："我们都叫她梅姐，是这次去河口村进行土改的工作队队长。你喊她梅姐也行，叫她王队长也中。"

朱小熊重复着刚才的话："丁政委，王队长，要不咱们现在就出发。"

丁政委说："不急，那些地主老财已经是煮熟的鸭子，飞不走了。毕竟去河口村还有十多里路。我们今天下午把准备工作做好，明天一早就出发。"

"明天一早就出发。消灭地主阶级，解放受苦老百姓！"大家的情绪高涨极了。

第二十九章　革命不是请客吃饭

131

八路军工作队进了河口村。

吃早饭那会儿，丁野提醒大家："吃饱点啊，下一顿饭什么时候吃可没个准，要有挨饿的思想准备。"朱小熊说："丁政委说这话我就不爱听了，到了河口村还能没有八路军吃的饭？我们弟兄几个再穷，也管得起工作队一两顿饭。是不是啊？"王狗剩和王学信忙接过腔说："就是，就是。"王红梅解释说："丁政委不是说你们管不起饭。我们这次去搞土改，是要吃大户，吃地主老财家的粮食。不但我们吃，还要领着河口村所有的穷人一起去吃。"朱小熊说："这话我爱听。"丁野接着说："不但吃他们的，还要分他们的土地，让河口村的穷人永远都有饭吃。"在场的人好一阵子鼓掌。

路过河口街时，沿街站满看热闹的。大家都在悄悄议论："这共产党工作队一来，河口村将会发生一场什么样的变故呢？""那谁会知道？"任家的三座大院子门全关着，虽说薛云霞和老太太都逃难在外，但剩下的人也得像守自己的家一样保护好任家的财产，他们毕竟都端着任家的饭碗。王保长家两座大院门同样关着。不知道王孝儒一家人这会儿又是一种怎样的心态，一定是又恨又怕，自己辛辛苦苦挣来的宝贵财富，在共产党的眼里怎么就成了一种犯罪呢？

朱小熊要将工作队先安顿到自己家里去，八路军初来乍到，他觉得领到谁家也不合适。自家虽说只有两眼土窑洞，但也算是让土改工作队暂时有了一个落脚的地方。

经过河口街王狗剩家那条巷道时，王狗剩回了家，他说要先回家去看看老母亲。

到了东河口，王学信也回去了，自从当兵到现在，好几个月都没有回家了。

朱小熊一下子引来这么多人，还有那么多带枪的，薄荷就有些措手不及。她不知道他们都是些什么人？朱小熊又为什么把他们领到自己家？看着媳妇惊慌失措的样子，朱小熊说："不要怕，这就是共产党八路军派到咱们村的土改工作队。"朱小熊说这些薄荷不太懂，只听她怯怯地问："土改工作队，那是做什么的啊？"王红梅听到了，走上前去："看你年龄比我小，就叫你弟妹吧。"薄荷说："我叫薄荷。就是河滩有水地方长出来的那种清凉微苦的一种草。"王红梅说："我明白，那是一种中草药。""中草药啊。"王红梅说："弟妹，你不知道土改工作队是干什么的，我告诉你，就是要打倒地主老财，把他们的土地、粮食、财产全部分给穷人。"薄荷说："这就叫土改啊。那能改过来吗？那些富人财主有钱有势的，还有枪，他们能乖乖把土地粮食让出来吗？""他要是不乖的话，我们就用手中的枪杆子革了他们的命。""是这样啊。"薄荷似懂非懂。

朱小熊走过来说："把孩子给我，你给咱们生火烧水，工作队的战士们打清早吃了到现在，肚子都饿了呢。"

赵春明走过来说："还是让薄荷把孩子抱着，到了你家，也就是到了自己家。让郭楠红去生火吧。"

郭楠红跑过来说："做什么饭啊。我生锤生打，做什么也不方便。"

朱小熊说："让薄荷做吧，她锅碗瓢勺，盐油酱醋什么清楚着哩，轻车熟路。"

郭楠红说："我来帮嫂子做吧。"

赵春明说："叫啥嫂子哩，当初我们结拜时，我是兄，他是弟。按理说，她应该叫你嫂子才对哩。"

这话说得郭楠红脸红到了耳根子。虽然她和赵春明的关系大多数人都知道，可毕竟还没有过门。郭楠红嗔怪道："什么时间说话都没个正形。"

王学信领着父亲王智性进来了。他们的对话正好被王智性听到了，王智性说："不用生火了，晌午都到我家去。"说完，回头又对朱小熊说："你是看不起你叔咋的，就不能把工作队领到我家去？我家地方算不上大，但比你家要宽敞一些，也能让工作队有个歇息的地方不是。"

朱小熊说："我哪能看不起叔呢？只是觉得这么多的人，贸然去了怕多有不便。"

"有啥不便的？一会儿都到叔家去，让你婶给咱们擀酱面条。"

"那中。"

屋子里，丁野和王红梅正在那儿商量事情。看到王学信领着一个上了年纪的人来了，就站起来。王学信逐一介绍说："这是工作队丁政委，这是工作队的王队长。他们可都是共产党八路军干部。"丁野和王红梅问王学信说："这是？"王学信说："这是我爹。""哦，是大叔啊。你好！你好！"丁野握着王智性的手问候。王智性说："共产党来了好啊，咱穷人的日子就有了盼头，有了指望。"丁野说："是啊，是啊。咱们更需要像大叔这样的人，带领着河口村人跟地主老财做斗争，把他们打倒在地，让他们倾家荡产，永世不得翻身！"王智性说："只要有你们领导着，你指向哪，我们就打向哪。"

话还没有说完，王狗剩领着母亲进来了。王狗剩也把母亲叫到丁野和王红梅的面前，说："丁政委，王队长，这是我妈。"丁野和王红梅忙站起来："大娘好！"王狗剩的母亲说："好，好，就是没有足够的粮食吃，没有钱花。"

王红梅说:"等到土改,一切都就好了。""能有钱花啦?""对。""能吃饱饭啦?""对。""那敢情好,那敢情好。"

王狗剩母亲接着说:"我那儿子,不是个好东西,成天不务正业,就知道胡嫖烂赌,你们可得管紧点。"

王狗剩赶忙把母亲拉到一边,埋怨道:"在人家八路军干部面前,您咋啥都说哩?"

母亲说:"我想让他们把你往正经道上引。"

"好了,好了,您啥都不要说了。不叫您来,您非要来,来了就不添好话。"

依照王智性说的,朱小熊对丁野和王红梅说:"要不行就到智性叔家吧?地方也宽敞一些。"

丁野说:"行啊。到了河口村,就得依靠咱们这些穷苦老百姓。"

王学信把工作队的全体成员领到他们家。临走时,王红梅交代朱小熊:"让谁去把王幸福叫来,下午咱们就把河口村农会成立起来,再一起讨论如何尽快在村里开展土改运动。"

"行,一会儿我就去。"

刚才还热热闹闹的院子一瞬间变得清冷下来,看着八路军工作队走出自家的窑院,薄荷的心里突然间就有了一种失落。她真不希望他们走,和他们在一起就是一种快乐!朱小熊对她说:"把孩子给我,你去帮月娥婶子做点事吧,一下子添了这么多人,怕她忙不过来呢。"

薄荷高兴地说:"我也正想着去帮月娥婶子一把呢,省得我一个人在家闷得慌。"薄荷接着又问:"刚才那个女的不是要你去找王幸福吗?"

朱小熊说:"人家叫王红梅,是工作队队长,和丁政委是两口子。人们都喜欢叫她梅姐。"

薄荷说:"那我也叫她梅姐吧。叫王队长觉得生分。"

"王队长,梅姐,随你怎么叫都成。"朱小熊接过薄荷怀里的孩子,两个人厮跟着出了窑院。

132

王幸福原本不想到薛云霞家做活了,但经不住大和妈不停嘴催促,去山西参加了八路军的事,他得哄着他们,虽说共产党八路军已经解放了灵宝城,过不了三两天就会来河口村搞土改,分地主老财的田地和粮食,但这要让固守本分的大和妈知道了实情,还不骂自己大逆不道啊。去就去吧,反正家里欠任家那么多,全靠他一个人扛活还债哩。

薛云霞不在家,去任家他也不知道该找谁讨活干。王幸福想了想就去找香椿,薛云霞走时咋交代的她应该知道。晌午时分,进了西院的门,有饭菜的香味从厨房里传出来。王幸福走进来,一声不响站在香椿背后:"香椿姐。"香椿浑身一哆嗦,脸皮儿都有点白了,看清楚是王幸福时,这才气喘吁吁说:"哎哟哟,你把人能吓死。进来也不打声招呼,怎么就神不知鬼不觉的?""香椿姐,不至于那样胆小如鼠吧。""我说王幸福啊,你可不知道,自打任二奶奶走后,我心里总是想着共产党八路军进村的事,想着就害怕。"王幸福笑了笑:"没有你说的那样可怕吧。"

"好了,好了,不说别的啦。我回来了,不知道任二奶奶走时咋交代的,要我做什么营生呢?"王幸福问。

"你可是任二奶奶跟前的红人,你干什么营生,别人也管不着吧。再说,任二奶奶走时可没有交代这个。"香椿说。

"那你说说,我该干点啥?"

"你原来不是赶马车的吗？"

"是啊。"

"那你就还赶马车得了。"

"我不在家这段时间，那马车是谁赶着的。"

"黄毛啊。"

"那就还让黄毛赶马车吧。"

"怎么？"

"我赶马车时，人都嫉妒我摊上好营生。如今，我也不想夺人家的鞭杆子，就让黄毛赶吧。"

"不赶车就只有去拽玉米秆，驮粪，犁地了。大忙季节，田间的活计多的是。一会儿他们回来了，你跟长工头说上一声，想干什么就干什么。"

香椿话音刚落，就听见长工们收工回来的声响。陆续有人来到伙房吃饭。他们看见王幸福，七嘴八舌问个不停。"幸福，啥时间回来的？""今早起回来的。""这些日子去哪啦？""去河那边亲戚家。""那像我们这样给人家扛活的长工咋办？""人家那边就没有长工，家家都有地种，哪还有人去扛长工，也没有人去雇长工。"

黄毛和长工头用马车为腾出来的地里拉粪，回来的最晚。见到王幸福，黄毛开玩笑地说："这么长时间，还以为你不回来了呢！"王幸福说："自己的家，哪能不回来呢？"

开始吃饭，说的话也就少了。王幸福凑到长工头跟前说："后晌我做啥营生呢？"长工头说："任二奶奶走时也没有交代，那就去田里吧。"王幸福没有说话。"要不你把黄毛换下来，还赶你的马车。"王幸福说："那样不好吧？""那就没有办法安排了。""羊群这会儿谁放着哩？"王幸福问。"一个外村新来的长工。"长工头说完后停了好大一会儿，又接着说："要不你还去放羊？那个新来的年轻娃死活不想放羊，说黄河滩太远，一个人去害怕。我就纳闷了，有啥害怕的？可能前几天打仗给吓的吧？"长工头的话正中王幸福的意。黄河滩地——王幸福心中永远怀念和眷恋着的地方，因为那是他与王婵娟爱恋的一个见证。

放羊对王幸福来说就是件轻而易举的事，一切都是轻车熟路。在这里，他可以尽情回忆以往，畅想未来。今天已经是第三天了，他想梅姐他们了，如果真要来河口村搞土改，也应该就在这一两天。眼看着快晌午了，王幸福赶着羊群移动在回村的土路上。再一次走到西城门口时，他看见了站在那里朝自己张望的朱小熊。朱小熊怀里抱着一个孩子。他这会儿在这里等谁哩？是等他媳妇薄荷吧？只见朱小熊朝自己挥了挥手。

走近了，朱小熊就快步跑到王幸福跟前。王幸福问："你等谁哩？"朱小熊说："还能等谁？就等你。""等我？"王幸福问："有什么事吗？""有事。"朱小熊说："八路军土改工作队来了，就在东河口村智性叔家。丁政委、王红梅让我叫你过去哩。""他们真来了？"王幸福喜出望外。"我还哄你不成？""那你等我。把羊赶到圈里。"

王幸福跑到西院门口，朝里喊道："香椿姐，晌午饭我不吃了。""咋就不吃了？"香椿追出伙房门，王幸福早没有影儿。

亲人们见了亲人面，欢喜的泪水眼眶眶转。王幸福完全没有想到，王智性家会有这种不是节日胜似节日的热闹场景：丁政委、王红梅、赵春明、郭楠红、刘三，另外还有六名随同而来的八路军战士；朱小熊和他媳妇薄荷；王智性和月娥一家人；王学信、王狗剩他们两个不是在国民党部队里当兵吗，怎么也融了进来？哦，还有，王狗剩年迈的母亲也夹插在人群中拧动着一又小脚……大家聚在一起，脸上洋溢着幸福，嘴角挂着微笑。月娥婶擀的酱面条真香啊！

第二十九章 革命不是请客吃饭

吃罢饭，丁野代表八路军土改工作队宣布：河口村农民协会成立了！丁野说："有人把农民协会叫做穷人会，贫农团。穷人会也罢，贫农团也好，过不了多久，咱们这些穷人会、贫农团就要成为河口村的当权者，就要把那些过去剥削穷人、压迫穷人的地主老财打翻在地，让他们永世不得翻身！我们要平分土地，打倒账目，消灭高利贷，镇压那些罪大恶极的，与广大劳动人民为敌的首恶分子！兄弟姐妹们，共产党来了，八路军来了，普天下所有劳动人民的好日子就要来了！"

　　丁野热情激昂的现场演说引起大家热烈的鼓掌。

　　紧接着，王红梅代表土改工作队宣布河口村农民协会的任职名单。王红梅说："经过工作队充分讨论决定，任命朱小熊为河口村农民协会主席，王智性为河口村农民协会副主席，王幸福、王狗剩、王学信为农民协会委员。来，大家鼓掌欢迎他们就任！"

　　热情洋溢的掌声一次次响起，慷慨激昂的欢呼声一浪高过一浪。偌大的一个窑院哪盛得下这些啊？它们翻越墙头溢到了门外边，溢到了河口村的大街小巷，溢到了乾阳河的流水里，汇入那滚滚东去的黄河激流中。

　　接下去，土改工作队员和农民协会委员坐在王智性家的土窑洞里，安排部署了下一步的工作方案。王智性提议说："任家得到八路军要来的消息，早跑的没有踪影，只留下做活的伙计长工，做饭佣人。这些情况，王幸福应该比我了解的更全面一些。"王幸福说："我是灵宝城解放那天回来的，到家后薛云霞和老太太已经躲了出去，现在的情况就如智性叔说的那样，只留下长工和做饭的。"朱小熊说："听说王孝儒还待在家中，这几天也没见他在街上露过面。"王学信说："他是保长，随身携带一把盒子枪呢。"说到盒子枪，王狗剩就想到那回偷羊的事，要不是因为王孝儒手里那把盒子枪，自己也不至于承认得干净利索。妈的！王狗剩吐了一口唾沫，狠狠地说："应该先把那家伙的枪给没收了。"丁野插话说："是应该首先解除他们的武装。"王红梅说："除此之外，我们还要发动更多的穷人、长工以及那些生活不富足的劳苦大众加入到农民协会中来，壮大我们的力量，营造更强壮的声势，以利于我们挖地主的浮财，分地主的粮食和土地。"

会议到最后，形成了三个决议：一是解除地主阶级的武装，首先得缴了保长王孝儒手里的盒子枪；二是既然薛云霞和老太太都逃走了，那么就先挖她家的浮财，分她家的粮食；三是要动员任家的长工伙计加入到农会中来，扩大农会势力，缩小孤立打击面。

133

风来了！雨来了！打雷了！闪电了！河口村土改运动第一炮骤然间打响了！其迅雷不及掩耳之势，让人防不胜防。

吃过早饭，农会主席朱小熊、委员王幸福、王狗剩和两个八路军战士，带领所有农会会员及村四十余名穷苦农民，手持镢头、镰刀、棍棒、铁锨、粪叉、布袋等家什，把任家大门擂得山响。任家三座院子，中间上着锁。这是薛云霞走时交代香椿的。

昨晚上，王红梅在朱小熊、王幸福、王狗剩的陪同下，一齐来到任家大院，把任家的长工、短工和佣人全都集中到一块，说明土改工作队进驻河口村，就是为了解救穷苦人，就是要分富人的粮食和财产，还要把富人家土地分给穷人。河口村农民协会，是河口村劳动人民自己的组织，是专门为贫苦农民做主的。明天，农会就要对任家实施开仓分粮，开箱分财、分东西。河口村农民协会欢迎大家成为其中的一员，欢迎大家参与分粮、分浮财、分东西的行动。工作队对那些反对土改、和农会作对的顽固分子要予以惩处，决不姑息。

有胆子大一点的人问："那地里庄稼还要不要收？"王红梅说："当然要收。只要是穷人，谁收获了就是谁的。"王红梅又说："槽上的牲口，圈里的羊，谁牵走就是谁的。"到了最后，所有的长工大都报名参加了农会。就连任二奶奶最信任的王幸福，竟然成了农会副主席。难道这世道说变就变了吗？香椿坐在墙角没有吭声，她不知道自己该不该参加农会，参与分粮、分东西，那不是和任二奶奶做对吗？可眼看着人家都参加农会，自己不参加，不就成了农会惩处的对象啦？香椿好为难啊！好在王红梅并没有逼她去参加农会，而是说入会自愿，退会自由。早上，长工们都没有去地里干活，净等着吃早饭，完了嘴一抹就去农会。香椿知道这是今天要发生的事，但她想不到会这样声势浩大，那叫嚷声、擂门声竟然有些吓人。东、西两座院落门开着，可农会的人却围着中院不停叫喊。"打开仓库分粮！""打开箱子分财！""再不开门，我们就砸了啊！"香椿心突突跳，双腿不停打哆嗦，嘴里连声说："来了，来了，钥匙在这儿呢。我给你们开门。"打开院门，人们潮水般涌了进去。香椿连一个屁也没敢放，返回西院，瘫坐在厨房里，嘴里不出声念叨："任家这回完了。任家这回完了。"

同一时间，丁野、王学信连同两个八路军战士向王孝儒家赶去。

王孝儒家两座院门，这几天一直紧关着。就在八路军工作队刚进村那天，王孝儒的女人把院门开了个小缝，透过缝隙，她瞧见荷枪实弹的队伍，虽说也就是十多个人，但那阵势也把她吓个半死。她真不知道往后会发生什么意想不到的事情，关了门，返回屋里，她就埋怨男人："像人家任二奶奶出去躲几天多好，非要死守着这个家不走，这回可是想走也走不掉了。"王孝儒心里同样也烦着哩，听着女人不停唠叨，训斥道："你懂个球啊！老子那家业也不是偷来的，抢来的，是辛辛苦苦挣来的，勤俭节约省来的，为啥要分给那些穷人？穷就有理了？老子偏不走，不能让他们分得那么自在。他还能枪毙了老子不成！"王孝儒发了脾气，女人也再不作声。

潮水般的人流涌向任家院门口时，也让王孝儒和她的女人恍心揪肺，谁知道接下去会发生什么样的变故呢？王孝儒和衣挺在土炕上一声不吭，女人则不停地在屋里徘徊。"你烦不烦啊，来来回回晃个球呀！"王孝儒这样一嚷嚷，女人也就不再晃悠。不再晃悠的女人听着巷道那声音，怎么也静不下心来，她再一次去到大门口，再一次抽开门闩，把门扇打开一条缝，窥视着任家大门口势不可挡的阵势，心就咚咚咚跳个不停，吐吐舌头重新关上大门。

女人站在门里边，右手捂着胸口，她要让自己紧张的情绪放松一下。没有等到女人完全缓解过来，急促的敲门声响起来。"谁……谁呀？"女人问。"工作队的。""啊！"女人倒吸一口凉气，战战兢兢拉开门闩。门扇被推开了，丁野、王学信同两个八路军战士威风凛凛出现在女人眼前。

"王保长在吗？工作队有事跟他说。"说话的是王学信。

"在……在。"女人不敢撒谎，不停点头。

王学信领着工作队往屋里闯，女人赶忙碎步跑到前头，脚步还没有踏进屋里，就急不可待喊："快起来，工作队来了。"

没有等到王孝儒下得炕来，丁野他们已经站在他面前。

"八路军同志，辛苦了。"王孝儒点着头，同时对女人说："烧水啊，给八路军同志烧水啊。"

"啊，好，好好。"女人出了门。

"不用了。把你的枪交出来吧。"丁野说这话的同时，两个战士已经把长枪端在手中，枪口和刺刀对着王孝儒的胸腹。

"枪……枪……"原想搪塞而过的王孝儒，看着眼前闪着寒光的刺刀，点头哈腰地说道："我给你们去取，我给你们去取。"

"不用了。"丁野命令道："你说藏在什么地方，我们去取。"

"在……在炕头箱子柜里。"

一个战士同王学信一起打开炕头的箱子柜，搜出那把带套的盒子枪和十多发子弹。

"还有没有什么武器藏在别处？"

"没有啦，没有啦。"

"王孝儒，我们八路军工作队已经进村好几天了，却不见你有一点立功赎罪的表现。你也看见了，河口村农民协会已经成立，今天已经对任家实施抄家开仓行动了。你要认清当前形势，国民党政府已是一败涂地，灵宝县已被共产党八路军彻底解放了。只有乖乖打开自家的粮仓，把小麦、玉谷全部分给村上的穷人，把财产也分给村上的穷人，用自己的实际行动支持这次土改运动，才是你唯一的出路。告诉你，不要学螳螂当车，不自量力，不要对国军心存幻想，那只能是飞蛾扑火，自取灭亡，到头来也只有死路一条！"

"好好好。一定，一定。"王孝儒捣蒜般点头。

丁野他们刚出了门，王孝儒便恶狠狠朝他们背后"呸——"了一声，然后说："想让穷鬼分掉老子的粮食财产，球门都没有！除非老子死了。"

"小声点，小心他们听见了。"女人劝道。

"简直就是一窝土匪，强盗！还美其名曰革命哩。"

"小声点，小声点。"女人又劝。

"我怕他是个球！"王孝儒的声音越发大了。

当天后晌，工作队搬进了任家大院，薛云霞所住的东厢房一头成了工作队办公室，一头是丁野和王红梅的住房，上房地方宽敞一些，中间是农会的办公室，两边分别是八路军战士和工作队员住所。当天晚上，工作队和农会干部在任家大院召开碰头会，对白天所做的工作进行总结汇报。就白天抄任家、挖浮财情况，农会主席朱小熊发言："今天参加抄家分粮的一共有106人，在

106人中有八路军战士2人，土改工作队成员2人，农会干部3人，农会成员26人，村中贫苦农民56人，外村贫苦农民26人。打开任家仓库，分发小麦2600斤，分发拧成的玉谷串子3800斤。打开箱子、柜子8件，大都是衣物、被子，人们拿走了不少，最值钱是王狗剩身上穿的黄呢子大衣，听说那是日本投降时，任瑞祥分享的一件战利品。"话说到这儿，大家就都瞅着王狗剩看，那件黄呢子大衣还穿在身上。王狗剩并没有什么不好意思，反倒说："挖来的浮财，不就是要我们享受的嘛。"朱小熊接着说："其他再也没有发现更珍贵的金银财宝和首饰，看来任家把一些值钱的东西早都转移了。"

丁野就如何缴了保长王孝儒盒子枪的经过做了简单讲述，然后由王红梅安排布置以后几天的任务。王红梅说："现根据工作队和农会干部的统一研究，对后面工作做如下安排：一是对保长王孝儒实施昼夜监视，以防向外潜逃；二是继续打探薛云霞的躲藏地点，以便尽快将其抓捕归案；三是必要时要召开斗争王孝儒大会，以利于今后河口村周围各村开展土改运动。"

会议进行到这里，一个人走了进来，大家认出是河口村小学校长王云山。王云山自我介绍说："鄙人是河口村学校的，白天教学在身，只能晚上抽空来和诸位见个面，有什么需要的，我们学校全体教职员工一定尽力而为。"丁野站起来说："我代表八路军河口村土改工作队和河口村农会对你的到来表示欢迎。学校以教好孩子们学习功课为主，必要时可以配合工作队做点宣传工作，比如写标语什么。除此之外，要多向学生做一些共产主义思想教育工作，宣传八路军如何解救普天下劳苦大众，如何打倒国民党反动派，解放全中国。""好好好。"王云山连连点头表示赞同。

散会后，工作队领导成员和农会干部留下来，就王孝儒问题进行深入讨论。王红梅说："听人反映，王孝儒的儿子在延安八路军部队里，是个领导干部。不知道是不是真的？"朱小熊说："这个情况具体就不太清楚了，不知道智性叔是不是知道。"王智性说:"王孝儒的儿子叫王坤峰,早年一直在外读书,后来听说去了西省军校,再后来有人说去了延安,但王孝儒一直对此表示否认。真实情况我也不清楚。"丁野说:"如果他儿子真在延安为共产党做事,我们就应该对他适当放宽政策,他也更应该知趣配合我们工作才对。"王红梅说:"现在没有确切证据证明王孝儒的儿子是我们共产党八路军的人。"讨论到最后,达成以下共识:尽量做王孝儒的思想工作,最好能让他带头把家里的财产和粮食分给贫苦农民。没有上级的明确指示,我们不能对其手软,对于他儿子是共产党干部一事要对外封闭消息,以免影响土改运动正常进行。万不得已时,可以考虑对他实施武装斗争。

134

村子累了,在上弦月的朦胧中酣然入睡。

王长安窑屋里一直亮着灯。当王幸福推开柴扉那一瞬间,就有桃花喊道:"幸福,你过来一下,你大有话问你。""知道了。"其实,只要王幸福看见母亲屋里灯还亮着,他就知道那是父母亲还在为他晚归担忧,即或母亲不叫,也要去向父母报平安。

王长安和衣仰卧在土炕一头。桃花坐在屋里的灯光下,眼前是一堆整理好的,从玉谷棒子上剥下来的苞谷皮。那是她从别人家的苞谷皮中拣来的,用这些拧织成草墩或草垫子,除了自家坐,还可以拿到集会上换些零钱回来。王幸福坐在炕沿上,母亲停下手里的活计。王长安问:"今儿去扒任二奶奶家仓库了?"儿子参加农会,还参加今天抄家分粮的土改运动,中午那会儿他不在家,王幸福还专门送回来一布袋麦子,那是从任家仓库分来的。这些王长安都知道,但他就是要问儿子一句。"嗯。"

共产党来了，八路军工作队进了村，就是要分财主家的粮食、财产和土地，这些他都听说了。任二奶奶家长工、短工都加入村里新成立的农会，儿子不参加也不行。任二奶奶待咱不薄，咱不能和人家做对，但也要随大流，跟着形势走，要不然就成孤家寡人了。这些他都和儿子讲过了，对于儿子中午背回来一袋麦子，他吩咐桃花说，先放那儿，不要动。等任二奶奶回来了，就跟人家送回去。咱平白无故为啥要吃人家的粮食？桃花说知道，知道。这会儿，他想跟儿子讲的，还是这些。至于更多的事情，他不想问，儿子一天天长大，应该有他自己的想法。

"时候不早了，睡去吧。"

"妈，你和我大也早点歇着吧。"

说句实在话，抄任家的家，分任家的粮，这种明目张胆，类似抢劫的行为，他还真有些看不惯。王幸福心里有一种隐隐作痛的感觉。也许，是习惯了为人奴仆的生活；也许，是因为薛云霞对他不错。眼前边，时不时总会冒出陕州城那一夜情景。想着以前，看着现在，王幸福觉得自己有负于薛云霞。

王幸福这种情绪状态，王红梅洞察入微，原先听别人说过的那些话在此得到了一点验证：王幸福和薛云霞从思想感情上可能真有点什么。要不然，他不会那样快快不乐。"怎么，不高兴啦？"王红梅笑着问。王幸福露出一丝不自然的微笑："没有。""哄我的吧？"王幸福不说话。他就搞不懂了，梅姐咋就那么聪明，能猜到人心里头去。他喜欢梅姐，佩服梅姐的还有这一点，无论什么样的话，从她嘴里说出来他就爱听。王红梅接着说："革命不是请客吃饭，不是做文章，不是绘画绣花，不能那样雅致，那样从容不迫，那样温良恭谦让。"梅姐所说的，他不完全懂，但他觉得那就是真理。王幸福说："梅姐，你说的真好！"王红梅说："那不是我说的。""那是谁说的？"王幸福想起了他崇拜至极的那两个伟人。王幸福问道："梅姐，我们为什么不把毛主席和朱总司令的画像挂起来呢？"王红梅说："挂啊，谁说不挂？等消灭了国民党反动派，打垮地主恶霸，人民当家做主人了，我们一准把画像挂起来。"

土窑里传出了王幸福的鼾声，也许他已经开始做起了向往已久的好梦！

135

有人叩响了任家大门。

长工们虽说已经加入了农会，但农会也没锅没灶的，还得在任家伙房吃香椿做的饭，还得在任家房子里睡觉。长工们吃毕了，香椿就早早洗刷锅碗，早早关门趄在土炕上。一直到长工们开完会回来，香椿也没能闭合眼。仅一天时间，任家大院就成了工作队的住处，成了农会办公的地方。她想不出往后的日子是个什么样子，不知道自己还能在院里待多久。老刘在城里粮行，那儿也成了共产党的天下，不知道他这会儿做什么，县城里不知道成立农会没有？如果也成立了，会不会把老刘怎么样？一会儿她又想起任二奶奶，如果她知道任家大院成了这样子，不知道是怎样痛心欲绝肝肠寸断呢？很快，长工屋里传出高低不同的鼾声，她还听到了其中一位的梦话："如果让分牲口的话，我就要那匹枣红骒子。"人心隔肚皮，天知道那些长工们成天想些什么？他们中间有好几个30多岁的光棍呢，听说共产党的政策是共产共妻，如果真共妻了，他们还不把任二奶奶给生吞活剥了啊？正想着，被一阵"梆梆梆"的敲门声打断了。香椿懒得理睬，她等着来人的呼喊。一阵敲门声过后，稍停片刻又是一阵敲门声。开门，关门，是香椿长年累月的工作，没有哪个长工愿意去理会这些分外的事情。没办法，香椿下炕走到院子："谁呀？"没有人回应，只有不停地敲门声。香椿壮着胆子走到门口，隔着门问："你到底是谁？我告诉你，隔壁院子里可住着八路军工作队呢。"门外人悄声回话："你罗唆个球哩，是我。

快开门。"这回香椿听清楚了，是老刘。她急忙拉开门闩。

"你咋半夜三更回来啦？"香椿低着声音问。老刘顾不上说话，拉着香椿直奔土炕。进门、关门，老刘就扒香椿的衣服，把香椿往炕上压。香椿身体配合着，嘴上却提醒着："急啥急？小声些，别弄出太大声响，那些人兴许都没有睡着哩。""我实在有些憋不住了。"老刘说着，就朝香椿的身子使着力气。"怎么就憋不住了呢？平时你可没这么大兴趣。""想你都想疯了。""城里有多少女人啊，还不够你睡的。""共产党来了，几家妓院都关门了。""怪不得，原来你平常总去那个地方啊？"香椿不高兴了，一把把老刘从身上推了下来。"怎么啦你？"老刘问。"没心情。""咋就没有心情啦？""共产党把任家翻了个底朝天，粮食分了，被褥衣服分了，工作队和农会都住进了任家的大院子。他们都加入了农会，任家的日子就要完了。你说说，这会儿谁还有心情？""这和咱有屁关系啊？""任家待咱不薄，咱不能做对不起任二奶奶的事啊。""你懂个屁啊，国民党跑的无踪无影，共产党八路军有枪有炮，不听他们的，还等着挨枪子啊。在城里，我还加入了共产党捐助军粮委员会，给人家捐了几千斤小麦、谷子呢。""真的？如果有一天，任二奶奶他们回来了，可咋办？""啥咋办，这和国民党部队抓差拉夫，摊派军粮一个样，别说是任二奶奶回来，就是天王老子回来，咱也不用怕。我跟你说，如果共产党扎住根，不走了，我们就成了功臣。如果国民党回来了，他们也没啥埋怨的，都逃命去了，咱不听共产党八路军的成吗？总不能连命都不要了吧？就是丢了性命，这些财产到最后还不是得让人家拿走？"香椿不吭声了。

老刘接着问："河口村几时成立的农会？"香椿说："前两天。""长工里面都谁加入农会了？""那天朱小熊、王幸福带着那个丁政委、王队长，还有好几个背长枪的兵，到这里给长工们开会，他们就都入了农会。""那你呢？""当时那个女八路问我入不入农会？我害怕没敢吱声。她跟我解释：你们都是给地主做活的，都是穷人，是……是什么阶级，我给忘了。""无产阶级。""对，无产阶级。后来她还说入会自愿，退会自由。我想了想就没有入。""你信球啊你？人家都入了，你为什么不入啊？""我还不是怕任二奶奶，还有你，回来怪罪我呀？""要积极和工作队、农会人打成一片，日后有个风吹草动，也好跟任二奶奶通风报信啊。如果任家被灭了根，这一大摊子家业还不都是咱刘家的啦。""那我明天就去跟那个女八路说说，加入农会？"老刘看了看香椿不说话，猛一个翻身又将香椿压在身子下："女人就是女人，生来就是身子底下的人，还硬是把人家从身子顶上推下来。没有男人，你们能舒服吗？""你坏你坏你坏……"香椿的拳头不断擂在老刘发达的胸肌上。老刘越发有力地冲击着，香椿很快就水蛇一样软了身子，不断地发出一声声浪浪地怪叫……

136

两天过去了，王孝儒那边一点儿动静也没有，河口村土改运动一时陷入僵局。工作队和农会干部都很着急。这个时候，县里通知丁野和王红梅去开会。会上，丁野就河口村当前的局面向上级领导做了请示汇报。领导表态说："不要前怕狼后怕虎的。不要怕乱，不要怕死人，死一个两个人算什么。蒋管区就是灾区，广大贫雇家要求翻身做主人的情绪就像一堆干柴，一点就着。我们就是点火者，我们不去点火，群众这堆干柴就燃烧不起来。"从县城回来，丁野和王红梅就把工作队、农会全体成员集中起来传达上级指示，并决定立即逮捕王孝儒，开斗争会，把河口村土改运动推向又一个高潮，并以此为契机发动群众，短时间内把土改工作扩展到临近几个村子。会上，丁野当场把缴获的盒子枪配发给朱小熊，并为每一位农会干部配发了一支长枪。随即，工作队和农会的几个人就把王孝儒抓了起来，关押在任家大院西厢房里。

第二天吃过早饭，"咣——咣——"的敲锣声响彻在河口村大街小巷。王狗剩穿着那件黄呢子大衣，背着长枪，抬头挺胸，手提铜锣一遍又一遍敲着，吆喝着。

      "锣响三声，家家听清，

      学校操场，开会斗争，

      老财受罪，穷人高兴，

      谁不斗争，罚米二升。"

王狗剩喊得正兴，突然感觉有人从背后拽住他的大衣。他伸出右手往后一拨拉："去去去，疯啥疯，不见我这正忙着哩。"

"谁让你这么喊的？"

王狗剩就回过头，见赵春明和朱小熊站在背后，就笑道："我自己寻思着，就这么喊了。"

"不能那样喊。"朱小熊说。

"咋不能那样喊，听起来多顺口呀。"

"顺口也不能罚米啊。都是穷人，哪来那么多米让你罚？"赵春明说。

王狗剩说："只是随便喊喊，谁还真去罚人家米啊？"

"不能那样随便喊，群众会信以为真的。"

"那该咋喊？"王狗剩问。

赵春明挠了挠头指着朱小熊："让他帮你把词改改。"

"朱小熊，那你说咋改？"王狗剩问。

"你就这样改。"朱小熊说："锣响三声，家家听清，学校操场，开会斗争，老财受罪，穷人革命，斗争胜利，普天同庆。赵大哥，你看行不？"

"行，你改的，肯定行。"

"咣——咣——咣——"王狗剩的锣声又响了。

"锣响三声，家家听清，

学校操场，开会斗争，

老财受罪，穷人革命，

斗争胜利，普天同庆。"

锣声传进任家大院，关在西房的王孝儒心里琢磨着，一会儿的斗争会，这伙穷鬼会把我怎么样？但不管怎么说，自家的财产和粮食决不能轻而易举送给他们。凭什么呀，就凭你们穷啊？开会，斗争随你们，看能把我怎么样？我儿子也是共产党，不看僧面看佛面。

王云山来到任家大院，找到在场的工作队和农会干部："丁政委，王队长，先生们听说要在学校开王孝儒斗争会，大家情绪高涨，纷纷请求要为土改运动贡献一分力量，但不知道该做些什么好，特来请示一下。"

丁政委说："工作嘛，有你们做的。可以安排人把会场布置一下，同时还可以写一些标语口号，贴在会场和街道，写写画画，是你们的强项。以此增加对土改运动的宣传力度，加强斗争会的场面气氛。"

"那好吧。"王云山点着头说："关于标语口号内容，是不是说具体一点。我们怕是掌握不好。"

"行。"丁野叫来了王红梅，说："这是王校长，要求为斗争会做事情，你给他们拟一些标语口号内容吧。"

"嗯。"王红梅答应着："我说，你记一下吧。"

"好。你说吧。"

"一切权力归农会！打倒账目！平分土地！共产党八路军是农民自己的队伍……"

这一切被关在西厢房的王孝儒听到了。想不到昔日对国民政府信誓旦旦，对共产党咬牙切齿的王云山竟是这样一副奴才嘴脸。他朝窗外狠狠地吐了一口唾沫："王云山，什么狗东西！"

很快，王孝儒被捆绑着押往河口村东的学校操场，村里的群众看到八路军战士押送王孝儒经过，避到街道一旁观看。

王孝儒一出任家大院，就蹦跳着喊叫开了："乡亲们都听着，我是河口村保长王孝儒，我家有钱有地不假。可那是我家祖辈辛勤劳动，勤俭节约换来的，不是偷来抢来的，更不是剥削来的。你们大家伙说说，我剥削谁了？"

"王孝儒，闭上你的嘴巴，不要在这里混淆是非，造谣惑众。否则，我们就对你不客气了。"赵春明严厉训斥道。

赵春明的警告不但没有使王孝儒闭嘴，反而让他更加地嚣张："为什么不敢让我说，有胆量就让大家评评理。你们这不是趁火打劫是什么？"

"我再一次警告你，再这样我真就不客气了。"

"你想杀我吗？你来呀。实话告诉你小子。我儿子在延安，也是共产党，听说还是个领导呢。如果他知道你这样对待我，决不会饶你们的。"

赵春明忍无可忍了，对身边的王狗剩说："把刺刀拿来，让他闭上这张臭嘴巴。"

一想起去年在保公所，王孝儒审讯偷羊那件事，王狗剩就来气，就咬牙切齿。赵春明的话，正中下怀："这事用不着你来。看我的。"说时迟那时快，王狗剩手里的刺刀瞬间就穿透了王孝儒的嘴帮子，随着刺刀的抽回，鲜血顺着王孝儒的下颌直涌而出。

王孝儒挣扎着蹦起来，嘴巴不断地张着，闭着，血沫子喷的到处乱冒……

他索性不走了，躬着腰用头朝身边的赵春明撞去。赵春明没有料到王孝儒会这样，在毫无防备的情况下，被王孝儒撞了个仰面朝天。王孝儒压在了赵春明的身上，接下去不知该要怎么办了。一旁的战士被眼前的状况惊呆了，随即醒悟过来，举着长枪向王孝儒的后背、胁窝一阵乱刺……

第三十章　空楼帐冷

137

　　随着土改运动的深入开展，工作队决定从河口村农会中选调几名工作积极的成员，组成三个小分队，去附近的下河口、北基村、西王村三个村庄，扩大土改运动区域。根据现有农会干部的基本情况，丁野和王红梅商量决定，每个小分队分别由工作队员和农会干部，外加两名八路军战士组成。赵春明工作经验丰富，担任下河口村工作队长，王狗剩工作敢想敢干担任下河口村农会主席；北基村虽大，地主老财却少，由王红梅、郭楠红分别担任队长、副队长，王幸福担任农会主席；刘三、王学信分别担任西王村队长、副队长，黄毛担任农会主席；朱小熊继续担任河口村农会主席，和丁野一同驻守河口村。

　　关于如何在其他村尽快开展土改运动，大家议论纷纷。丁野再一次重申前委委员裴孟飞代表前委作的《关于土地改革的报告》。丁野动员大家："和地主反动派做斗争，不要前怕狼后怕虎。要敢于把他们扫地出门，敢于让他们倾家荡产。"丁野这番话，消除了大家的顾虑。接着，有人说："朱小熊，你出口成章，快板段子编得好，不仅朗朗上口，而且很有宣传教育意义。能不能再教大家一些宣传鼓动的段子。"朱小熊谦虚地说："啥出口成章，我那也是随口胡编的。""那你现在就给咱们胡编一段。"王红梅说："别不好意思了，来上一段，让大家多记一些，以后有用的着的地方。"朱小熊说："那好吧。"

"大石板，压穷人，

　　压得穷人难翻身。

　　如今来了八路军，

　　帮助穷人挖穷根。

　　打倒地主分田地，

　　不做牛马做主人。"

　　朱小熊说完，一片热烈的掌声久久不停，大伙儿嚷嚷着："再来一个，再来一个。"朱小熊接着说：

　　"天睁眼，地翻身。

　　从天降下八路军。

　　敲锣哩，开会哩，

　　地主老财受罪哩。"

　　会后，王幸福背地找到王红梅说："梅姐，我想到下河口去。"王红梅问："为什么？下河口工作难度可能要大些。""再大我也不怕。"王红梅开玩笑说："那就是不愿意和我一起喽。"王幸福忙解释说："不是的，不是的。""那是什么？"王红梅问。王幸福不肯说了。王幸福与王婵娟那些事儿，王红梅听说了一些，王幸福要求去下河口，一定和王婵娟有关。王红梅说："我回头和丁政委商量一下再回答你。"

　　晚上，王红梅把王幸福的要求告诉了丁野。丁野说："这个王幸福就是资产阶级思想严重，阶级斗争意志不坚定。过去在任家扛活时和薛云霞走的很近，现在又要去下河口，王婵娟可是保长家的少奶奶。绝对不能让他去趟那个浑水。如果他去了下河口，土改工作就没法开展了。"

138

王婵娟自从嫁到邵维义家，除新婚头三天回门，之后就再也没回过河口村。她很庆幸自己那天在黄河岸边遇见了王幸福，要不自己早就葬身黄河，成为冤魂野鬼了。她心里还感激邵维义那个母老虎，要不是她野蛮霸道，自己就很难为王幸福守住这份贞操。新婚宴尔，邵维义六岁的儿子不懂床上之事，成天除了吃好的，就知道疯玩，晚上酣睡在土炕上活像一头小猪崽。倒是邵维义，有事无事总喜欢到王婵娟屋子里，一双色迷迷的眼珠子总在她身上扫来扫去，恨不得把她生吞活剥。王婵娟不知道自己最终能否保留住清白的身子？她天天盼望着共产党八路军能快点解放灵宝，盼着幸福哥能和八路军一道来把自己从这虎口狼窝里解救出去。听到县城方向激烈的枪战声她就激动，她知道八路军打过黄河了，后来果真就有消息传来，灵宝县城解放了。再后来，邵维义一家人要去逃难，她想笑却没敢笑出来。她知道，王幸福会来找自己的。她觉得暗无天日的生活有了一种新的希望。邵维义对她说："共产党来了，咱们出去躲一阵子吧，过了这阵子就回来。"王婵娟摇摇着说："我不去，我就在家。"邵维义劝她："你在家让人多不放心啊，知道不，共产党对有钱人可是六亲不认，弄不好会丢了性命的。快收拾收拾，跟我们走。"王婵娟坚定地摇着头："我不走。""你怎么就不听话呢你？"邵维义说。毋凤仙有些不耐烦了："她不愿走算了，反正也要有人看家，就让她留下看家吧。"

下河口土改工作进展得很快，赵春明和王狗剩动员全村的穷人，当天就成立了村农会，第二天带领着村里的贫苦百姓挖了邵维义家的浮财。库房粮食，箱柜里的衣物，就连王婵娟新房里那些衣柜也让他们翻了个底朝天。王婵娟不怕这些过激的行动，他恨不得共产党立马灭了邵家，那样她就能脱离苦海，获得自由。她想告诉农会这些人，你们把他们家的财产全部分了，连同房屋和土地。可那些人根本不允许她说话。赵春明鄙视她，用嘲弄的口吻说："你就是和任家公子翻越校院墙头，不幸被抓进监狱的女中学生吧？作风败坏，有伤风化。"王婵娟悲痛欲绝，欲哭无泪。他是八路军，怎能这样作践糟蹋她呢？而眼前的情景又不允许她辩解什么，即使把真情说出来了，又有谁会相信呢？

邵维义家也同在任家一样，除了粮食和衣物，没有什么金银珠宝和值钱的东西，这让农会人很不满意。在他们看来，邵维义家大业大，一定把金银财宝藏了起来。于是，他们商量着对策。商量的结果，大家一起把矛头指向王婵娟身上。他们问赵春明说："我们可以使用武力，让这位小地主婆供出他家金银财宝的埋藏之地。""当然行啊。想怎么干就怎么干吧。"赵春明挥了挥手。

农会一伙人再次走邵家大院，个个凶神恶煞般站在王婵娟面前。"金银财宝藏在啥地方，告诉我们！"

"我真的不知道。"

"小小年纪，嘴还挺硬。实话跟说你吧，今个如果趁早说实话还罢了，如若不然吃苦的可是你自己。瞧你这细皮嫩肉的……"其中一农会会员口中说着，手掌伸向王婵娟的脸蛋儿。

王婵娟拨开那只手，本能后退一下，说："你们要干什么？"

"你说我们要干什么？告诉我，金银珠宝都藏到什么地方去了？"

"我跟你们说了，我是真的不知道啊。"

"看来真是不见棺材不落泪啊。你们几个给我上，把这个臭婊子给我绑了，吊在堂屋的屋梁上。"

"只要是我知道的，我全告诉你们了。你们不要这样啊！"

不管王婵娟怎样解释讨饶，最终还是被绑着双手吊在了屋梁上。

"拿牛皮绳来，蘸上盐水浸软了给我抽。我就不信，抽不出银子来。"

"我说的都是实话，你们就是打死我，我也不能说谎话去骗你们。"

"甭听这臭婊子胡说八道，给我打！"

眼看着手里握着牛皮绳的胳膊高高地举起朝着自己抽了过来，王婵娟痛苦地闭上眼睛。"住手。"就在这千钧一发的关键时刻，王狗剩冲进屋来，一手托住了那只高举起来的胳膊。

"你们这是干什么，怎么能对一个手无缚鸡之力的女人下手呢？她嫁到邵家来也是被逼的，也属于无产阶级，咱们何必去难为她呢？如果她知道，她一定会说的。是不是啊，王婵娟？"

"王主席，我们这样做，是经过赵队长同意的。"

"可我现在是下河口村农会主席。"王狗剩说，"把人放下来吧。"

放下王婵娟，松了绑。几个人讪讪而去。

"谢谢你救我。"王婵娟对王狗剩充满感激之情。

"王幸福是我兄弟，我是看在兄弟面子上救你的。只不过，咱丑话说在前头，你现在可是地主家的一员。说得难听一点，你就是小地主婆。要如实地交代你所知道的一切。还有，凡事要听话，不要拧着性子来。"

"我会记着的，我会如实地告诉你们我所知道的邵家的一切，我会好好感谢你。"

王狗剩望了王婵娟一眼，出门而去。

139

北基村的财主少，仅有的几家富裕户也早早逃走了。来到北基村，根据计划安排，王幸福跟着王红梅、郭楠红首先访贫问苦，个别串联，和村里穷人打成一片，召开了贫农、雇农会议，建立了北基村农会，挖了几家浮财，分了几家粮食。

北基村村东头有座关公庙院，庙院里有前殿、后殿、东西厢房六间。庙院大门完好无损。院子中间有一棵三人合抱不拢的古槐树。庙里除了每月的初一、十五有人进香叩拜以外，平日里空无一人。土改工作队和村农会办公住所设在这里。

这天，他们正在开会，讨论总结前几天的工作，并由王红梅执笔写工作报告《就如何在北基村把土改运动更深一步展开》向组织汇报、请示。丁政委派人送信，要王红梅他们三人赶回河口村开会。王红梅问送信人："知道是什么事情吗？"送信的人说："听说是有了薛云霞的下落。"

当王幸福跟着王红梅、郭楠红赶到任家大院时，赵春明和王狗剩刚好从下河口赶了回来。王红梅对丁野说："让我汇报一下北基村的进展情况吧。"丁野说："汇报的事先不急，人都到齐了，我还是跟大家通报一下抓捕薛云霞的情况，然后就如何安排后面的工作大家再讨论决定。"参加这次会议的除了工作队的全体成员以外，还有河口村的农会干部。丁野首先表扬了西王村工作的刘三、王学忠和黄毛，称赞他们能发动群众，举报出薛云霞的藏身之地，确实是立了一个大功。紧接着，刘三讲述了如何获得这一信息的大概经过：西王村有一户贫农，母亲叫兰，娘家居住在南面山区一个叫南卿沟的地方，兰的母亲和薛云霞和母亲是姐妹，两家人因穷富悬殊之分，多少年来往极少。这次，薛云霞就躲藏在南卿沟她姨家，也就是兰的娘家。丁野接着说："今天一早，朱小熊和王学忠带领两个战士已经去抓人了。在灵宝县，任家可是出了名的大财主，任瑞祥在国民党省城担任党政要员。如果抓捕顺利成功的话，我们一定要借这个契机，开一个声势浩大的斗争会，把邻近各村的穷苦老百姓都发动起来，将土改运动更进一步扩展深入下去。"

下午，薛云霞果然被抓回，消息很快就传遍五里三乡。河口村顿时沸腾起来，有人高兴，是因为他们有了出头之日；有人害怕，是因为任家财大气粗，担心惹不起。丁野和王红梅安排所有人员到邻近各村宣传鼓动，并把校长王云山叫来，让他尽快书写几十张关于河口村召开任寡妇斗争大会的公告，张贴到邻近各村去。

140

那天，薛云霞坐在二弟薛云卿赶着的马车上一直往南而去。出了河口村，便进入了王和乡境界。薛云卿不说话，赶着马车只管往前走。薛云霞看了看前面的路，这不是回娘家的路，再往南走，就是高低起伏，幽幽无际的山野了。"云卿，咱这是要去哪里呀？""去南卿沟。""南卿沟？"记忆里薛云霞已很难找到南卿沟的位置，她问二弟："我们不回薛家寨子啦？""回薛家寨子做啥？你以为共产党八路军光知道河口村啊，他们不会把薛家寨子忘掉的。把你送到南卿沟，我还得赶紧回去，大还在家等着我，也要到别的地方躲几天呢。""哦。"薛云霞点点头，自己都昏头啦，这会儿要是再去娘家躲难，不等于自投罗网吗？薛云卿接着说："是大要将你送到南卿沟咱姨家去的。那里山高皇帝远，共产党八路军恐怕鞭长莫及。还有，姨家贫穷，不会引起外人的注意。咱大说，那里比起任何一个地方都安全。"

记忆中，薛云霞跟随母亲仅去过南卿沟一回。那年她不足十岁，姨出嫁到南卿沟已好多年了。同样是大赶着马车把她们送去的，下了马车，还要徒步五六里山路。那一回，她和娘在姨家那座茅草房里待了不足一晌时间。不到一晌的时间内她第一回遇见了花花绿绿蠕动前行的动物。那时她还不知道这种动物叫蛇。当时她吓得直哭，娘听到哭声赶过来，那蛇同样把娘吓了一大跳。她再也不愿在姨家待下去，哭着闹着非要即刻回家不可。回到家好长时间，她都会在睡梦中见到那条蛇，梦中醒来，总是大汗淋漓。后来的日子，娘曾多次要带她到南卿沟姨家去，都被她拒绝了。这一晃，二十多年就过去了。想不到危难之际，大还要将她送往令人生畏的南卿沟。当年那座茅草房是否还在？茅草房背后还会有蛇吗？

马车停在山跟，薛云霞小心翼翼跟在薛云卿后面，沿着蜿蜒小路向山上爬行，眼神顾及着四周的草丛，生怕再有一条蛇窜出来，脚下时不时会被凸起来的石头尖绊着，险些儿摔倒。二弟不时地提醒她："脚抬高点。""这山路，也忒难走了。"抹着额头的汗水，两座茅草房出现在薛云霞眼前。薛云霞极力回忆着当年，靠近山梁右边那座茅草房应该是后来新盖的。薛云卿"姨，姨"叫了两声，一个白发苍苍的老太太出现在薛云霞眼前，和当年的那个姨相差甚远。"姨。"薛云霞叫道。"你是……"老人瞪大眼睛盯着眼前这位贵妇人。"姨，我是云霞。""哦。你是云霞啊。"老人恍然大悟："你瞧我这眼神，都不敢认你了。这是云卿，我认识。他前天来过，说你要在我这里躲几天。我说行啊，只是我这地方简陋，粗米茶饭怕你不习惯。"跟着老人来到房里，薛云卿拿出来两盒点心放在桌上："姨，这是我姐孝敬您的。""打老远地，拿这些做甚？你能到山里来，我想都没敢想。"老人接着说："你两个表哥去山里了，晚上你和姨就睡这个土炕。有些脏乱，你就受点委屈。""姨，不委屈。"薛云霞客气着。"姐，我就回去了。等过了风头，我再来接你。""你快回吧。要不大和妈会急的。"送走二弟，薛云霞重新回到姨身边。交谈中，薛云霞知道姨家的现状：姨夫已过世多年，表哥成了家，膝下有一男孩，十多岁，跟着父母下田去了；表弟至今还是光棍一根。

站在山梁上朝北眺望，夕阳的余晖给黄河上空的云彩披上了一层美丽的外衣，原野上弥漫着一层薄薄的烟雾。雾下面，有一个村庄叫做河口村。她不知道共产党八路军什么时间才能离开，自己什么时间才能够回去？离开家不到一天，她便有些想儿子啦。还有，不知道王幸福回来没有？熬着吧，她相信会有回去那一天。生活再艰难，也得过下去。

薛云霞起床了。和往常一样，起床后第一件事还是站在山梁上朝着北方的天际眺望。今个是第八天了。度日如年，薛云霞记得非常清楚。正望着，"喳喳喳"叫声传入薛云霞耳朵里。她顺着叫声回头望，山崖边的松树上落站着两只花喜鹊。人常说"喜鹊叫，喜事到。"可不知道为什么，今天这喜鹊的叫声听起来让薛云霞心里有些烦乱。是姨家要来客人了？还是有人来接自己回去？薛云霞猜测不出来。

正吃着晌午饭，茅草房外面传来"娘，娘"陌生的叫喊声。薛云霞不由警觉起来。姨起身说："没事，是兰来了。"兰是姨的大女儿，薛云霞听姨说起过。兰的婆家就在离河口村不远的西王村。可她这会儿到南卿沟做什么呢？也许是自己想多了，女儿走娘家不是常有的事吗？也好，自己顺便也能打听打听村子里的事。

正想着，姨领着兰就进来了。兰一脸不好意思："云霞妹子也在这啊？"姨没有等到薛云霞答话就说开了："云霞来好多天了。""是啊，是啊，来好几天了。"薛云霞重复道。没容她们再多说什么，朱小熊、王学信和两个八路军战士就出现在薛云霞的面前。"任二奶奶，别来无恙啊？"朱小熊首先问道。"你们是……"看着眼前边的一切，薛云霞什么都明白了。她没有再往下问。倒是王学信接过她的话茬儿说："我们是河口村农会的。""云霞，对不住了。"兰脸上的不好意思随即换成了一种自豪和骄傲。

141

王智性是哼着小调回家的。回到家还在那不由自主发笑。看着老头子兴滋滋的样子，月娥问："他大，有什么开心事，看把你乐的，胡子眉毛都在笑？""嘿嘿嘿嘿……"王智性笑够了，故意逗老婆说："你猜猜。"月娥说："自从工作队驻进村，好事一件接一件，先是成立村农会，接着建起民兵队，再接着抄了任寡妇家，分得胜利果实，还把王保长送上西天……你让我猜，我猜得过来吗？""说的也是。"王智性点点头："今个的事，对咱们家来说就是顶大顶大的好事。"月娥纳闷了："咱家顶大顶大的好事，那是啥事情啊。""我给你说啊，这可是秘密，出去不能随便乱说的。""什么大不了的事？你爱说不说。"月娥扭回头不理他了。"怎么，生气啦？我说的是真话，千万不能随便乱说的。泄了密那可就出大错了。"月娥仍旧不理睬他。王智性把嘴巴凑到月娥的耳朵根子说："有任寡妇消息啦。""有任寡妇消息啦？这骚娘们躲到哪个日狗弯子去了？""听说是去了一个叫南卿沟的地方。""这消息是从哪儿得来的，确切吗？""咋不确切？是咱老四在西王村搞土改时，一户穷人揭发的。工作队和农会都开会决定了，明天一早让小熊和学信领着两个八路军战士去抓她。""抓得着吗？""咋就抓不着了。偌大的灵宝城都解放了，还抓不到一个地主婆？"月娥说："薛云霞可刁着哩。"王智性说："再狡猾的狐狸还能斗得过好猎手？"这是头一天的事。

第二天，朱小熊和王学信就上了路。王智性再也坐不安稳了，他也在担心，万一抓不到薛云霞怎么办？月娥猜透了他的心思，调侃他："再狡猾的狐狸还能斗得过好猎手？你放的七十二条心，保准一抓一个准。""你敢保险？""我敢保险。"看起来，月娥的信心十足。

王智性旱烟袋不离嘴，一袋接着一袋抽。

直到半后晌"咚咚咚"脚步声从大门外传过来，王智性才确定是儿子回来了，他跑步迎了上去，开口便问："抓到没有。"王学信说："在农会院子里押着哩。"王智性对着鞋底磕尽旱烟锅，把烟袋往腰里一别，"走，去看看。"月娥在屋里听说老头子要去农会，忙起身跟出来，王智性早没有人影儿，她追出去喊道："你吃点再走。我说你吃点饭再走不行啊？"不知道王智性听没听见，只见他快步流星，越走越远。月娥埋怨道："这老头子，从打早起到现在就没有安心吃过一口饭。"

王智性兴冲冲推开任家大院东厢房门，急切叫道："丁政委。"抬头看见王红梅也在，赶忙补了一句："王队长也在啊。"

丁野站起来问："智性叔风风火火，有事啊？"

"听说任寡妇抓回来啦！"

"抓回来了。在西房屋里关着呢。"

"我想去看看。"

"行啊。"

"把钥匙给我。"

"给。"丁野把钥匙拿在手里，叮咛道："可不能过分了啊，掌握着分寸。留着她，明天还要开斗争会哩。"

"我知道。"王智性答应着，接过丁野手中的钥匙。

王红梅说："要不你去招呼着，别弄出个人命来，耽搁明天的斗争会咋办？"

丁野说："放心吧。智性叔那么大岁数了，不会有事的。你要是再跟着一个人去劝说，反倒会激起他更大的火气。离得这么近，万一动静弄大了，我们再过去拦他也不迟。"

想着也是这个理，王红梅不吱声了。

薛云霞被捆绑着双手，坐在屋里的一个墙角，屁股下面是一层玉米秆。听到有人开门锁，心中升起一丝希望，看到进来的王智性，她的希望又变成了失望。中午押自己回来的就有他儿子。她不知道王智性要对自己怎么样？关于任、王两家的恩恩怨怨，薛云霞听人说起过。记忆中，从她嫁到任家以来，王智性父子就从来没有进过任家门。薛云霞微闭双眼，等待着一场狂风暴雨的来袭。

"任二奶奶。"王智性用轻蔑的口气叫着："看你是个妇道人家，我一个大老爷们着实不好意思把你怎么着。可眼下任家当家是你，常言道'父债子还，夫债妻还'。有些话，我不能不跟你说了。"

薛云霞没有吱声。王智性的开场白还算客气。

"你任家把我三弟害了。你知道不，就这个事，我忍辱负重，忍气吞声。你任家有钱有权有势，过去没有人敢惹你，也惹不起你。可现在共产党八路军来了，这世道要变了。我王家也有出人头地的这一天。三十年河东，三十年河西，打墙板都是上下着翻哩。也该让你知道知道为人鱼肉，任人宰割的滋味。"王智性越说越来气，越说越发情绪激动，不能自己。

薛云霞还是没有吱声。

"如果今个是任吉祥，我非要把他打日他不中。可你是任吉祥的婆娘，照样得替代他受罚。我今天不多打你，就用我腰里这杆旱烟袋，敲你十八下。不用我说，你知道是啥意思。只敲你十八下，一下也不会多，你数着。"王智性真的从腰间拔出了那杆旱烟袋，那黄明黄明的烟袋锅活像一枚小铁锤。

薛云霞当然知道十八下代表什么，不就是他三弟的死在中华民国十八年吗？要不就是从民国十八年到眼下的民国三十六年整整过去了十八年？可民国十八年那会儿，我薛云霞还没有嫁到河口村来，你不觉得把这笔账算在我的头上有点与情不合，与理不通吗？但薛云霞没有问，她知道自己问也是白问，仗着共产党八路军的势，他要在一个无辜女人身上发泄私愤。你就是把话说得再明白，也只能是对牛弹琴。薛云霞把眼睛完全闭起来，她知道那旱烟锅的分量。只听额头上"咣"得一声，她不由地"啊"了一声，头像炸裂了一般发懵。紧接着又是一下，这回她没有听见那响声，却又一次本能地"啊"了一声。再往后，她就再也听不到那接连不断的敲击声，只有眼泪珠儿在眼眶里不停地打着转转，耐不住滚出来一颗，滚出来一颗，再滚出来一颗……

薛云霞倒在墙角再也起不来，整个脑袋像火烧般发烫、发胀……眼前没有了视觉感应，就连王智性是什么时间走出房门的，她也不知道。

朦胧之中，薛云霞感觉有人站在她背后。她不知道这是谁？不知道那人要对她做什么？她奋力挣扎着，不让那人碰到自己。"别动，我给你解开。"听声音，好熟啊！她强忍着疼痛，奋力睁开双眼。薛云霞简直不敢相信，她看见了初恋的张先生。怎么能是他呢？自从被父亲赶走以后，就再也没有见过他。解开薛云霞捆绑着的双手，那人回过头来站在她眼前。这回她彻底看清楚了，不是什么张先生，而是她的王幸福。"王幸福！"她想竭力呼喊着他。但就是没有力气发出声来。王幸福是什么时间回来的？他有什么权力解开绳索？薛云霞不知道。

烟袋锅磕过的地方泛起一连串的血包，好几处破了皮，正一滴一滴往外淌着血，有两道血液已流到她的面颊上……薛云霞抬起胳膊用手摸了一下，就感觉到那种湿润润的东西。

"不要动，我给你包起来。"

王幸福说着，却找不到合适的布料。他在自己口袋里翻着，掏出一条白布手帕。王幸福想起来了，那是包银元的手帕，一直装在口袋里早给忘记了。看到自己亲手绣的那副鸳鸯戏水图白手帕，薛云霞难免有些激动，王幸福还一直保存着它！幸福，我好喜欢你！原指望和你成为一家人哩，现在看来是不可能啦。

王幸福用手帕缠裹住薛云霞的伤口，这让薛云霞感觉到一种幸福感。她举起右手，紧紧抓着王幸福的胳膊不肯松开。王幸福什么也不说，他知道薛云霞此时此刻是一种怎么样的心情。他原想推开她的手，却又不忍心伤害她。良久，薛云霞的手慢慢松开，垂了下来。

王幸福抬步走出房门那一刻，薛云霞听见房门落锁声音，也听到自己心房关闭的声音。屋子里越发黑暗起来。

142

推开东厢房的门，香椿对王红梅说："王队长，这是给任二奶奶的晚饭。"看着香椿手里提的小瓦罐。瓦罐上面，瓷碗扣着一个盘子。王红梅说："怎么还叫她二奶奶啊？她就是一个地主婆。""你瞧我这张嘴，不是叫顺口了嘛，一时半会儿很难改得过来。"香椿笑着说。"放那儿吧，一会儿我们给她送过去。""那成。"香椿说着将瓦罐放在桌子上。还没放稳当，王红梅又说："那就不用放了，你随我来，给她送过去。"

屋里已经很黑了，王红梅划着火柴点亮屋里的灯。薛云霞仍旧半卧在墙根玉米秆上，原本紧闭的眼睛微微启开一条缝，朝那灯光看了看，继而又闭上了。看着薛云霞头上缠着白手帕，和白手帕下面的血迹，香椿吐了吐舌头，倒吸一口气。"香椿给你送饭来了，一会儿起来吃。"王红梅回头又对香椿说："放那儿吧，咱们走。"

房门又一次锁上了。薛云霞重新睁开眼睛，看着放在地上的瓦罐，还有用布箅衬包的馍。还是晌午在南卿沟吃的饭，被人折腾了一大晌，这会儿还真有点饿了，可她却怎么也吃不下，懒得动一下瓦罐和扣在瓦罐上面的盘子、碗。

从南卿沟回来的路上，几个年轻人并没有把她怎么样。进了村子，沿街巷两边站满了人。她不知道他们会怎样看自己，是唾弃？是咒骂？还是同情？可怜？不管人们怎样看她，薛云霞觉得自己这些年来说话做事问心无愧。她没有想到的是，昔日的任家大院，仅仅几天时间，就变成了河口村农会和土改工作队的住处，而且自己就被关在自家的房子里。难道这世道真的要变了？国民党真的这么快就倒台了？如果是真的，一个女人还能怎么样？沿途中她隐隐听到关于王孝儒葬身于刺刀之下的悲惨遭遇。她想，和王孝儒相比，自己的结局也许好不到哪儿去。只是，她不想让人用刺刀把自己弄得血淋淋的，满身窟窿。后晌那会儿，又被王智性用烟袋锅往头上一阵猛敲。那时间，她真想让他把烟袋锅换成铁锤、斧子，让自己快点闭上眼一了百了。今天晚上，迎接自己的又会是什么呢？她不知道。

望着地上的瓦罐，她闻到了一种从来没有过的清香。她不知道香椿做了什么好吃的，咋就这么诱人呢？揭开瓷碗，盘子里是炒鸡蛋。取下盘子，瓦罐里是漂着蛋花的白面糊粒汤。解开布笿衬，里面是一个掺着麦面的玉谷面馍。伸手去抓馍，那馍却自动成了两半。这时候，薛云霞发现两半馍中间夹着一张不起眼的小纸条。取出纸条，放在灯光下，上面有两行字：

王保长已死，明天要开你的斗争会！

难道他们真的要绝我薛云霞的活路？罢罢罢，死就死吧。人生自古谁无死！就是死，我也要吃饱喝足再上路。这时间，薛云霞突然间想起朱瞎子算命的事情，那几句顺口溜又一次从朱瞎子那沙哑的腔调里蹦了出来：

　　　　"夫人本是花中王，

　　　　　生不逢时命不强，

　　　　　自古红颜多薄命，

看似富贵空一场，

有朝一日寒霜降，

花谢叶落枝儿黄。"

薛云霞叹了口气："没想到，十余载稍纵即逝，还真让他给言中了。这，也许就是命吧，命该如此，谁能和命过不去呢？这个朱瞎子，乌鸦嘴！"

秋夜渐深，凉爽伴随着一丝寒意。嘈杂了一天的村庄渐入梦乡。任家大院西厢房的灯一直亮着。一个人们从来没有听到过的腔调，从任家大院里悠悠传出，在河口村上空来来回回飘荡着，一遍又一遍。懂戏剧的人都知道，那是《桃花扇》里李香君的一段唱词：

"阵阵寒风透罗绡，

血痕斑斑在眉梢，

空楼卧病衾帐冷，

命如青丝弱魂消。

秦淮河边游人少，

冻云残雪阻长桥，

冰雪还有溶化日，

奴的仇恨几时消……"

第三十一章　黄河流水浪滔滔

143

"王队长，王队长。"香椿又在呼唤东厢房的门。

大半早起，东厢房的门开着。王红梅走出房门，见香椿和昨后晌一样，提着小瓦罐，小瓦罐口上放着盘子，盘子上面扣着瓷碗。"又来送饭啊。"王红梅说："你的饭可真够准时的。"

"嘿嘿嘿嘿，"香椿笑着："不是通知说晌午开斗争会嘛？吃了饭也好准备啊。"

王红梅盯着香椿手里的小瓦罐看了好半晌，看得香椿都有些犯疑惑：是不是昨晚上送信儿的事让他们知道了？

"你是不是昨晚上来过？"王红梅问话的同时还在朝着小瓦罐发呆。

"没有啊，怎么啦？"香椿看着王红梅的眼神，回头又看着自己手里的瓦罐，一下子豁然开朗，没等王红梅回答，就又"嘿嘿嘿嘿"笑了："告诉你，王队长，任家像这样的小瓦罐多的是，就是再送三回五回的，也还是这样的小瓦罐。"

这话说得王红梅有些不自在，她忙解释说："我不是这意思。我是说薛云霞昨晚上闹了大半宿，打早起到现在一点儿动静也没有，保准这会儿还在做着黄粱美梦呢？走，我给你开门看看去。"

打开门锁，原本一推就开的门扇儿这会儿却很难推开，像被人从里面上了闪一般。王红梅皱了皱眉，用力一推，薛云霞就在她眼前晃呀晃的。仔细一瞧，原来薛云霞吊死在门脑上。王红梅不由倒退好几步。"啊——"香椿见状失声惊叫，小瓦罐掉在地上摔碎了。

闻讯赶来了丁野和八路军战士们。"这熊婆娘，昨晚上吵得人半夜没有睡觉，原来是搞这鬼名堂啊。""罪孽深重，死有余辜！"也有人摇摇头默不作声离开了。

经过现场仔细勘察，瓦罐和瓷碗、盘子都还放在地上，薛云霞是撕破自己一件随身的布衫，拧成绳上吊身亡的。

没有薛云霞，今天斗争会就失去了主角。要撤销今天的斗争会已完全不可能。布告张贴出去了不说，派出去的工作队员和农会干部，正组织周围好几个村的穷苦农民往河口村赶，怎么办呢？丁野和王红梅商量到最后也没有个补救的办法，今天的斗争会开不起来，直接影响着各村土改的成败和进程。性急之中，丁野叫来王智性和朱小熊，让他们出主意，想办法。朱小熊说："任家现在已经没人了，老太太不知躲到什么地方去了？只有薛云霞的两个儿子，一个在县中学读书，一个在村小学念书。"王智性说："这事也怨我，昨天后晌不该去敲她那几下，耽搁了今天的斗争会。"王红梅说："话也不能那样说。她要自寻死路，谁也没有办法。事已至此，还是想想怎样开好晌午的斗争会吧。"王智性低头寻思了好久，抬起头说："听说八路军解放灵宝城那天，是任宝玉跑回来报的信，我猜想着，任宝玉是不是应该知道他妈把家里的财宝都藏在什么地方。是不是可以将他叫回来问问，兴许能问出个结果呢。"没等到丁野、王红梅表态，王智性接着说："丁政委，王队长，我可是大老粗，不懂咱共产党的政策，任宝玉还是个学生。我说的对，或者不对都不做数。"王智性话音刚落，丁野就站起来说："你说的没有错，一个十六岁的中学生，给他的地主家庭报信，企图破坏土改运动，逃脱人民对他们财产的没收和应有的惩罚，本身就应该受到严厉的打击。就这样吧，第一，对外暂时不要公开薛云霞自杀的消息。第二，即刻派人到县中学把任宝玉押送回村，接受大会的斗争。""到县中学去抓捕一个学生回来，是不是影响不好啊。校方万一不配合呢？"王红梅有些担心。丁野说："我以河口村土改工作队的名义，给中共灵宝县政府写封信，让他们去协助一下。红梅，这事还得你亲自带人去，越快越好。""那好吧。我就带一个战士和朱主席一块去。"朱小熊点头说："行。"

王红梅领着人走到门外，丁野又追出来："把任家的马车赶着，千万别耽误了开会时间。"王红梅说："我知道。"

144

下河口村，赵春明和王狗剩配合农会干部，逐家逐户动员人们去河口村开薛云霞的斗争会。动员结束了，王狗剩对赵春明说："我就不回村去开斗争会了。"赵春明问："咋不去啦？"王狗剩说："下河口还能离了人啊，我留下吧。再丢两个民兵，这万一要是有个啥事呢？"赵春明想想也是："行，你留下就你留下。"王狗剩说："那你前头先走，后面我再催催，能多参加人尽量多参加一些人。"

就这样，赵春明提前回了河口村。还未进村，就听到了河口村"咣——咣——咣——"的敲锣声，紧跟在锣声后面，是一个人的吆喝声。

快到村口，看见通往河口村的各条道路上涌满了前来开会的男女老少，一个个热情高涨，赶庙会似的。男人们肩头上扛着，手里掂着铁锨、镢头、镰刀、粪叉什么的；女人们胳肢窝夹着，手里握着剪刀、菜刀、炭锨、擀面杖什么的；还有背着长枪、长矛、大刀的农会成员、民兵队员。

东河口村边，乾阳河木桥上，走着从北基村赶回来的王幸福。赵春明喊：

"王幸福，等着我。"

王幸福回头见是赵春明，就招着手："春明哥，我等着你。"

走近了，两个人就聊起来。王幸福问："咋不见狗剩哥呢？"赵春明摇着头说："他不回来了。""不回来了，为啥啊？""不为啥，为了安全期间，他和两个民兵留在了村里。""是这样啊。"王幸福搔着头不问了。

知道王狗剩去了下河口，王幸福总想在没有人的时间向他打听王婵娟的消息。只可惜，土改工作整天忙得团团转。昨天开会时，他还碰到过狗剩，就是没机会问。本想着今天开斗争会，可以瞅个机会和王狗剩聊聊。王幸福知道王婵娟心里是想着共产党的，是盼翻身求解放的。可现实摆在眼前，你能说一个财主保长家的少奶奶是无产阶级革命者？没有人会相信你说的鬼话。听人说王婵娟还留在家中，王幸福就想通过王狗剩，私下里关心王婵娟。通过这一段时间的土改实践，王幸福明白了斗争的残酷性和复杂性，从抄薛云霞家，挖浮财，到王孝儒死在刺刀下，还有昨天晚上薛云霞的受伤，他不知道往后会不会发生更为可怕更触目惊心的事情。不是说财主家的财产土地不能分给穷人，他只希望不要流血，不要死人。可梅姐说的那话也不无道理："革命不是请客吃饭……"尽管道理是这个道理，可他还是不希望在斗争会上让薛云霞受到伤害，他更不希望王婵娟受到伤害。

路过学校门口，操场上，人群熙熙攘攘。临时搭起来的台子。沿街道两旁，各种红绿色标语随处可见："一切权力归农会！""打倒地主恶霸！""穷人当了家，合理又合法。"

走进任家大院，王幸福不由想到了往日薛云霞和自己说话时的笑脸；想起陕州城里的那个晚上；想起自己去黄河那边时她给的那些银元；想起昨天晚上她紧紧抓住自己胳膊的那一刻……进了东厢房的门，丁野迎上来说："情况发生了点变化。""什么变化？"王幸福和赵春明异口同声。"薛云霞上吊自杀了。"

王幸福的心里猛地一紧："怎么会发生这样的事？"赵春明说："那……那今天的斗争会还怎么开？"丁野说："经过几个人研究决定，让她儿子任宝玉上斗争会。""可他还是个学生啊，况且又不在村里。"王幸福说。"群众反映说，是他跑回村子，提前给他妈报的信。大家一致认为通过斗争会，也许会得知财宝财富埋藏在什么地方。"丁野接着重申道："任家是灵宝县出了名的大财主，斗争会成功与否，决定着土改运动能否继续开展发动起来。所以，这个搭起来的台子不能拆，群众的高涨情绪只可鼓不可泄。"

王幸福再也无话可说。"凡是反动的东西，你不打，他就不倒，这也和扫帚扫地一样，扫帚不到，灰尘照例不会自己跑掉。"这还是毛主席说的。也许，薛云霞是对的，摆在她面前的路只有一条，迟早横竖都是一个死，别无选择。

145

"任宝玉。"教书先生点了他的名。

"到。"任宝玉站了起来。

"你到教导处去一下，有人找你。"

教导处，任宝玉看见四个人和校长站在一块儿。校长说："这就是任宝玉。"四个人的眼光齐刷刷朝他扫了过来。任宝玉仔细看着眼前这四个人，其中一个他认识，那就是朱瞎子的儿子朱小熊。四个人中，朱小熊和那个女的都挎着短枪，穿着便衣，另外两个男的，背着长枪，一看装束就知道是八路军战士。校长接着说："任宝玉同学，这是河口村八路军土改工作队和农会的同志，他们要你回去参加一个重要会议。"不容任宝玉说什么，那位挎短枪的女人说："走吧。"任宝玉说："是不是让我把东西拾掇一下带上。""不用了，开完会，就会把你送回来的。"任宝玉不再问。夹在四个人中间，他怎么觉得自己就和在押犯人差不多呢。回去开会，开什么会呢？母亲在土改工作队没有来之前就躲出去了。躲到哪儿去了？连他自己也不知道。近几日，总是老刘来给他送生活费和零花钱。

走出校门，任宝玉看见了自家的马车，赶车的人有些眼生，想必是自家长工吧？任宝玉想开口问什么的，但他一时又不知从何问起。再看看几个持枪的人，就觉得有些胆怯。倒是朱小熊率先和他打招呼说："任宝玉，我给你介绍一下，这位女同志是咱们河口村土改工作队王队长。这两个男同志是随同工作队的八路军战士。"朱小熊说完，任宝玉就赶紧朝王红梅和两个战士鞠躬道："王队长好！八路军同志好！"王红梅没有回任宝玉的话，而是催促："赶紧上车走吧。再晚恐怕就迟了。"

因为赶时间，车夫不时甩动着手里的鞭子，嘴里"得儿吃，得儿吃"不停点地喊。整个马车在颠簸的旋律中前行。"听说灵宝城解放那天，你跑回家跟你妈妈报的信？"王红梅问。"嗯。"任宝玉点了点头。"那你知道你妈妈去了什么地方？""不知道。""你妈妈没有告诉你？""没有。我当时劝我妈说，不行就把家里的财产和土地给村上人分了，可我妈不同意，还打了我耳光。""那你家财宝都藏在哪儿了？""不知道。"任宝玉仍旧摇着头："当天后晌我就来学校了，后来的事情我一点也不知道。"王红梅解释说："你是县中的学生，对当前的形势是清楚的，只有中国共产党才能救中国，才能救天下穷人于水深火热之中。一切剥削人民的地主、资本家都将受到应有的惩处，就连你的家庭也在内。现在唯一的出路是老老实实向人民坦白交代自家的罪过，消灭过去所有账目和契约，把所有财产和土地分给那些没有地种，没有牲口及劳动用具的穷人，实现'耕者有其田'，让普天下所有人都过上人人平等的生活。听明白没有？""听明白了。""听明白了就好，一会儿到了会场，要老实向大家坦白交代，争取得到宽大处理。"任宝玉还是点着头："嗯。"任宝玉不知道怎样才叫老实坦白交代，不就是把自己知道的一切都说出来吗？说出来就可以得到宽大处理了？可什么是宽大？什么又是不宽大呢？这些问题对他来讲可以说是一塌糊涂。难道他们还没有找到妈妈？如果找到了妈妈，妈妈也老实坦白交代了，同样能够宽大吗？宽大和不宽大究竟是以什么样的界线划分的？就这些诸多问题，任宝玉只能在心里想着，他不想去问眼前的这位王队长，就是问了，她也不会给自己一个确切的答案。

马车很快驶入河口村，经过任家大院门口时，马车停下了。王红梅从车上下来，对朱小熊说："你们直接去学校会场吧，不能再耽搁了。"朱小熊说："行。"趁着这个短暂的时刻，任宝玉看见自家大门口挂着"灵宝县河口村农民协会"的木头牌子，自家的院子怎么变成农民协会的驻地了？容不得任宝玉仔细往里面看，马车又向东城门外的学校驶去。一路上，任宝玉同样瞧见街道两旁的红、绿标语。十多天时间，河口村真的变了。变得他都不敢认了。出了东城门，老远就瞧得见操场上热闹的场面，人群来来回回走动着，就像赶庙会似的。走近了，任宝玉见前来参加斗争会的男女老少，除了本村的以外，大多数都是外村的陌生人。他们手里都操着家伙啊，他的心顿时就紧张起来，这样的大会将会是一个什么样的场面呢？任宝玉不敢想，心揪成了一疙瘩。走到临时搭建起来的台前，高高的横额上是一行醒目的大字："大地主婆任寡妇斗争大会"。他们不是没有母亲的消息嘛，怎么就开起了妈妈的斗争会了呢？不谙世事的任宝玉看着眼前这阵势，这场面，双腿发软，几乎站立不稳，浑身直打哆嗦。

大会主持人看到马车拉着任宝玉进了会场，就用铁皮广播筒子开始吆喝："大家请到台子前面的会场来，今天是河口村斗争大地主薛云霞的大会，由于薛云霞自知罪恶深重，罪责难逃，于昨天晚上悬梁自尽，自绝于人民。但他们家所有财产、土地、粮食、骡马牛羊，都要分给本村、外村的穷苦老百姓。现在，我们从县城中学押回了薛云霞的大儿子任宝玉，据群众揭发反映，是他给家里送信，让薛云霞把金银财宝藏了起来。现在，我宣布，把任宝玉押到会场来！"

随着主持人的呐喊声，任宝玉被两个战士押到了会场中间。此时的任宝玉已经没有了站起来的能力，从刚才听到母亲悬梁自尽那一刻起，他彻底瘫痪了。"说，你家的金银财宝都藏在什么地方？""你家的高利贷账目和契约都藏在哪里？""说！""说！"……任宝玉浑身抖得更厉害了，打着牙瓜，言辞不清地说："这些，这些我哪里知道啊？"

不知是哪一位先动手推了任宝玉一把，原本就站立不稳的他便被人们推来推去倒在了会场中间，紧跟着棍棒、铁锹等能上的家什都朝着任宝玉身上雨点般砸来……

有人很快跑回任家大院，报告丁野和王红梅："任宝玉被当场打死了！"

"打死了？"

如此结局，也是丁野和王红梅他们事先没有想到的。

146

村里人大都去河口村开斗争会了。王狗剩眼看着男男女女，老老少少走了一拨，又一拨，心里头早就打好那个小算盘，想象着那个渴望已久的时刻就在眼前面，心里头那个甜滋滋的美哟！他就"啧啧啧"地直晃脑袋。王狗剩吩咐两个民兵娃子："你们两个可不能在农会里待，村里人都走光了，得注意安全哩。去吧，先去村东头转转，到了晌午就回家吃饭。有什么事情我会喊你们的。""王主席，那你呢？""我嘛。"王狗剩说："昨晚上熬得时间长了，得睡会儿。可不兴来打扰我啊。""行行行。"两个民兵娃子点着头说："你放心睡吧，我们不会来打搅您的。"民兵娃子出门没走多远，王狗剩又追了出来："等等，等等。"只见王狗剩左手提着一壶酒，右手掂着一包猪脸肉："把这些拿去吧，困了喝点，提提神。""王主席真好。"瞧着他们兴冲冲的样子，王狗剩暗自发笑。

王狗剩就爱穿那件黄呢子大衣。自从那天在任家搜得这件衣物，就没有离开过身子。穿上它，再往肩头上扛杆长枪，他就感觉忒神气。他曾要求丁政委给他配一只带套的盒子枪，可丁政委没有答应他。真要是能有一把盒子枪挎在腰间，还不更神气十足高人一等啦。

穿上大衣，扛着长枪，王狗剩朝邵家大院走去。是什么时间有了这个念头的呢？最初产生这个想法应该是黄河滩偷羊那会儿。按理说偷羊那会儿他还顾不得想那些男女床上之事，可谁叫王幸福在那儿歇斯底里般大喊大叫呢？"王婵娟，我爱你——"就这一声喊叫，也让王狗剩对王婵娟想入非非，是美女，谁不喜欢呢？何况她还是一个有文化的美女。有文化的美女一定和别的美女不一样。原先，王狗剩对王婵娟的这种想入非非仅限于偶尔一想罢了。

　　"苏三离开洪洞县，

　　　将身来在大街前……"

王狗剩又开始来来回回重复这两句唱词。

几个留守在邵家的长工，短工也都去河口村开会了。难得清闲，王婵娟索性关上大门，让自己连日来紧张疲惫的身子放松放松。原以为共产党八路军一来，自己就解放了。可没有想到，农会人会这样对她。就连过去在邵家伙房的佣人也仗势欺人，把做饭的活推给了她。做就做吧，可那些往日俯首帖耳，百依百顺的雇工们也开始横挑鼻子竖挑眼起来，说什么咸了淡了，稠了稀了的。

她却不敢有半点显山露水的不高兴，只能赔着笑脸给他们看。好多次，她想去河口村走动走动，看看自己的父母还有小铁蛋。更想去看看幸福哥。幸福哥说是去找八路军的，可眼下怎么连个人影儿没有？工作队和农会人说了，哪儿也不能去。这就限制了她的人身自由。她就想不明白，自己怎么就变成了地主婆，成了革命的对象了呢？听说河口村要开斗争会，她再次跟工作队和农会的人说，想去河口村参加斗争会。可他们还是不允许，说是小地主婆，不能参加斗争会。你就等着，开完了薛寡妇的斗争会，就开你的斗争会。听此言，她再也不敢多说什么。她不知道接下来的日子会是什么样子，她甚至怀疑自己。

"咚咚咚，咚咚咚……"一阵急促的拍门声传来，王婵娟的心又一次慌乱起来。该不是工作队或农会的人又来了吧？这时候她后悔自己怎么就这么快把大门关上了呢？大白天的，他们要是追问起来，自己又该怎么说？

"咚咚咚……"

"来了，来了。"王婵娟顾不得多想，快步跑去打开大门。王狗剩背着长枪站在门口。"是王主席啊。"

"大白天的，为什么把门关上？在屋里做什么见不得人的事情吧？"王狗剩凶巴巴地问。

"没有，真的没有。"王婵娟回答说："我只是觉得有点困了，想歇会儿。"

"是吗？"王狗剩瞥了王婵娟一眼，自个儿往屋里走去。刚走没几步，连头也没回一下："把大门关上。"

"王主席，这大白天的，关大门不好吧？"

"怎么就那么多的废话呢？叫你关，你就关上！刚才你关着大门时，不也是大白天吗？把大门关好了，回来我有话跟你说。"

王婵娟只能把大门重新关了，跟着王狗剩回到屋里。

回到屋里，王狗剩一反常态，换上一副慈眉笑脸："王婵娟，这段时间可让你吃了不少苦。"

"王主席，得感谢你上次救了我。"

"感谢我？你想怎样感谢我？"

王婵娟说："吃什么好吃的，我给你做。要什么好东西，你尽管拿。只要是我有的。"

"说话当真？"王狗剩盯着王婵娟，一脸坏笑："就怕你舍不得。"

"你说，想吃什么，我这就给你做去。"

"我想吃……"王狗剩不说了。

"怎么，别不好意思。你说啊？"

王婵娟这样一说，王狗剩再也把持不住，猛地把王婵娟搂进怀里。

王婵娟完全没有想到王狗剩会这样，她奋力挣扎："你不能这样。我求你啦，你饶了我吧。"

眼看着自己拼命挣扎无济于事，眼看着就要被这个无赖强暴。她的反抗也只能增加王狗剩更严重的伤害。王婵娟突然缓和口气："你不就是要那个吗？何必这样粗暴无礼。你起来，我依你便是了。"

一听王婵娟说这话，王狗剩便松了手："这不得了嘛。"

王婵娟起身整了整衣衫。

王狗剩问："你这是干什么？"

王婵娟说："刚才的门没有关。我去把它关上。"

"不是让你关了吗？"

"可我刚才故意没有关。"王婵娟说着就往门外走。

"等等。"王狗剩说："你在屋里待着，我去关门。"

王婵娟也只能在屋里待着。

王狗剩从大门口回来，嘴里不干不净骂着："这熊娘们，还哄人哩。"

第三十一章　黄河流水浪滔滔

王狗剩推开门扇往里没走两步，躲在门扇背后的王婵娟举起一个大瓷罐朝王狗剩头上砸下……随即一转身，向门外跑去。

王狗剩被这突如其来的一击给砸懵了。他完全没有想到，看似柔弱的王婵娟会下如此的毒手。等他清醒过来，拿着长枪追出去时，王婵娟已跑出院门外，而且把大门从外面给扣上了。王狗剩大怒，举起长枪朝天空叩动了扳机，只听"嗵——嗵——"两声枪响，很快两个民兵娃子就赶到了邵家大院门口。

"王主席，你在哪儿？"民兵娃子在邵家大门口喊。

王狗剩从里面把门砸的"咚咚"直响。"小地主婆子跑了，赶快把门给我打开。"民兵娃子这才知道王狗剩还在里面。打开门，见王狗剩的头上流着血。民兵娃子问："这是怎么啦？"王狗剩说："先别问了，快去追那个小地主婆。"

王婵娟扣上大门飞奔出村，出了村她竟然不知道该去哪个方向走，通往各村的路上都有三三两两的行人，顾不得多想，她顺着通往黄河岸边的那条土路飞奔而去。

王狗剩三个人分别在村口寻找张望，很快就发现了王婵娟的人影。立马追了上去，边追边喊："站住，再不站住我们就开枪啦。"不管他们怎样喊，王婵娟始终没有停下脚步来。就这样，王狗剩他们距离王婵娟越追越近，还不停朝她开枪。脚下的土路不见了，周围到处都是齐腰深的芦苇草，狗尾巴草。枪声还会从身后传来，子弹"嗖嗖"从耳边穿过。无论如何也不能让王狗剩逮着自己。王婵娟拼着命地跑着，跑着……她多希望她的幸福哥还像那次一样，奇迹般出现在她眼前啊！也许，她已经看到眼前的远处，王幸福正张开怀抱等待她到来……

滔滔黄河水不停地狂奔着，她怎么就不能回过头来用自己博大的胸怀去拯救一个黄河女儿的生命呢？

滔滔的黄河水还在不停地呐喊着，她们是在用自己热烈的掌声迎接着一个黄河女儿风尘仆仆的到来吗？

王婵娟站住了。她再也不跑了。她再也跑不动了。滔滔黄河挡在眼前。眼看王狗剩三个人离自己越来越近，王婵娟闭着眼睛一咬牙，纵身汇入滔滔黄河之中……

第三十二章　罂粟花香

147

"狗剩哥，狗剩哥。"

一听门外娇滴滴的叫声，王狗剩就心花怒放，一想起枚兰兰那俊俏的模样儿，他就浑身发酥。赵春明逗他："你的兰兰来了。""没想到这丫头还真守约。"王狗剩回头朝赵春明笑笑走出农会的门。

枚兰兰是王狗剩两天前认识的陌生女子。那是王婵娟投河后第三天的事。一个衣着破烂女子，领着个五六岁的男孩来在下河口村沿门乞讨，一家挨着一家，逢门必进。走进农会的院子，依旧"大伯，大娘，大哥，大嫂们，打发打发吧。"的祈求。女子右手拉着一根枣棍，左胳膊肘子上挎着一个小竹篮，小男孩扯着她的衣襟。可怜兮兮站在院子中间，一遍又一遍，不厌其烦重复相同的话，直到主人施舍一块馍，半碗汤。

或许是因为王婵娟那件事，王狗剩心情一直不好。原想着，一个被人们称为小地主婆的柔弱女子，自己玩弄她还不是小菜一碟，他完全没有预料到，王婵娟竟然会如此性情刚烈，于生命不顾，胆大妄为砸伤他。即便如此，他也没想要她性命。性急之中随意开枪，只是想吓唬她而已，只想着把她抓回来后，狠狠教训一顿，然后再伺机占有她。谁知道她就跳河了呢？真他妈的晦气。好在自己是农会主席，事发之时又没有第三个人在场，这理由还不是随自己编？说黑就是黑，说白就是白。

女子的乞讨声叫得他心烦。王狗剩索性从炕上起来，一出房门就厉声训斥起："我说你烦不烦啊，看不见院里住着农会吗？要讨饭去别家讨去。""大哥，你就可怜可怜我们姐弟俩吧！""我可怜你们，谁来可怜我呀？去去去，别把我给惹躁了，惹躁了可没你们好果子吃。""大哥，不要那么凶巴巴嘛。对女孩子大喊大叫多没面子啊。""什么，什么，大喊大叫怎么啦，谁敢把我怎么样？""没人敢把你怎么样，只是一个大男人就这样对待一个弱女子……好了，好了，小女子不说，告辞啦。"那女子说完朝王狗剩宛尔一笑，同时躬身一拜，随即离去。一瞬间，王狗剩的心突然被什么东西猛地一击，为之一振，他发现了那个叫做一见钟情的东西。只见那女子：粉面桃花带笑开，两汪清澈勾魂脉，樱桃小口惹人爱，上天仙女下凡来。

　　"回来，回来。"那女子还没有走出院门，王狗剩就连声道。"这又怎么啦？大哥。"女子声音依旧温柔。王狗剩说："我这个人脾气不好，高喉咙亮嗓门，刚才的话一定让你生气了吧？"女子说："大哥说这是哪里话，我一个柔弱女子，常年在外漂泊，受人欺凌，恶语中伤，已经习以为常，哪敢生气呢？""我也是个出身贫穷的人，如今共产党八路军来了，才得以翻身做主人。怎么能像那样对待你呢？眼看着晌午了，你们姐弟也不用去讨要了，就跟我去邵家大院吃饭吧。""哪能成呢？你我素不相识，无缘无故，我怎么好意思跟着你去吃饭去呢？""不妨事，不妨事，那伙房是村农会的。你是穷人，穷人就要吃富人的，分他们的财产和衣物。这是共产党的政策。走吧，走吧。""那就谢谢了。"妹子说着又是一个躬身相拜。王狗剩忙上前双手扶起女子。这一扶，更让女子含羞带笑："谢谢大哥。"

　　王狗剩领着姐弟俩去伙房吃饭时，大家都用异样的目光看着他们，不知道这是怎么一回事。赵春明把王狗剩叫到一边："你认识他们啊？""不认识啊。""不认识你让他们来吃饭啊？"王狗剩反问："他们也是穷人，是解放的对象，吃一顿饭怎么啦？不成啊？"赵春明无言以对："成，成。没有人说不成啊。我是想问问你有啥企图。""你这样一问，我还就跟你明说了，我想娶她做我媳妇。我妈岁数大了，就我这一个晚巴巴儿子。我妈做梦都想抱孙子哩。过去，家穷，娶不起媳妇，现在，共产党八路军让我们翻身做了主人，我就想娶一门媳妇让我妈高兴高兴。""原来你真有预谋啊。"赵春明说完就要走。王狗剩却把他给拽住了。"怎么啦？"赵春明问。"你既然问起这事，我想求你帮个忙哩。""帮啥子忙哩？""做我的月下老人啊。""做月老。不成不成。我可没有说媒的本领。""不费多大事，一会儿吃完了饭，你就把他们叫到一边问问。看她情愿不情愿。""就叫一边问问？""对，叫一边问问。她不情愿咱就打发他们走人，她要情愿呢，就让姐弟俩先住下，商量以后的事。""那成。"赵春明爽快地答应了。王狗剩要走，赵春明拉住他问："这女子叫什么名字？"王狗剩说："哪顾得问这些。你一会儿一问不就清楚了嘛。"

屋子里，赵春明对女子说："我是下河口村的八路军土改工作队队长。"女子就弯腰鞠躬道："长官好。""好了，好了。我们共产党不兴这样，你先听我把话说完。"赵春明接着问："不知道姑娘叫什么名字？""小女子姓枚，叫兰兰，今年虚岁十八。""枚兰兰，多好听的名字啊。"赵春明接着问："你知道刚才让你们吃饭那人是谁吗？"枚兰兰说："我听大家都叫他王主席。""他的名字可不叫王主席。"赵春明解释说："他名字叫王狗剩，河口村人。现在是下河村的农会主席。农会主席知道吗，就是领导穷人去分财主家财产和土地的带头人。"枚兰兰点头："知道了，但我就是有些不明白，那样干，不是很危险吗，财主们回来还不把他杀了啊？""枚兰兰，咱们今天不谈这个，我有几个问题想问问你，你要如实回答。""你问吧。""你感觉王狗剩这个人怎么样？""好人啊，他请我们姐弟俩吃饭。""他想收留你们姐弟俩，你同意吗？""收留我们？收留我们做什么啊，那不是负担嘛？"枚兰兰低着头说："平白无故，怎好意思去麻烦人家呢？""他收留你们，不是白收留的。""如果要钱的话，我们可没有。""王狗剩他不要钱。""不要钱。那他想要什么？"赵春明说："我就不拐弯了，实话实说吧。王狗剩想娶你做他媳妇，你愿意不愿意？""那……"枚兰兰的脸一下子就全红了，低着头，好半晌什么也不说。"好了，好了，不愿意也不要紧，他不会勉强你的。出了这个屋，你就带着弟弟走了。"枚兰兰这才羞答答地说："不是我不愿意。只是他那样大的官，娶我一个讨饭的做媳妇，还不委屈他了？""他不怕委屈，只要你愿意就成。"赵春明说，"我这就跟他说去。""不要。""你反悔了？""不是。嫁人是大事，我得跟爷爷商量商量，得经老人家同意。""你爷？你爷在哪儿啊？"赵春明问。枚兰兰说："在灵宝城南边的一个土窑洞里躺着。"看来这问题越问越复杂，赵春明说："那你就先跟我说说你家情况吧。"

说到家，枚兰兰哭了。枚兰兰说她家乡原来在陕州东边的洛宁县，前些年日本占领了她家乡，把爹妈抓去做劳工，一去就没有踪影，听人说，好多人都让日本鬼子给折磨死了，有的没有死，就给活埋了。听说灵宝县这边没有日本人，爷爷就领着我们姐弟俩到这里给人扛活。去年冬天，爷爷得了肺痨，就再也干不动活了，被财主赶了出来。现在，只能安身在村子外面的那个土窑洞里，靠我们姐弟俩讨要一点来维持生命。枚兰兰最后说："王主席愿意娶我做他的媳妇，是我的福分。只是，我要带爷爷和弟弟一起来的。""是这个情况啊。"赵春明点着头："那我现在就跟王主席说。看看他的意思。"

赵春明把情况跟王狗剩一说。王狗剩眼睛眨了眨："这么复杂啊。"但他就是不愿意放飞眼前的桃花运，他想先答应枚兰兰的条件。一个黄花闺女，上哪儿找去啊？得机会先睡了她再说。真的不愿意要她，一脚踢开就是了，谅她一个弱女子，也奈何不得。如此这般想着，王狗剩就爽快说："娶她做媳妇，当然要赡养她爷爷啦。我妈那么大岁数了，孤苦伶仃的，就让他和我妈住一起得了。至于她弟弟，到时间分了田地，随着年龄增长，他还不自食其力啊？没问题，你去告诉枚兰兰，这些都没有问题。只要她嫁给我。"

王狗剩从挖来的浮财中，给枚兰兰拿了许多好东西，还送一些银两让她回家去跟她爷爷抓药治病。他把姐弟俩送出村子好远，枚兰兰说："王主席，你就是我家的恩人，回家安顿好爷爷他们，我就来见你。"王狗剩说："不要主席主席地叫，多生分啊。""那就叫哥啦。"枚兰兰说着真就大大方方叫一声："狗剩哥——"这一声哥叫得王狗剩都不知道该怎样回答了。

两天过去了。王狗剩有时间就寻思：会不会鸡飞蛋打？刚才，他还问赵春明："那个枚兰兰不会把我耍了吧？"赵春明趣笑说："熬不住了，想人家了吧。""问你正经话哩。""我说的也是正经话啊。"正说着，门外面就传来了枚兰兰的叫声。

枚兰兰今天打扮得格外耀眼，粉红色绸子夹褂子，淡绿色绸子裤子，一双有着红石榴图案的红绣鞋，两根长辫子梢扎着红绸子蝴蝶结，原本就好看的脸蛋又略施了一层花粉胭脂。和两日前相比真是天上人间。王狗剩目不转睛，看得枚兰兰不好意思："怎么，才两天就不敢认了？人家大老远来，也不先问问人家渴不渴，饿不饿？"

正说着，赵春明就从屋子里出来了："兰兰来了？"枚兰兰赶忙鞠躬问道："赵队长好。"赵春明说"你们回屋。我出去一下。"

王狗剩给枚兰兰倒了碗水，然后迫不及待地问："你爷爷他同意了吧？"枚兰兰说："同意啦。爷爷说只要你对我好就行。""我会待你好的。"王狗剩又问："这回来了，得多待两天吧。"枚兰兰说："人家也想待，就是不知道你同意不？""同意啊。有地方吃，有地方睡，你愿意待几天就待几天。""可这里好多人，他们不会笑话我吧。"王狗剩说："我是农会主席，没有人敢说什么。"枚兰兰说："那我就放心啦。"

王狗剩想，天下没有不吃腥的猫。只要你不走，我就会想办法收拾你。

148

雪琴踹了踹炕那头的王来法："起吧。""老早着哩，起啥哩起。鸡刚叫过头遍。"雪琴说："我睡不着。""睡不着也不能起，我才给牲口拌的料。再说，起这么早，就是到了黄河滩天也不亮。""那就再等会儿？""等会儿，等会儿。"王来法说完没多大一会儿就又打起了呼噜。

听着王来法的呼噜声，望着眼前的黑夜，雪琴想起前两天在学校操场开斗争会的事。村里的工作队和农会要求大家都去开会，巷道里一遍又一遍敲锣声，吆喝声，催促着。提起开会，雪琴心里就发虚。头一场斗争会，也是在学校开的，却没有开起来。因为保长王孝儒，在被押往操场的半路上被人戳死了。雪琴在开会途中看到的，那血把巷道都染红了。后来一想起那情景她就发呕。前两天，巷道里的锣声又一次响起来，说是开薛云霞的斗争会。这回声势浩大，周围好几个村子的人都来了，到了会场却没有薛云霞的影子，听人说是悬梁自尽了。弄了个任宝玉来，没说几句话，任宝玉就丧命乱棍之下。雪琴又一次感受到什么叫惨不忍睹。

自从工作队进了村，王来法就变得沉默寡言了。雪琴知道，那是因为他看到了河口村财主们的遭遇，对自己长期以来追求发家致富的思想观念产生了怀疑，富裕有罪？罪不可赦？共产党的政策咋是这样呢？原来王来法总眼气别人比自己富，嫌弃自己在致富路上的步伐太慢。经过工作队这么一闹腾，他倒吸一口凉气，看来自己走得慢是一种幸运，要是自己也和任二奶奶、王保长他们一样富了，那还不被砍头啊！想想实在后怕。原来总喜欢把那辆木轮马车赶往人前显摆，现在依旧赶着原先那头小毛驴出出进进。王来法曾和雪琴商量说："要不咱俩去朱小熊那儿一趟，让他跟丁政委和王队长说说？""跟人家说啥？""就说咱那马车骡子啊？""说咱那马车骡子怎么啦？""就说咱那马车骡子不是咱家原有的。是女儿出嫁时的彩礼。""你觉得有意思吗？""最起码可以减轻咱们的罪过。"雪琴说："看看河口村，比咱们富裕的人家多着哩，共产党总不能像割韭菜一样齐铲吧？到时间再说，真不行，咱就把马车和骡子送到农会去，谁爱要谁要。"

就在雪琴和王来法从会场回来没多大一会儿，就有人来告诉他们："你家婵娟出事了！""婵娟出啥事啦？"雪琴问。来人说："你家婵娟把王狗剩砸伤后，逃跑了，民兵追到黄河边，她投河自尽啦！""你听谁说的，这不是真的吧？""是不是真的，你去打听一下啊。"雪琴喊来王来法："快去打探一下，看婵娟是不是真出事了？""不可能吧。咱家闺女又没招谁惹谁，平白无故砸王狗剩头干啥？""你快去打听一下吧。"

街道上，人们三三两两正凑在一起嘀咕着什么，看见王来法就散了伙，或岔开话题说着别的。王来法就犯疑惑，找一位能说着话的拉到人背后一问，才证实真出事了。王来法头一下子就大了，怎么能摊上这种事呢？刚才还以为是他们是信口胡说哩，没想到还真是这样。回到家，王来法垂着脑袋什么也不说，雪琴猜想一定是真的，就"呜呜呜"哭开了："好娃哩，你的命咋就恁苦呢？"

晚上，雪琴说："咱们得去送娃一程，总不能让娃一个人孤零零上路吧？"王来法问："咋个送法？"雪琴说："去黄河边给娃烧些纸钱，再陪娃说说话。她一个人在黄河滩那荒芜的地方，多寂寞啊。""要去也行，咱得背着人偷偷去，不能让农会和工作队的人知道。""那咱就到明天黑了去？""这么远的路，黑了去恐怕不行吧。""那你说多会儿去？""等一两天，过了这个风头。哪天早起，咱们一家人赶着马车去。""不赶马车，坐上那马车我心里就难受。"王来法说："我也不想赶马车，还不是想让你和铁蛋舒坦些？"雪琴说："还是赶着咱那头小毛驴吧。"

头天晚上说好的，今个打早起去哩。雪琴想着想着就睡不着了："鸡又叫了。""再等会儿吧，鸡叫三遍咱好走。到了那里也就是太阳露红的时间。"

去下河口那个黄河滩得出东城门，过了乾阳河再沿着河岸往下游走。虽说鸡叫三遍了，但天还黑着。雪琴和小铁蛋骑在毛驴上，王来法跟在后面。铁蛋问："妈，咱去哪儿啊？"雪琴说："去看你姐。""我知道，姐家就在下河口。干吗起得这么早啊，天亮了去不行吗？"王来法说："小孩子不要说话，到地方你就知道了。"

东方渐渐发白，周围的芦苇草、狗尾巴草、茅草、谷精草还顶着湿漉漉身子。黄河滩地没有路，驴失去了前行目标，王来法拉着缰绳前行。雪琴下了驴背，跟在后面。看着周围的杂草，雪琴竭力想象着女儿当时急匆匆奔跑着的情景，想象着她面对滔滔黄河怎样结束自己的生命，两行清泪止不住的流。茫茫无际的黄河滩，哪儿是女儿的归西地呢？王来法回头问雪琴："该往哪儿走呢？"雪琴也不知道该往哪儿走，听着黄河的涛声，她仿佛听到了女儿"妈妈，妈妈"的呼唤声。"沿着黄河涛声走，走到不能走的地方就停下。"王来法就牵着驴听着涛声走啊，走啊，走到河岸边惊涛骇浪的地方。踩着柔软的泥沙，望着洪水滔滔，雪琴仿佛看见了女儿站在岸边纵身一跳的场景。顿时泣不成声："婵娟，妈来了，还有你大，铁蛋。婵娟，你看见吗？婵娟，妈知道，你走的急，不曾带一件换洗衣服。妈和你大给你送来了，你一定要来取走，黄泉路上，千万别委屈自己……婵娟，我和你大没有办法为你筑墓建坟。你放心，每年这个时候，我们都会来看你的……婵娟，妈不在身边，你要自己照顾好自己，要是见到你父亲，就说妈没有照看好你。等以后见了面我再向他赎罪……"

燃烧的灰烬在微风吹动下旋转着，旋转着，飞到了黄河流水的头顶，再一片一片落入浪涛的怀抱。

"铁蛋，来，给你姐磕个头。"雪琴说。

铁蛋跪在纸灰前面，恭恭敬敬磕了一个头。然后对着黄河大喊："姐，你什么时候回家？我想你，咱妈和咱大也想你，你就回来吧！"铁蛋没有听见姐的回答。回头问："妈妈，你说我姐她能回来吗？"

"能回来。你姐她一定会回来的！"

149

起先，王狗剩将枚兰兰安排在王婵娟住过的房间。枚兰兰进屋一看挺好，整齐，清洁，还宽敞。但没等到晚上，枚兰兰就找王狗剩："我不住那屋了。""为什么啊？"王狗剩问。"你说为什么。"枚兰兰反问道，"那不是小地主婆的房吗，你明明知道她刚投河，干吗要我住那个房间？是不是成心想让她的鬼魂缠着我啊？"王狗剩之所以安排枚兰兰住在那个房间，主要是为了方便。没有想到惹枚兰兰不高兴，连忙道歉说："是我不好。我粗心大意，没有想到那一点。"王狗剩要给枚兰兰安排其他单独房间住，枚兰兰说什么也不。她说自己生性胆小，害怕寂寞。王狗剩问："那你要住哪儿啊？"枚兰兰说："就和做饭的女人住一起吧，也有个说话的伴儿。""那好吧，只要你高兴。"

做饭那女人还是邵家原先雇来的佣人，平时伺候邵家老小和长工、短工吃喝。邵维义和老婆孩子逃走后，家里剩下王婵娟和几个做活的。工作队一进村，几个长工、短工有的回家不干了，有的加入了民兵队。邵家的伙房也就成了工作队的伙房，有时间农会的人也在这里吃饭。王婵娟出事前，女人把好多活计都推到王婵娟身上，自己落个清闲。王婵娟死了，就没人替她做活了。枚兰兰，吃第一顿饭时就认识了，不就是一个讨饭的嘛，却被王狗剩给相中了。

王狗剩是个什么东西，女人知道。她早就看出来他对王婵娟不怀好意，心想着那男女之间的事情，自己还是少说为妙。原以为王婵娟终究会经不住威逼利诱。不料想她竟如此刚烈。人的衣裳，马的鞍，枚兰兰这回来，和讨饭时模样儿大相径庭，仙女般漂亮。虽然枚兰兰愿意和自己住一个屋子，但她只能敬而远之。倒是枚兰兰显得格外随和大方，姐长姐短叫着，一有空总喜欢跟她打探农会的情况。

白天吃过饭，枚兰兰就去工作队住处，找王狗剩和赵春明闲聊拉呱。与原来单调寂寞的工作相比起来，有这样一个漂亮的女人待在身边，便多了些情趣和快乐。枚兰兰显得很是单纯无知，喜欢问一些看似简单明了的问题，他们也就毫无保留告诉她。更多时间，枚兰兰会和王狗剩去村外走走，在野外田埂小路上，枚兰兰会热情洋溢拉着王狗剩的手，欢蹦乱跳奔跑。起先，王狗剩把枚兰兰伸过来的小手握起来还真不习惯。枚兰兰就说他，你不是让我做你媳妇吗？连我的手也不敢牵一下。渐渐地，王狗剩牵着枚兰兰的手就再也不想松开，他感觉自己随时都会把这块香肉吞进肚里去。到了僻静背人处，王狗剩会忍耐不住，肆意把枚兰兰搂入怀中，等不到王狗剩激情释放，枚兰兰就会泥鳅般挣脱出来，然后娇滴滴说："大白天，让人瞧见了多没面子啊？你大小都是个共产党干部哩，要注意群众影响嘛。"

枚兰兰还会问起工作队的许多情况，诸如人员数量，武器装备，几个村子的人力分布等等，王狗剩都一一回答。枚兰兰说："我才不稀罕知道这些呢，人家之所以问你这些，也是为你安全着想。假若有一天国民党真打回来了，你们有把握打赢他们吗？"王狗剩说："这谁知道啊。打得赢就打，打不赢就跑，眼下就是趁机会多捞实惠，把兜里塞得满满的。""到时间你会领着我一起跑吗？""当然会啦。没有你，还不寂寞死啊。"王狗剩说着，又去摸枚兰兰的脸蛋儿。枚兰兰推开他："不要这样嘛。"

过了两三天，王狗剩这只馋嘴猫始终没有吃到嘴边这块肉。枚兰兰跟王狗剩说想回去一趟。王狗剩说："急着回去干啥呢？"枚兰兰说："在这里不是耽搁你工作嘛。再说，想和你亲热一下都没机会。"王狗剩说："我想那个，你总不让。"枚兰兰说："大白天人多嘴杂，众人的口水会淹死人的。晚上又没有条件。"王狗剩说："你今天不要回去了，明天一准有机会。""明天咋就有机会啦？"王狗剩就对着枚兰兰悄声耳语了好一阵子。耳语完了，枚兰兰说："我还是得回去。"王狗剩问："怎么还得回去呢？"枚兰兰说："出门好几天了，爷爷和弟弟吃的东西就要完了，我得回去给他们重新准备。""那明天……""明天我来还不成吗？有那样的好机会，我会珍惜的。"王狗剩说："那我等着你。""等着我。会让你得到一个满意的结果。"

村外大路口，王狗剩和枚兰兰依依不舍握手道别。眺望着枚兰兰的背影，那两只红绸子蝴蝶结随着辫稍一甩一甩，在太阳光下格外耀眼；那滚圆滚圆的屁股蛋子跟随着辫稍的甩动一扭一扭，越发地让王狗剩想入非非。"日她娘的！"枚兰兰好看的背影渐至模糊，王狗剩咬着牙骂了声，伸出舌头舔了舔干裂已久的嘴唇子，咽下那口待在嘴里好久的唾沫。

150

如果说薛云霞吊颈身亡，任宝玉死于乱棍之下，带给原本善良仁厚的王幸福是一种莫大刺激，那么，王婵娟投河自尽，更像是在王幸福思想感情深处扎上了致命的一刀。王婵娟怎么会去砸王狗剩脑袋呢？以王婵娟对共产党的理解，她宁肯忍气吞声也不会做出那样过激的事情的。何况她下嫁邵家并非自愿，而是处于无奈。是王狗剩对她图谋不轨，让她蒙羞含冤，才做出如此之举的吗？王狗剩知道他喜欢王婵娟，他和王狗剩义结金兰，王狗剩不至于那样吧？王幸福本想找王狗剩问个明白，可自己现在是共产党的农会干部，为一个地主婆（别人一定会像这样称呼她，而王幸福自己感觉那样就是对王婵娟一种极大的污辱和不公）鸣屈叫冤，别人会怎样看他，丁政委又会怎样看他？思前想后，王幸福只能把这一肚子疑问打碎牙冠往下咽。

开完斗争会当天后晌，王幸福跟着王红梅、郭楠红回了北基村关公庙。王红梅察觉到王幸福的闷闷不乐："王幸福，这些天一直就耷拉着脸，怎么啦？哪里不舒服了吗？"王幸福苦笑着摇摇头："没有。""是遇到了难以启齿的麻烦事了吧。"王幸福就喜欢王红梅这点，不论对啥人，她都会洞察如微，透过表面现象挖掘思想深处的东西。看似和颜悦色的话语到最后来让人心悦诚服。"说吧，有什么就说给梅姐听，梅姐帮你理清无须的乱麻，打开思想上那根死结。"王幸福挠着头，不自然地笑笑。一边的郭楠红说："是嫌我在场，碍眼了吧？好，我出去，你跟梅姐一个人说。"看着郭楠红要走，王幸福就急了："这跟你在场不在场没关系。真的。""那就说吧。"郭楠红催道。"我说了你们可不行笑话。""不笑话，不笑话。""王婵娟是我的邻居，我们俩从小就……"王幸福终于敞开心扉，讲述了自己和王婵娟那些往事。

王幸福从王婵娟教他读书认字，讲到互生爱慕之情；从他在黄河大声呼叫"王婵娟，我爱你！"，讲到乾阳河边大柳树下的海誓山盟；从王婵娟不幸入狱，讲到他思想的困惑还有贫穷的无奈；从王婵娟被迫出嫁邵家，讲到他选择逃离，想当八路军把王婵娟抢过来；又从他想去下河口解救王婵娟，讲到王婵娟投河自尽的种种疑惑……讲到激情动荡处，王幸福会扬眉吐气手舞足蹈；讲到伤情悲痛时，会声泪俱下，泣不成声。

随着故事的跌宕起伏，王红梅和郭楠红听得如痴如醉，时而和王幸福一起兴奋着，眉飞色舞；时而和王幸福一块悲伤，长吁短叹。她们谁也没有想到，就这么样一个普普通通的黄河汉子，竟有如此深沉的感情世界和坎坷的人生经

第三十二章　罂粟花香

历。就王婵娟投河身亡一事，王红梅跟王幸福解释说："对于王婵娟，人死不能复生，不要过于悲伤。你注重过去的感情是对的，但她毕竟出嫁到了邵家，尽管是处于无奈，但这已是无法改变的事实。她的死因，你和王狗剩是哥们儿，日后见了面自有说清楚的那一天。如果还是不放心，明天见到赵春明，亲口一问便知。"

"明天就能见到赵春明？"王幸福问。

"嗯。听你讲你们的爱情故事，差点儿忘了正事。明天，河口村土改工作队员要到北基村来开会，讨论进一步落实部队前委提出的'三天点火，五天分粮（浮财），半月分土地'实施方案。"

"王狗剩不来参加会议吗？"

王红梅进一步解释："这是工作队全体成员会议，农会成员不参加。等讨论有了结果以后再传达到各个农会，各村根据各自的具体情况再安排执行。"

"那我就得回避啦。"

"你是工作队下派到北基村的农会主席，往哪儿回避啊。就列席参加会议得了。"王红梅继续说："到时间赵春明来了，你不好意思开口，我去问他王婵娟死亡的真相，他不会不说实话的。"

"那就谢谢梅姐啦。"

"谢梅姐。你拿什么谢梅姐啊？"郭楠红故意发问。

"我……"王幸福满脸通红，他真不知道拿什么去感谢他喜欢的梅姐。

"咯咯咯……"俩女人笑得前翻后仰的，"人家是和你开玩笑的。"

151

风和日丽，秋高气爽。王狗剩的心情也和这天气一样。想着枚兰兰，嗓门就痒痒，就想唱《苏三起解》里的那两句戏词。但始终没有唱出来，没有唱出来是因为枚兰兰还没有来。"这个骚娘们！"

吃过早饭，赵春明就和两个战士踏上了去北基村路。临走时一再交代王狗剩，这回可不能出什么事啊！还能出什么事呢？如果枚兰兰没有骗自己的话，那今天最大的事情就是和枚兰兰翻云覆雨行男女之欢。王狗剩坐卧不安，再次到村口大路上眺望，还是瞧不见枚兰兰人影儿。地里的庄稼大都收获的差不多了，玉米秆有的拽了，在地头堆成拢。有的还没有拽，失去了腰间棒子，它们显得有些萧瑟。勤快人家，已经把粪肥撒到田间，赶着牲口秋耕，为播种小麦做准备。棉花地里，花絮开得正白，有女人腰间围着包袱正在收摘。原本垂头哈腰的谷子被人们摘去沉重的贵冠，没有负担的同时也失去了尊严。看着这一切，王狗剩想到自己田无一垄的家，工作队分田给穷人还没有实施，家里边只有开仓分粮时背回家的一装麦子，好赖能对付到过了年。说实在的，他怕分了地，春日耕，夏日锄，秋收冬藏的，自己还真吃不了那份苦。把枚兰兰娶回家做媳妇，只是嘴上说说，谁还真娶啊。到时间一个婆娘两个娃，不把你累得爬倒那儿才怪哩。

"狗剩哥。"一听那浪浪的叫声，王狗剩就知道枚兰兰来了。"咋才来啊？"问话的同时，王狗剩朝枚兰兰走去。"你瞧，我给你带来了什么？"枚兰兰右手提着一个纸包包。"什么？""我专程去县城给你买来了烧鸡。""烧鸡。让我先尝一口。"王狗剩说着就伸出手去抓。"馋嘴猫。"枚兰兰把纸包包往身后一藏，左手拿出来一瓶"二锅头"："瞧见了吧，一会儿叫你连吃带喝，一下子把你美死。""把我美死，把我美死。"王狗剩接过枚兰兰手中的烧鸡和酒前面走，走着走着就得意扬扬开唱了：

"苏三离了洪洞县，

将身来在大街前。

未曾开言我泪满面，

过往的君子听我言：

哪一位去往南京地，

与我那三郎把信传。

就说苏三把命断，

来生变犬马我当报还。”

人一高兴就犯浑，王狗剩也一样。他无论如何也没察觉到，往日里自己只会唱前四句，后面的句子怎么想也想不起来。可这会儿怎么就把它唱出来了呢？怪！

唱完最后一句，刚好到工作队门口。进了门，枚兰兰解开纸包，打开酒瓶，往茶碗里斟上酒："这第一碗酒，我陪你喝。剩下全是你的，吃饱喝足，咱们再干正经事。"枚兰兰就坐在一边，看着王狗剩吃着烧鸡，喝着烧酒；喝着烧酒，吃着烧鸡……眼看着王狗剩开始打嗝，枚兰兰开口说话了："王主席，吃饱了没有？"王狗剩说："吃……吃……吃饱了。""喝足了没有？""喝……喝……喝足了。""那我现在开始问你话。我问什么，你答什么。只要你如实回答我的问题，咱们接下来的事情就好办多了。""你……你问吧。""在河口村召开保长王孝儒斗争会那天，是谁一刀戳穿了他的腮帮子？""我。想起他所审问我偷羊的事就来气，一怒之下掂起刺刀捅了过去。""你为什么追得王婵娟跳了黄河？""她……她……她不识抬举，给脸不要脸，不就是陪着我睡一觉吗？有什么大不了的！不从我，还……还……还用罐子砸烂我的头。她就是活得不耐烦了！还好她跳了河，要是不跳，看我不剥了她的皮才怪哩。""你说工作队今天集中在北基村开会，是真的吗？""当然是真的。不信你看，这屋里的赵春明，还有那两个八路军战士都去了哪里？我王狗剩骗谁也不能骗你，对不对？"

枚兰兰不问了。王狗剩瞅着枚兰兰，眼睛就开始发红："兰兰，今天这个屋里没有外人，我去把门关上。咱们放心胆大，啥也不怕，净享乐啦。嘻嘻嘻嘻……""那好，你去关门吧。"王狗剩关门回来，枚兰兰右手端着小手枪，黑幽幽的枪口正对着他。这阵势，让王狗剩酒醒了大半。可他并没有把枚兰兰放在眼里，转身去摘墙上的枪。谁知右手刚向上一伸，子弹就穿透了他的手腕。

王狗剩回头跪倒在地上求饶："姑奶奶，你到底是什么人？咱们往日无冤，近日无仇，你为什么要这样对我？"

枚兰兰说："我是从陕州专署过来的，毋凤仙是我远房姑母。我是来消灭你们这些八路军和农会干部的。"

王狗剩说："你饶我不死，我也保证你生命无忧。你要知道，有村里农会和民兵队在，你难以逃出这个村子。"

"做你的美梦去吧。王主席，我已将北基村开会的消息告诉了王和乡保安中队，他们今天已全部出动。别说下河口，就连北基村也被人包围了。你们的农会和民兵，恐怕早就完蛋了。"

"姑奶奶，你饶了我吧。当这个农会主席也是处于无奈。"

"那好吧。看在你还算老实，为我们提供情报的份儿上，姑奶奶暂且饶了你的狗命。滚吧，滚得越快越好。"

王狗剩扶着受伤的右手，向门外疾步而去，拉开门扇的一瞬间，枚兰兰扣动了扳机，子弹在他后脑壳穿了个窟窿。王狗剩挣扎着回过头："你……你……说话不算数。"随即"咚"一声倒了下去。

第三十三章　风云突变

152

　　河口村斗争大会声势浩大，波及面之广是前所未有的，虽说会上没有见到薛云霞，但到会的每一个人都知道薛云霞悬梁自尽了。会场上，还把她的儿子任宝玉——一个正在读书的中学生当场乱棍打死。形式虽说是惨烈了点，却也触动了每一个到会人的灵魂，认识到共产党对富豪财主一点儿也不手软，增长了穷苦人求翻身、得解放、勇敢地去和地主顽强势力做斗争的信念。下一步如何借助斗争会这一契机，迅速在河口村及周边村庄展开分土地行动，成为这次土改运动成败的关键。针对这个问题，丁野和王红梅商量后，决定把派出去的同志集中起来，召开"统一认识，统一思想，统一行动"动员大会，鉴于北基村大，住户多，且过去和河口村不属一个管辖区域的特殊情况，他们决定把这次会议在北基村召开。会后，再把民众召集起来开大会，形成轰轰烈烈势如破竹的局面。

　　大饭时，人都到齐了。由于情况临时有变，丁野到虢镇参加中共灵宝县委召开的土改工作总结汇报会，北基村会议只能由王红梅主持召开。会上，王红梅就前一段工作进展情况及经验教训做了总结，然后就各村如何尽快开展分土地运动做了动员报告和安排。王红梅说："实话跟大家说，丁政委今天之所以没有来参加会议，是因为他去参加县委召开的土改工作总结汇报会去了，我相信，他这次开会回来带给我们的就是鼓足干劲，力争上游，保质保量打好土改运动这一仗。"

话音刚落，门外突然传来了"啪——啪——"的两声枪响。人们立即警觉起来，不约而同摸出随身携带的武器。"大家先不要乱，大家先不要乱。"王红梅竭力劝阻着大家，同时准备派人去门外打探，一个站岗的战士进来报告说："敌人打过来了，我们被包围了。"怎么一下子就来了那么多人，而且还包围了会场。这是王红梅绝对也没有想到的事情，今天在北基村召开会议，这是昨天才决定的事，这些人怎么这么快就得到了消息？来不及去想，组织大家突围出去才是关键。

"刘三，立即带几个战士去门外阻击。"王红梅命令道。

刘三带着三个战士刚到门口，站岗的另一个士兵跑了回来："不行，他们人太多。我们恐怕是打不退他们的。"刘三说："打不退也要打。走，跟我走。"

屋里的王红梅叫来赵春明："咱们现在怎么办？"

"怎么办，就是拼了命也要往外冲。"

王红梅说："集中起来目标太大，再加上我们人生地不熟，肯定要吃大亏。不如分成两路，你带领一些人从后院翻墙走，我带领一些人从前门冲，这样可以分散敌人的注意力。事到如今，我们随身携带的子弹也不多，冲出去几个算几个。"

赵春明拉着郭楠红，带着四个战士从庙院后墙刚翻出去，就遭到了敌人截击，只听到众多的叫喊："有人从后墙翻过来了，截住他们！""快点啊，别让他们给跑了！"……

王幸福没有经历过战事，遇到像这样的情况，他还是头一次。看着战士们惊慌得手足无措，他也不知道该怎么办？直到王红梅喊："王幸福，快跟着我们往外冲啊，站在这儿不动，那不是等死吗？"他才跟着冲出去。

冲出门外，王幸福抬头一瞅就傻眼了，面前一百多人，有持长枪短炮的，有握着镢头、镰刀、粪叉、碾棍的，一个个凶神恶煞般向他们扑过来。王幸福眼前又浮现出了去薛云霞家开仓分粮、挖浮财的情景。

赵春明从后院翻墙突围，短时间分散了保中队注意力，给王红梅突围营造了相当优势，但这只是短暂的。王红梅势单力薄，仍没有办法突破眼前这道屏障，刘三那边已有两个战士倒下去了。王红梅指挥着连续冲击两个回合，都被阻挡了回来。战士们陆续中弹身亡。在无法再突围出去的情况下，王幸福陪同王红梅在两个战士保护下，退回庙院。其余人则守在门口，固守着最后一道防线。

王幸福预感到，等待他们的就是一个死字。外面的情况到底是个什么样子？他们还有没有逃生的希望？抬头望见院子中的老槐树，王幸福急中生智，爬上树观察形势。外面，手持武器的人们一拥而至，冲到了庙院的大门口。眼看大势已去，慌乱之中王幸福脚下一滑，周围什么东西就看不见了。王幸福连续挣扎了好几下无济于事。定下神仔细瞧，竟然是掉进老槐树分叉中间的树洞里了。树洞狭窄，王幸福像似被人捆绑住手脚一样动弹不得，他索性不动了，生死由命，富贵在天，如果上苍真的要他死，那就死吧。

守大门口的战士一个个倒下去了。保中队冲进了院子。两个战士最终倒在血泊之中。王红梅握着手枪，朝着自己的太阳穴扣动了扳机。然而，枪膛里，子弹一颗也没剩。几个人一拥而上，王红梅被俘了。

153

赵春明和郭楠红领着两个战士刚翻越墙头，包围在外面的保中队就发现了他们，随即一窝蜂追了上来。赵春明和两个战士掩护郭楠红，边冲边打，冲出保中队包围圈到了野外时，两个战士已经牺牲了。后面的人紧追不舍，赵春明拽着郭楠红拼命奔跑，穿过一片玉米秆地，眼前出现一个玉米秆笼子，赵春明对郭楠红说："快躲进去。"郭楠红从卫生学校出来，从没参加过战斗的她，早就被眼前的情景吓傻了。郭楠红闭着眼睛躲在玉米秆笼子里，听见"叭、叭"连响两枪，紧接着就听到急促奔跑的脚步声，再接着就有"快追，往那边跑了。""别让那小子跑了！"的叫喊声。随着声音逐渐远去，剩下的就是庙院那边时紧时缓的枪声。没有赵春明在身边，郭楠红大气也不敢出。她心里清醒，赵春明是为了救她，故意把保中队的人引往别处的。但愿赵春明能跑得更快些。她不知道赵春明会不会平安脱险？不知道自己接下来该怎么办？不知道等待她的是什么？也许，会有一柄刺刀突然间穿透自己的胸膛；也许，会有人扒开玉米秆一把将自己揪出去；或许，没有长眼睛的子弹会射过来……一切都在上苍的安排，她别无选择。

赵春明掩藏好郭楠红，跑出一段距离后，故意朝追他的保中队放了两枪。这两枪，意在告诉追他的人自己的方位。紧接着，他又故意弄出大的声响，暴露他的行踪。保中队人多，一起追赶着他不放。

眼前出现一大片玉米秆地，赵春明慌不择路，一头扎了进去。保中队的人瞧不见他，他也瞧不见保中队的人。赵春明后悔了，人生地不熟，他便失去前行的目标，不知道该往哪个方向跑？更不知道保中队有几个人，现在都在什么位置？对于保中队来说，虽然看不见赵春明，却因此锁定了他的位置，他们凭借地形熟悉，巡回包围了这片玉米秆地，开始拉网式搜捕，包围圈逐渐缩小，赵春明最终被捕。

"跑，看你还能跑到哪个日狗弯去！""跑啊，怎么不跑啦？"几个人扭住赵春明的胳膊，一顿拳打脚踢。任他们怎样地殴打，赵春明就是不哼声。

"这小子嘴挺硬！"一个家伙手持利镰朝着赵春明的脸猛地往下一撸，鲜血立即如同泉涌般喷了出来。赵春明依旧不作声，奋力用脚踢，用头抵。一根磨棍高高举起，朝赵春明后背致命一击，赵春明被打倒了，趴在地上再也起不来。紧接着，镰刀、砍刀、斧子一起上。"我让你分！我让你分！今天我先把你分了再说。"一瞬间，赵春明就被活生生地卸成了十几块，抛尸玉米秆地中。

夕阳西下，风雨血腥，成群的乌鸦盘旋在北基村上空，"哇——哇——"号叫着久久地不肯离去……

154

丁野打早起就骑着马赶到开会地点。会议是在离县城较远的虢略镇召开的。会议名称叫《半个月土改运动总结》，还是由裴孟飞同志主持。会议明确了新解放区的特点，交流了经验，统一认识，对如何做好群众性土改运动将会起到一个推动作用。据统计，灵宝县地区在这次发动群众性土改运动中，初步发动了九十六个保，正式参加农会的穷苦农民达一万三千人，已经武装起来的群众有三百余人。裴孟飞在会上讲："新区的特点是什么？新区就是灾区，蒋介石就是灾。新区的广大农民，特别是贫雇农，早已达到完全成熟的程度，无须酝酿，无须启发诱导，只要抓住他们没有饭吃的要求，号召他们起来分地主的粮，他们就会立即行动起来的。我们务必要抓住蒋管区的特点：那就是贫富悬殊过甚，土地异常集中，阶级矛盾尖锐。要抓住当前广大群众，特别是贫雇农的迫切要求，走贫雇农路线。"裴孟飞还明确指出："农会是最高的权力。各级党组织、工作队要更加集中力量，更加提高勇气，更大胆放手，更迅速猛烈，站在土改运动前面，把运动推向前去，制造一个更大地区，更广泛的运动高潮，造成到处都是轰轰烈烈的景象。"

半后晌，会议还在进行中，外面有人骑马报告说王和乡暴乱了，保中队和土匪联合包围了北基村会场，我们的同志大都牺牲了。同时发生暴乱的还有苏村，保中队和土匪共一百余人血洗了居住在苏村庙土改工作队和农会，牺牲二十多个人。形势急转低下，情况危急，大家的情绪顿时混乱起来，会议只能草草结束。丁野找到县委领导，要求派部队去剿灭暴乱的地主武装，但县委的答复是："我们的大部队已经东进，眼下形势混乱，暴乱地方又比较偏远，眼下我们没有部队去那些地方。""那就只能眼看着他们遭受敌人袭击和伤害？""丁野同志，我们知道你此时此刻的心情，对于他们的遭遇我们同样痛心疾首。这样吧，我们先派两个战士护送你回河口村去，看看当下的时局形势，然后再决定去留。记住，一定要依靠群众，依靠当地贫雇农。如果形势严峻逼人，你们就往东撤到大营。谁也没有预料到的事情，看着形势，县委和县政府恐怕也要转移，到时间恐怕咱们就联络不上了。记着，必要时往东，去大营汇合。"

"仅仅一天的时间，怎么就会突然发生这样大的变化，让人防不胜防，匪夷所思？这么多保中队和地主土匪势力，他们这一段时间都隐藏到什么地方去啦？"丁野一路都在思考这个问题，最终却没有找到答案。到河口村时，太阳快要落山了。村子里静悄悄的让人有些害怕。丁野心急如焚，顾不上考虑那么多。想象着王红梅他们遭受的残害，他就义愤填膺，恨不能插翅飞到现场看个究竟。河口街巷一派凄凉，任家大门口失去了往日热情洋溢的气氛。丁野没有进任家大院，而是直接去了朱小熊家。进了门，只见薄荷一个人抱着孩子在窑院里来来回回徘徊，看到丁野，就像见到亲人一样忍不住哭起来。

"好啦，好啦。"丁野问："你这是怎么啦？发生什么事情啦？"

"丁政委，你难道不知道？去北基村开会的人员全部遇难啦。"

"这我知道。"丁野说："我现在就是从县里赶回来处理这事的。朱小熊呢？"

"听到北基村那边响枪，小熊和智性叔要带民兵往那赶，可他们大部分人都不愿意去，说是白白送死。没办法，只有小熊和智性叔几个人去了，还是晚了一步。怕保中队的人再来袭击河口村，他们就分散出去躲了起来。小熊刚回来，去智性叔家了。"薄荷说，"要不，你先坐会儿，我去叫他回来？"

"不用了，我们直接去智性叔家得了。"

王智性家大门关着。丁野敲了好半晌，月娥才开了门。月娥说："我还以为是谁呢？如果是他们爷们几个回来，就要喊门的，原来是丁政委啊！"

随着月娥进了院子，却不见朱小熊的影子。丁野问："朱小熊不是来你们家了吗？"

月娥说："是来了。听到敲门声，我就让他跳墙逃走了。"

"哎呀，我们刚从他家来，薄荷说小熊来智性叔家了。我就找过来了。"

"那我给你出去找他去。"月娥还没有走出门，就又转回身子，关切地问："丁政委，北基村出事了，你知道不？"

丁野点头说："知道了。"

"可怜了王红梅、郭楠红、赵春明，还有王幸福，唉——都年纪轻轻的就……"月娥说着就撩起袄襟擦了擦眼窝子。

过了好长时间，月娥一个人才从外面回来。她对丁野说："又不能大声吆喝，只能一个地方一个地方的找。跑了好多地方，就是没朱小熊人影。"

"算了。你歇息吧。我们去他家里等着。"丁野说。

"要不，你们就在这儿等着？"

"如果智性叔他们回来了，就让他去朱小熊家。我们在那儿等他。"

"那行。"

丁野和两个战士走出好远，月娥从后面追了上来。丁野他们站住了，回头问道："婶子，还有什么要说的？""不说什么，你们大老远地来，我也不知道你们吃饭了没有？"月娥说着，把手里的一个手绢儿包递了过来："这是晌午烙的几个烙馍，你带着，让那两个娃也吃点。"不是月娥提醒，丁野还真的给忘了，还是中午吃的饭到现在水米未进，出了这么大的事，谁也没有心思吃。望着手中的烙馍，丁野不由热泪盈眶："婶子……""孩子，啥也别说了，婶子知道你们心里难受。你们是干大事的，不容易啊！"

155

北基村的枪声震撼着河口村每一个人的心。最揪心的就数王长安和桃花夫妻了。从枪声响起到消息传来，他们时刻都在担忧着儿子的生命。王长安急得从窑屋转到窑院，又从窑院转回窑屋，嘴里不停嘟囔："这娃，当初咋就鬼迷心窍了，非要跟共产党加入农会组织，还做了副主席，到后来，居然还跟着那个女共产党去了北基村，当了北基村的农会主席。我咋就不强拦着他呢？这回倒好，连命也搭进去了。"桃花则拿出三根香，燃着插在窑屋墙壁的香炉里，然后就三叩九拜，口中念念有词："求菩萨保佑我家幸福平安无事，安全归来！"做完这一切，她坐在土炕上，默看着那三炷香头的青烟接连不断袅袅向上。桃花没有心思做晚饭，王长安也不说要吃。

夜已经深了，棉油灯就那样一直亮着。多年来养成的习惯还是不能改，他们要等，要等到那再熟悉不过的，儿子归来的脚步声。他们相信，只要他们心中的灯不灭，儿子就不会有事，就会平安归来。黑夜，和白天没有什么区别，王长安依旧来回转悠着，嘟囔着；桃花依旧一次次续上香支，口中念念有词。

鸡叫头遍，窑院外听不到任何动静。

鸡叫二遍，那熟悉的声音和气息不曾出现。

鸡叫三遍，还没有听到任何动静。他们的承受能力已到了极限。难道说灯不熄，香不倒，信念不灭，也不灵验了？就在他们失去信心时，窑院外面有了动静。仔细听，怎么这脚步声有些杂乱呢？难道是别人？再接着，就有熟悉的喊"妈"，喊"大"声出现在窑院中。桃花赶紧下炕，王长安磕净烟袋锅里黢黢一整夜的烟灰，两个人一前一后出了窑屋门。

"幸福！"这叫声是王长安和桃花一起喊出来的；这叫声像是憋了一个世纪才叫出来的第一声。他们原本是要和儿子紧紧相拥相抱的，抬头却看见儿子身后跟着个姑娘，只好抑制了内心的冲动。

"走，快屋里走。"桃花说。

王长安没有说什么，跟在儿子身后进了窑屋。

灯光下，桃花看清了那个姑娘。"这不是前段日子和你们在一起的那个工作队员嘛？""就是。"王幸福说；"她叫郭楠红。"过去，桃花没有往近处细看过郭楠红，灯光下打近处一看，这闺女水灵灵眉清目秀的，真个美人胚子呢。"你们没有出事啊？""妈，你就别问了，快给我们做点吃的。昨早到现在都没吃了。""对对对，这会儿就什么也别问了，先跟娃做饭去。"王长安说。王幸福本认为父亲又会发脾气的，没想到他什么也没说。

灶膛的火燃起来了，有烟雾弥漫在窑洞高处。王幸福原本可以领着郭楠红回自己住的那眼窑洞里，但他没有。他就想和父母亲待在一起。生离死别的日子，让他更加珍惜亲情相聚的每一刻。闭着眼，从昨天到现在所发生的一幕幕，又一次出现在王幸福的眼前……

王幸福是被一阵凉风吹醒的。原以为自己盖的被子滑下了炕，想抬起膀臂把它拉上来，却感觉自己像是被人捆绑起来了一样动弹不得。拼命挣扎，就彻底地醒了，记忆就和前面接上了轨。这会儿有什么时候啦？周围那些保中队的人应该都走了吧？他把身体往上挺了挺，然后腾出一只手扣住树洞周围凸出来的部分，以此做为支撑点把身体向上移动了一点。他还不敢贸然出洞。他必须保证自己有绝对安全的把握。他就这样待着，后来就听到鸡叫的声音。他从意识上判断时间应该超过半夜了，自己的安全系数应该越来越大了。他爬出了树洞，活动一下身躯，慢慢溜下树来。走出庙院大门那一刻，他决定自己只要不死，日后一定要来拜谢这棵给了他第二次生命的老槐树。

脚下的每一条路都是熟悉的。为了保证安全，王幸福沿小路走，无论是出村，还是回家。出了庙院村庄没多远，清静中突然传来了哗哗啦啦的声音。他赶忙躲在一旁循着声音望去。一个人影，从一堆玉米秆笼子里面钻了出来。他看不清那个人的面目，单从个头和样子上看，像个女人。是个女人，自己怕她个球！只见那女人傻站着，不停环顾四周。王幸福十有八九可以断言她不是本地人。他决定慢慢靠近她，看清楚她的面容，再做决定。王幸福轻步慢移过去，随着距离越来越近，女人的面貌也越来越清晰。是郭楠红！郭楠红还活着！王幸福一阵窃喜，加快了脚步。不料这脚步声却惊动了神志未定的郭楠红，她一转身就往别处跑去。"郭楠红。"王幸福不得不喊了。

郭楠红站住了，继而转身向王幸福跑来。黑夜中，郭楠红抱着王幸福无声哭泣着。

"好啦，不要哭啦。"王幸福劝道："咱的赶紧想办法离开这里。""离开这里，我们去哪里？""去河口村啊。""去河口村？安全吗？""不会有事的，那是我的家。"性急之中，郭楠红连王幸福是哪里的人都忘记了，她只知道他和自己一样，是八路军土改工作队的人。"我可不知道路。""没事，跟着我走吧。先去我家。""那好吧。"

没走多远郭楠红突然站住了。"怎么啦？"王幸福问。"我想去找赵春明。""找赵春明，去哪儿找？""赵春明让我躲进了玉米秆拢子里，然后自己引开了那些人。他是我男人，我必须找到他。"王幸福感动着郭楠红的执着，可漆黑的夜，去哪儿找？如果不找，郭楠红会恨自己一辈子的，同时也对不起春明哥。"你知道他当时去了哪个地方？""这我哪能知道啊。我当时连气都不敢出！只听到那些人追他的声音，好像就在前面往东的方向。"这无异于大海捞针啊！这话王幸福没有说得出来，他只能说："那我们就去那个地方找找看吧。"

王幸福领着郭楠红去了他们想象着应该是的地方。王幸福说："我们拉开一点距离，分开找。"郭楠红说："不，我害怕。还是厮跟着一块找吧。"王幸福说"稍微离点距离就行了，这样搜寻面积能够大一些。"郭楠红很不情愿地说："那好吧。""注意，不要弄出太大动静。"搜寻了好半天，也没有个踪迹。就在他们要撤回时，王幸福踩上一个软绵绵的块状东西，他弯腰捡起来，很快又将它丢开了：那是一条胳膊。王幸福倒吸了一口凉气，差点儿叫出声来。他敢断定，赵春明已经遇害了。

王幸福没敢将这一发现告诉郭楠红。他装作无可奈何的样子对郭楠红说："找了这么长时间也没个结果，我看还是算了吧。如果他还在，就会趁黑夜逃脱的。"郭楠红说："会吗？他走时能不叫上我吗？"王幸福没有回郭楠红的话，而是说："天就要亮了，再迟我们就很难走脱了。""那你说我们不找了？"郭楠红问。王幸福不说话。"那好吧。"郭楠红很不高兴地答应着。

王幸福知道，没有找着赵春明，郭楠红心里有抵触情绪。沿着小路，他们一路没说过一句话。也许，他们不知道此时此刻应该说些什么？似乎什么话又都是多余的。

王幸福从栏栅的门隙读到棉油灯光时，心头随即一热，有泪珠滚了下来。推开门，站在窑院里喊一声"妈"，叫一声"大"，他突然感受到，回家的感觉真好！

桃花为儿子做的是面条，灵宝人的风俗习惯就是吃面，讲究就是一个长寿，图得一个顺和。条盘放在土炕边上，桃花招呼郭楠红："来，往跟前坐。也没啥好吃的，将就着吃点。""大婶，给你添麻烦了。""不用客套，你来村子这么些日子啦，也没有请你到家坐坐。如果不是这场灾难，兴许这辈子咱们都碰不上面。"王长安说。"趁热，快吃。"王幸福说。不知为什么，瞧着这和和美美的老两口和儿子，郭楠红突然感受到了家的温暖的父母的爱。

"孩子。"王长安说，"家里是不能待的，碰到那些人来，还不要了你的命啊。吃毕了，你们稍歇一会儿，让你妈给你拾掇几件换洗衣服带上，去南山你老舅家躲几天吧。等过了风头再回来。"

王长安说的老舅家，是王长安的舅家。王幸福几年前去过。也许，父亲的安排也是自己眼下唯一能去的地方。

"那郭楠红呢？"王幸福问。

"跟你一块儿去吧。"王长安说："眼下她能有什么地方可以去的吗？我们不能丢下她不管，遇到一起，就是一种缘分。"

离家三尺远，另是一层天。王长安的安排，让郭楠红感受到一份家人似的温暖，心里一热，眼泪不自觉就流了下来。

窑屋里的棉油灯熄灭了，桃花想让两个孩子安安生生睡上一会儿。天亮一出门，又不知道什么时间能回来。

东方的天空，启明星升起来了。

156

朱小熊是天黑好久才回家的。看见门口拴着马匹，一时间搞不清楚谁来了，他悄悄进了院子，听见丁野和薄荷的说话声。"这个朱小熊，能跑到哪去呢？""政委，你再等等。都这个时候了，他应该快回来了吧。"抑制不住内心的激动，朱小熊飞奔窑屋里叫道："丁政委。""朱小熊。"丁野答应道。

朱小熊握着丁野的手："刚才去了智性叔家，听到门外有好几个人的脚步声，不知道是谁，就翻越墙头跑了。"

丁野说："月娥婶出去找你半天，也没有找着。"

"你看这事弄的。"朱小熊觉得老不好意思，然后问道："北基村的事，你都知道了？"

"知道了。"丁野说："我带着两个战士来，就是想和你说一下，情况突变，眼下形势非常严峻，县委要求我们机动灵活，在万不得已情况下，不用跟县委请示，立即转移到陕州大营。"

朱小熊说："王和乡的敌人行动了，好在城东乡还没有动静，那我们怎么办？"

"河口村已不能再待了，多待一天，甚至一晌都是非常危险的。我想咱们明天一早就往大营转移。"

"那好吧。不知道智性叔他们回来没有？我再去看一下。"

"你去吧。如果回来了，就让他们到这里来，咱们商量一下，不行的话，今天晚上就走。"

朱小熊片刻工夫就回来了，说是智性叔他们还没有回来。

"那就明天早上吧。"丁野深思着，"我想到去北基村一下。"

朱小熊知道丁野此时此刻的心情，王红梅、郭楠红、赵春明、王幸福等等将近二十人遇害，触动着他的心，不到北基村去看看，他不甘心呐。"那好吧，咱们明天早上一同去，到那看个究竟。"

"今天晚上，让两个战士轮换着站岗，咱们明天早上去北基村，没有特殊情况也就不用回来，直接去陕州的大营。还有，得骑马，不能步行。那样太耽搁事。万一路上遇到敌人，想甩也甩不掉。"

朱小熊说："上回从任家拉回来那匹马还在槽头，明天一早就能走，耽搁不了事的。"

第二天一早，朱小熊和丁野就去了北基村。刚上路不久，就看见前面行走的两个人，朱小熊说："前面那人看着咋像是王幸福呢？"于是他们赶了上去。

后面马蹄声声，王幸福和郭楠红以为是敌人追来了，加快脚步朝另一个方向躲了起来。"王幸福，王幸福"朱小熊急得喊了起来。

再见面，彼此就非常兴奋。王幸福向丁野汇报了北基村暴乱发生的经过，以及他和郭楠红如何死里逃生。

丁野问："你们这是准备去哪里？"

王幸福说："失去组织，我们也就迷失了前进的方向。没办法，只能去南山我老舅家躲几天啦。"

"和我们一同去陕州大营。眼下敌人来势凶猛，报复手段残忍，因此我们不能再这样待下去，也不会丢下任何一个同志不管的。"

"那行。"王幸福看着丁野和朱小熊说："可我们没有马骑啊。"

丁野说："回到任家大院，骑一匹马赶紧来。"

王幸福回头看着身边的郭楠红。

看着王幸福犯难的样子，朱小熊说："要不让王幸福和郭楠红两个人骑着我的马和你们先走。我回去弄匹马，随后就来。"

"那也行。"丁野嘱咐朱小熊说："咱们早起走时，智性叔还没有回来。如果这会儿回来了，你就同他们一道来。我们大营见。"

"大营见！"

王幸福和郭楠红骑着马，跟随丁野朝陕州方向奔去。

157

丁野说往陕州大营转移，朱小熊原本就三心二意犹豫不决。这其中主要原因有两个，一是朱小熊是个拖家带口的人，把薄荷和孩子留在家里，从感情上他放不下。自家的窑院在村子外边，万一遇着个强盗恶人，天灾人祸的，薄荷她能担当得起吗？早上临走时，他分明看见薄荷那双山泉一样的明眸里，有一种晶莹剔透的东西闪烁着。他没有回头再看，他不敢回头再看。他怕自己忍不住会把泪珠儿洒落到地上。他咬着牙上了马，狠狠地朝着马屁股抽了一鞭子，便飞奔着跟随丁野他们而去。二是他舍不得丢下智性叔一家子。智性叔一家人待自己不薄，临走时不见上一面，终究是一块心病。到现在，智性叔父子几个还没有回来，这样只顾自己，连招呼也不打就抬起屁股走人，这不是他的性格。可丁政委让自己跟着他走，不走又不行。没想到会在路上遇见王幸福和郭楠红，正好将自己的马匹让给他们。朱小熊往回走着想着，他拿定了主意，一定要见到智性叔。见到智性叔再商量去陕州大营转移的事。回头瞅瞅太阳，已是小饭时。丁野他们应该出城门十多里了吧。

朱小熊没有回家，而是直接去了王智性家。他想看看他们到底回来了没有？如果没有，吃过饭就去找他们，顺便也出去躲藏起来，想必城东乡的保中队今天也就该行动了。王智性家门仍旧关着。朱小熊拍拍门扇，"月娥婶，月娥婶"喊着。月娥闻声赶来："谁呀？"朱小熊说："是我，婶。"月娥开了门："你不是跟着丁政委他们走了吗？"朱小熊说："我又拐回来了。""咋啦，又有变化啦？""不是。"朱小熊说："就是想看看我叔回来没有，如果回来了，再厮跟着去赶丁政委他们。""你叔前天后晌出去，就再也没有回来。"月娥说："你赶紧出去躲着吧。大白天的，万一保中队来了呢。""知道了，婶。那我先回家去了。"

薄荷同样对他的突然返回感到惊讶："你没有走啊。""走到半道，又回来啦。"朱小熊把遇到王幸福和郭楠红的事跟薄荷一说，薄荷惊喜地问："王幸福没有死啊？"朱小熊说："他和郭楠红跟着丁政委先走了。""那你不走啦？"朱小熊说："我走了，你和娃咋办？""该走你就走吧，不要管我娘儿俩。"薄荷说着忍不住哭出了声。朱小熊说："走不走，等和智性叔他们商量再说。"薄荷擦了擦眼窝子："知道你走了，我也没有心思吃饭，到这会儿还是冷锅冷灶的。""那我给咱做吧。吃了饭，我也得去外面躲起来。""你看着娃，我做。"

吃罢饭，朱小熊刚走出门外。就碰上雒好礼，杜世明一伙人。朱小熊吃了一惊，只能转身往回走。看见朱小熊返了回去，雒好礼、杜世明一伙人也加紧了步子。

"怎么又回来啦？"薄荷刚把孩子奶睡着，见到男人又回来了，吃了一惊。

朱小熊没有吱声，找着铡刀，掂在手里，躲在大门背后。

薄荷知道大事不妙，一定是保中队的人找上门来了。在薄荷眼里，朱小熊只是做了个农会主席，并没有去杀人害命啊。他们也不至于把朱小熊枪杀了吧？朱小熊躲在门背后，这不是要豁出性命跟他们拼个你死我活吗？薄荷跑上去从后面抱住朱小熊的腰："不能这样啊，小熊，你这样一闹，咱家可就没有活路啦。一会儿去跟他们说说，咱不就是当了个农会主席吗，并没干什么伤天害理，图财害命的事啊！"

朱小熊并不去向薄荷解释什么。眼下的情景也容不得他去解释什么。他只厉声地说道："松开手！松开手！"

但对面前的处境，还保存着一丝幻想的薄荷就不肯松手。

"松开，松开手啊！薄荷。"朱小熊撕破嗓门大喊。

"你不能这样干啊，小熊。"薄荷死死地拦腰抱着朱小熊就是不松手。

"松开，松开——"

雒好礼、杜世明破门而入。看到眼前如此的情景，杜世明掂起手枪朝着朱小熊的胸部"啪啪"连开两枪。朱小熊瞪着眼睛倒了下去。

"小熊，小熊。"薄荷的手松开了，看着倒在血泊里的朱小熊，她奋不顾身地朝着杜世明扑了过去。杜世明一脚把她踢了个仰面朝天，随即又是"啪啪"两枪。薄荷同朱小熊一样，两只眼睛瞪得圆圆的倒了下去。

死不瞑目。死不瞑目的四只眼睛始终没有合得住。唯一幸存的是，窑洞里沉睡的小婴儿并没有被刺破惊天的枪声所惊醒。事后，人都说这是有神灵在保佑着他呢。

第三十四章　老天沟

158

一场秋雨一阵寒，三场秋雨穿上棉。两个早晨的霜冻，大地更加萧瑟凄凉。昨天还是生机盎然的草地今天就蔫了，齐刷刷地躺倒在大地上再也起不来；昨天的树叶儿还是墨绿累墨绿的脸庞，今天就像贫血一般蜡黄蜡黄，一片接着一片地落。走在街巷的人们一个个缩着脖子，把双手捅在袄袖筒里。

"咣——咣——"街巷里又响起了敲锣声。人们愕然，八路军土改工作队不是走了吗，怎么还敲锣？难道突然之间又回来了，又要开哪个老财的斗争会？再仔细地一听，就听到了呼喊声："广大民众都听着，吃罢早饭后在村东学校操场上开保安大会，户户参加，不得有误！"

人们陆陆续续来了。

这次会议是由城东乡国民政府主持召开的。乡长雒好礼来了。保中队队长杜世明带着手下人马来了。这大概是因为河口村曾是八路军土改工作队的驻地。还有，两家财主的主人，连同那个中学生都在此丧了命的缘故吧。虽说共产党八路军被撵跑了，但也不能不防着点。不怕一万，就怕万一。一直紧跟在雒好礼后面的是河口学校的校长王云山。人们就弄不明白了，这个王云山不是为共产党八路军搭会场，写标语的吗，怎么现在又和乡长搅和在一起。河口村人大都没有见过变色龙这种动物，但想象力稍微扩张一下，就知道变色龙一定和王云山这种人差不多，它能根据周围环境的变化来改变自己的外在包装，以利于更好生存。

会上，雒好礼进行了热情洋溢的讲话，他动员广大民众，"要擦亮眼睛，分清是非，辨别好坏。下面，就请王云山为大家讲话。大家鼓掌！"

稀稀落落掌声之后，王云山站在众人面前。他一副毕恭毕敬极端谦虚的样子："我真做不了这个保长。自己有几斤几两，我知道。我没有这个能力。承蒙雒乡长厚爱，不做又不行。大家都知道，王孝儒，任二奶奶，还有任宝玉，他们都惨死共产党八路军的屠刀之下，至今想起来还让人肝肠寸断，悲痛欲绝。河口村的父老乡亲、兄弟姐妹们，我希望咱们能够携起手来，为了以后不再过那种担惊受怕、背井离乡、流亡在外的生活；为了大家的安居乐业，共同做好河口村的事情。我拜托啦！"王云山跟大家深深地鞠了一个躬。

之后，王云山根据城东乡国民政府"强化地方治安，建立情报网络"的要求，结合河口村的实际情况宣布制定以下几项乡规民约：一、实施国民党河南省第十一区行政督察专员公署公布的"五户连坐法"，即每五居民住户中有一户隐匿可疑人员不报，其他四户也要承受与主犯同等处置的惩罚或监禁；二、在河口村成立保安小队，所有18岁至45岁之间的村民均为保安队员，并建立保队部，配备枪支弹药。坚持昼夜有人值班，并进行夜间敲锣巡查；三、所有村民，无论白天或晚上外出，必须持有保长开发的路条才能通行，否则以为"共匪"通风报信论处；四、根据上级要求，推出"递步哨简则"，加紧进行剿匪"戡乱"，即遇有紧急情况要以最快的速度传递情报，传递情报的速度和时间按里程计算，规定步行每小时6.5公里，骑自行车每小时15公里，骑马每小时10公里，风雨无阻，不得耽搁。并要尽量骑自行车或骑马报信，防止延误。所有"递步哨"在传递情报时，一律持枪通行，任何人不得阻拦。

大会结束后，雒好礼和杜世明特别询问了在逃农会干部王智性父子的情况，王云山说："从那天逃走以后，一直没有消息。"杜世明说："要派人时时刻刻地进行监视，一有情况立即报告。留下他们，早晚都是个祸害。要尽快除之而后快。"王云山点着头说："这我明白。一有他们的行踪，我会派人立即去报信的。"

背过人，雒好礼又向王云山询问了任家的情况。王云山说："管家刘锁恩前两天回来了，正在家里拾掇着哩。"雒好礼说："任瑞祥可是开封省城的党政要员，县党部王书记，还有狄县长都特别关照过，必要时间可以以保公所的名义写份申请报告，让县政府给点补贴。"王云山说："那行。我随后就办。"

159

老刘回来时任家的三座院子还是杂乱无章。八路军工作队那天去北基村开会，走了以后就再也没有回来，门开着，没有锁。香椿也不敢莽撞地把门给锁了，万一八路军工作队突然间回来了，还不治她的罪啊。开就叫开着，反正院里屋里值钱的东西都让人拿走了。再加上薛云霞吊死在那屋里，不说别人，就是香椿自己也不想去正院走动。后来，香椿听人说王和乡的保中队把北基村开会的八路军工作队全部打死了，有的被分尸了，有的被活埋了，还有的是被铡刀、斧子劈死的。听得香椿心里慌慌地跳，她不知道这世事要走到哪一步？她不知道自己在这个院子里还能不能待下去？没了八路军工作队，河口村农会也树倒猢狲散，一个个没有踪影，说是害怕中央军和保中队收拾他们，第二天就有朱小熊和媳妇被打死在窑院的事情。简直是太吓人了，死个人咋就像踩死只蚂蚁一样容易？没有人再来西院吃香椿做的饭，香椿就越发寂寞难耐。正院的门没锁，东院的门开着，西院里就剩下她一个人。她想去县城找老刘，但三座院子没有个人也不成，不锁她不放心。锁上了，这万一有谁找上门来怎么办？香椿就这样纠结着。后来，老刘就回来了。

第三十四章　老天沟

老刘虽说住在城里，可河口村的事他却知道得清清楚楚。任家有钱有势，家大业大，再加上任瑞祥在省城做官的原因，在灵宝县可以说是无人不知，无人不晓。薛云霞花容月貌，知书达理，早年寡居，一直未嫁，还做着任家掌事人。提起任二奶奶，城里没有人不知道。八路军进驻河口村，薛云霞母子丧命，传遍了灵宝县城。得到这个消息的同时，老刘顺便也就打听到王孝儒也已毙命。尽管他知道得如此详细，但他就是不愿回河口村去。在县城多好啊，八路军让开门就开门，让关门就关门，要小米，要白面，要玉米糁，要棉清油……只要开口，他就让拉，要不就派伙计送上门去。自己该吃吃，该喝喝，损失的再多，也比丢了命强得多。多滋润啊！何必去河口村蹚那道混水呢？河口村土改工作队全军覆没的消息，当天就在县城里传开了，传得神乎其神，沸沸扬扬，听得人惊心动魄，毛骨悚然。紧接着就见县城的八路军撤走了，中央军、保安团满大街跑，说是捕捉共产党和农会干部。老刘觉得是该回河口村看看了。没了薛云霞母子，就指望一个年过古稀的老太太，一个刚刚入学的孩童，还能怎么样，这任家往后的日子还不就是我老刘的？现实就是这个样子，但老刘还不敢大张旗鼓把话放出去，虎不吃人，威名在外，"任"字在一定程度上很难变成"刘"字，况且在省城做参议长的任瑞祥说不准哪会儿就回来了，还不要烧香祭祖拜苍天啊！主子就是主子，奴才就是奴才，与生俱来就是。再有野心，再有钱的奴才，他还是奴才！

老刘一进门，香椿就爬在他身上哭开了。边哭边数落着："你个死鬼，咋才回来呢？"老刘说："现在回来正是时候。"香椿说："任家的东西都让人给抢光了。"老刘说："别人能从任家拿走的东西，说明它就不是任家的。是任家的东西，别人永远也拿不走。"香椿说："任二奶奶和宝玉都被整死了。"老刘说："死了说明他命里该死，不该死的人他永远也死不了。"香椿说："你这个人咋说胡话哩呢？"老刘说："我咋就说胡话啦？世界上没有任何东西是某一个人的，任何人都有拥有它的权力；世界上也没有任何人可以长生不老的，生下来那天起就预示着他的死亡。"香椿说："不跟你说了，反犟嘴！"

香椿想了想，有些话不说又不行，就接着说开了："别人拿任家的东西还得要回来吧？"老刘说："不要。"香椿说："那如果有人送回来了呢？"老刘说："送回来了就收下。"香椿说："任二奶奶和宝玉就被人胡乱埋在乾阳河河滩，要不要叫人去把他们迁到任家老坟地？"老刘说："这不是咱该干的事。"香椿说："到来年河里涨大水就会把他们冲走的。"老刘说："冲走不冲走，那是老天的事。"香椿说："你回来和没回来一个样。"老刘说："不一样。"香椿说："咋不一样。"老刘说："晚上有人跟你暖脚了。"香椿说："老不正经。"

第二天，老刘问香椿："你是农会会员吗？"香椿说："你叫我入的，我能不入吗？""分东西那会儿你在不在场？""刚开始没在，后来在跟前站着呢。""谁拿走了啥东西你能记得吗？"香椿说："当然记得。""记得就好。"老刘说着拿出一个麻纸本和毛笔："来，你说，我给咱记。"香椿说："你不是说谁拿走了就不要了吗，干吗还要记账啊？""我说你长的是猪脑子啊，这账不是给咱们记的。""那是给谁记的。""给任大爷啊。有朝一日他回来了，问起当时的情况，你能跟他说得清吗？千年的文约会说话。"老刘说不给人家要东西那是真的，河口村哪个人他都不想惹，共产党走了，说不准哪会儿还会来的，自己何必惹这个人呢？等到国民党稳定了，再要这笔账不迟。如果真要是共产党胜利了，这账黑就黑了，河口村没有人会记恨咱。但这账，却是非记不可，早晚自己心里是明白的。

"说啊。""从那里说起呢？""就按官职大小顺序往下说。""那就先说农会主席朱小熊啦。可他人已经死了。""死了也得说。""那好，朱小熊，一头骡子，一装麦子，一口铡刀，一串玉谷。""往下说。""王智性，一头骡子，六只绵羊，两装麦子，三串玉谷。""嗯，再说。""王狗剩，一装麦子，一件黄泥子大衣，两条被子，两条裤子。""接着说。""王幸福，一装麦子，三串玉谷，一张犁。"……这个账，让老刘整整记了两大张。

记完账，香椿又想起一件事："什么时间得把老太太接回来啊，任二奶奶不在，咱不接她回来就没有人接了。""等把屋里拾掇得差不多了，再去接。去得时间得让宝贝厮跟着。""接老太太引小孩子干啥？""别看小，他现在就是这个家的主人。厮跟着他去，要让亲戚朋友们都知道，咱把这主仆关系摆得正着哩。""就你想的多。"

晚上吃饭时，任宝贝就从学校回来了。吃饭时，老刘就问："宝贝，想奶奶不？"任宝贝说："想。""那咱们一块儿去把她接回来吧。""行。"任宝贝点着头。老刘又问："宝贝，想妈妈不？"任宝贝说："不想。""为什么不想妈妈呢？""她是地主婆。""谁教你这么说的？""老师啊。""老师还教你们什么啦？"老刘问。任宝贝说："老师说的话，一会儿一个样，让我们都没法学啦。"

160

王云山做了保长，仍旧是学校的校长，仍旧吃住在学校。学校这么大一摊子，离不得人。校长是灵宝县教育局任命的，保长是城东乡任命的，两头事情都不能耽搁。王云山因此就给自己配了两个帮手，一是任命王孝儒的二弟王孝谦做了保队长，他的哥哥王孝儒死了，让他做个保队长，也算是找到一点心理平衡。另一个是让王来法做了保队部的主任，保队部和保公所在一块儿办公，住所还是那观音堂老地方，也就是招呼着保公所的门。一个队长，一个主任，一对睁眼瞎子。睁眼瞎子也不要紧，过去王孝儒也不识字，还是保长哩。王云山就是把他们放在人前当枪使，替自己跑跑腿，说说话，让他们人五人六高兴着。幕后操纵策划的还是他自己。

保队部主任大小也是个官，谁不想当官，让人看得起？可王来法不想当，他怕耽搁了地里的活计，影响自己发家致富。"人家王校长现在是保长，让你干，那是看得起你。要不就当吧，不看僧面看佛面，何况，人家过去也没少帮咱的忙。"说得也是。

眼下，最让王云山头疼的是王智性父子在逃之事。乡里杀人不眨眼的杜世明，已不止一次上门催问了。王云山和王智性都住在东河口，虽说关系一般，平时也不怎样来往。但毕竟是近邻。近邻有近邻的情份，王云山不愿意撕破脸皮明目张胆让人捕捉王智性，那样的话就给自己结了个永远的仇人。但乡里催得如此紧，又是关系到共产党农会干部的要案，他一面督促王孝谦好好看着，一旦有消息就来报告，一面想着能否有个两全其美的办法。

薛云卿骑着马挎着枪到河口村来了。没有了薛云霞，薛云卿就没有了往日那种有理气长。可任宝贝还是他外甥，舅看外甥也是人之常情。按惯例，薛云卿先去了任家正院。正想张嘴喊"姐"，猛然想起姐已经不在了。回想往日的亲热，不由泪眼盈盈。正院里，虽说拾掇打扫的干净利落，但总让人觉得一片凄凉。薛云卿掉头去了西院。

听到有人进来，香椿走出屋子。经过一场大变故，薛云卿好像变了个人似的，香椿都不敢认了。薛云卿继续往里走，香椿才不得不问一声："您来了。"这也难怪，以往薛云卿进任家大院，哪有时间光顾香椿啊！听着香椿问话，薛云卿也觉得别扭："是香椿吧？"香椿说："你屋里坐。"薛云卿问："宝贝还没放学？"香椿说："宝贝今天没去学校。""没去学校去哪里了？""和老刘一块儿接老太太去了。"薛云卿有些失落，停下正在挪动的脚步。"你进屋啊。"香椿又道。"不了。我去村公所一下。"薛云卿说着往门外走，好像刚才走错了门似地。"怎么就走了呢？"香椿追着薛云卿出了门。"不来了，不来了。"薛云卿怎么觉得自己这么狼狈呢。

薛云卿这回来，原本没有去村公所的意思。自己虽说是王和乡的保中队队长，可这河口村不归王和乡管辖，就是到了那里，也没有他说话管事的份儿。看到姐家的凄凉景象，想着姐和外甥的不幸遭难，他有些愤然。妈的！我们薛家也不是谁想欺负就欺负的，不杀你河口村几个穷鬼给姐和外甥报仇，我薛云卿就爬着走出你河口村。河口村几个农会人名单，他早就背得滚瓜烂熟。强化地方治安，清除异己分子，那可是上峰的命令，你河口村也不例外。我现在就去河口村公所要人，要他们按照名单，限日交出那些人。到时间就用他们的人头去祭典姐和外甥的亡灵。

　　王来法在村公所值班。他是老实人，对什么事情都非常认真。王云山给他封了保队部主任这个官，他就想着身负其责，把它干好。看着薛云卿挎着盒子枪杀气冲冲进了保公所，王来法赶紧起身："薛队长来了。"说着从桌面上的白瓷壶里倒了一碗凉开水。薛云卿也真有点渴了，二话不说，端起碗喝个精光。随后一只脚站在地上，一只脚踩在板凳上："王云山呢？"王来法忙说："王保长他在学校里。""叫他来。老子有话对他说。""薛队长，有什么话你就跟我说，我回头再给他传话。""跟你说，你算哪座坟头的打碗花啊？我懒得跟你费口舌。去，叫王云山来！"看着薛云卿的样子，就知道不是个善茬，忙"是是是"起身朝学校跑。

　　很快，王云山来到了村公所。"薛队长来了。"王云山掏出纸烟盒，递给薛云卿一根。薛云卿叼着烟，掏出口袋里的洋火划着一根，点燃后深深吸了一口，然后吐出大大一团白烟："王保长，咱们都是熟人，说话也不用绕那么大弯子。王孝儒的死活跟我薛云卿屁大关系也没有。可我姐，我外甥的事我得管，他们可是死在你们村农会手里的。一个女人，一个孩子，他们咋就下得了手啊！"王云山听着没吱声。薛云卿接着说："别说强化社会治安，就是上面没有这个指示精神，这笔账，我薛云卿照样得和你们算！"王云山还是没有吱声。"王保长，河口村农会成员头目名单，我早就列好了，今个把它交给你，限你十日之内把他们全部拘捕，送到我们乡保中队来，我要用他们来祭典我姐、我外甥的亡灵。"薛云卿说完，把一张纸"啪"地一下放在桌面上。

王云山忽地一下站起来："薛队长你说完了没有？你说完了就听我给你说。我们河口村也不是谁想欺负就欺负的，你说的那个事我办不到！就是能办到，我也不给你办！我凭啥把那些人抓起来给你送去？你灵宝县的县长？还是城东乡的乡长？就是他们来了，也没有那么美的事！你跟河口村有什么瓜葛，这个事该怎样处理，城东乡有人管哩，挨不着你王和乡薛队长来插手！"

薛云卿知道自己玩不过王云山的嘴皮子，但他就是要河口村交出那些人，就是要为薛云霞和任宝玉报仇。他也忽地一下站起身，"啪"地一下把桌子拍的山响："我不听你放那些闲屁。我只管你要那些人头，到时间兑不了现，我就血洗你们河口村！""我看你敢！""不信咱们走着瞧。"薛云卿说完，拍拍屁股走了人。

走出来，门外站满了河口村的老老少少。

王云山跟着走了出来，跟大伙儿拱拱手："感谢乡亲们哪，感谢！感谢！大家都请回吧。河口村不会有事的。天，塌不下来。"

161

王孝谦同王来法一样老实，认真。

自打做了保安队长，他就想干好这份差事。乡里要求抓捕农会干部，王云山也在杜世明面前表示尽力配合，并当面把打探王智性父子的行踪给了他。他想把这事安排给别人，可都是嘴上答应着，实际没行动。他知道，没有人想干得罪人的事。可乡里强调的事情又不能不干，不干就没法跟王云山交代。于是，王孝谦就亲自出马，昼伏夜出，暗中潜藏在某些角落，终于摸清了王智性父子行踪。他们多是深夜回来，鸡叫便起身离开。他还打探到一个准确消息，王智性父子明天晚上一准回家。于是，王孝谦跟王云山报告："我打探到王智性回家的准确消息，保准抓个正着。"王云山疑惑地看着他："消息当真？""当真。""绝对可靠？""绝对可靠。""什么时间？""明天晚上。"王云山干笑了一下："你安排人去抓啊。""我……安排人去抓？"王孝谦没想到王云山会这样说，他也不愿意去干这种得罪人的事。再说，这多危险的啊。王孝谦尴尬地笑笑："我干不了。""你是河口村的保安队长，你干不了谁能干得了？"王孝谦张口结舌，站在那儿走也不是，不走也不是。"好了，好了。我知道了。"王云山有些不耐烦。王孝谦往回走的时间，边走边想，起先还纳闷，后来也就想通了，王云山也不想得罪人。

走出没多远，王云山就喊他回来。王云山说："我刚才给忘了，乡里来了一封信，要让人送到王和乡政府去，你看是你去呢，还是叫王来法去？"因为刚才的事，王孝谦憋了一肚子的火儿，他撅着嘴："我不去。你让王来法去吧。""好好好，我让王来法去。"王云山接着说："你让王来法到我这儿来一下。"

王来法很快就来了。王云山问："王孝谦跟你说的？"王来法说："是啊，怎么啦？""不怎么。他没有跟你说是什么事吗？""说了，去王和乡送信。""对。"王云山点头说："是城东乡给王和乡的一封信函。原本我自己就去了，可你也知道，那天和薛云卿闹得不愉快，不想见他。""我知道。那我去得了。""这么远的路，把牲口骑上。"王云山说着，从兜里掏出两块大洋塞到王来法手里。"这是干吗呢？不就是跑个路吗。"王云山说："公差嘛，从保公所账上出。"王来法摸着两块大洋，心里美滋滋的。

162

漆黑的夜晚，如张着血盆大口的暴狮就要将整个河口村吞噬。凛冽的寒风穿透屋墙的缝隙，尽往人身上钻。还没过冬至呢，咋就会这样冷？

东河口村，王智性窑院里，几个黑影一闪而进。随即，月娥就又把门关上了。"都回来啦？""回来啦。你不是想娃嘛。"点亮窑屋的灯，王智性父子几个齐整整站在月娥面前。月娥用袄襟擦了擦满含泪花的眼窝，盯着好久不见的孩子。怎么会少一个呢？月娥问："学信呢？"王智性说："忘了告诉你，我们住的那家人晚上有点事，临时就把学信留下了。""没出啥事吧？""还能出啥事，好着哩。"

月娥说着拿出几大包东西，一样一样指给他们："这是我昨天烙的馍，这是一点小米，这是一点麦面。"大儿子学礼说："人家待我们可好啦，什么吃的都有。"月娥说："再有也是人家的，咱拿去补贴着，让人家觉得咱们还尽人意。"接着又说："看你们一眼我也就放心了，早点歇着吧，明早还要打早起呢。"二儿子学义说："妈，您也早点歇吧。"月娥说："天渐渐冷了，我得给你们拾掇几件厚衣裳带着。"三儿子学仁说："妈，我想和你睡一块儿。"月娥说："睡一块就睡一块。炕里头有条被子，你先睡去吧。"

孩子们很快入睡了，王智性和月娥还醒着。王智性问："村上最近没啥情况吧？""没有。我想起来了。前几天，薛云卿到村公所了，拿出一张纸，找着王云山，要他把名单上的人都抓起来，送到王和乡政府去。王云山不同意，就和薛云卿大吵起来。"王智性说："薛云卿是只狼，在王和乡干保中队长。咱得防着点，说不准哪会儿他就会张着血盆大口吃人的。""这回出去了，以后就少回来，省得惹麻烦。"王智性说："要是共产党八路军能赶紧回来就好啦。"月娥说："早知道这样，当初就该叫娃跟着丁政委他们走了。""那时候，你还不是舍不得嘛？""哪一个当妈的，也不想让自己的孩子离开。""说的也是啊。就连我这个当爹还不一样？离不开你，舍不得让娃走。""快点睡会儿吧，还要早起呢。""睡不着啊。""你说说，这共产党八路军走啦，还能回来吗？""我哪能说的准啊？兴许吧。"……

一种梦想，一种企盼，一种希冀渐渐入梦而来。

河口村街巷很早就没了行人。村公所那盏灯还亮着，王孝谦趴在桌子上打着盹。王来法值白班，王孝谦值晚班。当初是王孝谦提议的。白天值班会耽搁屋里或地里活计，虽说马上入冬了，地里也没有多少活，但毕竟自由点。而晚上值班，说白了，也就是在村公所睡觉。白天都没多少事，晚上还能有多大事？这样的提议，王来法还能说什么呢？谁让人家是前任保长的兄弟呢。

一丝风儿进了屋，王孝谦清醒了。他缩了缩身子打个哈欠，起身把门闭严实，然后回到内屋，拉开被子，半卧在床头。闭上眼睛却怎么也睡不着，日球怪！睡不着就想过去的事。

王来法从王和乡回来就跟他炫耀："出了一趟差，挣了两块现大洋。"半天时间就挣了两块现大洋？王孝谦有些眼红。当时王云山要让他送信时，怎么就没提钱呢？这狗日的！细想想也怪自己，当时为什么不应承呢？

他又想着跟王云山汇报王智性消息的事，他要我带着人去抓。你以为我傻啊，你怕得罪人，怕得罪人就别干保长啊。你以为保长是好当的，没有金刚钻就甭揽这个瓷器活。

有人推门进来了。他还没有坐起身，乌黑的枪口就对准了他的脑袋。他再也不敢随意乱动，那个人食指轻微一动，子弹就会在自己的脑瓜子上钻个窟窿。"你……你……你们要干什么？""不准说话！""不说话。""起来跟我们走一趟。""去哪儿？""别问。跟着走就知道了。"

出了门，模模糊糊看见河口村街巷站着近百十号人，全是便衣。有背长枪的，有挎短炮的。"怎么这共产党八路军果真是神兵天将，说来就来了啊！"王孝谦心中暗暗稀奇。他想喊，又不敢喊，一旦喊出声，自己立马就会见阎王。还有，单凭河口村这几个鸟人，几条破枪，根本不是人家的对手。王孝谦只能乖乖听人家指挥。"走，往东河口走！""难道自己暗中窥视的事让他们知道了？"王孝谦在心中问自己："要不然他们叫我去东河口干啥？看来自己今晚性命难保。"

眼前渐亮。仔细左右环顾，王孝谦惊奇了，这哪里是八路军啊？怎么有好多都是当地人？一瞬间，王孝谦明白了，他们是王和乡保中队薛云卿的队伍。

"领我们去王智性家！"还是命令式口气。

很快，这些人包围了王智性家院子。"去喊门！"没办法，王孝谦只好"智性，智性"走了声调地喊。其实，没有等到开门，有好多人就翻越墙头进了院子。

门开了。持枪的人一拥而进，王孝谦想跑，却被两个人用枪押着。

王智性和他的几个儿子如同做梦一样被绑了起来。拉到窑院里站在一起，薛云卿让人点亮一盏油灯，逐个儿看着他们。然后说："怎么少了一个？少就少了吧。谁也不会把谁赶尽杀绝的。对吧？"随后，又专门站在王智性面前："想不到吧？这就叫多行不义必自毙！给我带走！"

月娥"呜呜呜"哭着。"甭哭啦！"王智性大声说道，"别给共产党八路军丢脸。谁到世上没个死的时候，死就死个抬头挺胸，坦坦荡荡。儿子们，别怕，有爹陪着你们哩！"月娥果真不再哭。看不清的面颊上泪水翻滚着流。

王智性走在前面，依次是学礼、学义、学仁。走出门，王智性看见了王孝谦。明白是他引狼入室。"呸"一口唾沫吐在王孝谦面前。

出了东河口村，王孝谦左右瞅了瞅，想走。但没有薛云卿的话，谁也不敢放他走，只能跟着王智性父子四人朝前走。那是通往王和乡的一条大路。薛

第三十四章　老天沟

云卿不想在属于河口村的地盘里杀了他们。再往前走，薛云卿说："往小路上拐。"熟悉的人都知道，小路前面，有一条沟叫"老天沟"。老天沟里野狼多。薛云卿就是想在那里结束他们的生命，等到了天亮，保准找不到一个全尸。

"不用下沟，就打在沟边。然后把尸体推下崖得了。"薛云卿又说。

王孝谦回头瞅着薛云卿的身影，他不知道他们会怎样打发他。

"一班，二班，三班，四班，每班一个，送他们上路吧。记着啊，等看着断了气再往崖底推。"薛云卿叮咛一番话站住了，一伙人推着王智性父子四人去了沟边，只听到"啪啪啪啪……"一阵枪响。王孝谦心里一揪，身子跟着一哆嗦，闭上了眼睛。

"这个人怎么办？"

"放了，放了。"

王孝谦转回头，想快些跑回家。无奈，两条腿软得拉也拉不动。

第三十五章　鼠凹崖的爱恋

163

　　丁野听完王幸福说在北基村遭遇的全部过程，默默地不说一句话。王幸福没有敢把王红梅当时受人凌辱的过程讲出来，害怕给丁野带来更大的刺激和伤害。在北基村村头的关帝庙前，丁野和王幸福、郭楠红跳下马来，默默地注视着昔日热闹红火的八路军土改工作队驻地，现在却是一片萧瑟。庙门敞开着，战士们的尸体已不知去向。走进庙院，看着那棵救命老槐树，王幸福感慨万分。望着庙里王红梅当时退守的那个房间，想象着那不堪入目的场面，王幸福痛苦的闭上眼睛，任悲伤的泪水在心里默默地流淌着。

　　丁野一直在心里责备自己，为什么要决定在北基村召开工作队会议呢？自己为什么恰恰就去县里开会了呢？如果自己当时在场，有自己的保护，王红梅能牺牲吗？真要是保护不了她，就是和她一同去死，他也无憾。可现在，说什么都晚了。

　　郭楠红遥望着老远处那玉米秆地。她不知道前天晚上在那里发生了什么，以至她和王幸福去那里寻找了好长时间也没有见到赵春明的尸体。他还活着吗？如果他还活着，他现在去了哪儿？

　　庙门外面，遇见一位村里的农民。王幸福向他问起了村里那几个农会干部的事。农民告诉他说："薛云卿带着保中队一来，他们就各自四处逃难去了。"农民还引着他们来到王红梅最后遇难的那口枯井。丁野摘下自己的帽子，王幸福和郭楠红也跟随着一起，垂头向他们的梅姐致哀。"其他人的尸体都被村上人自发性地抬着，埋到村南那个小沟里去了。"农民又说："小沟里长着一片松树林。"顺着农民手指的方向，他们三个人再次低首致哀。同志们，安息吧！丁野对王幸福说："等到革命胜利的那天，一定要立碑纪念他们。""一定要立碑纪念他们。"王幸福重复着。

形势不允许他们过久的停留，多待一分钟，也许都会带来难以预测的灾难。等不到朱小熊来，他们只能策马往大营赶。丁野一个人骑着马前面奔跑起来。从没有骑过马的郭楠红小心翼翼地坐在王幸福的马屁股上，"抓紧点，小心摔下来啊。"郭楠红就用手抓着马鞍两边的棱角。王幸福往马的屁股上抽了一缰绳，马便撒开腿飞快起来。飞奔的马匹一颠一颠地，郭楠红只好抻出两只胳膊，紧紧地搂住王幸福的腰。郭楠红就觉得，人的命运就和这骑马差不多，当你和他在同一匹马背上的时候，你的生命攸关就会紧紧地和他联系在一起。从前天夜晚出了那个玉米秆笼子开始，王幸福就成为她依靠的男人，母亲做饭给他们吃，为他们准备逃难的行装。虽然并没有去南山他老舅家，她却坐在他骑的马背上。前胸紧贴着王幸福的后背，她便有了一种安全感和依靠感。往后的生活，会是个什么样子呢？她不知道，但在她潜意识里，总觉得会和王幸福有着千丝万缕的联系。

大营是陕州西边和灵宝县紧相邻的一个镇点，原是灵陕战役首脑机关的驻地。不时地，会有从灵宝那边转移过来的同志。县委负责人告诉大家说："休息一会儿，吃点东西。国民党中央军来来势汹汹，很可能在短时间内会赶到这里，企图将我们一举歼灭。县委决定，连夜向南奔赴卢氏山区的范里镇。这里只留少数接应人员。"

一直等到天黑，也没有看到朱小熊的影子，王幸福他们也只能随着县委的大批人马黑夜往卢氏山区转移。和灵宝那边比起来，范里镇就安全多了。在这里，县委和县大队以及土改工作队、农会地方干部经过整训后，统一实行军事领导体制，改称一个独立团。说是一个团，实际人数也不到 300 人。隶属中共豫陕鄂一地委一专署一分区。独立团下辖三个营。丁野远离县委机关，回到原来所在的部队，以后还能不能相见都是很难说的事。王幸福被安排到二营二连二排当排长。郭楠红根据她的专业特长，分配到团部的卫生队。说是卫生队，其实也就三个人，一个男医生，两个女护士，也没有什么药品。不打仗平时也很少有什么事。这样，王幸福和郭楠红就分开了，彼此见面的机会也就很少。对于到这样一个新的团体，新的环境，王幸福和郭楠红都没有熟人，因此从内心也就显得有些依依不舍。

一个星期之后，团里开大会，主要议题有三个：一是听取上级领导对当前战局的分析，充分做好打持久战打游击战的心理准备。领导说，我们的陈谢大军四纵队、九纵队和华东野战军西线兵团的两个纵队，现在正在发动洛阳战役。就全国形势来讲，西安的中央军在延安方面的围攻之下也向豫西大别山一线结集。形势是大好的，也是严峻的。我们现在的局部压力是挺大的，接下来会有更多的敌人向我们扑来。因此号召大家要发扬一不怕死，二不怕苦的革命精神，坚持到最后的胜利。二是传达了中共中原局在鲁山张良店召开的整党扩大会议精神。

会后，王幸福和郭楠红又凑到了一起。两个人就那样面对面站着，明明都想说什么的，却又不知道该如何开口。最后，还是王幸福开口打破了尴尬的局面。

"是不是又想着王婵娟啦？"

"难道你就不想春明哥？"

郭楠红不说话，眼中的泪水就要冲出来了。看着郭楠红悲痛的样子，王幸福说："我不是故意的。"部队催着集合了，他们分头向属于自己的营地跑去。

跑出好远，只见郭楠红朝王幸福招了招手："有时间来看看我。"

164

那是一次残酷激烈的战斗。

为了建造一个持久根据地，保证所辖部队的物资供应问题，地委决定率三县（卢氏、灵宝、阌乡）的三个团攻打卢氏县城。

王幸福所在的灵宝独立团担任从正门主攻的任务。坚守在卢氏县城中的保安团凭着精良的武器装备和战备工事，顽强地抵抗着。架在县城城墙上的那两挺机关枪挡住了前进的道路，团长几次利用所有的枪支弹药，集中火力做掩护，携带炸药包的爆破人员都失败了。看着被保安团的火力压得抬不起头，冲上前去的战士一个个牺牲了，团长急得抓耳挠腮，但再困难也要上，打仗没有不死人的。这回，担任爆破任务的重担落在王幸福所在的排，在团长还没有下达命令之前，王幸福就开始谋划怎样才能够完成任务，又不让战士们流血牺牲。王幸福突然间就想到王婵娟跟他讲解过的"柔能克刚"这个成语。

"柔能克刚怎么解释？"王幸福问。"这个嘛。"王婵娟寻思了好半晌才开口说："咱们先从字面含义上讲。柔，软的意思，如柔顺，柔和，柔软等等。刚，是柔的反义词，硬的意思，如刚强，刚直，刚烈等等。综合起来讲，柔能克刚就是用柔软的东西去阻挡坚硬的东西。""柔软的东西阻挡坚硬的东西，那可能吗？搞不懂。""搞不懂？"王婵娟想了好半晌，就拿来了菜刀、棉花、萝卜。王婵娟举起刀，一个萝卜成了两半。王婵娟举起菜刀，恨恨地朝一团棉花砍了下去，棉花也没有断。王幸福豁然开朗，"我懂了。在一定的环境下，柔软就是另一种坚强。""真聪明。"王婵娟表扬他说。

想着这个成语的解释，他想到了子弹，那么坚硬锐不可当的东西，用什么柔的东西去阻挡它呢？还是用棉花吧。王幸福想再一次做一个大胆的实验。他吩咐人找来了十多条棉被，又拿来一张方桌。他把棉被全部用水浸湿，然后一层一层地铺在桌面上，再用绳子把棉被捆绑固定起来。王幸福就是要用它来做阻挡子弹的试验。而实施这个实验的人就是王幸福。他宁肯牺牲自己，也不愿让战友冒这个险。

又一次实施爆破的进攻开始了。王幸福和另一个战友在火力掩护下，双手举着方桌向城门口冲去。保安团的子弹雨点般地打过来了，王幸福却安然无恙。他们根本搞不清楚共产党用的是什么东西竟然能够真的刀枪不入。王幸福冲到城门口，引爆了炸药包。一声巨响，城门口被炸开了，战士们潮水般地涌进了卢氏城内。

一直观察着战斗状态的团长看到眼前的这一幕，兴奋地拍着巴掌直叫"好！"。他问身边的人说："那个小伙子叫什么名字？是哪个连队的？"身边的人告诉他说："那是二营二连二排的排长王幸福，是丁野政委带出来的人。""王幸福，好，记着他的名字。"战后，团长向豫陕鄂地委就这次攻打卢氏县城的战斗中，王幸福所表现出来的机智和勇敢做了汇报。

卢氏县城成了豫陕鄂地委的驻地。在庆功大会上，地委首长专门表彰了王幸福的先进事迹，他号召所有的干部战士都要向王幸福学习，说打仗不能单靠勇敢，更多的还要用智谋，这样就能以一当十，事半功倍。大会下面，首长还专门接见了他，问他说："王幸福，当时怎么就想到了那一招呢？"王幸福笑笑说："我想到了一个成语。""什么成语？""以柔克刚。""以柔克刚。"首长重复着这个成语说："好，看来还是要读书的，有文化的人和没文化的人就是不一样。"首长又问："王幸福，读过几年书啊？"王幸福说："没有进过一天学堂。""没有进过一天学堂？我不信。""我识的字，是村上的一个中学生教我的。"王幸福不愿在首长面前提起王婵娟。

第三十五章　鼠凹崖的爱恋

王幸福入了党，还被提升为连长。王幸福的名字和事迹在团里广泛流传，郭楠红对他更是刮目相看。一个午后，郭楠红突然来到王幸福的面前。"王连长，恭喜你啦。"郭楠红说着，把手里的花儿捧到王幸福面前。那是一束从山上采来的野菊花。"还是叫我王幸福吧。""那好，王幸福，喜欢吗？"接过花儿，王幸福放在鼻跟闻了闻，然后笑笑说："喜欢。"就在这一刻，王幸福突然发现郭楠红原本好看的面颊怎么就像这野菊花一样，那么灿烂，那么可爱。

165

转眼间两个月的时间就过去了。地委接到准确情报，胡宗南所部的六十五师从卢氏县的木桐、官坡分两路向卢氏县城而来，欲歼这支活动在深山区的共产党有生力量。地委领导根据当时武器弹药不足，兵源素质参差不齐的具体情况，依照毛泽东《论持久战》中的方针，实施"敌进我退，敌守我挠，敌退我追"的战术，率三县所有人马从卢氏县撤到栾川县北部地区。为了分散胡宗南所部的注意力，地委和三县的三个团分散驻扎。地委司令部驻猴子庙；灵宝团驻白土；阌乡团驻冷水；卢氏团驻秋把。

天微微见亮，山野还沉睡在夜的寂静之中。露水上来了，打湿了战士们的临时搭建的帐篷，打湿了战士们的头发、眉毛。和山间鸟儿叫声同步而至的是一串急促的脚步声。一个站岗的战士连报告也没有顾得上喊就闯进团部的门，任凭警卫员怎样拦也拦不住。两个人拉拉扯扯来到团长的床边，团长就被他们吵醒了。士兵擅自闯入首长的屋，这种事情过去从来没有发生过。团长明白事出有因，问："发生什么事啦？"闯进来的士兵连忙一个立整："报告团长，敌人已经把我们包围了。""什么？"这个意外的消息让团长彻底地震惊了。"现在离我们宿营地还有多远？""我是西边的岗哨。也就是一二里的样子。"这个战士的话音还没有落，又一个站岗的战士也闯了进来："报告，东边发现了敌人，距离我们的宿营地约有二里。"团长分析了一下眼前的紧急情况，敌人有备而来，我们毫无戒备，以眼下的局势，必须集中优势兵力打开一个缺口，充分利用地势熟悉这个有利条件，首先跳出敌人的包围圈，然后再趁机甩掉敌人。团长吩咐几个身边的战士火速去各个住地紧急通知，立即到团部紧急集合。团长亲自去了二连的驻地找到王幸福，命令二连作为这次突围的先锋连，承担冲锋开路任务。

团长说的情况也让王幸福大吃一惊，敌人来得如此之快，让他们措手不及，俗话说知己知彼，方能百战百胜。而眼下的形势，让自己去领着战士们打头阵，无异于瞎子摸象，无的放矢。他能有几份的把握呢？但军令如山。在团长面前，王幸福没有回旋的余地，只能挺起胸膛，行一个军礼："保证完成任务！"

好在多日来的实地考察和巡视，使他和战士们对这里的沟沟坎坎，一草一木了如指掌。部队以最快的速度集合起来，团长只讲了一句话："敌人就是我们的眼皮子底下，现在可是火烧眉毛的时候。跟着二连冲出敌人的包围圈！出发！"这时候有人喊："报告。"团长不耐烦了："有屁就放！""还有一个班的战士没有到。""来不及了，让他们后边来追吧。出发！"

王幸福命令战士们："一、不到万不得已不许打枪。二、不要弄出大的声响。以免过早地暴露我们的方位，让对方识破我们突围的企图。"王幸福带着战士们冲在前面，所有部队跟在他们后面，潮水般地向南面一个小山梁冲去。

接近小山梁才发现，敌人已经在那里布置下了重兵。王幸福停止了前进，他命令一排的两个班带上充足的弹药，一个班往东，一个班往西，接近敌人后就猛烈用火力吸引敌人，造成从两边突围和假象。约两袋烟的功夫，东西两方传来了激烈的枪声。又是两袋烟功夫，王幸福带人以迅雷不及掩耳之势向山梁

第三十五章　鼠凹崖的爱恋

冲去，并以绝对的优势歼灭了拦路之敌。当敌人发觉上当受骗回来时，大队人马已基本冲出了敌人的包围圈。所付出的代价是，两个班的战士没有一个生还。

跑出包围圈，王幸福所带的连队又接受了掩护部队安全转移的阻击任务。团长说等大部分人马撤到安全地带，他会放信号弹给他，让他们撤离。

和突围相比较起来，阻击任务亦相当艰巨，虽说占领了比较有利的地形，然而敌众我寡的现实摆在面前，从武器装备上敌人比王幸福他们精良的多。敌人"哇哇哇"地号叫着向他们冲来。为了节省子弹，王幸福命令道："要近距离射击，不准放连发。瞄准最前面的，一枪结果一个。"战士们听了他的话，沉着应战，用最小的投入，击退了敌人一次次的冲锋。无奈之下，敌人动用了小钢炮，一声声巨响，使战士们眼前浓烟滚滚，尘土飞扬。战士们的步枪、手榴弹失去了作用，并且伤亡很大。在炮火的后面，敌人又一次冲上来了。王幸福坚持着，再一次击退了敌人的冲锋。

敌人又开始用小钢炮了。无疑，这又是一次更残酷的反冲锋。没有看到团长的信号弹，他们还不能撤。一枚炮弹在王幸福的身边爆炸了……

当王幸福再度睁开眼睛时，他已经躺在一间屋里的土炕上。郭楠红就守在他的身边。"我这是在哪啊？""王幸福，你终于醒过来了。"郭楠红欣喜若狂，跑出门就大喊大叫起来："王幸福醒来了！王幸福醒来了！"小屋里瞬间涌满了人。团长紧紧握着他的手说："我的大英雄，你终于睁开了眼睛。我代表全团的官兵感谢你！"

郭楠红告诉他说，一块炮弹皮击中了他的大腿部，由于失血过多，他已经昏迷三天了。王幸福说："我没有死啊。"这时候，站在旁边的一个战士开玩笑说："你要是牺牲了，你媳妇还不哭死啊！""什么我媳妇？"王幸福一脸迷茫。"你再说，你再说我撕破你的嘴！"听了郭楠红的话，那个战士吐了吐舌头不哼声了。

后来，王幸福才知道，在这次突围中，他所带的连队牺牲了 20 多个战士，负伤需要治疗的 8 人，王幸福也是其中的一个。所值得庆幸的是，所有的大队人马安全无恙。郭楠红说："把你留在那儿阻击，都让人担心死了，就怕出个意外。岂不知，果真就出事了。"王幸福说："从入党宣誓那天起，我的生命已不属于我自己，为了革命事业，为了党，我愿意献出我的一切。"郭楠红说："从我入党宣誓的那天起，也把自己交给了党。但死亡，只是献身革命事业的一种形式，革命是为了更好地活着，活着是为了更好地革命，他们是相互对立的统一。"王幸福觉得这话的口吻怎么有些耳熟啊！就像是他的梅姐。"你是什么时间入党的？""去年在山西那边就入党了。""是梅姐的介绍人吧。""算你猜对了。"郭楠红的脸蛋上又一次飞起两团不自然的红晕。看着郭楠红脸上玫瑰般的红晕，王幸福就想起了那天，她送给自己的那束野菊花。

"郭楠红，告诉我，到底是怎么回事？""随后再说吧。""告诉我，现在就要听。"郭楠红说："在回答这个问题之前，能让我问你一个问题吗？""你问吧。"王幸福说。郭楠红说："如果我真的就是你未过门的媳妇，你感觉怎么样？""你怎么能够问这样的问题呢，现实生活中没有如果。""不，我就要你回答我这个如果的问题。"郭楠红固执己见。没办法，王幸福只好说："那我也不会怎么样，只能承认事实了。""好，那我现在就告诉你是怎么一回事。"

就在王幸福倒下的那一刻，团长的信号弹出现在天空。看着连长的倒下，战士们义愤填膺。待敌人再次冲上来的时间，他们一个个机智灵活，弹无虚发，以极快的速度再一次打退了敌人的冲锋。然后又来了一个冲击，子弹、手榴弹齐向敌人的投去。随即便抬着王幸福撤回阵地，凭借熟悉的地理环境，很快就甩掉了身后的追兵。

王幸福被抬到地委的驻地，郭楠红及另外两个医护人员已经为即将归来的伤员做好了急救包扎准备。看到不省人事的王幸福浑身血迹，郭楠红吓傻了。自己担心他，怕他受伤，他怎么就真的受伤了呢，而且还这么严重？团长下了命令，全力以赴要保证王幸福的安全，提出要不分昼夜专人护理。经过对伤口的处理包扎，王幸福被送到附近老百姓的住房。让谁去做王幸福的护理工作呢？团里的医生就一个，还要管理所有的伤员；让别的男人去做护理工作，毛手毛脚的不说，不懂医术会延误王幸福的伤口治疗；让谁去呢，卫生队就郭楠红和另外一个女人。这个时间，郭楠红猛地站起身来："我去专门护理王幸福。"人们都用一种惊愕的表情看着她！王幸福伤的不是地方，换药，大小便，这不是一个未婚女子应该干的。看着人们诧异的目光，郭楠红又接着补充了一句："我是他媳妇！"郭楠红这样一说，旁人也就无话可说。

"郭楠红，委屈你啦。"王幸福说。

"委屈什么啊委屈。只要你不嫌弃我就行。"郭楠红接着说："从逃离北基村的那个晚上开始，我就把生命和你串在了一起。在河口村，我看到父母亲对咱们的宠爱；骑在你的马屁股上，我感觉到一种安全；你立功入党，我为你骄傲。你不单单是一个有情有义的好男人，而且是一个有智有谋敢担当的男子汉。送给你野菊花的那会儿，原本就要跟你表白的，但一想到我们正处在革命危难时期，整天不分昼夜地南征北战，就把自己的这份情感埋在心里。这回，你身负重伤，我想是为自己心爱的男人做点什么的时候了。你说，我还有什么可以顾虑、可以忧心忡忡的呢？"

王幸福一言不发。他在想，自己这一生怎么净碰到好女人呢？薛云霞虽说是个寡妇，地主婆，但她心地善良，对自己有情有义，他不觉得她有多坏，说得确切一点，她就是个好女人；王婵娟和自己青梅竹马，两小无猜，只可惜时运不济，命运捉弄人，让她身陷囹圄，身不由己，最终走向了不归路，她同样是个好女人；现在又碰到了一个郭楠红这样一个好女人。他担心，她这样义无反顾地爱上自己，能否给她的生活带来好运？

"怎么不说话？想什么呢？"

"我想你这样痴情，而我，能不能给你幸福？"

"你的名字叫幸福，我得到了你，也就是得到了幸福啊！撇开名字不说，就说幸福吧。幸福是靠自己争取的，不是靠别人给予的。你，我，都一样。只要我们争取，就一定能够得到幸福！只要我们彼此相亲相爱，再苦的日子也是一种幸福！"

王幸福没有什么可以说的，紧紧地握着郭楠红伸过来的手，再也不愿意松开。

166

胡宗南六十四师对灵宝团的袭击，给部队造成了相当大的损失。地委吸取教训，又将原来的分地驻防改变为集中驻防，扎营在一个叫潭头镇地方。仅仅时隔十多日，胡宗南的六十四师下属的一个团趁阌乡团和卢氏团换防之机，又奔袭潭头镇，攻入寨内。地委随即决定率部向东山方向撤退到一个叫合峪的地方。

合峪太远了。时逢炎热时节，王幸福的伤口还没有痊愈，不宜随军出行。团部决定将王幸福和郭楠红秘密地留宿在当地一个老百姓的家中继续疗养。

王幸福养伤的山村叫银家沟，听说过去是个银矿。团长走时交代房东刘长有说："老刘，麻烦你们了，眼下的情况很紧急，王连长因伤势过重不能随军，只能麻烦你们啦。他媳妇是护士，服药换药都是行。你们只管好住地安全就行了。"团长说完，丢给了刘长有几块银元。刘长有说什么也不肯收。团长说："我们有纪律，不拿群众一针一线，借东西要还，买东西要付钱，损坏东西要赔。你执意不收，我们就不能让王连长在你这儿住啦。"在银家沟，刘长有是中农，平日家里有吃有喝，日子过的还殷实。过去，曾经帮过八路军的不少忙，也算是共产党的堡垒户了。团长那样一说，刘长有就再也不好意思推托，接住了银元。

国民党地方政府和武装势力愈来愈猖獗。为了保证王幸福的绝对安全，刘长有将王幸福转移到离村子五里地一个叫鼠凹崖的地方。那里有一个天然石洞，居半山坡，石崖立陡，周围有林木野草，是个很隐蔽的地方。刘长有夫妇每天或早或晚都会及时地给他们送去吃的。郭楠红过意不去，就说："大伯，以后你们就不跑了，我趁着天黑去家里取吧。"刘长有说："那可不行，万一被坏人发现，那还不要了你们的性命？我向团长保证过的，不能让你们出任何事情。"郭楠红想想，刘长有说得有道理。

王幸福的伤口面积大，创伤深，短时间内很难愈合，迫使郭楠红不得不去野外采一些草药为王幸福清洗伤口。王幸福伤的不是地方，每一次清洗伤口换药，那个本应避开女人的东西，便会一览无余地出现在郭楠红的视线里，王幸福总是很难为情，磨磨蹭蹭拖延换药时间。郭楠红心知肚明："我是你媳妇哩，有什么可忌讳的哟？"没办法，王幸福就褪下裤子，闭上眼睛。换药疼，王幸福总是强忍着，咬紧牙关一声不哼。但随着时间的推移，伤口渐愈，疼痛的程度也就越来越轻。再往后，每次换药时，郭楠红那纤纤十指触摸到王幸福的肌肤时，王幸福两胯下那个东西就会不自觉地兴奋起来。王幸福越是抑制，那个东西就越是不听话。过后，王幸福就红着脸说："对不起啊，我不是故意的。"一听这话，郭楠红的脸也就跟着发烫发红："我知道，这事哪能怪你啊？都是我不好。"

伤口彻底痊愈了。王幸福和郭楠红商量着归队的事，他们让刘长有出门去打探一下，看看地委率部队现在什么地方，也好尽快地赶过去。刘长有很快就回来了，说部队还在合峪。王幸福说："那我们明天一早就出发。"郭楠红也跟着说："明天一早就出发！"

明天就要离开这儿，王幸福和郭楠红还真有些舍不得。望着晚霞的余晖，望着夜归的鸟儿，郭楠红突然向王幸福提出："让我给你最后再换一次药吧？"王幸福说："不换了。""就最后一次。"郭楠红坚定地说，"伤员必须听医生的。""不换不行啊？""不换不行。""那好吧。"王幸福乖乖地褪下裤子，郭楠红轻轻地触摸着王幸福的肌肤。

郭楠红俯下身子，喃喃地说："幸福，我想要！"

王幸福说："我……我也是。"

太阳闭着眼睛，山野无声无息。只有那天地间阴阳苟合的潮水一浪高过一浪……鼠凹崖的石洞啊！那也许就是华夏民族最原始最享有盛名的洞房啦。

有春的播种，就会有秋的收获！

第三十六章　妈妈教你唱首歌

167

　　王幸福仍然任二连连长，郭楠红仍旧在团部卫生队。长时间的辗转跋涉，部队大量减员，独立团由原来的 300 人减少到不足 200 人。当天晚上，王幸福来到团部。团长问："王幸福，伤口刚痊愈，得好好休息，连队的事就让副连长多操点心。"王幸福说："我是要求处分来了。""要求处分？"团长笑笑："到底发生了什么事？"王幸福憋红着脸："我和郭楠红睡觉了。"团长知道是啥意思，就哈哈一笑："睡就睡了，她不是你媳妇吗？""可是我们还没有结婚。"团长听了哈哈一阵大笑："你这哪是承认错误来了，你这是要挟我给你们承办结婚典礼仪式来了。好吧，按当地的习俗，适逢三六九日，就给你们在这个荒山野岭上办上一个别具一格的婚礼。"

　　没有酒席，没有亲戚朋友，战友们采来了野花儿为他们布置了简易的新房，对面正中墙上悬挂的毛主席、朱总司令的画像，王幸福和郭楠红三叩九拜，两个大瓷碗盛满白开水，他们挽臂喝了交杯酒。

　　有了这场婚礼，王幸福和郭楠红在人前就随意多了。他们可以手挽着手坐在山梁上看黄昏落日，可以一前一后厮跟着去山间的小溪旁听流水叮咚。"楠红。""嗯。""你说，我们什么时间才能够走出这大山？""只要我们还在前进着，总有一天会走出去的。""怎么，想家啦？"王幸福望着郭楠红说："我们在一起，不就是最好的家吗？""是家，是最好的家。"郭楠红说着把头倒在王幸福胸前："听我给你唱支歌好吗？""好啊。"在一起这么长时间了，王幸福还没有听到过她的歌声。"那还是梅姐教我唱的呢。"郭楠红说着就小声唱开了：

> "我的家在东北松花江上，
> 那里有森林煤矿，
> 还有那漫山遍野的大豆高粱。
> 我的家在东北松花江上，
> 那里有我的同胞，
> 还有那衰老的爹娘……"

王幸福有点小开心，拾起一块石头扔进水中。只听"咚"的一声，溅起的水花把郭楠红的衣服都给弄湿了。"你干吗啊？人家还有事跟你说哩。""有什么事，说吧。""人家有了。""有啦，有什么啦？""还能有什么？你干的事情还装什么糊涂？""我干什么事情了？"郭楠红的小拳头在王幸福的身上轻播着"你坏你坏你坏，人家肚里有孩子啦！""有孩子啦？"王幸福说："照这么说，我就要做大啦？""做什么大啊？咱们的孩子将来得叫爸爸。""咱们如果不能尽快地走出大山，咱们的孩子，就得在这儿出生，到时间怎养得活啊？""你甭熬煎啊，车到山前必有路。总会有办法的。""可我就是不放心。""放心吧，放心吧。"王幸福说着宽慰的话儿，随后就改变了话题："你是文化人，比我读的书多，你给咱们的孩子取个名字吧。"郭楠红说："还不知道是男是女呢，咋起？""那就取俩名字。一个男孩名字，一个女孩名字，说不准会生个龙凤胎呢。""想得美。"郭楠红说："我不会取名。""上过大学的人，还给孩子取不了名字。你不取，我可就取了啊。""你取你取。""是个男孩就叫大山。是个女孩就叫百合。你瞧，这漫山遍野的百合花，多好看啊！"王幸福接着说："如果我大我妈知道我媳妇要生孩子啦，那该有多高兴啊！""应该叫咱大咱妈。"郭楠红纠正说。"咱大咱妈，咱大咱妈。"王幸福连忙改口道。

1949年6月11日下午5时，中国人民解放军第178师和陕州军分区主力部队兵分两路分别进攻灵宝县城和虢略镇。同日，灵宝县城和虢略镇彻底解放。王幸福和郭楠红也随同地委下属的灵宝团回到灵宝县。郭楠红说："咱们的孩子真有福气，赶上了解放的好日子。"

当王幸福领着郭楠红走进自家的窑院时，让王长安和桃花也看得傻眼了：怎么儿子把一个孕妇引到家来了？河口村人有讲究，别的孕妇在自家坐月子，晦气！

王幸福说："大，妈。这是郭楠红，我们俩在部队上结婚了。"郭楠红羞涩地叫道："大，妈。""哎，哎。"王长安和桃花答应着："郭楠红啊，你看我这眼拙的。快进屋，快进屋。"桃花接着说："先在这个窑洞歇歇，妈把那个窑洞给你们拾掇拾掇。"

"妈，就这几天，郭楠红就要生了。"

"生了好，生了好。到时间妈早早地就把那个接生婆给请来。"

"妈，人家郭楠红就是个医生。"

"就是个医生怎么啦，那有自己给自己接生的？"

就在回来的第八天，郭楠红在那眼土窑洞里生下了他们的女儿。桃花说："请个先生给娃取个名字。"王幸福说："名字早就取好了，叫百合。"桃花说："百合好，百合花不但好看，还是药材呢。"王长安听着笑了："王百合。不如叫百合王得了。"

说也奇怪，王长安的哮喘病年年麦天要犯，这个麦天却不曾犯病。是那个单方起了作用？还是河口村彻底解放给他带来了好心情？抑或是百合治好了他的心结？

168

随着新的行政体制的改革，原来的城东乡命名为城东区，王幸福任区长，郭楠红任区妇救会主任。在完善县辖区、区辖乡体制建置的同时，废除了国民党时期的保甲体制，实行行政村体制。河口村成立了乡政府，王学信任乡农会主席。河口乡隶属城东区，下辖河口、东河口、下河口、北基村、西王村五个村庄。在接下来实施的农村土地改革、镇压反革命运动中，原国民党王和乡保中队队长薛云卿、原国民党城东乡乡长雒好礼、原国民党城东乡保中队队长杜世明，分别被判处死刑予以镇压。

薛云卿供述了东河口王智性父子被残害的真相：王云山向薛云卿写信密告王智性父子夜归的确切消息，王来法为薛云卿送信传递消息，王孝谦直接领着薛云卿的保中队实施了对王智性父子的残害。鉴于以上罪行，王云山、王孝谦、王来法均以恶霸勾结伪匪杀害农会干部成员的罪名被镇压。听了这个判决，雪琴就趁着送饭的时间问王来法："我看你真的财迷心窍了，那样的信你也送啊？两块大洋要了你的命！"王来法说："当时咱不知道是那样的信啊，知道了说什么也不去送。现在，说什么也都晚了。"王孝谦更觉得冤枉，不是薛云卿用枪杆顶着自己的腰，自己能去带路吗？再说，就是自己不去，薛云卿还会让别人去的。不论什么理由，王智性一家四口惨遭杀害已成为铁的事实。

原灵宝县党部书记王鸿业、原灵宝县县长狄昌伦、原灵宝县党部干事张铭文等也一并被中共灵宝县人民政府依法判处死刑，枪决于灵宝县城黄河滩地。

任家的家境一败涂地。任瑞祥去了台湾。老刘携香椿回了陕西老家。任家在县城的粮行也被共产党新政府没收充公。任家被划成地主，三座院宅也分给了村上的贫家、下中农居住。老太太和孙子任宝贝住进了王狗剩母亲住过的那眼窑洞。

第三十六章　妈妈教你唱首歌

王孝儒家庭被划成地主。他的儿子王坤峰始终没有回家，听说后来做到师级干部，参加过解放南京的战争。三弟王孝和被划为地主分子，接受无产阶级政权的监督改造。

雪琴家被划为富农，部分财产和田地分给了村上的贫农。她仍住在自己原来的院子里，所不同的是那三间新瓦房分给了别人，她和儿子铁蛋住进了窑洞。

王幸福家是贫农，他们还住在原来的那个窑院里。土改工作队要把任家的房屋分给他几间，他没要，说咱是干部，还是先紧其他的贫农。王幸福和郭楠红平时工作在城东区政府，回到家还住在原先的那眼窑洞。平时农闲时，看孙女百合成了王长安和桃花的事。

王学信家是贫家，他和母亲月娥还住在他家原来的窑院里。朱小熊和薄荷死后，他们把朱小熊的儿子抱到家里抚养着。

王云山家是富裕中农，他虽说被镇压了，家庭的房屋财产却没有多大的变化。

下河口村邵维义家被划成地主，他亦被镇压，其妻毋凤仙被划为地主分子，接受无产阶级政权的监督改造。那个巧扮讨饭的枚兰兰名义上是毋凤仙的侄女，实则是国民党特务机关培养出来的女间谍。后来被处决于陕州城。

169

和风习习，晴空万里。今天又是个好天气。

月娥起得早，把窑院和门巷刚打扫完，就见儿子王学信从里屋出来了。村里一大摊子事，都要儿子去操心，什么"丈量土地，查田定产"，什么"土改复查（查漏网、查阶级、查翻身），纠正错划的成分"，什么"抗美援朝，保家卫国"动员参加志愿军，还有建造烈士纪念碑的事……儿子整天忙得团团转。儿子本来就睡得晚，还对月娥说："妈，你明天早起叫我早点。"刚起炕那会儿，她原本想喊儿子起床的，但就是心痛儿子睡不够，想让他多睡一会儿。

站在院子看了看东方泛红的太阳，王学信就埋怨母亲："妈，让你早点叫我，怎么叫我睡到这个时候了？"

"就不能多睡会儿啊？"月娥说："昨晚上你睡的时间都多会啦？躺下一会儿，鸡就叫了。"

"人家不是有事嘛。"王学信说着出了窑院的门。

月娥追到巷道："你这是去哪儿呀？早起回来吃饭啊。"

王学信回头朝月娥喊道："回来不回来说不准，饭熟了你就吃，不要等我。"

望着儿子的背影，月娥就想起了过世的王智性和三个儿子。要是他们都健在，那该是怎样的一个热烈场面啊！

王智性父子遇害以后，月娥四处奔波，求人帮忙，想从老天沟把老汉和三个儿子的尸体搬回来。无奈，找谁也不肯去，说不是我们不愿帮你，帮了你，也许我们的命就没了。一直到第三天，月娥才随同自己的娘家兄弟，起来个大早，拣回了七零八落的四具尸体，把他们悄悄地掩埋了。

趟过乾阳河，竖立在学校操场的烈士碑亭就出现在王学信的眼前。

河口村烈士碑亭坐南向北，呈三层楼阁式建筑，长两丈零六，宽两丈零一，通高三丈六尺六。最上为悬山顶，四排檐下均有四根立柱，最下层十六根立柱，内有四面栏杆，中间是竖立石碑的地方。王幸福说，纪念亭一定要建好，她是革命胜利来之不易的见证，是要世世代代供人们瞻仰的。为此，王学信请来了邻村最好的工匠。现在碑亭基本建好了，就剩下里面的石碑还没有镶立。昨天，王学信专程去了南山跟石匠谈了，石碑已经凿造打磨成型，就剩下镌刻碑文了。王幸福跟王学信说过，他要亲自撰写纪念碑的碑文。王学信知道王幸福白天在区政府里忙，只有晚上才肯和郭楠红一起回家。

王学信走进王幸福的窑院，就见王长安怀里抱着个婴儿在院子里来来回回地转悠。"大叔。"王学信叫道。王长安转过头问："学信啊。走，进屋，你婶在窑里呢。"王学信问："幸福哥还在家不？"这个时候，桃花听到说话声就出来了："大早起都走了，说让他们吃过饭再走，可他们不，说是区上的事多哩。""哦。"王学信点着头，随即来到王长安的跟前："这就是百合吧，多可爱啊。""是可爱。"一听人夸小孙女，桃花就陶醉，就自个儿欣赏起来："你瞧我们的小百合，水灵灵，粉嘟嘟地，真真地讨人喜欢啊！""大叔，大婶，我去区政府了。"

桃花对王长安说："大早起到现在，总抱够了吧？让我也享受享受。""你不是做饭吗？""小米粥已经熬好了，你自个儿舀去吧。锅台上那个小木碗里，是给百合凉的，一会儿我喂她吃。""那你咋不给我也舀出来凉着？""你没长到一百岁哩。"王长安闭着嘴不再说什么。

区政府大院还是过去的国民党乡政府大院。王学信把马匹往门口一拴，就进院子，正巧碰上郭楠红。王学信认识郭楠红，但彼此说的话少，不像到王幸福跟前那样随便。王学信管郭楠红称郭主任。郭楠红称王学信叫王主席。王学信问了声："郭主任在啊。"郭楠红回了一句："王主席来了。"彼此再无话。王学信刚要进王幸福的办公室，警卫员告诉他说："稍等一会儿，王区长正在处理个事情，等结束了你再进去。"王学信就只有蹲在院子里等。

王学信一等就是小半晌。一直等到王幸福出来，才和他说起了烈士碑文的事。王幸福说："碑文写好了，昨天回去的晚，给忘带了。"接着又说："就在你嫂子那儿放着哩。你没有见到她啊。"王学信说："我没有问她。"王幸福"楠红，楠红"地喊。郭楠红听到喊声就来了。王幸福说："赶紧把昨天写好的碑文给学信。人家都等好半晌了。"

王幸福要留王学信吃饭。王学信说："不了，我回去还得往南山跟赶哩。"王幸福说："抓紧点，赶在八一建军节一定要把纪念亭建好。到时间在那里现场召开革命先烈追悼大会，以此纪念他们的英灵。"

王学信听着，久久地不说一句话。他在心里一遍又一遍地呼喊着：爹，大哥，二哥，三哥，你们可以闭上眼睛含笑九泉啦。

170

黎明，从陕州西站停留的一列火车上，走下来一个女人。

女人肩头上搭着布背带，吊在脊背后面的背包里是一个孩子。一路坐车的累疲劳顿，让女人看上去一脸的憔悴。孩子还没有醒来，妈妈的脊背就好像一张柔软的睡床，他依旧眯着双眼甜甜地打着稚嫩的鼾声，嘴角儿不断地有口水流出来。

女人的两根长辫子就搭胸前。两根长辫子下面是一件印有花朵儿的蓝色对襟袄。女人的腰躬着，好像有点直不起来。

女人是去河口村的。先是沿着大路走，走到一个岔路口，女人就改变了方向，朝偏北方向的下河口村走去。到了下河口村头，女人并没有进村，而是向黄河滩走去。

太阳升得很快，女人扭头瞄了一眼，应该是小饭时了。太阳光照耀着娃娃的脸庞，一种温热刺激醒了他："妈妈。"女人叫："黄河，醒了？""我们这是去哪儿呀？不是说好了去舅奶舅爷家的嘛。"女人并没有回儿子的话，而是说："黄河醒了，就下来和妈妈牵着手走上一段路，让妈也歇一歇。""嗯。"儿子答应着。"哎，黄河真乖！"

"妈妈，我们这是去哪儿呀？""去看黄河呀。"儿子说："黄河不就在您身边吗？和妈妈牵着手哩。"妈妈说："咱们要去看另外一个黄河。""怎么还有一个黄河啊？妈妈，那个黄河和我一样大吗？"儿子刨根摸梢地问。妈妈解释说："那个黄河不是人，是一条河。那条河呀，可大可大啦。""哦，可大可大啦。"儿子重复着妈妈的话，就不再问了。

女人走在柔软的沙滩地上，周围还和当年一样长满了狗尾巴草、茅草、芦苇草。她仿佛又听到了身后追赶的脚步声，声嘶力竭的呐喊声，还有那刺耳的枪声。

女人往前走着。她在记忆里竭力寻找着当年的踪迹。一股燃烧的烟味刺鼻而来，女人不知道这寂寥黄河滩地如何来得这种烟味儿。走近了，女人就看到一个比自己年长的女人在那里燃烧着纸钱。年长的女人一边用木棍儿拨拉着不曾燃烧透的纸屑，一边不停地往火苗上投放着纸钱："婵娟啊，今个是你走了的第四个年头了，妈和往年一样，照例来到黄河岸边为你送上一笔纸钱，和你说上一些心里话……女儿啊，你命苦，你大过世的早，后来跟着妈到了河口村，虽说供你读了几年书，可到头来，还是没能让你过上好日子……妈知道你走得急，阎王小鬼追着你，使你不得有半点回旋的余地……婵娟啊，见到你那亲生的父亲了吗？妈可是天天在这心里忏悔着自己的过失。你和你大等着，终有一天，妈妈会来和你们爷儿俩团聚的……"

思绪不断地翻滚，泪水不断地流淌，委屈不断地吞咽。站在她身后的女人，牵着自己的儿子，再也无法控制自己的情绪，一声脱口而出的"妈妈——"，震撼天地，感动黄河！

女人牵着自己的儿子跪倒在雪琴的身边。雪琴回过头来，惊呆了！吓傻了！这是谁啊？

"妈妈，我是婵娟。我是您的女儿婵娟啊！"

"婵娟，婵娟，这怎么可能呢？她已经去了四个年头啦。"

"妈妈，您仔细看看，我真是你的婵娟啊。我没有死。我没有死啊！"

"你真是婵娟？你没有死？"雪琴疑惑的眼神看着跪在地上的母子俩，"那这孩子？"

"他是女儿的儿子，您的外孙！"

"他是女儿的儿子，我有了外孙啦？"雪琴觉得这怎么和做梦一样啊。

"当然是真的。黄河，来，给舅奶磕个头。"

黄河真懂事。朝着雪琴连磕三个头的同时，大大咧咧地叫了一声："奶奶。"

自己的女儿婵娟真的没有死，而且还给自己带回来了一个外孙。

婵娟拥抱着母亲。雪琴搂抱着女儿。雪琴和婵娟共同相拥着黄河。泪花儿伴随着笑语，笑声中饱含着热泪。他们手牵着手，向河口村走去。

雪琴迫不及待地问婵娟："快跟妈说说，你当年是怎样获救的？你这几年又是怎样生活的？还有我这外孙？"

171

河口村往东，黄河下游的一个小渡口，驻扎着八路军的一个班，他们任务是转送黄河两岸相互调配的物资和人员。这天黄昏，两个值班的战士发现黄河上游漂下来了一具尸体，随着水流的缓和，那尸体竟然被水浪冲击到河岸边。两个战士前去一看，是个女的。就想着，应该找个地方挖个坑把她埋了。一个战士说："我家祖传着一个救溺死人的秘方。"另一个战士说："是吗，怎么样的一个秘方？"这个战士就说："其实也没什么，很简单，就是将死者脚往上、头朝下背着一直不停地走动。""一直不停地走动就能把人救活了？""我家父亲就是这么说的，我也没有试过。"听了这样的话，另一个战士就说："那咱就当场试试啊，这不是现成的吗？"这个战士说："背着一个尸体来来回回地走，多晦气啊。"另一个战士说："八路军还迷信啊。试试嘛，万一救活了呢。""试试就试试。"这个战士答应着，把女尸颠倒过来放在自己的脊背，开始在河岸上不停地转圈走动。

两个战士并没有当做一回事，一圈，两圈，三圈……十圈……二十圈……令人想不到的奇迹出现了。从女人嘴里倒出好多水的同时，女人竟然"啊"了一声。两个战士吓了一大跳，把女人放在地上，竟发现她有了微弱的呼吸。"她活了！她活了！""你们家的祖传秘方还真灵。"两个战士把她送到了部队卫生队。

医生用针管给女人注射了葡萄糖，又煎了人参汤，正用小勺一点一点喂服，恰巧部队首长也来到卫生队。卫生队长向首长汇报了这一情况。首长说："解救穷苦的老百姓是我们八路军的义务，救死扶伤是我们医护人员的责任。好好给她治疗，直到她完全恢复为止。"卫生队长行了一个军礼说："是！"首长转身离开时，忽然盯着床上的女人停下了脚步："王婵娟，你是王婵娟吗？"看着首长惊愕的面情，卫生队队长关心地问："首长，你认识她？"首长说："岂止是认识。她是我的学生，也是我们地下党的救命恩人。"

第三天，王婵娟彻底清醒过来。这是什么地方啊，她不知道自己怎么会来到这里？卫生队的医护人员告诉她，这是八路军的部队卫生队，是渡口的两个战士救了你。医护人员还说，你已经昏睡三天三夜了。王婵娟想坐起来，无奈浑身一丁点的力气也没有。医护人员把王婵娟苏醒的消息告诉给了队长，队长又派人把这一消息报告给了师部。

张俊杰坐在床头，像慈父一样抚摸着王婵娟的手："王婵娟，好些了吗？"

望着眼前这位身穿黄色军装，头戴黄色军帽，满面祥和的首长，她真有点认不出他是谁啦。她久久地仰望着首长帽子上的那颗红五星，望着首长军装上的红领章。她想起了幸福哥说过的八路军首长。

"怎么，认不出我啦？我是张俊杰。"

"张老师，你是我的张老师？"王婵娟突然紧紧地拥抱着张俊杰"呜呜呜"地痛哭起来。

"孩子，哭吧。"张俊杰抚摸着王婵娟的头发，眼泪挂在面颊上："把一切委屈和辛酸都哭出来吧。"

张俊杰把王婵娟安排在离自己不远的一间空房里，嘱咐做饭的师傅给她做好吃的。师部里也有卫生队，张俊杰要卫生队里面的医生护士按时给王婵娟检查，打针，送药。随着身体健康状况的恢复，王婵娟的精神状态越来越好，再也在床上睡不安稳。她想去找自己的张老师，谈谈自己的经历和感受，连同那些不被外人知道的秘密，但没有人告诉她张俊杰住在什么地方，今天又去做什么工作了。她只能就那样焦急地等待着张俊杰的到来。

第七天，张俊杰来到王婵娟的小屋。"王婵娟，身体现在怎么样了？""张老师，你要是再不来，就要把我急死到这个屋子里了。你看我现在精神头，没有一点儿问题。""那就好。"张俊杰问："告诉我，接下来准备怎么办？""张老师，我现在已经无路可走了。""怎么能那样说呢？""如果你有时间的话，请允许我把一切全都告诉给你。"张俊杰领着王婵娟来到他的住所。

王婵娟从她被抓进监狱到如何出狱，从自己准备投河自尽到出嫁邵维义家，从下河口进驻八路军工作队成立农会到她被王狗剩追得投进黄河，一股脑儿地倒了个干干净净，唯独隐瞒了她和王幸福在黄河滩的那一幕。王婵娟说："我有个请求，希望您能够答应我。""说吧。只要我能办到的，就一定答应你。""我想让你做我的父亲。""什么，让我做你的父亲。"张俊杰没有想到王婵娟会提出这样一个请求，"告诉我，为什么？"王婵娟说："我的父亲过早地

第三十六章　妈妈教你唱首歌

去世了，后来我随我妈到了河口村王来法的家。这些你都知道的。现在，我没有可去的地方。只有跟着您去干革命，去为党做工作。张老师，一日为师，一世为父，你就是我的父亲！"

张俊杰是河南省尉氏县人，出身贫寒，到了读书的年龄，他常常用利用寒假、暑假到富人家去"帮年工""伺候老爷"挣几个小钱补贴家用，几近辍学。当时，读师范每月可以获得一定的助学金，因此读师范成了张俊杰的最大愿望。后来，他在2000余名考生中，以第一名考入开封的河南省第一师范学校，后来就参加了共产党，投入革命，到现在已是年过不惑仍尚未成家。没有成家的他现在要认一个女儿，这还真让他不知所措。可如果不答应她，让她以后怎么办，去哪儿？

"怎么，有什么为难的吗？"王婵娟问。

"没有。"张俊杰镇静地回答说："需要告诉你的是，我现在还是独自一个人，尉氏那个老家几十年都不曾回去过了，听说两位老人前几年已经过世。"

"那个梅迎萍老师呢，她是你的什么人？"

张俊杰说："她是我们党的一个同志，从灵宝县中学出来以后，被安排在洛阳师范任教，仍然做着党的工作。由于叛徒的出卖，在去年，她就光荣地就义了。"

听到梅迎萍老师的不幸，让王婵娟心里好一阵难受。

看着王婵娟悲伤的样子，张俊杰劝她说："要奋斗就会有牺牲，死人的事是经常发生的。但是为了人民的利益，为了大多数人民的幸福，他们就是死得其所。让我们高举着革命的旗帜，踏着他们的血迹前进吧。"

"嗯。"王婵娟答应一声，然后跪拜在张俊杰的面前叫道："爸爸！"

过了几天，部队要向皖北一带挺进。张俊杰征求王婵娟的意见，看她是愿意留在当地呢，还是愿意随他去皖北。王婵娟说："做女儿的，当然要跟随在父亲的身边啦。"就这样，王婵娟跟着张俊杰去了皖北。

后来，王婵娟清楚自己已经怀孕了。她把这个事情告诉给了张俊杰，她说："做女儿的，没有什么在父亲面前可以隐瞒的。"并一再恳求张俊杰原谅她当初没有把和王幸福的事告诉他。

后来，皖北解放了。张俊杰做了安徽省教育厅厅长；王婵娟做了涡阳县妇救会主任。王婵娟给儿子取名黄河，就是想以此牢记着她和王幸福那个刻骨铭心的情分。

听说灵宝县在 1949 年 6 月已经解放，王婵娟就想回来看看，她不想让儿子黄河是个没爹的孩子。张俊杰看出了王婵娟的心事，对她说："去吧，回去看看。就别说王幸福啦，那里还有你妈哩。"

172

趟过乾阳河水，王婵娟就想起那天晚上柳树下的海誓山盟，她不自主地笑笑，心里就荡出一种甜蜜。从校园里传来朗朗的读书声，让王婵娟感觉到一种亲切，历历往事如今还记忆犹新。

"那是什么？"学校操场上新建的一座亭子映入了她的眼帘。

"那是新盖的烈士纪念亭。"王雪琴只此一句，再无话。"婵娟，你还没告诉妈，黄河他大是做什么的？"

刚才和母亲的谈话，王婵娟故意隐去了和王幸福的事。如果见到了王幸福，能够和他圆梦人生的话，她就会将有关他们的秘密全部告诉妈妈。"妈，咱们去看看烈士纪念碑吧。"

"你带着黄河看吧，妈就不去了。"

雪琴顺着大路走进了东城门。

牵着儿子站在烈士亭前，王婵娟浏览了一眼它的建筑格局，然后走近亭子里细读碑文。先是石碑前面的：

河口村烈士纪念碑

烈士王红梅，八路军土改工作队队长，女，28 岁，牺牲于北基村；

烈士赵春明，八路军土改工作队队员，男，24 岁，牺牲于北基村；

烈士刘三，八路军土改工作队队员，男，24 岁，牺牲于北基村；

烈士黄毛，八路军土改工作队队员，男，19 岁，牺牲于北基村；

无名烈士 8 名，八路军土改工作队战士，牺牲于北基村；

翻身农民朱小熊，男，河口村农会主席，男，24 岁，被害于东河口村；

翻身农民薄荷，女，23 岁，被害于东河口村；

翻身农民王智性，河口村农会副主席，男，56 岁，被害于西王村老天沟；

翻身农民王学礼，河口村农会会员，男，26 岁，被害于西王村老天沟；

翻身农民王学义，河口村农会会员，男，24 岁，被害于西王村老天沟；

翻身农民王学仁，河口村农会会员，男，24 岁，被害于西王村老天沟；

翻身农民王狗剩，河口村农会副主席，男，24 岁，被害于下河口村；

翻身农民南兰兰，西王村农会会员，女，43 岁，被害于西王村。

灵宝县第二区河口乡全体群众鉴石

河口村这些烈士的具体情况王婵娟知之甚少，但看到王狗剩，她就有一种咬牙切齿的恨涌上心头。"呸"王婵娟吐了口唾沫。

再看石碑背面的：

1947年农历八月，陈赓、谢富治领导下的人民解放军，南渡黄河，解放豫西大片地区，灵宝县境亦于同时解放。几千年来统治人民压榨人民的黑暗旧社会从此被推翻了，蒋匪帮之伪政权被摧毁。广大农民纷纷组织农会，斗争恶霸，分配土地对地主实行应有的惩处。敲诈勒索剥削人民的财产土地，重新回到人民的手中，多少年的积愤从此申雪。众贫苦农民无不感谢共产党和人民政府的领导，感谢人民解放军的革命胜利。土改运动正在深入开展的时候，由于我军正确执行毛主席的指示，大量歼灭敌人有生力量的方针，转移东线作战，胡马匪军队遂乘隙东出潼关，与当地恶霸勾结，组织暴动，血腥杀害无辜的翻身农民。灵宝县人民政府为坚持与敌人长期作战的正确方针，遂毅然领导全县翻身农民主动转移，暂时和全县人民忍痛告别。但当地恶霸不注意人民的告诫，不痛改前非，将功赎罪，竟惨无人性恣意屠杀人民。据统计，在敌人活埋、刀铡、投井、肢解、枪杀等毒害下的干部、战士、翻身农民及群众等，仅我二区河口乡即有20名。敌人的残酷罪行，烈士的英勇事迹，教育广大人民，使人民增加了对敌人的愤怒，对革命烈士的热爱。喜看今日，1949年6月，灵宝县再度解放后，上级政府正确领导，全县人民一致努力，现已完成了清匪反霸、减租减息、土地改革等重大工作。与此同时，人民的敌人已得到彻底惩处，土地已回到人民手中，彻底摧毁了封建的经济制度，人民的生活日趋一日的上升，政治觉悟和文化知识日趋一日的提高，这些幸福生活是和烈士们的英勇奋斗不可分离的，故我们身受今日的幸福的生活，同时要想到烈士们缔造革命的艰难。我们在这里郑重向烈士们宣告：你们多年来未实现的理想，今天达到了。我们要遵循你们所指示的道路，由新民主主义稳步过渡到社会主义、共产主义社会，我们要无情地镇压敌人，打击敌人一切破坏革命的企图，兢兢业业捍卫革命的胜利果实。烈士们，安息吧！

灵宝县第二区区长王幸福撰文

灵宝县第二区河口乡全体群众鉴石

徐长记刻石

公元 1951 年 8 月 1 日

"王幸福撰文。"王婵娟在心里说着。时过境迁，他如今做区长了，还写得一手好文章！

穿过河口村的街巷，在路过王幸福家的门口时，王婵娟的脚步慢了下来。踌躇再三，还是忍不住走了进去。

秋日的阳光照耀在窑院的每一个角落，安静而又祥和。木制的童车里有一个孩子，桃花婶子就坐着一个小木凳上，为孩子唱着一首歌。

"东方红，太阳升，

中国出了个毛泽东。

他为人民谋幸福，

呼儿嗨哟，

他是人民大救星……"

看到有人进了院子，桃花就站起身来。她看着王婵娟发呆："你是？"

"婶子，我是婵娟。"王婵娟紧接着问道："这是……"

不是说婵娟跳黄河了吗？怎么……桃花疑惑着的同时赶紧答道："这是幸福的娃，叫百合，眼看着就两岁了。"

王幸福的娃，眼看着就两岁了？王婵娟有些想不到，他……

"你领的这是你娃？"

"对，对，我娃，马上就三岁了。"王婵娟心里慌乱，语无伦次。

"真快啊，这么快就做妈妈了。"

桃花一抬眼就见王婵娟已经出了窑院的门。她赶紧跟着走出院门，"婵娟，你不坐会儿啦？"

"不啦，去我妈家。"王婵娟头也没有回一下。

进了院门，王婵娟就"妈，妈"地叫开了。听到喊声，雪琴就从窑洞里出来了。后面跟着的铁蛋看着王婵娟都有些眼生，久久地都喊不出一声"姐"。"快去，叫你姐来窑里。"

"姐。"铁蛋走到王婵娟跟前，拉着手说："那房子现在已不是咱家的啦。"

王婵娟问："咱大呢？"

"咱大……"铁蛋不说了。

进了窑屋，雪琴就把王来法给薛云卿送信的事跟女儿说了。最后，雪琴说："一辈子都细发，爱钱，总想着发家致富。结果呢，还没怎样富起来哩，就去了黄泉路。还给我和铁蛋弄了个富农成分。"

"妈，我得回去哩。"王婵娟说。

"怎这么快就要回去呢？你连妈一口水都没喝哩。"

"妈，来得急，黄河他爸随军去南方了，家里没有人，我得尽快赶回去。"

第三十六章　妈妈教你唱首歌

301

王婵娟说完，从衣兜里掏出一沓子钱塞到雪琴的手里。"来时也没有多带，全给你留下吧。"

"妈不要，就我和铁蛋，也花不了几个钱。"雪琴推让着。"妈，您是嫌少？"王婵娟这样一说，雪琴不再推让。王婵娟接着说："有空了，我会回来看您和铁蛋的。等下次来了，就把您和铁蛋接到我那里去住。"雪琴说："我哪儿也不去。如今解放了，我也想通了，就那二亩庄稼，做得够我和铁蛋吃喝就行了。"

离开河口村，行走在通往陕州的大路上，王婵娟想起了桃花给百合唱的那首《东方红》。"黄河。""妈妈。""妈妈教你唱支歌好吗？""好啊。""妈妈唱一句，你唱一句。""妈妈唱一句，我唱一句。"

"东方红，太阳升，"
"东方红，太阳升，"
"中国出了个毛泽东。"
"中国出了个毛泽东。"
……

唱着唱着，王婵娟就流泪了。
唱着唱着，王婵娟就泣不成声了……

2010 年 11 月至 2013 年 7 月第一稿

2013 年 8 月第二稿

2017 年 6 月第三稿